사라진
내일

GONE TOMORROW by Lee Child

Copyright ⓒ 2009 by Lee Child.
All rights reserved.

Korean translation rights arranged with Darley Anderson Literary, TV & Film Agency,
London through Danny Hong Agency, Seoul.

Korean translation copyright ⓒ 2010 by Open House Publishers Co., Ltd.

이 책의 한국어판 저작권은 대니홍 에이전시를 통한 저작권사와의 독점 계약으로 오픈하우스에 있습니다.
신저작권법에 의해 한국 내에서 보호를 받는 저작물이므로 무단전재와 복제를 금합니다.

LEE CHILD

리 차일드 지음 박슬라 옮김

사라진 내일

GONE TOMORROW

오픈하우스

보기 드문 매력과 품성을 갖춘 여인들,
내 처제 레슬리와 샐리에게

1

　자살폭탄 테러범은 알아보기가 쉽다. 그들은 자신도 모르게 온갖 종류의 신호를 발산한다. 긴장하고 있기 때문이다. 다들 그 짓이 처음이기 때문이다.

　이스라엘 첩보부가 작성한 자살폭탄 테러범 대응집이 있다. 어떤 신호를 찾아야 하는지를 설명하는 목록, 실전에서의 관찰 사례와 심리학적 분석을 종합해 만든 행동지표다. 나는 그것을 20년 전 한 이스라엘군 대위에게서 배웠다. 그는 그것을 신봉했다. 그래서 나도 그것을 신봉했다. 당시에 파견임무를 수행하느라 3주일간이나 그 친구와 거의 어깨를 맞댄 채 생활해야 했기 때문이다. 이스라엘에서, 예루살렘에서, 웨스트뱅크(요르단 강 서안지구―역주)에서, 레바논에서, 때로는 시리아에서, 그리고 또 때로는 요르단에서. 버스에서, 가게에서, 행인으로 가득한 도로에서. 나는 쉴 새 없이 눈동자를 굴리고 머릿속으로 재빨리 목록을 훑어 내렸다.

　20년이 지난 지금까지도 나는 그것을 하나도 빠짐없이 기억하고 있다. 나는 아직도 어딜 가나 주위를 체크한다. 순전히 습관이다. 그 외에도 많은 동료들로부터 명심해야 할 수많은 법칙들을 배웠다. 무심코 지나치지 말고 눈여겨 관찰하라. 흘려듣지 말고 항상 귀를 기울여라. 오래 살아남고 싶다면 정신을 바싹 차려라.

　용의자가 남성일 경우 검토해야 할 항목은 모두 열두 가지다. 여성일 때에는 열한 가지다. 남성에게만 해당되는 항목은 면도 자국이다. 남성 폭탄테러범들은 수염을 깎는다. 그래야 군중들 속에 쉽게 섞일 수 있기 때문이다. 그래야 의심을 덜 받는다. 그래서 턱 아래쪽 피부가 얼굴의 다른 부분에 비해 희끄무레하다. 수염에 가려져 오랫동안 햇빛을 보지 못했기 때문이다.

그러나 나는 면도 자국에는 관심이 없다.

나는 나머지 열한 가지 항목을 체크하고 있었다.

지금 나는 여자를 보고 있다.

나는 현재 뉴욕 시 지하철을 타고 있는 중이다. 6호선, 렉싱턴 애비뉴 지역선, 업타운행. 시간은 새벽 2시. 나는 블로커 가 역의 승강장 남쪽 끝에서 지하철을 탔다. 내가 탄 차량에는 승객이 다섯 명뿐이었다. 지하철에 승객이 많으면 어쩐지 오붓하고 아늑한 기분이 든다. 반면 텅 비어 있으면 왠지 모르게 휑뎅그렁하고 음침하고 외로운 느낌이 들기 마련이다. 밤에는 천장에 달린 조명조차 평소보다 밝고 뜨겁게 느껴진다. 실상은 낮과 전혀 다를 바가 없을 텐데도. 빛이라고는 그 인공적인 조명뿐이라 그럴지도 모른다. 나는 승강장과 반대편 방향에 있는 앞쪽 출입문 옆 2인용 의자에 몸을 쭉 펴고 편안히 걸터앉았다. 다른 다섯 명의 승객들은 모두 나보다 남쪽에 있었다. 옆으로 놓인 긴 의자에 서로 멀찍이 떨어져 앉아 중간의 빈 공간을 멀거니 응시하고 있다. 세 명은 차량의 왼쪽, 두 명은 오른쪽.

열차번호는 7622였다. 예전에 6호선을 탔다가 어떤 미치광이의 옆에 앉아 여덟 정류장을 간 적이 있다. 그 사람은 평범한 남자들이 여자나 스포츠에 관해 떠들 듯 침까지 튀겨가며 우리가 탄 열차에 대해 설명했다. 그래서 나는 7622 열차가 R142A모델이고, 뉴욕 지하철에서는 최신형에 속하며, 일본 고베에 있는 가와사키에서 제작돼 선박에 실려 바다를 건넌 다음 다시 207번가에 있는 조차장으로 운반되었다가 기중기로 선로 위에 올려져 180번가까지 견인돼 테스트를 거쳤다는 사실을 알고 있다. 나는 이 열차가 특별한 점검 없이 320킬로미터 정도는 거뜬히 달릴 수 있다는 걸 안다. 지시 사항은 남자, 그리고 안내 사항은 여자의 음성으로 방송된다는 것도 안다. 지하철공사에서는 우연이라고 주장하지만 실은 높은 사람들이 그게 심리적으로 효과적이라고 생각하기 때문이다. 또 나는 그 방송 음성을 블룸버그 TV가 제공한다는 사실도 안다. 마이크(마이클 블룸버그, 블룸버그 통신 창업자이자 현 뉴욕 시장)가 시장이 되기 전부터 그랬다. 나는 뉴욕 지하철에 6백 대의 R142A 모델이 굴러다니고, 차량 한 대의 길이가 약 15미터, 너비는 약 2.5미터라는 것도 안다. 그때, 그리고 지금 내가 타고 있는 승객 전용칸에 최대 40명이 앉을 수 있고 최대 148명이 서서 갈 수 있다는 것도 안다. 모두 그 미치광이가 이야기해준 덕분이다. 좌석은 푸른색 플라스틱으로 만들어져 있다. 늦여름의 하늘, 또는 영국 공군 제복을 연상케 하는 색깔이다. 벽은 낙서를 할 수 없게 섬유유리 소재로 되어 있다. 벽과 천장이 만나는 곳에 광고판이 줄지어 붙어 있는 것이 보인다. 텔레비전 프로그램과 외국어 강좌, 손쉽게 학위를 따는 법, 큰돈을 벌 기회 등을 선전하는 작고 유쾌한 포스터들이 붙어 있다.

공익광고 속의 경찰이 충고한다. **수상한 것을 목격하면 즉시 신고하시오.**

나와 가장 가까운 곳에 앉아 있는 승객은 히스패닉계 여자였다. 그녀는 내 왼쪽 맞은편에 있는 8인용 긴 좌석을 홀로 차지한 채 첫 번째 출입문 옆에 바싹 붙어 앉아 있었다. 작은 몸집에 나이는 30대에서 50대 사이, 덥고 피곤해 보였다. 손목에는 낡아 빠진 슈퍼마켓 가방을 걸고 힘들고 지친 눈빛으로 맞은편에 있는 텅 빈 좌석을 멍하니 응시하고 있다.

그 다음으로 내게 가까운 승객은 남자였다. 히스패닉계 여성의 맞은편, 그녀로부터 1.5미터 정도 떨어진 곳에 앉아 있다. 그 역시 8인용 좌석에 혼자 앉아 있다. 발칸 반도, 아니면 흑해 출신일지도 모른다. 검은 머리, 주름이 깊게 파인 피부, 힘든 노동과 거친 기후에 단련된 튼튼하고 억센 몸집. 두 발을 바닥에 굳게 고정시키고 팔꿈치를 무릎 위에 올린 채 몸을 앞으로 기울이고 있다. 졸고 있는 건 아니지만 그러기 직전으로 보였다. 별로 움직이지도 않고 그저 전철의 진동에 맞춰 힘없이 흔들리고 있다. 펑퍼짐한 청바지는 정강이께밖에 오지 않았고, 몸집에 비해 지나치게 큰 NBA 티셔츠에는 내가 모르는 선수의 이름이 적혀 있었다.

세 번째 승객은 서아프리카 출신으로 보이는 여자였다. 그녀의 자리는 차량 왼쪽, 중간 출입문의 남쪽 방향이었다. 그녀는 피곤하고 굼떠 보였다. 검은 피부는 피로와 조명 때문에 탁한 잿빛으로 보였다. 화려한 납염무늬 치마를 입고 옷과 어울리는 네모난 머릿수건을 동여매고 있다. 눈은 감겨 있었다. 나는 뉴욕을 상당히 잘 안다. 나는 세계시민이고, 뉴욕은 세계의 수도다. 나는 영국인이 런던을 알듯이, 또는 프랑스인이 파리를 알듯이 이 도시를 속속들이 알고 있다. 그렇다고 개인적으로 친근하게 느끼지는 않는다. 그러나 이 늦은 시간에 블리커 가 남쪽에서 6호선 북행 열차를 탄 이 세 사람이 시청에서 밤 근무를 마치고 집으로 돌아가는 청소부나 차이나타운 또는 리틀이탈리아에 있는 식당에서 늦게까지 일하고 귀가하는 직원들일 것이라 추측하기는 그리 어렵지 않았다. 짧게나마 눈을 붙이고 다시 기나긴 하루를 준비하기 위해 브롱크스의 헌츠포인트, 어쩌면 저 위쪽에 위치한 펄햄베이로 돌아가는 길일 것이다.

네 번째와 다섯 번째 승객은 달랐다.

다섯 번째 승객은 남자였다. 나와 비슷한 연배. 나와는 대각선에 있는 반대쪽 끝 2인용 의자에 45도 각도로 비스듬히 몸을 틀고 앉아 있다. 옷차림은 평범했지만 가난해 보이지는 않았다. 면바지에 폴로셔츠. 다른 승객들과는 달리 말똥말똥하게 깨어 시선은 정면을 바라보고 있다. 눈동자의 초점이 끊임없이 변화한다. 가끔은 지그시 눈을 찡그리기도 했다. 마치 머릿속으로 뭔가를 곰곰이 재보는 것처럼. 프로 야구 선수의 눈이었다. 그들은 신중하고 예리하다. 약삭빠르고 계산적인 구석이 있다.

그러나 진실로 내 눈길을 사로잡은 사람은 네 번째 승객이었다.

수상한 것을 목격하면 즉시 신고하시오.

그녀는 차량 오른쪽에 있는 8인용 좌석에 혼자 앉아 있었다. 피곤에 찌든 서아프리카 여자와 야구 선수 같은 눈빛을 지닌 남자의 맞은편 중간쯤 되는 위치였다. 백인, 나이는 40대쯤. 평범한 얼굴이다. 검은 머리는 단정하지만 촌스러운 스타일이었다. 염색을 했는지 머리카락 전체가 똑같은 색깔이라 어딘가 약간 부자연스러워 보였다. 옷은 온통 검은색으로 차려입었다. 내 자리에서는 그녀가 썩 잘 보였다. 그녀의 오른쪽, 즉 나와 가장 가까운 곳에 앉아 있는 남자가 몸을 앞으로 기울이고 있어 그의 구부러진 등과 벽 사이에 V자 형태의 빈 공간이 있었기 때문이다. 덕분에 내 시야는 차량 내부에 우뚝 서 있는 스테인리스 손잡이의 울창한 숲을 제외하면 시원스럽게 뚫려 있었다.

완벽한 시야는 아니지만 열한 개 사항들을 검토하기에는 충분하다. 하나, 둘, 슬롯머신 꼭대기에 달린 빨간 등처럼 시끄러운 종소리와 함께 각 항목들의 체크박스에 차례대로 불이 들어왔다.

이스라엘 첩보부에 따르면, 나는 지금 자살폭탄 테러범을 보고 있다.

2

터무니없는 생각이다. 그 여자가 백인이기 때문은 아니다. 백인 여성이라고 머리가 돌지 말라는 법은 없다. 내가 그런 가능성을 지운 것은 순전히 전술적인 이유에서이다. 지금 이 시간에 테러는 바보 같은 짓이다. 실제로 뉴욕 지하철은 자살폭탄 테러범들에겐 최적의 장소다. 그중에서도 6호선은 웬만한 다른 노선보다 낫다. 그랜드센트럴 역 지하를 지나기 때문이다. 아침 8시와 저녁 6시면 지하철은 만원이 된다. 좌석에 앉아 있는 40명의 승객들과 콩나물시루처럼 들어찬 148명의 승객들. 지하철이 인파로 가득한 승강장에 멈추면, 문이 열리기를 기다렸다가 버튼을 누르기만 하면 끝이다. 백 명이 죽고 수백 명이 중상을 입고 역은 아수라장이 될 것이다. 벽이 무너지고 불이 날 수도 있으며 며칠, 아니 수주일 동안 대도시의 이 중요한 대중교통 거점은 문을 닫게 될 것이다. 어쩌면 영원히 불안과 불신의 장소가 될 수도 있다. 이 정도면 엄청난 성공이다. 나로서는 도저히 이해할 수 없는 사고방식을 지닌 작자들에게는 말이다.

그러나 새벽 2시는 적당한 시간이 아니다.

승객이 여섯 명밖에 없는 차량도 마찬가지다. 지금 이 시간에 그랜드센트럴 역에는 이리저리 굴러다니는 쓰레기와 빈 종이컵, 그리고 벤치에 누워 있는 몇 안 되는 노숙자 거지들뿐이다.

열차가 애스터플레이스에서 멈춰 섰다. 자동문이 바람 소리를 내며 열렸다. 아무도 타지 않았다. 아무도 내리지 않았다. 문이 다시 거칠게 닫히자 모터가 윙윙거리더니 열차가 움직이기 시작했다.

목록에는 여전히 빨간 불이 켜져 있다.

첫 번째 항목은 어린애라도 구분할 수 있다. 부적절한 옷차림. 폭탄물 벨트의 진화 정도는 야구 글러브와 별반 다를 바가 없다. 먼저 길이 1미터, 폭 50센티미터 정도의 두꺼운 천 조각을 길게 절반으로 접는다. 그러면 대충 25센티미터 깊이의 긴 주머니가 만들어진다. 이 주머니를 자살폭탄범의 허리에 두른 다음 뒤쪽에서 꿰맨다. 지퍼나 똑딱단추를 쓰면 마지막 순간에 마음이 바뀔 수도 있다. 주머니 속에 다이너마이트를 일렬로 세워 넣은 다음 전선을 설치하고, 남는 공간은 못이나 볼베어링으로 채운다. 마지막으로 주머니 입구를 박음질로 봉하고 폭탄의 무게를 견딜 수 있도록 간단한 어깨끈을 댄다. 효과적인 살상 무기지만 부피가 거대하다. 이 커다란 폭탄을 숨길 수 있는 유일한 방법은 패딩 파카처럼 크고 두꺼운 옷을 입는 것이다. 중동에서는 전혀 어울리지 않는 옷이다. 뉴욕에서는 1년 12개월 중 3개월 정도는 써먹음직하다.

그러나 지금은 9월이다. 날씨는 한여름 못지않게 후덥지근하고 더구나 지하철은 바깥보다 5도는 더 덥다. 나는 티셔츠를 입고 있었다. 네 번째 승객은 노스페이스의 오리털 재킷을 입고 있다. 검고, 빵빵하고, 번들거리고, 사이즈는 너무 큰데다 턱까지 지퍼를 채운 채다.

수상한 것을 목격하면 그 즉시 신고하시오.

열한 개 항목 중 두 번째로 넘어간다. 지금 당장으로서는 확인할 수 없는 사항이다. 두 번째, 뻣뻣하고 기계적인 걸음걸이. 검문소나 번잡한 시장통, 교회나 모스크 밖에서는 손쉽게 확인할 수 있지만 지하철 좌석에 앉아 있는 용의자에게는 적용할 수 없다. 자살폭탄범들이 뻣뻣하게 걷는 이유는 순교를 앞두고 있기 때문이 아니다. 전혀 익숙하지 않은 20킬로그램짜리 폭탄을 운반하고 있기 때문이다. 임시로 만든 조잡한 끈은 어깨를 고통스레 파고든다. 게다가 그들은 약에 취해 있다. 순교라는 유혹이 효과를 발휘할 수 있는 것은 오직 그때뿐이다. 대부분의 자살테러범들은 잇몸과 뺨 사이에 붙여놓은 생아편 덩어리 때문에 반쯤 넋이 나가 있는 상태다. 우리가 이런 것들을 알고 있는 이유는 다이너마이트 벨트가 폭발 시 도넛 모양의 독특한 압력파를 발산하기 때문이다. 10억 분의 1초도 안 되는 그 짧은 순간에 팔은 말려 올라가고 머리는 어깨에서 칼로 잘라낸 듯 깨끗하게 떨어져나간다. 인간의 머리는 단단하게 고정되어 있는 게 아니다. 피부와 근육, 힘줄과 인대로 몸뚱이와 연결되어 있긴 하지만 그저 중력에 의해 거기 놓여 있는 것뿐이다. 강력한 화학 폭발 앞에서 그런 빈약한 생물학적 지지대 따위는 무용지물이다. 내 이스라엘인 스승은 개방된 공간에서 테러가 발생했을 경우 자동차폭탄이나 소포폭탄이 아니라 자살폭탄범에 의한 것임을 구분하는 가장 간단한 방법은 폭탄이 폭발한 지점에서 25~30미터 반경을 수색하여 인간의 머리, 그것도 이상하리만큼 아무런 손상도 입지 않은 온전한 머리를 찾아내는 것이라고 말했다. 그 뺨 안쪽에는 어김없이 아편덩어리가 붙어 있을 것이다.

    지하철이 유니언스퀘어에서 멈췄다. 아무도 타지 않았다. 아무도 내리지 않았다. 승강장으로부터 더운 바람이 비집고 들어와 차량 내부를 식히고 있는 에어컨 바람과 씨름을 벌였다. 문이 닫히고, 열차가 다시 움직이기 시작했다.

세 번째부터 여섯 번째는 다소 주관적이다. 과민반응, 땀 흘리기, 경련, 신경질적이고 불안한 행동. 땀을 흘리는 것은 긴장한 탓도 있지만 체온이 상승했기 때문일 수도 있다. 부적절한 옷차림과 다이너마이트 때문이다. 다이너마이트는 니트로글리세린에 흠뻑 적신 목재펄프로 만든 바통만 한 크기의 막대기다. 목재펄프는 훌륭한 보온재다. 따라서 땀 흘리기 항목은 어떤 지역이냐에 따라 다르다. 그러나 과민반응과 경련, 신경질적이고 불안한 행동은 매우 중요한 지표다. 이들은 삶의 마지막 순간에 와 있다. 겁이 나고 고통이 두렵고 정신은 마약에 취해 멍하다. 문자 그대로 정신이 나간 상태다. 젖과 꿀이 흐르는 땅과 끝없이 펼쳐진 울창한 숲, 부상으로 주어지는 처녀들을 진심으로 믿든 그렇지 않든 사상적 압박과 친구들이나 가족들의 기대에 몰리다 보면 어느 순간 너무 깊이 들어와 있는 자신을 발견하게 된다. 이제 와서 빠져나갈 구멍은 없다. 비밀회합에서 용감한 말을 내뱉는 것은 쉽다. 그러나 실천은 전혀 다른 이야기다. 따라서 억압된 공포가, 그 모든 신호들이 겉으로 발산된다.

네 번째 승객은 그 네 가지 징후를 모두 보이고 있었다. 그녀는 어느 모로 보나 생의 마지막 순간을 향해 달려가고 있는 사람처럼 보인다. 지금 이 지하철이 종점을 향해 달려가고 있는 것만큼이나 분명하게.

일곱 번째, 호흡.

그녀는 숨을 가쁘게 몰아쉬고 있었다. 낮고 절제된 방식으로. 들이마시고, 내쉬고, 들이마시고, 내쉬고. 산고를 참는 산모처럼, 끔찍한 충격을 받은 사람처럼, 또는 절망과 공포로 가득한 비명을 내지르기 직전 마지막 남은 한 가닥 실을 간신히 붙들고 있는 사람처럼.

들이마시고, 내쉬고, 들이마시고, 내쉬고.

여덟 번째. 큰일을 앞둔 자살폭탄 테러범들은 전방에 시선을 고정한다. 그 이유는 아무도 모른다. 그러나 녹화된 비디오 영상과 생존자들의 증언은 이 점에서 언제나 일치했다. 자살폭탄범들은 고개를 곧추세우고 전방을 주시한다. 어쩌면 결심이 약해져 누군가가 건드리기만 해도 무너질까 봐 두려워하는 건지도 모른다. 강아지나 어린아이들처럼, 자기가 보지 않는다면 아무도 자기를 바라보지 않을 거라고 믿고 있는지도 모른다. 어쩌면 마지막 남은 한 조각 양심 때문에 자신이 앞으로 죽일 사람들을 차마 쳐다보지 못하는 것일 수도 있다. 그 이유를 아는 사람은 아무도 없다. 그러나 어쨌든 그들은 모두 똑같다. 그들은 정면을 뚫어지게 응시한다.

네 번째 승객도 마찬가지였다. 의심의 여지가 없었다. 맞은편에 있는 어둡고 컴컴한 창문을 어찌나 강렬하게 노려보고 있는지 눈빛만으로 유리창에 구멍을 뚫을 수 있을 정도다.

1번부터 8번까지, 체크 완료. 나는 슬며시 몸을 앞쪽으로 기울였다.

그러나 곧 멈칫할 수밖에 없었다. 전술적으로 말도 안 되는 소리다. 지금 이 시간에 그럴 리가 없다. 나는 다시 그녀를 바라보았다. 그리고 다시 몸을 움직였다. 왜냐하면 내 눈앞에는 9번과 10번, 11번 항목이 모두 펼쳐져 있었고, 그것들이야말로 가장 중요한 판단 지표였기 때문이다.

3

아홉 번째 항목, 중얼거리며 기도하기. 지금까지 알려진 모든 테러 공격을 부추기거나 동기가 되거나 승인하거나 관리한 배후 세력은 종교였고, 그중 대부분은 이슬람교였다. 그리고 이슬람교도들은 공공장소에서 기도를 하는 데 익숙하다. 폭탄테러의 생존자들은 범인들이 끊임없이 긴 기도문을 읊거나, 소리가 들리지는 않았지만 입술을 달싹거렸다고 보고했다. 네 번째 승객의 행동은 증인들의 묘사와 정확하게 일치했다. 정면으로 고정된 시선 아래 그녀의 입술이 가쁜 숨을 몰아쉬며 끊임없이 달싹거렸다. 짧은 기도문을 읊듯 대략 20초마다 똑같은 내용을 반복하고 있는 듯 보였다. 잠시 후 저세상에서 만날 것이라 믿는 존재에게 자신을 소개하고 있는 것인지도 모른다. 아니면 전지전능한 존재가 반드시 존재할 것이라고 스스로에게 되뇌고 있는지도.

전철이 23번가 역에 멈췄다. 자동문이 열렸다. 아무도 내리지 않았다. 아무도 올라타지 않았다. 승강장 위쪽으로 붉은색 출구 표지가 보였다. 북동쪽 출구인 22번가와 파크애비뉴, 그리고 남동쪽 출구인 23번가와 파크애비뉴. 평범한 맨해튼 거리가 갑자기 매혹적으로 느껴졌다.

나는 일어서지 않았다. 문이 닫혔다. 열차가 움직이기 시작했다.

열 번째 항목, 커다란 가방.

다이너마이트는 오래 묵지 않는 이상 굉장히 안정적인 폭발물이다.

실수로 터지는 일도 거의 없다. 다이너마이트를 폭발시키려면 뇌관으로 기폭시켜야 한다. 뇌관에는 기폭장치가 전선으로 연결되어 있고 그 끝에는 전원과 스위치가 부착되어 있다. 옛날 서부영화에 나오는 크고 네모난 발파기는 전원과 스위치를 하나로 합친 것이다. 손잡이를 움직이면 발전기가 작동한다. 야전전화와 똑같은 이치다. 그런 다음 스위치가 가동된다. 휴대용으로는 그리 실용적이지 않다. 휴대용으로 들고 다니려면 배터리가 필요하다. 그리고 폭탄의 양이 많다면 상당량의 전력이 필요하다. 조그만 AA 건전지는 기껏해야 1.5볼트밖에 되지 않는다. 상식적으로도 턱없이 부족한 수치다. 9볼트짜리 커다란 전지가 낫다. 이왕이면 크고 값비싼 손전등에 쓰는 수프캔 크기의 사각형 배터리쯤 되어야 안심이다. 하지만 그런 배터리는 너무 크고 무겁기 때문에 주머니 속에 넣고 다니기가 힘들다. 그래서 가방이 필요하다. 배터리를 가방 밑바닥에 넣고 전선을 스위치에 연결한다. 그런 다음 전선과 스위치를 가방 뒤쪽, 눈에 잘 띄지 않는 틈새로 빼내어 날씨에 어울리지 않는 의복의 단 밑에 돌돌 말아 숨긴다.

네 번째 승객은 검은색 천으로 만들어진 메신저백을 메고 있었다. 도시에서 흔히 볼 수 있는 가방. 한쪽 어깨에 끈을 걸고 비스듬히 가슴을 가로질러 가방을 무릎 위에 올려놓고 있다. 한쪽은 불룩 튀어나오고 다른 한쪽은 움푹 들어간 모양새로 보아 정체 모를 크고 무거운 물건이 하나 들어 있는 듯 보인다.

전철이 28번가에서 멈췄다. 문이 열렸다. 아무도 타지 않았다. 아무도 내리지 않았다. 문이 닫히고, 열차가 다시 움직이기 시작했다.

열한 번째 항목, 항상 가방 속에 숨기고 있는 손.

20년 전에 이 열한 번째 항목은 얼마 전에야 추가된 따끈따끈한 녀석이었다. 그 전에는 10번이 마지막이었다. 그러나 모든 것은 진화한다. 행위가 발생하면 반응이 뒤따르는 법. 이스라엘 치안군과 몇몇 용감한 민간인이 새로운 전술을 개발했다. 의심스러운 사람을 포착해도 도망치지 않는 것이다. 사실 도망쳐봤자 아무 소용도 없다. 폭탄 파편보다 더 빨리 달릴 수 있는 사람은 없으니까. 그래서 도망치는 대신 용의자를 있는 힘껏 꼭 끌어안아 폭탄범의 팔을 그의 옆구리에 고정시킨다. 스위치에 손을 댈 수 없게 하는 것이다. 그런 식으로 몇 번의 자살 테러를 예방할 수 있었고, 덕분에 많은 사람들이 목숨을 건졌다. 그러나 그에 맞서 테러범들도 새로운 전술을 터득했다. 이제 그들은 스위치 위에 항상 엄지손가락을 올려놓고 있으라고 교육받는다. 갑자기 누가 팔을 껴안는다고 해도 임무를 수행할 수 있도록. 그래서 항상 손이 가방 속에 숨겨져 있다.

네 번째 승객은 줄곧 가방에 손을 넣어두고 있었다. 구겨진 입구 덮개가 손목 위를 덮고 있다.

33번가에서 열차가 멈췄다. 문이 열렸다. 아무도 내리지 않았다. 승강장에 서 있던 한 승객이 조금 망설이더니 오른쪽으로 몸을 틀어 옆 차량에 탔다. 나는 고개를 돌려 머리 뒤쪽에 있는 작은 창문으로 그녀가 나와 가까운 쪽에 있는 좌석에 앉는 모습을 지켜보았다. 두 개의 스테인리스 칸막이벽, 그리고 차량 사이의 연결 공간. 그녀에게 저쪽으로 가라고 손짓하고 싶었다. 반대쪽 끝에 앉는다면 운 좋게 살아남을 수도 있다. 그러나 나는 꼼짝도 하지 않았다. 눈을 마주치지도 않았다. 어차피 그녀는 나를 무시할 것이다. 나는 뉴욕을 잘 안다. 한밤중에 지하철에서 이상한 짓을 하는 사람을 누가 믿겠는가.

자동문이 아직도 열려 있다. 순간적으로 사람들을 여기서 다 몰아낼까 하는 미친 생각이 들었지만 행동으로 옮기지는 않았다. 우스꽝스러운 짓이다. 모두들 황당해할 것이다. 언어의 장벽이 있을지도 모른다. 폭탄을 스페인어로 뭐라고 하더라? 봄바? 아니, 그건 전구라는 뜻이었나? 어떤 미친놈이 전구가 어쩌고 떠들어봤자 아무 소용도 없을 거다.

생각났다. 전구는 '봄비야' 다.

어쩌면.

아마도.

하지만 발칸 반도에서 쓰는 언어는 전혀 모른다. 그리고 서아프리카 방언도. 어쩌면 저 흑인 여자는 프랑스어를 쓸지도 모른다. 서아프리카의 일부 지역에서는 프랑스어를 사용하니까. 프랑스어는 할 줄 안다. 윈느 봄브. 라 팜므 라바 아 윈느 봄브 쑤 쏭 망또. **저기 저 여자가 옷 속에 폭탄을 숨기고 있어요.** 치마를 입은 여자라면 알아들을 것이다. 아니면 대충 눈치를 채고 여기서 도망칠 수도 있다.

잠시라도 잠에서 깬다면, 저 감은 눈을 뜬다면 말이다.

나는 움직이지 않았다.

문이 닫혔다.

열차가 움직이기 시작했다.

나는 네 번째 승객을 응시했다. 그녀의 가늘고 창백한 엄지손가락이 가방 속 숨겨진 버튼 위에 놓여 있는 게 보이는 것 같았다. 버튼은 라디오색에서 구한 물건이겠지. 취미 생활을 하는 사람들에게는 아무런 해도 없는 평범한 부품. 1달러 50센트면 누구나 살 수 있는 놈이다. 거기에 구불구불 연결된 전선들. 검은색과 붉은색, 양쪽 끝에는 쥠쇠가 달려 있고 테이프로 고정되어 있으리라. 그녀의 소매 아래에 숨어 있는 두꺼운 기폭장치는 열두 개나 스무 개쯤 되는 뇌관과 끔찍하고 치명적인 막대기에 연결되어 있을 것이다. 전류는 광속에 가까운 속도로 움직인다. 다이너마이트는 엄청나게 강력하다. 지하철처럼 밀폐된 공간에서는 기압파만으로도 몸뚱이가 으깨져 곤죽이 된다. 못과 볼베어링까지 갈 필요도 없다. 아이스크림에 총알을 박아넣는 것이나 마찬가지일 테니까. 남는 것도 거의 없을 것이다. 기껏해야 뼛조각 정도, 그것도 포도씨앗만 한 크기에 불과할 테다. 내이의 등자뼈와 모루뼈는 온전히 남을 수도 있다. 그 둘은 인간의 몸에서 가장 작은 뼈이기 때문에 확률적으로 다이너마이트의 파편 폭풍 속에서도 살아남을 가능성이 높다.

　나는 여자를 바라보았다. 그녀에게 접근할 수는 없다. 우리 사이의 거리는 10미터. 그녀의 엄지손가락은 이미 버튼 위에 놓여 있다. 싸구려 놋쇠 버튼과 엄지손가락과의 거리는 겨우 5밀리미터. 심장이 헐떡거리고 팔이 부들거릴 때마다 그 간격은 조금씩 그리고 규칙적으로 줄었다 늘었다를 반복하고 있을 것이다.

　그녀는 언제라도 움직일 수 있다. 나는 아니다.

　지하철은 계속해서 질주하고 있었다. 지하에서만 들을 수 있는 교향곡이 울려 퍼졌다. 터널에 공기가 밀려 들어가며 내는 긴 비명 소리, 철제 골격 아래 신축 이음새가 부딪쳐 덜컹거리는 소리, 선로에 집전기가 긁히는 소리, 윙윙거리는 모터 소리, 차량이 커브를 돌 때마다 바퀴의 이음매 테두리가 걸려 나는 날카로운 쇳소리.

여자는 어디로 가는 중일까? 6호선이 어디를 지나지? 자살폭탄으로 건물을 무너뜨릴 수 있던가? 아마 아닐 거다. 그렇다면 새벽 2시에 사람들이 몰려 있을 만한 곳은 어딜까? 많지는 않다. 나이트클럽 정도. 그러나 우리는 이미 대부분의 나이트클럽을 지나쳤고, 그녀라면 벨벳 로프를 넘어가기도 전에 문 앞에서 퇴짜를 맞을 것이다.

나는 여자를 바라보았다.

너무나도 뚫어지게.

여자가 눈치 챘다.

그녀가 고개를 돌렸다. 천천히, 침착하게, 사전에 계획이라도 해놓은 듯한 동작으로.

그녀는 나를 똑바로 바라보았다.

우리의 시선이 부딪쳤다.

그녀의 표정이 바뀌었다.

내가 안다는 것을 알아차린 것이다.

4

우리는 10초 동안 정면으로 서로를 응시했다. 나는 자리에서 일어났다. 잠시 각오를 다진 다음 한 발짝 내디뎠다. 10미터면 어차피 죽은 목숨이다. 조금 더 가까이 간다고 해서 달라질 것은 없다. 왼쪽에 있는 히스패닉계 여자를 지나쳤다. 오른쪽에 앉은 NBA 티셔츠를 입은 남자도 지나쳤다. 왼쪽에 있는 서아프리카 여자를 지나쳤다. 그녀는 여전히 눈을 감고 있었다. 왼쪽, 오른쪽, 나는 차량 안에 곧게 서 있는 손잡이들을 한쪽 손으로 이리저리 번갈아 잡아가며 여자를 향해 다가갔다. 네 번째 승객은 그러는 내내 나를 뚫어져라 쳐다보고 있었다. 겁에 질린 채로 숨을 헐떡거리며 기도문을 중얼거리면서. 손은 여전히 가방 속에 놓아둔 채였다.

나는 그녀와 2미터쯤 떨어진 곳에서 발을 멈췄다.

"제발 내가 틀렸기를 바라오."

내가 말했다.

그녀는 대답하지 않았다. 입술이 달싹거렸다. 두꺼운 검은색 천 아래에서 그녀의 손이 움찔거렸다. 가방 속에 들어 있는 커다란 물체가 살짝 흔들렸다.

내가 다시 입을 열었다.

"손 좀 보여주시오."

그녀는 대답하지 않았다.

"나는 경찰이오."

나는 거짓말을 했다.

"당신을 도와주겠소."

그녀는 대답하지 않았다.

"대화를 합시다."

그녀는 대답하지 않았다.

나는 손잡이를 놓고 두 손을 옆으로 늘어뜨렸다. 이렇게 하면 그나마 몸집이 작아 보인다. 위압감도 줄어든다. 그저 평범한 사람처럼 보일 뿐이다. 나는 흔들리는 지하철 안에서 균형을 잡고 서 있었다. 아무 짓도 하지 않았다. 선택의 여지가 없었으니까. 여자에게 필요한 것은 몇십 분의 1초뿐이었다. 내게는 그보다 더 많은 시간이 필요했다. 그렇지만 어차피 아무것도 할 수 없을 것이다. 여자의 가방을 낚아채 멀리 도망갈 수도 있다. 그러나 여자는 가방을 몸통에 비스듬히 걸쳐 매고 있고, 넓은 어깨끈은 튼튼하고 촘촘한 천으로 만들어져 있다. 소방호스와 똑같은 재질이다. 요즘 흔히 볼 수 있는 것처럼 일부러 낡고 해지게 만들었지만 상당히 튼튼할 것이다. 아무리 세게 잡아당겨봤자 여자까지 함께 딸려 올라와 바닥에 나동그라지고 말 터이다.

그녀에게 접근하는 것은 불가능했다. 내 손이 미처 닿기도 전에 여자는 스위치를 누를 거다.

가방을 위로 잡아채 올린 다음 다른 쪽 손으로 기폭장치에 연결된 전선을 뽑아 버릴 수도 있다. 그러나 여자의 움직임이 자유로운 걸 보면 전선의 길이는 충분한 듯했고, 따라서 그녀가 반항하기 전에 팔을 크게 휘둘러 선을 뽑으려면 상당한 시간이 필요하다. 그때쯤이면 여자는 벌써 반사적으로 스위치를 누른 뒤일 터이다.

여자의 재킷을 잡아당겨 다른 쪽 전선을 뽑아 버릴 수도 있다. 하지만 나와 전선 사이에는 거위털로 가득 찬 두꺼운 벽이 놓여 있다. 매끄러운 나일론 재킷, 그러쥐기도 힘들고, 촉감으로 반대쪽 상황을 판단하기도 어렵다.

불가능한 일이다. 기각.

여자를 아예 기절시키는 방법도 있다. 머리를 강타해서 쓰러트리는 것이다. 한 방이면 눈 깜짝할 새에 상황이 완료된다. 그러나 내가 아무리 빠르다 한들 2미터나 떨어진 곳까지 달려가려면 최소한 0.5초는 걸린다. 여자는 엄지손가락을 5밀리미터만 움직여도 끝이다.

그녀가 이길 거다.

내가 물었다.

"옆에 앉아도 되겠소?"

"아뇨. 가까이 다가오지 말아요."

무미건조하고 감정이 실리지 않은 목소리. 두드러진 억양도 없다. 미국인이 틀림없다. 그렇지만 고향을 짐작하기는 힘들었다. 가까이서 보니 미치거나 흥분한 것 같지도 않았다. 그저 체념에 젖고 겁에 질려 있을 뿐이다. 그녀는 반대쪽 유리창을 쳐다볼 때처럼 강렬하고 뜨거운 눈빛으로 나를 올려다보았다. 온몸의 신경이 비쭉하게 곤두서 있는 것 같았다. 내가 누구인지 알아내려는 듯 머리 꼭대기에서 발끝까지 샅샅이 훑어보았다. 나는 움직일 수 없었다. 아무 짓도 할 수 없었다.

"시간이 너무 늦었소."

내가 말했다.

"러시아워 때까지 기다리는 게 나을 거요."

그녀는 아무 말도 하지 않았다.

"여섯 시간만 더 기다린다면 효과가 훨씬 좋을 거요."

가방 속에서 그녀의 손이 꿈틀거렸다.

"하지만 지금은 아니오."

그녀는 아무 말도 하지 않았다.

"한쪽 손만이라도 좀 보여주시오. 두 손을 모두 넣어둘 필요는 없지 않소."

지하철이 갑자기 속도를 줄였다. 몸이 급작스럽게 뒤로 쏠리는 바람에 나는 순간적으로 한 발을 앞으로 내딛으며 손잡이 위쪽을 붙잡았다. 손바닥이 땀으로 흥건했다. 철봉이 뜨겁게 느껴졌다. 그랜드센트럴 역에 도착한 줄 알았지만 아니었다. 밝은 불빛과 하얀 타일벽을 기대하며 창밖을 내다보았지만 눈에 들어온 것이라고는 침침한 푸른색 램프가 내뿜는 불빛뿐이었다. 아직 터널 안이었다. 기기에 이상이 생겼거나 신호대기 중이리라.

나는 다시 고개를 돌렸다.

"한쪽 손을 보여주시오."

여자는 대답하지 않았다. 그녀는 내 허리께를 바라보고 있었다. 팔을 들어 손잡이를 붙잡느라 티셔츠가 말려 올라가 바지 허리춤 사이로 배에 난 흉터가 드러나 있었다. 희고 딱딱한 살점이 도드라져 올라온 커다란 흉터, 만화에서나 나올 법한 거칠고 조잡한 바늘 자국. 오래전, 베이루트에서 자살폭탄 트럭이 터졌을 때 유탄에 맞았던 흉터다. 나는 그때 폭발물로부터 90미터쯤 떨어져 있었다.

지금은 그때보다 88미터나 가깝다.

그녀는 잠자코 내 흉터를 바라보았다. 내 흉터를 본 사람들은 대개 어쩌다가 이렇게 됐는지 묻는다. 하지만 제발 이 여자만은 그러지 말았으면 좋겠다. 폭탄이라는 말을 입에 올리고 싶지 않다. 적어도 지금 이 여자에게는.

내가 말했다.

"한쪽 손을 보여주시오."

여자가 말했다.

"왜요?"

"두 손을 다 가방 속에 넣어둘 필요는 없지 않소."

"그게 당신하고 무슨 상관인데요?"

"모르겠소."

지금 내가 무슨 짓을 하고 있는지도 모르겠다. 나는 인질협상가가 아니다. 난 그저 대화를 시도하는 중이다. 사실 내게는 전혀 어울리지 않는 짓이다. 나는 원래 매우 과묵한 인간이다. 통계적으로 볼 때 내가 말을 하다 죽는 일은 발생할 가능성이 거의 없다.

어쩌면 바로 그 때문에 지금 이렇게 떠들고 있는지도 모르겠다.

여자가 손을 움직였다. 가방 안에서 무언가를 오른손으로 굳게 쥐는 듯 보였다. 여자가 천천히 왼손을 가방 밖으로 꺼냈다. 작고 핏기 없는 하얀 손. 힘줄과 혈관이 살짝 솟아 있는 중년 여자의 피부다. 짧게 다듬은 검소한 손톱. 반지는 없었다. 미혼에 약혼도 하지 않았다. 여자는 손을 뒤집어 내게 손바닥을 보여주었다. 손바닥은 비어 있었다. 열이 올라서인지 붉은색이었다.

"고맙소."

내가 말했다.

그녀는 손바닥을 아래로 한 채 손을 얌전히 옆자리에 내려놓았다. 마치 더 이상 아무런 쓸모도 없다는 듯이. 지금 상황에서는 확실히 그랬다. 열차는 어둠 속에 멈춰 서 있었다. 나는 팔을 내렸다. 셔츠자락이 제자리로 돌아갔다.

"이제 가방 안에 들어 있는 것을 보여주시오."

"왜요?"

"뭐가 들어 있는지 보고 싶으니까."

여자는 아무 말도 하지 않았다.

움직이지도 않았다.

내가 다시 입을 열었다.

"빼앗아가지 않겠소. 약속하지요. 그저 보기만 할 거요. 당신도 이해해주리라 믿소만."

열차가 다시 움직이기 시작했다. 서서히 속도를 올렸다. 부드럽게, 천천히 달린다. 역 안으로 매끄럽게 진입하기 위해서다. 속도가 무척 더디다. 한 180미터쯤 달린 것 같다.

"적어도 그 안에 들어 있는 걸 확인할 자격 정도는 있다고 생각하오. 당신은 그렇게 생각하지 않소?"

여자는 전혀 그렇게 생각하지 않는다는 듯 얼굴을 찡그렸다.

"어째서 당신한테 그런 자격이 있다는 거죠?"

"모르겠소?"

"전혀요."

"왜냐하면 내가 지금 여기 있기 때문이오. 그리고 난 그게 안전한 상태인지 확인해줄 수 있기 때문이오. 나중을 위해서요. 나중에 그 일을 할 거잖소. 하지만 지금은 안 되오."

"당신 경찰이라면서요."

"우리 둘이서 함께 이 문제를 해결해봅시다."

내가 말했다.

"당신을 도와주겠소."

나는 어깨 너머를 힐끗 돌아보았다. 기차는 미적거리며 기어가고 있었다. 기관차 앞쪽에 밝은 조명이 선로를 비추고 있다. 나는 다시 고개를 돌렸다. 여자의 오른손이 움직이고 있었다. 그녀는 꼼지락거리면서 손에 더욱 굳게 힘을 주더니 천천히 가방 밖으로 손을 꺼냈다. 모든 게 한꺼번에 일어난 일이었다.

나는 그 광경을 빤히 바라보았다. 가방 입구가 그녀의 손목에 걸리자 그녀는 왼손으로 덮개를 들췄다. 그녀의 오른손이 가방 밖으로 모습을 드러냈다.

배터리는 없었다. 전선도 없었다. 스위치도 버튼도 없었다. 발파기도 없었다.

그녀의 손에는 전혀 다른 것이 들려 있었다.

5

여자는 손에 권총을 쥐고 있었다. 그녀는 내게 똑바로 총구를 겨눴다. 아래쪽 급소를 향해. 총구는 내 배꼽과 가랑이 사이를 겨냥하고 있었다. 거기에는 온갖 중요한 것들이 들어 있다. 주요 장기, 척추, 창자, 다양한 동맥과 정맥. 총은 루거 스피드식스였다. 크고 오래된 357 매그넘 리볼버로 10센티미터쯤 되는 짧은 총신이 달려 있다. 내 배에 커다란 바람구멍을 뚫을 수 있는 녀석이다.

그렇지만 나는 1초 전보다 마음이 한결 가벼워졌다. 이유? 많다. 폭탄은 많은 사람을 단번에 쓸어버리지만 총은 한 번에 한 사람밖에 죽이지 못한다. 폭탄은 따로 목표를 겨냥할 필요가 없지만 총은 총구를 겨냥해야 한다. 장전한 스피드식스는 족히 1킬로그램은 나간다. 저렇게 가느다란 손목으로 1킬로그램짜리 쇳덩이를 제어하려면 상당한 힘이 필요하다. 그리고 매그넘은 발사 시 총구에서 불꽃이 튀고 반동도 크다. 만일 여자가 전에도 이 총을 다뤄봤다면 그 사실을 알고 있을 것이다. 그러니 총잡이들이 이른바 매그넘 플린치라고 부르는 동작을 하게 되겠지. 방아쇠를 당기기 직전 찰나의 순간 팔을 단단히 고정시키고 눈을 질끈 감으며 머리를 반대쪽으로 돌리는 것이다. 그런 상태에서는 목표를 놓치기가 쉽다. 겨우 2미터밖에 떨어지지 않은 표적이라도 말이다. 사실 권총은 그리 잘 맞는 무기가 아니다. 조용한 사격장 안에서 귀마개와 보안경을 갖추고 충분한 시간을 들여 차분한 마음가

짐으로 사정거리 내에 있는 과녁을 쏜다면 모를까 현실은 전혀 다르다. 잔뜩 겁을 먹고 당황한 상태에서 두 손은 부들부들 떨리고 심장은 쿵쾅거리는데 권총으로 표적을 맞추려면 믿을 것은 운밖에 없다. 좋든 나쁘든, 내게든 그녀에게든.

그녀가 첫 발을 맞추지 못한다면, 두 번째 기회는 없을 것이다.

내가 말했다.

"진정하시오."

무슨 말이든 해야 했다. 방아쇠 위에는 새하얗게 질린 손가락이 놓여 있었다. 그러나 아직 움직이지는 않았다. 스피드식스는 더블액션 리볼버다. 다시 말해 방아쇠를 반쯤 당기면 공이가 뒤로 젖혀지며 탄창이 돌아가고, 나머지 반을 당기면 공이가 다시 앞으로 튀어나오고 총알이 발사된다. 구조가 복잡한지라 발사되기까지는 시간이 좀 걸린다. 긴 시간은 아니지만 짧게나마 지체된다. 나는 그녀의 손가락을 주시했다. 야구 선수 같은 눈빛을 지닌 사내가 우리를 쳐다보고 있는 게 느껴졌다. 그보다 더 멀리 있는 승객들에게는 내 등에 가려 무슨 일이 벌어지고 있는지 보이지 않을 것이다.

내가 입을 열었다.

"나한테 이럴 필요는 없잖소. 내가 누군지도 모르면서. 총을 내려놓고 우리 말로 합시다."

여자는 대답하지 않았다. 뭔가가 언뜻 그녀의 얼굴 위를 스치고 지나간 것 같기도 했지만 내가 보고 있는 것은 그녀의 얼굴이 아니었다. 나는 여자의 손가락을 보고 있었다. 내 관심은 온통 그녀의 손가락에 쏠려 있었다. 동시에 발바닥을 통해 느껴지는 진동에 신경을 집중했다. 나는 전차가 멈추기를 기다리고 있었다. 그때 그 지하철광이 말했다. R142A는 무게가 3톤이나 나간다고. 게다가 시속 100킬로미터까지 달릴 수 있어서 아주 강력한 브레이크를 갖추고 있다. 너무 강력해서 속도가 느릴 때에는 정교하게 다루기가 힘들다고 했다. 따라서 속도를 미묘하게 조절하기가 힘들다. 브레이크를 밟으면 열차가 갑자기 멈추고 바퀴가 밀리면서 선로를 긁게 된다. 마지막 1미터 정도는 바퀴가 고정된 채 미끄러지게 되고, 그래서 열차가 역에 멈출 때마다 특유의 날카롭고 새된 소리를 내지르게 되는 것이다.

이렇게 느릿느릿 기어가는 상태라도 똑같은 일이 발생할 것이다. 어쩌면 그 때문에 더 심하게 흔들릴지도 모른다. 가늘고 긴 여자의 팔, 1킬로그램에 달하는 무거운 쇳덩이. 브레이크가 걸려도 관성은 계속 총을 잡아당긴다. 업타운 쪽으로. 뉴턴의 운동법칙이다. 나는 나를 잡아끄는 관성과 싸울 준비가 되어 있다. 철봉 손잡이를 반대쪽으로 힘주어 밀면서 다운타운 쪽으로 훌쩍 뛰면 된다. 총구가 15센티미터 정도만 북쪽으로 쏠리고 내가 15센티미터 정도만 남쪽으로 피하면 사선에서 벗어날 수 있다.

어쩌면 10센티미터로 족할지도. 만약을 위해 12센티미터로 하자.

여자가 물었다.

"어쩌다 그런 흉터가 생겼어요?"

나는 대답하지 않았다.

"총에 맞았나요?"

"폭탄이었소."

여자가 총구를 자신의 왼쪽, 내 오른쪽으로 움직였다. 그녀는 내 셔츠 아래 가려진 흉터 자국을 겨누었다.

열차는 계속해서 굴러가고 있었다. 드디어 역에 진입했다. 어찌나 더디게 기어가는지 영영 역에 닿지 않을 것만 같았다. 사람이 걷는 것보다도 더 느리게 느껴졌다. 그랜드센트럴 역의 플랫폼은 길었다. 기관차가 플랫폼 끝을 향해 굴러간다. 나는 브레이크가 걸리기만을 기다리며 열차가 크게 흔들릴 기회를 노렸다.

그러나 우리는 거기까지 도달하지 못했다.

총구가 내 배 한가운데로 돌아오더니 갑자기 수직으로 움직였다. 순간 여자가 항복을 한다는 생각이 들었다. 그러나 총신은 계속해서 움직였다. 여자는 턱을 위로 쳐들었다. 마치 잘난 척 뽐을 내는 듯한 몸짓이었다. 그녀는 총구를 턱 아래 가져다 대고는 방아쇠를 반쯤 당겼다. 탄창이 회전했다. 공이가 뒤로 젖혀지며 그녀의 나일론 옷을 긁었다.

다음 순간, 여자는 방아쇠를 끝까지 당겨 자신의 머리를 날려 버렸다.

6

 지하철 문이 열리지 않았다. 누군가 비상용 인터컴으로 연락을 했거나 차장이 총소리를 들었는지도 모른다. 어쨌든 지하철 시스템이 통째로 멈췄다. 정해진 지침 같은 것이 있는 게 틀림없다. 합리적인 판단이다. 어떤 미친놈이 총을 휘두르며 거리로 뛰쳐나가는 것보다는 지하철 안에 가둬놓는 편이 훨씬 나으니까.

 그러나 기다리는 건 그리 즐겁지 않았다. 357 매그넘탄은 1935년에 발명되었다. 매그넘은 라틴어로 크다는 의미다. 탄알은 무겁고, 발사약도 다른 권총에 비해 훨씬 많다. 엄밀히 말해 발사약은 폭발하지 않는다. 발사약은 연소한다. 타는 것과 폭발하는 것의 중간쯤 되는 화학반응인데, 기본적인 원리는 뜨거운 가스 거품을 발생시켜 납작하게 눌려 있던 스프링이 톡 하고 튕겨오르는 것처럼 총알을 총신 밖으로 밀어내는 것이다. 탄알의 뒤를 따라 총신 밖으로 빠져나온 가스는 공기 중의 산소를 연소시킨다. 그래서 총구에서 불꽃이 번쩍이는 것이다. 하지만 네 번째 승객이 그런 것처럼 머리에 총구를 대고 방아쇠를 당기면 총알이 피부에 구멍을 뚫고 가스도 곧장 그 뒤를 따라 지나게 된다. 가스가 피부와 격렬하게 충돌하면 피부가 찢어져 커다란 별 모양의 총상이 남거나 아니면 뼈에서 살점과 피부를 발라내 두개골이 노출된다. 마치 위에서 아래로 벗긴 바나나 껍질처럼 말이다.

 이번 경우에는 후자였다. 여자의 얼굴이 누더기처럼 갈기갈기 찢겨

조각난 피와 살점이 뼈에 붙어 너덜거렸다. 총탄은 그녀의 입을 지나 수직으로 상승하며 그녀의 뇌 속으로 거대한 운동에너지를 밀어넣었다. 급작스러운 압력이 빠져나갈 구멍을 찾다가 어린 시절 나이가 들면서 아물린 두개골판 틈새에서 길을 찾아냈다. 거기서 다시 한 번 폭발이 일어나 커다란 뼛조각 서너 개가 그녀의 뒤쪽 벽으로 터져나갔다. 한마디로 말해, 그녀의 머리가 사라졌다. 낙서방지용 강화유리는 제 몫을 훌륭히 해냈다. 하얀 뼛조각과 거무튀튀한 핏방울, 회색 뇌수가 달팽이가 기어간 자국처럼 옅고 희미한 흔적을 남기며 매끄러운 표면 아래로 흘러내렸다. 여자의 몸이 의자 위에 힘없이 털썩 주저앉았다. 오른손 검지는 여전히 방아쇠에 걸쳐져 있었다. 총이 여자의 넓적다리 위로 떨어지더니 살짝 튕겨올라 그녀의 옆자리에 착지했다.

아직도 귓전에서 총성이 메아리치고 있었다. 뒤쪽에서 웅웅거리는 소리가 들려왔다. 코끝에 피 냄새가 물씬 올라왔다. 나는 허리를 굽히고 여자의 가방을 뒤졌다. 비어 있었다. 여자의 재킷 지퍼를 열고 옷 안쪽을 살펴보았다. 아무것도 없었다. 하얀색의 면블라우스와 창자와 방광이 비워지면서 나는 악취뿐이었다.

나는 비상용 스피커를 찾아 직접 차장에게 연락을 취했다.

"권총 자살 사건이오. 뒤에서 두 번째 차량, 상황은 이미 종료되었소. 다른 승객들은 모두 무사합니다. 위험 요소 무."

뉴욕 경찰이 특수기동대 팀을 꾸려 튼튼한 방호복에 소총을 든 무리들을 몰래 끌고 나타날 때까지 넋놓고 기다리고 싶지는 않았다. 그러려면 꽤나 오래 기다려야 할 것이다.

차장은 응답하지 않았다. 하지만 1분 뒤에 차장의 목소리가 방송으로 들려왔다.

"승객 여러분께 알려드립니다. 불의의 사고로 인해 잠시 자동문 기능이 정지되었습니다."

딱딱하고 느릿느릿한 말투였다. 수칙에 적힌 내용을 그대로 읽고 있는 것 같았다. 목소리는 가늘게 떨리고 있었다. 블룸버그 앵커들의 침착한 목소리와는 거리가 멀었다.

나는 마지막으로 주위를 한 바퀴 둘러보고는 머리 없는 시신에서 1미터쯤 떨어진 곳에 앉아 기다렸다.

경찰 드라마 한 편을 보고도 남을 시간이 지난 후에야 비로소 진짜 경찰들이 등장했다. DNA를 검출하고 분석하고 결과를 조회하고, 범인을 찾아 검거하고 재판하고 판결을 내리겠지. 경관 여섯 명이 계단을 내려왔다. 방탄조끼를 입고 모자를 쓴 채로 손에는 무기를 뽑아들고 있다. 뉴욕 경찰의 밤 순찰대였다. 그 이름 높은 미드타운사우스, 웨스트 35번가에 있는 14번 관서에서 나왔을 것이다. 그들은 플랫폼을 따라 앞에서부터 하나씩 지하철 차량을 체크하기 시작했다. 나는 의자에서 일어나 연결통로 뒤쪽에 달린 창문을 통해 앞쪽을 내다보았다. 밝은 조명이 비치는 길고 긴 스테인리스 터널을 들여다보는 것 같았다. 거리가 멀어질수록 시야가 흐릿하고 어두워졌다. 여러 겹의 창문에 쌓인 먼지와 지저분한 초록색 오물들 때문이었다. 그러나 경찰들이 앞 차량의 문을 열고 안을 점검한 다음 승객들을 역 밖으로 쫓아내는 모습을 확인하기에는 충분했다. 경찰들이 우리가 탄 차량에 도달하기까지는 시간이 그리 오래 걸리지 않았다. 밤늦은 시간이라 승객들이 얼마 없었기 때문이다. 그들은 창문으로 안을 들여다보고 시체와 총을 발견하고는 뻣뻣하게 긴장했다. 문이 거친 숨소리를 내며 열리자 두 명씩 짝을 지어 세 개의 문을 통해 동시에 들어왔다. 우리는 반사적으로 두 손을 번쩍 들어올렸다.

세 개의 출입문 앞에 각각 한 명의 경관이 망을 섰고, 나머지 세 명이 죽은 여자를 향해 다가갔다. 그들은 시신의 2미터쯤 앞에서 발을 멈췄다. 여자가 살아 있는지 맥박을 확인하지도 않았다. 호흡 여부를 알아보기 위해 코 밑에 거울을 대보지도 않았다. 반쯤은 여자가 숨을 쉬고 있지 않다는 게 확실했기 때문에, 그리고 나머지 반쯤은 그녀에게 코가 없었기 때문일 것이다. 내부 압력 때문에 안구가 튕겨져나간 두 개의 텅 빈 구멍 사이의 공간에는 연골이 뜯겨져나가 울퉁불퉁한 뼛조각만이 남아 있었다.

경사 계급장을 단 덩치 큰 경관이 몸을 돌렸다. 낯빛이 약간 창백했지만 그 점만 빼면 이 정도야 일상적인 일이라는 듯 태연한 연기를 꽤 잘해내고 있었다.

"무슨 일이 있었는지 목격하신 분 없습니까?"

차량 앞쪽에서는 침묵이 흘렀다. 히스패닉계 여성과 NBA 티셔츠를 입은 남자, 그리고 서아프리카 여성이었다. 모두들 자리에 똑바로 앉아 꿀 먹은 벙어리처럼 아무 말도 하지 않았다. 여덟 번째 항목, 전방 시선 고정. 모두가 해당된다. **내가 당신을 보지 않으면 당신도 나를 보지 않겠지.** 폴로셔츠를 입은 남자도 입을 열지 않았다.

그래서 내가 말했다.

"가방에서 권총을 꺼내더니 자기 머리를 쏴 버렸소."

"아무 일도 없었는데 말이오?"

"그런 것 같소."

"대체 왜 그런 짓을 했답니까?"

"내가 어떻게 알겠소?"

"언제, 어디서 그랬습니까?"

"열차가 역으로 들어오던 중에 그랬소. 정확한 시간은 모르오."

경관은 내가 준 정보를 곱씹어 보았다. 권총 자살. 지하철에서 일어난 일은 뉴욕 경찰의 소관이었다. 41번가와 42번가 사이는 14번 관서의 관할구역이다. 그의 사건이었다. 의문의 여지가 없었다. 그는 고개를 끄덕였다.

"좋아요, 모두들 내려 승강장에 대기해주십시오. 여러분의 이름과 주소, 진술을 받아야 합니다."

그가 옷깃에 달려 있는 마이크를 더듬거리자 크고 탁한 전파음이 울려 퍼졌다. 경관이 마이크에 대고 기나긴 코드와 숫자를 중얼거렸다. 응급구조대원과 앰뷸런스를 요청한 것이리라. 이제 지하철 쪽 사람들을 불러 차량을 떼어낸 다음 청소를 하고 다시 지하철을 정상대로 운행하는 일만 남았다. 그리 어려운 일은 아니다. 아침 출근 시간이 되려면 아직도 멀었으니까.

우리는 열차에서 내렸다. 지하철 경찰대와 더 많은 경관들이 도착했다. 지하철 직원들이 주위를 에워싸고 있었다. 그랜드센트럴 직원들도 나타났다. 5분 뒤에는 뉴욕 시 소방국 응급대원들이 들것을 들고 계단을 뛰어내려왔다. 그들은 사람들의 장벽을 뚫고 열차 안으로 들어갔다. 그러자 처음 도착한 경찰들이 물러났다. 그 뒤로는 무슨 일이 벌어지고 있는지 알 수가 없었다. 경찰들이 지하철에 타고 있던 승객들을 찾아 진술을 받기 시작했기 때문이다. 내게는 아까 그 덩치 큰 경위가 따라붙었다. 열차 안에서 질문에 답했기 때문인지 나를 첫 타자로 점 찍어놓은 듯했다. 그는 나를 역 안쪽으로 데리고 가더니 벽에 흰색 타일이 붙어 있는 덥고 퀴퀴한 방으로 몰아넣었다. 아마도 지하철 경찰대의 시설인 것 같았다. 경위는 나를 나무의자에 앉힌 다음 이름을 물었다.

"잭 리처."

그는 내 이름을 받아 적었다. 그리곤 아무 말도 하지 않았다. 방 입구를 서성거리며 간간히 감시하는 듯한 시선을 던질 뿐이었다. 그는 기다렸다. 형사가 도착하기를 기다리고 있는 것이다.

7

 형사는 여자였고, 혼자였다. 바지와 회색 반소매 셔츠를 입고 있었다. 실크, 그렇지만 인조실크 같았다. 어쨌든 번들번들하고 반짝거렸다. 셔츠는 바지 안으로 넣지 않고 밖으로 내 입고 있어서 허리춤에 있는 권총과 수갑, 기타 등등 다른 것들이 가려졌다. 셔츠 안의 몸매는 자그맣고 늘씬했다. 검은 머리카락은 뒤로 넘겨 하나로 묶었고, 얼굴은 작고 달걀형이었다. 장신구는 전혀 하지 않았다. 결혼반지도 없었다. 나이는 30대 후반 정도. 어쩌면 마흔일지도 모른다. 매력적인 여자였다. 한눈에 그녀가 마음에 들었다. 느긋하고 친절해 보였다. 그녀는 내게 금색의 형사배지를 보여준 다음 명함을 건넸다. 사무실과 휴대전화 번호가 적혀 있었다. 뉴욕 경찰 주소의 이메일 주소도 있었다. 그녀는 명함에 적힌 이름을 소리 내어 읽어주었다. 테레사 리, T와 H를 함께 발음한다. 테마나 테라피와 똑같은 발음, 테레사. 하지만 아시아인은 아니었다. 리는 전남편의 성이거나 리(Leigh)의 엘리스 섬(뉴욕 항에 있는 작은 섬으로 과거에 이민 검역소가 있었다.—역주) 버전이거나 아니면 훨씬 길고 복잡한 이름을 줄인 것일지도 모른다. 어쩌면 로버트 E. 리 장군의 먼 후손일지도.

 테레사 리가 말했다.
 "정확하게 무슨 일이 있었는지 설명해주실 수 있나요?"
 그녀는 눈썹을 살짝 치켜올리며 부드럽게 말했다. 사건 그 자체보다도 내가 방금 경험한 커다란 정신적 외상이 더 걱정된다는 투였다. 사려 깊은 마음씨가 묻어나는 차분하고 조용한 목소리. **설명해주실 수 있나요? 주실 수 있나요? 이런 일을 겪고도 괜찮으실까요?** 나는 싱긋 웃었다. 미드타운사우스는 연간 살인율이 한 자리 수에 지나지 않는다. 설사 테레사 리가 경찰에 들어온 이래 여기서 발생한 살인 사건을 모두 혼자 처리했다 하더라도 이제껏 내가 본 시체 수에는 비교도 되지 않을 것이다. 수 배, 아니 수십 배가 될른지도 모른다. 지하철에 타고 있던 여자는 그중에서 가장 보기 좋은 시신은 아니었지만 그렇다고 최악의 경우와도 한참 거리가 멀었다.

그래서 나는 그녀에게 무슨 일이 있었는지 정확하게 설명해주었다. 블리커 가에서 지하철을 탔을 때부터 열한 개의 행동지표, 여자에게 조심스럽게 접근한 일과 단편적인 대화, 총, 그리고 자살에 이르기까지 모조리 다.

테레사 리는 행동지표 목록에 대해 이야기하고 싶어 했다.

"우리 경찰한테도 그 지침서가 있어요. 하지만 그건 극비에 속하는데요."

"벌써 20년이나 된 거잖소. 지금쯤이면 모르는 사람이 없을 텐데. 그게 어떻게 극비란 말이오."

"그걸 어디서 알게 된 거죠?"

"이스라엘."

내가 대답했다.

"나온 지 얼마 안 돼 따끈따끈했을 때요."

"어떻게 그럴 수가 있죠?"

그래서 나는 테레사 리에게 내 이력을 읊어주었다. 간략하게 줄인 버전이었다. 입대, 13년간의 헌병 생활, 110부대 엘리트 범죄수사대, 전 세계를 누비며 복무했고 명령이 떨어지면 어디든 파견임무를 나갔다는 이야기. 그런 다음 평화배당금과 국방예산 감축, 갑작스러운 인원 축소에 대해서도 털어놓았다.

"장교였나요, 사병이었나요?"

"소령이었소."

"지금은요?"

"전역했소."

"전역하기엔 너무 젊지 않나요?"

"아직 기운이 남아 있을 때 인생을 즐겨야겠다는 생각이 들어서."

"그래서 인생을 즐기고 있나요?"

"더할 나위 없이."

"밤에 빌리지에서 뭘 하고 있었죠?"

"음악을 듣고 있었소. 블리커 가에 괜찮은 블루스 클럽이 있거든."

"6호선을 타고 어디로 가는 중이었죠?"

"위쪽에서 숙소를 잡든가 항만국 버스 터미널에 가서 버스를 타려고 했소."

"행선지는요?"

"안 정했소."

"뉴욕엔 관광을 하러 온 건가요?"

"그런 셈이오."

"거주지는 어디죠?"

"없소. 되는 대로 떠도는 인생이라."

"짐은요?"

"안 갖고 다니오."

보통 사람들이라면 여기서 후속 질문을 던지기 마련이다. 하지만 테레사 리는 그러지 않았다. 대신 표정을 바꾸더니 말했다.

"그 대응집이 틀렸다니, 기분이 썩 좋지 않군요. 당연히 정확할 거라고 생각했는데."

그녀는 내게 친근한 태도로 말했다. 경찰 대 경찰로, 마치 내 옛 직업 때문에 감명을 받았다는 듯이.

"절반만 틀린 거요. 자살 부분은 맞았으니까."

"그렇네요. 그 부분의 신호는 같았던 거죠. 그래도 허위 경보였어요."

"아예 경보를 알리지 않는 것보단 낫잖소."

"그렇네요."

내가 물었다.

"그 여자가 누군지는 밝혀냈소?"

"아직은요. 하지만 곧 알아낼 거예요. 현장에서 열쇠와 지갑을 찾았거든요. 결정적인 단서가 될 거예요. 하지만 왜 겨울용 재킷을 입었을까요?"

"모르겠소."

테레사 리가 갑자기 조용해졌다. 크게 실망한 것 같았다.

내가 말했다.

"그런 건 항상 업그레이드 중이오. 개인적으로 난 여성 쪽에도 열두 번째 항목이 있어야 한다고 생각하오. 여성 자살폭탄범이 머리가리개를 벗으면 남자들처럼 선탠 자국이 남는다거나."

"좋은 지적이네요."

"그리고 무슨 책에선가 읽었는데 처녀는 번역이 잘못된 거라고 합디다. 원래는 그 단어에 여러 가지 뜻이 있다는 거요. 사실 그 대목은 온통 음식에 관한 이야기이기도 하고. 젖과 꿀. 그러니 처녀는 건포도를 뜻하는 단어일 수도 있소. 탱글탱글하고 알맹이가 통통한 건포도, 설탕에 절이거나 설탕을 뿌린 걸 수도 있지."

"건포도 때문에 자살을 한다고요?"

"그 작자들 표정을 보고 싶군."

"언어에 능한가 봐요?"

"영어는 일단 할 줄 알지."

내가 말했다.

"그리고 프랑스어도 할 줄 알고. 어쨌든 왜 여자들이 상으로 처녀를 원하겠소? 경전은 많은 부분이 오역이오. 특히 처녀가 나오는 대목은 더욱 그렇지. 심지어 신약성서도 그렇소. 어떤 사람들은 성모 마리아가 처녀가 아니라 그냥 첫 아이를 낳은 거라고 하더군. 히브리어로 보면 그렇다는 거요. 옛날에 성경을 쓴 원저자가 지금 우리가 지어낸 이야기들을 보면 포복절도할 거요."

테레사 리는 종교에 대해서는 아무 말도 하지 않았다. 그저 이렇게 물었을 뿐이다.

"정말 괜찮아요?"

나는 그 질문을 충격을 받았느냐는 의미로 받아들였다. 혹시 심리

상담이 필요하냐고 묻는 것으로 말이다. 어쩌면 그녀는 내가 과묵한 사람치고는 너무 말을 많이 한다는 느낌을 받았는지도 몰랐다. 하지만 틀린 생각이었다. 나는 괜찮다고 대답했다. 그녀는 약간 놀란 듯 보였다.

"나라면 자책감이 들 것 같아서요. 지하철 안에서 그 여자에게 그렇게 접근한 것 말이에요. 당신이 그 여자를 궁지로 내몰았을지도 모르잖아요. 한두 정거장만 더 기다렸더라면 그 여자도 정신을 추슬렀을지 모르죠."

우리는 한참 동안 침묵 속에 앉아 있었다. 잠시 후 덩치 큰 경위가 문틈으로 고개를 들이밀고는 고갯짓으로 리를 밖으로 불러냈다. 두 사람이 짧게 속닥거리더니 리가 다시 들어와 자기와 함께 웨스트 35번가로 가자고 말했다. 그녀의 관할서로 말이다.

내가 물었다.

"이유가 뭐요?"

그녀는 잠시 망설였다.

"형식적인 절차예요."

그녀가 말했다.

"진술서를 작성한 다음 사건을 종료하려고요."

"내게 선택권이 있소?"

"너무 앞서 나가지 말아요."

그녀가 말했다.

"이스라엘 지침서가 관련되어 있으니 우린 이 사건을 국가 안보 문제로 취급할 수도 있어요. 당신은 중요한 증인이고 우린 당신이 늙어 죽을 때까지 잡아둘 수도 있죠. 그러니까 모범 시민답게 우리한테 협조하는 게 좋을 거예요."

나는 어깨를 으쓱하고는 테레사 리를 따라 그랜드센트럴의 미로를 빠져나간 뒤 밴더빌트애비뉴로 향했다. 그녀의 차가 주차되어 있었다. 아무 표식도 없는 포드 크라운빅토리아였다. 군데군데 찌그러지고 지저분했지만 굴러가는 데에는 아무런 문제도 없었다. 우리는 웨스트 35번가에 무사히 도착했다. 커다란 문을 지나 안으로 들어가자 그녀가 나를 위층에 있는 취조실로 안내했다. 테레사 리는 문 앞에서 한 발짝 뒤로 물러나 내가 먼저 들어갈 때까지 기다렸다. 그런 다음 밖에서 문을 닫고 잠가 버렸다.

8

테레사 리는 20분 뒤에 서류철 하나와 한 사내와 함께 돌아왔다. 그녀는 탁자 위에 서류철을 올려놓은 다음 남자를 파트너라고 소개했다. 이름은 도허티였다. 그녀는 자기 파트너가 내게 묻고 싶은 질문이 많다고 말했다.

"무슨 질문이오?"

내가 물었다.

먼저 테레사 리는 내게 커피를 권하며 화장실에 가고 싶느냐고 물었다. 그래서 나는 둘 다 좋다고 대답했다. 도허티가 나를 복도 끝에 있는 화장실까지 데려다 주었다. 취조실로 돌아오자 탁자 위 서류철 옆에 스티로폼 컵 세 개가 놓여 있었다. 두 개는 커피, 나머지 하나는 차였다. 나는 커피가 담긴 컵을 집어들어 맛을 보았다. 괜찮았다. 리는 차를 마셨다. 도허티가 두 번째 커피컵을 들고 말했다.

"처음부터 찬찬히 다시 이야기해보십시오."

그래서 나는 시킨 대로 했다. 간단하게, 뼈대만 추려서. 도허티는 이스라엘이 뿌린 대응집이 허위 경보를 알렸다는 이야기를 듣자 리처럼 투덜거렸다. 나는 리에게 그랬던 것처럼 도허티에게도 똑같은 대답을 들려주었다. 그나마 아예 경보를 울리지 않는 것보다는 낫다고 말이다. 그리고 죽은 여자가 혼자서 세상을 하직할 생각이었든 아니면 저승 길동무를 데리고 갈 생각이었든 그녀가 보인 개인적 징후는 다를 바가 없었을 거라고 말했다. 5분쯤 지나자 우리는 모두 평등한 관계가 되었다. 흥미로운 현상을 토론하는 세 명의 합리적인 수사관들.

그러다 별안간 분위기가 일변했다.

도허티가 물었다.

"기분이 어땠습니까?"

"무슨 기분 말이오?"

"여자가 자살했을 때 말입니다."

"날 쏘지 않은 게 고마웠소."

도허티가 말했다.

"아시다시피 우리는 강력계 형사들입니다. 이런 변사 사건이 일어나면 꼼꼼히 살펴봐야 하죠. 당신도 이해하리라 믿습니다. 만약의 경우에 대비해야 하니까요."

"만약의 경우라니?"

"눈에 보이는 것 이상의 다른 게 있을 경우를 말하는 겁니다."

"그런 건 없소. 그 여자는 자살했으니까."

"당신 말에 따르면 그렇죠."

"누구든 그렇게 말할 거요. 왜냐하면 그게 사실이니까."

도허티가 말했다.

"하지만 항상 다른 가능성이 있기 마련이죠."

"예를 들면?"

"당신이 그 여자를 쐈다든가."

테레사 리가 내게 안됐다는 표정을 지어 보였다.

"난 안 그랬소."

도허티가 말했다.

"어쩌면 당신 총이었을 수도 있고."

"말도 안 되는 소리. 1킬로그램이나 나가는 녀석이오. 난 가방이 없소."

"당신은 몸집이 커다란 사람이죠. 바지도 크고, 주머니도 깊어요."

테레사 리가 다시금 내게 안됐다는 표정을 지어 보였다. 마치 미안해요라고 말하는 것 같았다.

내가 말했다.

"지금 뭐 하는 거요? 좋은 경찰과 멍청한 경찰?"

도허티가 말했다.

"내가 멍청하다고 생각합니까?"

"방금 당신이 스스로 증명하지 않았소. 만약에 내가 그 여자를 357매그넘으로 쐈다면 내 팔꿈치까지 잔사물이 남아 있을 거요. 그런데 당신은 내가 화장실에서 손을 씻는 동안 밖에 멍하니 서 있었지. 당신은 머저리요. 내 지문을 채취하지도 않았고 나한테 미란다 원칙을 읊어주지도 않았소. 허풍은 관두시오."

"확실히 해둘 필요가 있어서 그랬습니다."

"검시관은 뭐랍디까?"

"우리도 아직 모릅니다."

"증인들도 있잖소."

리가 고개를 저었다.

"소용없어요. 다들 아무것도 못 봤으니까."

"그럴 리가 없소."

"당신 등에 시야가 가려져 있었으니까요. 게다가 별로 관심을 기울이지도 않았고요. 다들 반쯤 졸고 있었고, 또 영어도 잘 못해요. 다른 승객들에게선 얻어낼 게 거의 없어요. 솔직히 모두들 우리가 비자나 영주권을 확인하기 전에 빨리 도망가고 싶어 하는 것 같더군요."

"그럼 그 남자는요? 내 앞에 앉아 있던 남자 말이오. 그 사람은 또렷하게 깨어 있었소. 척 봐도 미국인에 영어 사용자인 것 같았고."

"무슨 남자요?"

"다섯 번째 승객 말이오. 면바지와 폴로셔츠를 입은 사내."

리가 서류철을 열었다. 그리곤 고개를 저었다.

"승객은 네 명뿐이었어요. 그리고 죽은 여자하고요."

9

리는 서류철에서 종이를 한 장 꺼내더니 뒤로 돌려 내 쪽으로 내밀었다. 거기에는 증인들의 이름이 손글씨로 쓰여 있었다. 네 개의 이름. 나와 로드리게즈, 프를루즈로프, 그리고 음벨.

"승객은 네 명뿐이에요."

리가 다시 말했다.

"난 그 열차에 타고 있었소. 그리고 숫자를 셀 줄도 알고. 거기 몇 명이 타고 있었는지 잘 안단 말이오."

나는 머릿속으로 광경을 다시 그려보았다. 열차에서 내려 군데군데 모여 있는 사람들 사이에 섞여 기다렸다. 응급대원들이 도착했고, 경찰들이 지하철에서 내린 다음 사람들을 헤치고 각자 증인들의 팔꿈치를 붙들고 고립된 방으로 데리고 갔다. 덩치 큰 경위가 나를 제일 먼저 붙들고 갔기 때문에 내 뒤에 네 명의 경관들이 따라왔는지 아니면 세 명뿐이었는지 알 수가 없었다.

내가 말했다.

"도망갔나 보군."

도허티가 물었다.

"어떤 사람이었습니까?"

"그냥 평범한 남자였소. 신경이 좀 날카로운 듯했지만 눈에 띄는 점은 없었소. 나이는 나와 비슷한 듯 보였고, 가난뱅이는 아니었소."

"그 남자가 여자와 어떤 식으로든 접촉했습니까?"

"내가 본 바로는 없었소."

"그 남자가 여자를 쐈나요?"

"여자를 쏜 건 그 여자 자신이오."

도허티는 어깨를 으쓱했다.

"그렇다면 그 남자는 거기 있고 싶지 않았던 겁니다. 새벽 2시에 지하철을 타고 있었다는 증거를 서류에 남기고 싶지 않았던 거죠. 틀림없이 아내 몰래 바람이나 피우고 있었을 거에요. 흔한 일입니다."

"그 사람은 도주했소. 그런데 그 작자는 무시하고 나는 범인으로 몬단 말이오?"

"방금 당신 입으로 그 남자는 아무 짓도 안 했다고 했잖습니까."

"나도 마찬가지요."

"당신 말에 의하면 그렇죠."

"다른 승객에 대한 내 말은 믿으면서 나 자신에 대한 말은 안 믿는 거요?"

"그 남자에 대해서는 당신이 거짓말을 할 이유가 없으니까요."

내가 말했다.

"이건 시간낭비요."

사실이었다. 이건 어리석고 꼴사나운 시간낭비였다. 순간 이게 진짜 일리가 없다는 사실을 깨달았다. 어쭙잖은 연극. 리와 도허티는 그들만의 방식으로 내게 작은 호의를 베풀고 있었던 것이다.

눈에 보이는 것 이상의 무언가가 있다.

내가 물었다.

"그 여자는 누구요?"

도허티가 말했다.

"왜 그런 데 신경 쓰는 겁니까?"

"왜냐하면 당신들이 그 여자의 신원조회를 했고 컴퓨터가 크리스마스트리처럼 번쩍거렸을 테니까. 누군가가 당신들에게 전화를 걸어서 자기들이 도착할 때까지 나를 잡아두라고 했을 테지. 당신들은 내 서류에 체포기록을 남기고 싶지 않아서 이 개똥 같은 짓거리를 하고 있는 거고."

"우린 당신 기록 따위엔 관심 없어요. 서류작업이 귀찮을 뿐이지."

"그러니까 그 여자가 누구요?"

"정부를 위해 일하고 있었던 것 같습니다. 연방기관에서 당신을 신문하러 오는 길이고, 어떤 기관인지는 우리도 밝힐 수 없습니다."

그들은 취조실에 나를 가둬놓고 떠났다. 그럭저럭 나쁘지는 않았다. 덥고 퀴퀴하고 지저분하고 창문도 없고 벽에는 오래된 범죄예방 포스터가 붙어 있고 공기 중에는 땀 냄새와 긴장감, 탄 커피 냄새가 진동하긴 했지만 말이다. 탁자와 의자 세 개. 두 개는 형사용, 나머지 하나는 용의자용이었다. 옛날이라면 두들겨 맞은 용의자가 저 의자에서 굴러떨어지곤 했겠지. 어쩌면 지금도 그럴지도 모른다. 창문이 없는 방에서 무슨 일이 일어나는지는 아무도 알 수 없으니까.

나는 머릿속 시계로 시간을 쟀다. 테레사 리가 그랜드센트럴 복도에서 경관과 귓속말로 이야기를 나눈 뒤로 벌써 한 시간이 지났다. 그러므로 날 찾아오는 사람들은 FBI가 아니다. 뉴욕의 FBI 지부는 미국 최대 규모고 시청 근처에 있는 연방 플라자에 위치해 있다. 소식을 듣고 대책을 세우는 데 10분, 팀을 꾸리는 데 10분, 사이렌을 울리며 시내까지 달려오는 데에도 10분이면 족하다. FBI라면 벌써 한참 전에 도착했어야 한다. 하지만 세 글자짜리 연방기관은 FBI말고도 수없이 널려 있다. 나를 보러 오는 요원들의 배지의 끝 두 글자가 IA로 끝난다는 데 돈이라도 걸 수 있다. CIA, DIA. 중앙정보국과 국방정보부. 최근에 생겨서 내가 모르는 다른 정부기관이 있을지도 모른다. 한밤중에 일어나는 이런 소동은 그런 친구들 소관이다.

또 다시 한 시간이 지나자 그들이 워싱턴 DC에서 날아오고 있다는 생각이 들었다. 소규모 전문팀. 다른 기관이라면 뉴욕과 가까운 곳에 지국을 두고 있을 것이다. 추측은 그만두자. 나는 의자를 뒤로 기울인 다음 탁자 위에 두 발을 올려놓고 잠이 들었다.

그들의 정체는 알 수 없었다. 그때는 그랬다. 그들은 자신들이 누구인지 말해주지 않았다. 새벽 5시쯤, 양복을 입은 세 남자가 들어와 나를 깨웠다. 사무적이고 정중한 태도. 양복은 싸구려도 고급도 아니었고 말끔하게 다림질까지 되어 있었다. 구두는 번쩍번쩍 광이 났다. 형형한 눈빛에 머리카락은 짧고 단정하게 정리되어 있었다. 얼굴은 불그스름하고 혈색도 좋았다. 몸집은 땅딸막했지만 햇빛에 그을려 있었다. 하프마라톤 정도는 수월하게 완주할 수 있을 테지만 달리기를 즐기지는 않을 터이다. 내가 받은 첫인상은 이들이 최근에 전역했다는 것이었다. 멸사봉공에 몸 바친 장교들, 그러다 벨트웨이(워싱턴 DC 외곽을 순환하는 도로로 그 안쪽에는 연방정부 건물과 주요 언론기관의 본사 또는 워싱턴 지국이 위치하고 있다.—역주) 안쪽에 있는 석회암 건물에 스카우트되었을 테지. 중요한 일을 하는 국가의 진정한 신봉자들. 신분증과 배지, 증명서를 보여 달라고 요구했지만, 그들은 애국법을 들먹이며 자신들의 신분을 알릴 의무가 없다고 대꾸했다. 아마도 사실일 것이다. 그 말을 하는 걸 꽤 즐기는 투라 묵비권으로 일관할까도 고려해봤지만, 그런 내 생각을 눈치 챘는지 내 앞에 골치 아픈 일만 잔뜩 늘어놓을 게 뻔한 법들을 다시 들먹이기 시작했다. 겁이 나지는 않았다. 단지 요즘 같은 세상에 안보기관과의 말다툼은 피하는 게 상책일 뿐이다. 프란츠 카프카와 조지 오웰도 똑같은 충고를 할 것이다. 그래서 나는 어깨를 한 번 으쓱하고는 빨리 질문을 시작하라고 말했다.

그들은 내 군 경력을 알고 있으며 그것을 존중한다는 말로 취조를 시작했다. 그저 상투적인 입 발린 소리일 수도 있고, 이들이 헌병 출신이라면 진심일 수도 있다. 자고로 헌병을 존중하는 이들은 같은 헌병밖에 없으니까. 그런 다음 그들은 내가 거짓말을 하는지 아니면 진실을 말하는지 알 수 있다고 했다. 새빨간 거짓말이다. 그런 일을 할 수 있는 것은 우리 중에서도 최고뿐이고, 이 친구들은 결코 최고가 아니다. 만약에 이들에게 그런 능력이 있다면 지금쯤 한참 높은 자리에 앉아 있을 것이다. 한밤중에 컴컴한 I-95 도로를 타고 여기까지 달려오는 대신 버지니아 교외에서 단잠을 자고 있어야 한다.

하지만 어차피 나는 숨길 게 없었다. 그래서 그들에게 빨리 시작하라고 말했다.

그들의 관심사는 세 가지였다. 첫째, 전철 안에서 자살한 여자를 알고 있었는가? 그녀를 전에 본 적이 있는가?

나는 대답했다.

"전혀."

짧고 간단하게, 침착하지만 단호하게.

그들은 그 이상 토를 달지 않았다. 덕분에 나는 이들이 누구고, 지금 뭘 하고 있는지 대충이나마 짐작할 수 있었다. 이들은 어딘가의 B팀이다. 사건을 막다른 길로 몰아넣어 영원히 닫아 버리는 것이 목적인 이들. 이들은 사건 주위에 장벽을 쌓고, 어둠 속에 묻고, 누군가 호기심을 느끼기 전에 재빨리 가로막는다. 이들은 모든 질문에 부정적인 답변을 바란다. 그래야 사건을 종결하고 조용히 잠재울 수 있으니까. 이들은 느슨한 결말을 원치 않는다. 시끄러운 드라마를 연출해 사람들의 관심을 끌고 싶지도 않다. 이들은 모든 것을 없었던 일로 만들고 집으로 돌아가길 원한다.

두 번째 질문. 라일라 호스라는 여자를 아는가?

나는 대답했다.

"모르오."

사실이었다. 그때는 몰랐다.

세 번째 질문은 질문이라기보다는 일방적인 대화에 가까웠다. 지휘 요원이 포문을 열었다. 리더. 다른 요원들보다 나이는 약간 더 많고 몸집은 약간 더 작았다. 약간 더 똑똑한 것 같기도 했다.

그가 말했다.

"당신은 전철 안에서 그 여자에게 접근했소."

나는 대답하지 않았다. 나는 질문에 대답하러 왔지 진술에 보충설명을 하러 여기 앉아 있는 게 아니다.

그가 물었다.

"그 여자에게 얼마나 가까이 다가갔소?"

"대략 2미터 정도."

"그 여자와 닿을 만한 거리였소?"

"아니었소."

"만약 당신이 팔을 내밀고 그 여자도 팔을 내밀었다면 서로 손이 닿을 만한 거리였소?"

"아마도."

"그렇다는 거요, 아니라는 거요?"

"아마도. 내 팔 길이는 알지만 그 여자 팔 길이는 모르오."

"여자가 당신에게 뭔가를 건네주었소?"

"아니."

"그 여자에게서 받은 게 있소?"

"없소."

"여자가 죽은 뒤에 그 여자가 갖고 있던 걸 가져갔소?"

"아니오."

"다른 사람이 그 여자의 물건을 가져가지는 않았소?"

"내가 본 바로는 없소."

"여자의 손이나 가방, 옷에서 뭔가 떨어지는 걸 봤소?"

"못 봤소."

"여자가 당신에게 무슨 말을 하지는 않았소?"

"별말 없었소."

"여자가 다른 사람에게 말을 건 적은?"

"없소."

그가 말했다.

"주머니에 든 소지품을 좀 보여주시오."

나는 어깨를 으쓱했다. 어차피 숨길 것은 아무것도 없었다. 나는 양쪽 바지 주머니를 뒤집어 안에 들어 있던 물건들을 모조리 찌그러진 탁자 위에 쏟아 부었다. 접혀 있는 지폐뭉치 하나, 동전 몇 개, 내 오래된 여권, 현금인출 카드, 휴대용 칫솔, 지하철을 탈 때 사용한 지하철 패스, 그리고 테레사 리의 명함.

지휘 요원이 손가락으로 내 소지품을 뒤적이더니 부하 요원 중 한 명에게 고개를 끄덕여보였다. 그가 내 몸을 뒤지기 시작했다. 전문가에 가까운 솜씨였지만 아무것도 찾아내지 못하자 고개를 저었다.

지휘 요원이 말했다.

"협조해줘서 고맙소, 리처 씨."

그런 다음 그들은 떠났다. 세 명 모두. 왔을 때처럼 순식간이었다. 조금 놀랍긴 했지만 그런대로 만족스러웠다. 나는 내 물건들을 다시 호주머니 안에 쓸어 담은 다음 그들이 완전히 복도에서 사라질 때까지 기다렸다가 취조실 밖으로 나갔다. 건물은 조용했다. 테레사 리가 책상 앞에 앉아 있었다. 그녀의 파트너 도허티가 경찰관 집합실 뒤쪽에 있는 작은 방으로 한 남자를 데리고 가고 있었다. 피곤에 찌든 중간 몸집의 남자로 나이는 40대쯤 되어 보였다. 잔뜩 구겨진 회색 티셔츠와 빨간색 운동복 바지 차림이었다. 머리를 빗을 새도 없이 한달음에 달려왔는지 회색 머리칼이 사방으로 뻗쳐 있었다. 테레사 리가 내 시선을 따라가더니 말했다.

"가족이에요."

"죽은 여자의 가족이오?"

리가 고개를 끄덕였다.

"지갑에 연락처를 정리해놨더라고요. 그 여자 동생이에요. 경찰이라는군요. 뉴저지에 있는 작은 마을에서 일하고요. 소식을 듣자마자 뉴욕으로 차를 몰고 왔어요."

"안됐군."

"그렇죠. 정식으로 시신을 확인해 달라고 요청하지도 않았어요. 시신이 너무 엉망이라서요. 장례식 때 관 뚜껑을 덮어놔야 할 거라고 말해주었죠. 무슨 뜻인지 금세 알아듣더군요."

"그 여자가 저 남자 누나가 확실하오?"

리가 다시 고개를 끄덕였다.

"지문으로 확인했어요."

"대체 그 여자는 누구요?"

"말할 수 없어요."

"이제 나한테 볼일은 끝난 거요?"

"연방요원들은 갔나요?"

"그런 것 같소."

"그럼 다 됐군요. 그만 가보셔도 됩니다."

계단참에 이르렀을 즈음 그녀가 뒤에서 내 이름을 불렀다.

"당신이 여자를 궁지로 내몰았을지도 모른다고 한 거, 진심이 아니었어요."

"천만의 말씀. 진심이었소."

내가 말했다.

"그리고 당신 말이 옳을지도 모르오."

나는 차가운 새벽 공기 속으로 발을 내딛었다. 35번가에서 왼쪽으로 돌아 동쪽으로 향했다. **그만 가보셔도 됩니다.** 리는 틀렸다. 길모퉁이에서 네 명의 사내가 나를 기다리고 있었다. 아까 만난 사내들과 비슷한 유형이지만 연방요원들은 아니었다. 이들은 비싼 양복을 입고 있었다.

10

　세상은 어딜 가나 치열한 정글이다. 그중에서도 특히 뉴욕은 그 정글의 정수(精髓)나 다름없다. 다른 곳에서라면 유용한 정도의 것들이 이 대도시에서는 필수적인 요소가 된다. 네 명의 건장한 사나이들이 길거리 모퉁이에서 당신을 기다리고 있다면 할 수 있는 일은 두 가지다. 잠시도 주저하지 말고 꽁지 빠져라 뒤돌아 달아나거나, 아니면 걸음을 늦추지도 재촉하지도 멈추지도 않고 아무것도 못 본 양 태연하게 걸어가거나. 아무렇지도 않은 표정으로 똑바로 앞을 보고 걸어야 한다. 일단 상대의 얼굴을 확인한 다음, '이게 다야?'라고 무시하듯 가볍게 시선을 돌린다.
　솔직히 말하자면 그 중 현명한 판단은 달아나는 것이다. 자고로 최고의 싸움은 하지 않은 싸움이니까. 그러나 나는 이제껏 현명한 판단을 내려본 적이 없다. 나는 고집불통이고, 가끔은 성질머리가 고약하기조차하다. 어떤 사람들은 성이 나면 고양이를 걷어찬다. 나는 계속 걷는다.
　양복은 모두 암청색이었고 외국인 이름이 붙어 있는 가게에서나 살 수 있는 고급이었다. 사내들은 하나같이 유능해 보였다. 군대의 부사관들처럼 세상물정에 해박하고 자기의 일솜씨를 자랑스러워하는 친구들. 전직 군인임에 틀림없다. 아니면 법집행기관 출신이거나. 물론 둘 다일 수도 있다. 이들은 한 단계 높은 보수를 약속받은 대신 법률과 규제로부터 한 발짝 떨어지기로 결심한 자들, 그리고 그 두 가지 선택을 똑같이 중요하게 여기는 작자들이다.

우리 사이의 거리가 네 걸음으로 좁혀졌을 때 네 명이 두 패로 갈라졌다. 언뜻 보기에는 내가 지나갈 수 있도록 비켜주는 것 같았지만 왼쪽 앞에 서 있던 사내가 내 쪽으로 손바닥이 보이도록 두 손을 들어올리며 멈추라는 손짓을 해 보였다. '멈추시오'와 '해치려는 게 아니오'라는 두 가지 의미를 담고 있는 동작. 다음 걸음을 걷는 동안 결정을 내렸다. 네 명의 건장한 사내들 사이에 갇혀서는 안 된다. 그 전에 멈춰 서거나 뚫고 지나가야 한다. 지금 이 시점에서는 어느 쪽이든 가능했다. 멈춰 설 수도 있고 무시하고 지나갈 수도 있다. 내가 움직이는 동안 내 앞길을 막는다면 이들은 볼링핀처럼 줄줄이 쓰러질 것이다. 나는 115킬로그램이나 나가고 시속 6킬로미터로 움직이고 있다. 그들은 나만큼 크지도 않고 속도도 없다.

두 걸음이 남았을 때, 팀의 리더가 말했다.

"이야기 좀 할 수 있겠소?"

나는 걸음을 멈췄다.

"무슨 이야기 말이오?"

"당신이 사건을 목격한 사람이지, 그렇지 않소?"

"당신들은 누구요?"

그는 양복저고리를 뒤집는 동작으로 대답을 대신했다. 상대가 위협을 느끼지 않도록 천천히. 안쪽에는 붉은색 새틴 줄무늬와 셔츠뿐이었다. 총도 없고 총집도 없고 멜빵도 없다. 그는 오른손 손가락을 양복 왼쪽 안주머니 속으로 집어넣어 명함을 꺼냈다. 그런 다음 몸을 기울여 내게 명함을 건넸다. 싸구려 물건이었다. 첫 번째 줄에는 이렇게 적혀 있었다. 슈어 앤드 서튼 사(Sure and Certain, Inc). 두 번째 줄은 '경호, 조사, 중재'. 마지막 줄은 전화번호였다. 지역번호 212. 맨해튼이다.

"킨코스(대형 디지털 출력업체—역주)는 정말 대단한 곳이지."

내가 말했다.

"나도 명함이나 하나 만들어야겠군. 존 스미스, 세상의 왕."

"명함은 진짜요."

그가 말했다.

"우리도 그렇고."

"당신들은 누구요?"

"말할 수 없소."

"그렇다면 나도 도와줄 수 없소."

"우리 두목보다는 우리와 이야기하는 게 나을 거요. 이래 봬도 우린 일을 품위 있게 처리하는 편이니까."

"이거 무서워서 지리겠구만."

"몇 가지 질문에 대답만 해주면 되오. 그게 다요. 좀 도와주시오. 우린 그저 월급쟁이에 불과하오. 먹고살려고 하는 짓이지. 당신처럼."

"난 월급쟁이가 아니오. 놀고먹는 유한계급이지."

"그렇다면 우리 가엾은 노동계급에게 잠시 호의나 베풀어 주시오."

"뭘 알고 싶은 거요?"

"그 여자가 당신에게 뭔가를 주지 않았소?"

"무슨 여자?"

"모르는 척하지 마시오. 그 여자한테 뭔가를 받았소?"

"그리고? 다음 질문은 뭐요?"

"그녀가 당신에게 무슨 말을 하지는 않았소?"

"말이야 많이 했지. 블리커 가에서 그랜드센트럴까지 가는 내내 중얼거리고 있었으니까."

"뭐라고 했소?"

"알아들을 수가 없었소."

"정보 같은 거였소?"

"못 알아들었다고 했잖소."

"어떤 사람 이름을 거론하지는 않았소?"

"그랬을 수도 있소."

"라일라 호스라는 이름을 말했소?"

"나는 듣지 못했소."

"존 샌섬이라는 이름은?"

나는 대답하지 않았다. 남자가 다시 물었다.

"왜 그러는 거요?"

"다른 곳에서 그 이름을 들은 적이 있소."

"그 여자한테서?"

"아니."

"그 여자가 당신에게 뭘 주지는 않았소?"

"뭐 말이오?"

"어떤 것이든."

"그게 중요하오?"

"우리 두목이 알고 싶어 하오."

"알고 싶으면 와서 직접 물어보라고 하시오."

"우리와 이야기하는 게 나을 거요."

나는 씨익 웃어 보이고는 그들이 터놓은 길을 따라 다시 걷기 시작했다. 오른쪽에 서 있던 남자가 내 앞으로 불쑥 튀어나오더니 나를 밀어내려고 했다. 그래서 그의 어깨와 가슴을 붙잡고 홱 돌려 길 옆으로 내팽개쳐 버렸다. 그가 다시 쫓아왔다. 이번에는 아예 발을 멈췄다. 나는 그를 마주 보고 왼쪽으로 피했다가 다시 오른쪽으로 공격하는 척하면서 등 뒤로 미끄러져 앞으로 밀쳐 버렸다. 그는 앞으로 고꾸라졌다. 그는 뒤트임이 두 개짜리 양복 상의를 입고 있었다. 프랑스식 재단이다. 영국제 양복은 뒤트임이 두 개가 더 많고 이탈리아제 양복은 아예 트임이 없다. 나는 허리를 굽혀 양복 자락을 양손으로 쥔 다음 등판 한가운데까지 쫙 찢어 버렸다. 그리곤 다시 등을 거세게 밀쳤다. 사내는 비틀거리며 오른쪽으로 돌았다. 양복이 목에 매달려 펄럭이고 있었다. 앞쪽은 단추를 채우지 않았고 뒷판은 거의 두 동강이 나서 마치 환자들이 입는 수술용 가운처럼 보였다.

나는 냅다 세 걸음을 달린 다음 멈춰 서서 뒤를 돌아보았다. 천천히 걸어가면 훨씬 폼이 날 테지만 그건 멍청한 짓이다. 여유 있는 모습을 보이는 건 좋다. 그러나 만반의 준비를 갖추는 편이 훨씬 더 좋다. 양복을 입은 사내들은 주저하고 있었다. 그들은 나를 붙들고 싶어 했다. 그것만은 확실하다. 그러나 지금 그들은 새벽녘에 웨스트 35번가에 있다. 이 시간에 거리를 지나가는 차량들은 열 대 중 아홉 대가 경찰차다. 결국 그들은 나를 험악하게 노려보고는 자리를 떴다. 나는 그들이

35번가를 건너 남쪽 모퉁이로 향하는 모습을 지켜보았다.

그만 가셔도 됩니다.

천만의 말씀이었다. 몸을 돌리자마자 누군가가 경찰서에서 튀어나오더니 내 뒤를 쫓아왔다. 잔뜩 구김이 간 회색 티셔츠, 빨간색 운동복 바지, 삐죽삐죽 뻗쳐 있는 회색 머리칼. 희생자의 가족. 남동생. 뉴저지 작은 마을을 지키는 경찰관. 그는 금세 나를 따라잡더니 내 팔꿈치를 붙들고 경찰서에서 봤다며 내가 증인이 맞느냐고 물었다. 그런 다음 자신의 누이가 자살하지 않았다고 말했다.

11

 나는 남자를 8번로에 있는 커피숍으로 데려갔다. 아주 오래 전에 포트 러커에서 열린 헌병 세미나에 참석한 적이 있다. 최근에 혈육을 잃은 사람들을 다루는 방법을 배우기 위해서였다. 때로 헌병들은 가족이나 친척들에게 슬픈 소식을 전해야만 한다. 우리는 그들을 죽음의 전령이라고 불렀다. 나는 형편없는 전령이었다. 나는 그저 문을 두드린 다음 집 안으로 들어가 소식을 전해줬다. 그게 전령이 하는 일이라고 생각했다. 하지만 누구라도 알다시피 그건 틀린 방법이다. 그래서 나는 러커로 보내졌다. 거기서 나는 여러 가지 유익한 것들을 배웠다. 사람의 감정을 진지하게 받아들이는 법. 그리고 나쁜 소식을 전하기에는 카페와 식당과 커피숍이 최적의 장소라는 사실도. 아무리 커다란 충격을 받아도 사람들이 바글바글한 곳에서는 이성이나 정신을 잃는 경우가 드물다. 먹을 것을 주문하고 기다리고 홀짝거리는 행위는 사고와 동작을 분산시켜 정보를 한층 쉽게 받아들이게 해준다.
 우리는 거울 바로 옆자리에 앉았다. 거울도 도움이 된다. 거울을 통해 서로의 얼굴을 볼 수 있기 때문이다. 얼굴을 맞대고는 있지만 진짜로 마주 보고 있는 건 아니다. 커피숍은 반쯤 차 있었다. 주로 관서를 오가는 경찰들과 웨스트사이드에 있는 차고로 돌아가는 택시 운전사들이었다. 우리는 커피를 주문했다. 배가 고팠지만 상대가 식사를 하지 않는다면 나도 먹을 수가 없다. 그건 상대를 존중하는 태도가 아니다. 남자는 배가 고프지 않다고 말했다. 나는 묵묵히 기다렸다. 러커의 심리학자들이 그랬다. 그들이 먼저 입을 열 때까지 기다려라.

그의 이름은 제이콥 마크였다. 조부의 이름은 원래 마르카키스였다고 한다. 그러나 당시에는 식당을 운영하지 않는 이상 그리스식 이름은 전혀 도움이 되지 않았고, 공교롭게도 그의 조부는 다른 직업을 갖고 있었다. 그는 건설업자였다. 그래서 이름을 바꿨다. 남자는 자신을 제이크라고 불러도 좋다고 했고 나는 그에게 리처라고 불러도 좋다고 했다. 그는 자기가 경찰이라고 말했다. 나도 한때는 군에서 경찰이었다고 말해주었다. 그는 자기가 아직 미혼이고 혼자 산다고 말했다. 나도 마찬가지라고 말했다. 러커에서 우리를 가르친 선생들이 그랬다. 유대감을 키워라. 옷차림은 칠칠치 못해도 제이크는 반듯하고 꼼꼼한 사내였다. 경찰관이라면 으레 그러듯 권태에 찌든 기색이 역력했으나 그 한 꺼풀 아래에는 평범한 중산층 남자가 숨어 있었다. 학창시절 다른 진로교사를 만났더라면 지금쯤 과학교사나 치과의사, 아니면 자동차부품 판매관리자가 되어 있을지도 모른다. 나이는 40대, 머리는 벌써 희끗희끗하지만 얼굴은 젊고 매끈했다. 검은색 눈동자는 크고 곤두서 있다. 하지만 그건 일시적인 반응일 것이다. 몇 시간 전 잠자리에 들었을 때만 해도 제이크는 잘생긴 사내였을 것이다. 나는 그가 한눈에 마음에 들었다. 그리고 그가 지금 처해 있는 상황이 안타까웠다.

제이크는 숨을 깊이 들이마시더니 누이의 이름이 수잔 마크라고 말했다. 한때는 수잔 몰리나였지만 수년 전 이혼을 하고 처녀 때 성으로 돌아왔단다. 지금은 혼자 살고 있다고 했다. 제이크는 그의 누나에 대해 현재 시제로 말했다. 그녀의 죽음을 받아들이려면 상당한 시간이 필요할 듯했다.

제이크가 말했다.

"수잔은 자살하지 않았습니다. 그건 불가능해요."

내가 말했다.

"제이크, 내 눈으로 직접 봤소."

웨이트리스가 커피를 가져왔다. 우리는 잠시 동안 아무 말 없이 커피를 홀짝였다. 시간을 흘려보내며, 현실이 조금 더 깊이 내려앉길 기다리면서. 러커의 심리학자들은 솔직했다. 그들은 갑작스럽게 가족을 잃은 사람들의 아이큐는 래브라도 개와 비슷한 수준이라고 말했다. 섬세함이라고는 눈곱만큼도 없는 작자들……. 당연하다. 그들은 군대에 있었으니까. 그러나 그들의 말은 정확했다. 심리학자들이었으니까.

제이크가 말했다.

"무슨 일이 있었는지 말해주십시오."

내가 물었다.

"어디서 왔소?"

제이크는 뉴저지 북부에 있는 작은 마을의 이름을 댔다. 뉴욕 지하철권에 속한 곳으로 날마다 직장에 통근하는 회사원들과 전업 주부들이 사는 동네였다. 안전하고 부유하고 살기 좋은 동네. 제이크는 경찰서의 예산과 시설이 넉넉하기 때문에 일이 별로 힘들지 않다고 말했다. 나는 혹시 그의 부서에 이스라엘에서 보낸 대응집이 있느냐고 물었다. 그는 쌍둥이 빌딩이 무너진 뒤 전국의 모든 경찰서가 서류더미에 파묻혔고, 모든 경찰관들이 그 목록에 적힌 항목들을 달달 외워야 했다고 말했다.

내가 말했다.

"당신 누나는 이상한 행동을 보이고 있었소, 제이크. 목록에 있는 모든 사항에 해당되었지. 마치 자살폭탄 테러범처럼 보였소."

"거짓말 마십쇼."

제이크가 말했다. 착한 동생다운 반응이었다.

"물론 그녀는 자살폭탄범이 아니었소. 하지만 당신이라도 똑같은 결론을 내렸을 거요. 훈련을 받은 사람이라면 누구나 그랬을 거요."

"그렇다면 그 목록은 테러범이 아니라 자살자를 구분하는 건가 보군요."

"그런 것 같소."

"수잔은 불행하지 않았어요."

"하지만 실은 그랬나 보오."

그는 아무 말도 없었다. 우리는 커피를 조금 더 마셨다. 사람들이 주위를 오고갔다. 계산을 한 뒤에 테이블 위에 팁을 남겼다. 8번로에 슬슬 차량이 밀리고 있었다.

내가 말했다.

"누님에 관해 말해보시오."

제이크가 물었다.

"수잔이 무슨 총을 사용했습니까?"

"낡은 루거 스피드식스요."

"아버지 총이군요. 누나가 물려받았죠."

"수잔은 어디 살고 있었소? 여기 시내에?"

그는 고개를 저었다.

"버지니아의 애너데일에 삽니다."

"그녀가 뉴욕에 왔다는 걸 알고 있었소?"

그는 다시 고개를 저었다.

"수잔은 왜 뉴욕에 온 거요?"

"나도 모릅니다."

"그리고 왜 겨울옷을 입고 있었던 거요?"

"몰라요."

내가 말했다.

"연방요원들이 내게 질문을 퍼부었소. 그 다음에는 사설조사원 몇이 날 찾아왔고. 방금 당신을 만나기 직전이었지. 모두들 라일라 호스라는 여자를 언급했소. 혹시 누님이 그 여자 이야기를 한 적은 없소?"

"없습니다."

"존 샌섬은 어떻소?"

"그 사람은 노스캐롤라이나 주 하원의원이잖습니까. 상원의원을 꿈꾸고 있죠. 터프한 친구라던데요."

나는 고개를 끄덕였다. 어렴풋이 기억이 났다. 선거철이 다가오고 있었다. 신문기사와 텔레비전 방송에서 본 기억이 났다. 샌섬은 뒤늦게 정치판에 뛰어든, 떠오르는 샛별이었다. 터프하고 타협이라는 걸 몰랐으며 무엇보다 커다란 야심을 키우고 있었다. 한동안 사업체를 운영해 재계에서 성공을 거뒀고, 그 전에는 군에서 눈부신 경력을 쌓았다. 자세한 사항을 언급하지는 않았지만 특수부대에 있었다는 암시를 흘린 적이 있다. 델타포스는 그런 데에 써먹기에 안성맞춤이다. 그들의 임무는 대부분 비밀에 싸여 있고 설사 아닌 경우라도 그렇게 주장하면 되기 때문이다.

내가 물었다.

"누님이 샌섬에 관해 이야기를 한 적은 없소?"

"없습니다."

"두 사람이 아는 사이였소?"

"모르겠군요."

나는 물었다.

"수잔은 무슨 일을 했소?"

제이크는 말해주지 않았다.

12

 말해줄 필요도 없었다. 나는 이미 충분한 정보를 가지고 있었다. 수잔의 지문은 시스템에 등록되어 있고, 건장하고 번지르르한 전직 군인 셋이 고속도로를 타고 부리나케 달려왔다가 몇 분도 안 되어 떠났다. 이는 수잔 마크가 국방부에서 일하고 있었지만 별로 높은 직위는 아니었다는 의미였다. 더구나 수잔은 버지니아 주 애너데일에 거주했다. 내 기억에 의하면 알링턴 북서쪽에 있는 도시다. 내가 예전에 들렀을 때와는 많이 달라졌겠지만 여전히 살기 좋은 곳이고 세계 최대의 사무실 건물로 날마다 통근하기에도 적절한 위치다. 244번 국도를 타면 한번에 갈 수 있으니 말이다.

"수잔은 펜타곤에서 일했군."

내가 말했다.

제이크가 말했다.

"수잔은 자기 직업을 밝힐 수 없었어요."

나는 고개를 저었다.

"진짜 기밀이었다면 당신에게 월마트에서 일한다고 말했을 거요."

제이크는 아무 말도 하지 않았다. 내가 입을 열었다.

"나도 한때 펜타곤에서 일했소. 그래서 잘 아오. 한번 시험해보시오."

제이크는 잠시 숨을 멈추더니 어깨를 으쓱하고는 말했다.

"수잔은 사무직이었어요. 하지만 재미있는 일을 하고 있는 것 같더 군요. CGUSAHRC라는 곳에서 일했는데 자세한 이야기는 전혀 해주지 않았습니다. 쉬쉬하는 게 많았어요. 쌍둥이 빌딩이 무너진 뒤로는 다들 말을 아끼는 분위기니까요."

"그건 부서가 아니오."

내가 말했다.

"사람이지. CGUSAHRC는 미 육군 인적자원사령부 사령관의 약자요. 그리고 거기 일은 별로 재미나지도 않소. 한마디로 군대의 인사과라고 할 수 있지. 서류작업과 기록만 잔뜩 쌓여 있는 곳이오."

제이크는 아무 말도 하지 않았다. 내가 누이의 업무를 폄하해서 기분이 상했는지도 모른다. 러커에서도 난 배운 게 별로 없는 모양이다. 세미나에 더 집중할 걸 그랬다. 어색할 정도로 긴 침묵이 흘렀다. 나는 점점 더 불편해졌다.

"수잔이 무슨 일을 하는지 정말로 아무것도 알려주지 않았소?"

"말해주지 않았습니다. 어차피 말할 게 별로 없었는지도 모르죠."

그는 누이의 거짓말이 들통나기라도 한 것처럼 씁쓸한 어조로 말했다.

"사람들은 보기 좋게 포장하는 걸 좋아하오, 제이크. 인간의 본성이 그렇소. 그리고 대부분의 경우 별로 해가 될 것도 없고. 어쩌면 수잔은 당신한테 경쟁의식을 갖고 있었는지도 모르오. 당신은 경찰이잖소."

"우린 별로 가깝게 지내지도 않았습니다."

"그래도 한 가족이었잖소."

"그렇죠."

"수잔은 자기 일을 좋아했소?"

"그런 것 같았습니다. 서류작업이라면 적성에도 맞았을 겁니다. 수잔은 기억력도 좋고 꼼꼼하고 세심하고 체계적인 걸 좋아하는 성격이었거든요. 컴퓨터도 잘 다뤘고요."

다시금 침묵이 찾아왔다. 나는 애너데일을 떠올렸다. 살기 좋고 평범한 도시. 교외주택지. 그러나 지금과 같은 상황에서는 한 가지 특기할 만한 사항이 있다.

애너데일은 뉴욕 시에서 매우 멀리 떨어져 있다.

수잔은 불행하지 않았어요.

제이크가 물었다.

"뭡니까?"

내가 말했다.

"아무것도 아니오. 적어도 내가 상관할 일은 아닌 것 같소."

"그러니까 뭔데요?"

"생각 중이었소."

"뭘요?"

눈에 보이는 것 이상의 무언가가 있다.

내가 물었다.

"경찰 생활을 한 지 얼마나 오래되었소?"

"18년입니다."

"쭉 같은 곳에서 말이오?"

"주 경찰에서 훈련을 받았지요. 나중에 이쪽으로 옮겨왔고요. 지방 연수 제도라고나 할까."

"저지에서 자살 사건을 다뤄본 적이 있소?"

"1년에 한두 번 정도."

"그중에 자살을 할 거라고 예상한 사람은 없었소?"

"거의 없었습니다. 대부분 엄청난 충격을 받더군요."

"이번 경우처럼."

"그래요."

"하지만 모든 사건에는 그럴 만한 이유가 있었고."

"항상 그렇죠. 경제적 문제라든가 남녀문제라든가, 뭔가 커다란 문제가 터지기 직전이라든가 말입니다."

"그렇다면 수잔에게도 분명 그런 문제가 있었을 거요."

"그걸 모르겠단 말입니다."

나는 입을 다물었다.

제이크가 말했다.

"그냥 말씀하십시오. 털어놔봐요."

"그럴 자격이 없소."

"당신도 경찰이었잖습니까. 뭔가 발견한 거 아닙니까?"

나는 고개를 끄덕였다.

"당신이 다룬 자살 사건 가운데 열 중 일곱은 집에서 목숨을 끊었을 거요. 그리고 세 건 정도는 한적한 시골길로 차를 몰고 나가 호스에 목을 맸을 거고."

"대충 그럴 겁니다."

"그렇지만 언제나 자기에게 익숙한 장소에서 그랬을 거요. 혼자 있을 수 있는 조용한 곳에서. 그 사람들에게는 늘 목적지가 있소. 자기가 정해둔 곳에 도착해서 마음을 비운 다음 해치우는 거지."

"무슨 말을 하고 싶은 겁니까?"

"내 말은, 집에서 2백 킬로미터나 떨어진 곳까지 와서 아직 목적지에 도착하지도 않았는데 도중에 자살을 하는 경우는 없다는 거요."

"내 말이 그겁니다."

"아니, 당신은 당신 누나가 자살하지 않았다고 말했소. 하지만 그녀가 자살을 한 건 사실이오. 내 눈으로 직접 목격했으니까. 내가 하고 싶은 말은 수잔이 매우 비정상적인 방식으로 목숨을 끊었다는 거요. 솔직히 지하철에서 누가 자살을 했다는 이야기는 한 번도 들어본 적이 없소. 전철 선로에 뛰어들었다면 모를까, 적어도 지하철 안에서는 말이오. 당신은 어떻소? 버스나 지하철을 타고 가다가 그 안에서 자살했다는 사람 이야기를 들어본 적 있소?"

"그래서요?"

"그냥 그렇다는 거요. 의문을 제기하는 거지."

"왜요?"

"왜냐니. 경찰처럼 생각하시오, 제이크. 가족이 아니라 경찰처럼 생각해봐요. 뭔가 정상의 범주에서 벗어나 있다면 당신은 어떻게 하오?"

"더 깊게 파헤치지요."

"그럼 그렇게 하시오."

"그렇다고 수잔이 돌아오는 건 아니잖습니까."

"그렇지만 수잔을 이해하는 데에는 큰 도움이 될 거요."

이것도 포트 러커에서 배운 것 중 하나였다. 심리학 수업 때 배운 것은 아니지만.

나는 커피를 리필했다. 제이콥 마크는 막대기 설탕을 집어들고 손가락 사이로 돌리기 시작했다. 막대 봉지에 담긴 설탕가루가 한쪽 끝에 모였다가 다시 다른 쪽 끝으로 이동하기를 반복했다. 마치 모래시계처럼 말이다. 경찰로서의 두뇌와 남동생으로서의 심장이 갈등하고 있었다. 제이크의 얼굴만 봐도 알 수 있었다. **더 깊게 파헤치자. 그런다고 수잔이 돌아오지는 않아.**

제이크가 물었다.

"다른 건 없습니까?"

"경찰한테 잡히지 않고 빠져나간 승객이 한 명 있소."

"누군데요?"

"나도 몰라요. 남자였소. 경찰은 수사기록에 자기 이름을 남기고 싶지 않아서 그런 것 같다고 하더군. 아내 몰래 바람을 피우고 있을 거라면서 말이오."

"그럴 수도 있죠."

"그렇소. 그럴 수도 있지."

"그리고요?"

"그리고 연방요원과 사설업체 조사원이 내게 당신 누이가 뭔가를 주지 않았느냐고 물어봤소."

"뭔가라니, 뭐 말입니까?"

"둘 다 말해주지 않았소. 아마 작은 걸 거요."

"어디에 소속된 요원이랍니까?"

"그것도 말해주지 않았소."

"사설업체는요?"

나는 의자에서 일어나 바지 뒷주머니에서 명함을 꺼냈다. 싸구려였다. 벌써 여기저기 구겨졌고 내 새 청바지 때문인지 푸른색 얼룩이 묻어 있었다. 나는 명함을 탁자 위에 올려놓고 방향을 뒤집은 다음 제이크를 향해 밀었다. 제이크는 천천히 글씨를 읽었다. 두 번 반복해 읽었을지도 모른다. 슈어 앤드 서튼. 경호, 조사, 중재. 그는 휴대전화를 꺼내더니 번호를 눌렀다. 신호음이 나더니 작고 쾌활한 딩동댕 소리가 들렸다. 녹음된 메시지가 뒤를 이었다. 제이크가 전화를 끊고 말했다.

"없는 번호라는군요. 이건 가짭니다."

13

나는 커피를 두 번째로 리필 받았다. 제이크는 리필이라는 게 뭔지도 모른다는 표정으로 웨이트리스를 멍하니 쳐다보았다. 결국 그녀는 우리에게 관심을 잃고 가 버렸다. 제이크가 명함을 다시 내게 밀어주었다. 나는 명함을 집어 주머니 속에 넣었다.

제이크가 말했다.

"마음에 안 듭니다."

"나도 마찬가지요."

"다시 가서 경찰과 얘기해봐야겠습니다."

"수잔은 스스로 목숨을 끊었소, 제이크. 중요한 건 그거요. 그 사람들이 알고 싶은 것도 그거고. 경찰은 어디서, 왜, 어떻게 그런 일이 있었는지 따위에는 신경 쓰지 않소."

"하지만 당연히 그래야죠."

"그럴지도 모르지. 그렇지만 실제로 그러지는 않소. 당신이라면 어떻겠소?"

"아마 안 그러겠죠."

제이크가 말했다. 흐릿하고 몽롱한 시선. 머릿속에서 자신이 다룬 옛날 사건들을 뒤지고 있는지도 모른다. 커다란 주택, 나무가 무성한 도로, 고객들의 기탁금으로 호화로운 삶을 영위하는 변호사들, 빈 장부를 메우지 못한 사람들, 수치와 스캔들에서 벗어나려 했던 사람들.

학생들을 임신시킨 교사. 첼시나 웨스트빌리지에 남자친구를 숨겨둔 가정적인 남편들. 요령 좋고 사람 좋은 지역 경찰관. 점잖고 조용한 시민들의 삶에 침입해 현장을 조사하고 사실을 분석하고 보고서를 작성하고 사건을 마무리짓고 잊어버린 다음 사건을 향해 나아간다. 어디서, 왜, 어떻게 그런 일이 일어났는지 따위에는 신경 쓰지 않은 채.

제이크가 말했다.

"당신 생각은 어떻습니까? 무슨 일이 있었던 것 같나요?"

"추측을 하기엔 아직 이르오. 우리가 알고 있는 사실은 몇 가지 밖에 없으니까."

"무슨 사실 말입니까?"

"펜타곤이 당신 누이를 100퍼센트 신뢰하지는 않았다는 거요."

"별로 듣기 좋은 말은 아니군요."

"수잔은 요주의명단에 올라 있었소, 제이크. 내 말이 맞을 거요. 그녀의 이름이 검색되자마자 연방요원들이 득달같이 달려왔으니까. 숫자도 셋. 절차대로요."

"와서 별로 오래 있지도 않았다면서요."

나는 고개를 끄덕였다.

"그건 수잔이 의심을 받고 있지는 않았다는 의미요. 그저 신중을 기한 거지. 아주 작은 가능성을 염두에 두고 있었을 뿐 진짜로 믿지는 않았다는 거요. 그 사람들은 그 가능성을 완전히 배제하러 온 거고."

"무슨 가능성이요?"

"정보."

내가 말했다.

"인적자원사령부에 있는 거라곤 그것뿐이니까."

"수잔이 정보를 유출했다고 생각했단 말입니까?"

"가능성을 배제하고 싶었던 거요."

"그렇다면 전에는 그럴 가능성이 있다고 생각했다는 거잖습니까."

나는 다시 고개를 끄덕였다.

"전에 수잔이 있어서는 안 될 사무실에서 손대서는 안 될 파일이 든 캐비닛을 열다 들켰을지도 모르오. 타당한 설명을 듣긴 했지만 그래도 확실히 해두는 편이 좋다고 판단했을 거요. 아니면 뭔가가 사라졌는데 범인이 누군지 몰라 모든 사람들을 감시하고 있을지도 있고."

"무슨 정보일까요?"

"나도 모르오."

"복사한 서류 같은 걸까요?"

"그보다도 작을 거요. 종이쪽지라든가, 컴퓨터 메모리카드 같은 것. 지하철 안에서 손으로 몰래 건네줄 수 있는 거요."

"수잔은 애국자였습니다. 조국을 사랑했어요. 절대로 그런 짓을 했을 리가 없습니다."

"당신 말이 맞소. 수잔은 그런 짓을 하지 않았소. 아무에게도 무언가를 주지 않았으니까."

"그럼 결국 우린 아는 게 하나도 없는 거군요."

"당신 누이가 장전된 총을 들고 집에서 몇백 킬로미터나 떨어진 곳에 왔다는 걸 알잖소."

"겁에 질려서 말이죠."

제이크가 말했다.

"기온이 30도인 날에 겨울용 재킷을 입고."

"이름이 두 개 나왔죠. 존 샌섬과 라일라 호스. 이 여자는 대체 누굴까요? 외국인 이름 같은데."

"마르카키스도 그렇지 않소."

제이크가 다시 조용해졌다. 나는 커피를 홀짝였다. 8번로에 차가 점점 밀리고 있었다. 아침이면 으레 볼 수 있는 교통 체증이었다. 아침 해가 솟았다. 동쪽에서 약간 남쪽으로 치우친 햇살이 반듯반듯 격자형으로 늘어선 거리에 비스듬히 비쳤다. 사선으로 낮고 긴 그림자가 드리워졌다.

제이크가 입을 열었다.

"어디서부터 시작해야 할지 좀 알려주십시오."

"정보가 부족하오."

"추측이라도 해봐요."

"할 수가 없소. 이야기를 짜낼 수는 있소. 하지만 허점이 많아요. 자칫하면 완전히 잘못된 방향으로 가게 될 수도 있고."

"그래도 일단 해봐요. 뭐든 좋습니다. 아무거나 말해봐요."

나는 어깨를 으쓱했다.

"델타포스 출신 만나본 적 있소?"

"두세 명 정도. 주 경찰 친구들까지 합치면 네다섯은 될 겁니다."

"아닐 거요. 델타포스 출신이라고 뽐내는 인간들은 대부분 특수부대라고는 구경도 못해본 사람이 대부분이오. 우드스탁(1969년 여름에 미국 우드스탁에서 열린 유명한 록페스티벌—역주)에 있었다고 주장하는 사람들과 똑같지. 그런 사람들 말을 다 믿으면 우드스탁에 간 사람이 천만 명은 될 거요. 비행기가 쌍둥이 빌딩에 부딪치는 모습을 목격했다고 우기는 뉴욕 사람들도 마찬가지요. 말을 들어보면 뉴욕 시민 전체가 그 광경을 목격한 것 같지. 그때 다른 쪽을 보고 있던 사람은 단 한 명도 없던 것 같고. 자기가 델타에 있었다고 말하는 사람들은 거의 다 거짓말쟁이요. 대부분은 기껏해야 보병 출신이고 몇 명은 군대 근처에도 가본 적이 없을 거요. 사람들은 허풍떠는 걸 좋아하니까."

"수잔처럼 말이죠."

"사람이란 게 원래 그렇소."

"하고 싶은 말이 뭡니까?"

"지금까지 알아낸 걸 종합해보는 거요. 이름 두 개가 나왔소. 선거철도 다가오고 있고. 또 당신 누이는 인적사령부에서 일했지요."

"존 샌섬이 자기 경력에 대해 거짓말을 했다는 겁니까?"

"그건 아닐 거요."

내가 말했다.

"확실히 경력을 부풀리기에는 알맞은 소재지. 그리고 정치판은 더러운 곳이고 말이오. 지금 이 순간에도 누군가가 20년 전에 샌섬의 옷을 드라이클리닝 해주던 세탁소 주인을 찾아서 영주권이 있나 확인하고 있을 거요. 샌섬의 경력이라면 벌써 오래 전에 먼지 하나까지 탈탈 털어봤을 거요. 선거는 전국적인 스포츠니까."

"그러면 라일라 호스는 기자거나 뒤를 캐는 흥신소 직원일 수도 있겠군요. 케이블 뉴스나 라디오 방송국에 근무한다거나."

"샌섬의 경쟁자일 수도 있소."

"그런 이름으로는 안 됩니다. 노스캐롤라이나에서는 턱도 없는 소리죠."

"좋소. 그 여자가 기자나 흥신소 직원이라고 칩시다. 그래서 샌섬의 복무 기록을 확인하려고 인적사령부를 쥐어짜고 있었을지도 모르오. 그러다 수잔이 걸려든 거지."

"하지만 수잔이 뭣 때문에 그 여자 말을 듣겠습니까?"

"그게 바로 이 가설의 첫 번째 허점이오."

사실이었다. 수잔 마크는 겁에 질려 있었고 절박했다. 한낱 기자가 수잔에게 그렇게 겁을 줄 만한 약점을 쥐고 있으리라고는 생각하기 어려웠다. 기자들은 설득력이 강하고 사람들을 교묘하게 조종할 수도 있지만 공포의 대상은 아니다.

"수잔이 정치에 관심이 많았소?"

내가 물었다.

"왜요?"

"어쩌면 수잔이 샌섬을 싫어했을 수도 있소. 성향이 마음에 안 든다거나. 그래서 자발적으로 협조했을지도 모르오."

"그렇다면 왜 그렇게 겁에 질려 있었을까요?"

"왜냐하면 불법적인 일을 하고 있었으니까."

내가 말했다.

"들킬까 봐 무서웠겠지."

"그럼 총은요? 왜 총을 갖고 있었죠?"

"평소에는 갖고 다니지 않았소?"

"절대로요. 그 총은 수잔이 아버지한테서 물려받은 겁니다. 평소에는 다른 사람들처럼 양말 서랍 안에 감춰뒀고요."

나는 어깨를 으쓱했다. 두 번째 문제는 총이었다. 사람들이 양말 서랍에 숨겨둔 권총을 꺼내 들고 나오는 이유는 다양하다. 방어를 하기 위해, 또는 공격을 하기 위해. 그러나 집과 수백 킬로미터나 떨어진 도시에서 갑자기 생을 마감하려는 충동이 일어날 경우에 대비해 총을 챙기는 경우는 없다.

제이크가 말했다.

"수잔은 정치에 별로 관심이 없었습니다."

"그렇소?"

"그러니까 샌섬과 관계가 있을 리가 없습니다."

"그렇다면 왜 그의 이름이 튀어나왔을까?"

"모르죠."

내가 말했다.

"수잔은 뉴욕까지 차를 몰고 왔을 거요. 권총을 가지고 비행기를 탈 수는 없으니까. 지금쯤 수잔의 차는 어딘가에 견인되어 있겠지. 홀랜드 터널을 타고 뉴욕에 와서 시내에 주차했을 가능성이 크오."

제이크는 아무 말도 하지 않았다. 내 커피는 차갑게 식어 있었다. 웨이트리스가 다시 잔을 채우러 다가왔다. 우리는 가게 매상에 전혀 도움이 안 되는 손님들이었다. 다른 테이블은 벌써 손님들이 두 번 이상씩 바뀌었다. 서둘러 움직이며 연료를 채우고 바쁜 하루를 보낼 준비를 마치고 사라지는 직장인들. 나는 열두 시간 전에 수잔 마크가 뭘 하고 있었을지 상상했다. 바쁜 밤을 준비하는 수잔. 옷을 입는다. 아버지의 총을 꺼낸다. 장전을 하고 검은 가방 속에 집어넣는다. 자동차에 올라타 236번 도로를 타고 벨트웨이로 향한다. 시계방향으로 돌아 어쩌면 주유소에서 기름을 채우고, 시속 150킬로미터로 밟으며 북쪽으로 달린다. 절망으로 가득 찬 커다란 눈동자가 어둠을 주시한다.

추측이라도 해봐요. 제이크는 말했다. 갑자기 모든 게 내키지 않았다. 머릿속에서 테레사 리의 목소리가 울렸다. **당신이 그 여자를 궁지로 내몰았을지도 모르잖아요.**

제이크가 생각에 잠긴 나를 보고 물었다.

"무슨 일입니까?"

"수잔에게 약점이 있었다고 칩시다. 뭔진 모르지만 무척 중요한 거였겠지. 그래서 수잔은 정보를 훔쳐서 그걸 누군가에게 전해주려고 뉴욕까지 왔소. 그런데 그 작자들은 나쁜 놈들이오. 시킨 대로 해도 그 사람들이 자기를 놓아주지 않을 거라는 생각이 들었소. 아마 시간이 지날수록 더 많은 것을 요구할 테지. 이미 골치 아픈 일에 휘말렸을 뿐만 아니라 빠져나갈 구멍도 없소. 그리고 무엇보다 그 사람들이 두려웠을 거요. 수잔은 절망적인 심정이 되오. 그래서 총을 가져왔겠지. 그 사람들과 싸우려고 했을 수도 있소. 하지만 성공할 가능성은 희박하다는 걸 알고 있었을 거요. 결론적으로 말해서 수잔은 모든 게 잘 끝날 거라고 생각하지 않았소."

"그래서요?"

"수잔에게는 해야 할 일이 있었소. 목적지에 가까워지고 있었고. 아마 원래 자살을 할 생각은 없었을 거요."

"하지만 그 식별 목록은요? 이상한 행동들은요?"

"상관없소. 수잔은 자기 인생을 끝장낼 사람들을 만나러 가는 중이었으니까. 문자 그대로든 아니면 비유적으로든."

14

"그래도 수잔이 겨울옷을 입고 있었던 건 설명이 안 됩니다."

틀렸다. 그것만으로도 겨울옷을 입은 이유를 설명할 수 있다. 수잔이 시내에 자동차를 주차하고 지하철을 탄 이유도 거기에 있다. 수잔은 그들의 허를 찌르고 싶었던 것이다. 온통 검은색으로 차려입고 무장을 한 채로 지하에서 나타나 어둠 속에서 몸싸움을 할 경우에 대비했다. 어쩌면 그 오리털 파카가 그녀에게 있는 유일한 검은색 겉옷일 수도 있었다.

이제 모든 것이 확연해 보였다. 그녀가 발산하던 무거운 절망과 공포. 지하철 안에서 끊임없이 입속으로 중얼거린 것은 그들을 만났을 때 늘어놓을 애원, 변명, 논쟁, 아니면 협박 내용을 미리 연습하고 있었던 것일 수도 있다. 몇 번이고 똑같은 내용을 되뇌며 자기 자신을 설득하고 자신감을 키우고 위안을 얻었을 것이다.

제이크가 말했다.

"수잔이 뭔가를 넘겨주려고 했을 리가 없습니다. 아무것도 갖고 있지 않았으니까요."

"갖고 있었을지도 모르오."

내가 말했다.

"그녀의 머릿속에 말이오. 방금 수잔의 기억력이 좋다고 말하지 않았소. 부대 이름, 날짜, 스케줄. 뭐든 그들이 알고 싶어 하던 걸 기억하고 있었을 거요."

제이크는 입을 다물고 반박할 거리를 찾아내려 애썼다.

그러나 그는 성공하지 못했다.

"기밀 정보라니."

제이크가 말했다.

"그것도 군사기밀을. 맙소사, 믿을 수가 없어요."

"수잔은 곤경에 빠져 있었소, 제이크."

"대체 인적사령부에 무슨 기밀 정보가 있다는 겁니까? 사람 목숨을 좌지우지할 정도로 중요한 거랍니까?"

나는 대답하지 않았다. 나도 알 수가 없었다. 내가 군에 있던 시절 인적사령부는 퍼스콤(PERSCOM)이라고 불렸다. 인사사령부. 인적사령부가 아니었다. 13년 동안 복무하면서 인사사령부에 대해서는 한 번도 생각해본 적이 없다. 전혀, 단 한 번도. 거기서 다루는 것이라고는 귀찮은 문서작업과 기록들뿐이다. 흥미로운 정보는 모두 다른 곳에 보관되어 있었다.

제이크가 자세를 고쳐 앉았다. 손가락으로 지저분한 머리카락을 쓸어 넘기더니 두 손으로 머리 양쪽을 붙들고는 목을 둥그렇게 돌렸다. 경직된 목을 풀어주려는 듯이, 혼란스럽던 머릿속이 한 바퀴를 돌아 다시 제자리로 돌아왔다는 듯이. 우리는 다시 첫 번째 질문으로 돌아왔다.

제이크가 말했다.

"도대체 이유가 뭘까요? 왜 수잔은 목적지에 도착하기도 전에 자살을 한 겁니까?"

나는 생각에 잠겼다. 카페는 소란스러웠다. 리놀륨 바닥에 신발이 달라붙어 쩍쩍거리는 소리, 여기저기서 사기그릇이 부딪치는 소리, 벽 위쪽에 달린 텔레비전에서 흘러나오는 뉴스 소리, 주문을 알리는 선명한 종소리.

"수잔은 불법행위를 하고 있었소."

내가 말했다.

"자신이 지고 있던 모든 신의와 직업윤리를 저버리는 짓이었지. 감시를 받고 있다는 생각도 들었을 거요. 어쩌면 경고를 받았을지도 모르고. 수잔은 긴장하고 있었소. 자동차에 올라탔을 때부터 줄곧. 뉴욕으로 오는 내내 백미러로 빨간 사이렌이 보이지 않나 힐끔거렸을 테고 톨게이트에서 경찰을 볼 때마다 겁에 질렸을 거요. 양복은 입은 사람은 하나같이 연방요원처럼 보였겠지. 지하철에 탔을 즈음에는 조금만 건드려도 무너질 지경이었을 거요."

제이크는 아무 말도 하지 않았다.

"바로 그때 내가 그녀에게 접근한 거고."

"그래서요?"

"그래서 터져 버린 거지. 내가 자기를 체포할 거라고 생각한 거요. 게임 오버. 그녀는 막다른 길에 몰려 있었고 이래도 끝장, 저래도 끝장이었소. 앞으로 갈 수도 없고 뒤로 물러설 수도 없었지. 진퇴양난이었소. 그 사람들이 뭐라고 협박했던 수잔이 감추고 싶었던 게 폭로될 판이었고 정보를 유출한 게 들통 났으니 감옥에도 가게 될 판이었소."

"수잔이 왜 당신이 자길 체포할 거라고 생각했을까요?"

"내가 경찰인 줄 알았겠지."

"왜 당신을 경찰로 착각해요?"

내가 말했으니까. **난 경찰이오. 도와주겠소. 우리 말로 합시다.**

"모든 사람이 의심스러웠을 테니까. 그럴 만도 하지 않소?"

"당신은 경찰처럼 안 보이잖습니까. 부랑자라면 모를까. 그보다는 잔돈을 구걸하는 사람이라고 생각했을 겁니다."

"위장 중인 비밀수사관이라고 생각했을 수도 있소."

"수잔은 서류기록을 다뤘어요. 당신이 그랬잖습니까. 수잔이라면 위장임무 중인 경찰이 어떻게 보이는지 정도는 알았을 겁니다."

"미안하오, 제이크. 내가 그녀에게 경찰이라고 했소."

"왜요?"

"그땐 그녀가 자살폭탄 테러범인 줄 알았으니까. 수잔이 버튼을 누르지 못하도록 3초만 시간을 끌고 싶어서 입에서 나오는 대로 아무렇게나 말한 거요."

제이크가 물었다.

"정확하게 뭐라고 했습니까?"

나는 제이크에게 사실대로 말해주었다.

"맙소사. 진짜로 내사팀에 걸렸다고 생각했겠군요."

당신이 그녀를 궁지로 내몰았을지도 모르잖아요.

"미안하오."

나는 다시 말했다.

그 후 몇 분 동안 궁지에 내몰린 것은 나였다. 맞은편에서는 제이콥 마크가 나를 잡아먹을 듯이 노려보고 있었다. 내가 그의 누이를 죽였기 때문이다. 웨이트리스는 화가 났다. 평소라면 아침 식사 메뉴 여덟 개를 팔고도 남을 시간 동안 우리가 커피 두 잔으로 미적거리고 있었기 때문이다. 나는 내 컵받침 밑에 20달러짜리 지폐 한 장을 끼워넣었다. 웨이트리스도 나의 행동을 보았다. 자, 여길 보시오. 아침 식사 메뉴 여덟 개를 팔았을 때와 맞먹는 팁이라오. 이제 웨이트리스는 해결했다. 제이콥 마크의 문제를 해결하기는 그보다 훨씬 어려웠다. 그는 온몸 가득 가시를 곤두세운 채 아무 말 없이 꼼짝 않고 앉아 있었다. 제이크는 내 시선을 피했다. 두 번이나. 이제 그만 헤어질 시간이다.

마침내 제이크가 말했다.

"가봐야겠습니다. 할 일이 많아요. 수잔의 가족들에게도 알려야 하고요."

"가족이라고 했소?"

"몰리나. 전남편이죠. 피터라고 아들도 있습니다. 내 조카죠."

"수잔에게 아들이 있단 말이오?"

"그게 당신하고 무슨 상관입니까?"

래브라도 수준의 아이큐.

내가 말했다.

"제이크, 우리는 방금 전까지 수잔에게 약점이 있다는 이야기를 하고 있었소. 그런데 당신은 그녀에게 자식이 있다는 말을 해야 한다는 생각도 안 들었단 말이오?"

그는 멍청한 표정을 지었다.

"피터는 애가 아닙니다. 벌써 스물두 살이에요. 서던캘리포니아 대학 졸업반이고 미식축구 선수죠. 당신보다도 덩치가 크단 말입니다.

그리고 수잔과 별로 가깝지도 않았어요. 부모가 이혼한 뒤로 아버지와 같이 살았죠."

내가 말했다.

"그 애에게 전화하시오."

"캘리포니아는 지금 새벽 4십니다."

"지금 당장 전화해요."

"자는 애를 깨울 텐데요."

"내가 바라는 게 바로 그거요."

"마음의 준비라도 할 시간을 줘야죠."

"일단 전화부터 받는지 확인합시다."

그래서 제이크는 다시 휴대전화를 꺼내 주소록을 뒤진 다음 목록에서 상당히 아래쪽에 있는 전화번호를 찾아 초록색 통화 버튼을 눌렀다. 알파벳순으로 정리되어 있나 보다. 피터의 P. 제이크가 전화기를 귀에 댔다. 신호음이 다섯 번쯤 반복되자 불안한 표정이 떠올랐다. 여섯 번째 신호음이 울리자 그의 표정에 변화가 생겼다. 잠시 후 제이크가 전화기를 든 손을 천천히 아래로 떨어뜨렸다.

"음성사서함으로 넘어가는군요."

15

내가 말했다.

"돌아가시오. 가서 LA 경찰이든 서던캘리포니아 대학 캠퍼스 경찰이든 연락해서 경찰 대 경찰로 딱 한 번만 도와 달라고 사정해요. 피터가 집에 있는지 확인만 해 달라고 하시오."

"비웃음만 살 겁니다. 대학 풋볼선수가 새벽 4시에 전화를 안 받는다고 그런 호들갑을 떨라고요?"

"내 말대로 하시오."

제이크가 말했다.

"나와 같이 가십시다."

나는 고개를 저었다.

"난 여기 있을 거요. 사설업체 친구들과 하고 싶은 이야기가 있어서."

"그 사람들을 찾을 수나 있겠습니까?"

"그치들이 날 찾아올 거요. 수잔이 내게 뭘 주지 않았느냐고 물었는데 아무 대답도 안 해줬거든. 다시 물어보러 오겠지."

우리는 방금 나온 커피숍에서 다섯 시간 뒤에 다시 만나기로 약속했다. 나는 제이크가 차를 몰고 떠나는 모습을 지켜보았다. 그런 다음 8번로를 따라 천천히 남쪽으로 걸었다. 딱히 갈 곳도 없었다. 잠이 부족해 피곤했지만 정신만은 또렷했다. 커피를 마신 덕분이다. 정신을 바싹 차리고 상쾌하게 해준다는 점에서 세수와 비슷한 효과를 준다. 사설업체 친구들도 나와 비슷한 처지에 있을 것이다. 밤새도록 깨어 돌아다녔겠지. 문득 사건이 발생한 시간이 기묘하다는 생각이 들었다. 새벽 2시는 자살폭탄 테러를 하기에 부적절한 시간이다. 수잔 마크가 누군가와 접선해 정보를 전달하기에도 부적절한 시간이다. 그래서 나는 잠시 발을 멈추고 식당 앞에 있는 신문가판대에서 타블로이드 신문을 들쳐보았다. 〈데일리뉴스〉 안쪽 깊숙이 내가 반쯤 기대하던 내용이 숨어 있었다. 어젯밤 뉴저지 유료고속도로의 상행 차선이 네 시간 동안 봉쇄되었다는 뉴스였다. 유조트럭이 안개 속에서 사고를 내는 바람에 산화 물질이 유출되었고 여러 명이 사망했다.

  수잔 마크가 고속도로 출구 사이에 갇혀 어쩔 줄 몰라 하는 모습이 상상되었다. 네 시간의 교통 체증. 네 시간의 지연. 하필 지금 이런 일이 일어나다니 믿을 수가 없다. 시간이 지날수록 팽팽해지는 긴장감. 앞으로 나갈 수도 뒤로 돌아갈 수도 없다. 진퇴양난. 초침이 째깍거리며 움직인다. 그들이 정한 마감시한이 눈앞으로 다가오고 마침내 땡, 종이 친다. 협박과 규제, 처벌이 이제 현실이 되어 다가온다. 지하철 6호선은 내게 빠르게 느껴졌다. 그러나 그녀에게는 굼벵이처럼 느껴졌을 것이다. **당신이 그녀를 궁지로 내몰았을지도 모르잖아요.** 그래, 그랬을지도 모른다. 하지만 수잔은 어차피 더 이상 몰릴 곳도 없었다.

  나는 신문을 고이 접어 제자리로 돌려놓은 다음 걷기 시작했다. 내가 양복을 찢은 사내는 옷을 갈아입으러 갔을지도 모르지만 나머지 셋은 가까운 곳에 대기하고 있으리라. 어쩌면 커피숍에서부터 나를 감시하고 미행을 하고 있을지도 모른다. 거리에 그들의 모습은 보이지 않았다. 하지만 특별히 그들을 찾으려고 애쓰지도 않았다. 있다는 걸 빤히 아는데 뭐 하러 찾아본단 말인가.

예전의 8번로는 위험한 지역이었다. 깨진 가로등, 사방에 널려 있는 공터들, 문 닫은 상점들과 마약중독자, 창녀, 거지들. 여기서 별별 못 볼 꼴들을 수없이 봤다. 하지만 개인적으로 습격을 당해본 적은 없다. 별로 놀라운 일도 아니다. 나와 노상강도만 남기고 지구상 모든 인간이 사라진다면 모를까 감히 내게 시비를 걸 사람은 없다. 설사 그런 일이 생기더라도 이기는 건 나일 것이다. 요즘에는 8번로도 다닐 만하다. 상점은 북적거리고 어딜 가나 사람들이 넘친다. 그러므로 그 세 명이 어디서 내게 접근해올지 전혀 신경 쓰이지 않았다. 내가 선택한 장소로 유인할 생각도 없었다. 나는 그저 걸었다. 선택은 그들의 몫이었다. 이제 날은 따뜻하다 못해 무더워지고 있었다. 도로 위로 온갖 냄새가 스멀거리며 올라왔다. 조잡한 달력 같다. 쓰레기의 악취는 여름의 신호다. 겨울에는 냄새가 나지 않는다.

그들은 매디슨스퀘어가든과 커다란 우체국이 만나는 거리의 남쪽 블록에서 모습을 드러냈다. 모퉁이가 공사 중이라 인도를 차단하고 차도와 인도 사이에 작은 임시 통로를 만들어 놓은 곳이었다. 내가 임시 통로로 1미터쯤 들어섰을 때 한 명이 튀어나와 내 앞을 가로막았다. 다른 한 명이 내 후방을 차단했고 리더는 내 옆으로 다가섰다. 깔끔한 솜씨였다.

리더가 말했다.

"양복 건은 없었던 일로 할 수도 있소."

"그거 잘됐군."

내가 말했다.

"당신이 우리 물건을 갖고 있는지 확실히 알아야겠소."

"당신 물건?"

"우리 두목 물건."

"당신들은 누구요?"

"명함을 줬잖소."

"아주 인상 깊은 물건이었지. 미학적으로도 완벽한 예술작품처럼 보였고. 숫자 일곱 개로 조합할 수 있는 전화번호는 3백만 개가 넘소. 그렇지만 당신네들은 무작위로 섞지 않았더군. 일부러 연결이 되지 않는 전화번호를 골랐지. 그건 상당히 까다로운 일이오. 그래서 다시 한 번 깊은 감명을 받았소. 그러다가 문득 그게 불가능하다는 사실을 깨달았지. 맨해튼에서는 누가 죽거나 이사를 가면 순식간에 다른 사람이 그 번호를 차지하거든. 그래서 나는 당신들이 절대 연결되지 않는 전화번호 목록을 갖고 있다는 판단을 내렸소. 전화 회사들이 그런 걸 만들어놓지. 영화나 텔레비전용으로. 그런 데는 진짜 번호를 쓸 수가 없으니까. 고객들이 장난전화에 시달리게 할 수는 없잖소. 그래서 난 당신들이 영화나 텔레비전 사업 쪽에 아는 사람들이 있을 거라고 짐작했소. 당신들이 하는 일이라는 게 고작 시내에서 촬영 같은 게 있으면 통행을 금지하는 게 대부분이라 그럴 테지. 작전행동에 가장 가까운 거라고 해봤자 사인을 얻으려고 모여드는 팬들을 밀쳐내는 게 다일 거고. 당신들 같은 사람에게는 죽을 맛일 거요. 이 바닥에 발을 들여놨을 때

꿈꾸던 것과는 전혀 다를 테니까. 그보다 더 나쁜 건 그런 일만 하다보면 실력에 녹이 슨다는 거요. 연습 부족 때문이지. 그래서 난 당신들을 처음 만났을 때보다 훨씬 마음이 편하오. 명함은 실수였소, 친구. 이미지 관리를 그렇게 하면 안 되지."

리더가 말했다.

"커피 한잔 사도 되겠소?"

내 평생 공짜 커피를 마다한 적은 한 번도 없다. 그렇지만 커피숍에 궁둥이를 붙이는 건 벌써 진력이 났기 때문에 테이크아웃만 마시겠다고 했다. 커피를 손에 들고 거리를 걸으면서 대화를 나누면 된다. 우리는 가장 먼저 눈에 띈 스타벅스에 들어갔다. 스타벅스는 대부분의 도시에 한 블록마다 하나씩 위치하고 있다. 나는 복잡한 이름들은 모조리 무시하고 오늘의 커피 톨사이즈를 시켰다. 블랙, 크림 없이. 스타벅스에서는 늘 이렇게 마신다. 원두는 괜찮았다. 그렇다고 내가 까다롭다는 건 아니다. 중요한 것은 커피 맛이 아니라 카페인이니까.

우리는 가게를 나와 8번로를 따라 걸었다. 그러나 덩치 큰 사내 넷이 나란히 길을 걸으며 대화를 이어가기는 너무 힘들었고, 길가의 시끄러운 소음들도 방해가 되었다. 그래서 우리는 결국 교차로에서 10미터쯤 들어간 길가에 멈춰 설 수밖에 없었다. 나는 거리 난간에 몸을 기대고 그늘 아래 섰고, 나머지 셋은 따가운 햇볕을 받으며 나를 마주 봤다. 발밑에는 터진 쓰레기봉지가 일요일자 신문의 오락 섹션을 뱉어내고 있었다.

리더가 말했다.

"당신은 우리를 너무 과소평가하고 있소. 그렇다고 서로 잘났다고 비아냥거리자는 건 아니오."

"알겠소."

"군 출신이오?"

"육군이었소."

"한눈에 알겠더군."

"당신도 마찬가지요. 델타포스?"

"아니, 거기까지 가지는 않았소."

나는 미소를 지었다. 정직한 친구로군.

그가 말했다.

"우리는 여기에 임시로 고용된 거요. 죽은 여자가 가치 있는 물건을 갖고 있었고, 그걸 회수하는 게 우리 임무지."

"무슨 물건? 무슨 가치?"

"정보."

"난 도와줄 수 없소."

"우리 두목은 디지털 데이터라고 했소. 컴퓨터칩이나 메모리스틱에 들어 있을 거라고 말이오. 하지만 우리는 그럴 리가 없다고 했소. 그런 거라면 펜타곤에서 빼내올 수가 없으니까. 구두로 전달해야 할 거라고 했지. 읽거나 외우거나."

나는 아무 말도 하지 않았다. 지하철 안에서의 수잔 마크의 모습이 떠올랐다. 끊임없이 달싹거리던 입술. 어쩌면 그녀는 애원이나 변명, 협박이나 말다툼을 연습하고 있었던 게 아닐지도 모른다. 어쩌면 자신이 전달해야 할 내용을 외우고 있었던 것일지도 모른다. 스트레스나 공포심 때문에 헷갈리거나 잊어버리지 않게. 무의식 깊은 곳에 정보를 새겨넣고 자기 자신을 설득하기 위해. **난 시키는 대로 하고 있어, 시키는 대로 하고 있어, 시키는 대로 하고 있어.** 스스로를 안심시키기. 모든 게 다 잘될 거라고 토닥거리기.

내가 물었다.

"당신네 두목이 누구요?"

"말할 수 없소."

"배후 세력은?"

"모르오. 알고 싶지도 않고."

나는 아무 말 없이 커피를 한 모금 들이켰다.

남자가 말했다.

"당신은 지하철 안에서 그 여자와 이야기를 했소."

"그래. 그랬지."

"따라서 작전상 우리는 그 여자가 뭘 알고 있든 간에 당신도 알고 있다고 가정하오."

"가능한 일이지."

내가 말했다.

"우리 두목은 틀림없다고 확신하고 있소. 그래서 당신은 지금 난처한 상황에 빠져 있소. 데이터가 컴퓨터칩에 담겨 있다면 간단하오. 당신 머리를 내리치고 주머니를 뒤지면 되니까. 하지만 데이터가 당신 머릿속에 들어 있다면 다른 방도를 사용해야 하지."

나는 아무 말도 하지 않았다.

"그러니 알고 있는 걸 우리에게 말해주시오."

"그래야 당신 실력을 과시할 수 있으니까?"

그는 고개를 저었다.

"아니, 그래야 당신이 멀쩡할 수 있으니까."

나는 다시 커피를 들이켰다.

그가 말했다.

"난 지금 부탁을 하고 있는 거요. 남자 대 남자, 군인 대 군인으로서 말이오. 우리야 문제될 게 없소. 빈손으로 돌아가봤자 해고당하는 게 고작이니까. 월요일 아침이면 다른 의뢰인 밑에서 일하고 있을 테고. 하지만 우리가 이 일에서 손을 떼면 당신은 완전히 무방비로 노출되게 되오. 우리 두목은 부하들을 많이 데리고 왔소. 지금은 목줄을 매놓고 있지. 여기가 익숙하지 않으니까. 하지만 일단 우리가 빠지고 나면 그놈들이 당신한테 달려들거요. 그 방법밖엔 없으니까. 하지만 당신도 그 친구들과 얘기하는 건 달갑지 않을 거요."

"난 누구하고든 얘기하고 싶지 않소. 그 작자들도 싫고 당신들도 싫소. 얘기하는 것 자체가 질색이오."

"농담이 아니오."

"동감이오. 벌써 여자 하나가 죽었으니."

"자살은 범죄가 아니오."

"그렇지만 그녀를 그렇게 만든 원인은 범죄일지 모르지. 그 여잔 펜타곤에서 일했으니 국가 안보 문제일 수도 있소. 당신도 빨리 이 일에서 손을 떼시오. 경찰한테 가서 다 털어놓는 거요."

그는 고개를 저었다.

"이 사람들을 배신하느니 차라리 감옥에 가겠소. 무슨 소린지 알겠소?"

"알고말고."

내가 말했다.

"몰려드는 팬들에게 꽤나 익숙해졌나 보군."

"그나마 우리는 점잖은 사람들이오. 그걸 이용해요."

"점잖기는 개뿔."

"어느 부대 출신이오?"

"헌병."

"그럼 벌써 죽은 목숨이나 다름없군. 두목 같은 사람들은 보고들은 적도 없을 테니."

"당신 두목이 누구요?"

사내는 고개를 저었다.

"놈들의 수는?"

그는 또다시 고개를 저었다.

"힌트라도 주시오."

"귀가 삐었나 보군. 경찰한테도 입을 다무는 판에 내가 왜 당신한테 말해준단 말이오?"

나는 어깨를 으쓱하고는 컵을 비운 뒤 난간에 기댔던 몸을 똑바로 일으켜 세웠다. 세 걸음을 걸어 쓰레기통에 빈 컵을 던져넣었다.

내가 말했다.

"당신 두목에게 전화하시오. 그래서 그 사람이 옳았고 당신이 틀렸다고 하시오. 여자가 메모리스틱에 정보를 갖고 있었다고. 그리고 그게 지금 내 주머니 안에 들어 있다고 말하시오. 그런 다음 일을 때려치운다고 하고 집에 가서 발이나 닦으쇼. 더 이상 귀찮게 굴지 말고."

 나는 달리는 차들 사이를 뚫고 길을 건너 8번로를 향해 다시 걷기 시작했다. 등 뒤에서 리더가 큰 소리로 내 이름을 부르는 게 들렸다. 무심코 뒤를 돌리자 그가 나를 향해 휴대전화를 들고 있는 모습이 보였다. 전화기는 똑바로 나를 향해 있었고 그는 액정화면을 들여다보고 있었다. 잠시 후 그가 팔을 내렸다. 세 남자들이 이동하기 시작했다. 흰 트럭이 우리 사이를 지나갔다. 그들의 모습이 흔적도 없이 사라진 뒤에야 나는 깨달았다. 그들은 내 사진을 찍어갔다.

16

　라디오색의 숫자는 스타벅스의 10분의 1밖에 안 되지만 그래도 몇 블록만 걸으면 쉽게 찾을 수 있다. 게다가 이 전자제품 상점은 아침 일찍 문을 연다. 가게에 들어서니 인도 출신인 듯한 남자가 다가왔다. 아주 열성적인 점원이었다. 내가 그 날 들린 첫 손님이라 그런지도 모른다. 나는 카메라 기능이 있는 휴대전화가 있느냐고 물었다. 그는 요즘 나오는 전화기에는 기본적으로 카메라가 달려 있다고 말했다. 어떤 것은 비디오를 찍을 수도 있다고 했다. 나는 전화기로 찍은 사진이 얼마나 선명한지 보고 싶다고 말했다. 그러자 그가 휴대전화를 하나 집어 들었다. 내가 가게 반대쪽 끝에 서자 그는 계산대에서 내 사진을 찍었다. 사진은 작고 그리 선명하지도 않았다. 사진으로 나를 알아보기는 힘들었다. 그러나 대략의 키와 몸집, 자세 등은 상당히 뚜렷하게 알 수 있었다. 문제가 될 정도로 말이다. 사실 내 얼굴은 평범하고 눈에 띄는 특징이 없는 편이라 금세 잊어버리기 쉽다. 대부분의 사람들은 내 덩치로 나를 기억한다. 내 덩치는 전혀 평범하지 않다.

　점원에게 전화기를 살 생각이 없다고 말하자 그는 내게 디지털카메라를 판매하려고 했다. 해상도가 높기 때문에 사진을 더 잘 찍을 수 있단다. 나는 카메라도 필요 없다고 말했다. 대신 메모리스틱을 샀다. 컴퓨터 데이터를 저장할 수 있는 USB 드라이브. 여기서 파는 것들 중 가장 싸고 조그만 물건이었다. 판매용이 아니라 진열용이었다. 이런 데

쓸데없이 돈을 들이고 싶지는 않았다. 메모리스틱은 무척 작았지만 단단한 플라스틱의 커다란 포장에 싸여 있었다. 점원이 포장을 가위로 잘라주었다. 그런 걸 이빨로 뜯다간 다치기 십상이다. 메모리스틱에는 둘 중 하나를 고를 수 있는 네오프렌 케이스가 딸려 있었다. 분홍색과 파란색. 나는 분홍색을 골랐다. 수잔 마크는 분홍색을 좋아할 타입의 여자로는 보이지 않았지만 원래 사람들은 보고 싶은 것만을 보는 경향이 있다. 분홍색 케이스는 그게 여자의 것이라고 말하는 거나 마찬가지다. 나는 메모리스틱을 칫솔이 들어 있는 주머니에 넣고 점원에게 고맙다는 인사를 건넨 다음 가게에서 나왔다.

28번가를 따라 동쪽으로 두 블록 반을 걸었다. 등 뒤에서 수백 명의 사람들이 따라 움직이고 있었다. 그러나 아는 얼굴은 하나도 없었고 그들도 나를 아는 것 같지 않았다. 브로드웨이에서 지하철역으로 내려가 개찰구에서 지하철패스를 긁었다. 그런 다음 아홉 대의 열차를 흘려보냈다. 나는 나무벤치에 앉아 지나가는 열차들을 바라보았다. 휴식을 취하기 위해서, 또 어느 정도는 상점들이 문을 열 때까지 시간을 죽이기 위해서, 그리고 어느 정도는 미행을 당하고 있는지 확인하기 위해서였다. 아홉 차례, 사람들이 열차를 타고 내렸다. 나는 아홉 번이나 1~2초가량 플랫폼에 혼자 앉아 있었다. 아무도 내게 관심을 보이지 않았다. 사람들을 관찰하는 게 지겨워지자 이번에는 쥐를 찾아보기로 했다. 나는 쥐를 좋아한다. 세상에는 쥐에 대해 별별 이야기가 다 떠돌지만 사실 쥐를 발견하기란 사람들이 생각하는 것보다 훨씬 어렵다. 쥐는 겁이 많다. 종종 우리 눈에 띄는 쥐들은 나이가 어리거나 병이 들었거나 굶주린 녀석들이다. 놈들은 재미로 잠자는 아기의 얼굴을 물어뜯지 않는다. 얼굴에 묻은 음식 찌꺼기에 관심이 있을 뿐이다. 그러니 아이를 침대에 눕히기 전에 반드시 입을 깨끗이 닦아줘야 한다. 그러면 만사 오케이다. 그리고 고양이만큼 거대한 왕쥐도 없다. 쥐들은 다들 크기가 고만고만하다.

하지만 쥐는 한 마리도 보이지 않았다. 왠지 초조해졌다. 나는 의자에서 일어나 선로를 등지고 벽에 붙은 포스터들을 살폈다. 뉴욕 시내 지하철 노선표가 그려진 지도가 있었다. 브로드웨이 뮤지컬 광고도 두 장 붙어 있었다. 또 다른 포스터는 지하철 서핑이라고 불리는 것을 금지한다는 공고문이었다. 거기에는 어떤 남자가 전철 문 바깥에 불가사리처럼 달라붙어 있는 흑백 그림이 그려져 있었다. 뉴욕의 오래된 지하철에는 출입문 아래에 차량과 플랫폼 사이의 빈 공간을 이어주는 발판이, 위쪽에는 작은 빗물받이가 달려 있다. 신형 R142A 열차에는 둘 다 붙어 있지 않다. 내 미치광이 동료 승객이 그렇게 말했다. 그렇지만 그보다 오래된 열차의 경우에는 문이 닫힐 때까지 플랫폼에서 기다렸다가 열차가 출발하기 직전 발판 위에 올라서서 손가락으로 빗물받이를 붙잡고 두 팔로 열차 벽을 감싸 안으면 전철 밖에 매달린 채로 터널 안으로 들어갈 수 있다. 어떤 사람들에게는 꽤나 재미난 놀이일 것이다. 지금은 불법이었다.

나는 열 번째로 들어오는 열차에 올라탔다. R선이었다. 발판과 빗물받이가 설치되어 있었다. 그렇지만 나는 열차 안으로 들어갔다. 유니언스퀘어까지는 두 정거장이었다.

나는 유니언스퀘어의 북서쪽 출구로 나와 17번가에 있는 대형 서점으로 향했다. 선거철이 다가오면 정치가들은 일대기나 전기를 출간하고 잡지들은 정치 기사로 도배된다. 서점이 아니라 인터넷 카페를 찾아갈 수도 있지만 나는 첨단기술에 그다지 능숙한 편이 아니다. 게다가 어차피 요즘에는 인터넷 카페를 찾아보기도 어렵다. 요즘 사람들은 모두 과일이나 나무 이름이 붙은 작은 휴대용 전자기기를 가지고 다닌다. 인터넷 카페는 신식 무선기기에게 살해당해 공중전화 박스와 함께 몰락의 길을 걷고 있다.

서점 1층 정면에 마련된 테이블 위에는 신간 서적이 높이 쌓여 있었다. 논픽션 신간 코너에 들렀지만 헛수고였다. 역사, 전기, 경제. 하지만 정치 관련 서적은 없었다. 한참을 돌아다니다가 마침내 두 번째 테이블 뒤쪽에서 내가 원하는 것을 발견했다. 좌파에서 우파에 이르기까지 다양한 주장과 논평을 내세우는 정치학 서적들. 그리고 윤기 나는 표지와 포토샵으로 다듬은 사진으로 도배된, 유령작가가 대필한 자서전들. 두께가 2센티미터 남짓한 존 샌섬의 책에는 "언제나 임무 수행 중"이라는 제목이 붙어 있었다. 나는 책을 집어들고 엘리베이터로 3층까지 올라갔다. 안내판에 의하면 잡지 코너가 있는 곳이었다. 나는 시사주간지를 종류별로 하나씩 챙긴 다음 군사(軍史) 코너로 향했다. 논픽션 서적 몇 개를 뒤적이며 내가 알고 있던 사실들을 확인했다. 인적사령부의 업무는 예전의 인사사령부와 한 치의 오차도 없이 똑같았다. 이름만 바뀌었을 뿐이다. 새 옷 갈아입기, 그게 다였다. 새로운 직무도 없고 늘상 그렇듯 서류작업과 기록정리뿐이었다.

그런 다음 창턱에 앉아 내가 골라온 것들을 읽기 시작했다. 유리창으로 비쳐 들어오는 햇빛 때문에 등이 따가웠고 바로 앞에서는 차가운 에어컨 바람이 쏟아지고 있어 얼굴이 얼어붙을 지경이었다. 나는 서점에서 책을 사지 않고 공짜로 읽을 때마다 왠지 모를 죄책감이 든다. 하지만 서점 측은 개의치 않는 듯하다. 아니, 심지어 그걸 장려하기조차 한다. 어떤 서점에서는 나 같은 사람들을 위해 안락의자까지 놓아둔다. 그게 요즘 새로운 사업 방식인 모양이다. 손님들도 마찬가지다. 문을 연 지 얼마 되지도 않았건만 서점은 무슨 대형 난민센터처럼 보였다. 주위는 나보다 훨씬 높은 책더미를 쌓아두고 의자나 바닥에 쪼그리고 앉아 독서에 몰두하고 있는 사람들로 가득했다.

시사주간지는 하나같이 선거운동 관련 기사를 싣고 있었다. 광고와 새로운 의학적 발견, 그리고 첨단기술 관련 기사들 사이사이에 말이다. 대부분 대통령 선거를 다루고 있었지만 국회의원 선거 소식도 몇 줄씩 언급되어 있었다. 첫 번째 예비선거까지는 앞으로 4개월, 본선까지는 14개월이 남았다. 몇몇 후보들은 벌써부터 레임덕을 겪고 있었다. 하지만 샌섬은 아직까지 순조롭게 입지를 다져가는 듯하다. 그는 자신의 선거구 주민들 사이에서 인기가 좋았고 선거자금 모금 실적도 좋았으며, 솔직하고 투박한 행동거지가 신선하다는 평가를 받았다. 거기다 그의 군 경력은 그의 자질을 드높여주었다. 내가 보기에는 청소부가 시장이 되겠다고 떠드는 꼴과 마찬가지였지만. 물론 그게 현실이 될 수도 있다. 안 될 수도 있고. 가정에는 논리가 필요 없는 법이니까. 어쨌든 대부분의 기자들이 이 남자를 좋아한다는 건 확실해 보였다. 그리고 이 사람을 더욱 높은 자리에 점찍어두고 있다는 사실도 분명했다. 샌섬은 은연중에 4년 또는 8년 후의 예비 대통령 후보로 거론되고 있었다. 한 기자는 샌섬이 상원 자리를 따기 위한 경주에서 발탁돼 당의 부통령 후보로 지목될지도 모른다고 암시하기조차 했다. 샌섬은 이미 유명 인사였다.

그의 책 표지도 근사했다. 표지에는 그의 이름과 제목, 두 장의 사진이 인쇄되어 있었다. 큰 사진은 흐릿하게 처리해 표지 전체의 배경 이미지로 사용되고 있었다. 단추도 잠그지 않은 낡은 전투복을 입고 머리에는 비니 모자를 뒤집어쓰고 얼굴에는 위장칠을 한 젊은 병사. 그리고 배경 사진 위에는 수년 뒤 똑같은 인물이 양복을 차려입고 스튜디오에서 찍은 듯한 선명한 사진이 겹쳐져 있었다. 둘 다 샌섬이 틀림없다. 모든 것을 말해주는 두 장의 사진. 더 이상 설명은 필요 없었.

최근에 찍은 사진은 밝고 선명했으며 거의 예술적으로 보였다. 샌섬은 작고 마른 사내였다. 키는 약 175센티미터, 몸무게는 70킬로그램 정도일 것이다. 핏불보다는 휘펫이나 테리어에 가깝다. 참을성과 체력, 지구력이 강하다. 최정예 델타 대원이라면 그렇듯이 말이다. 오래된 사진은 델타에 입대하기 전 보병 시절에 찍은 것 같았다. 아마도 레인저스일 것이다. 내 경험에 의하면 샌섬 나이의 델타 대원들은 턱수염과 선글라스를 선호하고 카피예(아랍 남성들이 두르는 두건—역주)를 목까지 두르는 것을 좋아한다. 그들이 복무하는 지역도 지역이거니와 이름 모를 익명의 존재로 남는 편을 선호하기 때문이다. 어떻게 보면 필수적인 것이기도 하지만 어느 정도는 드라마틱한 판타지에 가까웠다. 이 사진을 고른 건 그의 홍보부장일 것이다. 얼굴을 드러내기 위해, 그리고 미국인처럼 보이도록 일반 병사 시절의 사진을 선택한 게 틀림없다. 정신 나간 팔레스타인 히피처럼 차려입은 사진은 노스캐롤라이나 유권자들에게 그리 좋은 인상을 심어주지 못할 것이다.

표지 안쪽 책날개에는 그의 이름과 군 계급이 격식을 갖춰 적혀 있었다. 존 T. 샌섬 소령, 미 육군, 전역. 그 아래에는 그가 수훈십자훈장과 수훈훈장, 두 개의 은성훈장을 수여받았다고 쓰여 있었다. 그리고 샌섬 컨설팅이라는 회사에서 성공적인 CEO였다고도 적혀 있었다. 여기에도 그가 말하고 싶은 것들이 모두 극명하게 나타나 있었다. 책의 나머지 부분은 읽을 필요도 없을 것 같았다.

나는 책장을 뒤적였다. 샌섬의 책은 크게 다섯 부분으로 구성되어 있었다. 어린 시절, 복무 시절, 그 뒤를 이은 결혼과 가정생활, 사업가로서의 삶, 그리고 정치적 비전. 어린 시절 부분은 흔하디흔한 내용이었다. 뼈 빠지게 가난했던 시골 소년, 돈도 없고 내세울 것도 없고. 어머니는 강인한 여성이었고 아버지는 생계를 유지하기 위해 밤낮으로 두 개의 직장을 뛰어다녀야 했다. 풍선 불듯 부풀린 게 틀림없다. 정치가들만 모아놓고 보면 미국은 완전히 제3세계 국가다. 하나같이 가난한 집에서 태어나 수돗물을 틀어 놓는 것은 사치였고, 신발도 제대로 못 신고 다녔고, 생일날이나 배부르게 먹을 수 있었고 어쩌고저쩌고.

중간을 과감하게 건너뛰어 샌섬이 아내를 만난 대목으로 넘어갔다. 진부한 이야기의 연속이었다. 그의 아내는 훌륭했다. 그들의 자녀들은 대단했다. 이야기 끝. 사업에 관한 이야기는 이해하기가 힘들었다. 샌섬 컨설팅에서는 여러 명의 컨설턴트가 함께 일한다. 여기까지는 그럭저럭 알 것 같았다. 하지만 그 사람들이 무슨 일을 하는지는 알아낼 수가 없었다. 그 사람들이 회사에 조언과 제안을 해준다. 그런 다음 자기들이 조언을 해준 회사의 주주가 되고, 그 주식을 팔아 부자가 되었다.

샌섬은, 그 자신의 말을 빌리자면 한 재산을 톡톡히 벌었다. 얼마나 많이 벌었다는 건지 감이 잡히지 않았다. 나는 주머니에 몇백 달러만 있어도 만족하는 인간이다. 샌섬은 분명 그보다는 더 많이 벌었을 것이다. 그렇지만 얼마나 많이 벌었다는 건지는 정확하게 알려주지 않았다. 0을 네 개 더 붙인 정도? 다섯 개? 아니면 여섯 개?

정치적 비전에 대한 부분을 들춰보았다. 그러나 시사주간지에서 이미 읽은 것 외에 달리 새로운 내용은 없었다. 그저 유권자들이 원하는 것들을 정리해서 나열해놓은 것뿐이었다. 세금 인하? 원하시는 대로 해드리겠습니다. 공공 서비스? 걱정 마십시오. 말도 안 되는 소리다. 하지만 전체적으로 볼 때 샌섬은 괜찮은 인물 같았다. 나는 그가 다른 모든 정치가들처럼 옳은 일을 하려고 한다는 인상을 받았다. 그는 정당한 이유로 정치에 뛰어들었다는 느낌을 주었다.

책 중간에는 사진이 인쇄된 페이지가 몇 장 포함되어 있었다. 한 장을 제외하면 생후 8개월에서 현재에 이르기까지 샌섬의 인생을 담백하게 보여주는 스냅 사진들이었다. 옷장 깊숙이 넣어둔 오래된 구두상자에서 꺼내온 듯한 사진들. 부모님, 어린 시절, 학창 시절, 군대 시절, 약혼녀, 자녀들, 사무실 풍경, 평범한 일상생활. 다른 후보자들의 전기에 포함된 사진들과 바꿔쳐도 전혀 위화감이 들지 않을 사진들이었다.

한 장만 빼고.

그 사진은 기묘했다.

17

 그것은 전에도 본 적이 있는 뉴스 보도 사진이었다. 1983년, 도널드 럼스펠드라는 미국 정치가가 바그다드에서 이라크의 독재자인 사담 후세인과 악수를 나누는 사진. 도널드 럼스펠드는 두 번이나 미국 국방장관을 역임했지만 이 사진을 찍었을 당시에는 로널드 레이건 대통령의 특사를 맡고 있었다. 그는 바그다드에 가서 사담의 엉덩이에 키스하고 그의 어깨를 두드리고 미국과의 영원한 우호관계를 상징하는 의미로 금제 박차 한 쌍을 선물했다. 그로부터 8년 뒤 우리는 사담의 엉덩이를 걷어찼고, 15년 뒤에는 그 자식을 죽여 버렸다. 샘섬은 그 사진 아래 "때로 친구는 적이 되고 적은 친구가 된다."고 적어놓았다. 정치판에 관한 논평일 것이다. 아니면 사업을 경영할 때의 좌우명일지도 모른다. 비록 책에서 그런 내용을 암시하는 예시나 일화는 찾을 수 없었지만 말이다.
 나는 다시 샘섬의 군 복무 시절을 다룬 장으로 돌아와 좀 더 자세히 읽어보기로 했다. 어쨌든 그건 내가 잘 아는 분야였으니까. 샘섬은 1975년에 입대해서 1992년에 전역했다. 17년이면 나보다 4년이나 오래 복무한 셈이다. 그는 나보다 9년 앞서 입대해 5년 앞서 전역했다. 대체적으로 좋은 시절이었다. 베트남전이라는 광풍이 끝나고 지원자들만으로 구성된 새롭고 전문적인 군대가 굳건하게 구축되었다. 예산도 빵빵했다. 샘섬은 그 시기를 한껏 즐긴 듯했다. 그의 서술은 일관적이었다. 그는 기본적인 훈련 과정을 정확하게 묘사했고, 사관후보생 과정도 정확히 서술했으며, 보병 시절에 대해서도 즐겁게 이야기했다. 그는 당시부터 야심을 품고 있었다고 솔직하게 털어놓았다. 그는 할 수 있는 한 모든 능력을 다져 레인저스에 들어간 다음, 일찍이 델타포스에 합류했다. 다른 이들과 마찬가지로 샌섬도 델타포스 시절을 과장해서 그리고 있었다. 지옥 같은 훈련, 소모전, 지구전, 힘들고 피폐한 나날들. 그리고 모두들 그렇듯이 그 역시 델타 부대의 불완전한 면모에 대해서는 전혀 비판하지 않았다. 델타는 1주일 동안 한숨도 자지 않고 2백 킬로미터를 행군한 다음 체체파리의 불알을 총으로 쏴서 떨어뜨릴 수 있는 사내들로 구성된 곳이다. 그러나 그 모든 짓을 해내면서도 똥과 시아파의 차이를 설명할 수 없는 놈들이 수두룩하다.

하지만 전반적으로 볼 때 샌섬은 꽤 정직한 인간 같았다. 사실상 델타포스의 임무는 대부분 시작되기도 전에 취소되며 설사 임무에 착수한다고 해도 대부분은 실패한다. 심지어 군 생활 내내 한 번도 작전에 나가지 못하는 대원들도 있다. 그런 점에 있어 샌섬은 사탕발림을 전혀 하지 않았다. 그는 기복이 심한 흥분 상태에 대해 솔직하게 털어놓았고, 임무 실패에 대해서도 정직했다. 무엇보다 염소치기에 대해 단 한 번도 언급하지 않았다. 단 한 번도 말이다. 델타포스의 사후보고서는 대개 임무가 실패한 원인으로 염소치기들을 비난한다. 황폐하고 메마른, 주민이 거의 살지 않는 적대지역에 침투했다가 염소 떼를 몰고 지나는 지역 농부들에게 발각되었다는 것이다. 통계적으로 거의 불가능한 일이다. 불모지라는 점을 감안하면 영양학적으로도 말도 안 되는 소리다. 염소들도 먹어야 사는 법 아닌가. 물론 한때는 그게 사실이었을지도 모른다. 하지만 그 뒤로 염소치기는 일종의 암호가 되고 말았다. "우리가 일을 망쳐 버렸습니다."보다는 "잠복 중에 염소 떼와 맞닥뜨렸습니다."라고 말하는 편이 그럴싸하게 들리는 것이다. 그러나 샌섬은 되새김질을 하는 동물이나 그 동물을 모는 농부들에 대해서는 한 마디도 꺼내지 않았다. 덕분에 그는 내게서 커다란 점수를 얻었다.

하지만 실질적으로 샌섬은 중요한 이야기는 한 마디도 하지 않았다. 적어도 성공담은 거의 없었다. 서아프리카와 파나마, 그리고 1차 걸프전 때 이라크에서 있었던 상당히 일반적인 작전들을 제외하면 건질 만한 것은 아무것도 없었다. 그저 수많은 훈련과 임무대기뿐이었다. 그리고 그 뒤에는 해산과 더 많은 훈련이 이어졌다. 샌섬의 책은 내가 아는 한 델타포스에 관해 전혀 과장되지 않은 최초이자 유일한 회고록이었다. 아니 그보다 더한 것일 수도 있다. 한 마디 과장도 없을 뿐만 아니라 오히려 축소되어 있었다. 최소한의 묘사. 일부러 피해간 듯한 강조. 특수부대를 화려하게 치장하기는커녕 오히려 초라해 보이도록 만들고 있었다.

매우 흥미로운 사실이었다.

18

나는 8번로에 있는 커피숍으로 돌아가며 주변을 매우 신중하게 경계했다. **우리 두목이 부하들을 많이 데려왔소.** 지금쯤이면 그들 모두 내가 어떻게 생겼는지 대충 알고 있을 터이다. 라디오색 점원이 어떻게 휴대전화로 사진과 영상을 전송할 수 있는지 내게 설명해주었다. 반면 나는 그들이 어떻게 생겼는지 알 도리가 없었다. 그러나 그 두목이라는 작자가 깔끔한 양복쟁이들을 고용했다면, 그 직속 부하들은 그것과 정반대의 모습을 하고 있을 것이다. 그렇지 않다면 애초에 고용할 필요가 없었을 테니까. 각양각색의 사람들이 나를 스쳐 지나갔다. 수만 명은 족히 되어 보였다. 뉴욕이니 별수 없다. 하지만 그중 아무도 내게 흥미를 보이지 않았다. 누구도 내 옆에서 알짱거리지 않았고 나 역시 그들이 그러도록 내버려두지 않았다. 나는 4호선을 타고 그랜드센트럴까지 갔다가 사람들 사이에 섞여 근처를 두 바퀴나 걸었다. 그런 다음 다시 셔틀을 타고 타임스스퀘어에서 내려 일부러 멀리 돌아가는 길을 택해 9번로까지 갔다가 서쪽에서 간이식당 쪽으로 접근해 14번 관서 앞을 가로질렀다.

제이콥 마크는 벌써 커피숍에 앉아 있었다.

그는 뒤쪽에 있는 부스에 앉아 있었다. 이번에는 깨끗하게 단장을 한 상태였다. 머리를 단정하게 빗고 검은 바지와 흰 셔츠, 남색 윈드브레이커를 입고 있었다. 아무리 봐도 이마에 '비번'이라고 써넣은 경찰

같았다. 침울해 보였지만 겁을 먹은 것 같지는 않았다. 나는 그의 맞은편 자리로 미끄러져 들어가 창문을 통해 거리를 감시할 수 있도록 몸을 옆으로 돌려 앉았다.

"피터와 연락은 됐소?"

내가 물었다.

그는 고개를 저었다.

"그런데?"

"피터는 괜찮습니다."

"그렇게 생각하는 거요, 아니면 확인을 해본 거요?"

제이크는 대답하지 않았다. 웨이트리스가 다가왔기 때문이다. 아침에 봤던 바로 그 여자였다. 이번에는 제이크가 먹든 말든 상관없었다. 뱃가죽이 등에 붙어 있는 것 같았다. 나는 커다란 플래터와 달걀을 넣은 참치 샐러드, 여러 개의 사이드요리를 주문했다. 그리고 커피도 한 잔. 제이크는 그릴치즈 샌드위치와 물을 시켰다.

내가 말했다.

"그동안 무슨 일이 있었는지 말해보시오."

"캠퍼스 경찰의 도움을 받았습니다. 부탁을 하니 흔쾌히 들어주더군요. 피터는 풋볼 스타니까요. 집에 온 흔적이 없어 친구들한테 연락해서 사정을 알아냈습니다. 여자와 함께 있답니다."

"어디에?"

"모릅니다."

"무슨 여자랍디까?"

"술집에서 만난 여자라고 하더군요. 나흘 전에 피터와 그 애 친구들이 놀러 나갔다가 만났대요. 피터는 그 여자와 함께 술집을 떠났고요."

나는 아무 말도 하지 않았다.

제이크가 물었다.

"왜요?"

"누가 누구를 낚은 거요?"

제이크가 고개를 끄덕였다.

"바로 그 점 때문에 내가 안심한 겁니다. 피터가 더 적극적이었다고 하더군요. 친구들이 그러는데 그 여자를 꼬이는 데 네 시간이나 걸렸답니다. 피터가 첫눈에 반했는지 장난도 아니었다고 하더군요. 챔피언십 경기를 할 때처럼 대놓고 달려들었다고 친구들이 그랬습니다. 그러니 그 여자는 마타하리가 아닌 거죠."

"생김새는?"

"죽여주게 화끈한 계집이었다고 하더군요. 대학교 운동선수들이 하는 말이니 틀림없을 겁니다. 나이가 좀 많긴 했는데 심할 정도는 아니었답니다. 한 스물다섯이나 스물여섯 정도. 대학교 졸업반한테는 엄청난 유혹이죠."

"이름은 알고 있소?"

제이크는 고개를 저었다.

"다른 친구들은 그 여자를 쳐다보지도 않았답니다. 남자들 사이의 규칙 같은 거죠."

"아이들이 자주 가는 술집이었소?"

"단골집이었습니다."

"그 여자가 매춘부나 미끼였을 가능성은?"

"그럴 리가 없어요. 친구들이 같이 있었잖습니까. 걔네들은 바보가 아닙니다. 매춘부 같은 거였으면 친구들이 금방 알아차렸을 거예요. 그리고 여자한테 접근한 건 피터였다고 하니까요. 네 시간 동안 그 여자를 꼬이려고 이제까지 배운 기술을 총동원했다고 하더군요."

"만약 그 여자가 피터를 노리고 있었다면 4분으로도 충분했을 텐데 말이오."

제이크가 다시 고개를 끄덕였다.

"걱정 마십쇼. 내가 벌써 백 번도 넘게 검토해봤습니다. 그 여자가 피터에게 일부러 접근한 거라면 한 시간만으로도 충분했을 겁니다. 길어야 두 시간이었을 거고요. 네 시간 동안이나 공을 들이는 경우는 없어요. 그러니까 피터는 괜찮습니다. 사실 괜찮은 것 이상이죠. 피터의 입장에서 보면 말입니다. 죽여주게 화끈한 여자랑 나흘 동안 세상모르고 즐기고 있을 테니까 말이죠. 당신은 스물두 살 때 뭘 했습니까?"

"무슨 뜻인지 알겠소."

내가 말했다. 스물두 살에는 나도 비슷했다. 물론 나흘 동안 한 여자랑 지내는 건 너무 길다. 그 정도면 약혼, 아니 결혼을 하는 거나 마찬가지다.

제이크가 물었다.

"그런데 뭐가 문젭니까?"

"수잔은 턴파이크에 네 시간 동안이나 갇혀 있었소. 자식을 둔 어머니가 자살을 할 정도면 그놈들이 뭘 내걸었을지 궁금했을 뿐이오."

"피터는 무사합니다. 그러니 걱정하지 마십쇼. 그 애는 곧 돌아올 거예요. 무릎은 좀 후들거릴지 몰라도 속으론 좋아 죽을 겁니다."

나는 더 이상 아무 말도 하지 않았다. 웨이트리스가 음식을 가지고 왔다. 맛있어 보였다. 게다가 양도 많았다.

제이크가 물었다.

"사설업체 사람들하고는 만났습니까?"

나는 고개를 끄덕이고는 입 안에 참치를 우겨넣는 중간중간 아침에 있었던 일을 말해주었다.

제이크가 말했다.

"그놈들이 당신 이름을 안다고요? 그거 안 좋은데요."

"확실히 좋은 소식은 아니오. 그리고 내가 전철 안에서 수잔과 대화를 나눴다는 것도 알고 있었소."

"어떻게요?"

"전직 경찰이라 그런 거겠지. 그 바닥에 아직도 친구들이 있을 테니. 그거 말고는 설명할 길이 없소."

"리와 도허티 말입니까?"

"그럴 수도 있고, 사건파일에 접근할 수 있는 다른 경찰들일 수도 있소."

"사진을 찍혔다고요? 아주, 아주 안 좋은데요."

"확실히 좋은 소식은 아니오."

내가 다시 말했다.

"그놈들이 말한 두목 부하들은 아직 나타나지는 않았고요?"

제이크가 물었다.

나는 창밖을 확인해보고 대답했다.

"아직까지는 없소."

"또 알아낸 건 없습니까?"

"존 샌섬은 자기 경력을 과장하지 않았소. 딱히 특별한 일을 한 것 같지도 않고. 아무리 반대파라고 해도 그런 주장은 반박할 수가 없지."

"막다른 길이군요."

"아닐지도 모르오."

내가 말했다.

"샌섬은 소령이었소. 연차에 따라 한 번, 그리고 공훈을 세워 두 계급을 진급한 거요. 뭔지 모르지만 높은 사람들이 좋아할 만한 일을 한 게 틀림없소. 나도 소령이었으니까 대충 일이 어떤 식으로 돌아가는지 아오."

"당신은 무슨 일을 했는데요?"

"나중에 높은 사람들이 후회할 만한 일을 했지."

"복무 기간이 길어서 아닙니까? 군대에 오래 붙어 있으면 저절로 계급이 올라가는 거잖아요?"

나는 고개를 저었다.

"그런 식으로 돌아가는 게 아니오. 게다가 그 친구는 최고 훈장을 네 개 중에 세 개나 받았소. 그중 하나는 두 번이나 탔고. 그러니 뭔가 중요한 임무를 해낸 거요. 네 번씩이나."

"훈장은 누구나 타는 거잖습니까."

"이건 아니오. 나도 은성훈장은 탄 적이 있소. 하지만 그건 샌섬에게는 별것도 아니오. 은성훈장이 시리얼 박스를 흔든다고 나오는 것도 아니고. 나는 상이기장을 탔지만 샌섬은 타지 못했소. 책에서 상이기장 이야기는 나오지 않거든. 임무 수행 중에 부상을 당했다는 이야기를 깜박 잊고 자서전에서 빠트릴 정치인은 없소. 백만 년이 지나도 말이오. 하지만 부상을 입지 않고 무공훈장을 받는 건 매우 드문 일이오. 그 둘은 함께 딸려오기 마련이거든."

"그럼 샌섬이 거짓말을 하고 있는지도 모르겠군요."

나는 고개를 저었다.

"그럴 리가 없소. 베트남전 때 받는 리본훈장이라면 모를까 이건 중요한 임무에 주어지는 훈장이오. 이 친구는 명예훈장만 빼고 나머지 세 개를 다 받았소."

"그래서요?"

"나는 샌섬이 자기 과거에 대해 거짓말을 하고 있다고 생각하오. 단지 보통 사람들과는 반대요. 자기가 한 일을 과대포장하는 게 아니라 오히려 숨기고 있는 거지."

"왜요?"

"왜냐하면 최소한 네 개 이상의 비밀 임무를 수행했기 때문이오. 그리고 아직까지 그 임무에 대해 입을 열 수 없기 때문이겠지. 선거운동을 하면서도 입을 다물고 있는 걸 보니 어지간히 중요한 거였던 모양이오. 아마 입이 간질거려서 죽을 지경일 거요."

"어떤 비밀 임무였을까요?"

"뭐든 가능하오. 정보부의 기밀 작전, 비밀공작, 첩보 활동 뭐든지. 대상도 누구든 될 수 있고."

"그럼 수잔은 자세한 내용을 불라는 협박을 받은 거군요."

"불가능하오."

내가 말했다.

"델타의 임무와 작전기록, 그리고 사후보고서에 인적사령부는 가까이 가지도 못하오. 대개는 파기되거나 포트 브락에 60년 동안 비공개로 보관되오. 무시하는 건 아니지만 당신 누님은 그 기록에 한 발짝도 접근할 수 없었을 거요."

"그럼 이게 우리한테 무슨 도움이 됩니까?"

"이 사건이 샌섬의 전투 경력과 관련이 있다는 가설을 폐기할 수 있다는 거요. 샌섬이 이 일에 관련되어 있다고 쳐도 아마 다른 부분일 거요."

"그 사람이 관련되어 있을 것 같습니까?"

"그렇지 않다면 왜 그 사람 이름을 언급했겠소?"

"군 경력이 아니라면 어떤 부분에서 관련이 있을까요?"

나는 포크를 내려놓고 커피를 끝까지 들이켰다.

"더 이상 여기 있으면 안 될 것 같소. 그 부하들이 행동을 시작했다면 여기서부터 뒤질 테니까 말이오."

나는 팁을 내려놓고 계산대로 향했다. 이번에는 웨이트리스도 만족했을 것이다. 우리는 적당한 시간에 들어와 적당한 시간에 떠났다.

인간 사냥을 당하기에 맨해튼은 세계 최고의 장소인 동시에 세계 최악의 장소다. 최고인 까닭은 온 도시에 사람들이 빽빽하게 들어차 있기 때문이다. 어딜 가든 말 그대로 수백 명의 잠재 증인들이 넘쳐난다. 최악인 이유 역시 사람들이 널려 있기 때문이다. 만약을 위해 그 많은 사람들을 일일이 관찰하고 체크해야 한다. 사람 진을 홀딱 빼놓는 일이다. 피곤하고, 해도 해도 끝이 없다. 그래서 결국 미칠 지경에 이르거나 게을러지고 만다. 그래서 우리는 웨스트 35번가까지 돌아가 그늘이 드리워진 보도를 왕복하기 시작했다. 맞은편 도로에는 경찰차들이 한 줄로 길게 주차되어 있었다. 덕분에 이곳은 뉴욕에서 가장 안전한 거리처럼 보였다.

"군이 아니라면 그 사람이 어떤 면에서 관련이 되어 있을까요?"

제이크가 다시 물었다.

"당신이 그동안 수사했던 자살 사건들 말이오. 동기가 뭐였소?"

"금전 아니면 치정이죠, 대부분."

"샌섬은 군에서 돈을 벌지 않았소."

"그럼 그 사람이 수잔과 관계를 맺고 있었단 말입니까?"

"불가능한 건 아니오."

내가 말했다.

"직장에서 우연히 만났을 수도 있소. 항상 펜타곤을 들락날락거리는 처지니까. 기념사진을 찍는다거나 그런 거 때문에 말이오."

"하지만 그 사람은 유부남이잖습니까."

"바로 그거요. 그리고 지금은 선거기간이고."

"난 모르겠군요. 수잔은 그런 여자가 아니었어요. 샌섬이 수잔과 바람을 피웠을 것 같지는 않습니다."

"아니면 다른 인적사령부 직원과 관계를 맺고 있었을지도 모르오. 수잔이 그 사실을 알고 있었고."

"글쎄요, 그것도 별론데요."

"내 생각도 그렇소."

내가 말했다.

"그렇게 되면 어떻게 정보가 얽히게 되었는지 이해가 가지 않으니까. '정보'는 아주 굉장한 단어요. 하지만 혼외정사는 '예, 아니오' 문제에 불과하지."

"어쩌면 수잔이 샌섬과 같이 일하고 있었는지도 모릅니다. 샌섬과 같은 편이었던 거죠. 어쩌면 샌섬이 다른 사람을 모함하려고 했는지도 몰라요."

"그렇다면 왜 수잔이 DC나 노스캐롤라이나가 아니라 뉴욕에 왔겠소?"

제이크가 대답했다.

"모르겠군요."

"그리고 샌섬이 왜 하필 수잔에게 정보를 부탁했겠소? 잘 알지도 못하는 인적사령부 직원보다 더 나은 연줄이 수백 군데는 있었을 텐데 말이오."

"그렇다면 두 사람은 어떻게 연결되어 있었던 걸까요?"

"옛날 옛적에 샌섬에게 다른 여자가 있었을지도 모르오. 아직 군에 있었을 시절에."

"그때는 결혼도 안 했을 텐데요."

"하지만 규칙이라는 게 있지. 부하병사와 그렇고 그런 관계였을지도 모르오. 요즘 정치판에서는 그런 것조차 호들갑을 떨 일이니까."

"정말로 군에서 그런 일이 일어납니까?"

"언제나."

내가 대답했다.

"당신도요?"

"나도 그랬소. 때로는 내가 하급자였던 경우도 있었지."

"그래서 문제가 생긴 적이 있나요?"

"당시에는 없었소. 그렇지만 지금이라면 문제가 될지도 모르오. 특히 내가 국회의원 선거에 출마하고 있다면."

"그럼 당신은 샌섬을 둘러싼 루머가 있다고 생각하는 거군요. 그리고 수잔이 그걸 확인하고 있었고요."

"사실 여부 자체를 확인할 수는 없었을 거요. 그런 종류의 일들은 다른 파일에 들어 있으니까 말이오. 하지만 A라는 사람과 B라는 사람이 같은 시기에 같은 부대에서 복무했다는 정도는 알아낼 수 있었을 거요. 그게 인적사령부가 하는 일이거든."

"그렇다면 그 라일라 호스라는 여자가 그때 샌섬과 같은 부대에 있었을 수도 있겠군요. 누가 그 두 사람의 이름을 엮어서 스캔들을 퍼트리려고 하는 겁니다."

"모르겠소. 그럴싸하게 들리긴 하지만. 사설업체 직원에게 경찰에게 가라고 했더니 정색을 하더군. 나한테도 온갖 무시무시한 협박을 해댔고. 거칠고 야만적인 친구들이 나를 찾아올 거라는 이야기도 했소. 원래 정치판이 좀 더럽긴 하지만 이 정도까지 지저분할 것 같지는 않단 말이지."

제이크는 아무 말도 하지 않았다.

내가 말했다.

"하나 더. 피터가 어디 있는지도 알 길이 없고 말이오."

"피터는 걱정 안 해도 됩니다. 어린애가 아니니까요. 풋볼 스타, 그것도 디펜시브 태클(풋볼의 포지션 중 하나로 수비수의 중심―역주)이라고요. 피터는 프로 미식축구 선수가 될 거예요. 130킬로그램짜리 근육덩어리를 누가 건드리겠습니까? 자기 몸뚱이 하나 정도는 거뜬히 지킬 수 있어요. 걔 이름이나 잘 기억해두십쇼. 피터 몰리나. 때가 되면 신문지상에 그 애 이름이 도배될 테니까."

"너무 빨리 보게 되지는 않길 빌겠소."

"너무 걱정하지 말라니까요."

내가 말했다.

"당신은 이제 어떻게 할 겁니까?"

제이크는 어깨를 으쓱하더니 도로 위를 서성였다. 복잡한 감정에 휩싸여 어찌할 바 모르는 사람의 몸짓이었다. 그는 걸음을 멈추더니 건물 벽에 기대섰다. 14번 관서의 출입문이 정면으로 내다보이는 곳이었다. 그는 건너편 도로에 서 있는 차량들을 둘러보았다. 임팔라와 크라운빅. 경찰 마크를 단 차들과 아무런 표식도 없는 위장용 자동차, 그리고 이상하게 생긴 자그만 교통순경용 카트들.

"수잔은 죽었습니다."

제이크가 입을 열었다.

"무슨 짓을 해도 누나는 다시 돌아오지 않아요."

나는 입을 다물었다.

"그러니 장의사에게 전화를 해야겠지요."

제이콥이 말했다.

"그 다음에는?"

"아무것도요. 수잔은 자살했습니다. 이유를 안다고 해서 달라질 건 없어요. 어차피 그 이유를 알아낼 수도 없을 테고요. 마음이야 금세라도 알아낼 수 있을 것 같지만 그럴 리가 없겠죠."

내가 말했다.

"나는 그 이유를 알고 싶소."

"왜요? 수잔은 내 누나요. 당신하고는 아무 상관도 없잖습니까."

"당신은 그 자리에 없었잖소."

제이크는 아무 말도 하지 않았다. 그저 도로 건너편에 줄지어 서 있는 경찰차들을 멍하니 응시할 뿐이었다. 나는 테레사 리가 몰던 자동차를 발견했다. 왼쪽에서 네 번째에 주차되어 있었다. 낡아 빠진 차량들 가운데 유난히 새것으로 보이는 크라운빅이 햇빛 아래서 광택을 흩뿌리고 있었다. 차체는 아무런 표식도 없는 검은색이었고, 트렁크 뚜껑에는 바늘처럼 뾰족한 가느다란 안테나 두 개가 달려 있었다. 연방기관에 소속된 차량이 틀림없다. 그렇게 어마어마한 예산을 받아먹으면서 저렇게 쓰레기 같은 자동차를 나눠주다니. 그리고 통신수단도 거지 같고.

제이크가 말했다.

"수잔의 가족들에게 소식을 알려야죠. 장례를 치르고 차차 극복해나갈 겁니다. 인생이란 원래 좆같은 거고 종국에는 누구나 죽기 마련이니까요. 우리가 언제 어디서, 그리고 왜 그런 일이 생겼는지 상관하지 않는 이유도 그 때문일지 모르죠. 모르는 게 나으니까, 알아봤자 좋을 게 없으니까요. 더 고통스러울 뿐예요. 오히려 나빠질지도 모르고요."

"뜻대로 하시오."

내가 말했다.

그는 고개를 끄덕이고는 더 이상 아무 말도 하지 않았다. 제이콥은 나와 악수를 나눈 뒤 사라졌다. 나는 그가 9번로 서쪽 블록에 있는 차고로 들어가는 모습을 지켜보았다. 4분 뒤 작은 초록색 도요타 SUV가 차고를 빠져나왔다. 자동차는 도로 위의 다른 차량들과 함께 서쪽으로 향했다. 링컨 터널을 타고 집으로 돌아가려는 모양이었다. 언제쯤 그를 다시 보게 될지 궁금해졌다. 사흘에서 1주일 사이?

 내 짐작은 또 틀렸다.

19

 아직 14번 관서의 정문 맞은편에 서 있는데 테레사 리가 푸른 양복과 하얀 와이셔츠를 입은 두 사내와 함께 경찰서에서 나왔다. 피곤한 얼굴이었다. 테레사 리는 새벽 2시에 전화를 받았다. 따라서 그녀는 야간 근무조다. 평소라면 아침 7시에 업무를 마치고 8시에는 집에 가서 침대에 누워 있어야 했다. 그녀는 벌써 여섯 시간이나 초과근무를 뛰고 있었다. 월급봉투는 두툼해질지 몰라도 그 외에는 전혀 득이 될 만한 일이 아니다. 그녀는 눈부신 햇살 아래서 두 눈을 끔벅거리더니 길게 기지개를 켰다. 다음 순간 맞은편 인도에 서 있는 나를 발견하고는 깜짝 놀라 다시 나를 쳐다보았다. 그리곤 옆에 서 있던 남자를 팔꿈치로 찌르고 나를 똑바로 가리키며 뭐라고 말했다. 너무 멀리 떨어져 있어서 들리지는 않았지만 상관없었다. 그녀가 몸짓으로 소리를 지르고 있었다. **이봐요, 저기 있네요. 저기 저 남자예요.** 격렬한 몸짓을 보건대 문장 끝에는 느낌표도 붙어 있었다.

 양복을 입은 남자들이 길을 건너기 위해 반사적으로 왼쪽을 보며 달려오는 자동차들을 살폈다. 뉴욕 출신이다. 홀수 번호의 도로는 동쪽에서 서쪽으로 가는 일방통행이고 짝수 번호는 서쪽에서 동쪽으로 가는 일방통행로다. 그들은 이 사실을 뼛속 깊이 숙지하고 있었다. 따라서 이들은 뉴욕에서 일하는 사람들이다. 그러나 두 다리보다는 자동차를 타는 데 더 익숙한 부류들이었다. 반대쪽에서 달려오는 자전거 배달부를 살피지는 않았기 때문이다. 그들은 재빨리 도로를 건넜다. 차량들을 날래게 피하며 서둘러 달려오다 중간에서 양쪽으로 갈라져 한 명은 내 오른쪽으로, 다른 한 명은 내 왼쪽으로 동시에 접근했다. 경험이 상당한 현장 요원들이었다. 그들은 무척 서두르고 있었다. 뾰족한 안테나가 달린 크라운빅은 아마 저들의 차량일 것이다. 나는 그늘 아래 서서 그들을 기다렸다. 요원들은 검은 신발을 신고 파란색 넥타이를 매고 있었다. 옷깃 사이로 속셔츠가 살짝 엿보였다. 흰색 셔츠 아래 흰색 속옷. 양복 상의는 왼쪽이 오른쪽에 비해 불거져 있었다. 오른손잡이가 어깨에 권총집을 차고 있을 때 볼 수 있는 특성이다. 나이는 30대 후반 또는 40대 초반 정도. 한창 때의 전성기다. 풋내기도 아니고 아직 시들지도 않았다.

내가 꼼짝도 않고 그 자리에 서서 기다리고 있는 것을 보자 그들은 속도를 늦추고 빠른 걸음으로 다가왔다. FBI다. FBI는 준군사 조직이라기보다 경찰에 더 가깝다. 그들은 신분증을 꺼내들지도 않았다. 내가 벌써 그들의 정체를 간파했다고 짐작하는 것 같았다.

"우리 이야기 좀 합시다."

왼쪽에 있는 요원이 말했다.

"그럴 줄 알았소."

"어떻게?"

"방금 경찰서 앞에서 무단횡단을 했잖소."

"이유도 아시오?"

"전혀. 혹시 내가 받은 정신적인 충격이 걱정돼 심리치료사를 소개해주겠다고 하는 게 아니라면야."

사내의 입이 초조하게 찌그러졌다. 내 빈정거리는 말에 당장이라도 호통을 치고 싶은 듯했다. 그러나 곧 마지못한 미소를 짓더니 말했다.

"좋아. 그 정도는 내가 치료해주겠소. 우리가 하는 질문에 대답하고 나서 어제 지하철에서 있었던 일을 깡그리 잊어버리는 거요."

"무슨 지하철?"

그는 대답을 하려고 입을 열었다가 내가 놀리고 있다는 사실을 깨닫고는 턱 다물어 버렸다. 머저리 같은 짓을 해서 창피한 모양이었다.

내가 물었다.

"묻고 싶은 게 뭐요?"

"당신 전화번호가 뭐요?"

"전화 같은 건 없소."

"휴대전화도 없단 말이오?"

"특히 휴대전화는 없소."

내가 말했다.

"거짓말하는 거 아니오?"

"내가 바로 그 사람이오. 축하하오. 드디어 찾아냈구려."

"무슨 사람?"

"세상에서 유일하게 휴대전화가 없는 사람 말이오."

"캐나다인이오?"

"왜 내가 캐나다인이라고 생각하는 거요?"

"저 형사가 당신이 프랑스어를 할 줄 안다고 말했으니까."

"프랑스어를 할 줄 아는 사람은 쌔고 쌨소. 유럽에 있는 어떤 나라에서는 전 국민이 프랑스어를 한다고 합디다."

"그럼 프랑스인이오?"

"어머니가 프랑스인이었소."

"캐나다에 마지막으로 간 적은 언제요?"

"잘 모르겠소. 몇 년 전쯤?"

"확실하오?"

"꽤나."

"캐나다 출신의 친구나 동료는 없소?"

"없소."

그는 조용해졌다. 테레사 리는 아직도 14번 관서 문 앞에 서 있었다. 그녀는 햇빛을 받으며 묵묵히 우리를 지켜보았다. 다른 요원이 말했다.

"그건 단순한 자살이었소. 가슴 아픈 사건이지만 그리 드문 일도 아니지. 살다 보면 생기기 마련인 그런 것. 내 말 알아듣겠소?"

내가 말했다.

"나한테 볼일은 끝난 거요?"

"그 여자가 당신에게 뭘 건네주지는 않았소?"

"전혀."

"확실하오?"

"확실하오. 할 말은 다 했소?"

그가 물었다.

"어디로 갈 생각이오?"

"뉴욕을 떠날 거요."

"어디로?"

"여기만 아니면 아무 데나."

그는 고개를 끄덕였다.

"좋소. 이야기는 끝났소. 이제 가봐도 좋소."

나는 발을 떼지 않고 그들이 길을 건너 자동차에 올라탈 때까지 기다렸다. 연방요원들은 도로에 끼어들 공간이 나길 기다렸다가 차선을 바꿔 자동차의 물결 사이로 사라졌다. 아마 웨스트사이드 고속도로를 타고 시내까지 가서 그들의 사무실로 돌아갈 것이다.

테레사 리는 아직도 그 자리에 서 있었다.

나는 길을 건넌 다음 길가에 주차되어 있는 파란색과 흰색 자동차 사이를 비집고 인도에 올라섰다. 그런 다음 그녀를 존중한다는 사실을 보여줄 수 있을 만큼 적당히 멀고, 동시에 그녀와 대화를 나눌 수 있을 만큼 적당히 가까운 거리에서 발을 멈췄다. 나는 햇빛이 눈을 찌르지 않도록 건물 쪽을 바라보고 섰다.

내가 물었다.

"이게 다 무슨 일이오?"

"수잔 마크의 자동차를 찾았어요. 소호에 주차되어 있었는데 오늘 아침에 견인되었다는군요."

"그리고?"

"저 사람들이 샅샅이 수색했겠죠."

"이유가 뭡니까? 입으로는 별일 아니라고 그러면서 난리법석을 떨어대고 있잖소."

"연방요원들은 무슨 속셈인지 말해주지 않아요. 적어도 우리 경찰들한테는요."

"뭘 찾았소?"

"종이쪽지요. 전화번호 같은 게 적혀 있었다는군요. 낙서처럼 휘갈겨 쓴 건데, 쓰레기처럼 구겨져 있었대요."

"무슨 번호요?"

"지역번호 600으로 시작해요. 캐나다의 이동통신 서비스 번호라고 하던데요. 무슨 특별한 네트워크라나. 그 다음에 번호와 대문자 D가 적혀 있었어요. 사람 이름 이니셜처럼."

"무슨 번호인지 짐작도 안 가는군."

"나도 그래요. 단지 그게 전화번호가 아닌 것 같다는 점만 빼면요. 국번도 없고, 또 국번이라고 보기엔 숫자가 너무 많아요."

"특수 네트워크라면 국번이 필요 없을 수도 있지 않소??"

"어쨌든 전화번호 같지는 않아요."

"그래서, 그 번호가 뭐요?"

그녀는 대답 대신 바지 뒤 호주머니에 손을 집어넣어 작은 수첩을 꺼냈다. 경찰에서 나눠주는 공식 물품은 아니었다. 딱딱한 검은색 표지에 옆에는 고무줄이 감겨 있었다. 호주머니 속에서 많은 시간을 보냈는지 수첩 전체가 살짝 휘어져 있었다. 테레사 리는 고무줄을 벗겨내고 수첩을 열어 페이지를 보여주었다. 엷은 황갈색 종이 위에 깔끔한 글씨체로 600-82219-D라고 적혀 있었다. 그녀의 손글씨였다. 복사한 것이 아니라 내용만 적어둔 것이다. 수잔이 갖고 있던 쪽지를 완벽하게 재현한 것은 아니었다.

600-82219-D

"생각나는 거라도 있어요?"

테레사 리가 물었다.

"캐나다 회사들은 전화번호가 남아도는지도 모르오."

나는 전화 회사들이 쓸 수 있는 전화번호가 동날까 봐 걱정하고 있다는 걸 안다. 전화번호를 한 자리 수만 늘려도 한 지역의 전화번호를 열 배나 증가시킬 수 있다. 3백만 개를 3천만 개로 불릴 수 있는 것이다. 하지만 캐나다는 인구가 적다. 땅덩어리는 크지만 대부분이 황량하게 비어 있다. 인구는 약 3300만. 심지어 캘리포니아 주 인구보다도 적다. 그리고 그런 캘리포니아 주마저도 일반적인 전화번호만으로도 충분히 버티고 있다.

리가 말했다.

"이건 전화번호가 아니에요. 뭔가 다른 거지. 암호라든가 일련번호일 거예요. 아니면 파일 번호라든가. 저 사람들은 시간낭비를 하고 있는 거예요."

"아니면 사건과 아무 관련도 없을 수도 있소. 그냥 쓰레기일지도 모르지."

"여하튼 내가 상관할 일은 아니죠."

"자동차에 짐이 있었소?"

"아뇨. 그냥 자동차 안에 쌓아둘 법한 잡동사니들뿐이던데요."

"그렇다면 뉴욕에 오래 머무를 생각이 아니었군. 그냥 잠시 들를 예정이었던 거요."

리는 대답하지 않았다. 그녀는 아무 말 없이 커다랗게 하품만 했을 뿐이다. 많이 피곤한 모양이었다.

내가 물었다.

"저 사람들 수잔의 오빠와도 만났소?"

"모르겠는데요."

"그 사람은 없었던 일처럼 넘어가고 싶어 하더군."

"그럴 만도 하죠."

리가 말했다.

"사람들이 자살을 할 때는 그럴 만한 이유가 있기 마련이에요. 알아봤자 좋은 경우도 없고. 적어도 내 경험에 의하면 그래요."

"사건을 종결할 거요?"

"벌써 종결했어요."

"그걸로 만족하오?"

"그러지 않을 이유라도 있나요?"

"통계."

내가 말했다.

"자살자의 80퍼센트가 남자요. 그리고 동부는 서부보다 자살율이 훨씬 낮소. 자살을 한 장소도 이상하고."

"하지만 그 여잔 스스로 목숨을 끊었잖아요. 그것도 당신 눈앞에서요. 그 점에서 의심의 여지가 없어요. 의문점이 있는 것도 아니고, 교묘하게 계획된 살인 사건은 더더욱 아니죠."

"강요를 받았을지도 모르잖소. 아니면 자살을 할 수밖에 없었던 이유가 있었을 수도 있고."

"모든 자살이 다 그렇잖아요."

테레사 리는 시선을 돌리고 거리를 둘러보았다. 워낙 예의가 발라 말을 꺼내지는 않았지만 집에 가고 싶은 것 같았다.

내가 말했다.

"뭐, 어쨌든 만나서 반가웠소."

"뉴욕을 뜰 건가요?"

나는 고개를 끄덕였다.

"워싱턴 DC로 갈 거요."

20

펜 역에서 기차를 탔다. 대중교통을 이용하는 게 좋다. 역까지 가는 길은 긴장의 연속이었다. 인파를 헤치며 겨우 세 블록을 걸었을 뿐이지만 나는 휴대전화를 꺼내놓고 액정을 힐끔거리는 사람들을 일일이 확인했다. 거리는 그런 첨단기기들을 가지고 노는 사람들 천지였다. 마침내 무사히 역에 도착해 현금으로 차표를 샀다.

기차는 만원이었다. 지하철과는 많이 달랐다. 승객들은 모두 앞을 보고 앉았고, 높은 등받이가 시야를 차단하고 있었다. 내가 볼 수 있는 사람들이라고는 나와 같은 줄에 앉은 승객들이 유일했다. 내 옆자리에는 한 여자가, 통로 건너편에는 두 남자가 앉았다. 세 명 다 변호사인 것 같았다. 진짜 거물들은 아니고 AA나 AAA급 정도. 바쁘게 살아가는 로펌의 전문변호사. 어쨌든 자살폭탄 테러범은 아니다. 두 남자는 매끄럽게 면도를 했고 세 명 모두 불만이 가득한 얼굴이었으나 그 외에 수상한 점은 없었다. 어차피 DC 암트랙은 자살폭탄범들에게 인기가 별로 없다. 그보다는 서류가방 폭탄형에 가깝다. 펜 기차역은 기차가 출발하기 직전에야 승강장 번호를 방송한다. 전광판에 숫자가 뜨면 중앙 홀에 비좁게 모여 있던 사람들이 우르르 몰려와 자리를 잡는다. 보안절차 따위는 없다. 머리 위 선반에는 똑같이 생긴 검은색 서류가방들이 쌓여 있다. 가방을 올려놓고 필라델피아에서 내린 다음 몇 분 뒤 기차가 유니언 역에 들어설 때 휴대전화를 사용해 폭탄을 터트리면 미국 수도의 심장을 삽시간에 날려 버릴 수 있다.

그러나 우리는 무사히 목적지에 닿았다. 나는 상처 하나 없이 델라웨어애비뉴에 도착했다. DC는 뉴욕만큼이나 덥고 더욱 후덥지근했다. 길 위에는 군데군데 관광객들이 무리지어 있었다. 대부분이 가족들이었다. 의무감으로 똘똘 뭉친 부모들, 부루퉁한 자녀들. 하나같이 촌스러운 반바지와 티셔츠를 걸치고 손에는 지도를 들고 목에는 카메라가 대롱거린다. 그렇다고 내가 그 사람들보다 옷을 잘 입었다거나 DC를 자주 방문하는 것은 아니다. 워싱턴에서 몇 번 일한 적이 있지만 그때마다 강의 왼쪽에 머물렀다. 그러나 나는 지금 내가 어디로 향하고 있는지 명확하게 알고 있다. 그곳을 잘못 찾아가기란 불가능하다. 바로 내 눈앞에 놓여 있기 때문이다. 미국 국회의사당. 사람들에게 감명을 줄 목적으로 만들어진 건물. 우리 공화국이 막 걸음마를 하던 시절 이곳을 방문한 외국 사절들은 이 신생국가가 만만치 않다는 인상을 받고 떠났다. 디자인의 승리였다. 건물 뒤쪽 독립로 건너편에는 국회의원들의 사무실이 늘어서 있다. 한때는 나도 의회 정치에 대해 기본적인 지식을 갖추고 있었다. 사건을 수사하다 보면 때로 온갖 위원회를 맞닥뜨리게 되기 때문이다. 레이번 건물은 평생 동안 워싱턴에 눌러앉아 있는 배불뚝이 늙다리들의 터전이다. 샌섬 같은 비교적 신참 의원들, 미래는 창창하지만 아직 사다리의 꼭대기에 오르지 못한 의원들은 캐넌 건물에 있다.

캐넌 건물은 독립로와 1번가 사이, 국회의사당에서 멀리 떨어진 한쪽 구석에 웅크리고 있었다. 마치 의사당 건물에 경의를 표하거나 주눅이라도 든 것처럼 보였다. 입구에는 온갖 종류의 보안경비 체제가 작동 중이었다. 나는 제복을 입은 남자에게 노스캐롤라이나의 샘섬 의원의 사무실이 이 건물에 있느냐고 물어보았다. 그는 명단을 훑어보더니 그렇다고 대답했다. 나는 그의 사무실에 메시지를 전달할 수 있느냐고 물었다. 경비원은 그렇다고 대답하고는 국회에서 사용하는 메모지와 봉투, 연필을 빌려주었다. 나는 봉투에 "존 T. 샘섬 소령, 미 육군, 전역"이라고 적은 다음 날짜와 시간을 덧붙였다. 봉투 안 종이에는 이렇게 썼다. "오늘 새벽, 한 여자가 당신의 이름을 부르며 숨을 거두는 것을 목격했습니다." 전적으로 사실은 아니지만 대충은 비슷하다. 그리고 이렇게 덧붙였다. "한 시간 뒤 국회도서관 앞 계단에서 만납시다." 나는 "잭 없음 리처, 미 육군, 전역"이라고 서명했다. 메모지 아래쪽에는 체크 상자와 이런 질문이 적혀 있었다. "당신은 제 선거구민입니까?" 나는 작은 상자에 V자 표시를 했다. 이 역시 엄밀히 말하자면 사실이 아니었다. 나는 샘섬의 선거구에 살지 않는다. 나머지 434개 선거구의 어디에도 살지 않는다. 그러나 나는 노스캐롤라이나에서 세 번이나 임무를 수행한 적이 있었고, 그래서 이렇게 대답할 자격이 충분하다는 생각이 들었다. 나는 봉투를 봉하고 경비원에게 건네준 다음 밖으로 나갔다. 이제는 기다리는 일만 남았다.

21

후덥지근한 열기 속에서 독립로를 따라 항공우주박물관까지 갔다가 다시 방향을 바꿔 도서관으로 향했다. 나는 계단 위에 앉아 남은 50분을 기다렸다. 돌계단은 따뜻했다. 내 머리 위쪽에 위치한 도서관 입구에는 정복 경관들이 서 있었지만 나와서 살펴보는 사람은 없었다. 국회도서관은 위협평가 목록에서 상당히 아래쪽에 있나 보다.

나는 기다렸다.

샌섬이 직접 나타나리라고는 기대하지 않았다. 보좌관이나 아니면 선거운동원 정도가 고작일 것이다. 몇 명이나 나올지, 얼마나 나이 든 사람이 나올지는 알 수 없다. 대략 한 명에서 네 명 사이, 그리고 대학원생과 전문가 사이 정도가 올 것이다. 새파란 젊은이 하나가 나타난다면 샌섬이 내 메시지를 그리 심각하게 받아들이지 않았다는 증거다. 네 명의 나이 지긋한 전문가들이 나타난다면 그가 이 문제를 심각하게 여기고 있다는 의미다. 뭔가를 숨기고 있다는 의미일 수도 있다.

60분의 시한이 끝났다. 보좌관도, 선거운동원도 나타나지 않았다. 젊은이도 나이 지긋한 이도 출동하지 않았다. 나를 보러온 것은 샌섬의 아내와 수석안보 보좌관이었다. 약속 시간이 10분 지났을 때, 어울리지 않는 남녀 한 쌍이 링컨 타운카에서 내리더니 계단 아래쪽에서 두리번거리기 시작했다. 나는 손쉽게 여자를 알아보았다. 샌섬의 책에 실린 사진에서 본 기억이 있다. 실물로 본 그녀는 백만장자 아내의 전형적인 모습을 하고 있었다. 미용실에서 돈깨나 들인 듯한 머리스타일과 보기 좋은 몸매, 선탠을 한 거무스름한 피부. 남편보다 적어도 5센티미터는 큰 것 같았다. 하이힐을 신으면 10센티미터는 넘게 차이날 것이다. 함께 있는 남자는 노련한 델타 대원이 양복을 걸친 모양새였다. 몸집은 작았지만 탄탄한 몸매에 강인하고 억세 보이는 분위기. 체격은 샌섬과 비슷한 듯했으나 사진 속 샌섬보다 더욱 터프해 보였다. 보수적인 스타일의 양복은 비싸 보였지만 낡은 전투복처럼 온통 구겨지고 주름져 있었다.

두 사람은 주위를 돌아보며 눈에 띄는 후보들을 한 명씩 지워나갔다. 그러다 마침내 마지막으로 내가 남자 나는 환영의 표시로 한 손을 들어보였다. 일어서지는 않았다. 어차피 이쪽으로 올라와 내 아래쪽에 설 테니까. 내가 여기서 일어나면 두 사람의 머리보다 최소한 1미터는 위쪽에 서게 된다. 앉아 있는 편이 낫다. 그편이 덜 위협적으로 비칠 것이다. 그래야 대화를 잇기가 편하다. 그리고 에너지 소비에 있어서도 경제적이다. 나는 피곤했다.

두 사람이 걸어오기 시작했다. 근사한 구두를 신은 샌섬 부인은 섬세하고 정확한 걸음걸이로 또각거렸고, 델타 친구는 그녀의 옆에서 보조를 맞췄다. 그들은 나보다 두 계단 아래에서 멈춰 이름을 소개했다. 샌섬 부인은 엘스페스라고 불러 달라고 했고, 남자는 브라우닝이라고 했다. 그리곤 자동소총과 똑같은 이름이라고 덧붙였다. 내게 위압감을 주려고 그러는 듯했다. 브라우닝은 처음 보는 얼굴이었다. 샌섬의 책에서 언급되지도 않았다. 뒤이어 그는 자신의 신상명세서를 줄줄이 읊기 시작했다. 샌섬과 같은 부대에서 복무했고, 샌섬이 사업을 경영하던 시절에 보안책임자로 있었으며, 샌섬이 정치권에 발을 들여놓았을 때에도 그와 비슷한 보안 업무를 맡았고 앞으로 샌섬이 상원의원으로 선출될 경우에도 같은 직책을 수행할 것이라고 말했다. 모든 게 샌섬에 대한 충성도를 과시하기 위한 제스처였다. 부인과 충성스러운 신하라, 내가 그들의 껄끄러운 지점을 정통으로 건드린 게 틀림없다. 거의 과잉반응이다. 하지만 처음부터 부인을 대신 보낸 것은 정치적으로 현명한 행동이다. 대부분의 스캔들은 남자가 부인 몰래 일을 처리하려고 할 때 냄새를 풍기기 시작한다. 시작부터 부인을 내세운다는 것은 매우 확고한 선언이다.

그녀가 말했다.

"우린 이제까지 많은 선거에서 이겼고 앞으로도 더 많은 선거에서 이길 겁니다. 지금까지 무수한 사람들이 지금 당신이 하려는 짓을 시도했어요. 하지만 아무도 성공하지 못했죠. 당신도 마찬가지예요."

내가 말했다.

"난 무슨 짓을 하려는 게 아닙니다. 그리고 누가 선거에 이기든 관심도 없습니다. 한 여자가 죽었습니다. 그 이유를 알고 싶을 뿐입니다."

"무슨 여자요?"

"펜타곤 직원이었습니다. 어젯밤에 자기 머리를 권총으로 쐈지요. 뉴욕 지하철 안에서."

엘스페스 샌섬은 브라우닝을 쳐다보았다. 브라우닝이 고개를 끄덕이며 말했다.

"인터넷에서 읽었소. 〈뉴욕타임스〉와 〈워싱턴포스트〉에 기사가 났더군. 새벽에 일어난 일이라 지면에는 실리지 않았고."

"새벽 2시가 조금 지나서 일어난 일이오."

내가 말했다.

엘스페스 샌섬이 다시 나를 바라보며 물었다.

"당신은 그 일과 무슨 관련이 있죠?"

"목격자입니다."

"그 여자가 내 남편 이름을 들먹였다고요?"

"바로 그 때문에 당신 남편과 이야기를 하고 싶은 겁니다. 아니면 〈뉴욕타임스〉나 〈워싱턴포스트〉도 괜찮겠죠."

"그건 협박이오?"

브라우닝이 물었다.

"그럴 수도 있겠군. 그렇다면 어떻게 할 거요?"

내가 물었다.

"명심하시오. 약해 빠진 놈들은 존 샌섬의 발꿈치에 닿지도 못하오. 나도 만만한 놈이 아니고 샌섬 부인도 마찬가지요."

"잘됐군."

내가 말했다.

"그렇다면 우리 중 누구도 약해 빠지거나 만만한 놈이 아니라는 이야기니. 사실 우리는 반석처럼 강하고 단단하지. 자, 그럼 당신 상사를 언제 만나면 되겠소?"

"군대에서 뭘 했소?"

"당신 같은 사내도 두려워할 만한 일을 했지. 당신이라면 겁을 내지 않았겠지만. 상관없소. 난 누구를 해치려는 게 아니오. 누가 해를 입어야 할 필요가 있다면 모를까."

엘스페스 샌섬이 말했다.

"오늘 저녁 7시로 하죠."

그녀는 레스토랑처럼 들리는 이름을 하나 댔다. 듀퐁 서클에 있다고 했다.

"내 남편은 5분밖에 시간을 내줄 수 없어요."

그러더니 나를 위아래로 훑어보며 말했다.

"그런 차림으로는 안 돼요. 들어가지도 못하고 쫓겨날 테니까."

두 사람은 타운카를 타고 사라졌다. 약속 시간까지는 아직 세 시간이나 남았다. 나는 택시를 잡아타고 18번가와 매스애비뉴 사이에서 내려 옷가게를 찾았다. 아무 무늬도 없는 푸른색 바지와 푸른색 체크무늬 와이셔츠를 샀다. 그런 다음 18번가에서 두 블록 남쪽에 있는 호텔을 찾아갔다. 크고 웅장한 호텔이었다. 그러나 크고 웅장한 곳일수록 편법이 잘 통하는 법이다. 나는 로비 직원에게 고개를 까딱해 보인 다음 엘리베이터를 타고 아무 층에서 내렸다. 복도를 걸으며 객실 직원이 청소 중인 빈방을 찾았다. 오후 4시, 체크인은 2시다. 따라서 이 방은 오늘 저녁 내내 비어 있을 것이다. 어쩌면 내일 밤에도 비어 있을지 모른다. 대형 호텔은 만석이 되는 경우가 거의 없으니까. 그리고 대형 호텔은 객실청소 직원들을 제대로 대우해주는 법이 없다. 그래서 그녀는 현금으로 30달러를 벌고 30분 동안 휴식도 취할 수 있다는 제안을 반갑게 받아들였다. 다른 방을 청소하고 조금 있다 돌아올 것이다.

욕실은 아직 청소되지 않았지만 수건걸이에는 깨끗한 수건이 두 개나 걸려 있었다. 대형 호텔에서 주는 수건을 모두 사용할 수 있는 사람은 없다. 세면대 옆에는 포장을 벗기지도 않은 새 비누가 놓여 있었고 샤워부스 안에는 반쯤 차 있는 샴푸병도 있었다. 나는 이빨을 닦고 느긋하게 뜨거운 샤워를 했다. 몸의 물기를 닦은 다음 새로 산 바지와 셔츠를 입고 호주머니에 들어 있던 물건들을 옮겨 넣은 다음, 헌 옷은 욕실 쓰레기통에 처박았다. 방값으로 30달러. 스파보다도 싸다. 그리고 빠르다. 나는 28분 만에 다시 거리로 나섰다.

듀퐁 거리까지 걸어가 레스토랑을 미리 조사했다. 아프가니스탄 식당이었다. 식당 앞 안뜰에는 테이블이 몇 개 나와 있고, 목재 문 안쪽으로도 넉넉한 자리가 마련되어 있었다. 카불의 길거리에서 20센트로 먹을 수 있는 전채 요리에 20달러를 아낌없이 뿌려 대는 돈 많은 작자들이 갈 만한 식당처럼 보였다. 음식이야 나쁘지 않겠지만 가격은 내가 감당할 수가 없다. 샌섬과 재빨리 할 말을 끝내고 다른 곳에 가서 배를 채워야겠다.

나는 P 거리를 따라 서쪽으로 내려가 록크릭 공원 시냇가로 내려갔다. 넓고 평평한 바위 위에 앉아 발 아래쪽에서 강물이 흐르는 소리와 머리 위로 자동차가 지나가는 소리를 만끽했다. 시간이 지날수록 자동차 소음은 커지고 물소리는 차츰 잦아들었다. 내 머릿속 시계가 7시 5분 전을 알리자 나는 다시 길 위로 올라와 레스토랑으로 향했다.

22

 저녁 7시가 되자 땅거미가 지고 듀퐁 서클에는 환하게 불이 들어왔다. 아프가니스탄 식당은 안뜰에 종이 등을 밝혔다. 레스토랑 앞 도로는 리무진으로 미어터지고 있었다. 안뜰에 나와 있는 테이블은 벌써 거의 손님이 차 있었지만, 샌섬과 그의 일행은 보이지 않았다. 양복을 차려입은 젊은 남자들과 치마정장을 입은 젊은 여자들뿐이었다. 그들은 쌍쌍이 또는 서넛이 모여 앉아 수다를 떨고 전화를 걸고 손에 든 작은 전자기기로 이메일을 읽고 서류가방에서 신문을 꺼내거나 다시 쑤셔넣었다. 샌섬은 식당 안에, 저 두꺼운 목재 문 안쪽에 앉아 있는 것 같았다.
 인도 옆에 설치된 안내소에 여자 직원이 서 있었다. 그러나 내가 그 여자에게 말을 걸기 직전 손님들을 밀치고 브라우닝이 불쑥 나타나더니 내 앞에 멈춰 섰다. 그는 10미터쯤 떨어진 곳에 세워놓은 타운카를 고갯짓으로 가리키며 말했다.
 "갑시다."
 "어디로 말이오? 샌섬은 여기 있잖소."
 "머리를 굴려보시오. 의원님은 이런 곳에서 식사를 하지 않소. 그리고 그분이 그러고 싶어 하더라도 우리가 말릴 거요. 어울리지도 않고 보안상 안전하지도 못하니까."
 "날 어디로 데려가는 거요?"

"다른 곳으로."

브라우닝은 내가 그를 따라가든 아니면 거절하든 전혀 상관하지 않는다는 듯 단호한 표정으로 서 있었다.

내가 물었다.

"샘섬은 어디 있소?"

"이 근처에. 회의가 있소. 회의에 참석하기 전에 5분 정도 시간을 내실 수 있을 거요."

"좋소, 갑시다."

타운카에는 운전기사가 앉아 있고 엔진에는 이미 시동이 걸려 있었다. 브라우닝과 내가 뒷좌석에 올라타자 운전기사는 자동차를 후진시킨 다음 원을 그리며 방향을 바꿔 뉴햄프셔 애비뉴를 향해 서남쪽으로 빠른 속도로 달리기 시작했다. 워싱턴 역사협회가 창밖으로 지나갔다. 내 기억에 의하면 뉴햄프셔 애비뉴는 여기서 얼마 멀지 않다. 그 사이에는 호텔 몇 개와 조지 워싱턴 대학뿐이었다.

우리는 호텔 앞에서 멈추지 않았다. 조지 워싱턴 대학에서도 멈추지 않았다. 대신 버지니아 애비뉴에서 재빨리 우회전해 몇백 미터쯤 더 굴러간 다음 워터게이트 안으로 들어갔다. 유서 깊은 워터게이트. 세기의 범죄가 일어난 장소. 호텔 방과 아파트, 사무실이 한 자리에 모여 있고 건물 뒤쪽으로는 검은 포토맥 강물이 유유히 흐른다. 운전사는 한 사무실 건물 앞에 차를 주차시켰다. 브라우닝은 자동차 좌석에 몸을 기댄 채 말했다.

"규칙을 알려주겠소. 지금부터 난 당신을 위층으로 데려갈 거요. 당신은 방에 혼자 들어가게 되오. 나는 문 밖에서 지키고 있을 테고. 알겠소?"

나는 고개를 끄덕였다. 협상이 완료되었다. 우리는 차에서 내렸다. 로비의 안내 데스크 뒤에는 제복을 입은 경비원이 앉아 있었지만 우리에게 눈곱만큼의 관심도 기울이지 않았다. 우리는 엘리베이터에 올라탔다. 브라우닝이 4층을 눌렀다. 우리는 입을 굳게 다문 채 올라갔다. 엘리베이터에서 내려 회색 양탄자 위를 5미터 정도 걸은 다음 "유니버설 리서치"라고 적힌 문 앞에서 멈춰 섰다. 개성 없는 이름, 다른 문들과 구별되지 않는 평범한 나무문. 브라우닝이 문을 열고 나를 안으로 밀어넣었다. 내 앞에는 수수한 대기실이 있었다. 아무도 앉아 있지 않은 안내용 책상, 가죽의자 네 개. 대기실 양옆으로 두 개의 사무실이 붙어 있었다. 브라우닝이 왼쪽 문을 가리키며 말했다.

"노크하고 들어가시오. 나는 여기서 당신을 기다릴 테니."

나는 왼쪽 문으로 접근했다. 주먹으로 가볍게 두드린 다음 문을 열고 안으로 들어갔다.

세 명의 남자가 나를 기다리고 있었다.

그 중에 샌섬은 없었다.

23

 가구가 거의 없는, 네모반듯한 방이었다. 나를 기다리고 있던 세 남자는 뉴욕의 14번 관서 취조실에서 만났던 연방요원들이었다. 그들은 나를 다시 만난 게 달갑지 않은 모양이었다. 아무도 입을 열지 않았다. 리더 격의 요원이 주머니에서 작은 은빛 물체를 꺼냈다. 녹음기였다. 그가 버튼을 누르자 잠시 뒤 목소리가 들려왔다.
 "여자가 당신에게 무슨 말을 하지는 않았소?"
 잡음이 많고 울림이 거세 거칠었지만 금세 알아들을 수 있었다. 그날 새벽 5시에 취조실에서 나눴던 이야기다. 나는 반쯤 졸며 의자에 앉아 있었고, 그들은 잔뜩 긴장한 채 맞은편에 서 있었다. 공기 중에서는 땀 냄새와 긴장감, 탄 커피 냄새가 떠돌고 있었지.
 내가 대답하는 소리가 들렸다.
 "별말 없었소."
 사내가 다른 버튼을 누르자 목소리가 사라졌다. 그는 녹음기를 주머니 안에 넣고 다른 쪽 주머니에서 접힌 쪽지를 꺼냈다. 캐넌 건물에서 경비원이 내게 준 메모지였다. 사내가 쪽지를 펼치고 큰 소리로 읽었다.
 "오늘 새벽, 한 여자가 당신의 이름을 부르며 숨을 거두는 것을 목격했습니다."
 그는 내 글씨를 똑똑히 볼 수 있도록 쪽지를 내 눈앞에 들이밀었다.

그가 말했다.

"그녀가 당신에게 뭔가를 말했군. 연방요원에게 거짓말을 했어. 그런 짓을 하면 감옥에 가게 되지."

"난 아니오."

내가 말했다.

"왜 그렇게 생각하지? 네가 뭐가 그리 잘났다고?"

"그건 아니오. 하지만 당신들이 연방요원인지는 의심스럽군."

그는 대답하지 않았다.

내가 말했다.

"양쪽 다 부인할 수는 없소. 가면을 쓰고 정의의 사도인 양 굴면서 막상 신분증을 보여주지 않으면 당신네들이 누군지 내가 어떻게 알겠소? 어쩌면 뉴욕 경찰서에서 서류정리나 하는 작자들일지도 모르지. 아침 일찍 일을 끝내고 할 일이 없어 시간이나 때워보려는 인간들일수도 있고. 그리고 민간인에게 거짓말을 금지하는 법률 따위는 없소. 그랬더라면 당신들 윗대가리들은 죄다 감옥에 있을 테니까."

"우리가 누구인지는 이미 말해줬을 텐데."

"사람들이란 별별 허풍을 다 떠는 법이지."

"우리가 서류정리나 하는 사람들로 보이오?"

"상당히. 그리고 내가 당신들에게 거짓말을 하지 않았을 수도 있소. 어쩌면 샌섬에게 거짓말을 했는지도 모르지."

"그래, 뭐라고 했소?"

"당신들이 상관할 바가 아니오. 난 아직도 당신들 신분증을 못 봤으니까."

"워싱턴에서 뭘 하고 있는 거요? 샌섬에게는 왜 접근했지?"

"당신네들이 신경 쓸 일이 아니오."

"샌섬에게 질문을 하고 싶소?"

"사람들에게 질문을 하는 것도 불법이요?"

"당신은 단순한 목격자였소. 이젠 사건 수사도 하나 보지?"

"미국은 자유국가인 줄 알았는데."

"샌섬은 당신에게 아무 말도 할 수 없소."

"그럴지도."

내가 말했다.

"하지만 그러지 않을 수도 있지."

사내는 잠시 입을 다물었다가 말을 이었다.

"테니스 좋아하시오?"

"아니."

"지미 코너스를 아시오? 비외른 보리는? 존 매켄로는?"

내가 대답했다.

"테니스 선수들이로군. 옛날에 뛰던."

"그 사람들이 내년 USA 오픈에 참가한다면 어떻게 될 것 같소?"

"모르겠소."

"대대적으로 망신을 당할 거요. 다른 선수들이 이게 웬 밥이냐 달려들어 만신창이로 두들겨패겠지. 심지어 여자선수들한테도 혼쭐이 날 거요. 옛날에는 대단한 챔피언이었을지 몰라도 지금은 한물간 이빨 빠진 호랑이요. 시대가 바뀐 거요. 흐르는 세월은 장사도 막을 수 없는 법이거든. 시간이 지나면 게임도 바뀌기 마련이고. 내 말뜻 알아듣겠소?"

내가 대답했다.

"전혀."

"당신 기록을 봤소. 옛날에는 꽤 날렸더군. 하지만 세상이 바뀌었소. 당신이 날고 기던 시절은 지났단 말이오."

나는 몸을 돌려 문을 바라보았다.

"밖에 브라우닝이 있나? 아니면 그 친구가 날 버린 건가?"

"브라우닝이 누구요?"

"나를 여기 데리고 온 남자 말이오. 샌섬의 부하라고 하던데."

"진즉에 갔소. 그리고 그 사람 이름은 브라우닝이 아니오. 당신은 지금 어두운 숲 속에서 길을 잃은 어린애 처지지."

나는 아무 말도 하지 않았다. '어린애'라는 말을 듣자 제이콥 마크와 그의 조카 피터가 생각났다. **술집에서 만난 여자. 죽여주게 화끈한 계집. 피터는 그 여자와 함께 술집을 나갔답니다.**

다른 두 요원들 중 한 명이 말했다.

"시답잖은 짓 따위는 당장 집어치우시오, 알겠소? 당신은 우연히 사건을 목격한 평범한 시민일 따름이오. 그게 다라고. 우리는 어쩌다가 죽은 여자와 샌섬의 이름이 엮이게 되었는지 알아야겠소. 그걸 알아낼 때까지 당신은 이 방에서 못 나가."

내가 말했다.

"나는 내가 원할 때 이 방에서 나갈 거요. 날 잡아두려면 불면 날아갈 것 같은 사무실 직원 셋보다는 인원이 더 많이 필요할 텐데."

"입만 살았군."

"그리고 어차피 샘섬의 이름은 이미 새어나갔소. 그 이름을 나한테 말한 건 뉴욕에서 만난 사설업체 조사원들이었으니까."

"어떤 사설업체?"

"가짜 명함을 갖고 있는 양복쟁이들이었소."

"그게 다요? 아무리 갖다 붙일 게 없어도 그렇지 그런 헛소리로 얼렁뚱땅 넘어가려고? 난 당신이 수잔 마크에게서 직접 들었을 거라고 생각하는데."

"그렇다손 치더라도 무슨 상관이오? 인적사령부 직원이 샘섬 같은 인물에게 무슨 해를 끼칠 수 있다고?"

아무도 입을 열지 않았다. 그러나 이 침묵에는 뭔가 이상한 기운이 떠돌고 있었다. 마치 무언의 대답이 허공에서 격렬하게 회오리치고 있는 것 같았다. **우리가 걱정하는 건 샘섬이 아니야. 군대, 우리 군인들이라고. 문제는 과거야. 미래야. 정부와 우리 국가야. 그리고 전 세계야. 이 빌어먹을 세상 전체가 문제란 말이다.**

내가 물었다.

"당신들 누구요?"

대답이 없었다.

내가 다시 물었다.

"샘섬이 과거에 무슨 일을 했소?"

"과거 언제?"

"군에 있었던 17년 동안."

"그가 무슨 일을 했다고 생각하오?"

"네 가지의 비밀 임무."

방 전체가 고요해졌다.

지휘 요원이 물었다.

"샌섬의 임무에 대해 어떻게 알았소?"

"책에서 읽었소."

"그의 책에는 그런 내용이 없소."

"하지만 그가 진급을 했고 훈장을 탔다는 이야기가 적혀 있지. 무슨 일로 훈장을 받았는지에 대해서는 일언반구도 없지만 말이오."

아무도 입을 열지 않았다.

내가 말했다.

"수잔 마크는 아무것도 몰랐소. 알았을 리가 없지. 그건 불가능하니까. 1년이 넘게 인적사령부를 뒤지고 엎어도 아무것도 찾아내지 못했을 거요."

"하지만 누군가가 그녀에게 그렇게 하라고 시켰소."

"그래서 어쨌다는 거요? 아무 소용도 없었는데."

"우리는 그게 누군지 알고 싶소. 배후를 알고 싶단 말이오."

"난 모르오."

"하지만 알고 싶어 하지, 안 그렇소? 그게 아니라면 여기 와 있을 이유가 없으니까."

"수잔 마크는 내 눈 앞에서 자기 머리를 쐈소. 그리 보기 좋은 광경은 아니었지."

"당연하오. 하지만 그렇다고 감상에 젖을 필요도 없잖소. 말썽을 피울 필요도 없고."

"날 걱정하는 거요?"

아무도 대답하지 않았다.

"아니면 내가 뭘 찾아낼까 봐 걱정하는 거요?"

세 번째 남자가 말했다.

"왜 그 두 개가 다를 거라고 생각하오? 어쩌면 같은 것일지도 모르잖소. 당신이 뭔가를 찾아내면 평생 동안 감옥에서 썩어야 할지도 모르오. 아니면 총알 세례를 받을지도 모르고."

나는 아무 말도 하지 않았다. 방은 다시 정적에 휩싸였다.

지휘 요원이 말했다.

"마지막 경고요. 목격자면 목격자답게 행동하시오. 여자가 샌섬의 이름을 언급했소, 안 했소?"

"하지 않았소."

내가 말했다.

"하지만 그의 이름이 노출되었단 말이군."

"그렇소."

"배후에 누가 있는지 당신은 모르고."

"그렇소."

"좋소."

그가 말했다.

"이제 우리에 대해선 잊어버리고 자기 할 일이나 하시오. 우리도 당신 인생을 복잡하게 만들고 싶은 건 아니니까."

"그런데?"

"꼭 그래야 한다면 주저하지 않을 거요. 당신이 예전에 사람들에게 무슨 짓을 했는지 기억해보시오. 110부대에 있을 때 말이오. 지금은 그때보다도 상황이 훨씬 안 좋소. 백 배는 더 나쁘지. 그러니 현명하게 구시오. 게임을 하고 싶거들랑 노인클럽에나 가고 이 일에선 손 떼란 말이오. 시대가 바뀌었으니까."

그들은 나를 보내주었다. 나는 엘리베이터를 타고 내려가 경비원을 지나친 다음 자갈이 깔린 건물 앞 공터에 서서 유유히 흐르는 강물을 내려다보았다. 흐르는 물살에 빛이 반사돼 반짝였다. 나는 엘스페스 샌섬을 떠올렸다. 대단한 여자였다. **그런 차림으로는 안 돼요. 들어가지도 못하고 쫓겨날 테니까.** 내 관심을 완전히 다른 곳으로 흩트려놓았다. 나를 완전히 물 먹였다. 필요하지도 않고 원하지도 않는 와이셔츠까지 사게 만들었다.

만만치 않아.

그렇고말고.

따뜻한 밤이었다. 공기는 무겁고 물 냄새가 섞여 있었다. 나는 듀퐁 서클로 향했다. 거리는 약 2킬로미터, 도보로 20분이면 충분하다.

24

 DC에서는 레스토랑에서 식사를 하는 데 한 시간, 때로는 두 시간이 넘게 걸린다. 경험해봐서 안다. 그래서 나는 샘섬이 앙트레(스테이크 외의 주 요리—역주)를 막 끝마쳤거나 디저트를 주문하고 있을 것이라고 판단했다. 어쩌면 시가를 태우며 커피를 마시고 있을지도 모른다.
 안뜰에 있는 테이블은 벌써 반쯤 손님들이 바뀌어 있었다. 양복 차림의 새로운 젊은이들과 치마정장을 입은 새로운 여자들. 서너 명씩 모인 일행보다는 쌍쌍으로 마주 보고 앉은 커플들이, 업무보다는 낭만적인 만남이 더 많았다. 서로에게 좋은 인상을 주기 위한 밝고 명랑한 대화들이 전자기기를 압도하고 있었다. 안내소를 지나 걸어가자 직원이 나를 불러 세웠다. 나는 "의원과 일행이오."라고 말하고는 나무문을 밀고 들어가 식당 내부를 쓱 훑어보았다. 낮은 천장과 침침한 조명 아래 직사각형의 공간에는 코를 톡 쏘는 양념 냄새와 시끄러운 목소리들, 그리고 간간히 터지는 웃음소리가 진동했다.
 샘섬은 없었다.
 그도, 그의 아내도, 그리고 자신을 브라우닝이라고 소개한 사내의 모습도 보이지 않았다. 열성적인 추종자들도, 선거운동원도 없었다.
 나는 다시 레스토랑 밖으로 나왔다. 안내소에 서 있던 여자가 내게 의심스러운 눈초리를 보내며 물었다.
 "어떤 분과 일행이신가요?"

"존 샌섬이오."

"그 분은 여기 안 계신데요."

"그런 것 같군요."

내 팔꿈치 옆 테이블에 앉아 있던 젊은이가 말했다.

"노스캐롤라이나 14선거구? 그 사람은 워싱턴에 없어요. 내일 그린스보로에서 후원금을 모금하는 조찬 모임이 있거든요. 은행이랑 보험회사가 온답니다. 담배 회사는 제외됐죠. 그 친구가 우리 애들에게 말하는 걸 들었거든요."

마지막 문장은 내가 아니라 그의 맞은편에 앉아 있는 여자를 향한 것이었다. 어쩌면 그 말 전부가 그런지도 모른다. **우리 애들.** 이 풋내 나는 어린애도 나름 이 바닥에서 잘나가는 거물이거나 아니면 그렇게 되길 원하는 예비지망생인 모양이다.

나는 거리에 서서 잠시 생각에 잠겼다. 그런 다음 노스캐롤라이나 그린스보로로 향했다.

나는 심야 버스를 탔다. 버스는 버지니아 주 리치몬드에 정차했다가 랄리와 더럼을 거쳐 벌링턴에 들렀다. 그러나 나는 그 사실도 거의 알지 못했다. 가는 내내 잠들어 있었기 때문이다. 그린스보로에 도착한 것은 새벽 4시가 다 되어서였다. 보석보증금 사무실과 문 닫은 전당포, 줄줄이 늘어선 몇 개의 불결한 싸구려 식당들을 무시하고 한참을 걸은 후에야 마침내 내가 원하던 종류의 간이식당을 발견했다. 내 판단 기준은 음식이 아니었다. 간이식당에서 파는 음식들은 어딜 가나 똑같은 맛이 난다. 나는 전화번호부와 지역 무가지를 찾고 있었다. 그것들을 갖춘 식당을 찾는 데는 꽤 오랜 시간이 걸렸다. 내가 선택한 식당은 방금 막 문을 연 모양이었다. 속옷만 입은 사내가 번철에 기름칠을 하고 있었고, 커피메이커에서는 커피가 방울방울 떨어졌다. 나는 전화번호부를 뒤적여 H항목에서 호텔을 찾았다. 그린스보로에는 호텔이 많았다. 상당히 큰 도시였다. 인구는 약 25만 명 남짓.

정치인의 자금모금 조찬이라면 꽤나 고급 호텔에서 열릴 것이다. 후원자들은 부유하다. 한 접시에 5백 달러를 쓰러 레드루프인(미국의 중저가 호텔 체인—역주) 같은 곳에 갈 리가 없다. 특히 은행이나 보험 회사에서 일하는 작자들이라면 더욱 그럴 것이다. 하얏트나 쉐라톤 정도는 될 것이다. 그린스보로에는 하얏트도 쉐라톤도 있다. 확률은 50 대 50. 나는 전화번호부를 덮고 신문을 뒤지기 시작했다. 무가지에는 온갖 지역 소식들이 실린다.

두 번째 신문에서 조찬 모임에 관한 기사를 발견했다. 호텔에 대한 내 추측은 틀렸다. 하얏트도 아니고 쉐라톤도 아니었다. 샘섬은 오헨리 호텔이라는 곳을 골랐다. 노스캐롤라이나 출신의 유명 작가 이름을 딴 것 같았다. 신문에는 주소가 실려 있었다. 조찬 행사는 아침 7시에 시작될 예정이었다. 나는 기사를 찢어 작게 접은 다음 주머니 속에 밀어넣었다. 영업 준비를 마친 식당 주인이 묻지도 않고 커피를 한 잔 가져왔다. 나는 커피를 한 모금 들이켰다. 방금 내린 신선한 커피만큼 좋은 것은 없다. 나는 메뉴에서 제일 큰 콤보 요리를 시킨 다음 의자에 편히 기대앉아 주인이 요리를 하는 모습을 지켜보았다.

택시를 잡아타고 오헨리 호텔로 향했다. 택시 안에 앉아 있는 시간

보다도 택시를 잡는 데 더 오랜 시간이 걸렸고 굳이 택시를 탈 필요도 없었지만 호텔에 도착했을 때 초라해 보이고 싶지 않았기 때문이다. 나는 6시 15분에 호텔에 도착했다. 오헨리 호텔은 고풍스러운 건물을 현대식으로 재단장해놓은 곳이었다. 대형 체인이 아니라 이 지역의 독립업체처럼 보였으나 아마도 아닐 것이다. 요즘에 그런 호텔은 매우 드물다. 로비는 화려하고 조명은 어둑했으며 클럽풍의 가죽제 안락의자가 여기저기 놓여 있었다. 나는 볼품없이 구겨진 19달러짜리 셔츠를 입은 사내가 발휘할 수 있는 최대한 당당하고 자신 있는 태도로 프런트로 다가갔다. 카운터 뒤에는 젊은 여직원이 서 있었다. 약간 주눅이 든 모습이었다. 취직한 지 얼마 되지 않아 아직 업무에 익숙하지 않은 듯했다. 그녀가 고개를 들어 나를 쳐다보았다.

"샌섬 의원의 조찬에 참석하러 왔소만."

여자는 대답하지 않았다. 그녀는 내가 한꺼번에 너무 많은 정보를 쏟아내 당혹스럽다는 듯이 우왕좌왕했다.

내가 말했다.

"내 티켓을 여기 맡겨놨다고 했소."

"티켓이요?"

"초청장 말이오."

"누가요?"

"엘스페스, 아니 샌섬 부인이 맡겼을 거요. 아니면 그 옆에 붙어 다니는 친구거나."

"누구요?"

"경호원 말이오."

"스프링필드 씨요?"

나는 몰래 쓴웃음을 지었다. 스프링필드는 브라우닝과 마찬가지로 자동장전 소총을 만드는 제조회사다. 그 친구는 말장난을 좋아하는 것 같았다. 재미있긴 하지만 멍청한 짓이다. 가명을 쓸 때는 언제나 본명과 아무 연관도 없는 이름을 사용해야 한다.

내가 물었다.

"그 사람들 아직 안 나왔소?"

교묘한 질문이었다. 그린스보로는 샌섬의 선거구가 아닐 터였다. 상원의원에 출마하려면 주 차원의 홍보와 기금 마련 활동이 필요하다. 샌섬은 이미 자신의 선거구에서 탄탄한 입지를 확보했고, 따라서 지금쯤이면 자신의 텃밭을 벗어나 보다 멀리까지 영역권을 확장하고 있을 가능성이 크다. 그러므로 아침 일찍 열리는 조찬 행사에 참석하기 위해 어젯밤에는 이 호텔에 묵었을 것이다. 그러나 확신은 금물이다. 만일 그가 여기서 5분 거리에 살고 있다면 그가 방에서 내려왔냐고 묻는 것은 바보짓일 것이다. 사실은 그가 여기서 4백 킬로미터 떨어진 곳에 살고 있는데 아직 도착하지 않았냐고 묻는 경우도 마찬가지다. 그래서 나는 그 중간을 택했다.

여자가 말했다.

"제가 알기론 아직 위층에 계세요."

"고맙소."

나는 여자가 쓸데없는 걱정을 하지 않도록 일부러 엘리베이터와 멀찍이 떨어져 로비로 돌아갔다. 그런 다음 안내 데스크에 전화가 울리기를 기다렸다가 그녀가 컴퓨터 화면에 집중해 키보드를 두드리는 것을 보고야 로비를 빠져나와 엘리베이터 버튼을 눌렀다.

샌섬은 대형 스위트룸에 묵고 있을 것이다. 그리고 스위트룸은 대개 꼭대기층에 있다. 그래서 나는 가장 높은 층 버튼을 눌렀다. 한참 뒤 카펫이 깔린 조용한 복도에서 내렸다. 큼지막한 마호가니 문 앞에 제복을 입은 경관 한 명이 서 있었다. 그린스보로 경찰에서 나온 순경이었다. 젊지는 않았다. 별로 힘들지 않은 초과근무를 한 뒤 높은 수당을 챙길 수 있을 만한 지위의 베테랑 경찰일 터이다. 권력의 상징. 나는 얼굴 가득 애처로운 미소를 띤 채 그를 향해 걸어갔다. **저런, 당신도 일하는 중인가? 나도 그래. 젠장, 남자들 팔자가 다 그렇지.** 벌써 몇 명의 방문객이 그를 거쳐 갔을 것이다. 룸서비스, 커피, 샌섬의 부하 직원들, 그리고 기자들까지. 나는 그에게 고개를 살짝 끄덕인 다음 말했다.

"샌섬 씨를 찾아온 잭 리처요."

그런 다음 몸을 기울여 마호가니 문을 노크했다.

경관은 아무런 반응도 보이지 않았다. 투덜거리지도 않았다. 허수아비처럼 그저 묵묵히 문 앞을 지켜 서 있을 뿐이었다. 샌섬이 앞으로 얼마나 거물로 자라든 간에 지금의 그는 시골 출신의 일개 하원의원에 불과하다. 심각한 수준의 경호를 받으려면 아직 갈 길이 멀었다.

잠시 후, 스위트룸의 문이 열렸다. 샌섬 부인이 안쪽 손잡이를 쥔 채 서 있었다. 그녀는 드레스를 차려입고 화장을 하고 머리를 단장하고, 오늘 하루를 위해 완벽한 채비를 마친 상태였다.

"안녕하십니까, 엘스페스."

내가 말했다.
"들어가도 됩니까?"

25

엘스페스 샌섬의 눈 뒤로 순식간에 정치가의 아내답게 약삭빠른 계산이 스쳐 지나갔다. 첫 번째 선택지. 이 놈팽이를 쫓아낸다. 그러나 문 앞에는 경관이 있고, 건물 안에는 기자들이 대기하고 있을 것이며, 소리가 닿을 만한 곳에는 어디나 호텔 직원들이 상주하고 있다. 게다가 이런 타지에서는 입소문이 빠르게 퍼진다. 그녀는 마른침을 삼키고 말했다.

"리처 소령님. 이렇게 다시 뵈니 기쁘네요."

그녀는 내가 방에 들어갈 수 있도록 한 발짝 물러섰다.

스위트룸은 널찍했다. 창문 위에 드리워진 커튼과 무채색의 화려하고 큼지막한 가구들 때문에 내부는 약간 침침했다. 거실에는 아침 식사용 바가 설치되어 있고, 침실로 이어지는 듯 보이는 문이 반쯤 열려 있었다. 엘스페스 샌섬은 나를 거실 한가운데로 안내하더니 더 이상 어찌해야 할지 모르겠다는 듯 우뚝 멈춰 섰다. 그때 존 샌섬이 무슨 일인지 보러 침실에서 나왔다.

샌섬은 양복바지와 와이셔츠를 입고 넥타이를 매고 양말을 신고 있었다. 신발은 벗은 채였다. 그는 축소라도 해놓은 듯 무척 작은 사내였다. 단단한 몸매에 어깨는 좁았다. 몸에 비해 머리는 큰 편이었다. 머리카락은 짧고 단정하게 빗질되어 있었다. 갈색으로 그을린 피부는 거칠었다. 활동적이고 야외에서 많은 시간을 보내는 사람들 특유의 피부다. 이런 사람들에게 선탠용 램프 따위는 필요 없다. 그는 부와 권력, 정력과 카리스마로 빛을 발하는 인물이었다. 척 봐도 얼마나 많은 선거에서 승리했는지 알 수 있었다. 어째서 시사주간지들이 그를 그토록 사랑하는지도 이해할 수 있었다. 나를 본 샘섬이 아내를 쳐다보며 물었다.

"스프링필드는 어디 있소?"

엘스펠스가 대답했다.

"마지막으로 확인하러 아래층에 내려갔어요. 엘리베이터에서 이 사람과 엇갈렸나 봐요."

샘섬은 고개를 끄덕였다. 눈 깜빡임과 동시에 재빨리 고개를 한 번 까딱이는 단순한 동작. 그는 짧은 시간에 판단을 내리는 데 익숙한 사람이었다. 그리고 매우 실용적인 사람이기도 했다. 우유가 엎질러졌다고 징징거릴 위인이 아니다.

그가 나를 응시하며 말했다.

"포기할 줄을 모르는 친구로군."

내가 말했다.

"포기라는 걸 한 번도 해본 적이 없어서 말이오."

"워싱턴에서 연방요원들과 만나지 않았소?"

"대체 그 사람들 정체가 뭐요?"

"그 사람들? 알잖소. 당신에게 말해줄 수도 있지만 그러면 난 당신을 죽여야 하오. 어쨌든 그들이 경고하지 않았소?"

"썩 와닿지 않더군요."

"그럴 줄 알았지. 당신 기록을 봤거든. 그래서 그 사람들에게 소용없을 거라고 했소."

"그 친구들은 나를 머저리 취급했소. 너무 늙었다고도 합디다. 내가 그렇다면 당신은 너무 많이 늙은 걸 거요."

"난 너무 많이 늙은 게 맞소. 그런 일을 하기엔 나이가 너무 많지."

"10분만 내주실 수 있습니까?"

"5분이라면 가능하오."

"커피 한 잔 주시겠습니까?"

"그런 데 시간낭비하지 마시오."

"시간은 많습니다. 적어도 5분보다는 많죠. 10분도 넘을 테고. 조찬에 나가려면 신발도 신고 양복도 입어야 하니까요. 그러자면 얼마나 걸리겠습니까?"

샌섬은 어깨를 으쓱하더니 아침 식사용 바로 다가가 커피를 따랐다. 그는 내게 컵을 내밀었다.

"곧장 본론으로 들어갑시다. 당신이 누군지, 그리고 왜 날 찾아왔는지 이미 알고 있으니까."

"수잔 마크라는 여자를 아십니까?"

그가 고개를 저었다.

"만난 적도 없고 어젯밤까지 이름을 들어본 적도 없소."

나는 그의 눈을 관찰했다. 그리고 그의 대답을 믿었다.

"그럼 어째서 평범한 인적사령부 직원이 당신 경력을 뒤지라는 협박을 받은 걸까요?"

"그런 거였소?"

"가장 그럴싸한 가설입니다."

"모르겠소. 인적사령부는 옛날 퍼스콤 아니오? 퍼스콤에서 대체 뭘 알아낼 수 있단 말이지? 그럴 수 있기나 한가? 퍼스콤이 뭐 하는 데요? 날짜와 부대 이름, 기껏해야 그런 게 다일 텐데. 게다가 내 군 경력은 벌써 모조리 공개되어 있잖소. CNN에 출연한 것만 해도 백 번이 넘소. 젊었을 때 군에 입대했고, 사관후보생이 되었고, 장교로 임관했고, 세 번 진급했소. 그리고 전역했지. 아무것도 숨기지 않았소."

"델타포스에서의 임무는 비밀이죠."

방 안이 갑자기 조용해졌다.

샌섬이 물었다.

"그걸 어떻게 알았소?"

"훈장을 네 번이나 받았지만 이유는 설명하지 않았으니까."

샌섬이 고개를 끄덕였다.

"그 빌어먹을 책. 훈장을 언급한 건 숨길 수가 없었기 때문이오. 받은 걸 안 받았다고 부인할 수는 없으니까. 군인으로서 배은망덕한 짓이잖소. 정치판은 지뢰밭이오. 잘해도 문제고 못해도 문제지. 어떻게 하든 물어뜯지 못해 안달이니."

나는 아무 말도 하지 않았다. 샌섬이 나를 바라보며 물었다.

"그걸 눈치 챈 사람이 얼마나 될 것 같소? 당신 말고 말이요."

"최소한 3백만 명은 될 거요."

내가 말했다.

"그보다 더 될 수도 있고요. 군에 몸담은 적이 있는 사람이라면, 책을 읽을 만큼 시력이 남아 있는 베테랑들이라면 누구나 알아차렸을 겁니다. 다들 일이 어떻게 돌아가는지 뻔히 아니까요."

그는 고개를 저었다.

"아니, 그렇게 많을 리가 없소. 대부분은 그런 걸 궁금해하지 않거든. 그리고 설사 그렇다 하더라도 그런 종류의 군 기밀은 존중해줄 테니. 그게 문제가 될 거라고는 생각하지 않소."

"그러나 누군가에게는 문제가 되었지요. 그게 아니라면 왜 수잔 마크한테 접근했겠습니까?"

"그 여자가 진짜로 내 이름을 언급했소?"

나는 고개를 가로저었다.

"당신 관심을 끌려고 거짓말을 한 겁니다. 하지만 수잔 마크에게 접근한 사람이 고용한 듯 보이는 무리들이 당신 이름을 들먹이더군요."

"당신이 이 일을 캐고 다니는 이유는 뭐요?"

"없습니다. 단지 수잔이 착한 사람 같았기 때문입니다. 그녀가 공교롭게 궁지에 몰려 있었기 때문이죠."

"그래서 관심이 생겼다고?"

"당연하지 않습니까? 당신도 그녀에게 관심을 가져야 합니다. 적어도 조금이나마 그래야죠. 단순히 출세하자고 정치판에 끼어든 게 아니니까요. 최소한 난 당신이 그랬길 바랍니다만."

"당신, 진짜로 내 선거구민이요?"

"당신이 대통령 후보가 되기 전까지는 아닙니다."

샌섬은 한동안 말이 없었다.

"FBI로부터 무슨 일이 있었는지 들었소. 내가 그들에게 호의를 베풀 수 있는 자리에 있기 때문에 숨기지 않고 털어놓더군. 뉴욕 경찰은 당신이 일종의 죄책감을 느껴서 사건을 쑤시고 돌아다니고 있는 것 같다고 했소. 당신이 지하철에서 그 여자를 지나치게 몰아붙인 것 같다고 말이오. 그리고 죄책감은 올바른 결정을 내리는 데 결코 적절한 도구가 아니지."

내가 말했다.

"그건 한 여자의 견해일 뿐이죠."

"그녀가 틀린 거요?"

나는 아무 말도 하지 않았다.

샌섬이 말했다.

"나는 내가 수행한 임무에 대해서는 한 마디도 하지 않을 거요."

"그럴 거라고 기대하지도 않습니다."

"그런데?"

"만일 그것이 밝혀질 경우 당신에게 얼마나 큰 피해를 주게 됩니까?"

"세상에 흑백논리로만 판단할 수 있는 건 없지. 당신도 이해하리라 믿소. 단지 이것 하나만은 분명히 말할 수 있소. 범죄 행위를 하지는 않았다는 것 말이오. 그리고 어차피 인적사령부 직원을 통해 사실을 알아내는 건 불가능하오. 최악의 경우라고 해봤자 풋내기 아마추어 기자가 군 기밀을 캐보겠다고 달려드는 거겠지."

"내 생각은 다릅니다."

내가 말했다.

"수잔 마크는 겁에 질려 있었고, 그녀의 아들은 지금 행방불명이니까요."

샌섬은 퍼뜩 놀랐다. 그는 아내를 쳐다봤다가 이내 다시 내게 시선을 돌렸다.

"그건 몰랐는데."

"정식으로 보고되지 않았으니까요. 수잔의 아들 피터는 서던캘리포니아 대학의 풋볼선수입니다. 닷새 전 어떤 여자와 함께 술집을 떠났는데 그 뒤로 목격한 사람이 없습니다. 현재는 무단결석으로 취급되고 있죠. 생애 최고의 밤을 즐기고 있을 거라고들 하더군요."

"당신은 그걸 어떻게 알았소?"

"수잔 마크의 남동생한테 들었소. 행방불명된 애의 삼촌입니다."

"그리고 당신은 그 이야기를 안 믿는단 말이오?"

"우연의 일치치곤 지나치니까."

"꼭 그런 것만도 아니지. 남자애들은 언제나 여자와 함께 술집을 떠나니까."

"당신에게도 자식이 있을 거요."

내가 말했다.

"당신 머리를 쏘게 할 만한 일이 뭐가 있겠습니까? 그렇지 않은 일은요?"

방이 아까보다도 더욱 조용해졌다. 엘스페스 샌섬이 말했다.

"염병할."

존 샌섬은 눈을 들고 먼 곳을 응시하고 있었다. 자주 본 적이 있는 모습이다. 전술적으로 궁지에 몰린 유능한 작전장교의 반응. 상황을 검토하고, 판도를 다시 짜고, 재조직한다. 이 모든 것이 순식간에 이루어지는 것이다. 샌섬은 과거를 돌이켜보고 확고한 결론에 도달했다.

그가 입을 열었다.

"수잔 마크의 가족들이 처한 상황에 대해서는 진심으로 유감스럽게 생각하오. 할 수만 있다면 정말 최선을 다해 돕고 싶소. 하지만 그럴 수가 없소. 내 델타 복무 기록 중에 인적사령부를 통해 얻을 수 있는 것은 아무것도 없소. 전혀 없단 말이오. 나와는 아무 상관도 없는 일이거나 아니면 누군가 완전히 잘못된 곳을 뒤지고 있는 거요."

"그렇다면 어디를 뒤져봐야 합니까?"

"어딘지는 당신도 알잖소. 그 기록에 절대로 접근할 수 없다는 것도 잘 알 테고. 게다가 델타 기록을 원할 정도로 이쪽 사정에 밝은 사람이라면 어디를 찾아봐야 할지, 그리고 어디를 찾지 말아야 할지 알고 있을 거요. 그러니 이건 델타포스와 관련된 일이 아니오. 그럴 수가 없소."

"그러면 대체 무슨 일일까요?"

"모르겠소. 난 먼지 한 톨 없이 깨끗하니까."

"정말입니까?"

"100퍼센트 확실하오. 난 바보가 아니오. 조금이라도 구린 게 있었다면 이 바닥에 발을 들여놓지도 않았을 거요. 적어도 이런 식으로는 아니지. 난 주차 딱지 하나도 뗀 적이 없는 사람이오."

"알겠습니다."

내가 말했다.

"죽은 여자 일은 참으로 유감이오."

"알겠습니다."

나는 다시 말했다.

"우린 이제 내려가봐야 하오. 가서 돈을 구걸해야지."

내가 물었다.

"혹시 라일라 호스라는 이름을 들어본 적 있습니까?"

"라일라 호스?"

샌섬이 말했다.

"아니, 처음 듣는데."

나는 그의 눈을 관찰하고 있었다. 나는 그가 진실을 말하고 있다고 확신했다. 그리고 또한 나는 확신했다. 그는 동시에 거짓을 말하고 있었다.

26

나는 호텔 로비를 지나다 스프링필드와 마주쳤다. 호텔 문을 향해 걷고 있는데 때마침 그가 만찬실에서 나왔다. 그의 등 뒤로 눈처럼 새하얀 식탁보를 씌우고 중앙을 커다란 꽃장식으로 마무리한 둥근 테이블들이 보였다. 스프링필드는 놀란 기색도 없이 나를 바라보았다. 마치 내 실력이 만족스럽다는 듯한 표정이었다. 그가 자리를 비운 사이 내가 그의 고용주를 찾아올 것이라고 기대라도 한 것처럼, 그가 허용한 시간을 골라 너무 늦지도 너무 빠르지도 않게 딱 맞춰 찾아왔다는 듯이. 그는 내게 전문가가 물건을 감정하는 듯한 시선을 던지고는 한마디도 하지 않고 사라졌다.

나는 왔을 때와 똑같은 길을 따라 뉴욕으로 돌아갔다. 택시를 타고 그린스보로 버스 터미널에 가서 버스를 타고 DC로 간 다음 뉴욕행 기차를 잡아탔다. 불편하게도 버스시간표와 기차시간표는 서로 연계되어 있지 않았고 뉴욕행 기차 중 가장 빠른 두 대는 벌써 매진이었다. 나는 뉴욕으로 돌아가는 내내 생각에 잠겼다. 샌섬이 말한 것들과 말하지 않은 것들. **세상에 흑백논리로만 판단할 수 있는 건 없소. 범죄 행위를 하지는 않았소. 그리고 어차피 인적사령부 직원을 통해 사실을 알아내는 건 불가능하오.** 문제가 될 만한 행위가 있었다는 사실을 부정하지는 않았다. 오히려 그 반대였다. 실질적으로 그건 고백에 가까웠다. 그러나 그는 그게 잘못된 길이라고 생각하지 않았다. **범죄 행위를 하지는 않았소.** 그리고 그는 자신이 한 일이 영원히 공개되지 않으리라는 데 한 치의 의심도 품지 않았다. 평범한 사람들에게나, 날카롭고 예리한 전직 군인들에게나. '문제가 될 만한' 이라는 표현은 매우 의미심장한 단어다. 거기에 함축된 의미만으로도 책 한 권은 족히 쓸 수 있을 것이다. 심지어 내 경력마저도 큰맘 먹고 뒤지기 시작한다면 문제가 될 만한 것들을 수없이 찾아낼 수 있다. 하지만 나는 그 때문에 잠을 설치지는 않는다. 그럼에도 내가 한 일들이 기밀로 분류되어 있는 쪽이 마음이 편하다. 그리고 그것은 샌섬도 마찬가지일 것이다. 나는 내가 무슨 일을 했는지 안다. 그렇다면 샌섬은 무슨 일을 했을까? 분명 그의 삶에 손상을 입을 수 있는 일일 것이다. 개인적인 삶, 또는 그의 정치 경력, 아니면 양쪽 다일 수도 있다. 연방요원들이 말하지 않았던가. **샌섬은 당신에게 아무 말도 할 수 없소.** 어쩌면 그보다 훨씬 넓고 심각한 피해를 야기할 수 있는 일일지도. 그렇지 않다면 애초에 연방요원들이 끼어들 필요가 없었을 테니까.

그리고 라일라 호스는 대체 누구란 말인가?

나는 버스가 달리는 내내, 그리고 유니언 역에 도착해 기차로 갈아탈 때까지 이런 질문들을 끊임없이 자문했다. 그리고 마침내 기차가 볼티모어를 지나 북쪽으로 달릴 무렵에는 모든 걸 때려치워 버렸다. 아무 해답도 얻을 수가 없었다. 게다가 나를 괴롭히는 다른 의문점도 있었다. 수잔 마크는 어디로 가고 있었을까? 그녀는 남쪽에서 뉴욕으로 자동차를 몰고 와 중간에 차를 주차시킨 다음 최종 목적지까지 지하철로 이동하려 했다. 전술적으로도 매우 현명한 판단이다. 어차피 그 외에 달리 선택할 길도 없었을 테지만. 자동차 안에서는 겨울옷을 입을 수가 없다. 너무 더우니까. 수잔 마크는 검은 재킷을 뒷좌석이나 트렁크에 넣어두었을 것이다. 가방과 총도 마찬가지. 그래야 사람들의 눈을 쉽게 피할 수 있다. 따라서 그녀는 차를 주차하고, 차에서 내린 다음, 조용하고 원래의 목적지에서 멀찍이 떨어진 곳에서 앞으로 치룰 전투에 대해 미리 만반의 준비를 갖추려 했을 것이다.

그러나 그리 멀리 떨어진 곳은 아니었으리라. 이미 약속에 늦어 있었기 때문이다. 그것도 아주 많이. 그러므로 그녀가 업타운으로 향하고 있었다면 미드타운에 자동차를 주차했을 것이다. 소호. 그런 다음 내가 지하철에 타기 한 정거장 전인 스프링 가에서 지하철을 탔을 것이다. 그녀는 33번가에서도 자리에서 일어날 생각을 하지 않았다. 그리고 그 일이 일어났다. 만약 아무 일도 없었더라면 수잔 마크는 그랜드센트럴을 지나 51번가에서 내렸을 것이다. 59번가였을 수도 있다. 그러나 그 이상은 아니다. 68번가는 너무 멀고 어퍼이스트사이드에 가깝다. 그곳은 전혀 다른 지역이다. 수잔의 목적지가 그쪽이었다면 그녀는 홀랜드 터널이 아니라 링컨 터널을 이용했을 테고 주차도 좀 더 북쪽에 했을 것이다. 시간이 촉박했으니 그럴 수밖에 없다. 따라서 59번가 역이 그녀의 한계치다. 하지만 어디를 향하고 있었던 간에, 나는 그녀가 목적지보다 약간 더 갔다가 다시 되돌아올 예정이었으리라 생각한다. 대수롭지 않은 아마추어 심리학이다. 남쪽에서 접근해 목적지를 지나친 다음, 적들이 반대쪽만을 바라보고 있길 바라며 북쪽에서 접근한다. 그들의 등 뒤로 살금살금 다가가는 것이다.

나는 머릿속에 사각형을 그렸다. 52번가에서 59번가까지, 그리고 5

번로에서 3번로까지. 도합 68개의 블록들. 그 안에 뭐가 있지?

  8백만 개에 달하는 온갖 것들.

  필라델피아에 도착할 때쯤 나는 사각형 안에 있을 것들을 세는 걸 포기했다. 통로 건너편에 앉아 있는 여자에게서 눈을 뗄 수가 없었기 때문이다. 나이는 20대 중반 남짓, 넋이 홀딱 나갈 정도로 미인이다. 모델이나 배우일지도 모른다. 아니면 그저 끝내주게 생긴 변호사나 로비스트일 지도 모른다. 서던캘리포니아 대학 출신 풋볼선수라면 죽여주게 화끈한 계집이라고 부르겠지. 순간 피터 몰리나가 떠올랐다. 가치 없는 정보를 위해 아들을 인질로 협박할 전문가는 없다.

  우리 두목이 부하들을 많이 데리고 왔소. 뉴욕 시에 들어갈 수 있는 대중교통 관문은 도합 여섯 개다. 뉴워크 공항, 라구아디아 공항, JFK 공항과 펜 역, 그랜드센트럴 터미널, 그리고 항만국 버스 터미널이다. 뉴워크에는 세 개의 터미널이 있고 라구아디아에는 터미널 세 개와 정기왕복선 터미널이 있다. JKF 공항의 터미널은 여덟 개다. 펜 역은 크고, 그랜드센트럴은 거대하다. 그리고 항만국 터미널은 조그만 토끼장처럼 좁고 바글바글하다. 이곳들을 모두 감시하려면 감시인원이 최소한 40명은 필요하다. 24시간을 풀로 감시하려면 80명 이상이 필요하다. 80명이면 부하들이 아니라 군대에 가깝다. 그래서 나는 기차에서 내리며 평보소다 특별히 신경 써서 주위를 살피지는 않았다.

  다행스럽게도, 평소대로만으로도 충분했다.

27

 감시요원을 발견했다. 그는 펜 역의 중앙 홀 한가운데 있는 기둥에 기대서 있었다. 임무를 너무 오랫동안 수행하느라 몸이 굳었는지 움직임이 굼뜨고 무기력해 보였다. 그는 석상처럼 꿈쩍도 하지 않고 사람들을 쳐다보고 있었다. 그의 주위로 역 전체가 바쁘고 활기차게 움직였다. 마치 거센 강물이 강 한가운데 박힌 바위 주위를 휘감아 흐르듯이 말이다. 휴대전화를 쥔 손이 허벅지 근처에서 대롱거렸다. 폴더형 전화기의 플립은 열려 있었다. 키는 컸지만 호리호리했다. 꽤 젊어 보였다. 기껏해야 30세가량. 그다지 인상적인 스타일은 아니었다. 피부는 창백했고, 머리는 면도날로 밀었지만 붉은색 머리카락이 삐쭉삐쭉 돋아 있었다. 그리 대단한 놈은 아니었다. 양복쟁이들보다는 험악해 뵈지만 차이가 그리 많이 나는 것도 아니다. 꽃무늬가 흩어진 셔츠를 입고 그 위에는 짧고 몸에 딱 달라붙는 가죽 재킷을 걸쳤다. 아마 갈색이겠지만 조명 탓에 야시시한 주황색으로 보였다. 남자는 지치다 못해 지겹다는 표정으로 역 안으로 들어오는 사람들을 바라보고 있었다.
 중앙 홀은 인파로 가득했다. 나는 천천히, 그 물결의 가장자리를 따라 이동했다. 나는 사람들의 파도에 휩쓸려 떠내려가고 있었다. 감시자는 내 왼쪽 앞, 약 10미터쯤 떨어진 곳에 있었다. 그는 시선을 한곳에 고정시킨 채 사람들이 자신의 사위 안으로 들어오길 기다렸다. 내가 그의 시야에 들어가기까지 3미터. 공항에서 금속탐지기를 통과하는 기분이다.

내가 걸음을 약간 늦추자 뒤따라오던 사람이 내 등에 부딪쳤다. 나는 재빨리 뒤를 확인했다. 어쩌면 놈들이 2인조로 움직이며 나를 마크하고 있을지도 모른다. 하지만 그건 기우였다. 내 뒤에 있는 사람은 SUV만큼 커다란 유모차를 밀고 있는 여자였다. 유모차 안에는 두 명의 갓난아기가 누워 있었다. 쌍둥이인 모양이다. 뉴욕에는 쌍둥이가 많다. 많은 여자들이 나이가 꽤 많이 들어 결혼하기 때문에 많은 부부가 인공수정을 시도한다. 유모차 안의 쌍둥이는 둘 다 자지러지게 울고 있었다. 밤늦은 시간이라 피곤해져서인지, 아니면 주위를 둘러싼 사람 다리들의 숲이 낯설고 혼란스러워서인지도 모른다. 아이들의 울음소리는 곧 역 안의 소음들 사이에 묻혀 버렸다. 중앙 홀에는 타일이 깔려 있어 온갖 소리가 반사된다.

왼쪽으로 2미터 움직였다. 인파를 타고 감시자의 시계(視界) 중앙을 가로질렀다. 그의 눈은 밝은 푸른색이었고 피로에 찌들어 있다. 처음에 그는 아무런 반응도 보이지 않았다. 그러나 1초 뒤, 그의 눈이 휘둥그레지더니 전화기를 들어올리고 버튼을 눌렀다. 액정에 불이 들어왔다. 그는 액정을 뚫어져라 쳐다보았다. 그런 다음 나를 바라보았다. 그의 입이 놀라 벌어졌다. 이제 거리는 1미터.

그리고 다음 순간, 그는 기절해 버렸다. 나는 황급히 사람들을 헤치고 다가가 그의 몸을 받치고 바닥에 조심스럽게 눕혔다. 갑작스럽게 발생한 응급 사태, 아무런 보상도 바라지 않고 아픈 사람을 돕는 착한 사마리아인. 최소한 다른 사람들의 눈에는 그렇게 비쳤을 것이다. 그러나 사람들은 언제나 보고 싶은 것만을 보기 마련이다. 만일 목격자들이 그 짧은 장면을 머릿속에서 슬로모션으로 돌려보며 자세히 뜯어 본다면 그 남자가 바닥에 쓰러지기 직전 내가 재빨리 앞으로 돌진했다는 것을 알게 될 것이다. 어쩌면 내 오른손이 그의 옷깃을 잡아채는 것도 볼 수 있었을지 모르겠다. 그리고 눈 깜짝할 사이 내 왼쪽 주먹이 그의 명치를 깊숙이 내리지른다. 두 개의 몸뚱이가 너무 바싹 다가붙어 있어 눈치 채기 힘든, 조용하고 은밀한 일격.

사람들은 자기가 보고 싶은 것만을 본다. 언제나 그랬고 언제나 그럴 것이다. 나는 착한 모범 시민답게 나를 감시하던 남자의 옆에 쪼그리고 앉았다. 유모차를 끌던 여자가 내 뒤로 다가와 기웃거렸고, 몇 초도 지나지 않아 걱정스러운 얼굴들이 몰려들기 시작했다. 누가 뉴욕을 무관심하기로 악명 높은 도시라고 비난했던가. 사람들은 보통 언제나 친절하고 연민이 흘러넘친다. 한 여자가 내 옆에 앉았다. 다른 사람들은 동그랗게 주위를 둘러싸고 그를 내려다보고 있었다. 사람들의 신발과 다리가 보였다. 가죽 재킷을 입은 사내는 바닥에 드러누워, 가슴에 경련을 일으키며 숨을 쉬기 위해 안간힘을 쓰고 있었다. 명치를 제대로 세게 내리치면 이렇게 된다. 심장마비 및 다른 수많은 이름 모를 발작들과 똑같은 증세다.

내 옆의 여자가 물었다.

"왜 저러는 거죠?"

내가 말했다.

"모르겠습니다. 갑자기 쓰러졌어요. 눈도 뒤집혔고요."

"구급차를 불러야 하지 않아요?"

내가 대답했다

"내 전화기를 못 찾겠어요."

여자가 황급히 핸드백을 뒤지기 시작했다.

내가 말했다.

"잠깐만요. 어쩌면 지병이 있는지도 몰라요. 그 뭐냐, 카드 같은 게 없나 먼저 뒤져 보죠."

"지병이요?"

"심장마비 말입니다. 아니면 간질 같은 발작증이라든가."

"무슨 카드요?"

"병이 있는 사람들이 가지고 다니는 거 있잖습니까. 갑자기 발작 같은 걸 일으키면 어떻게 해야 하는지 처치 사항 같은 게 적혀 있죠. 아, 그리고 혀를 깨물지 않도록 막아야 합니다. 약을 가지고 있을지도 모르겠군요. 주머니를 뒤져보십시오."

여자는 손을 내밀어 남자의 재킷 주머니를 뒤졌다. 그녀의 손은 작았다. 긴 손가락에는 무수히 많은 반지가 끼워져 있었다. 남자의 바깥쪽 호주머니는 텅 비어 있었다. 여자는 재킷을 뒤집어 안주머니를 살폈다. 나는 여자가 주머니를 뒤지는 모습을 신중하게 지켜보았다. 남자는 이제까지 내가 한 번도 본 적 없는 종류의 셔츠를 입고 있었다. 아크릴 섬유로 만들어진 천에는 파스텔 톤의 꽃무늬들이 흩뿌려져 있었다. 재킷은 싸구려에 뻣뻣했고 안감은 나일론이었다. 재킷 안쪽에 붙은 라벨은 상당히 현란했고 그 위에는 키릴 문자가 적혀 있었다.

재킷의 속주머니는 비어 있었다.

"바지를 뒤져봐요."

내가 말했다.

"서두르십쇼."

여자가 말했다.

"못하겠어요."

그러자 옆에 서 있던 대기업 중역풍의 남자가 쭈그리고 앉아 남자의 바지 앞주머니에 손가락을 쑤셔넣었다. 아무것도 없었다. 그는 주머니를 이용해 누워 있는 남자를 한쪽 방향으로 눕혔다가 다시 반대쪽으로 굴려 뒷주머니를 뒤졌다. 역시 아무것도 없었다.

아무것도 지니고 있지 않다. 지갑도, 신분증도, 아무것도.

"좋아요. 아무래도 구급차를 불러야겠군요."

내가 말했다.

"누구 내 전화기 본 사람 없습니까?"

여자가 주변을 둘러보더니 쓰러진 남자의 팔 아래를 더듬거린 후에 휴대전화를 들고 일어났다. 플립이 열려 액정이 드러나 있었다. 그리고 거기에는 내 사진이 크고 선명하게 떠 있었다. 내가 생각했던 것보다 훨씬 뚜렷하고 알아보기 쉬웠다. 라디오색 점원이 보여준 것보다 훨씬 좋아 보였다. 여자가 사진을 힐끔거렸다. 나는 사람들이 휴대전화 화면에 사진을 깔아둔다는 걸 안다. 본 적이 있으니까. 배우자, 강아지, 고양이, 자식들. 마치 홈페이지에 바탕화면을 깔듯이. 어쩌면 그 여자는 나를 휴대전화에 자기 사진을 넣어두는 엄청난 나르시시스트로 여길지 모른다. 어쨌든 그녀는 내게 전화기를 건네주었다. 남자의 호주머니를 뒤지던 중역이 벌써 전화로 구급차를 부르고 있었다. 나는 뒤로 물러나며 말했다.

"가서 경찰을 불러오죠."

나는 주위를 둘러싼 사람들을 헤치고 빠져나갔다. 역을 가로질러, 출입구를 지나, 밖으로, 그리고 어둠 속으로 사라졌다.

28

 이제 나는 세상에서 유일하게 휴대전화가 없는 사람이 아니다. 나는 잠시도 걸음을 늦추지 않고 곧장 세 블록을 지나 7번로에 이르러서야 후덥지근한 어둠 속에서 발을 멈추고 방금 손에 넣은 전리품을 살펴보았다. 전화기는 모토로라 제품이었다. 회색 플라스틱 외장은 어떻게 처리했는지 금속처럼 반질거렸다. 메뉴를 뒤져보았지만 내 사진 외에는 아무것도 저장되어 있지 않았다. 제법 잘 찍은 사진이었다. 8번로 서쪽 인도, 밝은 아침 햇살 속에서 뒤에서 불리는 내 이름을 듣고 반쯤 몸을 돌리고 쳐다보는 모습이었다. 머리끝에서 발끝까지 선명하고 뚜렷하다. 카메라 해상도가 높은 전화기였나 보다. 사진에는 내 특징이 고스란히 드러나 있었다. 잠이 부족한 상태였다는 점까지 감안하면 정말 잘 나온 사진이었다. 배경에 자동차와 십수 명의 행인들이 나와 있어 상대적인 크기를 짐작하기에도 용이했다. 경찰서에서 용의자 사진을 찍을 때 벽에 붙이는 눈금자처럼 말이다. 내 몸가짐과 자세는 내가 아침마다 거울 속에서 보는 것과 똑같았다. 이 정도면 누구든 나를 알아볼 수 있을 것이다.
 이제 옴짝달싹할 길 없이 그들에게 찍힌 몸이다. 문자 그대로.
 나는 최근기록 메뉴에 들어가 발신통화 목록을 뒤져보았다. 아무것도 없었다. 수신통화 목록을 찾았다. 세 개. 지난 세 시간 동안 모두 같은 번호에서 걸려온 것이었다. 주기적으로 모든 정보를 삭제하라는 지시를 받았을 것이다. 어쩌면 통화를 할 때마다 일 수도 있다. 그러다 세 시간쯤 전에 상태가 해이해졌겠지. 이는 감시요원의 행동 및 반응 시간 패턴과도 일치한다. 수신통화 목록에 기록된 전화번호는 연락책 또는 감시요원의 담당요원일 것이다. 물론 두목 자신일 수도 있다. 이게 휴대전화 번호라면 도움이 안 된다. 전혀 도움이 되지 않는다. 휴대전화는 어디든 들고 갈 수 있기 때문이다. 전화번호를 알아내봤자 아무런 쓸모도 없다.

그러나 이것은 휴대전화 번호가 아니다. 212 국번.

맨해튼의 유선번호다.

다시 말해 내가 찾아갈 수 있는 장소가 존재한다는 의미다. 그게 바로 유선전화의 목적이니까.

전화번호를 추적하는 가장 좋은 방법은 당신이 먹이사슬의 어디에 위치해 있느냐에 달려 있다. 경찰과 사설조사원들은 역추적이 가능하다. 번호를 알아내면 이름을 찾고 주소를 알아낸다. FBI는 넓고 방대한 데이터베이스를 보유하고 있다. 경찰과 비슷한 방식을 사용하지만 훨씬 비싸다. CIA? CIA는 전화 회사를 소유하고 있다.

그렇지만 내게는 아무것도 없다. 따라서 매우 단순하고 조잡한 방법을 선택해야 한다.

전화를 걸어 누가 받는지 확인하는 것이다.

나는 초록색 버튼을 눌렀다. 전화기가 나를 대신해 전화를 걸기 시작했다. 신호음이 울리기 시작했다. 순식간에 신호음이 사라지고 여자의 목소리가 대답했다.

"포시즌입니다. 무엇을 도와드릴까요?"

"호텔 말이오?"

"네. 어느 분께 연결해드릴까요?"

내가 말했다.

"죄송합니다. 잘못 건 것 같군요."

나는 전화를 끊었다.

포시즌 호텔. 본 적은 있지만 묵어본 적은 없다. 내 주머니 사정에 조금 벅찬 곳이기 때문이다. 포시즌은 75번가와 매디슨애비뉴, 파크애비뉴 사이에 있다. 내가 지도에 그린 68블록짜리 사각형 안쪽, 중앙에서 약간 서쪽과 상당히 북쪽에 치우친 위치다. 그러나 6호선을 타고 59번가에서 내리면 코앞이다. 수백 개의 객실들, 수백 개의 전화번호. 그러나 모든 전화는 중앙교환대를 거친다. 어떤 방에서 전화를 걸든 휴대전화기에 찍히는 번호는 하나뿐이다.

단서를 찾긴 찾았지만 별로 쓸모는 없군.

나는 잠시 생각에 잠겼다가 조심스레 주위를 둘러보고 방향을 바꿔 14번 관서를 향해 걷기 시작했다.

뉴욕 경찰들이 밤 근무를 몇 시부터 시작하는지는 모른다. 그러나 한 시간쯤 기다리면 테레사 리를 만날 수 있으리라. 나는 아래층 로비에서 그녀를 기다릴 생각이었다. 그러나 예상하지 못한 일이 나를 기다리고 있었다. 제이콥 마크가 나보다 앞서 와 있었던 것이다. 그는 벽에 기대서 있는 1인용 의자에 앉아 손가락으로 무릎을 초조하게 두드리고 있었다. 그는 무뚝뚝한 얼굴로 나를 올려다보며 말했다.

"피터가 연습 시간에 나타나지 않았습니다."

29

　제이콥 마크는 5분 동안 숨도 쉬지 않고 속사포처럼 말을 쏟아냈다. 불안한 사람들 특유의 횡설수설이 끊임없이 이어졌다. 그는 대학 풋볼 팀이 피터를 네 시간 동안이나 기다리다 결국 피터의 부친에게 전화를 걸었고, 그가 다시 자신에게 전화를 걸었다고 말했다. 그는 전액 장학금을 받는 대학 4년생 스타 선수가 연습에 빠지는 것은 도저히 있을 수 없는 일이라고 말했다. 운동부 선수들은 하늘이 두 쪽으로 갈라지는 한이 있더라도 반드시 연습에 참가한다고 한다. 지진이 일어나든 폭동이 일어나든 전쟁이 발발하든 가족 중 누가 사망하든 심지어 자기가 불치병에 걸릴지라도 연습을 빠트리는 학생은 없다. 그것은 풋볼이 얼마나 중요한 것인가를 세상에 강조하는 방증이자 선수들이 대학에 얼마나 중요한 존재인지를 암시하는 그들만의 방식이다. 대부분의 사람들은 운동선수들을 존중하지만 어떤 이들은 그들을 경멸하기 때문이다. 다수의 이상에 충실하고 소수의 의견을 바꾸기 위해, 운동부 선수들은 이런 암묵적인 약속을 통해 똘똘 뭉쳐 있다. 사내자식들의 노골적인 과시욕도 한몫한다. 연습에 빠지는 것은 소방관이 비상소집을 거부하는 것과 같고, 데드볼을 맞은 타자가 팔을 문지르며 고통스러워하는 것과 같으며, 총잡이가 결투를 무시하고 술집에 엉덩이를 붙이고 앉아 있는 것이나 다름없다. 듣도 보도 못한 일이다. 상상조차 할 수 없는 일이다. 숙취, 골절, 근육파열, 타박상, 무엇이든 상관없다. 운동선수라면 반드시 운동장에 나타나야 한다. 게다가 피터는 프로 미식축구 리그에 입단할 계획이고, 요즘에는 점점 더 많은 프로팀이 선수의 인성을 요한다. 너무나도 자주 데었기 때문이다. 그러므로 연습에 빠진다는 것은 미래의 밥줄을 쓰레기통에 차 넣는 것을 의미한다. 있을 수 없는 일이다. 이해할 수 없는 일이다.

나는 제이크의 하소연을 한 귀로 흘려보내며 시간을 계산해보았다. 수잔 마크가 최종 시한을 지키지 못한 지 거의 48시간이 지났다. 그렇다면 왜 피터의 시신은 아직까지 발견되지 않은 것일까?

그때 테레사 리가 새로운 소식을 가지고 나타났다.

그러나 리는 우선 제이콥 마크를 처리해야 했다. 그녀는 우리를 2층에 있는 경찰관 집합소로 데려가, 제이콥의 사정을 듣더니 물었다.

"실종 신고는 했나요?"

제이크가 말했다.

"지금 당장 하고 싶습니다."

"그건 안 돼요."

리가 말했다.

"최소한 나한테는 말이죠. 피터는 LA에서 실종되었잖아요, 뉴욕이 아니라."

"수잔은 여기서 죽었잖습니까."

"여기서 자살을 한 거죠."

"서던캘리포니아 대학에서는 실종자 신고를 받지 않아요. LA 경찰은 이 일을 심각하게 생각하지도 않고요. 내 말을 듣는 척도 안 한단 말입니다.

"피터는 스물두 살이에요. 어린애가 아니잖아요."

"벌써 닷새째나 소식이 없는데요?"

"기간은 중요하지 않아요. 피터는 집에 살지도 않잖아요. 그리고 그 애가 실종된 게 맞긴 하나요? 이게 피터의 일상적인 생활 패턴일지도 모르잖아요. 평소에도 식구들과 별로 연락을 자주 하는 편이 아닌 것 같던데요."

"이건 다릅니다."

"저지에서는 이런 일을 어떻게 처리하죠?"

제이크는 입을 다물었다.

리가 말했다.

"피터는 성인이에요. 이게 피터가 비행기를 타고 여행을 떠난 것과 뭐가 다르죠? 게다가 친구들이 공항까지 따라가서 배웅한 거나 마찬가지잖아요. 나로서는 LA 경찰의 태도가 이해가 가는군요."

"그렇지만 풋볼 연습에 나타나지 않았다잖습니까. 그 애가 그럴 리가 없단 말입니다."

"하지만 분명히 그런 것 같네요."

"수잔은 협박을 받고 있었어요."

제이크가 말했다.

"누구한테요?"

제이크가 나를 쳐다보았다.

"말 좀 해주십시오, 리처."

내가 말했다.

"그녀의 직업과 관계가 있는 것 같소. 그녀에게는 약점이 있었고. 그 외에는 설명할 길이 없소. 난 아들의 신변이 위험하다고 보오."

"좋아요."

리가 말했다. 그녀는 파트너 도허티를 찾아 집합실을 두리번거렸다. 그는 반대쪽에 있는 두 개짜리 책상에서 일을 하고 있었다. 리가 제이크를 바라보며 말했다.

"도허티한테 가서 실종 신고를 하세요. 뭘 알고 있는지, 본인이 뭘 알고 있다고 생각하는지 모조리 다 털어놓고요."

제이크가 고맙다는 듯 고개를 끄덕이더니 도허티를 향해 걸어갔다. 나는 그가 멀어질 때까지 기다렸다가 말했다.

"이제 사건을 다시 조사할 거요?"

"아뇨. 사건은 종결됐어요. 다시 조사할 생각도 없고요. 왜냐하면 걱정할 필요가 없으니까요. 하지만 같은 경찰이니까 최대한 존중해줘야죠. 그리고 한 시간 정도 저 분을 떼어놓고 싶어서요."

"어째서 걱정할 필요가 없다는 거요?"

그녀는 자신이 알고 있는 소식을 말해주었다.

"수잔 마크가 누구를 만나러 가는 길이었는지 알아냈어요."

"어떻게 말이오?"

"실종자 신고가 들어왔거든요. 수잔이 누군가를 도와 뭔가를 조사하고 있었던 것 같아요. 수잔이 나타나지 않자 그 사람이 실종 신고를 하러 왔더군요."

"무슨 종류의 조사였소?"

"개인적인 내용 같던데요. 내가 직접 들은 게 아니라서요. 주간 근무

조 친구들이 이야기하는 걸 들었는데 별로 이상한 점은 없었어요. 그리고 그 사람이 결백하지 않다면 왜 굳이 경찰서까지 와서 신고를 하겠어요?"

"그런데 제이콥 마크는 그 사실을 알면 안 된다는 거요?"

"좀 더 자세히 조사를 해봐야 하니까요. 그리고 마크 씨가 없는 편이 수사하기도 편하고요. 희생자의 가족이잖아요. 감정적으로 너무 깊이 연루되어 있죠. 그 사람을 만나면 소리를 지르며 윽박지를지도 몰라요. 나도 이런 일을 한두 번 해본 게 아니라고요."

"그래서 그 사람이 누구요?"

"수잔의 도움을 받아서 개인적인 일을 조사하러 뉴욕에 잠깐 들른 외국인이요."

"잠깐만."

나는 그녀의 말을 가로막았다.

"뉴욕에 잠깐 들렀다고? 그 사람이 호텔에 묵고 있소?"

"네."

"포시즌 호텔?"

"네."

"그 사람 이름이 뭐요?"

"여자예요."

리가 말했다.

"라일라 호스라고 하더군요."

30

밤늦은 시간이었지만 리는 아랑곳하지 않고 전화를 걸었고, 라일라 호스는 조금의 망설임도 없이 지금 당장 포시즌에서 만나자고 했다. 우리는 리의 위장용 경찰차를 몰고 호텔로 향했다. 호텔 앞 짐 싣는 공간에 자동차를 주차하고 들어갔다. 로비는 근사했다. 회색 사암과 황동, 황갈색 벽과 금빛 대리석은 휘황찬란했고, 아련한 친근감과 눈부신 모더니즘의 중간쯤 되는 분위기를 풍겼다. 리가 안내 데스크에서 배지를 보여주자 직원이 위층에 전화를 걸더니 엘리베이터를 가리켰다. 우리는 엘리베이터를 타고 상당히 높은 층까지 올라갔다. 직원이 우리를 대하는 폼을 보건대 라일라 호스가 머무르고 있는 방은 이 호텔에서 가장 작거나 싸구려는 아닌 모양이었다.

라일라 호스는 스위트룸에 묵고 있었다. 노스캐롤라이나에서 샌섬이 묵고 있던 호텔 방처럼 커다란 더블도어가 달려 있었다. 문 앞에 경찰은 없었다. 적막하고 텅 빈 복도뿐. 복도 여기저기 빈 룸서비스 쟁반과 카트가 놓여 있었고 몇몇 방문 손잡이에는 "방해하지 마시오"라는 팻말이나 아침 식사 메뉴 주문이 걸려 있었다. 테레사 리가 걸음을 멈추더니 문에 적힌 호수를 확인하고 노크를 했다. 한참 동안 아무 일도 일어나지 않았다. 그러다 오른쪽 문이 빠끔히 열리더니 한 여자가 문 안쪽에서 모습을 드러냈다. 여자의 등 뒤로 잔잔한 노란색 조명이 새어나왔다. 여자는 60세를 훌쩍 넘긴 듯 보였다. 키는 작고 똥똥했으며, 철회색 머리카락은 뭉뚝하고 평범하게 잘려 있었다. 주름이 자글자글하고 눈꺼풀이 반쯤 감긴 검은 눈동자. 살집이 많고 석판처럼 새하얀 얼굴은 차갑고 음침했다. 속내를 알 수 없는 싸늘한 표정. 두꺼운 합성섬유로 만든 끔찍한 갈색 실내복을 입고 있었다.

리가 물었다.

"호스 씨?"

여자는 고개를 꾸벅 숙이고 눈을 끔벅이며 미안하다는 뜻으로 해석될 만한 소리를 내며 두 손을 휘저었다. 알아들을 수 없다는 의미의 전 세계 공통의 몸짓 언어였다.

"영어를 못하나 보군."

내가 말했다.

"15분 전까지는 유창하던데요."

리가 말했다.

여자의 등 뒤에서 비치는 불빛의 근원은 방 깊숙한 곳에 놓여 있는 탁상 램프였다. 조명이 순간 어두워지더니 두 번째 그림자가 나타나 우리를 향해 다가오기 시작했다. 또 다른 여자였다. 하지만 이번에는 훨씬 젊었다. 나이는 스물다섯에서 스물여섯 정도. 우아한 움직임. 보기 드문 이국적 분위기를 갖춘 매우, 매우 아름다운 여자였다. 모델이라고 해도 손색이 없어 보였다. 그녀는 수줍은 듯 미소 띤 얼굴로 말했다.

"15분 전에 영어로 통화한 사람은 저예요. 제가 라일라 호스랍니다. 이 분은 제 어머니고요."

그녀는 허리를 굽히고 나이 든 여인의 귀에 대고 재빨리 외국어로 뭐라 속삭였다. 동유럽 쪽 언어 같았다. 상황을 설명하는 것이리라. 노파의 얼굴이 금세 밝아지더니 빙그레 웃음을 띠었다. 우리는 통성명을 했다. 라일라 호스의 어머니의 이름은 스베틀라나 호스였다. 우리는 정중하게 악수를 교환했다. 한쪽에 두 명씩, 서로 맞은편 사람의 손을 맞잡아 흔들고, 다시 엑스 자 모양으로 팔을 교차하여 흔들었다. 라일라 호스는 눈이 번쩍 뜨일 정도로 굉장한 미인이었다. 그리고 무척 자연스러운 태도까지. 뉴욕으로 돌아오는 기차에서 본 여자가 초라할 지경이었다. 키는 컸지만 껑다리 같지는 않았고, 늘씬하지만 너무 마르지도 않았다. 해변에서 자란 듯 완벽하게 그을린 갈색 피부와 길고 탐스러운 검은 머리채. 화장은 전혀 하지 않았다. 그리고 사람을 빨아들이는 듯한 크고 푸른 눈동자. 이렇게 밝은 색의 푸른 눈동자는 생전 처음이었다. 마치 안에서 불이라도 밝히고 있는 것 같았다. 동작은 나긋나긋하고 불필요한 움직임도 없었다. 어떤 때는 젊고 발랄하고 통통 튀는 듯 굴었으며, 어떤 때에는 차분하고 침착한 성인 여성처럼 행동했다. 가끔은 자신이 얼마나 아름다운지 자각하지 못하는 양 솔직하게 행동했으며, 때로는 그 사실을 의식하는 듯 수줍어했다. 파리에서 산 듯한 수수한 칵테일 드레스는 자동차 한 대 값은 족히 나갈 것 같았다. 하지만 그녀에게 그런 옷은 필요하지 않았다. 낡고 찢어진 감자부대 쪼가리를 걸친다고 하더라도 그 미모를 감출 수는 없으리라.

우리는 라일라 호스를 따라 안으로 들어갔다. 그녀의 어머니가 우리의 뒤를 따랐다. 스위트룸은 세 개의 방으로 구성되어 있었다. 중앙에 있는 거실과 양쪽에 붙은 두 개의 침실. 거실에는 완벽한 가구 세트가 갖추어져 있었고 식탁에는 저녁 식사로 주문한 룸서비스의 자취가 남아 있었다. 거실 한쪽 구석에는 종이쇼핑백이 놓여 있었는데 두 개는 버그도프굿맨 백화점, 두 개는 티파니의 것이었다. 테레사 리가 배지를 꺼내 보여주자 라일라 호스는 거울 아래 놓인 장식장에서 여권 두 개를 꺼내 테레사 리에게 건넸다. 두 사람의 여권이었다. 그녀는 뉴욕시 공무원에게 당연히 신분증을 제시해야 한다고 생각했던 것이다. 여권은 둘 다 고동색으로, 앞표지에는 금박으로 독수리의 윤곽이 새겨져 있고 그 위쪽과 아래쪽에는 영어로 NACNOPT YKPAIHA라는 키릴문자가 박혀 있었다. 리는 여권을 넘겨본 다음 다시 장식장 위에 올려놓았다.

  우리는 의자에 앉았다. 스베틀라나 호스는 언어의 장벽에 가로막혀 멍한 눈으로 정면을 응시했다. 라일라 호스는 우리가 누군지 정확히 기억해두려는 양 리와 나를 신중하게 뜯어보았다. 관할서 형사, 그리고 지하철에서 사건을 목격한 목격자. 마침내 그녀의 시선이 내게 똑바로 와서 꽂혔다. 짐작컨대 내가 눈앞에서 자살 사건을 목격해 심각한 충격을 받은 게 아닌가 생각하는 것 같았다. 불평하는 게 아니다. 사실 나는 그녀에게서 한시도 눈을 뗄 수가 없었다.

  라일라 호스가 말했다.

  "수잔 마크에게 그런 일이 일어나다니, 진심으로 슬퍼요."

  그녀의 목소리는 낮았다. 문법은 정확했다. 그녀의 영어는 훌륭했다. 살짝 외국 억양이 섞여 있고 발음이 조금 딱딱하긴 했지만 그래도 훌륭한 편이었다. 마치 영국과 미국의 오래된 흑백영화를 보면서 영어를 배운 듯했다.

테레사 리는 대답하지 않았다.

내가 말했다.

"우리는 수잔 마크에게 무슨 일이 있었는지 모르오. 확실하게 드러난 사실 외에는."

라일라 호스는 고개를 끄덕였다. 정중하고 우아하게, 그리고 약간의 회한을 담아.

"제가 그녀와 어떤 관계인지 알고 싶은 거겠죠."

"그렇소."

"이야기가 좀 길어요. 하지만 먼저 지하철에서 일어난 일과는 아무 관련도 없다는 걸 말씀드려야겠네요."

테레사 리가 말했다.

"그럼 말씀해주시죠."

그래서 우리는 라일라 호스의 이야기를 듣기 시작했다. 그녀는 자신의 출생 배경에 관한 설명으로 이야기를 시작했다. 라일라 호스는 스물여섯 살이었다. 우크라이나 출신으로 열여덟 살에 러시아인과 결혼했는데 그녀의 남편은 모스크바에서 90년대식 사업을 운영했다. 무너져가는 국가로부터 석유 임대권과 석탄 및 우라늄 채굴권을 구입한 그는 곧 십억만장자가 되었고, 다음 목표는 백억만장자의 대열에 올라서는 것이었다. 그러나 성공하지 못했다. 관문을 통과하기란 쉬운 일이 아니었다. 모두가 거대한 포부를 안고 그 바닥에 뛰어들지만, 모두가 통과하기에 문은 너무 비좁았다. 그러다 1년 전 경쟁자 하나가 남편의 머리에 총알을 박았다. 나이트클럽 밖에서 일어난 일이었다. 시체는 눈에 덮인 채 다음날까지 길가에 방치되어 있었다. 그들의 메시지를 노골적으로 드러낸 채로. 모스크바다운 방식이었다. 과부가 된 라일라 호스는 메시지의 의미를 파악하고 재산을 현금으로 바꿔 어머니와 함께 런던으로 이주했다. 런던이 마음에 든 그녀는 그곳에 평생 뿌리를 내리기로 결심했다. 돈은 넘쳐났지만 할 일은 없었다.

라일라 호스가 말했다.

"돈 많은 젊은이가 할 수 있는 일은 부모에게 효도하는 것뿐이라는 말이 있죠. 유명 배우와 가수, 운동선수들이 하는 걸 보세요. 그리고 그건 우리 우크라이나의 정서와도 일치해요. 우리 아버지는 내가 태어나기도 전에 돌아가셨고, 그래서 내게는 어머니뿐이에요. 나는 어머니가 원하는 거라면 뭐든지 다 해드리겠다고 했어요. 집, 자동차, 여행, 크루즈. 하지만 어머니는 다 필요 없다고 하시더군요. 그냥 조그만 부탁 하나만 들어 달라고 하시면서요. 어머니가 옛날 옛적에 알던 사람이 지금 어디서 뭘 하는지 찾아 달라는 거였어요. 길고 험난한 시절이 끝나고 마침내 편안한 삶을 보내게 됐으니 마지막으로 당신께 가장 소중한 것을 찾고 싶어 하시는 것 같았어요."

내가 물었다.

"어떤 사람을 찾아 달라고 하셨소?"

"존이라는 이름의 미국 군인이에요. 우리가 아는 건 그게 다예요. 처음에 어머니는 그냥 아는 사람이라고 하셨어요. 그러더니 나중에는 특정한 곳에서 특정한 시간에 자기에게 무척 잘해준 사람이라고 하시더군요."

"언제, 어디서 말이오?"

"베를린에서, 1980년대 초반에요. 실은 아주 짧은 기간이었대요."

"너무 모호하군."

"내가 태어나기도 전이에요. 난 1983년생이거든요. 솔직히 난 그게 소용없는 짓일 거라고 생각했어요. 어머니가 나이가 드시더니 쓸데없는 고집만 늘었다고 생각했죠. 하지만 찾는 시늉을 한다고 해서 나쁠 건 없잖아요? 아, 걱정 마세요. 어머니는 지금 우리가 무슨 이야기를 하는지 못 알아들으시니까."

스베틀라나 호스가 히죽이면서 버릇처럼 고개를 끄덕였다.

내가 물었다.

"당신 모친은 그때 왜 베를린에 계셨던 거요?"

"소련의 붉은 군대에 계셨거든요."

딸이 대답했다.

"어디에?"

"보병 연대에요."

"무슨 일을 했소?"

"어머니는 군정치위원이셨어요. 연대마다 한 명씩 있었다고 하더군요. 아니, 사실은 서너 명씩 있었대요."

내가 물었다.

"그래서 그 미국인을 어떻게 찾을 작정이었소?"

"어머니는 존이라는 사람이 군인이었다고 하셨어요. 해군은 아니었고요. 일단 거기서부터 시작하기로 했죠. 그래서 런던에 있는 당신네 나라 국방부에 전화를 걸어서 그 사람을 찾으려면 어떻게 해야 하느냐고 물었어요. 여러 곳을 돌아가면서 몇 번이고 어머니 이야기를 설명했더니 나중에는 인적사령부로 연결해주더군요. 거기에 공보실이 있더라고요. 나와 통화한 사람이 내 이야기를 듣고 감명을 받았나 봐요. 근사한 이야기라고 하더라고요. 아마 자기네 홍보에 도움이 될 것 같았나 봐요. 사실 나도 잘 모르겠어요. 어쩌면 드디어 운이 따라준 걸지도 모르죠. 어쨌든 그 사람이 자기가 직접 알아보겠다고 하더군요. 난 속으로 그 사람이 시간낭비를 하고 있다고 비웃었어요. 존이라는 이름은 너무 흔하잖아요. 그리고 내가 알기로 미국 군인들은 대부분 다 독일에서 근무를 하고, 대부분 다 베를린에 들르니까요. 그래서 난 그게 완전히 백사장에서 모래알을 찾는 거나 마찬가지일 거라고 생각했어요. 그게 사실이기도 했고요. 그 다음에 내가 아는 거라곤 몇 주일 뒤에 수잔 마크라는 직원이 전화를 했다는 거예요. 그때 난 집에 없었는데, 메시지를 남겼더라고요. 수잔은 자기가 이 일을 맡게 되었다고 했어요. 존(John)이 사실은 조나단의 애칭일 수도 있다면서 그 경우에는 H가 없다고도 하더군요. 그래서 우리 어머니가 그 사람 이름을 서면으로 본 적이 있는지 알고 싶어 했어요. 나는 어머니에게 물어본 다음 수잔 마크에게 전화를 걸어 H가 있는 존이 맞다고 말해주었지요. 수잔과 이야기하는 건 무척 즐거웠어요. 그 뒤로 우린 자주 전화로 이야기를 나누게 되었어요. 그러다 거의 친구처럼 지내게 되었고요. 펜팔처럼요. 우린 편지를 쓴 게 아니라 전화를 했지만요. 수잔은 자기에 대해 많은 이야기를 해줬어요. 그녀는 외롭게 살아왔고, 내 생각에는 우리의 우정이 그녀의 삶을 어느 정도 밝고 즐겁게 만들어준 것 같았어요."

리가 물었다.

"그래서 어떻게 되었나요?"

"마침내 수잔에게서 새로운 소식이 있다는 연락을 받았어요. 어느 정도 1차 결론에 도달했다고 하더군요. 그래서 수잔에게 여기 뉴욕에서 만나자고 했어요. 우리 두 사람의 우정을 완성하기 위해서요. 만나서 저녁도 먹고 연극도 볼 생각이었죠. 우리 때문에 그렇게 열심히 힘써줬으니 고맙다는 표시를 하고 싶었거든요. 하지만 수잔은 오지 않았어요."

내가 물었다.

"그녀를 몇 시에 만나기로 했소?"

"저녁 10시쯤에요. 퇴근을 한 다음에 온다고 했죠."

"저녁을 먹고 연극을 보기에는 너무 늦은 시간인 것 같은데."

"수잔은 여기서 하룻밤 묵고 갈 예정이었어요. 방도 예약해둔걸요."

"당신은 언제 뉴욕에 도착했소?"

"사흘 전에요."

"어떻게?"

"런던에서 영국 항공을 탔죠."

내가 말했다.

"사설조사원들을 고용했더군."

라일라 호스가 고개를 끄덕였다.

"언제 그랬소?"

"뉴욕에 도착하기 전에요."

"이유는?"

"당연한 거 아닌가요?"

그녀가 말했다.

"그리고 가끔은 정말 유용하거든요."

"그 사람들을 어디서 고용했소?"

"광고를 봤어요. 모스크바 신문이랑 귀화한 러시아 사람들이 런던에서 보는 신문에서도요. 그 사람들한테도 좋은 조건이었죠. 우리한테는 그게 지위를 상징하는 것이기도 하고요. 해외에 경호원도 없이 돌아다니면 가난하고 초라해 보이잖아요. 그런 건 피하는 게 좋죠."

"그 사람들은 당신에게 부하들이 많다고 했소."

그녀는 놀란 듯 보였다.

"난 부하들 같은 건 없는데요. 그 사람들이 왜 그런 말을 했을까요? 이해가 안 돼요."

"그리고 그 부하들이 거칠고 무시무시한 놈들이라고도 했소."

그녀는 순간적으로 당황한 듯 보였다. 약간 불쾌한 것 같기도 했다. 그러더니 곧 이해했다는 표정이 떠올랐다. 상황 분석이 빠른 여자였다.

"즉석에서 그런 말이 떠올랐나 보네요. 그 말이 도움이 될 거라고 판단했나 보죠. 수잔이 오질 않아서 내가 그 사람들에게 수잔을 찾아오라고 했거든요. 돈을 주고 고용했으니 그 정도는 시킬 수 있잖아요. 게다가 어머니께서 이번 일에 기대가 크세요. 여기까지 힘들게 왔는데, 고지를 앞에 두고 빈손으로 돌아가고 싶지는 않았어요. 그래서 그 사람들에게 보너스를 주겠다고 했어요. 미국에서는 돈이 제일 효과적이니까요. 당신한테 겁을 주려고 그랬을 거예요. 그래야 보너스를 받을 수 있으니까. 당신에게서 정보를 얻어내고 싶었던 거죠."

나는 아무 말도 하지 않았다.

그녀의 얼굴에 뭔가 다른 것이 잽싸게 스치고 지나갔다. 새로운 사실을 깨달았다는 표정이었다.

"나한테 부하는 없어요. 그러니까 당신 말을 그대로 옮기자면요. 하지만 부리는 사람은 한 명 있어요. 레오니드라고, 전에 남편 밑에서 일하던 사람인데 다른 곳에 직장을 얻질 못했거든요. 조금 모자라는 데가 있어서요. 그래서 그 사람만은 계속 옆에 두고 있죠. 레오니드는 지금 펜 역에서 당신을 기다리고 있어요. 경찰에게서 목격자가 워싱턴에 갔다는 이야기를 들었거든요. 워싱턴이면 기차를 타고 갔을 거고, 그래서 돌아올 때도 기차를 타고 올 거라고 생각했어요. 뉴욕엔 어떻게 오셨어요?"

"기차로 왔소."

"레오니드가 당신을 못 봤나 보네요. 사진을 들고 갔는데. 당신을 보면 나한테 전화해 달라고 말을 전하기로 했었어요. 가엾어라. 아직도 거기서 기다리고 있으려나."

라일라 호스는 의자에서 일어나 전화가 놓여 있는 장식장으로 향했다. 나는 전술적 문제에 봉착했다. 레오니드의 전화기는 지금 내 주머니 안에 있다.

31

기본적으로는 나도 휴대전화를 어떻게 끄는지 알고 있다. 다른 사람들이 그러는 것을 본 적이 있거니와 몇 번은 직접 해보기도 했다. 대부분의 모델은 빨간 버튼을 2초 동안 길게 누르고 있으면 된다. 그러나 전화기는 내 주머니 안에 들어 있고 폴더를 열 만한 공간이 없다. 그리고 손가락만으로 빨간 버튼을 더듬어 찾기란 불가능하다. 지금 전화기를 주머니에서 꺼내 전원을 끈다면 의심만 살 뿐이다.

라일라 호스가 9번 버튼을 누르고 전화를 걸기 시작했다.

나는 주머니에 손을 집어넣어 엄지손가락 손톱으로 배터리를 분리시켰다. 그런 다음 다른 잡동사니들과 부딪치다 우연히 접속될 경우를 대비해 배터리를 옆으로 돌려놓았다.

라일라 호스는 한참 동안 기다리더니 한숨을 내쉬며 수화기를 내려놓았다.

"정말 구제불능이라니까."

그녀가 말했다.

"하지만 충성스러운 사람이에요."

내가 떠난 뒤 레오니드가 어떻게 되었을지 생각해봤다. 경찰, 응급요원. 세인트빈센트 병원 응급실로 실려갔을 확률이 크다. 신분증도 없고, 아마 영어도 못할 테고, 수많은 질문 세례를 받고 억류될 것이다. 그런 다음 업타운으로 돌아오겠지.

얼마나 오랫동안 억류될지는 알 수 없다.

얼마나 빨리 이곳으로 돌아올지도 알 수 없다.

내가 말했다.

"그 친구들이 존 샌섬의 이름을 언급했소."

라일라 호스가 다시 한숨을 내쉬더니 화가 난 듯 고개를 흔들었다.

"뉴욕에 도착했을 때 그 사람들에게 우리 이야기를 간단히 설명해줬죠. 우린 한동안 잘 지냈어요. 나나 그 사람들이나 이건 시간낭비라고 생각했고요. 그냥 어머니를 즐겁게 해주기 위한 일이라고 여겼죠. 그래서 자주 우스갯소리를 주고받았어요. 그러다 어느 날 누가 신문에서 샌섬에 관한 기사를 읽은 거예요. 그 사람이 그랬어요. 존이라는 전직 군인이 있고 나이대도 대충 맞는 것 같다고요. 그러면서 어쩌면 샌섬이 내가 찾는 사람일지도 모른다고 했죠. 며칠이 지나자 그건 우리끼리 통하는 농담이 됐어요. 한참 우리가 찾는 사람 이야기를 하다가 이러는 거죠. 그냥 존 샌섬에게 전화를 걸어 확인해보는 게 어때요? 물론 난 장난이었어요. 생각해봐요. 진짜로 그 사람일 가능성이 얼마나 되겠어요? 백만분의 1? 그리고 그 사람들도 웃자고 농담을 하는 거였고요. 진짜예요. 하지만 하도 그러다 보니 약간 진지해지는 것 같더라고요. 진짜로 샌섬이 그 사람이라면 엄청난 일이 될 테니까요. 샌섬은 미국에서 유명한 정치인이잖아요."

"엄청난 일이라니? 당신 어머니가 존이라는 남자와 무슨 관계인데 그렇소?"

스베틀라나 호스는 우리의 대화를 전혀 이해하지 못한 채 묵묵히 앉아 있었다. 라일라 호스가 다시 의자에 앉더니 말했다.

"어머니는 절대로 자세히 말씀해주지 않으세요. 함께 스파이 활동을 했다거나 그런 건 아니었을 거예요. 조국을 배신할 분이 아니거든요. 난 착한 딸은 아닐지 몰라도 현실주의자예요. 어머닌 이렇게 살아 계시잖아요. 한 번도 스파이로 의심을 받은 적이 없다는 뜻이죠. 그렇다고 어머니의 미국인 친구가 배신자도 아닐 거예요. 외국 간첩과 접선하는 건 KGB의 소관이지 군대가 할 일이 아니니까요. 전 어머니가 그 남자를 좋아했던 게 아닌가 싶어요. 사실 그보다는 개인적인 도움을 받았을 가능성이 크겠죠. 금전적으로든가 정치적으로든가. 다른 사람들 몰래 비밀로요. 아주 어렵던 시절이었으니까요. 그렇지만 분명히 연애감정이 얽혀 있을 거예요. 어머니는 그 사람이 어머니에게 아주 잘해줬다는 이야기밖에 안 해요. 그것 말고는 아무 말씀도 안 해주시더라고요."

"지금 물어보시오."

"지금까지 수백 번도 더 물어봤어요. 하지만 늘 비밀이라고 하시는걸요."

"그렇다면 당신은 샌섬이 문제의 그 사람이라고 생각하지 않는 거요?"

"그럼요. 당연하죠. 그건 그저 우리끼리 주고받는 농담이었다니까요. 물론 백만분의 1의 확률로 그 사람이 우리가 찾던 사람일 수도 있죠. 하지만 그렇다면 정말 신기한 일일 거예요. 안 그래요? 농담으로 하던 이야기가 진짜였다니 말이에요!"

나는 아무 말도 하지 않았다.

라일라 호스가 말했다.

"이젠 나도 물어봐도 되나요? 수잔 마크가 우리 어머니에게 가져다 주기로 한 걸 당신에게 줬나요?"

스베틀라나 호스가 다시 미소를 짓더니 고개를 끄덕였다. 나는 그녀가 '우리 어머니'라는 말만 얼핏 알아듣는 게 아닌가 하는 생각이 들었다. 자기 이름을 들으면 자동적으로 꼬리를 흔드는 강아지처럼.

내가 말했다.

"어째서 수잔 마크가 내게 그걸 줬다고 생각하는 거요?"

"내가 고용한 사람들이 그랬으니까요. 당신이 그 사람들한테 그녀가 당신한테 줬다고 말했다면서요. USB 메모리요. 그 사람이 나한테 그런 메시지를 보냈어요. 당신 사진도 전송해주고요. 그리곤 이 일을 그만두겠다고 하더군요. 왜 그랬는지 모르겠어요. 보수도 상당히 넉넉하게 주고 있었는데."

나는 주머니 속에 손을 넣어 분리된 전화기 부품들 사이에서 라디오색에서 산 메모리스틱을 찾았다. 손톱 끝에 부드러운 분홍색 케이스가 느껴졌다. 나는 메모리스틱을 꺼내 라일라 호스를 향해 내밀고는 그녀의 눈을 신중하게 관찰했다.

그녀는 고양이가 참새를 노리는 눈빛으로 그것을 응시했다.

라일라 호스가 물었다.

"그건가요?"

테레사 리가 꼼지락거리며 나를 쳐다보았다. 그녀의 표정은 이렇게 말하고 있었다. **당신이 말할 건가요, 아니면 내가 해요?**

라일라 호스가 눈치 채고 물었다.

"왜요? 무슨 일이에요?"

내가 말했다.

"불행히도, 당신 설명은 내가 본 것과 전혀 다르오. 수잔 마크는 지하철 안에서 겁에 질려 있었소. 그녀는 심각한 곤경에 처해 있었지. 반가운 친구를 만나 식사를 하고 연극을 보러 가는 사람처럼은 전혀 보이지 않았단 말이오."

라일라 호스가 말했다.

"처음부터 말했잖아요. 나도 그 이유를 모르겠다고."

나는 메모리스틱을 다시 주머니 속에 넣었다.

"짐을 갖고 있지도 않았소."

"왜 그랬는지는 나도 몰라요."

"그리고 자동차를 멀리 주차해두고 지하철로 갈아탔소. 이상한 일 아니오? 당신이 그녀를 위해 방을 예약했다면 분명 대리주차 문제도 해결해놨을 텐데 말이요."

"해결해요?"

"돈을 냈다는 뜻이오."

"네, 그럼요."

"그리고 수잔은 장전된 총을 갖고 있었소."

"수잔은 버지니아에 살았잖아요. 거기서는 의무적으로 그걸 소지해야 한다고 들었는데요."

"합법인 거요. 의무적인 게 아니라."

"그럼 저도 모르겠네요. 미안해요."

"그리고 수잔의 아들이 행방불명이오. 며칠 전에 술집에 갔다가 당신 또래의, 인상착의도 당신과 비슷한 여자와 함께 떠났다고 하오."

"행방불명?"

"사라졌다는 뜻이오."

"나하고 비슷한 사람이요?"

"죽여주게 화끈한 계집이라고 했소."

"그게 무슨 뜻인데요?"

"젊고 아름다운 여자라는 뜻이오."

"어디에 있는 술집이요?"

"LA."

"로스앤젤레스?"

"캘리포니아에 있는."

"나는 로스앤젤레스에 가본 적이 없어요. 내 평생 단 한 번도요. 내가 아는 곳은 뉴욕뿐이에요."

나는 아무 말도 하지 않았다.

라일라 호스가 말했다.

"이 방을 좀 둘러보세요. 난 3일 전에 관광비자로 뉴욕에 왔고, 호텔에 방을 세 개나 빌렸어요. 당신이 부하라고 부르는 사람들도 없고요. 그리고 캘리포니아에는 평생 단 한 번도 가본 적이 없어요."

나는 아무 말도 하지 않았다.

그녀가 말했다.

"외모란 주관적인 거죠. 세상에 젊은 여자가 나 하나만 있는 것도 아니잖아요. 지구에는 60억 명이 살아요. 그리고 당연히 그 중엔 젊은 사람들도 있고요. 세계 인구 중에 절반이 열다섯 살 미만이에요. 그러니까 최소한 30억 명은 열여섯 살 이상이겠네요. 인구분포곡선을 적용하면 그중 12퍼센트 정도가 20대 중반일 테고요. 그럼 몇 명이죠? 3억 6천만 명? 그리고 그중 절반이 여자니까…… 그러면 1억 8천만 명쯤 되나요? 만약에 백 명 중 한 명꼴로 여자들이 캘리포니아에 있는 술집에서 아름답다는 평가를 받는다면, 내가 수잔 마크의 아들과 무슨 관계가 있으니 차라리 존 샌섬이 우리 어머니의 친구일 가능성이 열 배나 더 높아요."

나는 고개를 끄덕였다. 숫자에 밝은 여자였다.

라일라 호스는 말을 이었다.

"아마 피터는 아무도 모르는 데서 그 여자랑 즐기고 있을 거예요. 네, 난 피터의 이름을 알아요. 사실 피터에 관한 거라면 모르는 게 없죠. 수잔이 다 말해줬거든요. 전화로요. 우린 서로 고민거리를 털어놓곤 했어요. 수잔은 아들을 싫어했어요. 거의 경멸하다시피 했죠. 피터는 수잔이 질색하는, 딱 그런 부류의 애였어요. 철도 없고 생각도 없는, 자기 잘난 줄만 아는 천박한 사내들 말이에요. 그 애는 수잔을 버리고 아버지한테 갔죠. 그 이유가 뭔지 아세요? 피터는 핏줄에 집착했거든요. 그리고 수잔은 입양되었고요. 그건 알고 있었나요? 피터는 자기 어머니가 사생아라고 생각했어요. 그래서 수잔을 싫어했죠. 난 수잔을 누구보다도 잘 알아요. 이야기를 많이 나누었으니까. 난 그녀의 이야기를 들어줬어요. 수잔은 외롭고 쓸쓸한 여자였죠. 난 그녀의 친구였고요. 수잔은 나와 만나길 손꼽아 기다리고 있었어요."

그때 테레사 리가 그만 가봐야 한다는 눈치를 보냈다. 나도 레오니드가 돌아오기 전에 자리를 뜨고 싶었다. 그래서 나는 더 이상 할 말도 없고 얻을 것도 없다는 듯 고개를 끄덕이며 어깨를 으쓱했다. 라일라 호스가 수잔 마크가 준 메모리스틱을 달라고 부탁했다. 나는 좋다고도 싫다고도 하지 않았다. 나는 아무 말도 하지 않았다. 우리는 다시 악수를 교환한 뒤 방을 나왔다. 등 뒤에서 문이 닫히고, 리와 나는 조용한 복도를 묵묵히 걸었다. 엘리베이터가 종소리를 내며 열렸다. 우리는 엘리베이터 벽에 걸린 거울을 통해 서로의 얼굴을 마주 봤다.

리가 말했다.

"어떤 것 같아요?"

"아름다운 여자요."

내가 말했다.

"내가 본 여자 중에 최고로 미인인 것 같소."

"그거 말고요."

"눈동자 색깔도 끝내주고."

"그것도 말고요."

"그리고 외로운 여자인 것 같소. 외롭고, 고독하고. 수잔에 관한 이야기는 실은 자기 자신에 관한 것일 수도 있소."

"그 여자가 한 이야기는 어때요?"

"외모가 출중한 사람들을 보면 저절로 신뢰가 가지 않소?"

"난 아니에요. 그리고 여자 따윈 잊어버려요. 30년만 있으면 저 여자도 자기 엄마처럼 될 텐데요, 뭘. 그건 그렇고, 당신은 저 이야기 믿어요?"

"당신은 어떻소?"

리가 고개를 끄덕였다.

"네, 난 믿어요. 저렇게 특이한 이야기는 금방 확인할 수 있거든요. 바보가 아닌 이상 저렇게 허점투성이 이야기를 늘어놓지는 않을 거예요. 가령, 군에 진짜로 홍보담당관이 있어요?"

"수백 명은 될 거요."

"그렇다면 호스 양과 통화를 한 장교를 찾아봐야겠군요. 런던에서 걸려온 전화를 추적할 수도 있고요. 경시청에 연락하면 될 거예요. 오, 런던 경시청이라니. 상상이 돼요? 내가 통화를 하는데 도허티가 끼어들면 이렇게 대꾸하는 거예요. 저리 꺼져, 이 친구야. 지금 런던 경시청이랑 이야기하고 있는 거 안 보여? 모든 형사들의 꿈이죠."

"NSA(국가안전보장국)에도 기록이 남아 있을 거요."

내가 말했다.

"국방부로 걸려오는 외국 전화는 정보부의 감시 대상이니 말이오."

"그리고 수잔 마크가 펜타곤에서 건 전화도 추적할 수 있고요. 라일라가 말한 대로 두 사람이 정말 자주 전화 통화를 했는지 쉽게 확인할 수 있을 거예요. 국제전화가 있었다면 모두 따로 기록해놨을 테니까요."

"그럼 뭘 망설이는 거요? 가서 확인해보시오."

"그럴 거예요. 그리고 라일라도 내가 자기 이야기를 확인할 수 있다는 걸 알 거예요. 똑똑한 여자 같으니까. 영국 항공과 국토안보부가 입국 기록을 보내줄 수도 있고, LA에 들른 적이 있다면 우리가 그걸 밝혀내리라는 것도 알 거예요. 제이콥 마크한테 물어보면 수잔이 정말 입양아인지도 확인할 수 있고요. 게다가 자기발로 경찰서에 찾아왔잖아요. 방금 나한테 여권도 보여줬고요. 이 정도면 용의자의 행동과는 정반대라고 할 수 있죠. 그 점에서 난 높은 점수를 줄래요."

나는 주머니에서 휴대전화를 꺼내 배터리를 끼웠다. 전원을 켜자 액정에 불이 들어왔다. 부재중 전화가 한 통 와 있었다. 10분 전에 라일라 호스가 호텔 방에서 건 전화다. 테레사 리가 전화기를 유심히 바라보고 있었다. 내가 말했다.

"레오니드 거요. 그놈에게서 빼앗았소."

"그 사람이 당신을 찾아냈어요?"

"내가 그 사람을 찾은 거요. 그래서 이 호텔을 알아낼 수 있었고."

"그 사람은 지금 어디 있는데요?"

"아마 성 빈센트 병원에서 걸어오는 길일 거요."

"혹시 두 사람 사이에 경찰한테는 말할 수 없는 일이 있었던 거예요?"

"그 친구가 갑자기 정신을 잃었소. 내가 지나가다 도와줬고. 그게 다요. 목격자들에게 물어보시오."

"됐어요. 양 떼에 늑대를 풀어놓는 격이지."

"라일라는 버지니아 주에서 의무적으로 총기를 소지해야 한다고 생각했소. 뉴욕에는 무장 강도들이 날뛴다고 여기고. 그런 이미지를 주입하는 환경에서 자라난 거요."

우리는 엘리베이터에서 내려 출입문을 향해 걷기 시작했다.

리가 물었다.

"만약에 이게 평범한 자살 사건이라면 어째서 연방요원들이 부리나케 달려온 걸까요?"

"라일라 호스의 이야기가 사실이라면 냉전 시절에 미군 병사가 붉은 군대의 정치위원과 알고 지냈다는 말이 되기 때문이오. 요원들은 그 두 사람의 관계에 정치적 의미가 없다는 걸 확실히 해두고 싶었던 거요. 인적사령부의 답변이 몇 주일씩 걸린 것도 그 때문이고. 어떻게 할 건지 결정하고 감시를 붙이느라 그렇게 늦어진 거요."

우리는 리의 자동차에 올라탔다. 리가 말했다.

"내 의견에 찬성하지 않는군요, 그렇죠?"

내가 말했다.

"호스 모녀는 이 일과 관련이 없을지 모르오. 그렇다고 칩시다. 하지만 분명 뭔가 수상쩍은 부분이 있소. 그것만은 확실해요. 그리고 수잔 마크가 그 시간에 바로 그 장소에 간 데에는 다른 이유가 있었소. 그 두 개가 우연히 맞아떨어졌다면 그야말로 기가 막힌 우연의 일치지."

"그런데요?"

"확률이 백만분의 1밖에 안 되는 일이 실제로 일어나는 걸 평생 몇 번이나 봤소?"

"한 번도 없어요."

"나도 마찬가지요. 하지만 이번에는 가능할지도 모른다는 생각이 드는군. 존 샌섬이 이 일과 관련이 있을 확률은 백만분의 1이오. 하지만 난 그가 어떤 형태로든 관련이 있다고 보오."

"왜요?"

"그 사람과 얘기를 나눴으니까."

"워싱턴에서요?"

"실은 노스캐롤라이나까지 쫓아갔었소."

"포기라는 걸 모르는 사람이군요, 당신."

"그 사람도 그렇게 말하더군. 난 샌섬에게 라일라 호스라는 이름을 아느냐고 물었소. 아니라고 하더군. 난 그때 그의 얼굴을 자세히 관찰하고 있었소. 그리고 그의 말을 믿었소. 하지만 동시에 거짓말을 하고 있다는 느낌을 받았지. 진실과 거짓을 동시에 말하고 있었던 거요."

"어떻게 그럴 수가 있죠?"

"어쩌면 샌섬은 호스라는 이름은 알지만 라일라는 처음 들었을지도 모르오. 그러니 엄밀히 말하자면 라일라 호스라는 이름은 들어본 적이 없는 거지. 하지만 스베틀라나 호스라는 이름은 알고 있을지 모르오. 어쩌면 아주 잘 알고 있을지도 모르고."

"그게 무슨 뜻이에요?"

"우리가 아는 것보다 훨씬 깊은 속사정이 있다는 이야기요. 만약 라일라 호스가 진실을 말하고 있는 거라면, 상당히 뜻밖의 결론에 도달할 수 있거든. 어째서 수잔 마크가 그 일에 그토록 열심이었겠소?"

"연민을 느껴서요."

"왜 하필 이런 일에 연민을 느꼈겠소?"

"모르겠는데요."

"왜냐하면 수잔은 입양아기 때문이오. 아마 사생아였겠지. 가끔은 자기 부모가 어떤 사람들인지 궁금해했을 거요. 그래서 자기와 같은 처지에 있는 사람들에게 동질감을 느꼈을 테고. 라일라 호스에게도 그런 감정을 느꼈을지 모르오. 딸이 태어나기 전에 어머니에게 잘해준 남자라? 그런 표현을 해석하는 방법은 여러 가지지."

"예를 들면?"

"최선의 경우는 그 사람이 추운 겨울에 그녀에게 두꺼운 코트를 벗어쳤다는 거요."

"그럼 최악의 경우는요?"

"최악의 경우는 존 샌섬이 라일라 호스의 친아버지라는 거요."

32

리와 나는 관서로 돌아갔다. 제이콥 마크는 도허티와 볼일을 끝낸 참이었다. 그것만은 확연했다. 그리고 뭔가 변화가 있었다. 그 또한 확연했다. 그들은 도허티의 책상에서 마주 보고 앉아 있었다. 대화는 없었다. 제이크는 전보다 쾌활해 보였다. 도허티는 한 시간 동안 시간낭비를 했다는 듯 한껏 감정을 억누르고 있었다. 그러나 화를 내는 것 같지는 않았다. 경찰들은 시간낭비를 하는 데 익숙하다. 통계적으로 그들이 하는 일들은 거의 대부분이 수포로 끝난다. 리와 나는 두 사람을 향해 걸어갔다.

제이크가 말했다.

"피터가 코치에게 전화를 했습니다."

"그게 언제요?"

"두 시간 전에요. 코치가 몰리나에게 전화했고 몰리나가 내게 전화를 했어요."

"지금 어디에 있답니까?"

"그건 말하지 않았어요. 음성메시지를 남겼거든요. 피터의 코치는 저녁 식사 시간 이후에는 전화를 받지 않아요. 가족들과 같이 보내는 사적인 시간이라 이거죠."

"피터는 무사하오?"

"얼마간 돌아올 생각이 없답니다. 어쩌면 영원히요. 풋볼도 그만둘 생각이랍니다. 그리고 뒤에서 여자가 키득거리는 소리가 들리더군요."

도허티가 말했다.

"어지간히 굉장한 여잔가 보군."

나는 제이크에게 물었다.

"당신은 괜찮소?"

"괜찮을 리가 있습니까. 하지만 그녀석 인생이니까요. 어차피 얼마 있으면 또 마음이 바뀔 겁니다. 문제는 그때까지 얼마나 걸리느냐는 거죠."

"내 말은 그 메시지가 진짜인 게 확실하냐는 거요."

"코치가 피터 목소리를 못 알아들을 리가 없어요. 나보다도 나을 겁니다."

"피터에게 다시 전화를 걸어봤소?"

"다들 한 번씩 돌아가면서 연락해봤죠. 하지만 전화기가 꺼져 있어요."

테레사 리가 말했다.

"그럼 이제 다 끝난 건가요?"

"그런 것 같습니다."

"기분은 나아졌고요?"

"이제 안심이 됩니다."

"그렇다면 내가 다른 질문을 좀 해도 될까요?"

"하십시오."

"당신 누나는 입양되었나요?"

제이크가 입을 다물었다. 잠시 마음을 가다듬더니 고개를 끄덕였다.

"우리 둘 다요. 아기 때 따로따로 입양되었죠. 수잔이 먼저 입양되었고요."

그가 물었다.

"그런데 그건 왜 묻는 겁니까?"

리가 말했다.

"새로 알게 된 정보를 확인하려고요."

"무슨 정보요?"

"여러가지 정황을 보건대 수잔은 친구를 만나러 뉴욕에 온 것 같아요."

"무슨 친구요?"

"라일라 호스라는 우크라이나 여자요."

제이크가 나를 쳐다보았다.

"우리가 전에 한 이야기군요. 하지만 수잔은 그 이름을 언급한 적이 없습니다."

리가 물었다.

"수잔이 당신에게 자기 친구 이야기를 했을까요? 두 사람은 얼마나 가까운 사이였죠? 이야기를 들어보니 라일라 호스와 수잔은 최근에야 친해진 것 같던데요."

"우리 남매는 그리 가까운 사이는 아니었습니다."

"두 분이 마지막으로 대화를 나눈 건 언제죠?"

"한 몇 달 전일 겁니다."

"그렇다면 수잔의 인간관계를 잘 알지는 못하겠군요."

"그럴 겁니다."

리가 물었다.

"수잔이 입양되었다는 사실을 아는 사람이 몇 명이나 되죠?"

"수잔이 광고를 하고 다니지는 않았지만 그렇다고 비밀도 아니었습니다."

"새로 사귄 친구라면 그걸 알게 되는 데 얼마나 걸릴까요?"

"별로 오래 걸리지는 않았을 겁니다. 친구라면 그런 이야기를 털어놓게 될 테니까요."

"아들 피터와의 사이는 좋았나요?"

"무슨 놈의 질문이 그렇습니까?"

"중요한 질문이니까 그렇죠."

제이크는 잠시 주저했다. 그는 입을 다물고, 문자 그대로 등을 돌려버렸다. 거기에 대해서는 한 마디도 하고 싶지 않다는 듯이, 마치 거센 주먹에 한방 크게 얻어맞은 듯이. 사람들 앞에서 가족의 치부를 드러내고 싶지 않은 것인지도 모른다. 그의 반응만으로도 대답은 충분했다. 그러나 테레사 리는 애매한 몸짓이 아닌 명확한 대답을 원했다.

"말해봐요, 제이크. 경찰 대 경찰로요. 반드시 알아야 하는 사항이에요."

제이크는 한동안 아무 말도 없었다. 그러더니 어깨를 으쓱하고는 말했다.

"애증이 뒤섞인 사이라고 하면 될 겁니다."

"그게 정확하게 어떤 사이인데요?"

"수잔은 피터를 사랑했어요. 피터는 수잔을 미워했죠."

"왜요?"

다시 한 번의 망설임. 또 한 번의 으쓱임.

"복잡한 이야깁니다."

"얼마나요?"

"피터에게 사춘기가 찾아왔죠. 애들이라면 다 한 번씩 겪는 일이지만요. 여자애들은 자기가 잃어버린 공주님이라고 생각하고 남자애들은 자기 할아버지가 유명한 제독이나 장군, 탐험가이길 바라죠. 자신이 실제보다 훨씬 대단하고 중요한 사람인 양 상상하는 겁니다. 간단히 말해서 피터는 랄프 로렌 광고처럼 살고 싶어 했어요. 피터 몰리나 4세, 아니면 3세라도 되길 바랐죠. 아버지는 케네벙크포트(부시 전 대통령의 가족 사유지가 있는 메인 주 도시 — 역주)에 땅을 갖고 있고 어머니는 귀족 조상한테서 유산을 물려받고, 뭐 그런 거 말입니다. 수잔은 피터의 그런 태도에 제대로 대처하지 못했어요. 수잔은 볼티모어 출신의 10대 약물중독 창녀의 딸이었고, 그걸 숨기려고도 하지 않았습니다. 정직이 최선이라고 생각하는 사람이었으니까. 그리고 피터는 그 사실을 받아들이지 못했고요. 두 사람은 그 골을 극복하지 못했고, 그러다 부부가 이혼을 하게 되었죠. 피터는 기회가 오자마자 아버지를 택했고요. 두 사람은 그때 입은 상처를 이겨내지 못했죠."

"당신은 그 일을 어떻게 받아들였나요?"

"양쪽 모두의 입장을 이해할 수 있었죠. 나는 한 번도 친어머니를 찾으려 하지 않았습니다. 알고 싶지 않았거든요. 하지만 나도 내 친어머니가 화려한 다이아몬드 목걸이를 걸친 부잣집 마나님이길 바라던 때가 있었죠. 난 그 시기를 잘 넘겼지만 피터는 그러지 못했어요. 네, 나도 압니다. 바보 같은 공상이죠. 하지만 이해는 갑니다."

"수잔이 피터를 인간적으로 좋아했나요? 아들로서 사랑하는 것 말고요."

제이크는 고개를 저었다.

"아니오. 그래서 상황이 더욱 악화되었죠. 수잔은 운동선수나 학교 이름이 적힌 재킷 같은 것들을 전혀 좋아하지 않았어요. 아마 학창시절에 그런 놈들과 좋지 않은 경험이 있어서 그럴 겁니다. 누이는 자기 아들이 운동밖에 모르는 바보 근육질이 되는 걸 싫어했어요. 그렇지만 피터에게는 그게 아주 중요했죠. 처음에는 그저 좋아서, 나중에는 자기 어머니를 괴롭힐 수 있다는 걸 알고 더욱 열심히 매달렸습니다. 한마디로 콩가루 집안이었어요."

"그런 가정 사정을 또 누가 알죠?"

"친구들도 알고 있었느냐는 뜻입니까?"

리가 고개를 끄덕였다.

"친한 친구라면 알 수도 있죠."

"알게 된 지 얼마 안 된 친한 친구라도요?"

"언제 알게 되었는지는 상관없어요. 중요한 건 얼마나 신뢰하느냐니까. 안 그렇습니까?"

내가 말했다.

"당신은 수잔이 불행하지 않았다고 말했소."

"그건 사실입니다. 이상하게 들릴 거라는 건 알아요. 하지만 입양아들은 가족에 대해 보통 사람들과는 다른 사고방식을 가지고 있습니다. 우린 애초부터 기대치가 다릅니다. 내 말 믿으십쇼. 나도 그중 한 사람이니까. 수잔은 지금 이 상태에 만족하고 있었어요. 그게 현실이었으니까요."

"수잔은 외로웠소?"

"아마 그랬을 겁니다."

"사람들 사이에서 고립되었다고 느끼고?"

"분명히 그랬겠죠."

"전화로 수다 떠는 걸 좋아했소?"

"여자들은 원래 그러지 않나요?"

리가 물었다.

"제이크, 당신은 자녀가 있나요?"

제이크가 고개를 저었다.

"아니, 없어요. 결혼을 한 적도 없고요. 수잔을 보면서 배운 게 있거든요."

리가 잠시 멈췄다가 말했다.

"고마워요, 제이크. 피터가 무사해서 다행이네요. 그리고 이런 이야기를 하게 해서 미안해요."

그런 다음 그녀는 자리를 떴다. 나는 그녀를 따라갔다.

그녀가 말했다.

"다른 세부 사항들도 확인해볼 테지만, 시간이 좀 걸릴 거예요. 관료주의라는 게 다 그렇죠. 그렇지만 지금으로서는 라일라 호스를 사건에서 제외해도 괜찮을 것 같네요. 그녀의 이야기 중에서 벌써 두 개가 입증되었으니까요. 수잔 호스가 입양되었다는 것과 아들과 사이가 소원했다는 거요. 둘 다 어지간히 가까운 사이가 아니면 알기 어려운 사실이죠."

나도 동감이라는 듯 고개를 끄덕였다.

"다른 것에는 관심이 없소? 수잔이 그토록 겁을 집어먹은 이유라든가."

"아뇨, 뉴욕 시에서 범죄가 저질러졌다는 증거가 나타나지 않는 한은 없어요. 그것도 9번로와 파크애비뉴, 그리고 30번가와 45번가 사이에서 말이죠."

"여기 관할구역이 거기요?"

그녀가 고개를 끄덕였다.

"거기서 사건이 발생하지 않는다면 나머지는 개인적인 호기심일 뿐이죠."

"샌섬에게 흥미가 생기지는 않소?"

"전혀요. 당신은요?"

"그에게 경고를 해줘야 할 것 같소."

"무슨 경고요? 확률이 백만분의 1밖에 안 되는 일에 대해서요?"

"사실 백만분의 1보다는 높소. 존이라는 이름을 가진 사람은 미국에 5백만 명밖에 안 되니까. 인구상으로 따지면 제임스 다음이지. 미국 남성 30명 가운데 한 명은 존이라는 소리요. 그러니 1983년에 군에는 존이 3만 3천 명쯤 있었을 거요. 전체의 10퍼센트 정도지. 따라서 실제 확률은 3만 분의 1이오."

"그래도 가능성이 희박한 건 마찬가지잖아요."

"난 그저 샌섬도 알아야 한다고 생각할 뿐이오."

"왜요?"

"같은 군인으로서 일종의 동지애라고 해야겠지. 그래서 DC로 돌아갈 생각이오."

"그럴 필요 없어요. 여행은 미뤄둬요. 그 사람이 직접 여기로 올 테니까. 내일 쉐라톤 호텔에서 기금모금 오찬이 있거든요. 월스트리트의 거물들이 모조리 몰려올 거예요. 7번로와 52번가 사이로요. 연락을 받았죠."

"경찰에게 따로? 이유가 뭐요. 그린스보로에서는 경호를 거의 받지 않던데."

"여기서도 따로 경호를 받는 건 아니에요. 사실 전혀 안 받죠. 하지만 요즘엔 무슨 행사가 있으면 언제나 미리 연락을 받거든요. 그냥 요즘 돌아가는 세상이 그래요. 새로 태어난 뉴욕 경찰이랄까요."

그녀는 말을 마친 후 텅 빈 방의 한가운데에 나를 남기고 걸어가 버렸다. 불길한 느낌이 들었다. 라일라 호스는 그녀의 말처럼 순수하고 결백할지 모른다. 그러나 나는 샌섬이 이곳 뉴욕으로, 함정 속으로 빠지러 오고 있다는 느낌을 떨칠 수 없었다.

33

단돈 5달러로 뉴욕에서 편안한 하룻밤을 보내던 시절은 지났다. 그러나 올바른 방법만 알고 있다면 요즘에는 50달러로 하룻밤을 충분히 편안하게 보낼 수 있다. 일단 가장 중요한 것은 밤늦은 시간에 행동을 개시해야 한다는 것이다. 나는 전에 내가 애용하던 매디슨스퀘어가든 근처에 있는 호텔로 향했다. 한때는 크고 장엄했지만 지금은 빛바랜 낡은 건물로 전락한 곳이다. 당장이라도 수리를 하거나 허물어 버려야 할 것처럼 보이지만 아직까지 아슬아슬하게 버티고 있다. 자정이 지나면 프런트 직원은 데스크 안내에서 짐꾼에 이르기까지 모든 업무를 혼자 도맡아 처리해야 했다. 나는 그에게 빈방이 있느냐고 물어보았다. 그는 키보드를 몇 개 두드리고 화면을 응시하더니 그렇다고 대답하고는 185달러에 세금을 따로 추가해야 한다고 말했다. 나는 그 전에 방을 볼 수 있겠느냐고 물었다. 그런 종류의 요청이 당연하게 느껴지는 호텔이었다. 매우 합리적이고 상식적인 요청이었다. 심지어 필수적이라고 할 수 있을 것이다. 남자는 데스크에서 빠져나와 나를 방문 앞으로 안내했다. 그런 다음 벨트에 플라스틱 고리로 매달아놓은 출입카드로 문을 열고 내가 들어갈 수 있도록 뒤로 물러났다.

방은 그럭저럭 괜찮았다. 침대와 욕실이 딸린 평범한 호텔 방이었다. 필요한 것은 모두 갖춰져 있었고, 필요 없는 것도 아무것도 없었다. 나는 20달러짜리 지폐 두 장을 꺼내들고 말했다.

"숙박부에 기록하는 복잡한 절차는 생략하는 게 어떻겠소?"

그는 아무 말도 하지 않았다. 그들은 언제나 그렇다. 나는 다시 10달러짜리를 한 장 꺼내며 말했다.

"이건 내일 청소할 객실 직원 거요."

그는 내가 곤경에 밀어넣기라도 한 듯 발을 움직거렸다. 그러나 곧 그의 손이 튀어나와 내 손에서 지폐를 채갔다.

"내일 아침 8시가 되기 전에는 나가주십쇼."

그리고는 문을 닫고 떠나 버렸다. 중앙컴퓨터에는 그가 출입카드로 문을 열었다는 기록이 남겠지만, 그는 내게 방을 보여주었으나 마음에 들지 않아서 그냥 가 버렸다고 변명할 것이다. 평소에도 자주 써먹는 패턴이겠지. 어쩌면 내가 이번 주에 이런 부류의 네 번째 손님일지도 모른다. 다섯 번, 아니 여섯 번째일지도. 주간 근무자가 퇴근한 도심지 호텔에서는 별별 일들이 다 일어나니까.

오랜만에 한숨 푹 잔 다음 상쾌한 기분으로 눈을 떴다. 나는 8시 5분 전에 호텔을 나와 펜 역을 들고나는 인파를 헤치고 33번가에 있는 간이식당에서 아침을 먹었다. 커피와 달걀, 베이컨, 팬케이크, 그리고 더 많은 커피. 세금에 팁까지 합쳐 6달러였다. 노스캐롤라이나보다는 물가가 비싼 편이지만 별로 차이가 많이 나는 것도 아니다. 레오니드의 휴대전화는 아직도 배터리가 반쯤 남아 있다. 막대기 몇 개는 비어 있고 몇 개는 아직 빛을 발하고 있다. 전화 몇 통을 걸기에는 충분하다. 먼저 600을 누른 다음 82219를 누르려 했지만 번호를 반쯤 누르기도 전에 사이렌과 실로폰의 중간쯤 되는 소리가 울려 퍼지더니 방금 내가 건 번호는 없는 번호라고 알려주었다. 번호를 확인하고 다시 걸어보란다. 이번에는 1-600을 시도해보았다. 결과는 똑같았다. 국제전화를 걸 듯 011과 미국의 국가번호 1을 누른 다음 다시 600을 눌렀다. 시간이 좀 오래 걸리긴 했지만 결과는 별반 다르지 않았다. 전화기의 위치 설정이 런던으로 되어 있을 경우를 대비해 011대신 001을 눌러봐도 소용없었다. 전화기가 1년 전 모스크바에서 사용됐다는 점을 감안해 동유럽에서 사용하는 미국의 국가코드 8**101을 눌러봤지만 마찬가지였다. 나는 전화기의 키패드를 응시하며 D의 자리에 3을 대입했다. 그러나 번호를 끝까지 누르기도 전에 똑같은 메시지가 흘러나왔다.

좋다. 600-82219-D는 전화번호가 아니다. 캐나다든 아니든 전화번호일 리가 없다. FBI도 이미 알고 있을 것이다. 아마 처음에 그런 가능성을 고려했다가 금세 배제했겠지. FBI는 많은 일을 하지만 적어도 머저리 같은 짓은 하지 않는다. 따라서 35번가에서 만났을 때, 그들은 연막 속에 그들의 진정한 목적을 감춰두고 있었던 셈이다.

그들이 또 무슨 질문을 했었지?

내가 이 사건에 얼마나 깊은 관심을 가지고 있는지 가늠했고, 수잔이 내게 무언가를 주지 않았는지 다시 한 번 캐물었다. 내가 뉴욕을 떠난다는 사실도 확인했다. 그들은 내가 이 사건에 대해 아무런 관심도 기울이지 않고, 아무런 성과도 얻지 못한 채, 사라지길 원했다.

그 이유가 뭐지?

알 수 없었다.

게다가 600-82219-D가 전화번호가 아니라면, 대체 뭘 의미하는 것일까?

나는 10분 동안 마지막 남은 커피를 천천히 홀짝이며 생각에 잠겼다. 물끄러미 허공을 응시하며 깊은 심연의 바닥에서 해답을 찾아 뒤적였다. 지하철에서 수잔 마크가 궁지에서 벗어날 궁리를 하던 것처럼. 나는 머릿속으로 숫자들을 그려보았다. 아무렇게나 흐트러뜨리고, 하나씩 분리하고, 다시 합치고, 여러 가지 조합으로 뒤섞고, 빈칸을 삽입하고, 하이픈을 넣고, 하이픈을 빼고, 몇 개씩 묶어보고.

600이 희미한 경종을 울렸다.

수잔 마크.

600.

아무것도 떠오르지 않았다.

나는 커피잔을 비우고 레오니드의 전화기를 주머니에 넣은 다음 쉐라톤 호텔이 있는 북쪽으로 걷기 시작했다.

쉐라톤 호텔 로비. 거대한 유리 기둥에 설치된 플라즈마 스크린에 오늘 열릴 행사들이 나열되어 있었다. 주연회장에서는 FT라는 단체의 오찬모임이 열릴 예정이라고 적혀 있었다. 페어 텍스(Fair Tax: 공정한 세금), 프리 트레이드(Free Trade: 자유무역), 아니면 〈파이낸셜타임스〉의 약자일지도 모른다. 월스트리트의 배불뚝이 고양이들이 지금보다 더 큰 영향력을 행사하기 위해 아무렇게나 따다 지은 이름일 터이다. 행사는 정오에 시작될 예정이었다. 샌섬은 11시쯤에 도착할 것이다. 미리 몸과 마음을 가다듬을 시간과 공간이 필요할 테니까. 이번 행사는 그에게 매우 중요했다. 오늘 만나는 사람들은 그의 지지자였다. 게다가 크고 묵직한 돈주머니를 차고 있다. 그러니 준비할 시간이 최소

60분은 필요할 것이다. 그렇다면 그때까지 두 시간이나 시간을 죽여야 한다. 나는 브로드웨이에서 북쪽으로 두 블록 떨어진 곳에 있는 옷가게를 찾아냈다. 새 셔츠가 필요했다. 지금 입고 있는 녀석은 영 마음에 들지 않았다. 이 옷은 패배의 상징이었다. **그런 차림으로는 오지 말아요. 들어가지도 못하고 쫓겨날 테니까.** 엘스페스 샌섬을 다시 만날 거라면 그녀의 승리와 나의 패배를 상징하는 이런 차림새는 절대 사양이었다.

나는 얇고 흐늘거리는 포플린 천 재질의 카키색 셔츠를 골라 11달러를 냈다. 저렴한 가격이었다. 그럴 법도 했다. 주머니도 없고, 소매는 내 팔뚝의 절반 정도까지밖에 오지 않았다. 커프스를 채우고 손목을 접으니 이번에는 팔꿈치가 한계였다. 그래도 나는 이 옷이 꽤 마음에 들었다. 적어도 이번에는 내 의지로 샀으니까.

10시 반. 나는 쉐라톤 호텔 로비로 돌아와 다른 사람들과 함께 의자에 앉아 기다렸다. 다들 서류가방을 하나씩 들고 있었다. 그중 절반은 건물 밖으로 나가 자동차를 기다렸다. 그중 절반은 호텔 안으로 들어와 방 열쇠를 기다렸다.

10시 40분. 나는 600-82219-D의 의미를 간파했다.

34

 나는 의자에서 일어나 쉐라톤 비즈니스 센터라고 적힌 놋쇠 현판들을 따라갔다. 그러나 안으로 들어가는 데에는 실패했다. 호텔의 방 열쇠가 필요했기 때문이다. 3분 정도 문 앞에서 기웃거리고 있으니 한 남자가 나타났다. 양복을 걸친, 성말라 보이는 사람이었다. 나는 과장된 몸짓으로 바지 주머니를 뒤졌다. 그리곤 미안하다고 중얼거리면서 옆으로 한 발짝 비켜섰다. 그는 나를 밀치고 열쇠로 문을 연 다음 안으로 들어갔다. 나도 그 뒤를 따랐다.
 방 안에는 복사라도 한 듯 똑같은 형태의 작업 공간 네 개가 마련되어 있었다. 각각 책상과 의자, 컴퓨터, 프린터가 구비되어 있었다. 나는 남자와 최대한 멀리 떨어진 자리를 골라 앉아 스페이스바를 눌렀다. 스크린세이버가 사라졌다. 아직까지는 만사형통이다. 화면에 흩어져 있는 아이콘들을 살펴보았지만 뭐가 뭔지 알 수가 없었다. 그러다 마우스 포인터를 움직여 바탕화면 아이콘에 가져다 대면 잠시 후 아이콘에 대한 설명이 뜬다는 사실을 알아냈다. 그렇게 인터넷 익스플로러 어플리케이션을 발견했다. 하드드라이브가 윙윙거리더니 브라우저가 열렸다. 예전에 내가 마지막으로 컴퓨터를 사용했을 때보다 훨씬 신속한 반응이었다. 기술이 엄청난 속도로 발전하고 있는 모양이다. 기본 페이지에 구글로 이어지는 링크가 있었다. 그것을 클릭하자 구글의 기본 검색 페이지가 나타났다. 이번에도 엄청나게 빨랐다. 나는 검색창에 '육군 규정'을 쓴 다음 엔터키를 눌렀다. 화면이 깜박이더니 검색 결과를 보여주었다.

그 후 5분 동안 나는 링크를 클릭하고 스크롤을 내리고 자료를 읽었다.

10분 뒤 11시가 되기 전에 로비로 돌아왔다. 내가 앉았던 자리에 다른 사람이 앉아 있었다. 그래서 밖으로 나가 햇빛을 쬤다. 샌섬은 타운카로 도착해 정문으로 당당히 들어올 것이다. 그는 록스타가 아니다. 아직 대통령도 아니다. 그러니 부엌이나 화물운반용 뒷문으로 들어올 리가 없다. 홍보를 하려면 최대한 많은 사람들의 눈에 띄어야 한다. 뒷문으로 몰래 들어오는 것은 아직 그가 얻지 못한 특권이다.

날은 무더웠다. 그러나 거리는 깨끗했고, 악취도 나지 않았다. 남쪽에 있는 모퉁이에 경관 두 명이, 그리고 북쪽 모퉁이에도 두 명이 서 있었다. 시내에서 흔히 볼 수 있는 뉴욕 경찰의 일반적인 근무 형태다. 사건이 일어날 경우 재빨리 대응할 수 있고, 사람들이 안심할 수 있게 해준다. 그러나 잠재적으로 발생할 수 있는 위험 상황을 고려할 때 과연 유용할지는 미지수다. 내 옆에서는 호텔에서 나온 손님들이 택시에 올라타고 있었다. 대도시의 리듬이 끊임없이 울려 퍼진다. 7번로를 달리는 차량들이 신호등 앞에서 멈춰 섰다가 다시 속도를 내며 달려갔다. 교차로의 차량들이 썰물처럼 빠져나가다 멈추고, 다시 밀려간다. 모퉁이에 모여 웅성거리던 행인들이 건널목을 건너 반대쪽 인도로 우르르 몰려갔다. 꽥꽥거리는 경적, 포효하는 트럭들, 높은 창문에 반사되며 도로 위를 뜨겁게 내리쬐는 강렬한 햇살.

샌섬은 11시 5분에 타운카로 도착했다. 자동차에는 뉴욕 주 번호판이 달려 있었다. 그것은 그가 전국을 순회하는 데 주로 기차를 이용한다는 의미다. 조금 불편하긴 하겠지만 자동차로 이동하거나 비행기를 타는 것보다 이산화탄소의 흔적을 훨씬 덜 남길 수 있다. 선거를 치를 때는 이런 사소한 점까지도 세심하게 신경 써야 한다. **정치판은 지뢰밭이오.** 자동차가 채 멈추기도 전에 조수석에서 스프링필드가 뛰어내렸다. 그 뒤로 샌섬과 그의 아내가 뒷좌석에서 내렸다. 그들은 한참 동안 보도 위에 서 있었다. 그들을 알아보고 반기는 사람들에게 사의를 표하고, 만일 무관심한 반응을 만난다고 해도 실망감을 감출 준비를 하면서. 그들은 주위를 둘러보다 나를 발견했다. 샌섬은 조금 당혹스러워하는 것 같았고 그의 부인은 걱정스러워 보였다. 스프링필드가 내게 걸어오려 했지만 엘스페스가 가볍게 손을 저어 그를 저지했다. 나에 관한 한 그녀가 통제권을 쥐고 있는 모양이다. 그녀는 내가 오랜 친구라도 되는 양 굳게 손을 잡고 흔들었다. 내 셔츠에 대해서는 아무 말도 하지 않았다. 그녀는 내게 바싹 기울이며 속삭였다.

"우리에게 할 이야기가 있나요?"

정치가의 아내다운, 실로 완벽한 질문이었다. 모든 의미가 내포된 짧은 문장. 그녀의 질문은 나를 적이자 동시에 조력자로 규정하고 있었다. '당신이 우리에게 해가 될 수 있는 정보를 갖고 있다는 걸 알아요. 그래서 난 당신을 증오해요. 하지만 당신이 그 사실을 대중에게 공표하기 전에 친절하게도 우리에게 먼저 알려준다면 진심으로 당신에게 감사할 거예요.'

글로 쓴다면 종이 한 장은 족히 될 분량을, 한 문장으로 말끔하게 해결한 것이다.

내가 말했다.

"그래요. 두 분께 할 이야기가 있습니다."

스프링필드가 얼굴을 찌푸렸지만, 엘스페스는 내가 방금 10만 표를 주겠다고 약속이라도 한 듯 밝게 미소 짓더니 내 팔을 잡고 안으로 데려갔다. 호텔 직원들은 샌섬이 누구인지 알지도 못했고 관심도 없었다. 중요한 것은 그저 그가 오늘 거금을 지불하고 주연회장을 대여한 모임의 연사라는 사실이었다. 따라서 그들은 온몸 가득 가식적인 열의를 발휘하여 우리에게 개인용 휴게실을 내주고 미지근한 탄산수와 멀건 커피를 준비하느라 부산을 떨었다. 엘스페스가 안주인 역할을 맡았다. 스프링필드는 입을 굳게 다물고 있었다. 샌섬은 DC에 있는 선거참모장과 전화를 하고 있었다. 그들은 4분 동안 경제정책에 대해 떠들었다가 오후 일정에 관해 논의하느라 다시 2분을 소요했다. 짐작컨대 샌섬은 오찬이 끝난 뒤 곧장 사무실로 향해 오후 내내 복잡하고 긴 업무를 볼 예정인 것 같았다. 뉴욕에서의 행사는 재빨리 치고 빠지는 것에 불과했다. 마치 날치기처럼 순식간에.

호텔 직원들이 모든 준비를 마치고 떠났을 즈음 샌섬의 전화 통화가 끝났다. 휴게실은 정적에 휩싸였다. 환풍구에서 흘러들어오는 차가운 공기 때문에 방 안은 내 취향보다 약간 추웠다. 우리는 한동안 침묵 속에서 물과 커피를 마셨다. 침묵을 깬 것은 엘스페스 샌섬이었다.

그녀가 물었다.

"실종되었다는 아이는 아직 소식이 없나요?"

내가 말했다.

"약간 있습니다. 풋볼연습을 빠트렸다는데, 아주 드문 일인 것 같더군요."

"서던캘리포니아 대학에서?"

샘섬이 말했다. 기억력이 좋은 남자였다. 내가 서던캘리포니아 대학를 언급한 것은 단 한 번, 그것도 지나가듯 말한 것뿐이었다.

"정말 드문 일이군."

"하지만 코치에게 전화를 걸어 메시지를 남겼습니다."

"그게 언제요?"

"어젯밤. 동부표준시로 저녁쯤입니다."

"그리고?"

"여자와 함께 있는 것 같았습니다."

엘스페스가 말했다.

"그럼 아무 일도 없었던 거네요. 잘됐어요."

"나는 당사자와 직접 통화를 하는 편이 좋습니다. 아니면 실제로 만나든가요."

"음성메시지로도 부족해요?"

"나는 의심이 많은 사람이라서요."

"이번에는 무슨 이야기를 하고 싶은 거죠?"

나는 샘섬에게 고개를 돌리고 물었다.

"1983년에 어디 있습니까?"

그는 순간 멈칫했다. 아주 짧은 찰나의 순간. 그러더니 그의 눈 속에서 무언가 명멸했다. 충격은 아니었다. 놀라움도 아니었다. 체념에 가까운 것 같았다.

그가 말했다.

"1983년에 난 대위였소."

"그걸 물은 게 아닙니다. 그때 어디 있었느냐고 물었죠."

"말할 수 없소."

"베를린에 있었습니까?"

"말할 수 없소."

"당신은 먼지 한 톨도 나오지 않을 거라고 했습니다. 그 주장을 고수할 생각입니까?"

"물론이오."

"당신 부인이 당신에 대해 모르는 게 있습니까?"

"많소. 하지만 개인적인 건 아니오."

"확실합니까?"

"확실하오."

"라일라 호스라는 이름을 들어본 적 있습니까?"

"없다고 말했을 텐데."

"스베틀라나 호스라는 이름을 들어본 적 있습니까?"

"전혀."

나는 그의 얼굴을 신중하게 관찰했다. 그는 매우 침착했다. 약간 불편한 기색은 있었지만 그 외에 신경쓸 만한 점은 없었다.

"이번 일이 일어나기 전에 수잔 마크를 알고 있었습니까?"

"아니라고 했잖소."

"1983년에 훈장을 탔습니까?"

샌섬은 대답하지 않았다. 방 안은 다시 고요해졌다. 그때 주머니 속에서 레오니드의 휴대전화가 울렸다. 먼저 다리에 진동이 느껴졌고 곧 커다란 전자음이 울려 퍼졌다. 나는 주머니를 뒤져 전화기를 꺼내 폴더 앞쪽에 있는 자그마한 액정을 들여다보았다. 212. 이미 전화기에 등록되어 있는 번호다. 포시즌 호텔. 라일라 호스가 분명하다. 레오니드가 아직도 실종 상태인지, 아니면 그가 호텔로 돌아가 모든 사정을 털어놓은 탓에 라일라가 내게 전화를 한 것인지 궁금했다.

나는 소리가 멈출 때까지 아무 버튼이나 눌러 댔다. 마침내 전화기가 조용해지자 다시 주머니 속에 집어넣었다.

"미안합니다."

샌섬은 뭐 하러 사과를 하냐는 듯 어깨를 으쓱했다.

나는 다시 질문을 던졌다.

"1983년에 훈장을 탔습니까?"

그가 물었다.

"그게 왜 그리 중요하오?"

"600-8-22가 뭔지 압니까?"

"육군 규정 아니오? 물론 규정집을 다 외우진 못하오만."

내가 말했다.

"지난번에 우린 어지간히 멍청한 작자가 아니라면 델타의 임무에 관한 정보를 얻기 위해 인적사령부 직원을 이용하지는 않을 거라고 했지요. 그리고 난 대체적으로 우리가 옳았다고 생각합니다. 하지만 어느 면에 있어서는 틀렸습니다. 정말로 명석한 인간이라면 거기서도 정보를 얻을 수 있을 겁니다. 사고방식을 약간만 비튼다면 말이죠."

"어떤 식으로 말이오?"

"가령 누군가가 델타포스가 작전을 수행했으며, 그게 성공했다는 사실을 알고 있다고 칩시다."

"그렇다면 따로 정보를 뒤질 필요가 없을 거요. 이미 알고 있으니까."

"그 작전을 지휘한 장교가 누군지 알고 싶었다면요?"

"그런 정보는 인적사령부를 통해 알 수가 없소. 불가능하단 말이오. 작전명령과 배치기록, 그리고 사후보고서는 모두 기밀로 분류되어 포트 브락에 안전하게 보관되어 있소."

"임무를 성공시킨 장교는 어떻게 됩니까?"

"당신이 말해보시오."

"훈장을 받지요."

내가 말했다.

"중요한 임무일수록 높은 훈장을 타게 됩니다. 육군규정 600-8-22, 제1항, 9번째 단락, D조, 인적사령부는 훈장 수여와 관련해 모든 후보자들의 추천 내용 및 최종 결정에 대해 정확한 기록을 보유해야 한다."

"그렇다고 칩시다."

샌섬이 말했다.

"하지만 특수부대의 경우에는 모든 세부 사항을 생략하게 되어 있소. 추천 사유도 삭제되고 장소도 삭제되고 공훈 역시 삭제되오."

나는 고개를 끄덕였다.

"모든 기록에는 이름과 날짜, 그리고 훈장의 종류만 남습니다. 그 외에는 아무것도 없죠."

"바로 그거요."

"정말로 똑똑한 사람이라면 그것만으로도 충분합니다. 그렇지 않습니까? 훈장을 탔다는 사실은 임무가 성공했음을 가리킵니다. 세부 사항이 기록되지 않았다는 건 그것이 비밀 임무였다는 걸 의미하죠. 아무 달이나 무작위로 뽑아보십시오. 가령 1983년 초반은 어떻습니까? 그 시기에 훈장이 몇 개나 수여되었을까요?"

"수천 개는 될 거요. 선행기장만 해도 수백 개는 될 거고."

"은성훈장은요?"

"많지는 않겠지."

"만약 있다면 말이죠."

내가 말했다.

"1983년 초반은 커다란 군사작전이 별로 없었으니까요. 수훈훈장은 몇 개나 될까요? 수훈십자훈장은요? 1983년에는 가뭄에 콩이 나는 것보다 더 귀했을 겁니다."

엘스페스 샌섬이 의자에 앉아 꼼지락거렸다.

그녀는 나를 쳐다보며 말했다.

"무슨 소린지 전혀 모르겠어요."

내가 그녀에게 대답하려 하자 샌섬이 손을 들어 나를 제지했다. 그는 내 대신 아내에게 대답했다. 그의 말이 맞았다. 두 사람 사이에는 비밀이 없었다.

샌섬이 말했다.

"일종의 뒷문이오. 직접적인 정보를 얻을 수는 없지만 간접접인 정보는 구할 수 있지. 만일 어떤 사람이 특정 시기에 델타포스가 임무를 수행했고 그 작전이 성공했다는 사실을 안다면, 그리고 그 달에 어떤 군인이 사유를 알 수 없는 중요한 훈장을 받았다면 결론을 내릴 수 있는 거요. 전쟁 때라면 불가능할 거요. 같은 훈장을 탄 사람이 많을 테니까. 하지만 평화 시에는, 사회적으로 아무 사건도 발생하지 않은 평화로운 시기에는 그런 훈장이 눈에 띄기 마련이지."

"1983년이면 우리가 그라나다를 침공한 때잖아요."

엘스페스가 말했다.

"당연히 델타포스도 투입되었고요."

"그때는 10월이었소."

샌섬이 말했다.

"그해 후반에 훈장을 탔다면 어느 정도 감출 수 있을 테지. 하지만 그해 9월까지는 상당히 조용했소."

엘스페스 샌섬이 시선을 돌렸다. 그녀는 남편이 1983년의 첫 9개월 동안 무슨 일을 했는지 알지 못했다. 아마도 평생 알지 못할 것이다.

그녀가 말했다.

"그래서 누가 그런 걸 알려고 했다는 건가요?"

내가 말했다.

"스베틀라나 호스라는 나이 든 여자입니다. 소련 붉은 군대의 정치위원이었다고 하더군요. 자세한 사항은 알 수 없고요. 그녀는 1983년에 베를린에서 존이라는 미국 군인을 알았다고 주장하고 있습니다. 자기한테 무척 잘해줬다고 설명했고요. 그 사람과 관련해 그 여자가 수잔 마크를 통해 알아낼 수 있는 유일한 정보는 실제로 그 당시 특정한 작전이 수행 중이었는지, 그리고 존이라는 사람이 그 작전을 지휘했고 그로 인해 훈장을 받았는지 뿐입니다. FBI가 수잔의 자동차에서 종이 쪽지를 하나 발견했습니다. 누군가 그녀에게 육군 규정을 알려주었고, 그녀가 어디서 그런 정보를 찾아야 할지 정확한 단락과 조항까지도 말해주었죠."

엘스페스는 저도 모르게 샌섬을 올려다보았다. 그녀의 얼굴에는 질문이 쓰여 있었다. 결코 대답을 듣지 못하리라는 것을 알고 있는 질문. '당신이 받은 훈장은 1983년에 베를린에서 수행했던 일 때문인가요?' 샌섬은 대답하지 않았다. 그래서 나는 단도직입적으로 물었다.

"1983년에 베를린에서 임무를 수행했습니까?"

샌섬이 말했다.

"내가 대답할 수 없다는 건 당신도 알잖소."

그러더니 갑자기 인내심이 바닥난 듯 내게 쏘아붙였다.

"당신도 꽤 똑똑한 것 같은데, 머리를 좀 굴려보시오. 도대체 델타포스가 1983년에 베를린에서 뭘 할 수 있었겠소?"

"나야 모르죠. 내가 아는 한 당신네들은 나 같은 사람들이 당신들이 무슨 짓을 하는지 알아내지 못하도록 안간힘을 쓰니까요. 어차피 난 당신이 뭘 했는지 관심 없습니다. 난 지금 당신에게 호의를 베풀고 있는 겁니다. 군인 대 군인으로, 그게 답니다. 왜냐하면 분명 과거에 있었던 뭔가가 곧 고개를 쳐들고 당신을 잡아먹으려 들 테니까요. 난 그저 경고를 해주면 당신이 고맙게 여길 거라 생각했습니다."

샌섬은 상당히 빨리 자신을 추스렸다. 그는 심호흡을 몇 번 하고 말했다.

"경고해줘서 고맙소. 그리고 내가 무엇도 부인할 수 없다는 사실을 당신도 이해할 거라 믿소. 논리적으로 뭔가를 부정하는 것은 다른 뭔가를 인정하는 것과 마찬가지니까. 만일 내가 그때 베를린이나 다른 장소에 없었다고 부인한다면 소거법에 의해 실제로 내가 있었던 다른 장소를 추측할 수 있을 테니 말이오. 하지만 지금부터 난 나를 궁지에 빠트릴 수도 있는 말을 해줄 작정이오. 당신이 우리 편이라고 생각하기 때문이지. 그러니 잘 들으시오. 난 1983년에 베를린에 없었소. 1983년에 러시아 여자를 만난 적도 없고, 어떤 사람에게든 친절하게 굴거나 잘해주지도 않았소. 군대에는 존이라는 이름을 가진 병사들이 많소. 그리고 베를린은 인기 좋은 관광지였지. 당신이 만난 사람은 내가 아니라 다른 사람을 찾고 있는 거요. 됐소?"

샌섬의 짧은 연설은 한참 동안 방 안을 맴돌았다. 우리는 묵묵히 음료수를 마셨다. 엘스페스 샌섬이 시계를 힐끔거렸다. 그걸 본 그녀의 남편이 말했다.

"우리는 가봐야 하오. 오늘은 무릎이 해질 정도로 애처롭게 구걸을 해야 하거든. 나가는 길은 스프링필드가 안내해줄 거요."

이상한 말이었다. 여기는 호텔이다. 나도 샌섬만큼이나 여기 머무를 권리가 있다. 나가는 길은 혼자서도 찾을 수 있고, 그럴 권리도 있다. 호텔의 은스푼을 훔치지도 않을 테고 설사 그런다 할지라도 그건 샌섬의 스푼이 아니다. 그러나 나는 곧 그의 의도를 알아차렸다. 샌섬은 내가 스프링필드와 잠시 조용한 시간을 보내길 원했다. 아마 인적 없는 복도에서 더 깊은 논의를 나누기 위해, 아니면 내게 메시지를 전달하고 싶은 것인지도 모른다. 그래서 나는 의자에서 일어나 문으로 향했다. 악수도 나누지 않았고 작별 인사도 하지 않았다. 그런 게 필요할 것 같지는 않았다.

스프링필드가 로비로 나를 따라왔다. 그는 아무 말도 하지 않았다. 내게 할 말을 머릿속으로 굴려보고 있는 듯했다. 나는 발을 멈추고 그가 쫓아올 때까지 기다렸다.

스프링필드가 말했다.

"이 일에서 손 떼는 게 좋을 거요."

"샌섬이 베를린에 없었다면 그게 무슨 상관이오?"

"당신이라면 의원님이 거기 없었다는 걸 증명하기 위해 쓸데없는 곳까지 쑤시고 다닐 테니까. 모르는 게 나을 거요."

나는 고개를 끄덕였다.

"단순히 샌섬만 얽힌 게 아니었군. 당신도 관련되어 있어. 그렇지 않소? 그때 당신도 샌섬과 함께 있었기 때문이지. 그가 가는 곳이라면 당신도 어디든 따라갔을 거요."

스프링필드가 고개를 끄덕였다.

"잊어버리시오. 그러다 잘못된 돌을 뒤집으면 진심으로 곤란해질 테니까."

"곤란해진다니?"

"쥐도 새도 모르게 사라질 거요. 더 이상 세상에 존재하지 않게 되는 거지. 말 그대로 사라지는 거요. 육체적으로든 서류상으로든. 그런 일이 일어날 수 있다는 건 당신도 잘 알잖소. 세상이 바뀌었소. 완전히 신세계지. 마음 같아서야 당신을 사라지게 하는 데 나도 두 팔 걷어붙이고 도와주고 싶지만 내게는 기회조차 오지 않을 거요. 가까이 가지도 못할 테지. 순식간에 다른 사람들이 먼저 당신을 채갈 테니까. 난 아무것도 아니오. 내가 당신 근처에 다가가기도 전에 당신 출생증명서는 존재하지도 않게 될 거요."

"어떤 다른 사람들 말이오?"

그는 대답하지 않았다.

"정부요?"

그는 대답하지 않았다.

"그 연방요원 친구들?"

그는 대답하지 않았다. 스프링필드는 몸을 돌려 엘리베이터를 향해 걸어갔다. 나는 호텔에서 나왔다. 레오니드의 전화기가 다시 주머니 속에서 울리기 시작했다.

35

나는 7번로에서 도로를 등진 채 서서 레오니드의 전화를 받았다. 라일라 호스의 목소리가 부드럽게 귓전을 때렸다. 정확한 문법. 독특한 어조.

그녀가 말했다.

"리처?"

"그렇소."

"지금 당장 만나야겠어요. 급한 일이에요."

"무슨 일이오?"

"우리 어머니가 위험에 처한 것 같아요. 어쩌면 나도요."

"위험이라니?"

"남자 세 명이 찾아와서 안내 데스크에 우리에 관해 묻고 다녔대요. 우리가 외출한 사이에요. 우리 방도 뒤진 것 같고요."

"그 사람들이 누구요?"

"누군지는 나도 몰라요. 신원을 밝히지도 않았고요."

"그런데 왜 나를 만나자는 거요?"

"왜냐하면 그 사람들이 당신에 관해서도 캐고 다녔으니까요. 제발 빨리 좀 와주세요."

"레오니드 일 때문에 화가 나지는 않았소?"

"아뇨, 그럴 만한 상황이었겠죠. 공교롭게도 서로 오해가 있었을 뿐이라고 생각해요. 그러니 어서 서둘러주세요."

나는 대답하지 않았다.

라일라 호스가 말했다.

"우릴 도와주신다면 전 정말 진심으로 당신에게 감사할 거예요."

그녀는 정중하게, 호소하듯이, 다소곳하게, 심지어 다소 쭈뼛거리며 소심하게 애원하듯이 말했다. 그러나 이 모든 것에도 불구하고 그녀의 목소리에는 그녀가 무척 아름다우며, 아마도 근 10년 동안 그녀의 부탁을 거절한 사내는 없으리라는 사실을 깨닫게 해주는 무언가가 담겨 있었다. 그녀의 어투에는 희미한 명령조가 가미되어 있었다. 서로 간의 협상은 이미 끝났으며 이제 원하는 것을 얻기 위해서는 부탁만 하면 된다는 듯이 말이다. **이 일에서 손 떼시오.** 스프링필드는 이렇게 말했다. 그리고 물론 나는 그의 말을 들어야 했다. 그러나 나는 라일라 호스에게 이렇게 말했다.

"15분 뒤에 호텔 로비에서 봅시다."

만에 하나 골치 아픈 일이 생긴다 하더라도 그녀의 스위트룸에 올라가지 않았다는 것은 충분한 보호막이 될 수 있을 것이다. 나는 통화를 끝내고 쉐라톤 호텔 앞에서 택시를 기다리는 사람들의 줄을 향해 걷기 시작했다.

포시즌 호텔의 로비는 두 개 층에 걸쳐 여러 개의 구획으로 나뉘어져 있었다. 라일라 호스와 그녀의 어머니는 패널로 분리된 어두침침한 구역의 구석진 자리에 앉아 있었다. 낮에는 티룸으로, 밤에는 술을 파는 바로 운영되는 공간 같았다. 테이블에는 두 사람뿐이었다. 레오니드는 보이지 않았다. 나는 주변을 날카로운 눈으로 둘러보며 수상한 사람이 없는지 살폈다. 번지르르한 중저가 양복을 입고 있는 사람도, 하릴없이 신문에 얼굴을 파묻고 있는 사람도 보이지 않았다. 아무도 감시하고 있지 않았다. 나는 라일라의 옆자리에 앉았다. 맞은편에는 그녀의 어머니가 있었다. 라일라는 검은 치마와 흰 셔츠 차림이었다. 얼핏 칵테일 웨이트리스로 착각할 만한 복장. 그러나 옷감의 재질과 디자인, 매끄러운 바느질이 그 옷의 가격이 웨이트리스가 감당하기에는 너무 벅찬 수준임을 알려주고 있었다. 그녀의 푸른 눈동자가 어둠 속에서 눈이 시리게 빛났다. 스베틀라나는 지난번에 만났을 때와 마찬가지로 볼품없는 홈드레스를 입고 있었는데, 단지 이번에는 짙은 황토색이었다. 눈빛은 멍했다. 내가 자리에 앉자 스베틀라나가 아무 의미 없이 고개를 끄덕였다. 라일라가 손을 뻗어 나와 정중하게 악수를 나눴다. 두 여자는 모든 면에서 극명하게 대조적이었다. 나이와 외모를 넘어 발산하는 에너지와 활기, 태도와 성격까지.

내가 자리를 잡자 라일라가 단도직입적으로 이야기를 꺼냈다.

"메모리스틱을 가져 왔나요?"

"아니, 가져오지 않았소."

메모리스틱은 내 주머니 안에 들어 있었다. 칫솔과 레오니드의 전화기와 함께.

"어디 있는데요?"

"다른 곳에 있소."

"안전한 곳인가요?"

"그렇소."

그녀가 물었다.

"그 남자들은 왜 우릴 찾아온 거죠?"

"당신이 알아서는 안 될 것을 쑤시고 있기 때문이오."

"하지만 인적사령부의 공보 장교는 우릴 돕고 싶어 하던데요."

"그건 당신이 거짓말을 했기 때문이오."

"뭐라고요?"

"당신은 그 사람에게 베를린에서 알던 사람을 찾고 있다고 했소. 하지만 그건 사실이 아니오. 1983년에 베를린은 시끄러운 곳과는 거리가 멀었소. 오히려 매우 안정적이었지. 냉전이 거의 만성화가 되어 다들 흥미를 잃은 상태였소. CIA와 KGB, 그리고 영국과 독일 비밀경찰들이 사소한 신경전을 주고받을 뿐 미군이 끼어들 여지는 없었소. 우리에게 베를린은 관광지에 불과했소. 기차를 잡아타고 베를린 장벽을 구경하고, 술집에 들러서 창녀와 어울리고. 아마 1만 명은 되는 존이 베를린에 왔다 갔을 거요. 하지만 그들은 돈을 뿌려 대며 방탕하게 즐겼을 뿐이오. 전투에 참가하지도 않았고, 훈장을 타지도 않았지. 그러니 그들 중 한 사람을 찾는 건 불가능하오. 인적사령부는 약간의 시간을 낭비할 준비가 되어 있었던 게지. 혹시 좋은 홍보거리가 나올지도 모르니 말이오. 그렇지만 처음부터 그건 터무니없는 일이었소. 따라서 당신은 수잔 마크로부터 긍정적인 대답을 들을 수도 없었고, 그녀는 뉴욕으로 당신을 찾아올 만큼 베를린에 대한 정보를 찾아낼 수가 없었소. 한마디로 불가능하오."

"그렇다면 왜 우리가 여기까지 왔는데요?"

"전화 통화를 하면서 수잔의 마음을 파고들었기 때문이지. 당신은 그녀와 친구가 되었고, 그러다 적당한 시기를 틈타 당신이 진짜로 원하는 것을 말했을 거요. 그리고 그것을 어떻게 찾을 수 있는지도 설명해줬겠지. 오직 그녀에게만 말이오. 베를린이 아니었소. 뭔가 완전히 다른 것이었지."

진정 숨길 것이 없는 사람이라면 이런 말에 무방비 상태에서 즉각적으로, 그리고 솔직하게 반응했을 것이다. 분개하거나 아니면 마음이 상할 수도 있다. 한편 아마추어 허풍쟁이들은 큰 소리로 고함을 지르고 책상을 내리치며 일부러 자신의 감정을 과장한다. 하지만 라일라 호스는 그저 조용히 입을 다문 채 앉아 있었다. 그녀의 눈동자는 오헨리 호텔에서 존 샌섬이 보인 것과 똑같은 신속한 반응을 보이고 있었다. 짧은 찰나 동안 상황을 검토하고, 판도를 다시 짜고.

그녀가 말했다.

"아주 복잡한 이야기예요."

나는 대답하지 않았다.

"하지만 다른 의도가 있는 건 아니었어요."

"수잔 마크한테 그리 말해보시오."

라일라 호스는 고개를 떨궜다. 전에도 본 적이 있는 몸짓이었다. 정중하고 우아하게, 그리고 약간의 회한을 담아.

그녀가 말했다.

"그래요, 수잔에게 도와 달라고 부탁했어요. 수잔도 기꺼이 그러겠다고 했고요. 하지만 어떤 사람들은 수잔의 행동이 마음에 안 들었나 보네요. 네, 당신 말이 맞아요. 어쩌면 수잔이 그렇게 된 건 간접적으로 내 책임일지도 몰라요. 그렇지만 직접적인 원인은 아니에요. 그리고 난 그런 일이 일어날 거라고는 꿈에도 생각하지 못했어요. 진심으로 후회하고 있다고요. 내 말을 믿어줘요. 일이 이렇게 될 줄 알았더라면 애초에 어머니의 부탁을 절대 들어주지 않았을 거예요."

스베틀라나 호스가 웃으며 고개를 끄덕였다.

내가 물었다.

"어떤 사람들이라니?"

"수잔의 나라요. 그러니까 당신네 정부 말이에요."

"왜 우리 정부가 그랬다는 거요? 당신 어머니가 진짜로 원하는 게 뭐요?"

라일라는 먼저 역사적 배경을 설명해야 한다고 말했다.

36

 소련이 붕괴했을 때 라일라 호스는 고작 일곱 살이었다. 그래서인지 그녀는 역사적 배경을 설명하며 다소 객관적인 태도를 취했다. 그녀는 과거의 소련에 대해 내가 짐 크로우 시대(미국에서 흑백분리가 합법이던 시절―역주)에 대해 느끼는 것과 같은 막연한 감정을 갖고 있었다. 라일라는 붉은 군대가 정치위원들을 매우 폭넓게 활용했다고 말했다. 모든 보병 중대에는 정치위원이 배속되었고, 정치위원과 장교들은 통솔권과 징계권을 공유하는 데 불편함을 느꼈다. 둘 사이의 경쟁과 대립은 흔한 일이었다. 그보다 더욱 씁쓸한 것은 그것이 단순히 개인 사이의 갈등이 아니라 전술적 상식과 이념적 순수성 사이의 대립이었다는 점이다. 라일라는 내가 이러한 당시의 상황을 이해했는지 확인한 다음에야 본론으로 접어들었다.

 스베틀라나 호스는 보병중대에 배속된 정치위원이었다. 그녀가 속한 중대는 1979년 소련이 아프가니스탄을 침공한 지 얼마 안 돼 아프가니스탄에 배치되었다. 최초의 전투작전은 꽤 만족스러운 결과를 가져왔다. 그러나 곧 전황이 뒤집혔다. 그들은 계속해서 수많은 병사들을 잃었고, 상황은 날이 갈수록 심각해졌다. 그에 대한 그들의 대처 방법은 현실에 대한 부인이었다. 그러다 마침내, 뒤늦게나마 모스크바가 반격에 나섰다. 전투 서열이 재편되었고 중대들이 통합되었다. 전술적 상식은 거점을 구축할 것을 제안했다. 이념은 군의 재정비를 통해 보다 거센 공세에 나서길 원했다. 병사들의 사기를 증진시키기 위해서는 각 군 단위의 출신 지역과 민족성을 일치시킬 필요가 있었다. 각 중대에는 저격팀이 배치되었다. 깊은 숲에서 홀로 살아가는 데 익숙한 거친 사내들이 속속들이 도착했다.

스베틀라가 소속된 중대의 저격수는 그녀의 남편이었다.

그리고 그의 감적수(사격의 적중 여부를 알려주는 병사)는 스베틀라나의 남동생이었다.

상황이 개선되었다. 전황은 물론 사적인 생활에 있어서도. 스베틀라나와 그녀의 가족, 그리고 동향 출신으로 조직된 병사들은 즐거운 시간을 보냈다. 중대는 진지를 구축했고, 충분한 수준의 안전을 보장받을 수 있었다. 공세적인 측면 역시 저격병들의 활약으로 충족되었다. 결과는 만족스러웠다. 소련의 저격병들은 오랫동안 세계 최고의 위치를 고수해왔고, 아프가니스탄의 무자헤딘들은 그들의 적수가 되지 못했다. 1981년 모스크바는 새로운 무기를 실어 날라 승세를 강화했다. 신형 소총이었다. 얼마 전에 개발돼 아직도 최고 기밀에 속하는 무기, 바로 VAL 무소음 저격소총이었다.

나는 고개를 끄덕였다.

"한 번 본 적이 있소."

라일라 호스는 살짝 수줍음이 묻어나는 미소를 지었다. 어쩌면 더 이상 존재하지 않는 조국에 대한 자부심일지도 모른다. 그보다는 그녀의 어머니가 갖고 있던 자부심의 그림자에 가까울 것이다. VAL은 뛰어난 무기였다. 높은 명중률을 자랑하는 무소음 반자동소총으로, 무거운 9밀리미터 탄알을 아음속으로 발사해 동대에 사용되던 모든 방탄복과 경장갑 차량들을 4백 미터의 거리에서도 관통시킬 수 있었다. 대개 고배율의 조준경을 부착해 사용했다. 적들의 입장에서 VAL은 악몽과도 같았다. 그것은 아무런 낌새도 없이 순식간에 조용히 목숨을 앗아갔다. 텐트 안에서 취침을 취하다가, 화장실에 앉아 있다가, 식사를 하다가, 옷을 입다가, 행군 중에, 낮이든 밤이든 언제 어디서 총알이 날아올지 아무도 알지 못했다.

내가 말했다.

"뛰어난 물건이지."

라일라 호스가 다시 싱긋 웃었다. 그러나 미소는 금세 희미해졌다. 나쁜 뉴스가 시작되었다. 안정적인 상황은 1년 남짓밖에 지속되지 못했다. 그들의 뛰어난 성과에 대한 보상은 보다 어려운 임무에 투입되는 것이었다. 세월이 지나고 시대가 변해도 세상만사가 그런 법이다. 아무리 훌륭한 일을 성공시켜도 치하를 받으며 집으로 돌아가는 법은 없다. 대신 그들은 손에 지도를 들려준다. 스베틀라나의 부대는 북동쪽에 있는 코렌갈 계곡으로 진군하라는 명령을 받은 부대 중 하나였다. 계곡의 길이는 약 10킬로미터. 그곳은 파키스탄과 연결되는 유일한 통로였다. 계곡의 좌측에는 어처구니없이 높고 험난한 힌두쿠시 산맥이 길게 뻗어 있었고 우측은 아바스가르 산이 가로막고 있었다. 그리고 10킬로미터에 달하는 계곡길은 북서 변방지역에서 들어오는 무자헤딘의 주요 보급로였다. 소련은 반드시 그 길을 차단해야 했다.

라일라가 말했다.

"백 년 전에 영국군이 아프가니스탄과 싸운 전쟁에 대해 책을 썼죠. 그 사람들은 영국군이 공격을 고려할 때 가장 먼저 한 일은 퇴각 작전을 짜는 거라고 했어요. 그리고 언제나 마지막 총알은 자기 자신을 위해 남겨둬야 한다고 말했죠. 산 채로 포로가 되지 않기 위해서요. 특히 여자들은요. 붉은 군대의 지휘관들은 모두 그 책을 읽었어요. 정치위원들은 읽지 말라는 지시를 받았죠. 그들은 영국이 정치적으로 불온한 국가였기에 패배했다고 여겼어요. 소련은 이념적으로 순수했고, 따라서 당연히 승리할 거라고도 믿었고요. 그런 착각 때문에 소련판 베트남 전쟁이 시작된 거예요."

공군과 포병대의 지원을 받은 코렌갈 계곡 작전은 첫 5킬로미터까지 성공을 거두었다. 그러나 6킬로미터부터는 적들의 맹렬한 저항에 맞서 조금씩 힘겹게 전진할 수밖에 없었다. 한편 장교들은 적들의 동향이 이상할 정도로 조용하다고 우려했다.

장교들이 옳았다.

그것은 함정이었다.

무자헤딘은 소련군의 보급로가 7킬로미터로 늘어날 때까지 조용히 기다렸다. 그리고 결정적인 순간, 거대한 망치를 내리쳤다. 미국이 공급한 견착식 지대공 미사일의 지속적인 공격은 소련군의 헬리콥터 공중보급을 중단시켰다. 그와 동시에 미리 계획된 지상공격이 소련군의 돌출부를 밑동에서 잘라냈다. 1982년 후반, 수천 명의 붉은 군대가 길고 가느다란 보급로에 의지해 초라하고 무력한 임시 야영지에 고립되었다. 산맥의 겨울은 끔찍했다. 산등성이 사이로 살을 에는 칼바람이 매섭게 불어 닥쳤고, 상록의 가시나무 관목이 주위를 에워싸고 있었다. 벽에 걸린 그림이라면 아름다운 광경이겠지만 그것을 뚫고 행군해야 하는 병사들에게는 고통의 근원이었다. 가시나무는 바람이 불 때마다 귀에 거슬리는 소리를 내며 삐걱거렸고, 이동성을 제한했으며, 군복을 뚫고 살갗을 찢었다.

그리고 악몽 같은 급습이 시작되었다.

병사들이 포로로 사로잡혔다. 한 명 또는 두 명씩.

그들의 앞날에는 무시무시한 운명이 기다리고 있었다.

라일라는 영국 작가 루디야드 키플링의 시구를 인용했다. 공격작전이 수포로 돌아가 전장에 버려져 신음하는 부상자들과 손에 칼을 든 잔인한 아프가니스탄 부족 여인들에 관한 죽음과 파멸의 시였다.

"그대 아프가니스탄의 평원 위에 부상을 입고 쓰러지면, 여인들이 그대의 사지를 찢어발기기 위해 달려오고 있다면, 주저 말고 총을 집어 머리를 날리라. 용맹한 군인답게 그대의 하느님 곁으로 가라."

라일라는 대영제국의 힘이 절정에 달했을 때조차 그 말은 사실이었고 현실은 그보다도 더욱 끔찍했다고 말했다. 소련 병사들이 사라지고 몇 시간이 지나면 차가운 겨울바람이 그들의 비명소리를 실어 날랐다. 저 어둠 속, 보이지 않는 곳에 위치한 적들의 야영지에서 들려오는 비명은 처음에는 절박하게 부르짖다가 서서히, 그리고 뚜렷이, 찢어지는 듯한 반시(머리를 풀어헤치고 죽음을 예고하는 여자 요정—역주)의 목소리로 죽음을 고했다. 때때로 그들의 비명소리는 열 시간, 아니 열두 시간 동안 지속되기도 했다. 시신은 대부분 발견되지 않았다. 그러나 가끔 병사들의 시신이 돌아올 때면 손과 발이 잘려 있거나, 팔다리가 모두 절단되거나, 머리나 귀, 코, 성기가 사라지고 없었다.

그리고 때로는 피부가.

"어떤 사람들은 피부가 벗겨지고도 살아 있었어요."

라일라가 말했다.

"눈꺼풀은 잘려나가고 머리는 아래로 고정되어 적들이 자기 피부를 산 채로 벗기는 모습을 억지로 지켜봐야 했죠. 처음에는 얼굴, 그 다음에는 몸 전체의 껍질을 벗겼어요. 추위가 어느 정도 마취제 역할을 하여 포로가 쇼크로 너무 빨리 죽지 않도록 막아주었고요. 그런 고문은 천천히, 아주 오랜 시간에 걸쳐 이루어졌죠. 가끔은 산 채로 불에 굽기도 했어요. 우리 편 야영지 앞에 바싹 구운 고깃덩어리가 놓여 있기도 했어요. 처음에 사람들은 그게 음식이라고 생각했어요. 우리를 가엾게 여긴 지역 주민들이 먹을 것을 갖다 줬다고요. 하지만 사실을 깨닫는 덴 얼마 걸리지 않았죠."

스베틀라나 호스는 초점 없는 눈동자로 허공을 응시하고 있었다. 지난번에 만났을 때보다도 더욱 처량해 보였다. 어쩌면 딸의 목소리가 과거의 기억을 되살리고 있는지도 모른다. 라일라의 목소리는 사람들을 빠져들게 하는 구석이 있었다. 라일라는 그녀가 묘사하는 이 일들은 목격한 적도, 경험한 적도 없었다. 그러나 그녀의 이야기는 너무나도 생생하게 느껴졌다. 마치 어젯밤에 직접 그 광경을 보고 오기라도 한 것 같았다. 먼 과거에 대한 막연한 거리감은 이제 사라지고 없었다. 그녀는 훌륭한 이야기꾼이었고 그녀에게는 재능이 있었다.

라일라 호스가 말했다.

"그들이 제일 선호한 건 우리의 저격수였어요. 그들은 저격수들을 증오했죠. 내 생각엔 어느 군대든 그럴 것 같아요. 아마 저격수들이 적을 죽이는 방식 때문이겠죠. 그래서 어머니는 아버지를 걱정했어요. 그리고 동생도요. 그들은 밤이 되면 거의 언제나 임무를 떠났죠. 야간 조준경을 챙겨서 낮은 언덕을 찾았어요. 야영지에서 너무 멀리 가지는 않았죠. 한 1킬로미터 정도? 적절한 위치를 잡기 위해서였죠. 어쩌면 그보다 더 멀리 나갔을지도 몰라요. 적들을 효과적으로 죽일 수 있지만, 그렇다고 위험하지는 않을 만큼 말이에요. 하지만 위험하지 않은 곳은 없었죠. 모든 곳이 위험했어요. 그렇지만 두 사람은 가야만 했어요. 적들을 쏘라는 명령을 받고 있었으니까요. 하지만 두 사람의 진짜 목적은 포로들을 쏘는 거였어요. 동료들에게 자비를 베푸는 거라고 생각했거든요. 끔찍한 시절이었죠. 게다가 어머니는 그때 임신 중이었고요. 내가 배 속에 들어 있었거든요. 난 코렌갈 계곡 바닥을 파서 만든 바위참호 안에서 임신됐어요. 제2차 세계대전 때부터 입던 낡고 커다란 외투 위에서요. 그리고 그 위에는 그것보다도 더 오래된 외투 두 개가 덮여 있었죠. 어머니는 외투에 오래된 총알 구멍이 나 있다고 하셨어요. 스탈린그라드에서 얻은 거라고 했죠."

나는 아무 말도 하지 않았다. 스베틀라나는 물끄러미 먼 곳을 응시했다. 라일라는 탁자 위에서 가볍게 두 손을 깍지 끼었다.

라일라가 말했다.

"처음 한 달 동안 아버지와 삼촌은 아침마다 무사히 돌아왔어요. 두 사람은 호흡이 잘 맞는 팀이었어요. 최고였죠."

스베틀라나는 여전히 초점 없는 눈으로 바라보고 있었다. 라일라가 탁자에서 손을 내려놓더니 잠시 숨을 골랐다. 그녀는 허리를 곧추세우고 어깨를 폈다. 분위기를 전환할 시간, 화제를 바꿀 시간이었다.

그녀가 말했다.

"그때 아프가니스탄에는 미국인들이 있었어요."

내가 말했다.

"그랬소?"

그녀가 고개를 끄덕였다.

"무슨 미국인 말이오?"

"군인들이오. 많지는 않았어요. 하지만 몇 명이 있었어요. 항상은 아니지만 때때로 있었어요."

"그렇게 생각하오?"

그녀는 다시 고개를 끄덕였다.

"미군이 있었어요. 확실해요. 소련군은 적이었고 무자헤딘이 그들의 동맹군이었죠. 아프가니스탄은 일종의 대리전이었어요. 레이건 대통령이 붉은 군대를 괴롭히기에 적격이었죠. 그건 그 사람의 반공산주의 전략 중 하나였어요. 덩달아 우리 군의 새로운 무기를 입수할 기회로도 이용했고요. 그래서 그는 아프가니스탄에 미군을 보냈어요. 특수부대였죠. 그들은 정기적으로 아프가니스탄을 들락날락거렸어요. 그러던 중 1983년 2월의 어느 날, 그중 한 팀이 우리 아버지와 삼촌을 발견하고 두 분의 VAL 소총을 훔쳤어요."

나는 아무 말도 하지 않았다.

라일라가 말했다.

"소총을 빼앗긴 건 임무에 실패했다는 뜻이죠. 그렇지만 그보다 더 최악은 미국인들이 우리 아버지와 삼촌을 부족 여자들에게 넘겼다는 거예요. 그럴 필요까지는 없었는데 말이죠. 물론 입막음을 해야 할 필요는 있었겠죠. 미국군이 아프가니스탄에 있었다는 게 발각되면 안 되니까요. 하지만 두 분을 직접 죽일 수도 있었잖아요. 빠르고 조용하게 말이에요. 그 사람들은 그러지 않았어요. 어머니는 두 사람의 비명을 들어야 했어요. 다음날 아침부터 그날 저녁까지 내내요. 남편과 남동생의 목소리였죠. 열여섯 시간, 아니 열여덟 시간 동안이나요. 알아듣기도 힘든 비명이었지만 어머니는 그 두 분이라는 걸 금방 알 수 있었대요. 목소리로요."

37

나는 포시즌의 어두침침한 티룸을 쓱 둘러보고는 다시 자세를 고쳐 앉았다.

"미안하지만 당신 말을 못 믿겠소."

라일라 호스가 말했다.

"하지만 사실인걸요."

나는 고개를 가로저었다.

"나도 군에 있었소. 헌병이었지. 간단히 말하자면 난 우리 군이 어디에 파견되었고 또 파견되지 않았는지 속속들이 알고 있소. 그리고 단언하지만 아프가니스탄 땅에는 미군이 발을 들여놓은 적이 없소. 적어도 그때는. 그건 단순한 국지전이었소."

"하지만 당신들도 전쟁에 관여했잖아요."

"물론 그랬지. 우리가 베트남에 있을 때 당신들이 그런 것처럼 말이오. 하지만 그때 붉은 군대가 베트남에 파견되었었소?"

그건 단순히 내 말을 강조하기 위한 수사적인 질문이었다. 그러나 라일라 호스는 내 질문을 심각하게 받아들였다. 그녀는 몸을 굽혀 어머니에게 외국어로 속삭였다. 낮고 빠른 어조였다. 우크라이나어일 것이다. 스베틀라나가 눈을 살짝 치뜨더니 머릿속을 곰곰이 뒤지는 듯이 고개를 한쪽으로 기울였다. 그녀가 딸에게 똑같이 낮고 빠르게 말했고, 라일라는 어머니의 말을 통역하느라 잠시 말을 멈췄다.

라일라가 말했다.

"아뇨, 우리는 베트남에 군대를 보내지 않았어요. 인민공화국의 우리 사회주의 동지들이 우리의 도움 없이도 충분히 혁명에 승리할 거라고 확신했거든요. 그리고 우리 어머니 말을 빌자면 그들은 정말로 해냈고요. 그것도 아주 근사하게요. 파자마를 입은 자그마한 사람들이 커다란 녹색 기계(미국의 달러 지폐가 녹색인 것을 빗댐—역주)를 쫓아낸 거죠."

스베틀라나 호스가 미소를 지으며 고개를 끄덕였다.

"염소치기들이 우리 엉덩이를 걷어찬 것처럼 말이지."

"바로 그거예요. 하지만 그때는 많은 도움을 받았죠."

"그런 일은 없었소."

"그렇지만 당신도 물질적인 원조가 있다는 건 인정하잖아요. 무자헤딘에게 돈과 무기를 대준 거요. 특히 지대공 미사일이랑 그것과 비슷한 무기들 말이에요."

"베트남 때도 그랬지. 단지 그때는 당신네가 그랬지만."

"바로 그거예요. 베트남이 훌륭한 예죠. 미국이 다른 나라에 군사 원조를 하면서 이른바 군사 고문이라는 걸 보내지 않은 적이 있나요?"

나는 대답하지 않았다.

라일라가 물었다.

"예를 들어서 말예요, 당신은 얼마나 많은 나라에서 복무했죠?"

나는 대답하지 않았다.

"군에는 언제 입대했어요?"

"1984년이오."

"그렇다면 이건 당신이 군대에 들어가기 전에 있었던 일이네요."

"겨우 1, 2년일 뿐이오. 그리고 제도적 기억이라는 게 있소."

"틀렸어요."

그녀가 말했다.

"일단 비밀이 생기면 제도적 기억이라는 건 편리하게도 금방 잊히죠. 타국에 대한 미국의 불법적 군사 관여는 역사가 아주 길어요. 특히 레이건 씨가 대통령이었을 때는요."

"그런 건 고등학교에서 배운 거요?"

"네, 그래요. 그리고 강조하지만 공산주의자들은 내가 고등학교에 입학하기 훨씬 전에 사라졌어요. 레이건 씨 덕택에 말이에요."

내가 말했다.

"설사 당신 말이 맞다 하더라도 어째서 미군이 그런 짓을 저질렀다고 생각하는 거요? 당신 어머니가 그걸 직접 목격한 것도 아니잖소. 당신 아버지와 삼촌이 처음부터 무자헤딘에게 사로잡혔다는 생각은 안 해봤소?"

"왜냐하면 총이 사라졌으니까요. 그리고 우리 어머니가 있던 야영지에는 그날 밤 단 한 발의 총알도 날아오지 않았어요. 아버지의 총에는 스무 개의 총알이 장전되어 있었고 또 예비로 스무 발이 더 있었어요. 만약에 무자헤딘이 아버지를 직접 포로로 붙잡았다면 그들은 그 총을 우리에게 사용했을 거예요. 우리 군인 40명을 죽였거나 아니면 죽이려고 했겠죠. 탄환이 다 떨어진 뒤에는 빈총을 버렸을 테고요. 그랬더라면 나중에 어머니의 부대가 그 총을 찾아냈겠죠. 그 뒤로 수많은 작은 접전들이 벌어졌어요. 우리는 무자헤딘의 진지를 습격했고, 그들도 우리를 습격했죠. 마치 끝없이 빙빙 돌아가는 꼬리잡기 같았어요. 무자헤딘은 똑똑했어요. 그들은 우리가 그들이 버리고 떠났다고 여긴 야영지로 다시 돌아오는 습관이 있었죠. 하지만 시간이 지나면서 우리는 그들의 거점을 모두 찾아내 쓸어버렸어요. 그러니까 우리는 VAL을 발견했어야 했어요. 녹이 슬고 탄창이 비어 있는 채로요. 그게 아니라면 울타리의 버팀목으로라도 쓰이고 있어야 했죠. 그들은 우리 무기를 포획하면 그런 데 사용했거든요. 하지만 아버지의 VAL은 아니었어요. 그래서 우리가 논리적으로 내릴 수 있던 유일한 결론은 그게 미국으로 건너갔다는 거예요. 미국인들에 의해서요."

나는 아무 말도 하지 않았다.

라일라 호스가 말했다.

"거짓말이 아니에요. 진짜라고요."

"예전에 VAL 저격소총을 본 적이 있소."

"네, 아까 말했잖아요."

"1994년이었지. 그걸 입수한 지 얼마 안 되었을 때였소. 당신이 말한 것보다 11년이나 지나서였단 말이오. 성능이 워낙 탁월한 탓에 군이 한바탕 뒤집혔지. 정부가 11년 동안이나 그런 걸 얌전히 숨겨놨을 리가 없소."

"천만에요. 당연히 그랬겠죠."

라일라가 말했다.

"그 총을 손에 넣은 다음 곧바로 공개했더라면 제3차 세계대전이 발발했을 테니까요. 그건 당신네 군인들이 우리 군과 직접 접촉했다는 실질적인 증거잖아요. 적성선포도 하지 않고요. 국제법상 불법에, 지정학적인 면에서도 엄청난 일이죠. 미국은 도덕적 우위를 완전히 상실했을 거예요. 소련의 결속력은 더욱 단단해졌을 거고요. 공산주의 체제가 붕괴하는 데에도 지금보다 더 많은 시간이 걸렸겠죠. 아주 오래요."

나는 아무 말도 하지 않았다.

그녀가 말했다.

"좋아요. 그렇다면 1994년에 당신네 군은 어떻게 했나요? 총 때문에 발칵 뒤집힌 뒤에요."

나는 스베틀라나 호스가 그랬던 것처럼 잠시 회상에 잠겼다. 그때 있었던 일을 떠올려보았다. 놀라웠다. 나는 확인하고, 또 한 번 확인했다.

그런 다음 말했다.

"특별한 건 별로 없었소."

"방탄복을 새로 개발하지도 않았어요? 새로운 위장술을 생각해내지도 않았고요? 전술적인 면에서는요? 아무 변화도 없었어요?"

"없었소."

"이상하지 않아요? 아무리 군대라고 해도 말이에요."

"특별히 이상한 건 아니오."

"그렇다면 그 전에 장비들을 마지막으로 개량한 건 언제였나요?"

나는 다시 생각에 잠겼다. 그때 있었던 일을 머릿속으로 더듬었다. 입대한지 얼마 안 돼 개인용 방호장비인 PASGT가 처음 도입되었을 때 얼마나 커다란 흥분과 갈채와 환호가 일었는지를 회상했다. 온갖 종류의 소화기(小火器) 공격을 견딜 수 있는 반짝이는 신형 케블라 헬

멧, 전투복 위에 또는 아래 받쳐 입을 수 있고 심지어 소총 탄환마저 막아낼 수 있는 두껍고 튼튼한 방탄복. 내 기억에 의하면 9밀리미터 탄환까지도 막아낼 수 있었다. 거기에 더해 삼림지대와 사막에서 통용될 수 있게 신중하게 디자인한 새로운 위장 패턴까지. 해병대의 경우에는 도심지 게릴라전에 이용할 수 있는 푸른색과 회색의 세 번째 패턴도 있었다.

나는 아무 말도 하지 않았다.

"마지막으로 개량한 게 언제였어요?"

"80년대 후반이오."

"그런 장비들을 개발하고 제작하는 데 얼마나 걸리죠?"

"수년 정도."

"그럼 우리가 아는 걸 다시 정리해볼까요? 80년대 후반에 당신들은 군 장비를 업그레이드 했어요. 병사들을 더욱 안전하게 보호할 수 있도록 설계한 개인용 장비들이었죠. 혹시 그게 1983년에 밝힐 수 없는 출처로부터 입수한 정보의 직접적인 부산물이라고 볼 수는 없을까요?"

나는 대답하지 않았다.

우리는 한동안 침묵을 지키며 앉아 있었다. 웨이터가 조용히 다가와 정중한 태도로 차를 권했다. 그는 이국적인 이름들을 길게 주워섬겼다. 라일라가 웨이터에게 처음 듣는 이름의 차를 주문한 다음 어머니에게 웨이터의 말을 통역해주었다. 스베틀라나는 딸과 똑같은 차를 주문했다. 나는 블랙커피를 달라고 했다. 웨이터가 내 주문을 듣더니 머리를 살짝 옆으로 기울였다. 비록 무산계급에 불과한 초라한 손님일지라도 포시즌은 어떤 요청이든 완벽하게 수행할 수 있다고 말하는 듯한 동작이었다. 나는 웨이터가 자리를 뜰 때까지 기다렸다가 물었다.

"누구를 찾아야 할지 어떻게 알아냈소?"

라일라가 말했다.

"우리 어머니 때 사람들은 우리가 당신 나라와 유럽에서 지상전을 하게 될 거라고 예상했어요. 그리고 당연히 소련이 이길 거라고 생각했죠. 그들의 이념 의식은 투철했고 당신들은 그러지 않았으니까요. 그리고 신속하고 명백하게 승리를 거두고 나면 당신네 군인들 수백만 명을 포로로 잡을 거라고 여겼죠. 정치위원들의 임무는 적군의 전투병을 등급별로 분류하고 이념적으로 솎아내는 거였어요. 그래서 그들은 당신네 군 조직에 관해 많은 교육을 받았죠."

"누구한테서 교육을 받았다는 거요?"

"KGB요. 그건 항상 진행 중인 프로그램이었어요. KGB는 많은 정보들을 입수했어요. 당신 군의 누가 어떤 일을 했는지 알았죠. 최정예 부대의 경우에는 심지어 각 부대원들의 이름도 알고 있었어요. 장교들뿐만 아니라 일반 병사들까지도. 광적인 축구팬들이 자기 팀뿐만 아니라 리그에 출전하는 다른 모든 팀의 선수들과 그들의 강점과 약점, 후보 선수들까지 꿰고 있었던 것처럼요. 코렌갈 계곡에서 있었던 일에 대해서, 어머니는 현실적으로 세 가지 가능성이 있다고 생각하셨어요. 미 해군 특수부대, 해병수색대, 그리고 육군의 델타포스. 그 셋 중 하나가 범인이라고 생각하셨죠. 물론 그 사람들이 연루되어 있다는 정황 증거는 아무것도 없었어요. 그것을 알아낼 만한 정보도 없었고요.

KGB가 당신들 조직에 사람들을 심어놓았지만 그들도 아무 정보도 보내오지 않았어요. 하지만 터키에 있는 델타 기지에서 평소와 다른 무선통신 흔적이 있었다는 걸 발견했죠. 그리고 오만에 있는 중개지에서도요. 또 우리 레이더가 정체가 불분명한 전투기를 잡아냈고, 그래서 우리는 델타포스가 그 작전을 수행했다는 결론을 내리게 되었어요."

웨이터가 쟁반을 받쳐 들고 돌아왔다. 키가 크고 가무잡잡한 사내로, 제법 나이가 있어 보였다. 묘한 분위기를 풍기는 것이 외국인일 것이다. 포시즌이 이 사람을 이렇게 눈에 띄는 곳에 배치한 것도 그런 이유 탓이리라. 웨이터는 한때 빈이나 잘츠부르크의 고급 찻집에서 전문가로 일한 듯한 인상을 풍겼다. 하지만 현실은 에스토니아에서 일자리 없이 빈둥거리던 실업자겠지. 어쩌면 스베틀라나의 동포들과 함께 이곳까지 흘러들어왔을지도 모른다. 그녀와 마찬가지로 코렌갈에서 겨울을 났을지도 모른다. 전선 저 깊은 곳 어딘가에서 자신의 동포들과 함께. 웨이터는 요란한 몸짓으로 찻잔을 내려놓고 접시 위에 레몬을 장식했다. 내가 주문한 커피도 값비싸 보이는 잔에 담겨 있었다. 그는 내 싸구려 주문에 대한 못마땅한 심정을 우아하게 포장하며 내 앞에 커피잔을 내려놓았다.

웨이터가 사라지자 라일라가 말했다.

"어머니는 그 작전을 대위가 이끌었을 거라고 생각하셨어요. 소위는 너무 어리고 소령은 너무 나이가 많죠. KGB에는 장교 명단이 있었어요. 당시에 델타 팀에는 대위가 무척 많았죠. 하지만 무선 내용을 분석하다가 누군가가 얼핏 존이라는 이름을 들었어요. 그걸 알고 나니 범위를 좁힐 수 있었죠."

나는 고개를 끄덕였다. 사막 한가운데 세워져 있는 거대한 접시형 안테나를 떠올렸다. 아르메니아, 아니면 아제르바이잔일지도 모른다. 임시 막사 안에 커다란 헤드폰을 끼고 앉아 있는 사내. 주파수를 따라 채널을 돌리며 잡음 섞인 통신 내용에 귀를 바짝 기울인다. 무수하게 끊기고 일그러진 목소리들. 마침내 거친 갈색 종이에 존이라는 단어를 적는다. 무선 통신에서는 무수한 것들을 잡아낼 수 있었다. 그중 대부분은 쓸모가 없다. 알아들을 수 있는 단어는 모래 속에 숨어 있는 사금 알갱이 하나, 바위 속 깊이 박힌 다이아몬드 원석과도 같다. 그리고 '그들'이 알아들을 수 있는 단어는 우리의 등 뒤에 날아와 박히는 총알과도 같다.

라일라가 말했다.

"어머니는 당신들의 훈장계급에 관해서도 잘 알고 계셨어요. 그건 무척 중요했거든요. 포로들을 분류할 수 있는 기준 같은 거였으니까요. 명예훈장은 포로가 된 순간 불명예훈장이 돼요. 어머니는 VAL 소총을 가져간 사람이 커다란 포상을 받았을 거라고 생각했어요. 문제는 어떤 훈장이냐는 거였죠. 기억나죠? 당시에 미국은 적성선포를 하지 않았어요. 그리고 크고 중요한 훈장들은 미합중국의 무장한 적에 대항해 임무를 수행하던 중 발휘한 무용이나 영웅적인 행동에 주어진다고 적시하고 있죠. 그러니 우리 아버지에게 VAL을 훔친 사람은 실질적으로 그런 훈장을 탈 자격이 없었어요. 왜냐하면 공식적으로 당시에 소련은 미국의 적이 아니었으니까요. 적어도 군사적인 면에서는 말이에요. 정치적으로도 마찬가지였어요. 선전포고를 하지 않았으니까요."

나는 다시 고개를 끄덕였다. 엄밀히 말해, 미국은 소련과 전쟁을 한

적이 없다. 오히려 반대로 4년 동안 그들과 굳게 손잡고 공동의 적에 대항했다. 우리는 그들과 광범위하게 협력했다. 라일라 호스가 수태되었을 때 그 위를 덮고 있던 제2차 세계대전 때의 붉은 군대의 코트도 미국에서 생산된 물건일 것이다. 이른바 무기 대여 정책에 따라 우리는 러시아에 수억 톤의 면제품과 모직제품을 실어 날랐다. 거기다 부츠 1500만 켤레와 고무타이어 4백만 개, 기관차 2천 대와 화물차 1100대, 뿐만 아니라 항공기 1500대와 탱크 7천 대, 그리고 군용 트럭 37만 3천 대 같은 중장비들까지 제공했다. 모든 게 공짜였다. 윈스턴 처칠은 그것을 역사상 가장 후한 프로그램이라고 말했다. 그에 얽힌 전설도 있다. 소련이 콘돔을 요청했다. 그들은 우리를 주눅 들게 할 요량으로 콘돔의 길이가 최소한 45센티미터는 되어야 한다고 주장했다. 미국은 그들의 요청을 충실하게 실행했다. "크기: 중간"이라고 적힌 상자에 넣어서 말이다.

그런 식이었다.

라일라가 물었다.

"내 말 듣고 있어요?"

나는 고개를 끄덕였다.

"우수공로훈장 정도면 적당했을 거요. 아니면 공로훈장이라든가. 군인훈장도 가능하지."

"그 정도로는 부족해요."

"고맙소. 내가 그 세 개를 다 탔다오."

"VAL을 포획한 건 커다란 공로에요. 엄청난 사건이었을 거고요. 그건 완전히 미지의 무기였거든요. 그걸 통째로 가져왔으니 정말 큰 훈장을 받았을 거예요."

"예를 들면 어떤 거 말이오?"

"어머니는 수훈훈장일 거라고 추측하셨어요. 커다란 훈장이긴 하지만 다른 것들과는 조금 다르죠. 높은 책임감이 요구되는 임무를 성공적으로 수행해 미합중국에 각별히 이로운 공로를 세운 군인에게 주는 거니까요. 공식적인 전투 행위와는 완전히 무관해요. 대개는 정치적으로 고분고분한 준장급이나 그 이상의 장군들에게 수여되죠. 어머니는 그 즉시 수훈훈장을 수여받은 모든 군인들에 대해 조사를 하라는 명령을 받았어요. 준장급 이하의 군인들 가운데 수훈훈장을 받은 사람은 매우 드물어요. 그렇지만 그건 그날 밤 코렌갈 계곡에서 델타 부대를 지휘한 대위에게 줄 수 있는 가장 중요하고 유일한 훈장이죠."

나는 고개를 끄덕였다. 그녀의 말이 옳았다. 스베틀라나 호스는 상당히 유능한 분석가였다. 매우 잘 훈련되어 있을 뿐만 아니라 정보 능력 또한 뛰어났다. KGB가 일을 제법 잘해낸 것 같았다.

내가 말했다.

"그래서 당신들은 존이라는 이름을 가졌고 델타 부대의 대위이며 수훈훈장을 수여받은 사람을 찾고 있었던 거군. 1983년 3월에 말이오."

라일라가 고개를 끄덕였다.

"그리고 우리 생각이 맞는다면 훈장 수여 기록에는 사유가 적혀 있지 않을 거예요."

"그래서 수잔 마크를 끌어들인 거로군."

"우리가 끌어들인 게 아니에요. 그녀가 자진해서 돕겠다고 했어요."

"어떻게?"

"우리 어머니의 이야기를 듣고 화를 냈거든요."

스베틀라나 호스가 미소를 지으며 고개를 끄덕였다.

"그리고 내 이야기를 들었을 때도요. 난 아버지 없이 자랐어요. 수잔처럼요."

"그렇다면 어떻게 수잔이 당신에게 알려주기도 전에 존 샌섬의 이름을 알게 되었소? 뉴욕의 사설조사원들이 신문을 읽고 노닥거리다가 나왔을 것 같지는 않은데."

"그런 우연의 일치는 드물잖아요. 존, 델타포스, 별 하나짜리 장군도 아니면서 받은 수훈훈장. 처음 그 사람에 관해 알게 된 건 〈헤럴드트리뷴〉에서였어요. 그 사람이 상원의원 선거에 나간다고 했을 때요. 우린 그때 런던에 있었는데, 그 신문은 전 세계 어디서나 살 수 있거든요. 그건 〈뉴욕타임스〉 기사를 번역한 거였어요. 존 샌섬은 그 네 가지 기준에 모두 들어맞는 유일한 사람일 수 있었어요. 하지만 그래도 확실히 해두고 싶었죠. 마지막으로 진짜 그 사람인지 확인해야 했어요."

"마지막이라니, 뭘 하기 전에 마지막이오? 그 사람에게 무슨 짓을 하려는 거요?"

라일라 호스는 깜짝 놀란 듯 보였다.

"무슨 짓을 하다뇨? 우린 아무 짓도 안 해요. 단지 그 사람과 이야기를 하고 싶었을 뿐이에요. 그게 다예요. 우린 그 사람에게 물어보고 싶었어요. 어떻게 같은 인간에게 그런 끔찍한 짓을 할 수가 있느냐고요."

38

라일라 호스는 찻잔을 비운 뒤 받침접시 위에 내려놓았다. 도자기와 도자기가 점잖게 부딪쳤다.

그녀가 물었다.

"수잔이 갖고 있던 자료를 주실 건가요?"

나는 대답하지 않았다.

"우리 어머니는 너무 오래 기다렸어요."

"왜 그렇게 오래 기다렸소?"

"적절한 시간, 기회, 수단, 계기. 사실은 주로 돈 때문이었죠. 얼마 전까지만 해도 어머니가 알던 세상은 아주 좁았거든요."

내가 물었다.

"당신 남편은 어쩌다 죽었소?"

"내 남편이오?"

"모스크바에서 말이오."

라일라는 잠시 숨을 고른 다음 대답했다.

"그런 시절이었어요."

"당신 아버지도 마찬가지요."

"아뇨, 아까 말했잖아요. 내 남편이 당했던 것처럼 샌섬이 아버지의 머리를 쐈더라면, 아니면 칼로 찌르거나 목을 부러뜨렸더라면, 델타 대원들이 훈련받은 식으로 했더라면 지금처럼 되지는 않았을 거예요.

하지만 그는 그러지 않았어요. 우리 아버지에게 잔인한 짓을 했죠. 비인간적인 짓을 했어요. 우리 아버지는 총으로 자살을 할 수도 없었어요. 그 사람들이 아버지의 총을 빼앗아갔으니까요."

나는 아무 말도 하지 않았다.

"그런 사람을 상원의원으로 뽑고 싶어요?"

"적이 누구냐에 따라 달렸겠지."

"수잔이 알아낸 정보를 주시겠어요?"

"소용없을 거요."

"왜요?"

"왜냐하면 당신은 존 샌섬의 근처에도 가지 못할 테니까. 설사 당신이 말한 내용이 사실이라 할지라도 그건 군사 기밀이오. 앞으로도 오랫동안 그렇게 남아 있을 거고. 그리고 기밀이란 무슨 일이 있더라도 지켜져야 하오. 특히 요즘 같은 세상에는 더욱 그렇지. 벌써 연방기관 두 개가 끼어들었소. 방금도 낯선 남자들이 당신에 대해 캐묻고 다녔잖소. 잘해봐야 당신은 이 나라에서 추방되고 끝날 거요. 땅에 발을 댈 틈도 없이 사람들에게 붙들려 공항으로 후송될 테고, 손에는 수갑이 채워져 비행기에 태워지겠지. 그것도 3등석에 말이오. 바다 건너편에 비행기가 착륙하면 영국인들이 당신을 끌어내릴 테고. 그 뒤도 평생 감시를 받으며 살아야겠지."

스베틀라나 호스가 물끄러미 허공을 응시했다.

"그리고 최악의 경우에는 펑! 하고 흔적도 없이 사라질 거요. 1분 전까지 여기 있다가 별안간 온데간데없이 실종되는 거지. 평생 관타나모에서 썩을 수도 있고 시리아나 이집트로 보내져서 거기서 살해당할 수도 있소."

라일라 호스는 대답하지 않았다.

"내 충고를 듣고 싶소? 깡그리 잊어버리시오. 당신 아버지와 삼촌은 전쟁 중에 죽은 거요. 그런 일은 처음도 아니고 마지막도 아니오. 전쟁 중에는 비일비재하오."

"우린 그저 그 사람에게 왜 그랬느냐고 물어보고 싶은 것뿐이에요."

"왜 그랬는지는 당신도 알고 있잖소. 적성선포를 하지 않아 당신네 군인을 죽일 수가 없었기 때문이오. 교전 규칙이라는 게 있으니까. 임무를 수행하러 떠나기 전에 머리에 주입시키는 거 말이오."

"그래서 다른 사람이 손을 더럽히게 놔 둔 거군요."

"그런 시절이었소. 당신이 말했듯이 제3차 세계대전이 일어날 수도 있었거든. 다들 그것만은 피하고 싶어 했고."

"파일을 봤나요? 수잔이 정말로 정보를 갖고 있었어요? 그렇다 아니다로 대답해주세요. 어차피 정보를 직접 보지 않으면 아무 짓도 안 할거예요. 할 수도 없고요."

"당신은 아무 짓도 안 할 거요. 이야기는 이것으로 끝이오."

"말도 안 돼요. 너무 불공평하다고요."

"애초에 아프가니스탄을 침공하지 말았어야 했소. 당신도 여기 오지 말았어야 했고."

"그건 당신도 마찬가지죠. 당신이 돌아다닌 곳을 생각해봐요."

"거기에 대해선 나도 할 말 없소."

"정보의 자유는 어떻게 하고요?"

"그게 어쨌다는 거요?"

"미국은 자유국가잖아요."

"맞는 말이오. 그렇지만 요즘 미국법이 어떤지 알고 있소? 〈헤럴드 트리뷴〉을 더 자세히 읽지 그랬소."

"우리를 도와주지 않을 건가요?"

"호텔 안내인에게 당신들을 공항으로 데려다 줄 택시를 불러 달라고 말해주지."

"그게 다예요?"

"그게 내가 할 수 있는 최선이오."

"내가 어떻게 해야 마음을 바꿀 건가요?"

나는 대답하지 않았다.

"아무것도 없어요? 전혀?"

"전혀."

정적이 흘렀다. 차 전문가가 계산서를 가져왔다. 가죽이 덧대진 작은 종이끼우개에 들어 있었다. 라일라가 계산서에 서명했다.

"샌섬은 책임을 져야 해요."

"정말로 그가 그랬다면 말이지."

내가 말했다.

"혹은 정말로 누가 그랬다면."

나는 레오니드의 전화기를 꺼내 탁자 위에 올려놓은 다음 의자를 밀치고 일어나려 했다.

라일라가 말했다.

"전화기는 갖고 계세요."

"뭐 하러?"

"어머니와 난 여길 떠나지 않을 테니까요. 딱 며칠만 더 있을거예요. 그리고 당신과 계속 연락을 할 수 있으면 좋겠어요. 내가 당신과 이야기를 하고 싶을지도 모르잖아요."

그녀는 부끄러워하거나 수줍은 기색도 없이 덤덤하게 그렇게 말했다. 교태를 부리지도 않았다. 눈을 내리깔지도, 속눈썹을 살랑거리지도 않았다. 내 팔에 살짝 손을 올려놓거나 유혹을 하려들지도 않았으며, 내 결심을 바꾸려 들지도 않았다. 그녀의 말에는 아무 의미도 숨어 있지 않았다. 그저 솔직한 심정일 따름이었다.

"설사 당신이 우리 편이 아니더라도요."

순간 그녀의 목소리에 희미한 위협의 기미가 스쳐 지나갔다. 조심스레 귀를 기울이지 않으면 금세 놓쳐 버릴 정도로 작고 미묘한 악의 섞인 울림. 위험을 알리는 경종. 밝고 화사한 푸른 눈동자가 등줄기를 오싹하게 만들 정도로 차갑게 번득였다. 방금 전까지 평온하고 따스했던 여름 바다가 별안간 날카롭고 차가운 얼음 바다로 돌변한 것 같았다. 색깔은 똑같지만 온도는 다른.

아니면 그저 슬픔에 잠긴 것인지도 모른다. 불안하거나, 아니면 마음을 단단히 다지고 있는지도.

나는 그녀를 바라보다 결국 전화기를 주머니에 넣고 일어섰다. 57번가에는 택시들이 줄지어 늘어서 있었지만 빈 차는 한 대도 없었다. 그래서 나는 걸었다. 쉐라톤은 서쪽으로 세 블록, 남쪽으로 다섯 블록 거리에 있다. 20분이면 충분하다. 샘섬이 오찬 행사를 끝마치기 전에 도착할 수 있을 것이다.

39

나는 샘섬이 오찬 행사를 끝마치기 전에 도착하지 못했다. 무더운 날씨 탓에 게을러진 행인들이 인도를 가득 메우고 비켜주지 않은 탓도 있지만 오찬이 워낙 순식간에 끝나 버렸기 때문이다. 그럴 법도 하다. 샘섬의 월스트리트 후원자들은 돈을 버는 데에는 최대한의 시간을 투자하고 남에게 돈을 주는 데에는 최소한의 시간을 투자하는 작자들이니까. 심지어 샘섬과 똑같은 암트랙을 타지도 못했다. 나는 5분 차이로 DC행 열차를 놓쳤다. 그것은 즉 내가 그보다 한 시간 반이나 뒤쳐져 미국의 수도에 도착할 것이라는 의미였다.

캐넌 건물 입구에는 지난번에 봤던 경비원이 서 있었다. 그는 나를 알아보지 못했다. 그렇지만 어쨌든 나를 통과시켜주었다. 헌법 덕분이다. 수정헌법 제1조. 의회는 정부에 탄원할 수 있는 국민의 권리를 박탈하는 그 어떤 헌법도 제정할 수 없다. 내 주머니 속 잡동사니들이 엑스레이 머신을 통과하는 동안 나는 금속 탐지기를 지났다. 초록색 불빛이 깜박이며 안전하다고 알렸지만 온몸을 샅샅이 수색 당했다. 로비에는 한 무리의 수행원들이 시끄럽게 조잘거리고 있었다. 그중 한 명이 나를 샘섬의 사무실까지 안내해주었다. 복도는 크고 넓었으나 쓸데없이 복잡했다. 사무실들은 코딱지만큼 작았지만 근사하게 꾸며져 있었다. 한때는 널찍하고 근사했을 터이나 지금은 접견 대기실과 여러 개의 내부 공간으로 분리되어 있었다. 오랫동안 봉사해온 수행원이나 보좌관들을 위해서일 것이다. 또 어느 정도는 높은 사람들을 만나러 가는 길을 최대한 복잡하게 만들어 기를 죽이기 위한 것이기도 할 테고.

샌섬의 사무실은 다른 곳들과 똑같았다. 복도에서 이어지는 문, 벽에 붙은 깃발과 독수리, 가발을 뒤집어쓴 노인들의 초상화 몇 점, 그리고 젊은 여자가 앉아 있는 안내 데스크가 있었다. 샌섬을 위해 일하는 부하 직원, 인턴일지도 모른다. 스프링필드가 그녀의 책상 한쪽에 기대서 있었다. 그는 나를 보고 무뚝뚝한 표정으로 고개를 끄덕이더니 책상에서 몸을 떼고 문 앞까지 친절하게 마중을 나왔다.

"카페테리아로 갑시다."

카페테리아는 아래층에 있었다. 천장이 낮은 널찍한 공간으로 탁자와 의자들이 흩어져 있었다. 샌섬은 보이지 않았다. 스프링필드는 그럴 줄 알았다는 듯 툴툴거리더니 우리가 내려오는 사이 샌섬이 다른 길을 이용해서, 아마 동료 의원의 사무실을 통해 다시 올라간 것 같다는 결론을 내렸다. 그는 건물이 토끼굴처럼 비좁고 배배 꼬인 데다, 의원들은 언제나 대화와 호의를 주고받고 선거표를 교환하느라 바쁘다고 말했다. 우리는 똑같은 길을 되짚어 사무실로 올라갔다. 스프링필드가 문틈으로 고개를 빠끔히 들이밀더니 뒤로 물러나 내게 안으로 들어가라고 손짓했다.

샌섬의 내부 사무실은 벽장보다 조금 클 듯한 직사각형의 방으로, 심지어 30달러짜리 모텔 방보다도 작았다. 창문은 하나, 패널이 덧대진 벽에는 사진과 신문 기사를 오려 넣은 액자들이 걸려 있고, 선반에는 갖가지 기념품들이 정리되어 있다. 샌섬은 책상 뒤 붉은색 가죽의자에 앉아 있었다. 손에는 만년필이 들려 있고, 책상 위에는 여러 종류의 신문들이 집채만 한 높이로 쌓여 있다. 양복저고리를 벗은 와이셔츠 차림이었다. 그는 하루 종일 책상 앞에 앉아 있던 사람들 특유의 지루하고 따분한 표정을 짓고 있었다. 그는 사무실을 떠난 적이 없었다. 카페테리아로의 왕복 여행은 빤한 눈속임에 불과했다. 내가 봐서는 안 될 누군가를 몰래 내보내기 위한 수작이 틀림없었다. 그게 누구였을지 궁금했다. 왜 그래야만 했는지도 궁금했다. 손님용 의자는 아직도 따스했다. 엉덩이에 다른 사람의 체온이 느껴졌다. 샌섬의 뒤쪽 벽에는 그의 책에서 봤던 사진이 커다랗게 붙어 있었다. 도널드 럼스펠드와 사담 후세인이 바그다드에서 악수를 나누는 사진. 때로 친구는 적이 되고 적은 친구가 된다. 옆에는 그보다 작은 액자들이 줄줄이 걸려 있었다. 일부는 한 무리의 사람들과 함께 찍은 단체사진이었고, 일부는 샌섬이 미소를 지으며 누군가와 악수를 하는 모습이었다. 단체사진 중 몇 장은 공식적인 자리였고, 또 몇 개는 커다란 미소와 색종이가 날리는 배경으로 보아 선거에서 승리를 거둔 직후 찍은 스냅 사진인 것 같았다. 대부분의 사진에는 엘스페스가 함께 찍혀 있었다. 그녀의 머리 모양은 해를 거듭하며 변화하고 있었다. 스프링필드가 있는 사진도 있었다. 그의 작고 옹골찬 몸집은 조그만 사진 속에서도 알아보기가 쉬웠다. 두 장은 이른바 '행사용 연출사진'이라고 불리는 사진이었다. 그중 몇 명은 나도 아는 얼굴이었지만 나머지는 모르는 사람들이었다. 어떤 이들은 사진에 정성스럽게 서명을 했고 또 어떤 이들은 그러지 않았다.

　샌섬이 말했다.

"어떻게 됐소?"

내가 말했다.

"1983년 3월에 당신이 무슨 일로 수훈훈장을 수여받았는지 알아냈습니다."

"어떻게?"

"VAL 무소음 저격소총 덕분이죠. 지난번에 말한 그 노파가 당신이 그 총을 빼앗아온 러시아병의 부인이더군요. 그래서 그 이름을 듣고 반응한 겁니다. 라일라 호스나 스베틀라나 호스는 모르지만 과거에 호스라는 이름을 가진 남자를 알고 있었던 거죠. 그렇지 않습니까? 그 병사의 인식표를 가져가 번역해봤겠죠. 아직까지도 기념품 삼아서 갖고 있을 테고."

샌섬은 놀라지 않았다. 부인도 하지 않았다. 그저 이렇게 말했을 뿐이다.

"틀렸소. 인식표는 사후보고서와 함께 안전한 곳에 보관되어 있소. 다른 것들과 함께 말이오."

나는 아무 말도 하지 않았다.

샌섬이 입을 열었다.

"그의 이름은 그리고리 호스였소. 당시에 나와 비슷한 나이였고. 매우 유능해 보이더군. 하지만 그의 감적수는 그렇지 않소. 우리가 접근하는 것을 알아차리지 못했으니까."

나는 아무 대꾸도 하지 않았다. 기나긴 침묵이 흘렀다. 그제야 자신의 처지를 실감한 양 샌섬이 어깨를 축 늘어뜨리며 한숨을 내쉬었다.

"이런 식으로 밝혀지다니 기가 막히는구먼. 훈장은 보상이 되어야 하오. 형벌이 아니란 말이오. 이런 식으로 사람 인생을 망가뜨려도 안 되오. 평생 무거운 족쇄가 되어서 붙어 다녀서는 안 된단 말이오."

나는 아무 말도 하지 않았다.

"그래, 어쩔 작정이오?"

"아무것도 안 할 겁니다."

"진심이오?"

"1983년에 무슨 일이 있었는지는 내가 상관할 바가 아닙니다. 게다가 그 여자들은 나한테 거짓말을 했어요. 처음에는 베를린이라고 거짓말을 하더니 지금까지도 거짓말을 하는군요. 그들은 자신들이 모녀간이라고 했소. 하지만 난 안 믿습니다. 딸이라고 주장하는 여자는 보기 드문 미인인데 어머니라는 여자는 절벽에서 떨어진 메주처럼 못생겼소. 두 사람을 처음 만났을 때 같이 있던 여형사는 30년만 있으면 그 딸도 어머니와 똑같아질 거라고 했지요. 웃기는 소리요. 그 젊은 여자는 백만 년이 지나도 그 노파처럼은 보이지 않을 겁니다."

"그렇다면 진짜 정체가 뭐란 말이오?"

"노파 쪽은 진짜일 겁니다. 아프가니스탄에서 남편과 동생을 잃은 붉은 군대의 정치위원이죠."

"동생?"

"감적수 말입니다."

"젊은 여자는 가짜고?"

나는 고개를 끄덕였다.

"자기 말로는 런던에서 온, 고국에서 추방당한 억만장자의 부인이랍니다. 남편은 러시아에서 사업을 하다가 도태돼서 살아남지 못했고."

"그런데 그렇게 보이지 않는다는 거요?"

"옷은 그럴싸하게 입습니다. 행동거지도 그렇고. 어쩌면 정말로 그런 과거가 있는지도 모르죠."

"그런데? 그녀의 진짜 정체가 뭐요?"

"기자가 아닐까 생각합니다만."

"왜 그렇게 생각하는 거요?"

"아는 게 너무 많습니다. 호기심도 많고 탐구적이죠. 분석 능력도 뛰어나고요. 〈헤럴드트리뷴〉을 읽고, 이야기 솜씨도 탁월합니다. 하지만 말이 너무 많아요. 이야기하는 걸 좋아하는 여자입니다. 세부적인 것들을 공들여 묘사하고 과장하는 데 익숙하더군요. 스스로도 어쩔 수 없는 거죠."

"예를 들면?"

"지나치게 감동을 주려고 하더군요. 그 여자는 정치위원들이 보병들과 함께 참호에 머물렀다고 했습니다. 자기가 바위 참호 안에서, 붉은 군대의 코트 아래서 임신되었다고도 했습니다. 새빨간 거짓말입니다. 정치위원들은 후방에서 찌질거리는 겁쟁이들이었습니다. 언제나 전장에서 멀리 떨어져 있었죠. 안전하고 튼튼한 본부에 옹기종기 모여앉아 선전지나 만드는 게 고작이었어요. 물론 때로는 전선을 방문하기도 했지만, 위험한 곳에는 절대 발을 들여놓지 않았습니다."

"어떻게 그런 걸 아는 거요?"

"당신도 알잖습니까. 우리도 유럽에서 소련과 전쟁을 할 거라고 믿었죠. 그리고 당연히 우리가 승리할 거라고 생각했습니다. 그렇게 되면 소련군 수백만을 포로로 붙잡게 될 거고, 그래서 헌병은 그들을 다룰 방법을 훈련받아야 했습니다. 110부대가 직접 그 임무를 맡을 예정이었죠. 터무니없이 들릴지도 모르겠지만 펜타곤은 그 일을 상당히 진지하게 여겼습니다. 우리 군보다 붉은 군대에 대해 더 빠삭할 정도로 교육을 받았죠. 우리는 정치위원들을 어디서 찾을 수 있는지 압니다. 발견하면 즉시 처형하라는 명령을 받았죠."

"기자라면 어떤 부류일까?"

"아마 텔레비전일 겁니다. 그 여자가 뉴욕에서 고용한 사설업체 직원들이 텔레비전 방송국과 연결되어 있었으니까요. 혹시 동유럽 방송을 본 적이 있습니까? 앵커들이 모조리 여자죠. 하나같이 눈이 번쩍 뜨일 정도로 미인들이고."

"출신 국가는?"

"우크라이나."

"근거는?"

"분석적이고, 역사의식이 깊고, 인류애적인 관심이 약간 가미되어 있어요. 젊은 여자가 노파의 이야기를 듣고 어디 한번 조사해보자고 달려든 걸 겁니다."

"러시아판 히스토리 채널 같은 거요?"

"우크라이나라니까요."

"도대체 왜? 무슨 메시지를 보내고 싶어서? 지금 와서 우리에게 한 방 먹이고 싶다는 거요? 25년이나 지났는데?"

"우리가 아니라 러시아를 물 먹이려고 그러는 것 같습니다. 지금 러시아와 우크라이나 사이에는 상당히 팽팽한 긴장감이 돌고 있으니까요. 물론 미국을 사악한 존재로 그리긴 하겠지만 포악하고 못된 러시아가 불쌍하고 가엾은 우크라이나를 그런 끔찍한 상황으로 밀어넣었다고 말하고 싶은 거겠죠."

"왜 우리는 아직까지 그런 이야기를 듣도 보도 못한 거요?"

"시간이 너무 많이 흘렀습니다. 이 사람들은 확답을 줄 수 있는 증거를 찾고 있어요. 저널리스트답게 의심이 많아서 아직 망설이고 있는 겁니다."

"그들이 증거를 입수할 수 있을 것 같소?"

"당신에게서는 입수할 수 없겠죠. 그건 확실합니다. 다른 사람들은 그 일에 대해 자세히 알지 못할 거고, 수잔 마크는 그들에게 정보를 줄 만큼 오래 살지 못했습니다. 그러니 그 일이 다시 세상에 나올 일은 없을 것 같습니다. 그 여자들에게는 잊어버리고 집으로 돌아가라고 충고했습니다."

"왜 하필 모녀로 위장했을까?"

"그럴싸하잖습니까."

내가 말했다.

"사람들에게 좋은 인상을 줄 수 있으니까요. 리얼리티 프로그램처럼 말입니다. 아니면 잡화점에서 파는 시시껄렁한 잡지들이라든가. 우리쪽 문화를 꽤 열심히 연구했나봅니다."

"왜 이렇게 오랫동안 기다렸을까?"

"텔레비전 산업을 이만큼 발전시키는 데 시간이 걸렸을 겁니다. 다른 중요한 일들에 시간을 많이 허비했겠죠."

샌섬이 고개를 살짝 끄덕였다.

"나 말고 당시의 일에 대해 명확하게 알고 있는 사람이 없다는 건 틀린 말이오. 당신이 이미 충분히 알고 있으니."

"난 입을 다물 겁니다."

"그 말 믿어도 되겠소?"

"13년이나 군에서 복무했습니다. 아는 건 많지만 입 밖에 내지는 않아요."

"수잔 마크에게 그토록 손쉽게 접근할 수 있었다는 게 영 마음에 들지 않소. 그리고 우리가 처음부터 그녀를 알아차리지 못했다는 것도 마음에 들지 않고. 난 그날 아침까지 수잔 마크에 대해서는 들어본 적도 없었소. 마치 매복한 적에게 기습을 당한 기분이오. 게다가 우린 항상 몇 발짝 뒤쳐져 있고."

나는 그의 뒤 벽에 걸린 사진들을 바라보았다. 사람들의 작은 형체들을 훑었다. 그들의 몸집, 자세, 실루엣.

내가 말했다.

"정말입니까?"

"우리에게 미리 알려줬어야 했소."

"펜타곤에 물어보십시오. 그리고 워터게이트에서 만난 요원들에게도."

"그러지."

샌섬이 갑자기 입을 다물었다. 늘 그렇듯, 유능한 장교답게 머릿속으로 재빨리 변수를 고려하고 상황을 판단하고 있었다. 평소보다 다소 침착하고 평온한 태도로. **그 일이 다시 세상에 나올 일은 없을 것 같습니다.** 그는 한동안 내 말을 가능한 한 모든 각도에서 재보더니 곧 어깨를 으쓱하고는 약간 수줍은 표정으로 말했다.

"그래, 지금은 나에 대해 어떻게 생각하오?"

"그게 중요합니까?"

"난 정치가요. 당연히 중요하지."

"난 당신이 그 러시아 병사들의 머리를 쏴 버렸어야 했다고 생각합니다."

그는 잠시 말이 없었다.

"소음기가 없었소."

"그 사람들이 갖고 있었잖습니까."

"교전 규칙이라는 게 있잖소."

"그런 건 무시해 버렸어야 했습니다. 붉은 군대가 법의학 연구실과 함께 이동하는 것도 아니잖습니까. 누가 누구를 쐈는지 절대 알아내지 못했을 겁니다."

"그래서 나를 어떻게 생각하오?"

"그들을 부족민에게 넘겨줘서는 안 됐다고 생각합니다. 그럴 필요가 전혀 없었어요. 솔직히 말해 우크라이나 방송도 그 점을 강조할 겁니다. 그 노파를 당신 옆에 앉혀두고 대체 왜 그랬느냐고 캐묻겠죠."

샘섬이 어깨를 으쓱했다.

"차라리 그랬으면 좋겠군. 그 병사들을 아프가니스탄인에게 넘겨주지 않았거든. 우리는 그들을 풀어주었소. 계산된 행동이었지. 일종의 이중 속임수였달까. 그들은 저격소총을 잃어버렸소. 모두가 무자헤딘이 가져갔다고 생각할 터였지. 조금 미안한 기분이 들기도 했소. 군인이 적에게 무기를 빼앗긴다는 건 수치스러운 일이니까. 그들은 상사와 정치위원들이 두려울 테니 사실대로 털어놓겠지. 아프가니스탄인이 아니라 미국인이 무기를 강탈해갔다고 말이오. 하지만 장교와 정치위원은 병사들이 자신들을 얼마나 두려워하는지 아니 당연히 그게 거짓말이라고 생각할 거요. 총을 잃어버린 걸 무마하려는 허황되고 터무니없는 거짓말 말이오. 그래서 저격수의 변명을 환상이나 거짓말로 치부했을 거요. 그래서 나는 그들을 보내줘도 괜찮을 거라고 판단했소. 사실을 말한다고 하더라도 아무도 믿지 않을 테니까."

"그렇다면 정확히 무슨 일이 일어난 겁니까?"

샌섬이 말했다.

"아마 내 생각보다 훨씬 겁이 많았던 모양이오. 차마 부대로 돌아가지 못한 거지. 당황해서 근처를 떠돌다가 부족민들에게 잡힌 걸 거요. 게다가 그리고리 호스는 정치위원과 결혼했소. 아내가 무서웠을 거요. 결국 그래서 죽은 거고."

나는 아무 말도 하지 않았다.

"아무도 내 말은 믿지 않겠지만."

나는 대답하지 않았다.

"러시아와 우크라이나 사이에 긴장감이 돌고 있다는 말은 맞소. 하지만 러시아와 우리도 마찬가지요. 지금도 충분히 심각한 수준이지. 만일 코렌갈 계곡 사건이 공개된다면 어마어마한 폭탄이 터지게 될 거요. 다시 냉전시대로 돌아갈 수도 있소. 옛날과는 많이 다르겠지만. 적어도 옛날에는 소련도 제정신에 가까웠거든. 하지만 지금은 나도 잘 모르겠소."

우리는 한참 동안 침묵 속에 앉아 있었다. 시간이 느릿느릿 흘러갔다. 샌섬의 책상 전화기가 울렸다. 안내 데스크에 앉아 있는 비서의 전화였다. 수화기와 문 건너편에서 동시에 그녀의 목소리가 울렸다. 그녀는 샌섬이 지금 당장 살펴봐야 할 시급한 문제들을 끝없이 늘어놓기 시작했다. 샌섬이 전화를 끊고 말했다.

"그만 가봐야겠소. 수행원을 불러 나가는 길을 알려주지."

그는 자리에서 일어나 문 밖으로 나갔다. 마치 아무것도 숨길 게 없다는 듯이 결백한 사람인 양. 그는 나를 사무실 안에 홀로 남겨둔 채 문을 열어두고 떠났다. 스프링필드도 사라졌다. 남은 사람은 바깥 사무실 책상에 앉아 있는 여자뿐이었다. 그녀가 내게 미소를 보냈다. 나도 그녀에게 미소를 보냈다. 수행원은 나타나지 않았다.

우리는 항상 몇 발짝 뒤처져 있지. 샌섬은 이렇게 말했다. 나는 1분 정도 기다린 다음 심심한 듯 주위를 둘러보기 시작했다. 그러다 적당한 타이밍을 틈타 의자에서 일어서서 뒷짐을 진 채, 아무것도 숨길 것 없는 결백한 사람인 양, 낯선 사무실을 구경하는 평범한 손님처럼 방 안을 두리번거렸다. 나는 우연히 눈에 띄었다는 듯 책상 뒤에 있는 벽을 향해 다가갔다. 그러고는 액자에 걸려 있는 사진들을 자세히 들여다보며 내가 아는 얼굴들을 세기 시작했다. 처음에 셌을 때는 스물네 사람이었다. 대통령 넷, 정치가 아홉, 운동선수 다섯과 배우 둘, 그리고 도널드 럼스펠드와 사담 후세인, 엘스페스, 스프링필드까지.

거기에 한 명 더.

나는 도합 스물다섯 명의 얼굴을 알고 있었다.

승리를 자축하는 흥겨운 순간을 찍은 모든 사진들에는 샌섬의 바로 옆에 언제나 한 남자가 함박웃음을 띤 얼굴로 서 있었다. 성공적으로 일을 치러냈다는 만족감, 겸손이라는 게 뭔지도 모르겠다는 듯 자신의 공로를 흠뻑 치하하는 모습이었다. 전략가. 전술가. 판을 짜는 사람. 커튼 뒤에서 남몰래 암약하는 정치판의 해결사.

샘섬의 선거참모장일 것이다.

나와 비슷한 연배. 모든 사진에서 그는 색종이 조각이나 장식 리본을 뒤집어쓰거나 때로는 풍선더미에 무릎까지 묻힌 채로 바보 같이 웃고 있었다. 그러나 그의 눈동자는 차가웠다. 신중하고 예리한, 빈틈없고 계산적인 구석이 숨어 있었다.

야구 선수의 눈.

나는 스프링필드가 왜 나를 카페테리아로 데려갔는지 깨달았다.

내가 방문하기 전, 누가 샘섬의 손님용 의자에 앉아 있었는지 깨달았다.

우리는 항상 몇 발짝 뒤처져 있지.

거짓말쟁이.

나는 샘섬의 선거참모장을 알고 있다.

전에 본 적이 있었으니까.

그는 면바지와 폴로셔츠를 입고 한밤중에 뉴욕 시 지하철 6호선을 타고 있었다.

40

나는 벽에 걸려 있는 승리의 자축 사진을 일일이 신중하게 관찰했다. 단 한 장도 빠짐없이 내가 지하철에서 본 사내가 찍혀 있었다. 서로 다른 장소, 서로 다른 연도, 서로 다른 각도에서 찍은 사진들. 그러나 언제나 똑같은 사람이 끼어 있다. 그는 문자 그대로 샌섬의 오른팔이었다. 그때 수행원이 사무실로 들어왔다. 2분 뒤 나는 독립로에 서 있었다. 14분 뒤 나는 기차역에서 뉴욕행 기차를 기다렸다. 58분 뒤에는 기차 안에 편안히 앉아 워싱턴을 뒤로 하고 창밖으로 쓸쓸하게 이어지는 선로를 바라보았다. 내 왼쪽 창 밖에서는 안전모를 쓰고 밝은 주황색 조끼를 입은 한 무리의 남자들이 선로 위에서 한창 작업 중이었다. 그들의 조끼가 안개 속에서 빛을 발했다. 합성수지에 작은 반사 유리 조각들을 부착시킨 안전용 조끼일 터이다. 화학적 지식을 이용해 안전을 도모한다, 라. 조끼는 누가 봐도 도드라졌고 사람들의 관심을 한눈에 잡아끌었다. 나는 그들이 작은 주황색 점이 되어 시야에서 완전히 사라질 때까지 줄곧 지켜보았다. 바로 그때, 나는 내가 알 수 있는 모든 정보를 파악했다. 그리고 내가 알 수 있는 모든 것을 깨달았다. 그러나 당시에는 내가 무엇을 알게 되었는지 알지 못했다. 그때는 몰랐다.

기차가 펜 역에 도착했다. 나는 아침 식사를 했던 식당 건너편에 있는 다른 간이식당에서 때늦은 저녁을 먹었다. 그런 다음 웨스트 35번 가에 있는 14번 관서까지 걸어갔다. 야간 근무조가 근무할 시간이었다. 테레사 리와 그녀의 파트너 도허티는 이미 출근해 있었다. 경찰관 집합실은 조용했다. 마치 모든 공기가 빠져나간 듯했다. 나쁜 소식이 휩쓸고 지나간 듯이 말이다. 그러나 바쁘게 뛰어다니는 사람은 없었다. 그러므로 나쁜 소식은 여기가 아니라 다른 구역에서 터진 게 틀림없다.

입구에 앉아 있던 안내 경관은 나를 기억하고 있는지 의자를 돌려 리를 바라보았다. 리는 나와 이야기를 하든 말든 상관없다는 투로 얼굴을 찌푸렸다. 안내 경관이 다시 몸을 돌리더니 여기 있든 말든 순전히 당신 마음이라는 투로 얼굴을 찡그렸다. 나는 문을 열고 책상들 사이를 지나 집합실 안쪽으로 들어갔다. 도허티는 전화통을 붙들고 있었는데 주로 듣는 역할이었다. 리는 하릴없이 자리에 앉아 있었다.

그녀가 나를 보고 말했다.

"오늘은 그럴 기분 아니에요."

"뭘 말이오?"

"수잔 마크요."

"무슨 소식이라도 있소?"

"하나도 없어요."

"아들 소식도?"

"걱정을 너무 많이 하는 거 아니에요?"

"당신은 걱정되지 않소?"

"눈곱만큼도요."

"사건은 아직도 닫혀 있소?"

"물고기 똥구멍만큼이나요."

"알겠소."

그녀는 말을 멈추더니 한숨을 내쉬었다.

"뭐 알아낸 거라고 있어요?"

"다섯 번째 승객이 누군지 알아냈소."

"승객은 네 명밖에 없었다니까요."

"그리고 지구는 평평하고 달은 치즈로 만들어졌지."

"그 다섯 번째 승객이 30번가와 45번가 사이에서 범죄를 저질렀나요?"

"그건 아니오."

"그러면 사건은 끝난 거예요."

도허티가 수화기를 내려놓더니 의미심장한 표정으로 파트너를 힐끔 쳐다보았다. 나는 그 표정이 무슨 뜻인지 안다. 13년 동안 경찰과 비슷한 일을 하면서 수도 없이 봤기 때문이다. 그것은 다른 누군가가 커다란 사건을 맡고 있고, 자신이 그 사건을 맡지 않아 천만다행이라는 표정이었다. 그러나 약간 아쉬워하는 기미도 섞여 있었다. 왜냐하면 어떠한 사건의 담당이 된다는 것은 관료적인 업무 때문에 골치는 좀 아플지 몰라도 적어도 옆에서 팔짱을 끼고 지켜보는 것보다는 낫기 때문이다.

내가 물었다.

"무슨 일이오?"

리가 대답했다.

"17번가에서 다중살인 사건이 발생했어요. 꽤 고약한 사건이에요. FDR 드라이브에서 네 명이 구타당한 뒤에 살해됐죠."

"망치로."

도허티가 덧붙였다.

"망치?"

"목수들이 쓰는 것 말이오. 23번가에 있는 홈디포 제품이라더군요. 아직 반짝거리는 새것이랍니다. 현장에서 발견되었는데 그때까지 가격표가 붙어 있더랍니다. 피투성이가 되어서."

내가 물었다.

"희생자는 누구요?"

"아직 모릅니다."

도허티가 말했다.

"그래서 망치를 사용한 것 같습니다. 얼굴이 완전히 엉망이 됐거든요. 이빨도 다 빠개졌고 손가락 끝도 훼손되었고요."

"늙었소, 젊소? 흑인? 백인?"

"백인. 나이가 그리 많지는 않고 양복을 입고 있었습니다. 단서가 아무것도 없어요. 주머니에 가짜 전화번호가 찍힌 명함이 들어 있는 점만 빼면요. 회사 이름은 뉴욕 주 어디에도 등록되어 있지 않고, 전화번호도 없는 번호입니다. 어떤 영화사가 이용하는 가짜 번호라는군요."

41

도허티의 책상 전화가 시끄럽게 울렸다. 그는 수화기를 집어들고 묵묵히 상대방의 말에 귀를 기울였다. 17번가에 있는 동료이리라. 사건에 대해 보다 자세한 소식을 전해주고 있을 것이다.

나는 리를 돌아보며 말했다.

"이제 사건 파일을 다시 열어야 할 거요."

"왜요?"

"왜냐하면 죽은 사람들이 라일라 호스가 고용한 이 지역 사설조사원이기 때문이오."

그녀는 나를 빤히 올려다보며 말했다.

"당신 뭐예요? 초능력자?"

"그 사람들과 만난 적이 있소. 두 번."

"당신이 누군가를 두 번 만났다고 해서 희생자가 그 사람들이라는 증거는 없어요."

"내게 가짜 명함을 줬소."

"그런 사람들은 모두 가짜 명함을 갖고 다녀요."

"똑같은 종류의 가짜 번호가 적힌 걸로 말이오?"

"그런 번호는 원래 영화사나 텔레비전 방송국을 통하지 않으면 구할 수가 없다고요."

"그 사람들은 전직 경찰이었소. 그런데도 신경 쓰이지 않소?"

"나는 경찰들에게 관심이 있어요. 전직 경찰이 아니라."

"자기들 입으로 직접 라일라 호스가 고용했다고 했소."

"아뇨, 어떤 사람들이 그녀의 이름을 말한 거죠. 살해당한 사람들이 그런 건 아니잖아요."

"이게 다 우연이라고 생각하오?"

"누구든 그 사람들을 고용했을 수 있어요."

"예를 들면?"

"이 세상 사람이라면 누구나요. 여긴 뉴욕이에요. 뉴욕에는 그런 사설조사원들이 넘쳐난다고요. 다들 무더기로 몰려다니죠. 똑같은 차림새에, 똑같은 일을 하면서요."

"그 사람들이 존 샌섬의 이름도 언급했소."

"아뇨, 당신이 만난 어떤 사람들이 존 샌섬의 이름을 언급한 거죠."

"사실 내가 그 이름을 처음 들은 것도 그 사람들에게서였소."

"그렇다면 샌섬의 부하들일 수도 있겠네요. 라일라 호스가 고용한 게 아니라요. 어떻게 생각해요? 샌섬이 여기까지 자기 부하들을 풀 정도로 이 일에 관심을 갖고 있다는 뜻일까요?"

"지하철에 자기 참모장을 심어두고 있었소. 그 사람이 다섯 번째 승객이었지."

"맙소사, 또 시작이군요."

"아무 조치도 취하지 않을 거요?"

"17번가 경찰에게 알리도록 하죠. 참고하라고."

"사건을 다시 열 생각은 없고?"

"내 관할구역에서 범죄가 일어나지 않는 한 그럴 일은 없어요."

내가 말했다.

"나는 포시즌에 가보겠소."

늦은 시각이었다. 나는 제법 서쪽에 와 있었다. 6번로에 이를 때까지도 택시를 잡을 수가 없었다. 택시를 타고 나자 순식간에 호텔에 도착했다. 로비는 조용했다. 나는 당당하게 로비를 지나 엘리베이터를 타고 라일라 호스가 묵고 있는 층까지 올라갔다. 쥐 죽은 듯 고요한 복도를 지나 그녀의 방 앞에 도착했다.

문이 열려 있었다.

문의 걸림쇠가 튀어나와 있고, 도어클로저(개폐 시 문이 저절로 닫히는 장치―역주) 때문에 그 끝이 문설주에 끼어 있었다. 나는 잠시 망설이다가 문을 두드렸다.

아무 대답도 없었다.

문을 밀었다. 스프링 때문에 문이 다시 밀려나왔다. 나는 손바닥으로 문을 45도쯤 민 다음에 귀를 기울였다.

아무 소리도 나지 않았다.

문을 끝까지 밀어 활짝 열고 안으로 들어갔다. 거실은 어두웠다. 불은 꺼져 있었지만 커튼이 열려 있어 밤거리의 휘황찬란한 조명이 실내를 밝히고 있었다. 방은 비어 있었다. 빈방, 아무도 없다. 체크아웃을 했는지 텅 비어 있다. 구석에 놓여 있던 쇼핑백도, 조심스럽게 늘어놓은, 아니 아무렇게나 팽개쳐놓은 개인용 물품들도 없었다. 의자 위에 코트도 없고, 바닥 위에 신발도 없다. 인기척도 느껴지지 않았다.

침실도 다를 바가 없었다. 침대는 깔끔하게 정돈되어 있었지만 시트 위에는 서류가방이 놓여 있었던 듯한 움푹 들어간 자국과 주름이 남아 있었다. 옷장은 비어 있었다. 욕실에는 사용한 수건들이 어지럽게 널려 있었다. 샤워부스에도 물기가 없었다. 어렴풋이 라일라 호스의 향수 냄새가 코끝을 스치고 지나갔으나 그게 다였다.

나는 방 세 개를 다시 한 번 주의 깊게 살펴본 다음 다시 복도로 나왔다. 등 뒤에서 문이 닫혔다. 이번에는 스프링이 제 역할을 제대로 해냈다. 문의 잠금쇠가 튀어나와 문설주 구멍에 걸리는 소리가 들렸다. 금속과 나무가 부딪치는 소리. 나는 엘리베이터로 걸어가 버튼을 눌렀다. 나를 기다렸기라도 한 듯 즉시 엘리베이터 문이 열렸다. 밤늦은 시간. 쓸데없이 엘리베이터가 움직일 일도 없다. 쓸데없는 소음도 없다. 나는 다시 로비로 내려가 안내 데스크로 향했다. 야간 근무조 직원들이 일하고 있었다. 낮만큼은 아니지만 50달러 트릭을 이용하기에는 지나치게 많은 숫자였다. 포시즌은 그런 편법이 통하는 호텔이 아니다. 컴퓨터 화면을 들여다보던 남자가 고개를 들더니 무엇을 도와줄까 물었다. 나는 그에게 호스 모녀가 언제 체크아웃을 했는지 물었다.

"이름이 뭐라고요?"

그가 물었다. 침착하고 조용한 목소리, 위층에서 코를 골고 있는 손님들을 깨울까 봐 조심하는 듯한 사근사근한 목소리였다.

"라일라 호스와 스베틀라나 호스요."

내가 말했다.

그는 내가 무슨 말을 하는지 이해할 수 없다는 듯 당황스러운 표정을 짓더니 화면에 시선을 고정하고 키보드를 몇 개 두드렸다. 그런 다음 마우스를 이리저리 휘젓다가 다시 키보드를 몇 개 더 두드렸다.

"죄송합니다, 손님. 그런 이름을 가진 손님에 대한 기록은 전혀 없는데요."

나는 방 번호를 불러주었다.

그는 키보드를 몇 번 더 두드리더니 의아하다는 표정을 지었다.

"그 방은 이번 주 내내 손님이 묵은 적이 없습니다. 요금이 매우 비싸서 찾는 손님이 거의 없거든요."

나는 머릿속으로 방 번호를 다시 한 번 확인했다.

"어제 그 방에 들른 적이 있소. 그때는 누군가 분명 사용하고 있었소. 그리고 오늘 거기 묵던 손님들과 티룸에서 차를 마시기도 했고. 그러니 계산서에 서명이 남아 있을 거요."

직원은 다시 컴퓨터 기록을 뒤졌다. 그는 화면에 티룸의 계산서를 불러내 방 호수 앞으로 지불된 기록이 있는지 찾아보았다. 그는 내가 직접 볼 수 있게 컴퓨터 화면을 반쯤 돌린 다음 직원들이 손님들을 설득할 때 으레 사용하는 제스처를 취했다. 우리는 차 두 잔과 커피 한 잔을 마셨다. 그러나 그런 계산 기록은 존재하지 않았다.

그때, 뒤에서 작은 소리가 들려왔다. 양탄자에 구두밑창이 쓸리는 소리, 거칠고 빠른 숨소리, 천들이 스치며 사각거리는 소리. 그리고 금속이 부딪치는 날카로운 소리. 나는 몸을 돌렸다. 그리고 완벽한 반원을 그리며 서 있는 일곱 명의 사내들과 마주 보았다. 네 명은 경찰 제복을 입고 있었다. 그리고 나머지 세 명은 전에도 만난 적이 있는 연방요원들이었다

경찰들은 산탄총을 들고 있었다.

연방요원들은 다른 것을 들고 있었다.

42

　일곱 명. 일곱 대의 무기. 경찰들이 들고 있는 산탄총은 프란치 SPAS-12였다. 이탈리아제. 뉴욕 경찰의 표준장비는 아닐 터이다. SPAS-12는 무시무시하게 생긴 초현대식 무기로써 12게이지 반자동 활강총이다. 권총 손잡이가 달려 있고 개머리판을 접을 수 있다. 장점? 셀 수 없이 많다. 단점은 두 가지. 첫 번째는 바로 가격이다. 하지만 지금 보아하니 일부 경찰특공대에서는 이 녀석을 구입하는 모양이다. 두 번째 단점은 바로 반자동이라는 점이다. 이론상 SPAS-12는 그리 믿음직한 산탄총이 아니다. 쏘는 사람이나 맞는 사람이나 불안하다. 간혹 오작동을 하는 경우가 있기 때문이다. 그러나 네 대의 총기가 한꺼번에 오작동을 할 확률은 매우 희박하다. 내가 복권을 사지 않는 것도 그런 이유에서다. 낙천주의는 좋지만 맹목적인 믿음은 나쁘다.

　연방요원 중 둘은 글록 17을 쥐고 있다. 9밀리미터 자동권총으로 오스트리아제다. 네모났고 각지며 믿음직스럽고 20년이 넘는 기간 동안 그 유용성을 충실하게 입증해왔다. 나는 개인적으로 베레타 M9을 선호한다. 이놈 역시 프란치와 마찬가지로 이탈리아 제품이다. 그러나 글록도 백만한 번 중 백만 번 정도는 베레타만큼이나 훌륭하게 제 할 일을 해낸다.

　지금 이 순간 글록이 할 일은 내 관심을 끌어 내가 꼼짝도 못하게 만드는 것이다.

지휘 요원은 정확히 반원의 중앙에 서 있었다. 왼쪽에 셋, 오른쪽에 셋. 그는 내가 텔레비전 말고는 한 번도 실제로 본 적이 없는 무기를 들고 서 있었다. 아직도 기억이 난다. 텍사스 플로렌스에서 묵었던 한 모텔 방에서 본 케이블 채널이었다. 군사 채널이 아닌 내셔널 지오그래픽이었다. 아프리카에 관한 프로그램. 내전이나 폭동, 질병, 기아를 다루지도 않았다. 야생동물을 다룬, 게릴라가 아닌 고릴라를 다룬 프로그램이었는데 한 무리의 동물학자들이 나이 많은 수컷 우두머리 고릴라를 추적하는 내용이었다. 그들은 고릴라의 귀에 무선 추적 장치를 부착하고 싶었다. 그렇지만 그 고릴라는 거의 250킬로그램이나 나갔다. 4분의 1톤. 그래서 그들은 강력한 마취제를 장전한 다트총으로 고릴라를 잠재웠다.

리더 요원이 나를 향해 겨누고 선 것도 바로 그것이었다.

다트총.

내셔널 지오그래픽 사람들은 시청자들에게 다트총으로 고릴라를 마취시키는 것이 얼마나 인도적이고 자비로운 처사인지 설명하느라 무던히도 애썼다. 그들은 상세한 도표와 컴퓨터 시뮬레이션을 보여주었다. 화살은 의료용 강철로 제조된 화살대와 원통형의 작은 화살깃으로 구성되어 있다. 그리고 화살대 끝에는 마취제가 담긴 살균된 세라믹벌집이 붙어 있다. 방아쇠를 당기면 화살이 고속으로 발사되고 고릴라의 몸통에 약 1센티미터 깊이로 박힌다. 살덩이에 막힌 화살은 움직임을 멈추지만 화살 끝은 계속해서 전진하고 싶어 한다. 관성이라는 거다. 뉴턴의 운동법칙. 충돌 시의 충격과 관성이 세라믹 구조물을 터트리고, 벌집 안에 들어 있던 약물이 앞으로 분출된다. 분무기와는 약간 다르다. 자욱한 안개가 퍼져나가듯, 커피가 종이타월을 적시듯, 미세한 약물방울이 피부 속 세포에 스며든다. 총 자체는 단발이다. 화살을 하나밖에 장전할 수 없기 때문이다. 화살을 밀어내는 동력은 작은 병에 들어 있는 압축가스다. 내 기억에 의하면 아마 질소일 거다. 재장전은 힘들다. 따라서 한 방에 명중시켜야 한다.

다큐멘터리에 나온 동물학자들은 한 방에 성공했다. 8초 후, 고릴라가 휘청거리기 시작했다. 20초 뒤에는 완전히 의식을 잃었다. 고릴라는 열 시간 뒤 완벽한 건강 상태로 깨어났다.

하지만 녀석은 나보다 두 배나 크고 무거웠다.

나는 호텔의 안내 카운터를 등지고 있었다. 등에 딱딱한 촉감이 느껴졌다. 윗판의 너비는 약 35센티미터, 바닥으로부터의 높이는 1미터 정도다. 술집의 바와 비슷한 높이다. 손님들이 서류를 펼치기에 알맞은 높이. 서명을 하기에도 알맞은 높이. 그 뒤에는 직원들을 위해 마련된 일반 책상만 한 높이의 빈 공간이 있다. 깊이는 약 75센티미터. 그보다 더 깊을 수도 있다. 명확하진 않다. 그러나 그 앞의 장애물이 너무 높고 넓어 뛰어넘기가 불가능하다. 특히 등을 지고 있을 때에는. 게다가 그래 봤자 부질없는 짓이다. 카운터를 뛰어넘어봤자 도망갈 길은 없다. 나는 여전히 독 안에 든 쥐다. 카운터 앞에 서 있는 게 아니라 카운터 뒤에 쪼그리고 앉은 게 다를 뿐이다. 득이 될 것도 없다. 일이 잘못되어 바퀴달린 의자에 떨어지거나 발이 전화선에 걸리기라도 하면 오히려 잃을 것만 산더미다.

나는 고개를 돌려 뒤쪽을 힐끔 확인했다. 아무도 없었다. 직원들은 이미 사선에서 벗어나 양옆으로 피신해 있다. 무슨 일이 일어날지 이미 알고 있었던 게 분명하다. 어쩌면 연습을 했을지도 모른다. 나를 노려보고 있는 일곱 사내들은 아무런 걱정 없이 마음껏 발사할 수 있었다.

진퇴양난. 사면초가. 앞으로 갈 수도 없고 뒤로 물러날 수도 없다.

나는 꼼짝도 하지 않았다.

리더 요원이 다트총의 총구를 아래로 내리더니 내 왼쪽 허벅지를 일직선으로 겨눴다. 내 넓적다리는 상당히 큼지막한 표적이다. 피하지방도 얼마 없다. 단단한 근육뿐. 거미줄처럼 얽힌 모세혈관과 다른 많은 것들이 신속하고 효과적으로 혈액순환을 돕는다. 새로 산 푸른색 바지를 제외하면 화살의 진로를 가로막을 장애물도 없다. 게다가 바지는 얇은 여름용이다. **그런 차림으로는 안 돼요. 들어가지도 못하고 쫓겨날 테니까.** 나는 온몸을 긴장시켰다. 두껍고 탄탄한 근육으로 그 염병할 것을 튕겨내기라도 할 듯이. 그러나 곧 포기했다. 근육은 고릴라에게도 아무런 도움이 되지 않았다. 내게도 마찬가지일 것이다. 일곱 사내들 뒤로 응급요원들이 어두운 구석에서 대기하고 있는 모습이 보였다. 소방대원 제복을 입고 있었다. 남자 셋, 여자 하나. 그들은 조용히 기다리고 있었다. 심지어 들것까지 준비해놓은 상태였다.

모든 일이 수포로 돌아갈 경우에는 말을 걸어라.

나는 말했다.

"내게 물어볼 게 남았다면 앉아서 대화를 청하면 될 텐데. 커피를 마셔도 좋고. 문명인답게 말이오. 원한다면 디카페인 커피를 마셔도 되오. 워낙 늦은 시간이니 그 정도는 봐줘야겠지. 제법 신선한 커피를 대접받을 수 있을 거요. 그 유명한 포시즌이니까."

리더 요원은 대꾸하지 않았다. 대신 방아쇠를 당겼다. 2.5미터 앞에서 깃털을 단 화살이 내 허벅지 살집을 향해 똑바로 달려들었다. 압축 가스가 펑 하는 소리를 내며 밀려나왔다. 다리에 통증이 느껴졌다. 주사를 맞을 때와는 또 달랐다. 뭔가 무딘 것이 쿵 하고 부딪치는 느낌이었다. 마치 칼침을 맞은 것 같았다. 이 모든 게 비현실적으로 느껴졌다. 그러다 갑자기 격렬하고 거친 분노가 들끓기 시작했다. 내가 고릴라가 된 것 같았다. 그 빌어먹을 동물학자들에게 제발 날 내버려두고 집에나 가라고 말해주고 싶었다.

연방요원이 총구를 내렸다.

얼마 동안은 아무 일도 일어나지 않았다. 잠시 후 심장이 요동치고, 혈압이 뜨겁게 치솟았다 급작스럽게 떨어졌다. 귓전에 관자놀이로 피가 쏠리는 소리가 들렸다. 20년 전 처음으로 중국 음식을 먹었을 때도 그랬다. 아래를 내려다보았다. 깃털 달린 화살 꽁무니가 바지에 찰싹 달라붙어 있었다. 나는 화살을 잡아 뽑았다. 화살대에 피가 묻어 있었고 끄트머리는 없었다. 세라믹벌집은 가루가 되어 사라졌고, 그 안에 담겨 있던 액체는 이미 내 몸 안에 침투해 활동을 시작했다. 상처에서 핏방울이 몽글몽글 솟아나와 바지에 스며들었다. 씨실과 날실을 타고 마치 그물망처럼 교차된 대도시의 도로를 따라 달리듯 심장이 세차게 뜀박질한다. 붉은 피가 혈관 속을 쏜살같은 속도로 달려 나간다. 멈추고 싶었다. 멈춰야 했다. 하지만 손쓸 길이 없었다. 나는 카운터에 몸을 기댔다. 잠깐만, 아주 잠깐 동안만 이러고 있자. 금방 정신이 돌아올 거야. 반원 모양으로 내 앞을 가로막고 있던 놈들이 갑자기 양옆으로 미끄러진 것처럼 보였다. 마치 야구경기에서 번트 수비를 하듯이. 그들이 움직인 건지 내가 머리를 움직인 건지는 알 수 없었다. 어쩌면 방이 움직인 것인지도 모른다. 머리가 어지럽다. 주변이 엄청난 속도로 팽글팽글 돌고 있다. 호텔 카운터가 내 어깨뼈 아래를 찍어 눌렀다. 카운터가 일어나고 있든지 내가 아래로 미끄러지고 있든지 둘 중 하나일 것이다. 나는 손을 뒤로 뻗어 카운터를 짚었다. 카운터가 움직이지 않게, 아니면 내가 흔들리지 않게 힘주어 눌렀다. 소용없었다. 카운터 모서리가 내 뒤통수를 강타했다. 머릿속 시계도 더 이상 작동하지 않았다. 나는 시간을 세려 했다. 9초까지 세고 싶었다. 적어도 고릴라보다는 더 오랫동안 버티고 싶었으니까. 마지막 남은 한 조각 자존심. 그러나 과연 성공하고 있는지는 알 수 없었다.

엉덩이가 바닥에 부딪쳤다. 더 이상 앞이 보이지 않았다. 눈앞이 흐릿해지거나 어두워지지는 않았다. 오히려 눈부시도록 밝았다. 시야 가득 정체 모를 은빛 형체들이 소용돌이치고, 번쩍이는 섬광의 잔상이 꼬리를 끌며 홱홱 지나갔다. 마치 유원지에서 너무 빨리 돌아가는 놀이기구를 수천 번씩 되풀이해 타는 것 같았다. 말도 안 되는 꿈들이 이어졌다. 숨이 막힐 정도로 생생하고 절박한 이미지들. 색깔이 너무 많다. 움직임도 너무 많다. 나중에 알게 되었지만 꿈이 시작된 시점에서 나는 공식적으로 의식을 잃었다. 나는 포시즌의 로비 바닥에 정신을 잃고 쓰러졌다.

43

정확히 언제 눈을 떴는지는 모른다. 머릿속 시계는 여전히 멈춰 있었다. 그러나 곧 현실감각이 돌아왔다. 나는 간이침대에 누워 있었다. 손목과 발목에는 플라스틱 수갑이 채워져 있고, 사슬은 침대의 난간과 연결되어 있었다. 옷은 그대로였다. 신발만 빼고. 신발은 사라지고 없었다. 아직도 몽롱한 머릿속에서 죽은 형의 목소리가 들려왔다. 어린 시절에 형이 자주 써먹던 말이었다. **다른 사람을 비판하기 전에 먼저 그 사람 신발을 신고 걸어봐야 해**(다른 사람의 입장에서 생각해봐야 한다는 관용어—역주). **그런 다음 그 사람을 비판하기 시작하면 넌 벌써 몇 킬로미터는 도망갔을 거고, 그 사람은 널 양말만 신고 쫓아와야 할 거야.** 발가락을 꿈틀거려보았다. 이번에는 엉덩이를 움직여 보았다. 바지주머니가 텅 비어 있는 게 느껴졌다. 놈들이 내 물건을 가져갔다. 어쩌면 일일이 번호를 붙이고 목록을 만들어 비닐봉지에 넣어 증거물로 보관하고 있을지도 모른다.

머리를 어깨 쪽으로 기울여보았다. 턱을 셔츠에 문질렀다. 수염이 자라 있었다. 내가 기억하는 것보다 조금 더 길었다. 정신을 잃고 여덟 시간쯤 지난 듯했다. 내셔널 지오그래픽에 나왔던 고릴라는 열 시간 동안 깨어나지 못했다. 고릴라 대 리처. 리처 1점. 물론 고릴라보다는 적은 양의 마취제를 사용했을 것이다. 최소한 그랬길 바란다. 그때 그 거대한 동물은 나무가 넘어가듯 갑작스레 쓰러졌다.

고개를 들고 주위를 둘러보았다. 나는 감방 안에 갇혀 있었다. 그리고 감방은 방 안에 있었다. 창문은 없었고 형광등은 밝았다. 오래된 구조물 안에 세운 새로운 구조물. 점용접법으로 급히 제작한 단순한 철제우리 세 개가 크고 오래된 벽돌 방 한가운데 늘어서 있었다. 감방의 가로, 세로, 그리고 높이는 각각 모두 2.5미터가량. 천장에도 네 개의 벽과 마찬가지로 쇠창살이 덧대져 있다. 바닥은 강철판이었다. 철판의 네 가장자리는 오목하게 파여 3센티미터 깊이의 얕은 접시 모양을 하고 있었다. 액체가 쏟아질 경우에 대비한 것이다. 감방 안에서는 온갖 것들이 쏟아진다. 접시 부분 안쪽에 용접되어 있는 가로장은 모든 세로 창살의 버팀목이 되고 있었다. 바닥에는 나사못 대가리가 하나도 없었다. 바닥에 고정되어 있지 않다는 의미다. 그저 마룻바닥 위에 놓아둔 것에 불과하다. 크고 오래된 방에 세 개의 독립적인 구조물이 놓여 있는 것이다.

방의 천장은 높고 둥그스름한 원통형이었다. 벽돌벽은 흰색 페인트로 덮여 있지만 오래되고 별로 튼튼하지도 않아 보인다. 어떤 사람들은 벽돌의 종류와 쌓인 패턴만 보고도 건물이 언제 건축되었고 정확히 어디에 위치해 있는지 알아낼 수 있다. 그러나 내게는 그런 능력이 없었다. 그럼에도 동부 연안에 있는 건물 같다는 생각이 들었다. 19세기 즈음 수공으로 세운 건물일 것이다. 일처리는 빠르지만 어딘가 허술한 이주노동자들의 솜씨. 뉴욕이다. 나는 아직 뉴욕에 있다. 십중팔구 지하일 것이다. 지하 특유의 느낌이 난다. 축축하지도 않고 시원하지도 않지만 온도와 습도가 마치 땅속처럼 안정적이다.

나는 세 개의 감방 중 가운데에 갇혀 있었다. 감방 안에는 내가 묶여 있는 간이침대와 변기가 있다. 하지만 그뿐이다. 그 외에는 아무것도 없다. 변기 둘레에는 약 1미터 높이의 가리개가 U자 모양으로 둘러져 어느 정도 프라이버시를 보호해주고 있고, 변기의 물탱크 위에는 간이 세면대가 마련되어 있다. 수도꼭지가 보였다. 하나뿐이다. 따뜻한 물은 꿈도 못 꾸겠군. 다른 감방들도 복사라도 해놓은 듯 똑같았다. 간이침대, 변기, 이상 끝. 각각의 감방에서 최근에 판 도랑 자국이 감방 밖 바닥으로 이어져 있다. 완벽하게 평행선을 그리는 세 개의 도랑. 방금 부은 듯한 깨끗한 콘크리트. 화장실과 세면대로 이어지는 배수 시설의 흔적이다.

나머지 감방 두 개는 비어 있다.

나는 혼자였다.

멀찍한 구석, 벽과 천장이 만나는 지점에 감시카메라가 설치되어 있었다. 번들거리는 유리눈. 방 전체를 잡아내는 광각렌즈다. 세 개의 감방을 한꺼번에 감시하기 위해서일 것이다. 이 방 어딘가에는 마이크도 설치되어 있겠지. 그것도 하나 이상. 몇 개는 아주 가까운 곳에 있을 것이다. 도청은 사실 매우 어려운 일이다. 핵심은 소리를 또렷하게 잡아내는 것이다. 메아리는 모든 것을 엉망으로 만든다.

왼쪽 다리가 욱신거렸다. 바지를 들춰보니 화살을 맞은 자리에 멍과 작은 상처가 나 있었고 바지에는 피가 말라붙어 있다. 별로 많은 편은 아니다. 나는 손목과 발목에 채워진 수갑의 강도를 시험해보았다. 부술 수가 없었다. 30초 정도 수갑을 다양한 방향으로 당겨보고 흔들어보았다. 수갑을 벗기기 위해서가 아니었다. 이렇게 요란스럽게 굴면 다시 마취를 당할지 알고 싶었다. 그리고 누군지는 모르지만 지금 감시카메라와 마이크를 통해 나를 지켜보고 있을 사람의 관심을 끌어보고 싶었다.

다시 마취총을 맞지는 않았다. 머리가 맑아지면서 약간의 두통이 밀려왔다. 육체와 정신의 활발한 활동도 다리의 통증을 지워 버리지는 못했다. 그러나 그런 사소한 증상들을 제외하면 그다지 나쁜 상태는 아니었다. 내가 그토록 원했던 그들의 관심은 1분 뒤 피하주사기를 손에 든 사내의 형태로 나타났다. 일종의 의료요원인 모양이었다. 주사기를 들지 않은 다른 쪽 손에는 내 팔뚝을 문지를 적은 솜을 들고 있었다. 그는 내 감방 앞에서 발을 멈추고 쇠창살 너머로 들여다보았다.

내가 물었다.

"그거 치사량이오?"

그가 대답했다.

"아닙니다."

"내게 치사량을 주입해도 좋다는 허가를 받았소?"

"아니오."

"그렇다면 물러서는 게 좋을 거요. 나을 얼마나 많이 잠재우든 결국에는 깨어날 테니까. 그러다 조금이라도 빈틈이 보이면 당신부터 작살내 버릴 거요. 지금 손에 들고 있던 걸 목구멍에 처넣든지 아니면 똥구멍에 박아주겠소. 어떤 기분인지 직접 느끼게 해주지."

"이건 진통제입니다. 다리의 통증을 없애는 거예요."

"내 다리는 괜찮소."

"정말입니까?"

"물러나라니까."

그는 반항하지 않고 벽과 마찬가지로 흰색으로 칠해진 두터운 나무문을 열고 나가 버렸다. 문은 매우 낡아 보였다. 어렴풋이 고딕풍의 분위기가 흘렀다. 오래된 공공건물에서 흔히 볼 수 있는 모양이었다. 공립학교라든가 경찰서 같은 곳에서.

나는 침대에 드러누워 창살을 통해 천장을 올려다보며 잠들 준비를 했다. 베개는 없었다. 1분도 채 못 돼 나무문으로 아는 얼굴들이 들어왔다. 두 연방요원이었다. 리더가 아닌 조연들. 그중 한 명은 프란치 SPAS-12를 들고 있었다. 공이치기가 젖혀져 언제라도 발사할 준비가 되어 있었다. 다른 한 요원은 손에는 일종의 연장을 들고 팔에는 길고 가느다란 쇠사슬을 칭칭 감아두었다. 산탄총을 든 사내가 창살에 가까이 다가서더니 사이로 총신을 밀어넣어 내 목을 총구로 짓눌렀다. 팔에 사슬을 감은 사내가 문을 열었다. 열쇠를 사용하지는 않았다. 그는 숫자판을 돌렸다. 번호식 자물쇠다. 문을 열고 안으로 들어오더니 내 침대 옆에 섰다. 손에 든 연장은 펜치처럼 생겼지만 깔쭉깔쭉한 집게 대신 날카로운 날이 붙어 있었다. 절단기였다. 그는 내가 그것을 바라보는 걸 보자 히죽 웃으며 내 손목 위로 허리를 굽혔다. 산탄총의 총구가 내 목을 더욱 거세게 찔러 댔다. 영리한 예방조치다. 두 손이 묶여 있긴 하나, 내가 갑자기 허리를 튕겨 멋진 박치기를 선사할 수도 있기 때문이다. 평소처럼 마음껏 역량을 발휘하지는 못할 테지만 최소한 내가 기절해 있던 것보다 훨씬 오래 정신을 못 차리게 할 수는 있다. 어쩌면 고릴라보다도 더 오래 잠재울 수 있을지 모른다. 어차피 머리도 이미 지끈거리는 상태다. 한 번 더 충격을 준다고 해서 별로 달라질 일도 없을 것이다.

그러나 프란치는 꼼짝도 않고 그 상태를 고수했고, 그래서 나도 관찰자의 역할을 고수할 수밖에 없었다. 다른 요원이 팔에서 사슬을 풀어내더니 마치 시험운행이라도 하듯 내게 천천히 채우기 시작했다. 사슬 한 줄로 내 손목을 허리 높이에 고정시키고 다른 한 줄로는 내 발목을 연결해 세 번째 사슬로 앞서 두 사슬을 연결했다. 죄수를 이동시킬 때 사용하는 일반적인 절차다. 보폭이 작아 빨리 걸을 수도 없고 손도 허리까지밖에 올라가지 않는다. 그는 사슬을 채우고 고정시킨 다음 튼튼한지 한 번 더 흔들어보고, 마지막으로 손에 든 연장으로 플라스틱 수갑을 잘랐다. 그는 감방을 나갔다. 문은 열어둔 채였다. 그제야 그의 파트너가 프란치를 거뒀다.

침대에서 일어나 그들을 따라오라는 것 같았다. 그래서 나는 그 자리에 그대로 누워 있었다. 적들이 승리감을 만끽하지 못하게 하라. 당신이 원할 때에만 그들이 기뻐하게 하라. 천천히, 그리고 의도적으로 그들에게 승리감이라는 먹이를 던져주고 훈련시켜라. 당신이 작은 협조를 할 때마다 적들이 당신에게 고마워하게 가르쳐야 한다. 그런 식으로 자질구레한 것들을 내주고 큰 것을 고수하라.

그러나 그들은 나와 똑같은 훈련을 받고 있었다. 의심의 여지가 없었다. 짜증을 내며 초조하게 나를 기다리는 대신 그들은 뒤도 돌아보지 않고 천연덕스럽게 걷기 시작했다. 사슬을 들고 온 사내가 방문 앞에서 소리쳤다.

"여기서는 커피와 머핀을 먹을 수 있지. 당신이 원한다면 말이야."

그것은 만일 음식을 먹지 못한다면 그것이 전적으로 내 책임이라는 의미였다. 한 시간 동안 오기를 부리다 결국 참지 못하고 뛰쳐들어가 걸신들린 듯 와구와구 먹어치우는 건 멋있는 것과는 거리가 멀다. 내가 허기와 목마름에 굴복해 나약해졌다는 걸 공개적으로 광고하는 꼴이나 다름없다. 전혀 멋있지도 않고 폼이 나지도 않는다. 그래서 나는 최소한의 시간만 미적거리다 침대에서 일어나 감방 밖으로 나갔다.

　나무문은 감방이 있던 방과 똑같은 크기, 똑같은 형태의 방으로 이어졌다. 똑같이 생긴 벽, 똑같은 색깔의 페인트. 창문은 없었다. 중앙에는 커다란 나무 탁자가 놓여 있었다. 내 맞은편에는 의자가 세 개. 각각 세 명의 연방요원이 앉아 있다. 내 쪽에도 의자가 하나. 이 녀석은 비어 있었다. 날 위해 준비된 의자다. 탁자 위에는 내 주머니에 들어 있던 잡동사니들이 가지런히 정리되어 있었다. 아무렇게나 접혀 있던 지폐뭉치는 반듯하게 펴서 쌓아놓았고 그 위에는 동전이 놓여 있다. 내 오래된 여권, 현금카드, 휴대용 칫솔, 지하철을 타려고 산 지하철카드, 테레사 리의 명함. 그랜드센트럴 터미널 지하의 흰색 타일이 박혀 있던 방에서 받은 것이다. 라일라 호스가 고용한 사설조사원이 8번로와 35번가 사이 모퉁이에서 내게 주고 간 가짜 명함, 라디오색에서 산 컴퓨터 메모리스틱. 아직도 분홍색 케이스가 끼워져 있다. 마지막으로 레오니드의 휴대전화. 도합 아홉 개의 물건들이 천장에 매달린 밝은 전구 불빛 아래 적나라하게 펼쳐져 있다.

　탁자 왼쪽에는 문이 하나 더 있었다. 똑같은 고딕풍의 똑같은 나무문. 역시 똑같은 색으로 새로 칠했다. 아마 다른 방으로 이어질 것이다. L자 형으로 연결된 세 개의 방 중 세 번째 방. 물론 어느 쪽에서 보느냐에 따라 첫 번째 방이 될 수도 있다. 포로인지, 아니면 포로를 잡아온 인간인지에 따라서 말이다. 탁자 오른쪽에는 낮은 서랍장이 하나서 있다. 침실에나 어울릴 법한 물건이었다. 그리고 그 위에는 한 무더기의 냅킨과 스티로폼 컵, 그리고 스테인리스 보온병과 머핀 두 개가 담긴 종이 접시가 놓여 있었다. 나는 서랍장으로 다가가 컵에 커피를 따랐다. 별로 힘들지는 않았다. 서랍장이 꽤 낮아 사슬로 결박되어 있어도 그리 불편하지 않았다. 나는 커피를 두 손으로 모아 쥐고 탁자로 돌아왔다. 빈 의자에 앉아 고개를 숙이고 커피를 마셨다. 상대방에게 굴복했다는 인상을 심어주는 자세. 절을 하거나 경의를 표하는 것과도 비슷하다. 내가 의도한 대로다. 커피 맛은 지독했다. 더구나 미지근하기까지 했다.

지휘 요원이 손을 내밀더니 내 지폐다발 위에서 잠시 머뭇거렸다. 그것을 집어들까 말까 고민하고 있는 것 같았다. 그러나 곧 너무 진부하다는 듯 고개를 절레절레 흔들었다. 돈을 건드리는 건 너무 세속적이다. 그는 내 여권 위에서 손을 멈췄다.

그가 물었다.

"왜 여권기한이 만료되었지?"

내가 대답했다.

"시간을 멈출 수 있는 사람은 없으니까."

"내 말은 왜 갱신하지 않았느냐는 거다."

"그럴 필요를 못 느꼈으니까. 당신이 지갑에 콘돔을 넣어두지 않는 것과 같은 이치지."

그는 잠시 할 말을 잃었다가 다시 물었다.

"마지막으로 해외에 나간 것은 언제지?"

"부탁만 했더라면 조용한 곳에서 마주 보고 앉아 다 말해줬을 거요.

동물원에서 탈출한 야수를 잡듯이 마취총을 쏠 필요는 없었을 거란 말이지."

"몇 번이나 경고를 했지만 콧방귀를 뀐 건 그쪽이야. 그리고 언제나 지나치게 비협조적이었고."

"내 눈을 잡아뽑지 그랬소."

"하지만 그러지 않았잖나. 보시다시피 아무 짓도 안 했지."

"아직도 당신들 신분증을 보지 못했소. 당신 이름도 모르고."

그는 대꾸하지 않았다.

"신분증도 없고, 이름도 없고, 미란다 원칙도 없고, 죄목도 없고, 변호사도 없고. 멋진 신세계로군."

"바로 그거야."

"흠, 잘해보시오."

나는 갑자기 머릿속에 무언가가 떠올랐다는 듯 내 여권을 힐끔 쳐다보았다. 그리곤 몸을 탁자 쪽으로 기울이고 손을 있는 힘껏 앞으로 내밀었다. 여권과 현금카드 사이에 컵을 내려놓은 다음 여권을 집어들고 페이지를 팔락인 후에 아무것도 기억나지 않는다는 투로 어깨를 으쓱하고 다시 여권을 내려놓았다. 그러나 원래 있던 자리에 되돌리지는 못했다. 사슬이 거치적거려 방해가 되었기 때문이다. 작은 책자의 딱딱한 가장자리에 내 커피컵이 걸렸고, 손쓸 시간도 없이 순식간에 커피컵이 넘어졌다. 탁자 가득 쏟아진 커피는 탁자 아래까지 흘러내려 리더 요원의 무릎을 적혔다. 그는 평범한 사람들과 똑같은 반응을 보였다. 의자에서 벌떡 엉거주춤한 자세로 일어나 커피를 무슨 분자단위로 분해하려는 듯 팔을 허우적거렸다.

"미안하오."

내가 말했다.

그의 바지가 젖었다. 이제 선택은 그의 몫이었다. 그에게는 두 가지 선택이 있다. 첫째, 심문의 흐름을 깨트리고 바지를 갈아입든가, 둘째 젖은 바지를 입고 심문을 계속하든가. 그의 머릿속에서 한바탕 토론이 벌어졌다. 그는 스스로 믿고 있는 만큼 생각이나 감정을 그리 잘 숨기는 편이 아니었다.

연방요원은 젖은 바지를 입은 채 심문을 계속하는 편을 택했다. 그는 서랍장으로 걸어가 냅킨으로 바지를 닦은 다음 다시 돌아와 탁자를 닦았다. 내가 무슨 행동을 하든 반응을 보이지 않으려 안간힘을 쓰고 있었지만 그런 노력 자체야말로 반응의 일환이다.

그가 다시 물었다.

"마지막으로 해외에 나간 게 언제야?"

"기억나지 않소."

"어디에서 태어났나?"

"기억나지 않소."

"자기가 태어난 곳도 모른다고?"

"너무 오래 전 일이라."

"하루 종일 이 짓을 하고 싶나?"

"서베를린에서 태어났소."

"어머니는 프랑스인이고?"

"어머니는 프랑스인이셨지."

"지금은?"

"돌아가셨소."

"유감이군."

"당신 잘못이 아니오."

"자신이 미국 국민이라고 확신하나?"

"뭔 놈의 질문이 그 따위요?"

"빙빙 돌리지 않는 솔직한 질문이지."

"내게 여권을 만들어준 건 국방부요."

"신청서 내용은 진짜였고?"

"내가 거기다 서명했소?"

"그랬겠지."

"그렇다면 진짜일 거요."

"어떻게? 귀화를 한 건가? 외국인 부모에, 외국에서 태어났는데 어떻게 미국인이 될 수 있지?"

"난 군 기지에서 태어났소. 군 기지는 미국 영토지. 우리 부모님은 결혼했고 아버지는 미국인이셨소. 해병이었지."

"방금 말한 사실을 입증할 수 있나?"

"그래야 하오?"

"당신한테 아주 중요한 문제니까. 당신이 미국인인지 아닌지에 따라 앞으로 무슨 일이 일어날지 결정되거든."

"틀렸소. 앞으로 무슨 일이 일어날지는 내 인내심이 얼마나 강하냐에 달려 있소."

왼쪽에 앉아 있던 사내가 자리에서 일어났다. 프란치의 총구를 내 목에 들이대던 사내였다. 그는 내 왼쪽을 지나쳐 나무문을 열고 세 번째 방으로 들어갔다. 문틈으로 책상과 캐비닛, 사물함이 보였다. 사람은 없었다. 그의 등 뒤로 문이 조용히 닫혔다. 방은 다시 조용해졌다.

지휘 요원이 물었다.

"어머니가 알제리인인가?"

"방금 프랑스인이라고 했잖소."

"어떤 프랑스인은 알제리인이지."

"틀렸소. 프랑스인은 프랑스인이고 알제리인은 알제리인이요. 별로 어려운 것도 아니잖소."

"좋아. 어떤 프랑스인은 알제리에서 이민을 왔지. 모로코나 튀니지, 그리고 다른 북아프리카 지역에서 말이야."

"우리 어머니는 아니오."

"어머니가 무슬림이었나?"

"왜 그런 왜 알고 싶어 하는 거요?"

"심문을 하는 것뿐이야."

나는 고개를 끄덕였다.

"하긴 당신 어머니에 대해 조사하는 것보다 우리 어머니에 대해 조사하는 편이 안전하겠지."

"그게 무슨 뜻이지?"

"수잔 마크의 모친은 마약에 중독된 10대 매춘부였소. 어쩌면 당신 어머니도 그녀의 동료였을지 모르지. 같은 손님을 받았을지도."

"지금 나를 화나게 하려는 건가?"

"아니, 그럴 필요 없소. 이미 성공했으니까. 바지는 축축하고 얼굴은 온통 시뻘겋구먼. 쓸모 있는 대답은 하나도 얻어내지 못했고 말이야."

보아하니 이번 심문을 훈련 매뉴얼에 써먹긴 글렀군."

"지금 농담하는 게 아니야!"

"하지만 그쪽으로 가고 있잖소."

그는 입을 다물고 다시 마음을 추스렸다. 집게손가락으로 탁자 위에 놓여 있는 아홉 가지 물품을 가리켰다. 그는 내 물건들을 반듯이 일렬로 정리한 다음, 메모리스틱을 내 쪽으로 쓰윽 밀었다.

"우리가 몸수색을 했을 때 이건 숨겼더군. 수잔 마크가 지하철에서 당신에게 이걸 줬지."

"내가 그랬던가? 그녀가 그랬다고?"

연방요원이 고개를 끄덕였다.

"하지만 안이 비어 있더군. 게다가 이건 너무 작아. 다른 것은 어디 있지?"

"다른 거라니?"

"이건 미끼에 불과해. 진짜는 어디 있냐고?"

"수잔 마크는 내게 아무것도 주지 않았소. 이건 라디오색에서 산 거요."

"왜?"

"생긴 게 마음에 들어서."

"분홍색이? 헛소리도 작작 해야지."

나는 아무 말도 하지 않았다.

"분홍색을 좋아하나 보지?"

"적절한 데에 쓰인다면."

"적절한 데라니, 어디?"

"당신이 오랫동안 가보지 못한 곳."

"이걸 어디다 숨겼었나?"

나는 대답하지 않았다

"몸 속에 숨겼나?"

"그러지 않길 바라야 할 거요. 방금 당신이 만졌으니까."

"그런 걸 좋아하나 보지? 당신 동성애자야?"

"관타나모에서는 그런 식의 질문이 통할지 몰라도 난 아니오."

그는 어깨를 으쓱하더니 손가락 끝으로 메모리스틱을 제자리로 되돌렸다. 그런 다음 이번에는 가짜 명함과 레오니드의 휴대전화를 내 쪽으로 밀었다. 마치 체스에서 졸(卒)을 밀어내는 듯한 표정이었다.

"당신은 라일라 호스를 위해 일했어. 이 명함은 당신이 그녀가 고용한 사람들과 연락을 주고받았다는 걸 증명하지. 그리고 당신 전화는 그녀가 당신에게 최소한 여섯 번 전화를 걸었다는 걸 증명하고 있고. 포시즌 번호가 기록에 남아 있더군."

"그건 내 전화가 아니오."

"당신 호주머니에 들어 있었어."

"라일라 호스는 포시즌에 묵지 않았소. 호텔 측의 말에 의하면 말이지."

"그건 우리가 호텔에 협조를 요청했기 때문이야. 당신이나 나나 그녀가 거기 있었다는 걸 알잖나. 거기다 당신은 그 여자를 두 번이나 만났고. 세 번째 약속도 했겠지?"

"도대체 그 여자가 누구요?"

"그건 당신이 그 여자 밑에서 일하기로 하기 전에 물어봤었어야지."

"난 그녀를 위해 일하지 않았소."

"이 전화기는 그랬다고 말해주고 있는데. 왜, 별로 어려운 것도 아니잖나?"

나는 대답하지 않았다.

"라일라 호스는 지금 어디에 있나?"

"당신들도 모르오?"

"내가 어떻게 알겠나?"

"그녀가 체크아웃 했을 때 당신들이 그 여자를 확보했을 줄 알았는데. 나한테 마취총을 쏘기 전에 말이오."

그는 아무 말도 하지 않았다.

"그날 호텔에 찾아와서 그 여자 방을 수색하지 않았소? 그래서 난 당신들이 라일라를 감시하고 있는 줄 알았소."

그는 여전히 아무 말도 하지 않았다.

"그녀를 놓쳤군. 당신들의 감시망을 빠져나간 거야. 그거 참 끝내주는구만. 당신들은 우리 모두의 귀감이오. 펜타곤과 기묘하게 연관된 외국인 여자를 대낮에 두 눈 다 뜨고 놓쳤단 말이오?"

"일시적으로 잠시 기다리는 것뿐이야."

사내가 말했다. 약간 무안해하는 것 같았다. 하지만 그럴 필요는 없다. 감시 중인 호텔에서 몰래 빠져나가기란 별로 어렵지 않기 때문이다. 한마디로 빠져나가지 않으면 된다. 곧장 호텔을 떠나지 않는 것이다. 가방은 엘리베이터로 사환에게 내려 보내고, 요원들이 로비에서 당신을 기다릴 동안 손님용 엘리베이터를 타고 다른 층에서 내린 다음 한두 시간쯤 숨을 죽이고 숨어 있으면 된다. 요원들은 기다리다 지쳐 떠나 버릴 것이다. 그 뒤에 당당하게 걸어나오면 해결이다. 배짱은 좀 두둑해야겠지만 어려운 일은 아니다. 특히 다른 이름으로 다른 방을 미리 예약해놨다면 식은 죽 먹기다. 라일라 호스라면 그렇게 하고도 남는다. 더욱이 레오니드를 위해서라도 다른 방이 필요했을 것이다.

지휘 요원이 물었다.

"그녀는 지금 어디 있나?"

내가 물었다.

"그녀가 누구요?"

"당신이 이제껏 만나본 가운데 가장 위험한 인물."

"그렇게 보이지는 않던데."

"바로 그래서야."

"난 그녀가 어디 있는지 모르오."

이번에는 침묵이 좀 길었다. 연방요원이 가짜 명함과 휴대폰을 처음에 있던 자리로 다시 밀어넣더니 이번에는 테레사 리의 명함을 내밀었다.

"이 형사는 얼마나 알고 있나?"

"그게 중요하오?"

"우리가 해야 할 일은 단순해. 호스 모녀를 찾고, 진짜 메모리스틱을 찾는 거지. 그렇지만 무엇보다도 정보가 새나가는 걸 막는 게 급선무야. 그러자면 먼저 정보가 어디까지 퍼져 있는지를 알아야겠지. 누가 얼마나 알고 있는지도 파악해야 하고."

"아무도 아무것도 모르오. 나 말고는."

"이건 누가 잘났나 시합하는 게 아니야. 저항해봤자 아무 의미도 없단 말이지. 우린 모두 같은 편이라고."

"별로 그런 것 같지 않은데."

"이 일을 심각하게 받아들이는 게 좋을 거야."

"오, 물론 지금도 그러고 있소."

"그렇다면 누가 뭘 알고 있는지 털어놔."

"난 초능력자가 아니오. 누가 뭘 아는지 내가 어떻게 알겠소?"

왼쪽에 있는 문이 다시 열렸다. 리더가 그쪽을 쳐다보더니 알겠다는 듯 고개를 크게 끄덕였다. 나는 고개를 돌렸다. 왼쪽에 앉아 있던 사내였다. 손에 총을 들고 있었다. 프란치 SPAS-21이 아니었다. 다트총이었다. 그가 총을 들어올리더니 방아쇠를 당겼다. 나는 몸을 돌렸지만 이미 늦었다. 내 팔뚝에 화살이 꽂혔다.

44

 의식이 돌아왔다. 그러나 눈을 뜨지는 않았다. 머릿속 시계가 작동을 시작하는 것 같았기 때문이다. 외부의 방해 없이 차분하고 정확하게 조율할 시간을 주고 싶었다. 바로 그때 시계가 머릿속에서 오후 6시를 쳤다. 이번에도 여덟 시간 동안 기절해 있었다는 의미다. 배도 고프고 목도 말랐다. 팔도 욱신거렸다. 팔뚝에 작은 멍 자국이 나 있었다. 신발은 여전히 보이지 않았다. 그렇지만 손목과 발목은 자유였다. 수갑이 사라지고 없었다. 좋은 징조다. 나는 천천히 팔다리를 뻗어 기지개를 켠 다음 손바닥으로 얼굴을 문질렀다. 턱수염이 전보다 더 길게 자라 있었다. 이러다가는 턱수염을 길러야 할 판이다.

 눈을 떴다. 주위를 둘러보았다. 두 가지 사실을 발견했다. 하나. 테레사 리가 내 오른쪽 감방에 있었다. 둘. 제이콥 마크가 내 왼쪽 감방에 있었다.

 이제 진심으로 걱정이 되기 시작했다.

 내 계산이 맞는다면 지금은 오후 6시다. 그렇다면 테레사 리는 집에서 끌려나왔을 것이다. 제이콥 마크는 직장에서 붙잡혀왔겠지. 두 사람은 모두 나를 바라보고 있었다. 리는 창살과 1.5미터쯤 떨어진 곳에 있었다. 청바지와 흰색 셔츠를 입고, 발은 양말도 없는 맨발이었다. 제이크는 간이침대에 앉아 있었다. 아직 경찰복을 입고 있다. 벨트와

총, 무전기와 신발은 사라지고 없었다. 나는 침대에서 일어나 앉아 바닥에 발을 내려놓고 손가락으로 머리카락을 빗었다. 그런 다음 세면대로 걸어가 수도꼭지에서 물을 마셨다. 뉴욕이 분명하다. 물맛을 보니 틀림없다.

나는 테레사 리를 바라보며 물었다.

"여기가 어딘지 압니까?"

그녀가 말했다.

"당신은 몰라요?"

나는 고개를 저었다.

"여기 도청 장치가 설치되어 있지 않을까요?"

"분명히 있을 거요. 하지만 그 사람들은 여기가 어딘지 이미 알고 있소. 그러니 그들이 모르는 걸 알려줄까 봐 걱정하지 않아도 되오."

"그래도 아무 말도 안 하는 게 좋을 것 같은데요."

"지리적 정보를 논하는 건 괜찮소. 애국법이 거리 주소까지 금지할 것 같지는 않으니까. 적어도 아직은 말이오."

리는 아무 말도 하지 않았다.

내가 물었다.

"왜 그러는 거요?"

그녀는 불안해 보였다.

"내가 당신을 속이려는 것 같소?"

그녀는 대답하지 않았다.

"내가 당신들을 함정에 빠트리려고 이러는 것 같소?"

"모르죠. 난 당신에 대해 아무것도 모르니까."

"무슨 생각을 하는 거요?"

"당신이 말한 블리커 가에 있는 클럽들이요. 거기는 브로드웨이보다 6번로에 더 가깝죠. 거기에는 A선이 있어요. B나 C, D선을 탈 수도 있었고요. 그런데 왜 하필 6호선을 탄 거죠?"

"자연의 법칙이오."

내가 말했다.

"인간은 본능에 충실한 동물이거든. 태어날 때부터 저절로 몸에 새겨져 있는 거지. 밤이 되면 포유류는 어둠 속에서 본능적으로 동쪽으로 향하는 습성이 있소."

"정말요?"

"아니, 방금 내가 지어낸 거요. 그저 따로 갈 곳이 없었소. 술집에서 나와 왼쪽으로 접어든 다음 정처 없이 걸었지. 그게 다요."

리는 아무 말도 하지 않았다.

"또 뭐요?"

"당신은 가방을 갖고 다니지 않아요. 난 가방도 안 가지고 다니는 부랑자는 한 번도 본 적이 없어요. 그런 사람들은 우리 집보다도 훨씬 많은 물건들을 끌고 다니죠. 쇼핑카트에 담아서요."

"난 아니오."

내가 말했다.

"그리고 난 부랑자가 아니오. 전혀 아니지."

그녀는 대꾸하지 않았다. 내가 물었다.

"여기 끌려올 때 눈을 가렸소?"

그녀는 한참 동안 나를 뚫어져라 응시하더니 고개를 흔들며 한숨을 내쉬었다.

"여기는 그린위치 빌리지에 있는 폐쇄된 소방서예요. 웨스트 3번가에 있죠. 1층부터 그 위쪽은 모조리 폐쇄되었어요. 우린 지하에 있고요."

"우리를 여기로 데려온 게 누군지 아오?"

그녀는 대답하지 않았다. 그녀는 묵묵히 감시카메라를 올려다보았다.

"아까와 똑같은 논리요. 저 사람들은 자기가 누군지 아오. 최소한 나는 그러길 바라오. 그러니 우리가 안다고 해서 저들에게 해가 되지는 않소."

"그건 당신 생각이고요."

"그게 바로 핵심이요. 우리의 생각까지 가로막을 수는 없거든. 저들이 누군지 아오?"

"저 사람들은 신분증을 보여주지 않았어요. 오늘도 그렇고, 당신과 이야기를 하겠다고 처음 서를 찾아왔을 때도 그랬죠."

"그런데?"

"신분증을 보여주지 않는 건 사실 신분증을 보여주는 것과 똑같아요. 그런 식으로 행동하는 부서가 하나뿐이라면요. 주변에서 몇 개 주워들은 게 있죠."

"그래서, 이 치들 정체가 뭐요?"

"아마 국방부 소속일 거예요."

"흠, 이해가 되는군."

내가 말했다.

"국방부는 정부에서도 제일 멍청한 놈들이 모여 있는 곳이니까."

리가 카메라를 힐끔 올려다보았다. 내가 그들을 모욕이라도 한 듯이, 마치 그게 자기 잘못이라 미안하다는 듯이 말이다.

내가 말했다.

"걱정 마시오. 그 친구들도 전직 군인일 테니까. 그러니 국방부가 얼마나 닭대가리인지 이미 알고 있을 거요. 하지만 국방부는 정부부처지. 즉 이 사람들이 백악관 밑에서 일하고 있다는 뜻이오."

리가 내 말을 듣더니 말했다.

"이 사람들이 뭘 원하는지 알아요?"

"약간은."

"제발 우리한테는 말하지 말아요."

"안 그러겠소."

"백악관이 관여할 정도로 중요한 건가요?"

"어쩌면."

"젠장."

"언제 잡혀왔소?"

"오늘 오후에. 2시쯤이었어요. 하필 자고 있었죠."

"경찰도 같이 왔소?"

그녀는 고개를 끄덕였다. 상처를 입은 듯한 눈빛이었다.

내가 물었다.

"아는 사람이었소?"

그녀는 고개를 저었다.

"잘난 척하는 대테러반 사람들이었어요. 그치들은 우리랑 달라요.

자기네들끼리만 통하는 규칙이 있고 언제나 따로 놀죠. 하루 종일 우리랑 다른 차를 몰고 돌아다니고요. 가끔은 가짜 택시를 몰기도 해요. 앞좌석에 한 사람, 뒷좌석에 두 사람. 그런 식으로 도시를 순찰하죠. 2번로에서 10번로까지, 꼭 B-52로 하늘을 순찰하는 것처럼요."

"지금 몇 시요? 6시 6분?"

리가 손목시계를 확인하더니 놀란 표정을 지었다.

"정확하네요."

나는 반대 방향으로 몸을 돌렸다.

"제이크? 당신은 어떻게 온 거요?"

"리보다 내가 먼저 잡혀왔어요. 정오부터 여기 갇혀 있었죠. 당신이 잠자고 있는 모습을 지켜보면서요."

"피터에게서 연락은 없었소?"

"전혀."

"유감이오."

"자면서 코를 고는 습관이 있더군요, 리처."

"고릴라 마취제를 맞았는데 어쩌라는 거요. 다트총을 쏘더군."

"맙소사, 농담이죠?"

나는 그에게 바지에 묻은 핏자국과 어깨의 상처를 보여주었다.

"말도 안 돼. 이건 미친 짓이야."

그가 말했다.

"일하던 중에 끌려온 거요?"

제이크가 고개를 끄덕였다.

"무전으로 경찰서로 돌아오라고 하더군요. 와보니 이 자들이 기다리고 있었고요."

"당신이 지금 어디 있는지 동료들도 알고 있다는 뜻이오?"

"그럴 것 같지는 않습니다. 하지만 이 사람들이 날 데려갔다는 건 알죠."

"그나마 다행이군."

내가 중얼거렸다.

"꼭 그런 건 아닙니다. 서에서는 나를 빼내기 위해 아무 짓도 안 할 거예요. 이런 사람들이 나타난 순간부터 오물을 뒤집어쓴 거나 다름없으니까요. 아무 증거도 없다고 해도 난 이미 뭔가 잘못을 저지른 인간인 겁니다. 벌써부터 나를 쭈뼛쭈뼛 피하는 게 느껴지더라고요."

"내사과가 찾아왔을 때처럼 말이죠."

리가 말했다.

나는 그녀에게 물었다.

"도허티는 왜 붙잡혀오지 않은 거요?"

"나보다 아는 게 적어서요. 사실 그 사람은 될 수 있는 한 적게 알려고 발버둥을 쳤어요. 알아차리지 못했어요? 도허티는 이 바닥에서 잔뼈가 굵은 사람이거든요."

"하지만 당신 파트너잖소."

"오늘은 그렇죠. 하지만 다음 주가 되면 자기한테 파트너가 있었다는 사실조차 잊어버릴걸요. 알잖아요, 세상이 어떻게 돌아가는지."

제이크가 말했다.

"여기에는 감방이 셋뿐이오. 도허티는 다른 곳에 잡혀 있을지도 몰라요."

"저들과 말해봤소?"

두 사람 모두 고개를 저었다.

"걱정되오?"

두 사람 모두 고개를 끄덕였다.

리가 물었다.

"당신은요?"

"난 한숨 푹 잤소."

내가 말했다.

"하지만 마취제 덕분이었지."

6시 반, 음식이 제공되었다. 플라스틱 용기에 담긴 델리 샌드위치였다. 용기를 옆으로 눕혀 창살 사이로 넣어주었다. 그리고 생수병도 있었다. 나는 물을 마신 다음 수돗물로 병을 채웠다. 샌드위치에는 살라미와 치즈가 들어 있었다. 이제까지 먹어본 중에 최고로 맛있는 샌드위치였다.

7시가 되자 그들은 제이콥 마크를 데려갔다. 수갑을 채우지는 않았다. 쇠사슬도 없었다. 테레사 리와 나는 침대에 앉아 기다렸다. 우리는 창살을 가운데 두고 2.5미터가량 떨어져 있었다. 말을 많이 나누지는 않았다. 리는 침울한 듯 보였다.

한 번은 이렇게 말하기도 했다.

"쌍둥이 빌딩이 무너졌을 때, 가까운 지인을 몇 잃었어요. 동료 경찰들뿐만 아니라 소방대원들까지도요. 수년 동안 알고 지내던 사람들이었죠."

그녀는 이런 이야기를 끊임없이 털어놓았다. 이러면 앞으로 밀려올 불안과 광기를 잠재울 수 있기라도 할 듯이. 나는 아무 대꾸도 하지 않았다. 나는 조용히 앉아 그동안 다른 사람들과 나눈 대화들을 머릿속으로 돌려보고 검토하고 있었다. 지난 수 시간 동안 온갖 종류의 사람들과 만났다. 존 샌섬, 라일라 호스, 옆방에 있는 남자들. 나는 그들이 말한 내용들을 찬찬히, 그리고 세세히 분석했다. 가구 장인이 손바닥으로 나무 표면을 천천히 쓸며 까칠하거나 잘못된 부분이 없는지 확인하는 것처럼 말이다. 걸리는 부분이 몇 군데 있었다. 이상한 말들, 특이한 뉘앙스, 기묘한 암시들. 그러나 그것이 무엇을 의미하는지는 알 수 없었다. 적어도 그때는 그랬다. 그러나 그것들이 유용하다는 사실은 분명해 보였다.

7시 반, 그들은 제이콥 마크를 데려오고 테레사 리를 데려갔다. 역시 수갑은 채우지 않았다. 쇠사슬도 채우지 않았다. 제이콥 마크는 감시카메라에 등을 돌린 채 침대 위에 책상다리를 하고 앉았다. 나는 그를 바라보았다. 어땠소? 그는 알아보기 힘들 정도로 어깨를 살짝 으쓱하더니 눈동자를 굴렸다. 그리곤 감시카메라의 시선을 피해 무릎 위에 손을 올려놓았다. 그는 오른쪽 엄지손가락과 집게손가락으로 총 모양을 만들어 보이고는 허벅지를 탁탁 두드리고 내 다리를 눈짓했다. 나는 고개를 끄덕였다. 다트총. 제이크는 무릎 사이에 손을 끼우고 손가락 두 개를 펼친 다음, 세 번째 손가락을 좌측 앞쪽에 세웠다. 나는 다시 고개를 끄덕였다. 탁자 뒤에 두 명, 나머지 한 명은 총을 들고 왼쪽에 위치. 아마 세 번째 방으로 통하는 문 앞일 것이다. 감시역. 그래서 수갑도 사슬도 채우지 않은 것이다. 나는 카메라가 내 입 모양을 볼 수 없도록 관자놀이를 손으로 문지르며 말했다.

"당신 신발은 어디 있소?"

제이크 역시 입 모양으로 대답했다.

"몰라요."

그 후 한참 동안 우리는 아무 말 없이 앉아 있었다. 제이크가 무슨 생각을 하고 있었는지는 모른다. 아마 자신의 누이를 떠올리고 있었을 것이다. 어쩌면 피터를 걱정하고 있었을지도. 나는 두 가지 선택 사이에서 갈등하고 있었다. 누군가에게 대항해 싸움을 하는 방법에는 두 가지가 있다. 내부에서 치든가, 아니면 외부에서 치든가. 나는 외부에서 움직이는 것을 선호하는 사람이었다. 언제나 그랬다.

8시. 그들이 테레사 리를 데려왔다. 그런 다음 나를 다시 끌고 나갔다.

45

그들은 내게 수갑을 채우지 않았다. 쇠사슬도 채우지 않았다. 내가 다트총을 두려워한다고 판단한 게 틀림없다. 어느 정도는 사실이었다. 작은 주사바늘이 무서워서가 아니다. 잠자는 게 싫어서도 아니다. 나는 여느 사람들만큼이나 잠자는 게 좋다. 그러나 더 이상 시간을 낭비하고 싶지 않았다. 다시 침대에 드러누워 여덟 시간을 허비할 수는 없다.

방 안의 배치도는 제이콥 마크가 손으로 그려준 대로였다. 지휘 요원은 이미 가운데 놓여 있는 의자에 앉아 있었다. 아침에 쇠사슬을 들고 있던 요원이 나를 데려왔는데, 그는 나를 방 한가운데 내버려둔 채 탁자 건너 지휘 요원의 오른쪽에 앉았다. 프란치를 휘두르던 요원은 다트총을 손에 들고 왼쪽에 섰다. 탁자 위에는 여전히 내 소지품이 늘어서 있었다. 방금 꺼내놓았을 것이다. 제이크와 리가 취조를 받는 동안 그것들을 그대로 놔두었을 리가 없다. 그럴 필요도 없고, 그럴 이유도 없기 때문이다. 그들은 나를 위해 이것들을 늘어놓았다. 현금, 여권, 현금인출 카드, 칫솔, 전철패스, 리의 명함, 가짜 명함, 그리고 메모리스틱과 휴대전화. 아홉 개의 물건들. 모두가 정확한 순거로 놓여 있었다. 좋은 징조였다. 왜냐하면 여기서 나갈 때 저 중 최소한 일곱 개를 가지고 가야 했기 때문이다.

가운데 의자에 앉아 있는 남자가 말했다.

"앉으시오, 리처 씨."

나는 의자를 향해 다가갔다. 세 사람이 언뜻 긴장을 푸는 것이 느껴졌다. 그들은 이미 하루 밤낮을 꼬박 깨어 있는 상태였다. 벌써 수 시간 동안 세 사람을 연달아 심문했다. 심문은 매우 힘들고 고된 일이다. 세심한 주의력과 정신적인 유연성이 필요하다. 사람을 기진맥진하게 만들기에 충분한 일이다. 따라서 세 요원들은 피곤했다. 정신적으로나 감각적으로나 무뎌질 정도로 피곤한 상태였다. 내가 의자 쪽으로 움직이자, 그들은 현재를 벗어나 미래로 진입하기 시작했다. 그들은 더 이상 내가 골칫거리가 아니라고 판단했다. 이제 그들은 나를 어떻게 심문할지, 내게 어떤 질문을 던질지 생각하기 시작했다. 그들은 내가 의자에 앉아 얌전히 그들의 말을 들을 것이라고 생각했다. 그들의 질문에 대답할 준비가 되어 있다고 여겼다.

잘못된 생각이었다.

의자에 앉기 직전, 나는 바닥에서 발을 들어올려 다리를 곧게 펴면서 탁자 다리를 거세게 밀어냈다. 걷어찬 게 아니다. 밀어냈다. 신발을 신고 있지 않았기 때문이다. 탁자가 주룩 뒤로 밀리더니 뒤에 앉아 있던 사내들의 배를 강타했다. 그들은 미처 일어날 새도 없이 의자 등받이와 탁자 사이에 끼고 말았다. 나는 이미 왼쪽으로 이동하고 있었다. 세 번째 사내를 향해 돌진했다. 몸을 수그리고 낮게 접근해 다트총을 그의 손에서 비틀어 잡아챘다. 그가 허리를 세우자 나는 무릎으로 그의 사타구니를 힘껏 걷어올렸다. 그 충격에 그는 다트총을 놓치고 허리를 반으로 접으며 앞으로 고꾸라졌고 나는 발을 바꿔 무릎으로 얼굴을 강타했다. 마치 아일랜드 민속춤을 추듯이 말이다. 빙그르 몸을 반 바퀴 돌려 가운데 앉아 있는 사나이의 가슴을 향해 화살을 날렸다. 재빨리 탁자로 뛰어가 다트총의 개머리판으로 다른 한 놈의 머리를 내려쳤다. 한 번, 두 번, 세 번, 빠르고 강하게. 그가 버둥거리다 말고 조용해질 때까지.

이 모든 일이 끝나기까지 겨우 4초밖에 걸리지 않았다. 4초, 네 개의 신중하고 개별적인 행동. 탁자, 다트총, 리더, 두 번째 요원. 하나, 둘, 셋, 넷. 빠르고 간단하다. 주먹과 개머리판으로 때려눕힌 두 요원들은 피를 흘리며 의식을 잃고 있었다. 마루에 누워 있는 사내는 코가 깨졌고 탁자에 앉아 있던 사내는 머리에 깊은 상처를 입었다. 그 옆에 앉아 있는 지휘 요원은 화학약품의 도움을 받아 꿈나라로 건너가는 중이었다. 내가 두 번이나 그랬던 것처럼. 재미있는 광경이었다. 먼저 얼굴 근육이 경련을 일으켰다. 그의 몸뚱이가 물먹은 솜방망이처럼 의자 아래로 둔탁하게 미끄러져 떨어졌다. 그러나 눈동자는 자신이 어떤 상황에 처했는지 안다는 듯 계속해서 굴러가고 있었다. 눈앞에서 빙빙 돌던 이상한 형체들이 기억났다. 그도 나와 똑같은 광경을 보고 있을지 궁금했다.

나는 몸을 돌리고 세 번째 방으로 이어지는 문을 바라보았다. 이번 작전에는 의료요원을 고려하지 않았다. 어쩌면 다른 요원들이 더 있을지도 모른다. 나 혼자서는 감당할 수 없을 정도로 많은 숫자가 대기하고 있을지도. 그러나 방문은 굳게 닫힌 채 꼼짝도 하지 않았다. 세 번째 방은 고요했다. 나는 무릎을 꿇고 세 번째 사내의 저고리를 들춰보았다. 글록이 없었다. 총집은 있었지만 비어 있었다. 기본 수칙에 충실한 친구다. 외부와 차단된 방에 죄수와 함께 있을 때에는 무기를 휴대하지 않는다. 나는 다른 두 사람의 몸을 뒤져보았다. 똑같았다. 정부가

지급한 나일론 어깨멜빵, 총집은 모두 비어 있다.

세 번째 방은 여전히 고요했다.

주머니를 뒤졌다. 모두 비어 있었다. 살균이라도 한 것처럼 깨끗했다. 아무것도 없었다. 화장지와 주머니 솔기에 끼어 있는 동전 몇 개뿐, 집 열쇠도 차 열쇠도 전화기도 없다. 지갑도 없을 것이다. 배지와 신분증은 두말할 필요도 없겠지.

나는 다트총을 집어들고 경계태세를 취했다. 세 번째 문으로 다가갔다. 문을 활짝 열어젖힌 다음 재빨리 총을 세워 겨냥했다. 장전도 되지 않은 마취총이지만 그래도 총은 총이다. 자고로 중요한 것은 첫인상과 반응이다.

세 번째 방은 비어 있었다.

의료요원도, 백업팀도, 지원팀도 없다. 아무도 없었다. 아무것도 없었다. 회색의 사무용 가구들과 천장에서 빛나는 형광등뿐이었다. 방 자체는 나머지 두 방과 똑같았다. 낡은 벽돌로 지어진 지하실. 벽은 단조로운 흰색 페인트를 발랐다. 크기도 같고 모양도 같다. 대신에 문이 하나 더 있었다. 네 번째 방이나 계단으로 이어지는 것일 터이다. 나는 방을 가로질러 걸어가 문을 활짝 열었다.

계단통이 나왔다. 페인트칠은 되어 있지 않다. 오래되어 거의 벗겨진 초록색 페인트층만 초라하게 남아 있다. 나는 문을 닫고 가구를 둘러보았다. 책상 세 개, 캐비닛 다섯 개, 사물함 네 개. 모조리 회색이었다. 단순하고 기능적인 물건들이다. 모두 강철로 만들어져 있고 모두 잠겨 있었다. 감방과 마찬가지로 번호식 자물쇠였다. 당연한 일이다. 어디서도 열쇠를 찾을 수가 없었으니까. 책상에는 서류 한 장 없다. 컴퓨터 세 대와 공유전화기 세 대뿐이었다. 나는 스페이스바를 눌러 스크린세이버를 없앴다. 세 대 모두 암호를 물었다. 전화 수화기를 들고 재다이얼 버튼을 눌러보았다. 그때마다 교환수가 나타났다. 최고 수준의 치밀한 보안 장치. 상당히 정성을 들인 시스템이다. 전화를 끊고 수화기 대를 살짝 누른 다음 0번을 누르고 다시 끊었다. 세 요원들은 완벽하지는 않았지만 그렇다고 바보도 아니었다.

나는 한참 동안 그렇게 덩그러니 서 있었다. 하필 번호식 자물쇠라는 점이 막막했다. 보급물자를 찾아내 다트총을 장전한 다음 다른 두 요원들마저 잠재우고 싶었다. 그리고 신발도 신고 싶었다.

양쪽 다 내 맘대로는 안 될 모양이다.

나는 감방으로 돌아갔다. 제이콥 마크가 나를 올려다보고 내 뒤쪽을 기웃거리더니 다시 나를 쳐다보았다. 뭔가 믿을 수 없는 일이 생겼을 때 본능적으로 보이는 반응. 나는 혼자였고, 손에는 다트총을 들고 있었다. 두 사람은 한바탕 소란이 벌어진 것으로 미루어 내가 그들에게 얻어터지고 있다고 생각한 모양이었다. 내가 이렇게 빨리 돌아오리라고는, 아니 아예 돌아오리라고는 기대하지 않았던 것 같다.

리가 물었다.

"어떻게 된 거죠?"

"그 사람들은 잠들었소."

"어떻게요?"

"내 이야기가 너무 지루했나 보지."

"당신 이제 진짜로 큰일 났군요."

"왜 그렇게 생각하오?"

"이런 일을 벌였잖아요. 그 전까지는 그래도 결백해 보였는데."

내가 말했다.

"정신 차리시오, 테레사."

그녀는 대꾸하지 않았다. 나는 감방문에 달린 자물쇠를 살펴보았다. 좋은 물건이었다. 비싸고 정교해 보였다. 최고급 자물통. 가장자리에는 0에서 36까지의 숫자가 깔끔하게 새겨져 있다. 숫자판은 오른쪽 왼쪽, 양쪽 어느 쪽으로든 움직였다. 나는 숫자판을 돌려보았다. 기계적인 저항력과 낮게 달가닥거리는 소리를 제외하면 손끝에 아무것도 느껴지지 않았다. 솜씨 좋은 작품이다. 용수철이 걸리는 느낌 따위는 전혀 찾아볼 수 없다.

내가 물었다.

"거기서 나오고 싶소?"

"하지만 나갈 수가 없잖아요."

"만약에 할 수 있다면 거기서 나오고 싶소?"

"왜 안 그러겠어요?"

"여기서 탈출하면 정말로 심각한 상황에 처하게 될 테니까. 그러나 여기 남는다면 저치들에게 계속 끌려다녀야 할 거요."

그녀는 대답하지 않았다.

"제이크? 당신은 어떻게 하겠소?"

"내 신발 찾았습니까?"

나는 고개를 저었다.

"하지만 저 친구들 신발을 빌리면 되오. 당신 발 크기와 비슷한 것 같으니."

"당신은요?"

"8번가에 가면 신발 가게가 많소."

"거기까지는 맨발로 가려고요?"

"여기는 그린위치빌리지요. 여기가 아니면 어디서 맨발로 다니겠소?"

"어떻게 우리를 빼낼 생각입니까?"

"19세기식 문제 및 해결책과 20세기식 편의주의의 대결이랄까. 쉽지는 않겠지. 그러니 어디서부터 시작할지 알아야 하오. 빨리 결정하시오. 시간이 얼마 없으니."

"저 사람들이 깨어나기 전에요?"

"홈디포가 문을 닫기 전에."

제이크가 말했다.

"좋아요. 난 나가고 싶습니다."

나는 테레사 리를 바라보았다.

그녀가 말했다.

"난 모르겠어요. 난 아무 짓도 안 했는걸요."

"여기 갇혀서 그걸 증명하고 싶소? 하지만 어려울 거요. 없는 일을 증명하기란 언제나 어려운 일이지."

리는 대답하지 않았다.

내가 말했다.

"예전에 샌섬에게 우리가 붉은 군대를 분석했다는 이야기를 했었소. 그들이 가장 두려워한 게 뭔지 아시오? 우리가 아니었소. 그들이 가장 두려워한 건 바로 자기네 동료들이었지. 그 사람들에게 가장 끔찍한 고문은 평생 동안 남들에게 자기가 결백하다는 걸 증명해야 한다는 거였소. 일생 동안, 끝도 없이 말이오."

리가 고개를 끄덕였다.

"나도 나갈래요."

"좋소."

나는 무엇이 필요할지 계산했다. 공간과 무게를 눈대중했다.

"얌전히 기다리고 있으시오. 한 시간도 안 걸릴 테니."

가장 먼저 들러야 할 곳은 옆방이었다. 연방요원들은 아직도 의식을 잃고 널브러져 있었다. 지휘 요원은 앞으로 최소 여덟 시간은 깨어나지 못할 것이다. 어쩌면 그보다 오래 걸릴지도 모른다. 몸집이 내 3분의 2정도밖에 안 되니까. 순간 그가 죽었을지도 모른다는 두려움이 스쳐 지나갔다. 나만한 체격에 맞춰 약의 분량을 조절해놓았다면 나보다 몸집이 작은 사람은 치명적인 영향을 받을 수 있다. 다행스럽게도 그는 고른 숨소리를 내며 자고 있었다. 어차피 이 짓을 먼저 시작한 건 이 친구다. 그러니 이 정도 위험은 감수해야 한다.

나머지 둘은 그보다 빨리 깨어날 것이다. 어쩌면 제법 빨리 정신을 차릴 수도 있다. 뇌진탕은 가늠하기가 힘들다. 그래서 나는 옆방으로 들어가 컴퓨터에서 전선을 모두 잡아 뽑은 다음 두 번째 방으로 돌아와 두 남자를 닭처럼 단단히 결박했다. 손목, 팔꿈치, 발목, 목이 모두 연결되도록 빈틈없이 잡아맸다. 딱딱한 플라스틱 껍데기 안에는 여러 가닥의 구리선이 꼬여 있다. 아무리 발버둥 쳐도 끊어내기는 불가능하다. 나는 양말을 벗어 두 짝을 연결해 묶은 다음 머리에 상처를 입은 사내의 입에 재갈을 물렸다. 썩 유쾌한 방법은 아니다. 그렇지만 이 친구 월급에는 위험근무수당이 포함되어 있고, 그걸 받아먹는 밥값 정도는 해야 하지 않겠는가. 다른 한 요원은 손대지 않았다. 코가 부서졌기 때문에 그에게 재갈을 물리는 것은 실질적으로 그를 질식시키는 것이나 마찬가지였다. 나중에 내가 얼마나 자비로운 인간인지 깨닫고 감사라도 해주길.

나는 내가 한 일을 마지막으로 점검한 다음, 탁자에서 내 소지품을 쓸어 주머니에 담고 건물에서 빠져나왔다.

46

 계단은 1층으로 이어졌다. 계단을 따라 올라가자 한때 소방차고로 쓰이던 건물 뒤 널찍한 공간이 나타났다. 황량한 폐건물에 쌓이기 마련인 정체 모를 쓰레기와 쥐똥이 너저분하게 흩어져 있었다. 커다란 차고문은 녹슨 쇠지렛대와 낡은 맹꽁이자물쇠로 굳게 잠겨 있었다. 그러나 왼쪽 벽에 사람이 드나드는 문이 남아 있었다. 그곳에 이르는 여정은 험난했다. 바닥을 가로질러 희미한 길자국이 나 있었다. 지나다니는 사람들의 발길에 채여 쓰레기가 양옆으로 쏠려 있었지만 그럼에도 온갖 종류의 파편과 오물들 때문에 맨발로 걷기는 힘들었다. 발날을 이용해 바닥에 남아 있는 파편들을 옆으로 밀쳐내며 앞으로 나갔다. 한 번에 한 걸음씩. 진척은 더뎠다. 그러나 마침내 문 앞에 도달했다.
 직원용 출입구에는 새로운 자물쇠가 설치되어 있었다. 그러나 그것은 내부에서 나가지 못하게 하려는 것이 아니라 외부인을 차단하기 위한 것이었다. 문 안쪽에는 단순한 걸쇠가 달려 있었다. 문 바깥쪽에는 번호식 자물쇠가 달려 있었다. 나는 문이 저절로 닫히지 않도록 바닥에 굴러다니는 무거운 놋쇠 호스 커플러를 문틈에 쐐기처럼 끼워넣었다. 돌아올 때를 대비해서다. 그런 다음 좁다란 골목길로 나섰다. 두 발짝을 내딛자 웨스트 3번가 인도가 나왔다.
 나는 서둘러 6번로로 향했다. 아무도 내 발을 쳐다보지 않았다. 날은 무더웠고, 밤거리는 내 발보다 훨씬 매혹적인 속살을 드러낸 사람들로 가득했다. 심지어 가끔은 나마저도 두 눈을 떼지 못할 정도였다. 나는 택시를 잡아타고 북쪽으로 두 블록, 동쪽으로 반 블록 떨어진 23번가 홈디포로 향했다. 도허티가 이 가게의 주소를 말한 적이 있다. 여기서 구입한 망치가 FDR 드라이브에서 발생한 살인 사건에 사용되었다고 했다. 마침 상점은 문을 닫기 직전이었다. 그러나 다행스럽게도 그들은 나를 쫓아내지 않았다. 나는 건설작업 코너에서 1.5미터 길이의 지렛대를 발견했다. 원통형의 차가운 강철제품으로 두껍고 튼튼했다. 계산대로 향하다 정원용품 코너가 눈에 들어왔다. 나는 정원손질용 고무나막신을 집어들었다. 일석이조. 모양새는 끔찍하지만 말 그대로 아무것도 없는 것보다야 낫다. 나는 현금카드로 비용을 지불했다. 물론 컴퓨터에 기록이 남겠지만 내가 연장을 샀다는 사실을 숨길 필요는 없다. 어차피 잠깐만 조사하면 금방 밝혀질 테니까.

택시들은 마치 시체를 노리는 독수리 떼처럼, 가지고 걷기에 괴상한 물건들을 쇼핑한 손님들을 찾아 거리를 선회하고 있었다. 사실 경제적으로 따지자면 웃기는 짓이다. 할인마트에서 5달러를 아껴놓고 8달러를 내고 집에 가다니. 그러나 당시에는 별로 이상하다는 생각이 들지 않았다. 1분도 안 돼 나는 다시 남쪽으로 돌아가고 있었다. 3번가에 도착했다. 그러나 소방서 앞에서 바로 내리지는 않았다.

3미터 앞에서 골목으로 접어들고 있는 의료요원의 뒷모습이 보였다. 깔끔하고 활기찬 모습이었다. 하얀 티셔츠와 면바지를 입고 농구화를 신고 있다. 교대시간인 모양이다. 낮 동안에는 세 요원들이 요새를 지키고, 밤 시간은 의료요원이 맡는다. 죄수들이 아침까지 살아 있도록 신중을 기하는 것이다. 인간적이라기보다는 효율적인 방식이다. 정보 유출을 막는 것이 개인의 권리나 복지보다도 더 중요한 모양이다.

나는 왼손에 지렛대를 들고 헐렁한 고무 신발을 철벅거리며 성큼성큼 걸었다. 의료요원이 출입구에 들어서기 전에 그를 따라잡아야 했다. 그가 호스 연결기를 건드려 문이 잠기면 그야말로 낭패다. 전혀 예상치도 못한 골칫거리를 떠안게 된다. 문 앞에 도착한 의료요원이 저벅거리는 내 발소리를 듣고 고개를 돌리더니 방어적으로 두 손을 들어올렸다. 나는 그를 문 안쪽으로 거세게 떠밀었다. 그는 갑작스런 충격에 쓰레기더미 위로 한쪽 무릎을 꿇으며 나동그라졌다. 나는 그의 멱살을 잡아채 공중으로 들어올렸다. 놋쇠 호스 연결기가 내 발밑으로 굴러 떨어졌다. 딸깍 하는 소리와 함께 문이 닫혔다. 나는 의료요원에게 선택권을 줄 생각이었다. 그러나 그는 내가 무슨 말을 할지 이미 알고 있었다. 얌전하게 굴래, 아니면 까불다 한 방 맞고 얌전해질래? 그는 순순히 복종하는 쪽을 선택했다. 의료요원은 바닥에 쪼그리고 앉아 항복한다는 의미로 양손을 치켜올렸다. 나는 손 안에서 지렛대를 굴리며 그를 계단 쪽으로 밀었다. 그는 지하로 내려가는 동안 전혀 반항하지 않았다. 사무실로 향하는 동안에도 얌전했다. 그러나 두 번째 방에 이르자, 그는 바닥에서 나뒹굴고 있는 세 남자를 발견하고 자신의 앞날에 무엇이 기다리고 있는지 깨달았다. 순간적으로 고조되는 긴장감. 혈관 속으로 아드레날린이 거세게 밀려온다. 싸울 것이냐, 도망칠 것이냐. 그는 다시 나를 쳐다보았다. 발에는 우스꽝스러운 신발을 신고 왼손에는 거대한 금속봉을 든 덩치 큰 사내.

그는 갑자기 조용해졌다.

내가 물었다

"감방의 자물쇠 번호를 아나?"

"아뇨."

"그러면 진통제는 어떻게 주사하지?"

"창살 사이로요."

"만약 누군가 경련이라도 일으키면 감방 안에는 어떻게 들어가나?"

"전화를 겁니다."

"당신 장비는 어디 있지?"

"사물함 안에요."

"열어서 보여줘."

우리는 대기실로 돌아갔다. 그는 사물함 앞으로 다가가 숫자판을 돌렸다. 문이 열렸다.

내가 그에게 물었다

"다른 사물함도 열 수 있나?"

"아뇨."

사물함 안에는 온갖 종류의 의약품이 담긴 선반들이 빼곡하게 붙어 있었다. 포장된 일회용 주사기, 청진기, 투명한 액체가 담긴 작은 약병, 약솜, 알약, 붕대, 거즈, 반창고.

그리고 작은 질소 캡슐이 들어 있는 얕은 상자.

포장된 마취화살이 담긴 상자도.

이해가 간다. 그들은 작전 교범을 세운답시고 회의를 열었을 것이다. 장소는 펜타곤. 참모장교들이 주도권을 쥐고 하급 장교들이 참석한다. 의제를 정한다. 국방부의 법률고문이 자격증을 갖춘 의료요원이 다트총의 탄약을 보관해야 한다고 주장한다. 왜냐하면 마취제는 무기가 아니라 약물이기 때문이다. 기타 등등, 기타 등등. 보다 현실적인 다른 장교가 그러나 압축질소는 의약품이 아니라고 대꾸한다. 세 번째 사람이 탄약과 추진제를 따로 보관하는 것은 바보 같은 짓이라고 지적한다. 여기서 다시 되돌이표. 결국 먼저 화를 내고 폭발한 요원들이 항복을 선언했을 것이다. 좋아요, 좋아. 마음대로 하시고 그만 넘어갑시다.

내가 물었다.

"마취제 안에 정확히 무슨 성분이 들어 있지?"

"통증을 약화시키는 국부마취제하고, 많은 양의 바르비투르산요."

"바르비투르산이 얼마나 들어 있나?"

"충분한 만큼."

"고릴라에게?"

그는 고개를 저었다.

"그보다는 적습니다. 사람들에게 사용하기 위해 다시 조합했지요."

"분량 계산은 누가 했나?"

"제작사에서 했죠."

"어디에 쓰이는지는 알고 있었고?"

"당연하죠."

"테스트는?"

"관타나모에서 했습니다."

"끝내주는 나라로군."

그는 아무 말도 하지 않았다.

내가 물었다.

"부작용이 있나?"

"전혀."

"확실해? 내가 왜 그런 걸 묻는지는 알겠지?"

그는 고개를 끄덕였다. 그는 내가 왜 그런 것을 묻는지 잘 알고 있었다. 컴퓨터 선을 하나도 남김없이 사용했기 때문에 나는 한 눈으로 그를 감시하면서 다트총에 화살을 장전했다. 마치 지그소퍼즐을 맞추는 것 같았다. 나는 첨단기술에는 젬병이다. 오직 상식과 논리에 의존하는 수밖에 없다. 방아쇠를 당기면 가스가 분출되고, 압축가스가 앞으로 뛰쳐나가면서 화살을 밀어내는 방식일 것이다. 그리고 사실 총의 구조는 기본적으로 매우 단순하다. 앞과 뒤가 있고, 원인이 결과를 유발한다. 나는 40초도 안 돼 마취총의 사용법을 파악했다.

"바닥에 눕겠나?"

그는 대답하지 않았다.

"쓰러질 때 머리를 부딪치면 좋을 게 없을 텐데."

그는 바닥에 누웠다.

"특별히 좋아하는 부위라도? 팔? 다리?"

"근육이 많은 곳이 효과가 제일 좋습니다."

"그럼 돌아눕지."

그는 돌아누웠다. 나는 그의 엉덩이에 화살을 발사했다.

나는 다트총을 새로 장전하고 중간에 깨어날 가능성이 있는 두 요원들에게 각각 한 방씩 먹였다. 이제 최소한 여덟 시간이라는 여유가 생겼다. 내가 예상하지 못한 다른 손님들이 도착한다면 또 모르지만. 요원들이 매시간마다 본부에 정기 보고를 하게 되어 있을 수도 있다. 아니면 우리를 DC로 데려가기 위한 차량이 이미 이쪽으로 향하고 있을지도 모를 일이다. 여러 가지 가능성들이 머릿속을 휘젓자, 긴장이 풀리면서 다급한 기분이 늘었다. 나는 지렛대를 들고 서둘러 감방으로 향했다. 제이콥 마크는 나를 보고 아무 말도 하지 않았다. 테레사 리는 나를 보고 입을 열었다.

"8번가에서 그런 신발도 팔아요?"

나는 대꾸하지 않았다. 그녀의 감방 뒤로 돌아가 지렛대의 평평한 끝부분을 방바닥과 구조물 사이에 끼워넣었다. 그런 다음 내 몸무게를 이용해 손잡이 부분을 힘껏 눌렀다. 감방이 덜컹거리며 움직이는 게 느껴졌다. 그러나 미미한 수준에 불과했다. 기껏해야 3센티미터 정도. 힘을 받은 금속이 순간적으로 약간 휘어지는 것, 그뿐이었다.

"소용없어요."

리가 말했다.

"이건 바닥에 올려놓은 커다란 상자나 마찬가지잖아요. 감방을 거꾸로 뒤집어봤자 난 어차피 갇혀 있을 거라고요."

"이건 그냥 바닥에 올려놓은 상자가 아니오."

"하지만 바닥에 고정되어 있지 않은걸요."

"대신 하수관으로 고정되어 있지. 변기에 연결된 거 말이오."

"그게 도움이 될까요?"

"그래야지. 내가 감방을 들어올리면 하수관이 딸려 올라오면서 바닥판이 떨어지게 될 거요. 그 빈틈으로 빠져나오면 돼요."

"하수관이 버텨줄까요?"

"어차피 도박이오. 일종의 시합이지."

"무슨 시합이요?"

"19세기의 건축법과, 21세기에 정부와 계약을 맺은 게으른 용접공의 실력이랄까. 감방 바닥이 얼마나 허술하게 붙어 있는지 봤소? 군데군데 중요한 곳에만 용접을 해놨잖소."

"그게 바로 점용접이라는 거예요."

"그게 얼마나 튼튼할 것 같소?"

"상당히요. 적어도 화장실 하수도보다는 튼튼하겠죠."

"아닐 거요. 19세기에 뉴욕에는 콜레라가 돌았소. 심각한 전염병이었지. 사람들도 많이 죽어나갔고. 그러다 마침내 그 원인이 밝혀졌소. 식수에 오수가 섞여 있었던 거요. 그래서 그들은 하수도를 새로 건설했소. 그런 다음 파이프와 그 연결 부위에 대해 온갖 복잡한 기준을 명시했지. 아직도 건물을 지을 때에는 그때 만든 법을 사용할 정도요. 이런 파이프에는 바닥과 연결된 이음매가 있소. 나는 그게 바닥을 붙인 점용접보다 더 강하다는 데 걸겠소. 19세기의 노동자들은 지나칠 정도로 엄격했거든. 국토안보부 돈을 받아먹는 요즘 회사들보다 훨씬 더 말이오."

리는 잠시 아무 말도 없더니 곧 싱긋 웃었다.

"한마디로 정부 감옥에서 탈옥하든가 하수도관이 터져 똥물을 뒤집어쓰든, 둘 중 하나라는 거군요."

"바로 그거요."

"죽이네요."

"선택은 당신에게 달렸소."

"일단 해봐요."

방 두 개 건너편에서 전화기가 울렸다.

나는 허리를 굽히고 지렛대 끝을 필요한 곳에 밀어넣었다. 감방 바닥에 붙어 있는 철판 아래, 그러나 너무 깊숙이는 아니다. 지렛대 끝에 우묵하게 패인 가장자리 바닥이 걸리는 게 느껴졌다. 그런 다음 지렛대가 창살과 창살이 만나는 거꾸로 된 T자 바로 아래에 자리 잡을 때까지 발로 차서 옆으로 밀었다. 세로 창살을 통해 힘을 위로 전달할 수 있는 지점이다.

전화 소리가 멈췄다.

나는 리에게 말했다.

"변기 위에 올라가 서시오. 도움이란 도움은 다 받아야 하니까."

그녀가 변기 위에 올라가 섰다. 나는 지렛대를 팽팽하게 만든 다음 젖 먹던 힘까지 다해 체중을 싣고 흔들었다. 한 번, 두 번, 세 번. 130킬로그램짜리 거대한 물체의 운동량이 150센티미터 길이의 지렛대를 통해 몇 배로 불어났다. 세 가지 일이 한꺼번에 일어났다. 첫째, 지렛대가 감방 아래 콘크리트 바닥에 얕은 도랑을 팠다. 별로 달가운 일은 아니었다. 두 번째, 전체 철제 구조물이 살짝 뒤틀렸다. 이 역시 구조적으로 그리 달가운 일은 아니었다. 그리고 세 번째, 작은 쇳조각이 핑 하는 소리와 함께 떨어져나갔다.

"거기에요!"

리가 말했다.

"용접한 접합부를 노리는 거예요."

나는 지렛대를 옆으로 옮겼다. 30센티미터 왼쪽에서 비슷한 지점을 찾아냈다. 지렛대를 창살 사이로 쑤셔넣고, 움직이지 않게 고정한 다음, 온 힘을 다해 흔들었다. 이번에도 똑같은 세 가지 결과가 나타났다. 콘크리트 바닥이 긁히고, 창살이 휘어지고, 쇳조각 하나가 튕겨져 나갔다.

두 방 건너편에서 두 번째 전화기가 울리기 시작했다. 소리가 달라졌다. 아까보다 더욱 조급하게 느껴진다.

나는 한 발짝 물러서서 숨을 고른 뒤에 다시 지렛대를 움직였다. 이번에는 오른쪽으로 60센티미터 떨어진 곳을 찾아냈다. 방금까지 한 일을 다시 한 번 반복했다. 또 다시 용접부가 떨어져나갔다. 세 개를 처치했다. 아직 갈 길이 멀다. 그러나 지렛대가 U자 모양으로 어그러뜨려놓은 밑바닥 가로대를 손으로 잡을 수 있게 되었다. 나는 지렛대를 내려놓고 쪼그려 앉아 손바닥을 위로 하고 철판 아래로 손을 집어넣었다. 단단하게 붙들었다. 숨을 깊이 들이마신 다음, 힘을 쓸 준비를 했다. 내가 마지막으로 올림픽 경기를 구경했을 때, 역도 선수들은 225킬로그램 이상을 들어올릴 수 있었다. 물론 나는 그들과는 비교도 되지 못한다. 그러나 감방을 들어올리는 데 그 정도까지의 힘은 필요하지 않을 것이다.

두 번째 전화가 뚝 그쳤다.

세 번째 전화기가 울리기 시작했다.

나는 두 팔을 위로 번쩍 들어올렸다.

감방 한쪽이 바닥에서 30센티미터가량 떠올랐다. 알루미늄 바닥이 날카로운 비명을 지르며 종잇장처럼 휘어졌다. 그러나 용접부는 잘 버티고 있었다. 세 번째 전화기가 멈췄다. 나는 리를 바라보며 입을 벙긋거렸다. '뛰어내려요.' 리는 무슨 뜻인지 이해했다. 영리한 여자다. 그녀는 변기에서 온 힘을 다해 뛰어내렸고, 두 개의 용접 부위가 압력을 받고 있는 지점에 맨발로 정확하게 착지했다. 내 손에는 아무것도 느껴지지 않았다. 아무 충격도, 진동도 오지 않았다. 왜냐하면 그 순간 용접 부위가 부서지면서 감방 바닥이 가파른 경사로처럼 V자 모양으로 꺾어졌기 때문이다. 마치 커다란 입을 벌리듯이. 너비는 30센티미터, 깊이도 그쯤 되어 보였다. 훌륭했다. 그러나 충분하지는 않았다. 어린아이라면 그 틈을 빠져나올 수도 있겠지만 리에게는 비좁을 것이다.

그러나 우리는 이 방법이 상당히 효과적이라는 사실을 알게 되었다. 19세기 건설업자들에게 1점 추가.

두 방 건너편에서 세 대의 전화기가 동시에 울리기 시작했다. 서로 경쟁이라도 하듯이 다급하고 절박하게.

나는 다시 숨을 들이켰다. 이제 남은 일은 앞서 확인한 3단계를 계속해서 반복하는 것이었다. 지렛대, 들어올리기, 그리고 뛰어내리기. 리는 덩치가 그리 크지 않았다. 그럼에도 그녀가 빠져나올 정도로 바닥을 구부리기 위해서는 거의 2미터에 달하는 범위의 용접 부위를 모두 떼어내야 했다. 단순한 산술적 문제다. 이제 바닥 철판의 동서남북 가장자리가 둥그렇게 떨어져나가 덜렁거렸다. 전체 바닥 면적의 3분의 1에 가깝다. 원하는 결과를 얻기까지는 제법 시간이 걸렸다. 정확히 말하자면 거의 8분이나 걸렸다. 그러나 우리는 해냈다. 리는 등을 바닥에 대고, 마치 림보 댄서처럼 발부터 먼저 빠져나왔다. 셔츠가 바닥에 걸려 밀려 올라가는 바람에 가무잡잡하고 매끄러운 복부가 드러났다. 리는 꿈틀거리며 틈새를 빠져나와 옆으로 구르더니 일어나 나를 꼭 껴안았다. 필요한 것보다 훨씬 오랫동안. 한참 뒤 그녀가 팔을 풀자 나는 잠시 숨을 고른 다음 바지에 손을 닦았다.

나는 제이콥 마크를 감방에서 꺼내기 위해 앞서 한 일을 고스란히 반복했다.

두 방 건너편에서 전화기가 울렸다가 멈췄다. 다시 울렸다가 또 멈췄다.

47

우리는 서둘러 움직였다. 테레사 리는 지휘 요원의 신발을 신었다. 크긴 했지만 벗겨질 정도는 아니었다. 제이콥 마크는 의료요원의 옷을 통째로 빌렸다. 그는 불완전한 상태의 경찰복, 그것도 다른 지역의 경찰복이라면 거리에서 사람들의 이목을 끌 것이라 생각했다. 맞는 말이다. 옷을 갈아입는 것에는 시간을 투자할 가치가 충분하다. 면바지와 티셔츠, 농구화를 갖추고 나니 제이크는 전보다 훨씬 나아 보였다. 마침 사이즈는 거의 완벽했다. 바지 뒤쪽에 5센트 동전만 한 핏자국이 있긴 했지만 사소한 문제에 불과했다. 우리는 의료요원을 속옷차림으로 남겨놓았다.

그런 다음 건물 밖으로 향했다. 우리는 계단 위로 올라가 쓰레기가 뒹구는 공터를 지나 골목길을 빠져나와 3번가로 나왔다. 거리를 오가는 수많은 행인들. 날은 아직도 더웠다. 우리는 왼쪽으로 돌았다. 별다른 이유는 없었다. 그저 무심코 선택한 길이었을 뿐이다. 그러나 훌륭한 선택이었다. 다섯 발자국도 채 걷지 않아 등 뒤에서 요란한 경적이 울리더니 타이어가 찢어지는 듯한 소리를 내며 도로 바닥을 미끄러졌다. 살짝 뒤를 훔쳐보았다. 검은 자동차 한 대가 소방서 반대쪽 차선 3미터쯤 떨어진 곳에 황급히 멈춰 섰다. 위장용 크라운빅. 반짝반짝한 새 차다. 차에서 두 남자가 뛰쳐나왔다. 전에도 본 적이 있는 얼굴이다. 테레사 리도 기억하고 있을 것이다. 푸른 양복, 푸른색 넥타이.

FBI 요원들. 관서에서 리와 이야기를 나누고 35번가에서 나를 불러 세워 캐나다 전화번호에 대해 질문을 던져 댔던 남자들이었다. 이제 그들과의 거리는 6미터. 두 사람이 골목 안으로 달려 들어갔다. 그들은 우리를 발견하지 못했다. 그러나 만일 우리가 오른쪽으로 모퉁이를 돌았더라면 자동차에서 나오는 그들과 정면으로 마주쳤을 것이다. 참으로 운이 좋았다. 우리는 6번로를 향해 발걸음을 재촉했다. 가장 먼저 도착한 사람은 제이콥 마크였다. 우리 중에 유일하게 발에 맞는 신발을 신고 있었으니 당연하다.

우리는 6번로를 건너 한동안 블리커 가를 따라 걷다가 코넬리아 가에서 숨을 고를 만한 장소를 찾아냈다. 어둡고, 비좁고, 인도의 카페 테이블에 앉아 있는 몇몇 손님들을 제외하면 비교적 조용한 곳이었다. 우리는 테이블과 될 수 있는 한 멀찍이 떨어진 곳에 멈췄다. 그들 역시 우리를 거들떠보지도 않았다. 그보다는 탁자 위에 놓인 음식 접시에 집중하고 있는 듯했다. 그들을 비난할 수는 없다. 냄새가 정말 끝내줬으니까. 살라미와 치즈 샌드위치를 먹었지만 난 여전히 배가 고팠다. 우리는 인적 없는 도로 끝에 서서 수중에 있는 자산 목록을 점검했다. 리와 제이크는 아무것도 갖고 있지 않았다. 그들의 소지품은 모두 소방서 지하에 보관되어 있었다. 내게는 두 번째 방 탁자에서 집어온 물건들이 있었다. 그중에서 가장 중요한 것은 현금과 현금카드, 지하철 패스와 레오니드의 휴대전화였다. 지폐로 43달러, 그리고 동전 몇 개. 지하철카드는 네 번 더 사용할 수 있었다. 레오니드의 전화는 배터리가 거의 닳아 있었다. 내 은행계좌와 레오니드의 전화번호가 이미 다양한 컴퓨터 시스템에 등록되어 있으리라는 데에는 이견이 없었다. 둘 중 하나라도 사용한다면 1초도 안 돼 발각될 것이다. 그러나 크게 걱정되지는 않았다. 정보가 유출돼 신상이 위험해지려면 그 정보는 유용한 것이어야 한다. 만일 우리가 웨스트 3번가에서 탈출해 며칠 뒤 오클라호마 시나 뉴올리언스, 또는 샌프란시스코에서 돈을 인출한다면 그것은 매우 중요한 정보다. 만일 우리가 탈출한 소방서에서 몇 블록 떨어지지도 않은 곳에서 돈을 인출한다면 그 정보는 아무런 쓸모도 없다. 그들이 이미 알고 있는 사실 외에 새로운 것이 아무것도 없기 때문이다. 게다가 뉴욕에는 송신탑이 너무 많기 때문에 삼각측량법으로 위치를 파악하기가 매우 힘들다. 작은 마을이나 시골에서라면 사람을 찾는 데 대략적인 위치가 커다란 도움이 될지 모른다. 그러나 대도시에서는 그다지 쓸모가 없다. 네 블록에 자그마치 5만 명이 움직이고 있고, 수색에만 며칠이 걸린다.

밝은 파란색 은행 로비에서 현금인출 기계를 찾아냈다. 나는 최대한 많은 양의 현금을 인출했다. 모두 3백 달러였다. 아무래도 내 계좌에는 일일한도액이 설정되어 있는 것 같았다. 기계는 무척 느렸다. 의도적인 것일 테다. 은행은 법집행기관과 협력한다. 나 같은 사람이 기계를 이용하면 경보를 울린 다음 거래 속도를 한껏 늦춘다. 경찰이 나타날 시간을 벌어주는 것이다. 어떤 곳에서는 그게 통할지도 모른다. 그러나 늘상 교통 체증에 시달리는 도시에서는 무용지물이다. 기계는 기다렸다. 계속해서 기다렸다. 다시 한참 동안 기다린 다음 마침내 기계는 지폐를 뱉어냈다. 나는 돈을 빼들고 현금인출기를 향해 씨익 웃어주었다. 대부분의 인출기에는 디지털 녹화기에 연결된 카메라가 내장되어 있다.

우리는 다시 이동을 시작했다. 리가 구멍가게에서 10달러로 휴대용 충전기를 샀다. 펜라이트 배터리와 비슷한 방식으로 작동하는 녀석이었다. 그녀는 충전기를 레오니드의 전화기에 꽂아넣은 다음 파트너 도허티에게 전화를 걸었다. 시각은 오후 10시 10분. 지금쯤 출근 준비를 하는 중일 터이다. 그는 전화를 받지 않았다. 리는 음성메시지를 남기고 전화기를 껐다. 그녀는 요즘 파는 휴대전화에 GPS칩이 들어 있다고 했다. 나는 전혀 모르는 사실이었다. 그녀는 GPS칩이 15초마다 신호를 보내며, 5미터 내외의 정확도로 위치를 추적할 수 있다고 말했다. GPS 위성은 삼각측량법보다 훨씬 정확한 위치를 짚어낼 수 있단다. 따라서 도주 중에 전화기를 사용하고 싶다면 평소에 전화기를 꺼두었다가 일정 장소를 떠나기 직전 잠시 사용한 다음 곧장 다음 장소로 이동하는 것이 기본이라고 설명했다. 그런 경우 추적자들은 항상 한발 늦게 도착하게 된다.

우리는 다시 움직이기 시작했다. 가는 곳마다 경찰차가 눈에 띄었다. 도시 전체에 깔려 있는 것 같았다. 뉴욕 경찰청은 거대한 기관이다. 미국 최대의 경찰기관이며, 어쩌면 세계 최대일지도 모른다. 우리는 워싱턴스퀘어파크의 북쪽 변두리를 지나 동쪽으로 향했다. 그런 다음 뉴욕대학 부지 한가운데서 시끌벅적한 식당을 하나 찾아냈다. 어린 대학생들로 그득한 어두침침한 곳이었다. 거기서 파는 몇 가지 음식은 정체가 뭔지 알아보기도 힘들 지경이었다. 나는 배가 고팠고, 목도 말랐다. 약병 두 개분의 바르비투르산을 분해하기 위해 전신의 세포조직이 초과근무를 하고 있는 것 같았다. 나는 배가 빵빵해질 정도로 물을 벌컥벌컥 들이켠 다음 요구르트와 과일로 만든 셰이크를 주문했다. 햄버거와 커피도 곁들였다. 제이크와 리는 아무것도 주문하지 않았다. 그들은 마음이 진정되지 않아 먹을 수가 없다고 말했다.

리가 나를 보며 말했다.

"이게 다 무슨 일인지 우리에게 털어놓는 게 좋을 거예요."

내가 대답했다.

"알고 싶지 않다고 하지 않았소?"

"이젠 루비콘 강을 건너 버렸다고요."

"그들은 신분증을 보여주지 않았소. 따라서 당신을 감금한 것은 불법이라는 결론을 내릴 수 있지. 그런 경우 탈출하는 것은 범죄가 아니오. 엄밀히 말하자면 의무에 가깝지."

그녀는 고개를 저었다.

"난 그들이 누군지 알아요. 신분증을 볼 필요도 없다고요. 그리고 내가 걱정하는 건 거기서 탈출을 해서가 아니에요. 신발 때문이지. 그게 내 인생을 망칠 거예요. 난 방금 그 사람을 빤히 내려다보면서 신발을 훔쳤어요. 얼굴을 똑바로 쳐다보면서요. 그건 사전 계획이라는 소리죠. 사람들은 내가 상황을 충분히 고려하고 적절하게 반응할 시간이 있었다고 주장할 거예요."

나는 제이크를 바라보았다. 그도 우리와 함께 할 것인지 아니면 아무것도 모른다는 사실을 축복으로 여기고 떠날 것인지 궁금했다. 그는 어깨를 으쓱했다. 마치 이왕 일을 시작했으니 끝장을 보자고 말하는 것 같았다. 그래서 나는 웨이트리스가 음식을 가져올 때까지 기다렸다가 내가 아는 정보를 몽땅 말해주었다. 1983년 3월에 있었던 일, 샌섬,

코렌갈 계곡. 내가 아는 모든 사실들, 이 모든 것들이 의미하는 바를.
리가 말했다.

"지금 코렌갈 계곡에 미군이 가 있어요. 잡지에서 읽은 기억이 나는군요. 이놈의 전쟁은 끝날 줄을 모르네요. 러시아군보다는 잘해내야 할 텐데."

"그 사람들은 우크라이나인이오."
내가 말했다.

"둘이 달라요?"

"우크라이나인들은 그럴 거요. 러시아는 소수민족은 방패막이로 사용하는 경향이 있었고, 소수민족들은 그걸 별로 좋아하지 않았거든."
제이크가 말했다.

"제3차 세계대전이 일어날 수도 있었다는 건 이해가 갑니다. 내 말은 적어도 그때는 그럴 수 있었다는 거죠. 하지만 벌써 사반세기나 지났잖습니까. 소련은 더 이상 존재하지도 않고요. 존재하지도 않는 국가가 어떻게 아직도 불만을 품을 수가 있는 거죠?"

"지정학적으로는 가능하죠."
리가 말했다.

"과거가 아니라 미래와 관련된 문제니까요. 언젠가 우리가 또 그와 비슷한 짓을 하고 싶어질지도 모르잖아요. 파키스탄이나 이란을 상대로요. 만일 우리에게 비슷한 전적이 있었다는 사실이 밝혀지면 사정이 완전히 달라져요. 편견이 생기니까요. 당신도 알잖아요. 경찰이니까. 법원에서 피고의 전과 기록을 언급할 수 없게 되면 좋겠어요?"
제이크가 말했다.

"파장이 얼마나 클 것 같습니까?"

리가 대답했다.

"엄청나죠. 어마어마할걸요. 적어도 지금 우리한텐 그렇잖아요. 아직까지는 작은 문제로 다뤄지고 있는 것 같지만. 웃기지 않아요? 내 말 무슨 뜻인지 알죠? 만약에 이 일에 대해 아는 게 3천 명이라면 아무리 손을 써도 그 사람들을 모두 막을 수는 없을 거예요. 아니, 3백 명, 30명이라고 해도 말이죠. 한번 소문이 퍼져나가기 시작하면 그걸로 끝장이겠죠. 하지만 지금 진상을 아는 건 우리 셋뿐이에요. 셋은 엄청나게 적은 숫자죠. 감방에 가둘 수도 있고, 쥐도 새도 모르게 실종될 수도 있어요."

"어떻게 그럴 수가 있죠?"

"불가능할 것 같아요? 우리가 실종된들 누가 신경이나 쓰겠어요? 제이크, 당신 독신이죠? 나도 그래요."

리는 나를 보며 물었다.

"리처, 당신 결혼했어요?"

나는 고개를 저었다.

리가 말했다.

"아무도 우리가 어떻게 사라졌는지, 어디로 사라졌는지 궁금해하지 않을 거예요."

제이크가 말했다.

"같이 일하는 동료들은요?"

"경찰은 명령받은 일만 하잖아요."

"말도 안 돼."

"이게 바로 새로운 세상이랍니다."

"그게 있을 수 있는 일입니까?"

"비용편익 분석이라는 거죠. 세 명의 무고한 시민 대 거대한 지정학적 문제. 당신이라면 어느 쪽을 택하겠어요?"

"우리한테도 권리라는 게 있잖습니까."

"그랬었죠."

제이크는 아무 말도 하지 않았다. 나는 잔을 비우고 다시 물을 마셨다. 리가 종업원에게 계산서를 가져다 달라고 말했다. 내가 돈을 지불하고 나자 그녀는 레오니드의 전화기를 켰다. 흥겨운 음악소리와 함께 전원이 들어왔다. 네트워크가 작동되기 시작하더니 10초 뒤 전화기가 문자메시지가 도착해 있다는 소식을 알렸다. 리가 버튼을 누르고 메시지를 읽었다.

"도허티에게서 온 거예요."

그녀가 말했다.

"아직 날 버리진 않았네요."

리는 읽고 화면을 내리고, 읽고 또 버튼으로 화면을 내렸다. 나는 머릿속으로 15초 간격으로 숫자를 세기 시작했다. GPS칩이 미세한 정보를 보내고 있을 것이다. **여기요, 여기! 우리 여기 있어요!** 나는 10까지 세고 자리에서 일어났다. 150초. 2분 30초. 메시지는 길었다. 그리고 리의 표정을 보건대 나쁜 소식이 틀림없었다. 그녀는 입술을 굳게 다물고 눈을 가느다랗게 찌푸렸다. 메시지를 한 번 더 훑어보고는 전화기의 전원을 끄고 내게 돌려주었다. 나는 전화기를 주머니에 집어넣었다. 리가 나를 똑바로 바라보며 말했다.

"당신 말이 맞았어요. FDR 드라이브에서 살해된 남자들은 라일라 호스가 고용한 사람들이었어요. 17번 관서에서 전화번호부에 등재된 모든 사설업체에 연락해봤는데, 그중 한 곳이 전화를 받지 않았다는군요. 사무실에서 라일라 호스의 이름이 적힌 청구서를 발견했고요. 주소는 포시즌 호텔로 기록되어 있었다는군요."

나는 아무 말도 하지 않았다.

"그보다 더 중요한 건 그 청구서 날짜가 석 달 전까지 거슬러 올라간다는 거예요. 3일이 아니라요. 그리고 또 있어요. 국토안보부에 따르면 호스라는 이름을 가진 여자들은 국내로 들어온 기록이 없어요. 적어도 사흘 전에 영국 항공을 통해 입국하지는 않았어요. 그리고 수잔 마크는 런던에 전화를 건 적이 없고요. 직장에서도, 집에서도요."

48

전화기를 사용하고 나면 그 즉시 이동한다는 것이 우리의 규칙이었다. 우리는 브로드웨이를 따라 북쪽으로 향했다. 택시와 순찰차들이 빠른 속도로 우리 옆을 지나쳤다. 헤드라이트 불빛이 스쳐 지나갔다. 우리는 최대한 빨리 애스터플레이스까지 간 다음 네 번 남은 지하철패스를 이용해 6호선 지하철을 탔다. 이 모든 사건의 근원지. 반짝반짝 빛나는 신형 R142A 열차. 시계는 밤 11시를 가리키고 있었고, 우리 외에도 열여덟 명의 승객들이 타고 있었다. 우리는 8인용 좌석에 나란히 앉았다. 리가 가운데, 그녀의 왼쪽에는 제이크가 대화를 나누기 용이하도록 허리를 구부리고 몸을 반쯤 튼 자세로 앉아 있었다. 리의 오른쪽에는 제이크와 똑같은 자세를 취한 내가 있었다.

제이크가 물었다.

"그래서 어느 쪽인 겁니까? 그 여자들이 가짜인가요 아니면 정부가 벌써 기록을 없애고 이 일을 덮어 버리려는 건가요?"

리가 말했다.

"양쪽 다일 수도 있어요."

내가 말했다.

"그 여자들이 가짜요."

"당신 생각이 그렇다는 겁니까, 아니면 진짜로 그렇다는 겁니까?"

"일이 너무 쉬웠소. 펜 역에서 말이오."

"어떤 식으로요?"

"나를 속였소. 레오니드는 내 눈에 띄고 싶었던 거요. 그래서 조명 아래에서 밝은 주황색으로 비치는 재킷을 입었지. 선로 위에서 일하는 노동자들이 입는 안전조끼처럼 일부러 눈에 띄려고 그랬던 거요. 그런 다음 나한테 일부러 맞아준 거요. 그래야 내가 그 친구한테서 전화기를 빼앗아서 포시즌 호텔을 추적할 수 있으니까. 그런 식으로 날 조정한 거요. 진실 위에 겹겹이 쌓아올린 거지. 그들은 나를 만나야 했소. 하지만 내가 사실을 간파하기를 바라진 않았지. 손에 든 패를 모두 보이고 싶지 않았던 거요. 그래서 그런 식으로 날 끌어들인 거요. 내 발로 호텔로 찾아가도록 유인해서 달콤하고 부드럽게 접근했소. 먼저 기차역에서 멍청한 남자를 맞닥뜨리게 한 다음, 후에는 교묘한 유화정책을 쓴 거지. 만약에 대비한 2차 계획도 세워두고 있었소. 경찰서에 직접 찾아가 실종 신고를 한 거요. 어느 쪽이든 내가 걸려들 거라고 본 거지."

"그 여자들이 당신한테 바라는 게 뭔데요?"

"수잔이 갖고 있던 정보요."

"그게 뭔데요?"

"나도 모르오."

"그 여자들 정체가 대체 뭘까요?"

"기자는 아니오."

내가 말했다.

"내가 잘못 생각한 것 같소. 라일라는 이렇게 행동했다가 또 다음 순간에는 저렇게 행동하곤 했거든. 그녀의 정체가 뭔지 정말 모르겠소."

"그 노파는요? 진짜일까요?"

"모르겠소."

"지금 어디 있을까요? 호텔에서 빠져나갔다면서요."

"그런 작자들은 언제나 은신처를 마련해놓소. 양동작전이지. 사람들에게 보이기 위한 공개적인 장소와 그들만이 아는 비밀장소를 처음부터 따로 구분해두는 거요. 그러니 그 여자들이 지금 어디 있는지는 나도 모르겠소. 미리 마련해둔 아지트에 있겠지. 장기적인 안전을 확보할 수 있는 장소 말이오. 아직 시내에 있을 거요. 건물은 연립주택일 가능성이 크고. 부하들이 여럿 있다고 했으니까. 여기까지 데려온 이들, 나쁜 인간들 말이오. 그 사설업체 친구들 판단이 옳았소. 얼마나 질이 나쁜 놈들인지는 그 친구들도 나중에야 알았겠지. 망치를 맞았을 때."

리가 말했다.

"그렇다면 그 여자들도 우리처럼 숨어 다니고 있는 거군요."

"시제가 잘못되었소."

내가 말했다.

"이미 숨은 지 오래지. 지금쯤이면 자기네들 은신처에 틀어박혀 있을 거요. 그리고 그곳이 어딘지 아는 사람들은 다 죽었을 테고."

열차가 23번가에 도착했다. 문이 열렸다. 아무도 타지 않았다. 아무도 내리지 않았다. 테레사 리는 물끄러미 바닥을 내려다보고 있었다.

제이콥 마크가 말했다.

"국토안보부가 라일라 호스의 입국 기록을 찾아내지 못했다면 그 여자가 캘리포니아에 갔을 수도 있다는 이야기군요. 피터를 꾀어낸 게 그 여자였을 수도 있다는 뜻이기도 하고요."

"그렇소."

내가 말했다.

"그 여자였을 수도 있지."

문이 닫혔다. 열차가 움직이기 시작했다.

테레사 리가 고개를 들더니 말했다.

"그 사람들이 죽은 건 우리 잘못이에요. 망치에 맞아 죽은 네 사람 말이에요. 특히 당신 잘못이죠. 당신이 라일라에게 그 사람들을 안다고 했기 때문이에요. 당신이 그 사람들을 라일라의 약점으로 만든 거라고요."

내가 말했다.

"지적해줘서 고맙소."

당신이 그 여자를 궁지로 내몰았을지도 모르잖아요.

특히 당신 잘못이죠.

지하철이 덜컥거리면서 28번가 역에 진입했다.

우리는 33번가에서 내렸다. 우리 중 아무도 그랜드센트럴까지 가고 싶지는 않았다. 거기에는 경찰들이 우글거렸다. 그리고 특히 제이콥 마크의 경우에는 부정적인 만남이 발생할 확률이 너무 컸다. 파크애비뉴는 번잡했다. 우리가 그곳에 도착한 지 1분 사이에 벌써 두 대의 경찰차가 지나갔다. 서쪽에는 엠파이어스테이트 빌딩이 있었다. 그곳에도 경찰이 너무 많다. 우리는 남쪽으로 돌아 조용한 길을 택해 매디슨

가로 향했다. 나는 기분이 많이 좋아진 상태였다. 열일곱 시간 중 열여섯 시간을 푹 잤을 뿐만 아니라 배도 든든했다. 그러나 리와 제이크는 녹초가 된 듯 보였다. 그들은 갈 곳도 없었고, 이런 상황에 익숙하지도 않았다. 집으로 돌아갈 수는 없었다. 친구들을 찾아갈 수도 없었다. 그들의 주변 인물들은 모두 감시를 받고 있을 것이다.

리가 말했다.

"계획을 세워야 해요."

나는 지금 우리가 걷고 있는 동네가 마음에 들었다. 뉴욕은 수백 개의 자그마한 동네들로 구성되어 있다. 모든 거리마다 독특한 운치가 있고, 때로는 빌딩들마저도 독특한 특색을 풍긴다. 20번대 후반 거리와 만나는 파크애비뉴와 매디슨애비뉴는 약간 초라한 동네였다. 거리는 낡고 허름했다. 한때는 뉴욕에서 가장 화려하고 잘나가는 지역이었고 언젠가는 그런 영광을 되찾게 되겠지만 지금은 편안하고 평범한 동네였다. 우리는 잠시 건물 옆에 설치된 비계 아래 서서 비척거리며 집으로 돌아가는 술꾼들과 잠자리에 들기 전 개를 산책시키러 나온 동네 주민들을 지켜보았다. 한 남자가 조랑말만 한 크기의 그레이트데인을 산책시키고 있었다. 한 여자는 그레이트데인의 머리 크기보다도 작은 랫테리어를 데리고 지나갔다. 나로 말하자면 랫테리어 쪽을 선호한다. 크기가 작을수록 개성이 강하니까. 작은 놈들은 자기가 세상의 주인이라고 생각한다. 우리는 자정이 지날 때까지 기다렸다. 그런 다음 적당한 호텔을 찾아 헤맸다. 우리가 선택한 것은 수명이 다한 전구가 희미하게 깜박거리는 네온사인이 걸린 작고 옹색한 호텔이었다. 낡아 빠지고 지저분했다. 내가 평소에 사용하는 호텔보다도 작았다. 그런 트릭은 오히려 큰 호텔이 잘 먹힌다. 빈방이 있을 확률도 높고 사람들의 눈에 띌 가능성도 적으며 감시하는 눈도 적다. 그러나 우리가 지금 마주하고 있는 곳도 그럭저럭 기준에 맞을 것 같았다.

50달러짜리 트릭이 먹힐 만한 곳.

어쩌면 40달러로도 충분할지 모른다.

우리는 결국 75달러로 낙찰을 봐야 했다. 야간 근무 직원이 우리가 쓰리섬 섹스를 하러 왔다고 의심했기 때문이다. 어쩌면 테레사 리가 나를 바라보는 눈빛 때문인지도 모른다. 그녀의 눈길에는 뭔가가 있다. 그게 뭔지는 확실치 않지만. 어쨌든 직원은 협상 가격을 높일 기회를 찾아냈다. 방은 작았다. 건물 뒤쪽에 위치한 침대 두 개짜리 방이었다. 통풍구에 좁다란 창문이 붙어 있었다. 홍보책자에 실을 만한 방은 아니었지만 눈에 잘 띄지 않고 충분히 보호받고 있다는 느낌이 들었다. 리와 제이크도 안심하고 밤을 날 만한 곳으로 여기는 것 같았다. 그러나 여기서 이틀, 닷새, 열흘 동안 묵고 싶지는 않을 것이다.

"우린 도움이 필요해요."

리가 말했다.

"평생 이러고 살 수는 없잖아요."

"안 될 것도 없소. 난 벌써 10년간이나 이러고 살고 있으니."

"알았어요. 평범한 사람이라면 평생 이러고 살 수는 없어요. 우린 도움이 필요해요. 가만히 있는다고 문제가 저절로 해결되지도 않을 거고요."

"그럴 수도 있죠."

제이크가 말했다.

"당신이 직접 그랬잖습니까. 3천 명이 알고 있으면 더 이상 문제가 아니라고. 그러니 3천 명에게 사실을 알리면 됩니다."

"한꺼번에 3천 명한테요?"

"아뇨, 신문사에 전화를 거는 겁니다."

"우리 말을 믿어 줄까요?"

"믿을만하다면요."

"기사를 내줄까요?"

"왜 안 그러겠습니까?"

"신문사를 어떻게 믿을 수 있는데요? 어쩌면 정부가 벌써 기사를 일일이 체크하고 있을지도 모르잖아요. 기사를 싣지 말라고 압력을 가할 수도 있고요."

"출판의 자유는 어쩌고요?"

리가 말했다.

"아, 그런 게 있긴 했죠."

"그러면 도대체 누구한테 도움을 얻겠다는 겁니까?"

"샘섬."

내가 말했다.

"샘섬이라면 도와줄 거요. 이 일에 걸려 있는 게 많으니까."

"샘섬이 바로 정부잖습니까. 수잔의 뒤를 쫓던 당사자고요."

"하지만 잃을 게 많소. 그걸 이용하면 돼요."

나는 레오니드의 전화기를 꺼내 테레사 리가 앉아 있는 침대를 향해 던졌다.

"아침이 되면 도허티에게 문자를 보내시오. 워싱턴 캐넌 하우스의 전화번호를 알아낸 다음 샌섬의 사무실에 전화를 걸어 개인적으로 할 말이 있다고 해요. 당신이 뉴욕 경찰이고, 나와 함께 있다고 하시오. 그리고 그 사람 직원이 그때 지하철에 타고 있었다는 것도 안다고 전해요. VAL 때문에 수훈훈장을 타지도 않았고, 그 외에 다른 게 있다는 걸 안다고 하시오."

49

테레사 리가 전화기를 집어들었다. 그녀는 그것이 마치 값비싸고 귀한 보석이라도 되는 양 한참 동안 들고 있다가 협탁 위에 내려놓고 물었다.

"더 있다니, 왜 그렇게 생각하는 거죠?"

"상황을 고려할 때 그럴 수밖에 없소. 샌섬은 훈장을 네 개나 받았소. 시시하게 하나만 받고 끝난 게 아니란 말이오. 그 친구는, 말하자면 해결사요. 그러니 온갖 더러운 일들을 도맡아 했겠지."

"예를 들면?"

"누군가 해야 하는 일들. 누군가 하길 원했던 일들. 육군에게만 국한된 것도 아니었을 거요. 델타 팀은 종종 파견임무를 나가오. 가끔은 CIA에게 불려가기도 하고."

"가서 뭘 하는데요?"

"은밀한 개입, 쿠데타, 암살."

"티토는 1980년에 죽었어요. 유고슬라비아에서요. 그것도 샌섬이 그랬을까요?"

"아니, 나는 티토가 병으로 죽었다고 생각하오. 그렇지만 그가 건강하게 오래 살 경우를 대비한 계획이 있었다고 해도 놀라지는 않을 거요."

"브레즈네프는 1982년에 죽었어요. 러시아에서요. 그리고 얼마 뒤에는 안드로포프가 죽었고, 그 다음은 체르넨코였죠. 모두 아주 짧은 기간 동안 일어난 일이에요. 마치 전염병 같았죠."

"당신 뭐요? 역사학자라도 되오?"

"아마추어요. 어쨌든 그래서 고르바초프가 권력을 쥐게 되었고 개방이 시작되었죠. 당신은 우리가 그랬다고 생각해요? 샘섬이 그랬다고요?"

"어쩌면."

내가 대답했다.

"나도 모르오."

"하지만 어쨌든 1983년에 아프가니스탄에서 일어난 일과 이것과는 아무 상관도 없잖아요."

"생각해보시오. 한밤중에 어둠 속에서 소련 저격병과 우연히 마주치는 것은 거의 불가능한 일이오. 샘섬 같은 엘리트 해결사들이 뭔가 건질 거라는 막연한 희망만 갖고 언덕을 어슬렁거렸다고? 100중 99는 빈손으로 돌아오게 될 거요. 조그만 보상 하나 받기 위해 그러는 것 치고는 위험 요소가 너무 많소. 그건 계획된 임무가 아니오. 작전을 세울 때는 언제나 수행 가능한 목표를 지정해야 하오."

"대다수가 실패한다면서요."

"물론 그렇소. 그래도 현실적인 목표가 있어야 하오. 수천 제곱킬로미터나 되는 황량한 계곡을 하릴없이 돌아다니면서 적과 우연히 조우할 기회를 노리는 것보다는 훨씬 현실적이어야 한단 말이오. 그러니 뭔가 다른 임무가 있었던 게 틀림없소."

"너무 막연하잖아요."

"또 있소. 이건 별로 막연하지 않을 거요. 요 며칠간 나는 많은 사람들과 이야기를 나눴소. 나는 주로 듣는 사람이었지. 그중 어떤 것들은 이해가 되지 않았소. 워싱턴 DC에서 날 윽박지르던 연방요원들 말이오. 그들에게 대체 무슨 일이냐고 물었더니 이상한 반응을 보이더군. 마치 하늘이 무너지기라도 한 것처럼 말이오. 25년 전에 훔쳐온 첨단 무기 하나 탓이라고 보기에는 너무 과잉반응으로 보였소."

"지정학적인 문제는 그렇게 간단하지 않으니까요."

"맞소. 그리고 내가 그쪽에 전문가가 아니라는 것도 인정하오. 하지만 그렇다고 해도 그건 좀 지나쳤소."

"그래도 너무 막연해요."

"DC에서는 샌섬과 이야기를 나눴소. 사무실로 찾아갔지. 반응이 아주 우울하더군. 걱정하고 당혹해하는 것 같았소."

"선거기간이잖아요."

"하지만 적의 총을 빼앗아오는 것은 꽤나 멋진 일 아니오? 전혀 부끄러워할 필요가 없는 일이란 말이오. 이른바 용감무쌍하게 돌진한 것뿐이란 말이오. 그러니 그의 반응은 이상하오."

"아직도 너무 막연해요."

"그는 저격수의 이름을 알았소. 그리고리 호스. 인식표를 봤다고 했지. 나는 샌섬이 기념 삼아 호스의 인식표를 갖고 있을 거라고 생각했소. 하지만 아니라고 하더군. 그는 인식표가 사후보고서와 다른 모든 것들과 같이 보관되어 있다고 했소. 말실수를 한 거지. 다른 모든 것이라니, 그게 무슨 뜻이겠소?"

리는 아무 말도 하지 않았다.

"우리는 저격수와 감적수가 어떻게 되었는지에 대해서도 얘기했소. 샌섬은 소음기를 갖고 있지 않았다고 했지. 그것도 말실수였소. 델타는 무소음 무기가 없이는 절대로 밤중에 비밀 임무를 수행하지 않소. 그런 것에 특히 민감한 부대니까. 다시 말해 VAL 저격소총 사건은 원래의 임무와는 전혀 무관한 우연한 부산물에 지나지 않았다는 의미요. 나는 저격소총이 문제의 핵심이라고 생각했소. 하지만 사실 그건 빙산의 일각이었지. 중요한 것은 수면 아래에 숨어 있었던 거요."

리는 아무 말도 하지 않았다.

"그런 다음에는 지정학 이야기를 꺼냈지. 그도 이게 매우 위험한 문제가 될 수 있다는 걸 인식하고 있더군. 샌섬은 러시아, 아니 러시아 연합을 우려했소. 러시아가 불안정하다고 여겼지. 그리고 만일 코렌갈 계곡 부분이 공개된다면 어마어마한 폭탄이 터질 거라고도 했소. 눈치 챘소? 그는 코렌갈 계곡 부분이라고 했소. 그게 세 번째 실수요. VAL 외에 다른 뭔가가 더 있다는 사실을 실질적으로 확인해준 거나 다름없소. 본인의 입으로 직접 말이오."

리는 대답하지 않았다.

제이콥 마크가 물었다.

"그게 뭘까요?"

"나도 모르오. 하지만 정보와 관련된 것일 거요. 라일라 호스는 처음부터 메모리스틱을 원했소. 연방요원들도 그게 존재한다고 추정했고. 그들은 진짜 메모리스틱을 찾아내 회수하는 것이 자신들의 임무라고 말했소. 진짜. 그 친구들은 내가 산 메모리스틱을 확인하고 그게 교란용이라고 판단했거든. 아무것도 안 들어 있는데다 어차피 용량이 너무 작다고 했지. 들었소? 작다고 했소. 그 말은 그보다도 용량이 큰 파일을 찾고 있다는 소리요. 엄청나게 많은 정보를 담고 있다는 의미지."

"하지만 수잔은 그런 걸 갖고 있지 않았어요."

"맞소. 그렇지만 모두가 그녀가 정보를 갖고 있다고 확신하고 있지."

"대체 어떤 정보일까요?"

"나도 전혀 모르겠소. 스프링필드가 뉴욕에서 해준 말이 있긴 하지. 쉐라톤에서 만난 샘섬의 경호원이오. 복도에 우리 둘만 있을 때요. 불안해 보이더군. 그러면서 내게 경고를 했소. 비유가 아주 특이했지. 나더러 잘못된 돌을 뒤집지 말라고 했소."

"그래서요?"

"돌을 들추면 어떻게 되오?"

"밑에 숨어 있던 것들이 기어 나오죠."

"바로 그거요. 현재형이지. 아래 숨어 있던 게 기어 나오는 거요. 이미 거기 있는 건 중요하지 않소. 이미 25년 전에 죽어 버렸으니까. 그렇지만 그 아래에서 꿈틀거리며 몸부림치고 있는 건 다르오. 그게 중요한 거요 오늘날까지 살아 버티고 있는 것들 말이오."

테레사 리는 골똘히 생각에 잠겼다. 그녀는 협탁 위에 놓여 있는 휴대전화를 흘긋 쳐다보았다. 두 눈을 지그시 찌푸렸다. 샘섬에게 전화해서 무슨 말을 할지 생각하는 중일 것이다.

리가 말했다.

"어지간히 조심성이 부족한 사람이네요. 말실수를 세 번이나 하다니."

"그는 17년 동안 최정예 델타 대원이었소."

"그래서요?"

"조심성이 부족한 인간은 거기서 17일도 못 견디오."

"그래서요?"

"그는 무척 바빠 보였소. 선거운동 때문에 갖가지 자질구레한 것까지 신경을 써야 했지. 외모, 말하는 방식, 이동 방식. 아주 세세한 부분까지 말이오."

"그런데요?"

"나는 그가 조심성이 부족한 사람이라고는 생각하지 않소."

"세 번이나 말실수를 했는데요?"

"과연 그랬을까? 난 잘 모르겠소. 그보다는 내게 덫을 놓은 게 아닌가 싶소. 샌섬은 내 복무 기록을 읽었소. 나는 유능한 헌병이었고, 그와 기수가 많이 차이 나지도 않소. 내 도움을 바라고 있었는지도 모르겠소. 같은 군인 출신이니."

"당신을 자기편으로 끌어들이고 싶어 했던 걸까요?"

"아마도."

내가 말했다.

"빵 조각을 몇 개 떨어뜨리고 내가 그걸 따라가길 기다리고 있는 거지."

"왜요?"

"왜냐하면 뚜껑을 다시 덮어 버리고 싶으니까. 그리고 누가 그 짓을 해줄 수 있을지 믿지 못하기 때문이오."

"국방부 사람들을 못 믿는대요?"

"당신이라면 믿을 수 있겠소?"

"난 그쪽 세상은 잘 몰라요. 당신은요? 그 사람들을 믿어요?"

"별로."

"스프링필드는요? 샌섬이 스프링필드는 신뢰하나요?"

"자기 목숨을 걸고 신뢰하지. 하지만 그래 봤자 한 사람일 뿐이오. 그리고 샌섬에게는 혼자서는 처리할 수 없는 어마어마한 문제가 있고. 그러니 누군가 다른 사람이 끼어든다면 자기도 버틸 수 있을 거라고 판단했을 거요. 도움은 많으면 많을수록 좋으니까."

"그렇다면 그도 우리를 도울 수밖에 없겠군요."

"그럴 수밖에 없는 건 아니오. 그가 할 수 있는 일은 한정되어 있으니까. 하지만 도울 의도는 있겠지. 그래서 당신이 그에게 전화를 걸었으면 하는 거요."

"왜 하필 나예요?"

"내일 일이 시작될 즈음이면 난 여기 없을 거거든"

"뭐라고요?"

"아침 10시에 매디슨스퀘어파크에서 만납시다. 여기서 남쪽으로 몇 블록만 가면 되오. 이동할 때는 늘 주의하시오."

"지금 어디 가려는 거예요?"

"밖에."

"밖에 어디요?"

"라일라 호스를 찾으러 가오."

"찾을 수 있을 리가 없잖아요."

"그렇겠지. 하지만 그 여자에게는 부하들이 있소. 그들이 날 찾아내겠지. 지금도 시내를 돌아다니면서 날 찾고 있을 거요. 내 사진을 들고."

"지금 자진해서 미끼가 되겠다는 건가요?"

"통하기만 한다면야."

"하지만 경찰들도 당신을 찾고 있다고요. 국방부랑 FBI도요. 어쩌면 우리가 듣도 보도 못한 기관까지 총출동했을지도 몰라요."

"바쁜 밤이 되겠군."

"제발 조심해요, 알았죠?"

"항상 그러고 있소."

"언제 떠날 거죠?"

"지금."

50

뉴욕. 새벽 1시. 인간 사냥을 당하기에 세계 최고의 장소이자 최악의 장소. 밖은 아직도 따뜻했다. 자동차는 그리 많지 않았다. 10초 동안 차량이 한 대도 지나가지 않을 때도 있었다. 사람들은 많았다. 몇몇은 벤치나 건물 입구에서 잠을 청하고, 어떤 이들은 목적지를 향해 또는 하릴없이 걷고 있었다. 나는 후자를 택했다. 30번가를 따라 공원을 가로질렀다가 렉싱턴로로 갔다. 나는 사람들의 눈에 띄지 않는 기술을 훈련받지 못했다. 그것은 언제나 나보다 작은 동료들의 몫이었다. 평범한 체구의 사람들. 교관들은 나를 보면 그런 훈련 자체를 포기해 버렸다. 그들은 나만한 덩치는 어딜 가도 쉽게 눈에 띌 것이라고 여겼다. 그러나 나는 그럭저럭 해냈다. 스스로 몇 가지 기술을 익힌 것이다. 그중 몇 개는 일반적인 상식과는 대치되는 것이었다. 일단 낮보다는 밤이 낫다. 사람들의 숫자가 줄기 때문이다. 나는 인적이 적을수록 덜 두드러진다. 왜냐하면 나를 찾는 사람들은 커다란 남자를 찾기 때문이다. 뭔가의 크기를 판단하려면 주변에 비교할 대상이 있어야 한다. 만일 내가 50명의 민간인들 사이에 끼어 있다면 나는 금세 발각될 것이다. 다른 사람들보다 머리 하나가 더 솟아 있기 때문이다. 그러나 내가 혼자라면, 사람들은 그리 확신하지 못한다. 비교 대상이 없기 때문이다. 인간은 고립된 물체의 높이나 크기를 정확하게 가늠하지 못한다. 목격자 실험이 이 사실을 대변한다. 사건을 연출하고 목격자들에게 범인의 인상에 대해 물어보라. 그들은 똑같은 사람을 170센티미터에서 190센티미터까지 다양하게 묘사할 것이다. 사람들은 보지만, 자세히 관찰하지는 않는다.

전문적으로 훈련을 받은 사람이 아니라면 말이다.

나는 지나가는 차량들을 주의 깊게 살펴보았다. 뉴욕에서 사람을 찾으려면 자동차를 몰고 거리를 훑는 수밖에 없다. 도시가 너무 넓기 때문에 다른 방법은 통하지 않는다. 흰색과 파란색의 순찰차는 알아보기가 쉬웠다. 지붕에 부착된 경광등의 윤곽은 멀리서도 쉽게 구분할 수 있었다. 경찰차가 다가올 때마다 나는 가까운 건물 입구를 찾아내 몸을 뉘었다. 누가 봐도 평범한 부랑자처럼 보일 것이다. 겨울에는 통하지 않는 방법이다. 낡고 더러운 담요가 없으니까. 다행스럽게도 날씨는 아직도 더운 편이었다. 진짜 부랑자들은 티셔츠를 입고 다녔다.

위장용 경찰차는 그보다 어려웠다. 민간 차량들과 별 다를 바가 없기 때문이다. 그러나 정치권과 법집행기관의 예산은 경찰이 특정 상표의 모델만을 사용하도록 제한한다. 더구나 대부분의 차량들은 눈에 띌 정도로 무관심 속에 방치된다. 그래서 지저분하고, 삐걱거리고, 기울어져 있다.

연방기관이 사용하는 위장용 차량은 또 다르다. 똑같은 제조사, 똑같은 모델. 그러나 항상 깨끗하고 반질거리며 먼지 하나 없다. 알아보기는 쉽지만 렌터카와 헷갈릴 수 있다는 단점이 있다. 일부 리무진 회사들도 그들과 똑같은 모델들을 운용한다. 크라운빅과 머큐리. 또 그런 대여업체들 역시 자동차를 되도록 말끔하게 유지하는 경향이 있다. 등을 돌리고 건물 입구에서 서성이고 있는데 T&LC 간판이 빠른 속도로 거리를 지나갔다. 택시 앤드 리무진 위원회. 지레 겁을 먹은 것이다. 그러다 테레사 리가 들려준 말이 떠올랐다. 뉴욕 경찰청의 대테러반은 가짜 택시를 몰고 거리를 순찰한다. 나는 전보다 더욱 조심스러워졌다.

라일라 호스의 부하들은 렌터카를 사용하고 있을 것이다. 허츠, 에이비스, 엔터프라이즈, 또는 내가 모르는 신생회사들. 렌터카 회사들 역시 일정한 제조사와 모델들을 애용한다. 대부분은 미국산 저가 차량들을 이용하지만 깨끗하고 관리가 잘되어 있다. 그런 조건에 맞는 차량들은 무궁무진했다. 그리고 그 조건에 들어맞지 않는 차량들은 더욱 무궁무진했다. 나는 법집행관들의 눈에 띄지 않도록 분별력을 발휘했고, 라일라 호스의 부하들이 나를 발견하지 못하도록 최선을 다했다. 밤늦은 시간대가 커다란 도움이 되었다. 어둠은 모든 것을 단순화시킨다. 거리를 돌아다니는 사람들을 분류하기도 쉽다. 평범하고 결백한 이들은 대부분 집에서 푹신한 침대에 누워 있을 것이다.

반 시간 정도 거리를 배회했다. 아무 일도 일어나지 않았다.

새벽 1시 반까지는.

내가 22번가와 브로드웨이로 돌아갈 때까지는.

51

우연찮게 랫테리어를 산책시키던 여자와 또 다시 마주쳤다. 그녀는 브로드웨이를 따라 22번가를 향해 남쪽으로 걷고 있었다. 조그만 강아지가 채신머리없이 작은 기둥에 오줌을 누고 있었다. 그들을 지나치는데 개가 나를 보고 짖어 댔다. 내가 위험한 사람이 아니라는 사실을 보여주기 위해 몸을 돌린 찰나, 시야 가장자리에 23번가의 가로등 불빛 아래로 다가오는 검은 크라운빅이 잡혔다. 먼지 하나 없이 깔끔하고 반질거리는 차체. 뒤편에서 비치는 헤드라이트에 트렁크 뚜껑 위로 삐죽 솟아나온 가느다란 안테나가 보였다.

크라운빅이 속도를 늦췄다.

이 블록에서 브로드웨이는 너비가 두 배로 늘어났다. 6차선. 여섯 개의 차선 모두가 남쪽으로 향하는 일방통행이며 도로 중앙에는 짧은 보행자 공간이 있다. 나는 왼쪽 인도에 있었고 내 옆에는 아파트 건물이, 그리고 그 뒤쪽에는 상가가 펼쳐져 있었다. 내 오른쪽, 다시 말해 길 건너에는 플랫아이언 건물이 있었다. 그 뒤쪽은 또 다시 상가가 이어졌다.

그리고 내 정면에는 지하철 입구가 있었다.

강아지를 산책시키던 여자가 내 뒤에서 왼쪽으로 돌아 아파트 건물로 들어갔다. 로비의 데스크에는 경비원이 앉아 있었다. 크라운빅이 두 번째 차선에서 멈춰 섰다. 뒤따라오던 자동차가 황급히 브레이크를 밟았다. 뒷차의 헤드라이트 불빛에 크라운빅 앞좌석에 앉아 있는 두 사람의 윤곽이 드러났다. 그들은 꼼짝하지 않았다. 어쩌면 내 사진을 들여다보고 있는지도 모른다. 지원을 요청하기 위해 본부에 연락을 취하고 있을 수도 있다.

나는 아파트 건물 앞 화단을 두른 낮은 벽돌담 위에 앉았다. 지하철 입구까지의 거리는 3미터.

크라운빅은 여전히 움직이지 않았다.

내 남쪽으로는 브로드웨이 거리의 인도가 드넓게 뻗어 있었다. 상가들과 연결된 콘크리트 바닥. 연석의 나머지 절반은 지하철 통풍구가 차지하고 있다. 3미터 떨어진 곳에 있는 지하철 입구는 좁은 계단으로 이어졌다. 23번가 역의 남쪽 출구였다. N과 R과 W선이 만나는 곳이다. 상행선 승강장 쪽.

나는 이 역의 개찰구가 회전문식이라는 데 걸기로 했다. 돈을 거는 게 아니다. 그보다 훨씬 중요한 것. 내 목숨과 자유, 그리고 행복추구의 권리를 건다.

나는 기다렸다.

크라운빅에 탄 사내들은 여전히 꼼짝도 하지 않았다.

새벽 1시 반. 심야시간대에 지하철은 20분 간격으로 운행된다. 발 아래쪽에서는 바닥의 진동도, 열차의 포효도 없었다. 공기가 밀려오는 기미도 없었다. 인도 위 쇠격자 위에 나뒹그라진 쓰레기는 미동도 하지 않았다.

크라운빅의 앞바퀴가 움직였다. 엔진이 펌프질을 시작하고, 타이어가 지면을 압박하며 날카로운 소리를 냈다. 차량이 순식간에 차선 네 개를 가로지르더니 S자를 그리며 연석 위에 멈춰 섰다.

그들은 내리지 않았다.

나는 기다렸다.

연방기관 소속의 차량이 틀림없다. 공용 차량. 일반적인 크라운빅 폴리스 인터셉터가 아니라 표준사양 LX 모델이다. 차체는 검은색, 플라스틱 휠캡. 거리는 한산했다. 그러나 인적이 드문 것은 아니었다. 서둘러 집으로 귀가하는 사람들과 한가로이 어슬렁거리는 커플들이 눈에 띄었다. 남쪽에 있는 교차로에는 클럽들도 있었다. 가끔 술에 취한 무리들이 나타나 택시를 잡으러 도로에 뛰어들었다.

그들이 움직이기 시작했다. 한 사람이 오른쪽으로 몸을 기울였다. 다른 한 사람은 왼쪽으로 몸을 기울였다. 두 사람이 동시에 자동차 손잡이를 찾아 더듬거리고 있었다. 나는 남쪽으로 40미터쯤 떨어진 곳에 있는 지하철 통풍구를 주시했다.

아무 일도 일어나지 않았다. 바람은 느껴지지 않았다. 쓰레기도 움직이지 않았다.

두 남자가 차 밖으로 나왔다. 양쪽 다 검은 양복을 입고 있다. 오랫동안 운전석에 앉아 있었던 까닭에 재킷의 뒷부분이 구겨져 있었다. 조수석에 앉아 있던 사내가 자동차 앞쪽을 돌아 연석 쪽에서 기다리던 운전자 옆으로 다가왔다. 우리는 같은 인도 위에 서 있었다. 6미터가량의 거리를 두고, 도로의 끝과 끝에서 마주 보고. 양복 상의에는 벌써 배지가 끼워져 있었다. 아마 FBI일 것이다. 물론 확신할 수는 없다. 내 눈에 민간인들의 배지는 하나같이 다 똑같아 보인다. 조수석에 앉아 있던 남자가 말했다.

"연방요원이오."

쓸데없는 설명.

나는 대답하지 않았다.

그들은 인도 옆 도랑에 서 있었다. 연석 위로 올라오려는 몸짓도 하지 않았다. 무의식적인 방어적 행동. 연석은 작은 성벽과 같다. 물론 실질적으로는 아무런 보호책도 되지 않지만, 성벽 안으로 들어오는 것은 개전 나팔을 부는 행위와 마찬가지다. 무엇이든 행동해야 하는 것이다. 그리고 그들은 자신의 행동이 어떠한 결과를 낳을지 불안해하고 있다.

지하철 통풍구는 침묵을 지켰다.

조수석에 앉아 있던 사람이 물었다.

"잭 리처?"

나는 대답하지 않았다. 모든 일이 수포로 돌아가면, 입을 다물어라.

운전자가 말했다.

"거기 꼼짝 말고 있으시오."

내 신발은 고무였다. 그리고 평소에 내가 신는 것보다 많이 헐렁하고 부드러웠다. 그럼에도 발밑으로 지하철이 덜커덩거리는 희미한 메아리를 느낄 수 있었다. 지하철이 역으로 들어오고 있었다. 28번가에서 다운타운으로 가는 것이거나, 14번가에서 업타운으로 향하는 열차일 것이다. 확률은 50 대 50. 다운타운 행은 좋은 소식이 아니다. 내가 지금 있는 곳과 방향이 맞지 않는다. 내가 원하는 것은 업타운행이었다.

나는 지하철 환풍구를 덮고 있는 쇠격자를 바라보았다.

쓰레기는 미동도 하지 않았다.

조수석의 사내가 외쳤다.

"두 손을 우리가 볼 수 있는 곳에 내놓으시오."

나는 한 손을 주머니에 찔러넣었다. 지하철패스가 있는지 확인하기 위해서, 그리고 어느 정도는 이들이 어떤 반응을 보일지 알고 싶어서였다. 콴티코에서는 시민들의 안전을 우선적으로 강조한다. 모든 요원들은 오직 긴박한 비상상태에서만 무기를 뽑아들도록 훈련받는다. 따라서 평생 동안 한 번도 무기를 들어본 경험이 없는 요원들도 있다. 훈련소를 졸업한 뒤 직장을 은퇴할 때까지, 단 한 번도 말이다. 주위에는 평범한 시민들이 바글거렸다. 내 뒤에는 일직선으로 아파트 건물 로비가 있다. 넓고, 높고, 광범위한 사격 범위. 부수적인 피해가 뒤따를 것이 자명하다. 행인들, 지나가는 차량들, 낮은 층 침실에서 잠들어 있는 아기들.

두 요원은 즉각 무기를 빼들었다.

쌍둥이 같은 움직임, 쌍둥이 같은 무기. 글록 권총이다. 부드럽고 신속한 움직임. 두 사람 모두 오른손잡이였다.

조수석 요원이 말했다.

"꼼짝 마."

왼쪽 멀리서 지하철 통풍구 위에 놓인 쓰레기가 살랑거리기 시작했다. 업타운행 열차가 이쪽으로 오는 길이다. 터널 안에 고여 있던 공기가 쏜살같이 움직이며 빠져나갈 곳을 찾아 헤맨다. 나는 돌담에서 일어나 지하철역 입구를 향해 걷기 시작했다. 너무 빠르지도, 너무 느리지도 않게. 한 번에 한 계단씩 내려간다. 뒤에서 요원들이 쫓아오는 소리가 들렸다. 콘크리트 바닥에 부딪치는 구두 소리. 나보다 좋은 신발을 신고 있다. 나는 주머니 안에서 지하철패스를 돌려 투입 방향에 맞춰 빼들었다.

개찰구는 높았다. 감옥 창살처럼 천장에서 바닥까지 긴 철막대가 앞길을 가로막고 서 있다. 회전문은 두 개였다. 하나는 왼쪽, 하나는 오른쪽. 둘 다 비좁고 천장까지 이어져 있다. 직원이 필요 없는 시스템이다. 나는 카드를 투입구에 밀어넣었다. 패스를 사용할 수 있는 마지막 기회. 통과 버튼에 초록색 불빛이 들어왔다. 나는 힘차게 회전문을 밀었다. 뒤에서 요원들이 화들짝 놀라 발을 멈췄다. 일반적인 십자식 개찰구라면 일단 뛰어넘은 뒤 배지를 들이밀었겠지만, 직원이 없는 회전문식 개찰구는 아예 선택의 여지가 없다. 게다가 그들은 지하철패스를 가지고 다니지도 않았다. 롱아일랜드에 살면서 자동차로 통근하는 부류일 테니까. 하루 종일 책상 앞이나 자동차 안에서 시간을 보내는 이들. 두 요원들은 어찌할 바를 모른 채 회전문 뒤에 무력하게 서 있었다. 협박을 하거나 협상을 제안할 기회도 없다. 타이밍은 완벽했다. 이미 역 안으로 공기의 장벽이 밀려 들어오고 있었다. 빈 종이컵이 구르고 먼지가 소용돌이쳤다. 열차 머리가 벌써 커브를 돌고 있다. 열차가 소리 높여 비명을 지르다 신음을 뱉어내며 멈춰 섰고, 나는 한시도 머뭇거리지 않고 안으로 뛰어들었다. 문이 닫혔다. 지하철이 나를 싣고 사라졌다. 내가 마지막으로 봤을 때, 두 요원들은 개찰구 바깥쪽에서 총구를 내린 채 멍하니 열차의 뒷모습을 바라보고 있었다.

52

지하철은 R선이었다. R선은 브로드웨이를 따라 타임스스퀘어에 들렀다가 57번가와 5번로까지 똑바로 내달린 다음 우회전하여 59번가와 5번로에서, 그리고 60번가와 렉싱턴로에서 멈추고 이후에는 강 바닥을 지나 동쪽의 퀸즈로 향한다. 퀸즈까지는 가고 싶지 않았다. 좋은 동네인 건 두말할 필요도 없지만 밤에는 별로 건질 만한 게 없다. 게다가 실제 중요한 사건들은 퀸즈가 아니라 맨해튼에서 벌어질 것이다. 그중에서도 이스트사이드일 가능성이 높다. 57번가에서 그리 멀지 않은 곳. 라일라 호스는 포시즌 호텔을 위장처로 사용했다. 따라서 그녀의 진짜 은신처 역시 가까운 곳에 있을 것이다. 호텔과 인접한 곳은 아니겠지만 최소한 오가기가 편리할 만큼 가까운 곳일 터이다.

더불어 그녀의 진짜 본거지는 아파트나 호텔이 아니라 연립주택일 것이다. 다수의 부하들을 부리고 있을 뿐만 아니라 사람들의 관심을 피해 들락거릴 수 있어야 하니까.

맨해튼의 동쪽 지구에는 연립주택이 많다.

열차가 타임스스퀘어를 지났다. 사람들이 한꺼번에 올라탔다. 49번가에 이르렀을 때에는 승객이 스물일곱 명으로 불어 있었다. 47번가에서 다섯 명이 내린 뒤부터 점차 숫자가 줄기 시작했다. 나는 59번가와 5번로에서 내렸다. 역에서 나가지는 않았다. 나는 승강장에 서서 열차가 떠나는 모습을 지켜보았다. 그런 다음 벤치에 앉아 기다렸다. 22번가에서 나를 놓친 요원들은 무선연락을 취했을 것이다. R선이 지나는 역마다 경찰들이 길다란 시내처럼 배치되어 있을지 모른다. 나는 순찰차에 앉아서 혹은 인도에 서서 지하철 운행 시간을 계산하고 있을 경찰들의 모습을 떠올렸다. 지하철이 도착할 때마다 긴장은 고조되고, 내가 지하철을 타고 그들의 발밑을 통과했다고 여길 때마다 한숨을 내쉬며 안심한다. 촉각을 곤두세우고 사람들을 체크하는 데에도 한계가 있다. 5분쯤 지나면 결국 포기할 것이다. 그래서 나는 기다렸다. 10분이 지났다. 그런 다음 나는 지하철역을 떠나 지상으로 올라왔다. 감시하는 사람은 없었다. 이 황량한 모퉁이에는 나 혼자뿐이었다. 휘황찬란하게 불을 밝힌 유서 깊은 플라자 호텔이 눈 앞에 우뚝 서 있다. 등 뒤의 공원은 온통 어둠에 잠겨 있었다.

포시즌은 이곳에서 남쪽으로 두 블록, 동쪽으로 한 블록 반 떨어져 있다.

나는 수잔 마크가 6호선을 타고 내렸을 장소에서 정확하게 서쪽으로 세 블록 떨어진 지점에 와 있었다. 모든 것이 시작된 바로 그곳.

그리고 바로 그 순간, 나는 수잔 마크가 포시즌 호텔로 향하고 있었을 리가 없다는 사실을 깨달았다. 몸 전체를 검은색으로 두르고 전투를 벌일 준비를 한 채 호텔로 찾아갈 리가 없다. 호텔 로비나 복도, 스위트룸에서 전투를 벌일 수는 없다. 빛나는 조명이 포위하고 있는 곳에서는 검은색으로 온몸을 휘감을 필요가 없다. 따라서 수잔의 목적지는 다른 곳이었을 것이다. 호스 모녀의 비밀은신처. 은밀하고 어두운 거리에 숨어 있는 건물. 그러나 내가 전에 그린 68개 블록의 사각형에 있어야 한다. 42번가에서 59번가까지, 그리고 5번로에서 3번로까지,

그 네모난 공간 안에. 특히 각 블록의 특성을 고려할 때 사각형의 위쪽 절반에 위치해 있을 확률이 크다. 왼쪽 위쪽, 또는 오른쪽 위쪽. 열여섯 개 블록으로 구성된 두 개의 작은 사각형 중 하나.

그곳에 무엇이 있지?

2백만 개의 온갖 것들.

8백만 개를 뒤져야 할 때보다는 네 배나 낫지만 아직도 기뻐 날뛸 정도는 아니다. 나는 5번로를 건너 그림자 아래 몸을 숨긴 채 지나가는 차량들을 눈여겨보며 동쪽을 향해 정처 없이 걷기 시작했다. 이제 부랑자들은 그리 많지 않았다. 그들을 보며 건물 입구에 누워 있는 사람이 그렇지 않은 사람보다 행인들의 호기심을 더욱 자극한다는 사실을 깨달았다. 그래서 나는 차도를 살펴보며 도망가거나 맞서 싸울 준비를 했다. 누가 먼저 나를 찾아내느냐에 달렸다.

매디슨애비뉴를 건너 공원으로 향했다. 포시즌은 이제 내 등 뒤에 있었다. 남쪽으로 두 블록. 거리는 고요했다. 대부분 고급 상점과 대형 부티크들이었다. 문은 모두 닫혀 있었다. 나는 공원에서 남쪽으로 돌아 다시 동쪽으로 58번가까지 이동했다. 눈에 띄는 것은 별로 없었다. 연립주택 몇 개. 그러나 하나같이 똑같이 보였다. 무미건조한 5층 또는 6층 건물들. 아래층 창문에는 안전창살이 설치되어 있고, 위층의 창문들은 덧창이 내려져 있다. 불빛은 보이지 않았다. 몇몇 건물들은 작은 국가들의 영사관인 듯했다. 또 일부는 자선 단체나 중소기업의 사무실 같아 보였다. 몇몇은 주거용이었으나 여러 가구가 살고 있었고, 또 그중 몇몇은 분명 한 가구가 살고 있었지만 굳게 잠긴 문 뒤에서 모두 깊이 잠들어 있는 듯 보였다.

공원을 가로질러 렉싱턴으로 향했다. 서튼플레이스. 고요한 주택가. 아파트가 대부분으로 주택은 얼마 되지 않았다. 애초에 이 지역의 중심가는 남쪽과 동쪽에 치우쳐 있었지만 낙관적인 중개업자들이 그 경계선을 북쪽, 특히 서쪽으로 3번로까지 밀어내는 데 성공했다. 그러나 이 새로운 변두리 지역은 개성이 부족했다.

몸을 숨기기에는 이상적인 곳이다.

나는 계속해서 걸었다. 동쪽과 서쪽으로, 남쪽과 북쪽으로. 58번가, 57번가, 56번가, 렉싱턴 애비뉴, 3번로, 2번로. 많은 블록들을 샅샅이 훑었다. 그러나 아무것도 나타나지 않았다. 아무도 나타나지 않았다. 거리를 지나는 차량들은 많았다. 그러나 모두 어딘가에서 어디론가 즐겁게 달려가고 있었다. 그중 누구도 머뭇거리며 속도를 늦추거나 인도를 기웃거리지 않았다. 많은 사람들을 봤지만 대부분은 멀리 떨어져 있었고, 모두 평범하고 무고한 시민들이었다. 개를 산책시키는 불면증 환자들, 이스트사이드 병원에서 집으로 돌아가는 의료종사자들, 청소부들, 잠시 바람을 쐬러 나온 아파트 경비원들. 한 번은 개를 산책시키던 여자가 내게 접근해 대화를 나누기도 했다. 개는 나이 많은 회색 잡종이었고, 주인은 여든은 족히 넘어 보이는 백인 여성이었다. 머리카락을 단정하게 빗어 올리고 화장도 완벽했다. 유행이 한참 지난 여름용 드레스를 걸치고 있었는데, 팔뚝까지 오는 길고 흰 장갑만 있으면 완벽할 것 같았다. 개가 발길을 멈추고 애처로운 표정으로 나를 올려다보았다. 노파는 그것을 사교성을 발휘할 기회로 받아들였.

그녀가 말했다.

"좋은 밤이우."

새벽 3시였다. 엄밀히 말하자면 아침에 가까웠다. 하지만 말썽을 일으키고 싶지는 않았다. 그래서 나도 간단히 인사말을 건넸다.

"안녕하세요."

노파가 말했다.

"그게 최근에 발명된 단어라는 거 아우?"

"무슨 단어 말입니까?"

"안녕(hello)이라는 단어. 전화기가 발명된 다음에 나온 말이라우. 수화기를 들면 뭔가를 말해야 할 것 같은 기분이 들거든. 옛날에 할루(halloo)라는 말이 있었는데, 그게 잘못 전해진 거지. 할루는 순간적으로 놀라거나 충격을 받을 때 튀어나오는 감탄사유. 갑작스러운 일이 생겼을 때 절로 외치는 거지. 할루우! 옛날 사람들이 전화 울리는 소리를 듣고 깜짝 놀라서 그랬을 거유."

"그렇군요."

내가 말했다.

"그랬나 봅니다."

"전화기 있수?"

"사용해봤습니다. 전화가 울리는 것도 들어 봤고요."

"깜짝 놀라서 거슬리지는 않았고?"

"그게 전화 소리의 목적인 줄 알았는데요."

"그래요? 잘 가시우."

노파가 말했다.

"얘기 재미있었수."

오직 뉴욕에서만 들을 수 있는 말. 나는 생각했다. 그녀는 늙은 개를 데리고 떠났다. 나는 그녀의 뒷모습을 지켜보았다. 그녀는 동쪽으로 가더니 2번로에서 남쪽으로 돌아 시야에서 사라졌다. 나는 몸을 돌리고 서쪽으로 향할 채비를 했다. 그러나 그 순간, 6미터 앞에 금색의 셰비임팔라가 황급히 멈춰 서더니 레오니드가 뒷좌석에서 뛰어내렸다.

53

레오니드는 연석 위에 서 있었다. 자동차가 다시 출발하더니 나를 지나쳐 6미터쯤 뒤에서 멈춰 섰다. 운전사가 차에서 내렸다. 좋은 계획이다. 나는 앞뒤로 가로막혀 있었다. 한 놈은 앞, 한 놈은 뒤. 레오니드는 전에 봤을 때와 똑같은 모습이었지만 어딘가 다른 구석이 있었다. 여전히 키가 크고, 말랐고, 대머리에 짧은 빨간 머리칼이 그루터기만 삐져나와 있었지만 오늘은 정상적인 옷차림에 졸린 듯한 표정도 사라졌다. 그는 검은 신발과 검은 니트 바지, 그리고 후드가 달린 검은색 운동복을 입고 있었다. 조심스럽고 민첩하며 매우 위험해 보였다. 그는 단순한 깡패가 아니었다. 불량배나 폭력배도 아니었다. 그는 프로였다. 노련하고 철저한 훈련을 받은 전문가.

전직 군인.

나는 두 사내를 한꺼번에 시야에 잡아둘 수 있도록 한 발짝 뒤로 물러나 건물 벽에 바짝 붙어 섰다. 왼쪽에는 레오니드, 오른쪽에는 운전사. 그는 30대쯤 되어 보이는 땅딸막한 사내였다. 동유럽이라기보다는 중동 출신으로 보였다. 검은 머리, 짧은 목. 레오니드와 마찬가지로 큰 편은 아니다. 그러나 대신 위아래로 짜부라트려 옆으로 늘려놓은 듯 보였다. 그는 레오니드와 똑같은 옷을 입고 있었다. 검은색의 싸구려 운동복, 니트 바지. 문득 머릿속에 단어 하나가 스치고 지나갔다.

일회용.

남자가 앞으로 한 발짝 내디뎠다.

레오니드도 똑같은 동작을 취했다.

언제나 그렇듯, 선택은 둘 중 하나다. 싸울 것인가 도망칠 것인가. 우리는 56번가의 남쪽 인도에 있었다. 도로를 건너 곧장 뛰기만 하면 된다. 그러나 레오니드와 그의 동료는 나보다 빠른 다리를 갖고 있을 것이다. 평균의 법칙. 대부분의 사람들은 나보다 빠르다. 심지어 여름 옷을 입은 그 노파도 나보다는 빠를 것이다. 그녀의 늙은 개도 나보다 더 빠를 것이다.

게다가 뺑소니는 별로다. 달아나다 붙잡히면 그야말로 개쪽이다.

그래서 나는 달아나지 않았다.

왼쪽에서 레오니드가 다시 한 발짝 접근했다.

오른쪽에서 키 작은 사내가 똑같이 움직였다.

군대는 내게 눈에 띄지 않는 법을 가르치는 데에는 실패했지만 대신 격투에 관해서는 많은 것을 가르쳐주었다. 그들은 나를 보자마자 곧장 체육관으로 보냈다. 나는 다른 수많은 군부대 출신 아이들과 똑같다. 우리의 독특한 성장 배경을 생각해보라. 우리는 전 세계 곳곳을 돌아 다니고, 그 지역 사람들에게서 배우고 익힌다. 역사, 언어, 정치적인 것들을 말하는 게 아니다. 우리는 그들로부터 싸우는 법을 배운다. 각 지역에서 발달된 특유의 기술들. 극동지역에서는 무술을, 유럽의 지저 분한 거리에서는 주먹다짐을, 미국의 밑바닥 세계에서는 칼과 돌맹이 와 깨진 병을 사용하는 방법을 배운다. 열두 살 즈음이면 우리는 고삐 풀린 포악함과 흉악성으로 요약된다. 그중에서 특히 중요한 것은 우리 가 그 무엇에도 구애받지 않는다는 점이다. 우리는 억압과 자제야말로 우리를 가장 빨리 해칠 수 있다는 사실을 배웠다. 우리의 모토는 "그냥 해 버려!"였다. 나이키가 신발을 팔러 다니기 훨씬 전의 일이다. 그런 우리가 군에 입대하면 금세 주목 받고, 조언을 얻고, 더 나은 교육을 제안 받는다. 그리고 그곳에서, 우리는 산산조각으로 해체되어 다시 새로운 인간으로 재조립되었다. 열두 살 때 우리는 우리가 강하고 터프하다고 생각했다. 열여덟 살 때, 우리는 우리가 무적이라고 생각했다. 그것은 사실이 아니었다. 그러나 스물다섯 살이 되자, 우리는 무적에 거의 근접해 있었다.

레오니드가 다시 한 걸음 앞으로 내디뎠다.

오른쪽의 사내가 거울처럼 똑같은 동작을 따라했다.

나는 레오니드를 돌아보았다. 그는 손에 브래스너클을 끼고 있었다.

키 작은 사내도 마찬가지였다.

자연스럽고 익숙하게 장착한 무기. 레오니드가 옆걸음질을 쳤다. 다른 사내도 똑같이 했다. 둘의 위치는 완벽했다. 나는 벽을 등지고 있다. 따라서 나는 정면 180도 범위를 방어해야 한다. 한편 레오니드와 그의 동료는 양옆으로 각각 45도씩 도합 90도의 공간을 커버하고 있었다. 내가 갑작스럽게 뛰쳐나간다고 해도 어느 쪽이든 재빨리 가로막을 수 있도록. 복식으로 테니스 시합을 하듯이 말이다. 오랜 훈련과 상호간의 신뢰, 그리고 본능적인 판단력이 있어야 가능한 일이다.

두 사람 모두 오른손잡이다.

브래스너클을 낀 상대와 맞붙을 때 첫 번째 법칙. 절대로 맞지 마라. 특히 머리를 보호하라. 잘못 맞으면 팔이나 갈비뼈가 부러지거나 순간적인 근육마비를 겪을 수 있다.

주먹에 맞지 않는 최선의 방법은 약 3미터 거리에서 총으로 쏴 버리는 것이다. 상대의 손이 닿을 만큼 가깝지도 않고 총알이 빗나갈 만큼 멀지도 않은 거리. 게임 오버. 그러나 이 방법은 사용할 수 없다. 총이 없으니까. 두 번째로 좋은 방법은 상대와 멀리 떨어지거나 최대한 가깝게 붙는 것이다. 거리를 멀리 유지한다면 저들이 밤새도록 주먹을 휘둘러도 내 털끝 하나 스치지 못한다. 가깝게 들러붙어 있다면? 주먹을 휘두를 수조차 없다. 그들을 멀리 떨어지게 하려면 팔이 닿는 범위를 유리하게 활용하거나 발을 사용한다. 나는 범위에 있어 매우 유리하다. 내 팔은 다른 사람들보다 훨씬, 아주 훨씬 길기 때문이다. 다큐멘터리에 나왔던 나이 든 우두머리 고릴라마저도 나와 비교하면 짜리몽땅할 정도다. 교관들도 내 팔 길이와 내 이름을 가지고 늘 농담을 하곤 했다. 그러나 나는 지금 두 명을 상대하고 있다. 그렇다고 발로 차는 옵션을 선택할 수도 없다. 우선 나는 헐렁헐렁한 신발을 신고 있다. 그것도 고무 신발이다. 발에 맞지를 않으니 쉽사리 벗겨지고 맨발로 발차기를 날려봤자 뼈만 부러질 뿐이다. 맨발은 손보다도 더 약하다. 가라데 도장에서 대련을 한다면 모르겠지만. 하지만 도장에서는 규칙이 있다. 길거리 격투에는 그런 게 없다. 발차기가 쓸모없는 이유 두 번째. 한 발이 지상에서 떨어지자마자 당신은 균형을 잃게 되고 따라서 방어력이 감소한다. 다음 순간 당신은 땅바닥에 나동그라지고, 다음에는 세상을 하직하게 될 것이다. 이제껏 그런 장면을 수없이 봐왔다. 내가 그렇게 만들기도 했다.

나는 벽에 오른쪽 발뒤꿈치를 대고 지그시 힘을 줬다.

그리고 기다렸다.

그들은 한꺼번에 공격해올 것이다. 90도 각도로 동시에 달려들겠지. 한 달음에 돌진해 내 공간 안쪽으로 파고들 것이다. 좋은 소식은 나를 죽이는 것이 목적이 아니라는 것이다. 라일라 호스가 금지했을 테니까. 그녀는 내게 원하는 게 있고, 시체는 아무런 쓸모도 없다.

나쁜 소식은 매우 심각한 부상을 입고도 목숨은 부지할 수 있다는 것이다.

나는 기다렸다.

레오니드가 말했다.

"험한 꼴을 당할 필요는 없지 않아? 얌전히 따라와서 라일라를 만나라고."

그의 영어는 라일라만큼 고급스럽지 않았다. 발음도 억양도 거칠었다. 그러나 그는 자신이 무슨 말을 하는지 잘 알고 있었다.

"어디로?"

"그건 알려줄 수 없어. 알면서 그러네. 눈가리개를 해야 해."

내가 말했다.

"눈가리개는 됐어. 네놈이나 험한 꼴 당하지 말고 얌전히 지나가시지. 라일라에게는 날 못 찾았다고 하고."

"하지만 그건 거짓말이잖아."

"정직의 노예가 될 필요는 없어, 레오니드. 때로 진실은 가슴 아픈 것이거든. 가끔은 화를 부르기도 하지."

두 명이 동시에 공격할 때의 약점은 어떤 방식으로든 신호를 주고받아야 한다는 것이다. 고개를 살짝 까딱이거나 눈빛을 교환하는 은근한 것일 수 있으나 어쨌든 그런 신호가 없을 수는 없다. 찰나의 경고. 두 사람 중 리더는 레오니드일 것이다. 대개 말을 먼저 꺼내는 사람이 주도권을 쥐고 있다. 따라서 공격을 지시하는 것도 레오니드가 될 것이다. 나는 그의 눈을 신중하게 들여다보았다.

내가 말했다.

"기차역에서 있었던 일 때문에 화가 났나?"

레오니드가 고개를 저었다.

"그건 일부러 맞아준 거야. 그래야 했으니까. 라일라가 그러라고 했거든."

나는 그의 눈을 관찰했다.

"라일라에 대해 말해봐."

"뭘 알고 싶은데?"

"그녀가 누구인지 알고 싶다."

"우리랑 같이 가서 직접 물어보지 그래?"

"지금 너한테 묻고 있잖나."

"라일라는 할 일을 하는 것뿐이야."

"무슨 할 일?"

"우리랑 같이 가자니까. 그래서 직접 물어봐."

"난 네게 묻고 있다."

"아주 중요한 일이야. 꼭 해야만 하는 일이지."

"무슨 일?"

"우리와 같이 가서 라일라에게 직접 물어봐."

"난 네게 묻고 있어."

아무 대답도 없다. 더 이상 대화는 없다. 그들의 몸이 긴장으로 굳어졌다. 나는 레오니드의 얼굴을 주시했다. 그의 눈동자가 팽창하더니 갑자기 머리를 살짝 앞으로 까딱였다. 그때 두 사람이 동시에 나를 향해 돌진했다. 나는 등 뒤의 벽을 박차고 뛰쳐나갔다. 두 주먹을 가슴 위로 올려 양쪽 팔꿈치를 비행기날개처럼 펼쳐 있는 힘을 다해 그들에게 휘둘렀다. 삼각형이 무너지듯, 우리 셋이 한 점에서 충돌했다. 내 팔꿈치가 두 사람의 얼굴에 동시에 내리꽂혔다. 오른쪽 팔꿈치에서 키 작은 사내의 앞니가 부서지는 게 느껴졌다. 왼쪽에서는 레오니드의 아래턱이 으깨졌다. 충격은 질량과 속도에 비례한다. 질량은 충분했다. 그러나 나는 스펀지 신발을 신고 있었고, 발은 열기로 미끈거렸다. 따라서 속도는 예상보다 부족했다.

때문에 충격량도 다소 감소했다.

그래서 두 사람은 쓰러지지 않았다.

덕분에 남은 일을 따로 마무리지어야 했다.

나는 곧장 몸을 틀어 거대한 원호를 그리며 땅딸막한 사내의 귀를 내리쳤다. 스타일 따위는 생각할 틈도 없었고 정교하지도 않았다. 그저 무작정 주먹을 날린 것뿐이었다. 그의 귀가 머리에 찰싹 달라붙으면서 약간의 충격을 흡수했지만 남은 힘이 짓이겨진 연골을 타고 그의 두개골로 이동했다. 거센 충격에 목이 옆으로 꺾이면서 어깨에 반대쪽 귀가 부딪혔다. 그때쯤 나는 고무신을 철벅거리며 반대쪽으로 달려가 레오니드의 명치를 팔꿈치로 후려치고 있었다. 펜 역에서 레오니드를 기절시켰을 때와 똑같은 지점이었다. 그러나 세기는 그때보다 족히 열 배는 됐다. 그의 척추가 등 뒤로 튕겨나갈 정도로 거센 충격이었다. 나는 반동을 이용해 반대쪽으로 뛰어올라 다시 키 작은 사내에게 덤벼들었다. 그는 몸을 수그린 채 가까스로 바닥에서 일어나려 하고 있었다. 콩팥이 위치한 오른쪽 아랫배에 주먹을 찔러넣었다. 그의 몸이 일자로 펴졌다가 균형을 잃고 나를 향해 쓰러지기 시작했다. 나는 무릎을 구부려 자세를 낮춘 다음 위로 튀어올라 그의 눈 사이를 이마로 받았다. 퍽 하고 터지는 소리가 났다. 내 팔꿈치가 부러뜨리지 못했던 무언가가 순간 아작나면서 사내가 빈 부대자루처럼 힘없이 바닥으로 쓰러졌다. 레오니드가 브래스너클을 낀 주먹으로 내 어깨를 건드렸다. 제 딴에는 회심의 한 방이었을지도 모르나 내게는 모기에 물린 것에 불과했다. 나는 몸을 웅크려 신중하게 목표를 가늠한 다음 그의 턱에 어퍼컷을 날렸다. 내 팔꿈치에 맞아 이미 너덜너덜하던 레오니드의 아랫턱이 순간 산산조각으로 박살났다. 밝은 가로등 불빛 아래, 뼛조각과 살점이 붉은 원을 그리며 공기 중을 날았다. 이빨도, 그리고 혀의 일부처럼 보이는 무언가도.

나는 흥분해 있었다. 격투를 벌인 뒤면 언제나 그렇다. 과다 분비된 아드레날린이 온몸을 장악하고 있었다. 부신은 게을러터진 자식이다. 한참 후에야 과잉보상을 해준다. 너무 늦게, 너무 많이. 나는 10초간 숨을 골랐다. 떨리는 몸을 진정시키는 데에는 10초가 더 필요했다. 그런 다음 정신을 잃은 두 남자를 질질 끌고 내가 서 있던 벽에 기대앉은 자세로 세웠다. 그들이 입고 있는 운동복이 바닥 위로 길게 늘어졌다. 싸구려 옷이다. 내 피로 흠뻑 젖었을 경우 언제든 처리할 수 있는 일회용 의복. 나는 혹시나 그들이 기울어 넘어져 질식하지 않도록 자세를 단단히 고정시킨 다음 오른쪽 팔꿈치 관절을 빼놓았다. 두 명 다 오른손잡이다. 언젠가 다시 마주치게 될 확률도 높았다. 그럴 경우에 대비해 행동에 나서지 못하게 해놓는 게 현명하다. 그렇다고 평생 장애인으로 만들고 싶지는 않다. 3주일 정도 가볍게 기브스를 하고 나면 아무 일도 없었던 양 새것처럼 돌아올 수 있을 것이다.

두 사람 모두 주머니에 휴대전화를 갖고 있었다. 나는 전화기를 꺼내 살펴보았다. 양쪽 다 내 사진이 저장되어 있다. 통화기록은 비어 있었다. 주머니도 텅 비어 있다. 돈도 없고 열쇠도 없다. 증거가 될 만한 것도 없고, 그들이 어디서 왔는지 짐작할 단서가 될 만한 것도 없다. 두 사람이 내게 말을 해줄 수 있는 것도 아니다. 워낙 지독한 만신창이가 된 탓에 한동안은 깨어나지 못할 것이다. 설사 정신을 차리더라도 제대로 뭘 기억하리라는 보장도 없다. 아마 자기 이름도 기억하지 못할 거다. 뇌진탕은 의외의 증상을 유발하니까. 응급대원들이 뇌진탕 환자에게 요일과 날짜, 현직 대통령을 묻는 건 다 이유가 있다.

나로 말하자면 후회는 없다. 잘못을 조금 저지르더라도 안전을 확보하는 편이 낫다. 싸움의 여파를 걱정하는 놈들은 어차피 거기까지 가지도 못한다. 그 전에 거리에 나뒹굴게 될 테니까. 따라서 후회는 없다. 그러나 얻은 것도 없다. 실망스러운 일이다. 심지어 브래스너클마저 내 손에 맞지 않았다. 두 놈들이 끼고 있던 걸 번갈아 시도해봤지만 내게는 너무 작았다. 그래서 5미터 떨어진 곳에 있는 배수관에 던져버렸다.

그들이 몰던 자동차는 시동이 걸린 채 연석 위에 서 있었다. 뉴욕 번호판을 달고 있다. 내비게이션이 달려 있지 않아 은신처의 위치를 알려줄 디지털 메모리도 없다. 차 문 옆 주머니에서 주소지는 런던이지만 낯선 이름으로 등록되어 있는 차량대여증을 발견했다. 틀림없이 가짜 주소일 것이다. 조수석 앞 사물함에는 차량의 사용설명서와 작은 수첩, 볼펜이 들어 있었다. 수첩은 백지였다. 나는 펜을 빼 들고 쓰러져 있는 두 남자에게 다가갔다. 왼손바닥으로 레오니드의 머리를 굳게 붙든 다음 그의 이마에 볼펜으로 꾹꾹 눌러 썼다. 커다란 글씨로, 금세 알아볼 수 있도록 몇 번이고 겹쳐서.

라일라, 전화 주시오.

그런 다음 나는 그들의 차를 몰고 자리를 떴다.

54

나는 2번로를 타고 남쪽으로 차를 몰다가 50번가에서 동쪽 끝까지 간 다음 FDR 드라이브에서 반 블록쯤 떨어진 소화전 옆에 자동차를 버렸다. 17번 관서의 경찰들이 버려진 자동차를 발견하고 몇 가지 테스트를 하길 바랐다. 의복은 한 번 입고 간단히 처분할 수 있다. 그러나 자동차는 다르다. 만일 라일라의 부하들이 망치로 사람을 죽인 후 임팔라를 이용했다면 자동차에는 살인혐의를 입증할 증거가 분명 남아 있을 것이다. 내 눈으로는 발견할 수 없지만 과학수사대는 인간의 육안에만 의존하지 않는다.

셔츠자락으로 핸들과 기어, 문손잡이를 깨끗이 문질러 닦았다. 배수구 아래에 자동차 열쇠를 버린 다음 다시 2번로로 돌아가 거리에 서서 택시를 잡았다. 주변은 아직 어두웠다. 거대한 차량들의 물결이 다운타운으로 흘러들어가고 있었다. 뒷차의 헤드라이트 불빛이 앞차를 환히 비추고 있는 덕분에 각각의 차량에 몇 명이 앉아 있는지 손쉽게 확인할 수 있었다. 나는 테레사 리가 말해준 정보를 머릿속 깊이 새겨두고 있었다. 2번로에서 10번로까지 끊임없이 빙빙 도는 가짜 택시들. 운전석에 한 명, 뒷좌석에 두 명. 나는 승객이 없는 빈 택시를 잡아 세웠다. 운전사는 인도인 시크교도로 터번을 두르고 턱수염을 길게 길렀으며 영어는 몇 마디밖에 하지 못했다. 경찰이 아니다. 나는 유니언스퀘어에서 내려 벤치에 앉아 오랫동안 들쥐를 관찰했다. 유니언스퀘어는 뉴욕에서 쥐를 구경하기에 최적의 장소다. 낮에 공원관리국이 화단에 뼛가루와 피가 섞인 비료를 뿌리기 때문에 밤이 되면 쥐들이 몰려와 푸짐한 식사로 배를 채운다.

새벽 4시쯤 나는 곯아떨어졌다.

5시, 주머니 속에서 전화기가 울렸다.

나는 잠에서 깨어 주위를 재빨리 둘러본 다음 바지에서 전화기를 꺼냈다. 벨소리는 나지 않았다. 부르르 떨고 있었다. 진동모드였다. 폴더 앞 작은 흑백화면에 글자가 떠올랐다. 발신번호제한. 폴더를 열었다. 안쪽에 있는 커다란 컬러화면에도 똑같은 글자가 떠 있었다. 나는 전화기를 귀에 대고 말했다.

"여보세요(Hello)."

새로운 말. 최근에 발명된 단어.

라일라 호스였다. 그 여자의 목소리, 그녀의 억양, 그녀의 말투.

라일라가 말했다.

"결국 전쟁을 선포하기로 한 거군요. 당신에게는 교전 규칙이라는 게 없는 모양이지만요."

내가 물었다.

"당신 정체가 뭐요?"

"곧 알게 될 거예요."

"지금 알아야겠소."

"난 당신이 상상할 수 있는 최악의 악몽이에요. 두 시간 전부터요. 당신은 아직도 내 것을 갖고 있어요."

"그럼 어디 와서 가지고 가보시오. 이번에는 부하들을 더 많이 보내는 게 좋을 거요. 오랜만에 몸도 풀 겸."

"오늘 저녁엔 운이 좋았을 뿐이에요."

"난 항상 운이 좋지."

그녀가 물었다.

"지금 어디 있어요?"

"당신 집 앞이오."

잠시 침묵이 흘렀다.

"거짓말."

"맞소."

내가 말했다.

"하지만 방금 난 당신이 주택에 숨어 있다는 걸 알게 됐지. 그리고 지금은 창문가에 서 있을 테고. 귀한 정보 감사하오."

"지금 어디에 있어요?"

"연방청사 광장이오. FBI와 함께 있지."

"거짓말 말아요."

"마음대로 생각하시오."

"지금 어디 있는지 말해줘요."

"당신이 있는 곳에서 그다지 멀지 않소."

내가 대답했다.

"3번로와 56번가에 있거든."

그녀는 무어라 말하려 했지만 곧 입을 다물어 버렸다. 언뜻 'ㄱ' 발음이 들린 것 같았다. 성마르고 조급한, 다소 오만함이 묻어 나오는 문장의 첫머리. 마치 '거기서 여긴 그다지 가깝지 않은데요.'라고 말하는 듯한.

그녀는 3번로와 56번가 근처에 숨어 있지 않다.

"마지막 기회예요."

그녀가 말했다.

"내 물건을 돌려받아야겠어요."

그녀의 목소리가 살짝 누그러졌다.

"원한다면 협상을 할 수도 있어요. 물건을 안전한 곳에 놔두고 어디에 있는지만 말해줘요. 그러면 내가 가지러 갈 테니까. 우린 만날 필요도 없어요. 당신은 돈도 벌 수 있고요."

"난 돈을 벌려는 게 아니오."

"살고 싶지 않나요?"

"난 당신이 두렵지 않소, 라일라."

"피터 몰리나도 똑같은 말을 했죠."

"그는 어디 있소?"

"여기 우리와 같이 있어요."

"살아 있나?"

"직접 와서 확인해보시죠."

"피터는 코치에게 메시지를 남겼소."

"어쩌면 그가 죽기 전에 녹음해놓은 테이프를 틀었을지도 모르죠. 피터가 내게 자기 코치가 저녁 시간에는 전화를 받지 않는다고 말해줬을지도 모르고요. 어쩌면 피터가 그 외에도 많은 것을 내게 털어놨을지 몰라요. 내가 그렇게 만들었을 수도 있고요."

내가 물었다.

"지금 어디에 있소, 라일라?"

"내가 말해줄 것 같아요?"

그녀가 말했다.

"하지만 당신을 데리러 갈 수는 있어요."

30미터 밖에서 14번가를 순찰하는 경찰차가 보였다. 느릿느릿. 운전석에 앉아 있는 경관이 고개를 좌우로 움직일 때마다 창문에 분홍색 얼굴이 비쳤다.

내가 물었다.

"피터 몰리나와 얼마나 오래 알고 지냈소?"

"술집에서 처음 만났어요."

"아직 살아 있나?"

"와서 직접 확인해보시죠."

내가 말했다.

"당신이 잡히는 건 시간문제요, 라일라. 뉴욕에서 미국인을 네 명이나 죽였으니까. 아무도 그 사실을 가볍게 여기지 않을 거요."

"난 아무도 죽이지 않았어요."

"당신 부하들이 그랬지."

"그 사람들은 벌서 이 나라를 떴는걸요. 우린 안전해요."

"우리?"

"당신은 질문이 너무 많아요."

"만일 그 사람들이 당신 명령을 따른 거라면 당신은 안전한 게 아니오. 그건 공모라고 하거든."

"이 나라는 법과 재판을 최고로 치는 나라가 아니던가요? 증거가 없잖아요."

"자동차는?"

"더 이상 존재하지 않아요."

"당신은 안전하지 않소. 내가 당신을 찾아낼 테니까."

"부디 그러길 빌어요."

30미터 밖에서 경찰차가 다시 속도를 줄였다.

내가 말했다.

"나와 밖에서 만납시다, 라일라. 아니면 고향으로 돌아가시오. 선택은 둘 중 하나뿐이오. 하지만 어느 쪽이든 당신은 이미 졌소."

"우리는 결코 패배하지 않아요."

"우리가 누구요?"

대답은 없었다. 전화가 끊겼다. 아무 소리도 들리지 않았다. 그저 끊긴 전화선 반대편에서 들려오는 담담한 정적뿐.

경찰차가 멈춰 섰다.

나는 폴더를 닫고 전화기를 주머니 속에 넣었다.

경관 둘이 경찰차에서 내려 광장 쪽으로 걸어오기 시작했다.

나는 움직이지 않았다. 지금 일어나 도망친다면 오히려 날 잡아 달라는 꼴이다. 차라리 자리를 지키는 편이 낫다. 게다가 나는 혼자가 아니었다. 광장에는 최소한 40명은 되는 사람들이 있었다. 그중 몇 명은 공원의 터줏대감들이었고 나머지는 잠시 머무르는 부랑자들이었다. 뉴욕은 넓은 도시다. 다섯 개의 행정구. 집으로 가는 길은 멀다. 그러니 발을 멈추고 쉬는 사람들도 많다.

경찰들은 벤치에서 자는 한 사내의 얼굴에 손전등을 비췄다.

다음 벤치로 옮겨가 다른 부랑자의 얼굴을 확인했다.

그리고 그 다음 사람에게도.

이건 좋지 않다.

매우 좋지 않다.

그러나 그런 결론에 이른 것은 나 혼자만이 아니었다. 광장 여기저기서 사람들이 하나 둘 슬며시 일어나 어둠 속으로 사라지기 시작했다. 수배중인 범죄자들이나 뒷주머니에 물건을 넣어둔 마약상들, 타인과의 접촉을 거부하고 정부를 믿지 않는 망상증 환자들일 것이다.

넓이는 1에이커 남짓, 경찰은 두 명, 벤치에는 아직 서른 명 가까이 남아 있다. 열 명 정도는 벌써 자리를 뜨는 중이다.

나는 잠자코 지켜보았다.

경찰들은 계속해서 움직였다. 그들의 손전등 불빛이 밤안개를 뚫고 가깝게 다가온다. 장대처럼 긴 그림자가 드리워진다. 네 번째 사람을 체크하고 다섯 번째, 이제 여섯 번째로 옮겨갔다. 더 많은 사람들이 벤치에서 일어났다. 몇 명은 아예 광장을 떴고 어떤 이들은 그저 벤치에서 다른 벤치로 자리를 옮겼다. 전에는 보이지 않던 수많은 형체들이 모습을 드러냈다. 일부는 꼼짝도 하지 않고 일부는 어슬렁어슬렁 움직인다. 모든 것이 슬로모션이다. 피곤하고 무기력한 움직임들.

나는 잠자코 지켜보았다.

경찰의 몸짓에 변화가 생겼다. 마치 고양이를 몰듯이 아직 벤치에 누워 있는 사람들에게 접근했다. 그러더니 몸을 돌리고 손전등으로 광장을 빠져나가는 사람들의 뒷모습을 비추었다. 그들은 계속해서 걷고,

허리를 굽히고, 몸을 돌렸다. 딱히 정해진 패턴은 없었다. 내키는 대로 행동할 뿐이었다. 경관들과의 거리가 좁혀진다. 이제 나와는 10미터도 채 떨어져 있지 않았다.

그때, 그들이 검문을 포기했다.

두 경관은 마지막으로 주위를 손전등으로 훑은 다음 다시 순찰차로 돌아갔다.

나는 그들이 사라질 때까지 지켜보았다. 벤치에 누워 한숨을 내쉰 다음, 내 주머니 속에 들어 있는 휴대전화의 GPS칩을 떠올렸다. 마음 속 한구석에서 라일라 호스가 위성에 접속해 위치를 추적하는 것은 불가능하다고 말하고 있었다. 그러나 또 다른 구석에서는 "우리는 결코 패배하지 않아요."라는 말을 계속해서 되풀이하고 있었다. '우리'는 매우 중요한 단어다. 두 글자밖에 되지 않지만 어마어마한 의미를 지닌다. 어쩌면 동유럽의 이 나쁜 자식들이 석유와 가스 외에 더 많은 것을 쥐고 있을 수도 있다. 어쩌면 다른 종류의 기반시설을 보유하고 있을 수도 있다. 구소련의 정보기관들은 사라졌다. 나는 노트북과 인터넷, 그리고 내가 이해할 수 없는 온갖 종류의 기술들에 관해 생각했다.

나는 전화기를 켜두기로 했다. 그리고 벤치에서 일어나 지하철역으로 향했다.

엄청난 실수였다.

55

유니언스퀘어 지하철역은 거대한 환승역이다. 입구에는 지하광장이라 부를 만한 넓은 공간이 있다. 여러 개의 입구, 여러 개의 출구, 수많은 선로와 여러 개의 지하철 선. 계단, 부스, 길게 늘어선 개찰구. 거기다 지하철패스를 충전하고 새 카드를 살 수 있는 기계들까지. 나는 현금을 내고 새 카드를 샀다. 투입구에 20달러 지폐를 넣자 열 번을 탑승하고 보너스로 세 번 더 이용할 수 있는 패스가 빠져나왔다. 나는 카드를 챙긴 다음 뒤로 돌아 움직였다. 벌써 오전 6시가 가까운 시각이었다. 역으로 사람들이 몰려들었다. 하루가 시작되고 있었다. 신문가판대가 보였다. 수천 개의 잡지들이 꽂혀 있었다. 아침에 나온 따끈따끈한 타블로이드 신문들도 있었다. 두터운 종이신문이 한없이 높이 쌓여 있다. 신문의 표제는 두 개였다. 둘 다 무식할 정도로 커다랬다. 하나는 엄청나게 진한 검은색 잉크로 쓰인 단어들. "연방기관이 삼인조를 찾는 중" 다른 표제 하나는 다음과 같았다. "연방기관이 삼인조를 추적 중" 협조 공문을 내려보낸 게 틀림없다. 개인적으로 '추적 중'보다는 '찾는 중'쪽이 더 마음에 들었다. 보다 소극적이고, 덜 자극적이다. 거의 친절하게 느껴질 정도다. 누구든 '추적' 당하는 것보다는 '찾아지는 것'을 더 좋아할 것이다

나는 뒤를 돌았다.

두 명의 경관이 나를 지그시 바라보고 있었다.

두 가지 실수가 한꺼번에 발생했다. 첫 번째는 그들의 실수였다. 그리고 그것은 내 실수로 인해 더욱 복잡해지고 말았다. 그들의 실수는 뻔한 것이었다. 22번가와 브로드웨이에서 만난 연방요원들이 내가 지하철로 탈출했다는 소식을 퍼트렸다. 때문에 법집행관들은 내가 다시 지하철을 이용하리라 추측했다. 왜냐하면 경찰 같은 법집행관들은 가능한 한 언제나 마지막 결전이 있었던 장소를 다시 선택하는 경향이 있기 때문이다.

내 실수는 그들의 허술한 함정 속으로 똑바로 걸어 들어갔다는 것이다.

이 역에는 부스가 있고, 역무원이 있었다. 역무원이 근무 중이라는 것은 다시 말해 천장까지 이어지는 회전문식 개찰구가 없다는 의미이기도 했다. 정강이까지밖에 오지 않는 낮은 개찰구뿐이었다. 나는 새로 산 카드를 넣고 역 안으로 들어갔다. 광장은 길고 넓은 통로로 변했다. 갖가지 화살표들이 서로 다른 지하철 노선, 서로 다른 방향을 가리키고 있었다. 바이올린을 켜고 있는 사내 앞을 지나쳤다. 그는 음향 효과가 특히 좋은 자리를 차지하고 있었다. 상당히 괜찮은 연주 실력이었다. 강하고 대담한 음정이 지하통로 가득 울려 퍼졌다. 베트남전을 다룬 영화에 삽입되었던 애잔한 음악이었다. 이른 아침 출근 중인 승객들이 반길 만한 선곡은 아니다. 발밑에는 바이올린 케이스가 열려 있었는데, 좋은 음악을 선사해준 데 대한 감사의 표시를 그리 많이 받지는 못한 듯 보였다. 나는 그를 지나치며 얼굴이 궁금하다는 듯 무심하게 쓱 돌아보았다. 경관 둘이 내 뒤를 따라 개찰구로 들어오고 있었다.

아무 모퉁이를 돌아 좁다란 통로를 따라 걸었다. 업타운행 승강장이 나타났다. 지하철을 기다리는 승객들로 가득했다. 승강장은 대칭을 이루고 있었다. 내 앞에는 승강장이, 그 다음에는 한 쌍의 선로가 놓여 있다. 그 뒤에는 천장을 받들고 있는 쇠기둥이 심어져 있고, 그 뒤에는 다시 다운타운행 선로가 지나갔다. 그리고 마지막에는 다운타운행 승강장이 있었다. 완벽하게 대칭을 이루고 있는 한 쌍의 세트. 승강장에서 지하철을 기다리는 승객들까지 찍어낸 듯 똑같다. 그들은 이른 아침 무거운 몸을 이끌고 무표정한 얼굴로 서로 반대편 방향에서 달려오는 지하철을 기다리고 있었다.

전류가 지나는 활선은 중앙을 분리하는 쇠기둥 양쪽에 연달아 설치되어 있었다. 역 안에서는 늘 그렇듯 덮개가 씌워져 있다. 세 방향을 차단하는 상자 형태의 덮개, 오직 열차와 맞닿는 부위만이 밖으로 드러나 있다.

왼쪽 뒤에서 경찰들이 사람들을 밀치며 다가오고 있었다. 나는 오른쪽을 확인했다. 두 명의 경찰이 인파를 헤치고 접근하고 있다. 상체 품이 크고 두꺼운 걸로 보아 방탄 장비를 갖추고 있는 듯하다. 그들은 조심스럽게 승객들을 옆으로 밀쳐냈다. 어깨를 손으로 지그시 밀고, 수영을 하듯 리듬에 맞춰 팔을 짧게 휘두르면서.

나는 승강장 중앙으로 이동해 노란 안전선을 밟을 때까지 앞쪽으로 다가갔다. 그런 다음 기둥이 등에 느껴질 때까지 옆걸음 쳤다. 나는 왼쪽을 살폈다. 오른쪽을 살폈다. 양쪽 다 지하철이 나타날 기미는 보이지 않았다.

경찰들은 계속해서 포위망을 좁혀오고 있었다. 그 뒤로 네 명이 더 모습을 드러냈다. 왼쪽에 두 명, 오른쪽에 두 명. 천천히, 그렇지만 확실하게 승강장의 인파를 가르며 접근하고 있다.

나는 목을 죽 빼 터널 안쪽을 들여다보았다.

헤드라이트는 보이지 않았다.

사람들이 웅성거리더니 내 옆으로 몰려들기 시작했다. 방금 계단에서 내려온 새로운 사람들에게 떠밀려, 경관들이 일으킨 파문에 휩쓸려, 그리고 열차를 기다리는 사람이라면 누구나 그렇듯 지하철이 곧 도착하리라는 막연한 기대감에 이끌려.

나는 어깨 너머로 다시 양옆을 체크했다.

내가 서 있는 승강장에는 여덟 명의 경찰이 있었다.

그리고 맞은편에는 한 사람도 없었다.

56

 사람들은 본능적으로 제3레일(지하철이나 전차에 전력을 공급하는 선로—역주)을 무서워하는 경향이 있다. 그러나 전혀 그럴 필요가 없다. 만지지만 않는다면 말이다. 활선에 수백 볼트의 전류가 흐르고 있는 것은 사실이다. 그러나 전류는 저절로 튀어오르지 않는다. 감전을 당하려면 직접 움직여 그것을 만져야 한다.

 따라서 헐렁한 신발을 신고 있어도 폴짝 뛰어넘으면 그만이다. 지금 신고 있는 고무 신발은 내가 원하는 대로 섬세하고 정확하게 통제할 수는 없지만 절연에는 상당한 도움이 될 수 있을지도 모른다는 생각이 들었다. 그러나 나는 매 동작을 매우 신중하게 계획했다. 마치 춤동작을 안무라도 하듯이. 첫 번째, 뛰어내린다. 두 발로 업타운행 선로 중간에 착지한다. 오른쪽 발로 두 번째 선로를 넘는다. 왼발로 제3레일을 넘는다. 그런 다음 두 기둥 사이를 빠져나와 오른발로 맞은편의 제3레일을 건넌다. 왼발로 다운타운행 선로를 밟은 다음 조심스럽게 나머지 선로를 건너 안도의 한숨을 내쉬고 다운타운행 승강장 위로 기어올라 재빨리 도주한다.

 간단한 일이다.

 내 뒤를 따라올 경찰들도 그대로 흉내 낼 수 있을 만큼 쉽고 간단하다.

 게다가 그들은 전에도 이와 비슷한 추격전을 벌여본 적이 있을 것이다.

나는 아니다.

나는 기다렸다. 왼쪽, 오른쪽, 계속해서 등 뒤를 확인했다. 경관들이 가까이 다가와 있었다. 그들은 잠시 발을 멈추고 대열을 정비하고 그들이 해야 할 일을 어떤 방식으로 수행할 것인지 결정하고 있었다. 나는 그들이 어떤 방식으로 내게 접근할지 알 수 없었다. 분명한 것은 그들이 서두르지 않으리라는 것이다. 군중을 놀라게 하고 싶지는 않을 테니까. 승강장은 지하철을 기다리는 뉴욕 시민들로 가득했다. 갑작스러운 움직임은 사람들을 승강장 가장자리로 떠밀 수 있고, 그런 일이 생길 경우 그들은 헤아릴 수 없이 많은 소송들을 감당해야 할 것이다.

나는 왼쪽을 힐끔거렸다. 오른쪽을 힐끔거렸다. 열차는 여전히 보이지 않았다. 경찰들이 미리 지하철 운행을 중지시킨 건 아닌지 걱정스러워졌다. 이런 경우의 예행연습을 충분히 해뒀을 확률이 크다. 나는 반 발짝 앞으로 나섰다. 대부분의 사람들은 이제 내 뒤에 있었다. 나와 기둥 사이에. 인파가 내 등을 밀어 대기 시작했다. 나는 등에 힘을 주고 그들을 버텨냈다. 승강장 가장자리의 노란 안전선에는 융기가 솟아올라와 있다. 발이 미끄러지지 않도록 하는 예방조치다.

경찰들이 얕은 반원 대형을 완성했다. 나와의 거리는 약 2.5미터 정도. 승강장 안쪽으로 천천히, 진형을 흐트러뜨리며 조심스럽게 승객들을 밖으로 밀어낸다. 반대쪽 승강장의 사람들이 우리를 물끄러미 바라보고 있었다. 웅성웅성 서로 팔꿈치를 찔러 대고 손가락으로 나를 가리키며 까치발로 서서 목을 잡아빼고 구경했다.

나는 기다렸다.

지하철이 달려오는 소리가 들렸다. 왼쪽이었다. 터널 안에 불빛이 비쳐든다. 열차가 빠른 속도로 다가오고 있었다. 우리 쪽 열차. 업타운행. 내 뒤에서 군중이 동요하기 시작했다. 터널 안에 멈춰 있던 공기가 급속히 밀려 들어오고, 금속 차체가 끽끽거리는 쇳소리가 났다. 헤드라이트를 밝힌 앞머리가 커브를 따라 휘어진다. 열차의 속도는 대충 시속 50킬로미터쯤 될 것이다. 초속으로 따지면 12미터 정도다. 내게는 2초가 필요했다. 그 정도면 충분할 것이다. 따라서 지하철이 24미터 안으로 들어오기 직전에 뛰어내려야 한다. 경찰들은 내 뒤를 쫓지 못할 것이다. 반응 시간 때문에 충분한 공간을 확보할 수 없을 테니까. 게다가 그들은 승강장 모서리에서 2.5미터나 떨어진 곳에 있다. 더구나 그들의 우선순위는 나와 다르다. 그들에게는 아내와 가족과 야망과 연금이 있다. 집과 뒤뜰과 잔디밭과 정원이 있다.

나는 다시 조금씩 앞으로 전진 했다.

헤드라이트가 곧장 나를 향해 달려오고 있다. 좌우로 흔들거리면서 쏜살같은 속도로. 거리를 가늠하기가 어려웠다.

다음 순간, 오른쪽 선로에서 열차 소리가 들렸다.

다운타운행 열차가 반대쪽 방향에서 빠른 속도로 접근하고 있었다. 서로 다른 방향에서 대칭으로 달려오는 열차. 그러나 완벽한 대칭은 아니다. 커튼을 닫을 때 왼손을 오른손보다 약간 빨리 움직이는 것과 비슷하다.

문제는 그 차이가 얼마냐는 것이다.

내게 필요한 것은 3초였다. 다운타운행 승강장을 기어 올라가려면 업타운행 승강장을 뛰어내릴 때보다 더 많은 시간이 필요하기 때문이다. 따라서 도합 5초.

그러는 동안 1초가 지나갔다. 가정하고, 계산하고, 본능을 발휘하고, 판단을 내리는 데 1초.

열차가 날카로운 비명을 내지르며 역 안으로 들어오기 시작했다. 한 대는 왼쪽에서, 그리고 다시 한 대가 오른쪽에서.

5백 톤짜리 쇳덩어리 하나, 그리고 5백 톤짜리 쇳덩어리가 하나 더. 속도를 합치면 약 100킬로미터.

경찰들이 더욱 가까이 밀고 들어왔다.

결정을 내려야 할 시간이다.

나는 결정을 내렸다.

그리곤 아래로 뛰어내렸다. 업타운행 열차는 30미터쯤 떨어져 있었다. 나는 선로에 두 발로 착지한 다음 미리 계획했던 대로 조심스럽게 서둘러 종종걸음으로 걷기 시작했다. 마치 댄스 책에 그려진 스텝을 따라 밟듯이. 가장 먼저 오른발, 그 다음에 왼발을 높이 들어올려 활선을 건너뛰고, 두 손을 기둥에 짚는다. 거기서 잠시 멈춰 오른쪽을 확인했다. 다운타운행 열차가 위험할 정도로 가까이 접근해 있었다. 등 뒤로 업타운행 열차가 바람을 가르며 번득이듯 지나갔다. 브레이크가 찢어지는 듯한 소리를 내며 선로를 긁었다. 사나운 바람이 내 셔츠자락을 펄럭였다. 불 켜진 창문들이 플래시처럼 번쩍이며 지나갔다.

오른쪽으로 눈길을 돌렸다.

다운타운행 열차가 거인처럼 장대하게 보였다.

결정을 내려야 할 시간.

나는 발을 내디뎠다. 오른발을 높이 올려 활선을 넘고, 왼발을 침목에 올려놓는다. 다운타운행 열차가 코앞까지 바싹 다가와 있다. 1미터가 될까 말까 하는 거리. 육중한 몸을 흔들며 달려온다. 갑자기 브레이크가 걸리더니 차체가 한쪽으로 급격히 쏠렸다. 기관사의 얼굴이 눈에 들어왔다. 바보처럼 입을 커다랗게 벌리고 있다. 기관실 앞머리가 밀어내는 공기 장벽이 온몸의 숨구멍에 느껴졌다.

정교하게 짜놓았던 안무가 순식간에 머릿속에서 날아갔다. 나는 재빨리 반대쪽 승강장을 향해 몸을 날렸다. 실제로 1.5미터밖에 되지 않는 거리였지만 영원히 닿지 않을 듯 멀어 보였다. 끝없이 펼쳐진 사막의 지평선 같았다. 그러나 마침내, 나는 그곳에 도착했다. 오른쪽으로 고개를 돌렸다. 다운타운행 열차의 앞머리에 박힌 못대가리와 볼트들이 하나하나 또렷하게 눈에 와 박혔다. 나를 향해 달려들고 있었다. 나는 승강장 가장자리를 붙들고 버둥거리며 사력을 다해 몸을 끌어올렸다. 두꺼운 군중의 벽에 밀려 떨어지지나 않을까 두려웠다. 그러나 여기저기서 손들이 튀어나오더니 나를 붙들고 끌어올렸다. 어깨 너머로 열차가 지나가며 세찬 공기 압력이 나를 휘청거리게 만들었다. 창문들이 눈부신 빛을 발하며 깜박였다. 무표정한 승객들이 책을 읽거나 신문을 읽거나 손잡이를 잡고 서서 흔들리고 있었다. 여러 개의 손들이 나를 인파 속으로 끌어당겼다. 사람들이 비명을 지르고 있었다. 그들의 입이 공포로 벌어지는 게 보였지만 소리는 들리지 않았다. 열차의 브레이크 소리가 비명을 모두 삼켜 버렸기 때문이다. 나는 고개를 푹 숙이고 인파를 헤치며 빠져나왔다. 홍해가 갈라지듯 사람들이 좌우로 갈라졌다. 어떤 이들은 자랑스럽다는 듯 내 등을 두드리기도 했다. 등 뒤에서 희미한 환호성이 들렸다.

오직 뉴욕이기에 가능한 일.

나는 재빨리 개찰구를 통과해 거리로 빠져나갔다.

57

 매디슨스퀘어파크는 북쪽으로 일곱 블록 떨어져 있었다. 약속 시간까지는 아직도 네 시간이나 남아 있다. 나는 파크애비뉴사우스에서 물건을 사고 음식을 먹으며 시간을 보냈다. 사야 할 물건이 있어서가 아니다. 딱히 배가 고파서도 아니었다. 추격자를 따돌리는 가장 좋은 방법이 예측과 반대로 움직이는 것이기 때문이다. 도망자들은 최대한 빨리, 그리고 멀리 도망쳐야 한다. 가까운 시내에서 카페와 가게들을 들락거리며 느긋하게 시간을 보낼 리가 없다.
 오전 6시가 얼마 지나지 않은 시각이었다. 문을 연 곳이라고는 슈퍼마켓과 간이식당, 커피숍과 샌드위치 가게뿐이었다. 나는 14번가에 입구가, 그리고 15번가에 출구가 있는 푸드임포리엄에서 여정을 시작하기로 했다. 그곳에서 45분을 보냈다. 나는 바구니를 집어들고 통로를 누비며 식료품을 골랐다. 하릴없이 어슬렁거리는 것보다 이편이 훨씬 눈에 덜 띈다. 가게 매니저가 수상하게 여겨 골치 아픈 일이 생기면 곤란하기 때문이다. 나는 내가 근처 아파트에 사는 주민이라는 설정을 세웠다. 그런 다음 가상의 부엌에 이틀분의 식량을 쌓기 시작했다. 커피는 반드시 있어야겠지. 팬케이크 가루와 달걀, 베이컨, 빵 한 덩어리, 버터, 잼 약간, 살라미 한 덩어리, 치즈 4분의 1파운드. 바구니가 무거워지고 쇼핑이 지루해지기 시작할 때 즈음 음식물이 담긴 바구니를 텅 빈 복도에 내려놓고 가게 뒤쪽으로 슬쩍 빠져나왔다.

다음으로 들른 곳은 북쪽으로 네 블록 떨어져 있는 간이식당이었다. 나는 차도를 등지고 오른쪽 인도를 걸었다. 식당에 도착한 다음에는 다른 사람이 대신 쇼핑하고 요리한 팬케이크와 베이컨을 먹었다. 아무래도 내 취향은 이쪽이다. 그런 다음 40분간 그곳에 앉아 빈둥거렸다. 식당을 나온 뒤에는 반 블록 건너 있는 프렌치 레스토랑에 들어가 커피와 크루아상을 주문했다. 누군가 맞은편 테이블에 〈뉴욕타임스〉를 남겨놓고 갔기에 처음부터 끝까지 그것을 통독했다. 대도시에서 한참 진행 중인 인간 사냥에 대해서는 일언반구도 없었다. 샌섬의 상원의원 선거운동에 대해서도 아무 소식이 없었다.

나머지 두 시간은 각각 네 방향에서 골고루 소비했다. 먼저 공원과 22번가 모퉁이에 있는 슈퍼마켓에서부터 반대쪽에 있는 듀안리드 드러그스토어까지 걸었다가 공원과 23번가 모퉁이에 있는 잡화점에 들렀다. 나는 그곳에서 미국 사람들이 먹는 음식보다 머릿결에 더 많은 돈과 시간을 쓴다는 사실을 다시 한 번 확인했다. 10시 25분 전에 쇼핑을 마치고 맑고 신선한 아침 공기 속으로 나와 거리를 한 바퀴 에둘러 돈 다음 24번가 입구에서 내 최종 목적지를 오랫동안 신중하게 감시했다. 내 목적지는 거대한 두 건물 사이의 이름 없고 그늘진 협곡이었다. 의심스러운 것은 없었다. 수상한 자동차도, 주차되어 있는 밴도, 깨끗하게 차려입고 귀에는 이어폰을 낀 채 쌍으로 또는 셋이서 몰려다니는 사람들도 없었다.

10시 정각, 나는 매디슨스퀘어파크로 들어섰다.

리와 제이콥 마크는 개 산책로 옆 벤치에 나란히 앉아 있었다. 겉으로는 편안히 휴식을 취하고 있는 것 같았지만 실제로는 크게 초조해하고 있었다. 각자 다른 이유 때문이리라. 리와 제이크는 공원에서 따뜻한 햇살을 즐기는 수백 명의 사람들 중 한 명에 불과했다. 공원은 나무와 잔디밭, 오솔길로 구성된 사각 형태의 공간이었다. 길이는 한 블록, 너비는 세 블록에 울타리를 두른, 번잡한 인도로 둘러싸인 작은 오아시스 같은 공간이었다. 원칙적으로 공원은 은밀한 접선을 하기에 최적의 장소다. 추격자들은 대부분 움직이는 목표를 좋아한다. 그들은 도망자들이 계속해서 움직인다고 믿는다. 공원에 조용히 앉아 있는 백 명 중 세 명은 도로 위를 바삐 뛰어다니는 백 명 중 세 명보다 주의를 덜 끌기 마련이다.

완벽하지는 않지만 이 정도 위험은 감당할 수 있다.

나는 마지막으로 한 번 더 주위를 둘러본 다음 리의 옆에 앉았다. 그녀는 내게 신문을 건네주었다. 새벽에 이미 본 타블로이드 신문이었다. '추적' 표제가 붙어 있었다.

그녀가 말했다.

"우리가 연방요원 셋을 쐈다는군요."

"정확히 말하면 네 명이오."

내가 말했다.

"의료담당을 빠트리면 안 되지."

"하지만 우리가 진짜 총을 사용한 것처럼 써놨다고요. 그 사람들이 죽은 것처럼요."

"신문도 먹고살아야 하지 않겠소."

"우린 이제 끝장이에요."

"그건 군이 기자들이 말해주지 않아도 이미 알던 거 아니었소?"

리가 말했다.

"도허티가 다시 연락했어요. 어젯밤 내내, 전화기가 꺼져 있는 동안 문자메시지를 보냈더군요."

그녀는 몸을 살짝 들어올리더니 바지 뒤 호주머니에서 종이뭉치를 꺼냈다. 호텔에 구비되어 있는 노란 종이로 세 장이 각각 두 번씩 접혀 있었다.

"메모를 했소?"

"너무 길어서요. 다시 읽고 싶을 때마다 전화를 켜고 싶지 않았어요."

"그 친구가 뭘 알아냈답디까?"

"17번 관서가 주요 교통로를 검문했어요. 중범죄가 발생했을 때 행하는 일반적인 절차죠. 살인 사건이 일어나고 세 시간 뒤에 네 명의 남자가 미국을 떠났고요. JFK 공항을 통해서요. 17번서는 그 사람들을 용의자로 여기고 있어요. 합리적인 판단이죠."

나는 고개를 끄덕였다.

"그 말이 맞소. 라일라 호스가 그 사람들이 떠났다고 말했거든."

"그 여자를 만났어요?"

"아니, 전화를 했소."

"어떻게요?"

"내가 레오니드에게서 빼앗은 다른 전화기로 걸었소. 레오니드와 동료 하나가 나를 발견했소. 일이 내가 원했던 대로 되지는 않았지만 어쨌든 잠시나마 접촉을 할 수 있었지."

"그녀가 범죄를 자백하던가요?"

"비슷하오."

"그래서, 라일라는 지금 어디 있어요?"

"정확하게는 나도 모르겠소. 5번로보다는 동쪽이고 59번가보다는 남쪽이 아닌가 추측 중이오."

"왜요?"

"포시즌을 위장용으로 사용했기 때문이오. 그러니 거기서 그리 멀지 않을 거요."

리가 말했다.

"퀸즈에서 불에 탄 렌터카가 발견되었어요. 17번서 사람들은 네 남자가 맨해튼을 벗어날 때 그것을 사용한 걸로 추정하고 있어요. 그런 다음 자동차를 버리고 기차나 지하철을 이용해 공항까지 간 거죠."

나는 다시 고개를 끄덕였다.

"라일라가 그들이 사용한 자동차는 더 이상 존재하지 않는다고 했소."

"하지만 진짜로 중요한 건 이거예요."

리가 말했다.

"그 네 사람은 런던이나 우크라이나, 러시아로 가지 않았어요. 타지키스탄으로 경유해갔죠."

"그게 어디요?"

"타지키스탄을 몰라요?"

"새로 생긴 나라들은 영 헷갈린단 말이오."

"타지키스탄은 아프가니스탄 바로 옆에 있어요. 국경이 인접해 있죠. 파키스탄과도 붙어 있고요."

"하지만 파키스탄으로 간다면 경유할 필요가 없잖소."

"바로 그거예요. 그러니까 그 사람들은 애초에 타지키스탄 출신이거나 아니면 아프가니스탄에서 왔을지도 몰라요. 타지키스탄은 사람들 이목을 끌지 않고 아프가니스탄으로 갈 때 주로 이용되는 경로거든요. 픽업트럭으로 국경을 넘으면 되니까요. 도로가 열악하긴 하지만 카불도 그리 멀지 않아요."

"알겠소."

"또 있어요. 국토안보부에는 프로토콜이 있어요. 일종의 컴퓨터 알고리즘이죠. 그 사람들은 서로 유사한 여행 스케줄과 자동차나 호텔 예약 기록을 이용해서 일단의 사람들을 추적하는데, 그 결과 우리의 용의자들이 3개월 전에 타지키스탄에서 입국한 것으로 밝혀졌다는군요. 다른 일행들과 함께요. 그리고 일행 중에는 투르크메니스탄 여권을 보유한 여자 둘도 있었답니다. 한 명은 60대, 다른 한 명은 스물여섯 살이었다는군요. 함께 입국심사를 받았는데 모녀 관계라고 주장했대요. 국토안보부는 그 여권이 진짜라고 확신했고요."

"알겠소."

"그러니까 호스 모녀는 우크라이나인이 아니에요. 그 여자들이 말한 건 모조리 새빨간 거짓말이었던 거죠."

우리는 20초가량 조용히 앉아 있었다. 나는 라일라가 말한 것들을 되짚어보며 하나씩 지워나가기 시작했다. 서랍에서 파일을 꺼내 한 장씩 넘겨가며 훑어본 다음 필요 없는 것들을 쓰레기통에 던져넣듯이.

내가 말했다.

"포시즌에서 여권을 봤잖소. 내게는 진짜 같아 보이던데."

"가짜예요. 진짜였더라면 입국했을 때 그걸 보여줬을 테니까요."

"라일라는 푸른 눈을 가지고 있소."

"그건 나도 알아요."

"투르크메니스탄이 정확하게 어디에 있다고 했소?"

"아프가니스탄 옆에요. 긴 쪽에 붙어 있죠. 아프가니스탄은 이란과 투르크메니스탄, 우즈베키스탄, 타지키스탄과 파키스탄과 맞닿아 있어요. 걸프에서부터 시계방향으로."

"소련일 때에는 지금보다 훨씬 간단했는데."

"당신이 거기 살았더라면 그런 말이 안 나올걸요."

"투르크메니스탄과 아프가니스탄은 인종적으로 유사하오?"

"아마도요. 사실 국경은 그리 믿을 만한 게 아니에요. 그저 우연히 그렇게 결정된 것뿐이지. 진짜 중요한 건 부족들이에요. 지도 위에 그려진 선 따위는 아무 쓸모도 없죠."

"당신 뭐요? 무슨 전문가라도 되오?"

"그 지역에 대해서라면 뉴욕 경찰이 CIA보다 더 많이 알걸요. 그래야만 하거든요. 거기에 우리 사람들도 심어놨고요. 다른 기관들보다도 훨씬 빠삭하죠."

"아프가니스탄 사람이 투르크메니스탄 여권을 갖고 있을 수도 있소?"

"거주지를 옮겨서요?"

"아니, 도움을 요청했을 경우에."

"민족적인 공감대를 내세워서요?"

나는 고개를 끄덕였다.

"물밑작업을 통해서 말이오."

"왜 그런 걸 물어요?"

"일부 아프가니스탄인인들은 매우 밝은 푸른 눈을 가지고 태어나오. 특히 여자들이. 그 인종에 가끔 유전적으로 발현되는 특색이지."

"그 여자들이 아프가니스탄 출신이라고 생각하는 거예요?"

"소련과의 전쟁에 대해 지나치게 잘 알고 있었잖소. 약간 과장되긴 했지만 세부 사항까지도 정확하게 알고 있었고."

"책 같은 데서 읽었을지도 모르잖아요."

"아니, 그들은 그 감정을 정확하게 이해하고 있었소. 당시의 분위기도 그렇고. 가령 낡은 코트 같은 거 말이오. 그런 자질구레한 것들은 책 같은 것을 읽어서 알 수 있는 게 아니오. 내부에서만 알던 정보였으니까. 대외적으로 붉은 군대는 우수한 장비를 갖추고 있었소. 왜 그랬는지는 당신도 짐작할 수 있을 거요. 우리쪽 프로파간다도 똑같은 말을 했고. 역시 뻔한 이유에서지. 하지만 그건 사실이 아니었소. 실상 붉은 군대는 무너지고 있었소. 내게는 호스 모녀가 이야기한 것들 중 많은 부분이 경험담처럼 들렸소."

"그래서요?"

"어쩌면 스베틀라나는 정말로 그 전투에 참여했을지 모르오. 다만 반대편이었던 거지."

리가 순간 숨을 삼켰다.

"호스 여자들이 아프가니스탄 부족민이라고요?"

"만일 스베틀라나가 그 전쟁에 참전했다면, 그리고 소련의 붉은 군대를 위해 싸운 게 아니라면 남는 결론은 그것뿐이오."

리가 말을 멈췄다가 말했다.

"만약 그렇다면 스베틀라나는 반대쪽 관점에서 이야기를 들려준 거군요. 모든 게 반대였어요. 그 잔인무도한 고문도요."

"그렇소."

내가 말했다.

"그녀는 고문당하는 가족들 때문에 괴로워하지 않았소. 오히려 직접 그짓을 저질렀지."

우리는 다시 입을 다물었다. 20초가량 다시 침묵이 흘렀다. 나는 눈동자를 굴려 공원 주변을 감시했다. **눈여겨 관찰하라. 항상 귀를 열어두라. 정신을 바짝 차릴수록 더 오래 살아남는다.** 그러나 아무 일도 일어나지 않았다. 수상한 것은 아무것도 없었다. 사람들이 오고 갔다. 개를 데리고 지나갔고, 햄버거 노점상 앞에 줄을 길게 늘여 서 있었다. 조금 일러 보이긴 했지만 아침 일찍 또는 밤늦은 시간이라도 누군가에게는 점심 시간일 수 있다. 결국 모든 건 하루를 언제 시작하느냐에 달려 있으니까. 리는 자신이 적은 쪽지를 다시 꼼꼼히 훑어보고 있었다. 제이콥 마크는 땅바닥을 노려보고 있었지만 그의 시선은 그보다 훨씬 아래, 보이지 않는 곳에 고정되어 있었다. 마침내 그가 고개를 들고 나를 바라보았다. 드디어 올 게 왔다. 결정적인 질문. 가슴이 덜컥 내려앉는 깨달음의 순간.

그가 물었다.

"라일라 호스와 전화 통화를 했을 때 말입니다. 그 여자가 피터 이야기를 했습니까?"

나는 고개를 끄덕였다.

"술집에서 그 애를 만나서 데려갔다고 했소."

"왜 네 시간 동안이나 피터를 꼬인 거죠?"

"나름 전문기술을 발휘한 거요. 그리고 어느 정도는 재미로 그런 거고. 자기에게 그런 능력이 있다는 걸 과시한 거지."

"피터는 지금 어디 있답니까?"

"라일라의 말에 따르면 아직 뉴욕에 있다고 했소."

"무사하답니까?"

"그건 말해주지 않았소."

"당신은 어떻게 생각하는데요? 괜찮을까요?"

나는 대답하지 않았다.

제이콥이 말했다.

"제발 말해주십시오, 리처."

내가 대답했다.

"아니."

"내게 말해주지 않을 겁니까?"

"아니, 그 애가 무사하다고 생각하지 않는다는 뜻이오."

"하지만 그래야 해요. 살아 있어야 한다고요."

"내가 틀렸을 수도 있소."

"그 여자가 뭐라고 했습니까?"

"내가 그녀가 두렵지 않다고 했소. 그랬더니 피터 몰리나도 그렇게 말했다고 하더군. 내가 그 애가 무사하냐고 물었더니 직접 와서 확인해보라고 했소."

"그렇다면 아직 살아 있을 수도 있다는 거군요."

"그럴 수도 있소. 하지만 난 상황을 현실적으로 봐야 한다고 생각하오."

"뭐에 대해서요? 두 아프가니스탄 여자가 왜 우리 피터를 해치고 싶어 한단 말입니까?"

"수잔을 조종하기 위해서요."

"하지만 도대체 뭣 때문에요? 펜타곤은 아프가니스탄을 돕고 있잖아요."

내가 말했다.

"만일 스베틀라나가 소련전에 참가한 부족 여인이라면 그녀는 무자헤딘이었을 거요. 러시아군은 철수했지만 그들은 다시 염소를 치러 돌아가지 않았소. 그 뒤로도 독자적으로 움직였지. 그중 일부는 탈레반이 되었고, 나머지는 알카에다가 되었소."

58

제이콥 마크가 말했다.

"경찰서에 가서 피터 이야기를 해야겠습니다."

그가 벤치에서 반쯤 몸을 일으켰을 때 내가 그의 팔을 그러쥐었다.

"다시 한 번 생각해보시오."

"무슨 생각이요? 내 조카가 납치됐습니다. 인질이 됐단 말입니다. 그 여자가 자기 입으로 직접 그랬잖아요."

"경찰이 어떻게 할지 생각해보란 말이오. 그들은 연방요원들을 보낼 거요. 그러면 연방요원들은 당신을 감옥에 집어넣고 피터는 까맣게 잊어버리겠지. 일단 큰 물고기부터 처리하는 게 수순이니 말이오."

"그래도 시도는 해봐야 할 것 아닙니까."

"피터는 죽었소, 제이크. 참으로 유감이오. 하지만 현실을 인정하시오."

"아직 희망이 있어요."

"만약 그렇다고 해도 피터를 찾을 수 있는 가장 빠른 길은 라일라를 찾는 거요. 그리고 그건 연방정부보다 우리가 더 잘할 수 있고."

"그건 당신 생각이죠."

"이제까지 그 작자들이 한 일을 생각해보시오. 벌써 라일라를 한 번 놓쳤소. 게다가 우리마저 감옥에서 도망쳤지. 나라면 그 친구들에게 도서관에서 책을 찾아오는 일도 맡기지 않을 거요."

"하지만 우리가 어떻게 그 여자를 찾을 수 있단 말입니까?"

나는 테레사 리를 바라보았다.

"샌섬과 통화 했소?"

그녀는 어깨를 으쓱했다. 좋은 소식과 나쁜 소식이 있다는 투였다.

"간단하게요. 우리를 만나고 싶다고 했어요. 시간과 장소는 나중에 전화로 알려주고요. 그래서 내가 그건 안 될 거라고 했죠. 전화기를 항상 꺼놓고 있을 테니까. 그랬더니 도허티에게 전화를 하겠다고 했어요. 그래서 내가 도허티에게 전화를 해서 샌섬의 메시지를 받기로 했는데 도허티가 전화를 안 받는 거예요. 경찰서에 전화를 걸었더니 교환원이 도허티가 전화를 받을 수 없다고 하더군요."

"그게 무슨 뜻이오?"

"체포되었다는 뜻이 아닌가 싶어요."

그 순간 모든 게 바뀌었다. 나는 리가 입을 열기도 전에 그녀가 무슨 말을 할지 알고 있었다. 그녀는 내게 쪽지를 건네주었다. 나는 계주에서 바통을 받아들 듯 그것을 받아들었다. 나는 앞으로 나아가야 했다. 될 수 있는 한 빨리, 최선을 다해. 그녀는 이제 트랙에서 빠져나갈 것이다. 그녀의 경기는 끝났다. 그녀가 달려야 할 몫은 끝났다.

리가 말했다.

"이해해줄 거라고 믿어요, 리처. 난 이제 자수하러 갈 거예요. 도허티는 내 파트너예요. 이 미친 짓을 혼자 감당하게 내버려둘 수는 없다고요."

내가 말했다.

"당신은 도허티가 당신을 버릴 거라고 생각했잖소."

"하지만 그러지 않았잖아요. 그리고 내게도 나만의 규칙이라는 게 있어요."

"그래 봤자 아무 도움도 안 될 거요."

"그럴지도 모르죠. 하지만 난 파트너를 배신하지는 않을 거예요."

"스스로 두 손을 묶어 버리겠다는 거요? 감옥에 갇힌 채 다른 사람을 도울 순 없소. 언제나 안에 갇히는 것보다는 밖에서 자유로운 게 낫소."

"난 당신과 달라요. 당신은 내일이라도 훌쩍 떠나 버릴 수 있지만 난 여기 평생 살아야 한다고요."

"샌섬은 어쩌고? 난 시간과 장소를 알아야 하오."

"난 몰라요. 그리고 어차피 샌섬은 요주의 인물이잖아요. 말하는 투가 영 이상하던데요. 화가 난 건지 아니면 진짜로 걱정이 되어서 그런 건지는 모르겠지만. 그 사람이 누구 편인지도 모르겠고, 혹시 우릴 찾아온다고 해도 언제가 될지 몰라요."

테레사 리는 내가 레오니드에게 처음으로 빼앗은 휴대전화와 비상용 충전기를 넘겨주었다. 그리곤 내 팔에 손을 얹고 살짝 힘을 주었다. 포옹과 행운을 빈다는 의미를 동시에 담은 동작이었다. 잠시 후, 우리의 임시 파트너십은 송두리째 와해되었다. 제이콥 마크는 리가 일어서기도 전에 벤치에서 일어나 있었다.

"난 피터를 찾아야겠습니다. 그래요, 어쩌면 감옥에 가게 될지도 모르죠. 그렇지만 적어도 경찰들이 피터를 찾으려고 노력은 할 테니까요."

"우리가 직접 찾을 수도 있소."

"하지만 우리에겐 아무것도 없잖아요."

나는 두 사람을 바라보며 물었다.

"마음을 굳힌 거요?"

그들은 마음을 굳혔다. 두 사람은 내게 등을 돌리고 걸어가기 시작했다. 공원 밖으로, 5번로 인도를 따라. 그들은 발을 멈추고 경찰차를 찾아 주위를 두리번거렸다. 마치 다른 사람들이 거리에서 택시를 잡듯이 너무나도 평범하고 평온하게. 나는 한동안 홀로 벤치에 앉아 있었다. 그러다 벤치에서 일어나 반대쪽으로 걸었다.

다음 목적지는 5번로의 동쪽, 59번가의 북쪽이었다.

59

매디슨스퀘어파크는 매디슨애비뉴의 남쪽 끝에 자리 잡고 있다. 23번가가 시작되는 지점이다. 매디슨애비뉴는 115개 블록에 걸쳐 일직선으로 펼쳐져 있으며 그 끝에는 매디슨애비뉴브리지가 있고, 이 다리는 브롱크스로 이어진다. 매디슨애비뉴브리지를 타면 양키 스타디움에 갈 수 있다. 비록 다른 길을 이용하는 편이 편하긴 하지만. 나는 매디슨애비뉴를 3분의 1쯤 이용해 59번가로 가기로 했다. 59번가는 라일라 호스가 자신의 은신처가 아니라고 말한 3번로와 56번가로부터 다소 북서쪽에 위치해 있다.

나는 버스를 탔다. 낡고 느려 터진 대중교통. 위험하고 과격한 도망자라면 결코 선택하지 않을 수단이다. 그래서 내게는 도리어 완벽한 위장이 되어 주었다. 도로는 교통 체증으로 막혀 있었고, 우리가 탄 버스는 무수한 경찰들을 지나쳤다. 도로를 순찰 중인 경찰차와 인도를 걷는 경관들. 나는 버스 창밖으로 그들을 바라보았다. 아무도 나를 돌아보지 않았다. 버스에 탄 승객은 거의 투명 인간에 가깝다.

59번가에서 내리고 나자 나는 다시 눈에 띄기 쉬운 덩치 큰 사내로 돌아왔다. 주요 상업지구, 다시 말해 관광객들이 우글거리는 지역. 불의의 사고에 대비한 경찰관들이 모퉁이마다 2인 1조로 포진해 있다. 나는 교차로를 건너 5번로로 향했다. 센트럴파크 입구에 노점상들이 줄지어 서 있었다. '뉴욕'이라고 적힌 검은색 티셔츠와 선글라스, 그리고 빨간 사과가 그려진 검은 야구 모자를 샀다. 호텔 로비에 있는 화장실에 들어가 옷을 갈아입은 다음 5분 전과는 완전히 다른 차림새로 매디슨애비뉴로 나왔다. 임무 수행 중인 경찰들이 감시팀 지휘관에게 나를 보고한 지 벌써 네 시간이나 지났다. 사람들은 네 시간 동안 많은 것을 잊어버린다. 지금쯤 사람들이 나에 대해 기억하는 것이라고는 '카키색 셔츠를 입은 커다란 사내'가 고작일 것이다. 덩치를 줄일 수는 없지만 새로 산 검은색 티셔츠가 명단에서 나를 제외하도록 도와줄 것이다. 더불어 티셔츠에 박힌 글자와 선글라스, 모자는 나를 대도시에 놀러 나온 평범한 촌뜨기 얼간이처럼 보이게 했다.

그리고 실제로 나는 어느 정도 얼간이에 가까웠다. 앞으로 무엇을 어떻게 해야 할지 감도 잡히지 않았다. 숨겨진 은신처를 찾는 일은 매우 어렵다. 인구밀도가 높은 대도시에서 그런 비밀 아지트를 찾아내는 일은 거의 불가능에 가깝다. 나는 그저 본능과 감에 의지해 무작위로 거리를 떠돌고 있었다. 어쩌면 시작부터 잘못 짚었을지 모를 막연한 지역을 어떻게든 범위를 줄여보겠다는 심산으로 말이다. **포시즌 호텔. 인접하고 있지는 않지만 오가기 편할 만한 거리에 있다.** 그게 무슨 뜻이지? 자동차로 2분? 걸어서 5분? 방향은? 남쪽은 아니다. 57번가 너머는 아니다. 그곳은 도시를 가르는 주요 경계선이기 때문이다. 양방향 6차선 도로. 언제나 혼잡하다. 맨해튼을 중심으로 볼 때, 57번가는 미시시피 강과도 같다. 장애물. 경계선. 북쪽으로 빠져나가는 편이 훨씬 매력적이다. 보다 조용하고 어두운 주택지역.

도로를 가득 메운 차량을 바라보며 생각했다. 자동차로 2분 거리는 아니다. 운전은 통제력과 유연성이 부족하고 예상보다 지연되기 쉽다.

무수한 일방통행로를 지나 주차 장소를 찾아야 하고, 대기하는 동안 다수에게 노출됨으로써 잠재적인 목격자를 남길 수 있으며 자동차번호는 기록과 추적이 가능하다.

어디에 있든, 대도시에서는 자동차보다 두 다리가 낫다.

나는 58번가를 택해 호텔의 뒷문까지 걸었다. 포시즌의 뒤쪽 출입구는 정문만큼이나 멋지게 꾸며져 있었다. 석재 벽과 놋쇠현판, 머리 위에서 펄럭이는 깃발들, 실크해트를 쓴 도어맨과 짐꾼들. 연석에는 리무진들이 길게 늘어서 손님을 기다리고 있다. 링컨, 메르세데스 벤츠, 마이바흐, 롤스로이스. 백만 달러가 훌쩍 넘는 자동차들이 각각 2.5미터쯤 되는 공간에 힘들게 구겨져 들어가 있다. 짐을 싣고 내리는 구역의 회색 셔터는 굳게 닫혀 있었다.

나는 호텔 문을 등진 채 벨보이 옆에 섰다. 어디로 가야 할까? 도로 건너편에는 하늘을 찌를 듯 우뚝 솟은 건물들의 숲이 있다. 대부분 아파트 건물로, 1층은 돈 많은 고객들에게 세를 놓고 있다. 맞은편 정면에는 화랑이 있었다. 나는 번쩍거리는 범퍼 사이를 낑낑거리며 지나 도로를 건넌 다음 창문 너머로 그림을 구경했다. 그런 다음 다시 몸을 돌려 반대쪽 인도를 살폈다.

호텔 왼쪽, 파크애비뉴 쪽 도로에는 주의를 기울일 만한 것이 아무것도 없었다.

나는 오른쪽을 바라보았다. 매디슨애비뉴와 맞닿는 블록을 보자 새로운 생각이 하나 떠올랐다.

호텔은 최근 어마어마한 예산을 들여 새 단장을 했다. 근처의 다른 건물들은 고요하고 화려하며 튼실해 보였다. 그중 몇몇은 오래되었고,

일부는 새것이었다. 그러나 블록의 서쪽 끝에는 낡고 허름한 건물 세 개가 나란히 서 있었다. 좁고 외따로 떨어진 5층짜리 벽돌 건물. 오랜 비바람에 시달려 바스라지고, 페인트는 벗겨지고, 벽은 지저분한 얼룩과 깨진 금에 뒤덮여 있다. 더러운 창문, 아래로 처진 상인방, 납작한 지붕. 처마돌림띠에는 잡초가 무성하다. 녹이 슨 비상계단이 4층에서 대롱거리고 있었다. 이 세 채의 건물들은 밝게 웃음 짓는 붉은 입술 가운데 검게 썩은 세 개의 치아 같았다. 그중 한 건물의 1층은 문 닫은 식당이었고, 다른 한 건물은 철물점이었다. 그리고 세 번째 건물은 정체를 알 수 없지만 오래 전에 버려진 상점이 차지하고 있었다. 1층의 가게 문 옆에는 작은 문이 붙어 있었다. 그중 두 개에는 여러 개의 도어벨이 달려 있어 거주용 아파트라는 사실을 암시하고 있었다. 한편 레스토랑이 있는 건물의 현관에는 도어벨이 하나뿐이었다. 다시 말해 위의 네 층을 한 가구가 모두 사용하고 있다는 거다.

라일라 호스는 런던에 사는 우크라이나 출신의 억만장자가 아니다. 따라서 그녀의 정체가 뭐든 간에 그녀는 어느 정도 활동자금을 보유하고 있는 게 틀림없다. 상당히 넉넉한 액수일 것이다. 포시즌에서 스위트룸을 빌렸으니 말이다. 그러나 바닥없는 돈주머니를 차고 있을 리는 없다. 맨해튼에서 주택을 구입하려면 최소한 2천만 달러 또는 그 이상이 필요하다. 대여를 하는 데만도 수만 달러가 필요하다.

지금 내가 바라보고 있는 이 황폐하고 다 무너져 가는 주상복합 건물이라면 그보다 훨씬 저렴한 가격으로 사생활을 보장받을 수 있다. 다른 장점도 무시할 수 없다. 이곳에는 도어맨도 없고 염탐하는 눈들도 없다. 더구나 레스토랑이나 철물점은 밤낮없이 배달원과 낯선 이들이 들락거리는 곳이다. 딱히 다른 이들의 관심을 끌지 않고도 불규칙적으로 불특정 다수가 오갈 수 있다.

　나는 거리를 따라 내려간 다음 맞은편 인도 위에 서서 세 개의 건물을 올려다보았다. 행인들이 쉴 새 없는 파도처럼 지나갔다. 나는 인도 아래로 내려섰다. 매디슨애비뉴와 57번가 모퉁이 저편에 두 명의 경관이 서 있었다. 위치는 나와 대각선, 거리는 약 50미터, 그들은 내게 눈길도 주지 않았다. 나는 다시 건물을 살펴보며 머릿속으로 내가 세운 가설들을 하나하나 되짚었다. 59번가와 렉싱턴에 있는 6호선 지하철역은 가까웠다. 포시즌도 가까웠다. 3번로와 56번가는 그다지 가깝지 않았다. **거기서 여긴 그다지 가깝지 않은데요.** 익명성이 보장된다. 체재 비용도 그리 높지 않다. 오발 오중. 완벽하다. 라일라 호스는 지금 내가 바라보고 있는 이 세 개의 건물들과 유사한 장소에 숨어 있을 것이다. 호텔의 뒷문으로부터 동쪽 또는 서쪽으로 반경 5분 거리, 부채꼴 형태의 영역 내에 위치한 낡은 연립주택. 북쪽은 아니다. 그랬더라면 수잔 마크는 미드타운에 자동차를 주차하고 68번가에서 지하철을 내렸을 것이다. 남쪽도 아니다. 57번가라는 심리적 장벽 때문이다. 내가 예상하지 못한, 여기서 확연히 멀리 떨어진 다른 곳도 아니다. 그들이 포시즌 호텔을 이용했기 때문이다. 만일 이곳에서 먼 곳이었다면 아예 다른 호텔을 이용했을 것이다. 뉴욕에서는 비싸고 인상적인 거처를 얼마든지 구할 수 있으니까.

　논리적으로 완벽하다. 지나치게 완벽할 정도다. 달리 생각할 여지조차 없다. 수잔 마크가 59번가에서 내려 북쪽에서 목적지에 접근하려 했다고 가정한다면 57번가는 더 이상 남쪽으로 내려가지 못하도록 막는 무의식적인 장벽이며, 따라서 58번가야말로 모든 일이 벌어질 무대였을 것이다. 게다가 맨해튼 시내에서는 블록 하나를 걷는 데 5분가량이 걸린다. 그러므로 호텔 후문으로부터 왼쪽 또는 오른쪽으로 5분 반경은 내가 둘러보고 있는 이 블록과 동쪽의 파크와 렉싱턴이 만나는 블록에서 끝난다. 그리고 이런 낡은 주상복합 건물은 이 지역에서 매우 드물다. 높은 땅값이 이들을 오래 전에 이 근방에서 몰아냈기 때문이다. 어쩌면 지금 내가 보고 있는 세 건물이 전체 우편번호 구역 내에 남아 있는 유일한 낡은 주상복합일 가능성도 있다.

그러므로 나는 지금 라일라 호스의 은신처를 바라보고 있는 것인지도 모른다.

가능한 일이다. 그러나 실제로 그럴 확률은 낮다. 나도 다른 모든 사람들처럼 운이라는 걸 믿지만, 그렇다고 정신이 나가지는 않았다.

그러나 나는 논리적인 사고를 믿는다. 어쩌면 다른 평범한 이들보다도 훨씬 깊고 돈독하게. 논리적인 사고가 나를 이곳으로 이끌었다. 나는 모든 사항들을 다시 한 번 꼼꼼히 검토한 다음, 내 판단을 믿기로 했다.

또 다른 한 가지 이유 때문이었다.

누군가 나와 똑같은 논리적 사고를 통해 나와 똑같은 결론에 이르렀기 때문이다.

스프링필드가 내 옆에 다가와 서더니 말했다.

"당신도 그렇게 생각하오?"

60

스프링필드는 전에 내가 봤을 때와 똑같은 양복을 걸치고 있었다. 여름용 회색 양복, 약간의 광택이 비치는 하늘거리는 천. 마치 옷을 입은 채 잠이라도 잔 듯 심하게 구김져 있다. 아마 틀림없이 그랬을 테지.

스프링필드가 말했다.

"여기라고 생각하오?"

나는 대답하지 않았다. 재빨리 주변을 점검하느라 바빴기 때문이다. 수백 명의 사람들, 수백 대의 자동차들. 그러나 우려할 만한 것은 없었다. 스프링필드는 혼자였다.

나는 그를 바라보았다.

스프링필드가 다시 물었다.

"당신도 여기라고 생각하는 거요?"

내가 물었다.

"샌섬은 어디 있소?"

"집에."

"어째서?"

"왜냐하면 이런 종류의 일은 어렵고, 내가 그보다 솜씨가 낫기 때문이오."

나는 고개를 끄덕였다. 부사관들은 으레 자기가 장교보다 낫다고 생각한다. 그리고 대개 그들이 옳다. 최소한 나는 내 부사관들이 만족스러웠다. 그들은 나를 위해 많은 일들을 훌륭하게 처리해주었다.

내가 물었다.

"그래, 협상 조건은 뭐요?"

"무슨 협상?"

"우리 사이의 협상."

"우리 사이에 협상 같은 건 없소."

그가 말했다.

"아직은."

"언젠가는 있을 거란 뜻이오?"

"우선 이야기나 합시다."

"어디서?"

"그건 당신에게 달렸지."

좋은 신호다. 그것은 설사 함정이나 매복이 있더라도 즉흥적으로 이뤄지기 때문에 내가 빠져나갈 수 있는 구멍이 많다는 의미다. 적어도 목숨을 부지할 수는 있을 것이다.

나는 그에게 물었다.

"뉴욕을 얼마나 잘 아시오?"

"그럭저럭."

"두 번 좌회전해서 이스트 57번가 57번지로 가시오. 나는 10분 뒤에 따라가겠소. 건물 안에서 봅시다."

"거기가 어디요?"

"커피를 마실 수 있는 곳."

"좋소."

스프링필드는 마지막으로 낡은 레스토랑이 있는 건물을 쓱 돌아보더니 사거리를 비스듬히 건너 왼쪽으로 돌아 매디슨애비뉴로 향했다. 나는 다른 길을 택했다. 바로 포시즌의 후문이었다. 포시즌 호텔의 후문은 58번가에 있다. 그리고 호텔은 한 블록 전체를 차지하고 있다. 다시 말해 포시즌의 정문은 57번가에 있다는 소리다. 정확히 말하자면 이스트 57번가 57번지다. 나는 스프링필드보다 4분 앞질러 약속장소에 도착했다. 그가 지원팀을 매달고 온다면 금세 알아차릴 터였다. 혹은 누군가 그보다 먼저, 그와 함께, 또는 그보다 늦게 온다고 해도 말이다. 나는 로비 뒤편으로 들어가 모자와 선글라스를 벗은 다음 한적한 구석에 서서 스프링필드를 기다렸다.

스프링필드는 정시에, 즉 내가 도착하고 4분 뒤 혼자 도착했다. 음모를 꾸미기에는 충분치 않은 시간이다. 대화를 나눌 만한 시간도 없었다. 휴대전화로 통화를 할 수도 없었을 것이다. 대부분의 사람들은 전화번호를 누르고 대화를 하다 보면 걷는 속도가 느려진다.

정문 근처에 예복을 근사하게 차려입은 남자가 서 있었다. 검은 연미복에 은색 넥타이. 안내인도 아니고 급사장도 아니다. 입구에서 손님들에게 인사를 건네는 일종의 접객인이었다. 정식 직책은 그보다 거창할 테지만. 그가 스프링필드를 향해 고개를 들었다. 스프링필드도 그를 힐끗 쳐다보았다. 그러자 직원은 마치 뺨이라도 한 대 얻어맞은 듯 황급히 고개를 떨궜다. 스프링필드의 표정을 보아하니 그럴 법도 했다.

스프링필드는 잠시 멈춰 몸가짐을 바로 하고 티룸으로 향했다. 내가 호스 모녀를 만났던 곳이다. 나는 구석에 앉아 거리로 난 문을 바라보았다. 지원군은 없었다. 도로에 주차해 있는 검은 세단도 보이지 않는다. 나는 10분 더 기다렸다. 그런 다음 만일에 대비해 2분을 더 기다렸다. 아무 일도 일어나지 않았다. 대도시의 최고급 호텔에서 흔히 볼 수 있는 들고 나는 사람들의 흐름뿐이었다. 부자들이 들어오고, 부자들이 나갔다. 가난한 사람들은 허둥지둥 뛰어다니며 그들을 위해 시중을 들었다.

나는 티룸으로 걸어갔다. 스프링필드는 라일라 호스가 앉았던 바로 그 자리에 앉아 있었다. 라일라 호스와 만났을 때 시중을 들던 바로 그 근엄한 웨이터가 근무 중이었다. 그가 주문을 받으러 왔다. 스프링필드가 물을 주문했다. 나는 커피를 달라고 했다. 웨이터가 살짝 고개를 끄덕이더니 사라졌다.

스프링필드가 말했다.

"여기서 당신이 호스를 만났지. 두 번이나."

내가 말했다.

"바로 이 테이블이었소."

"그게 문제요. 어떤 식으로든 그들과 연관되는 것만으로도 이미 중범죄란 말이오."

"어떻게 하면 그렇게 되오?"

"애국법 때문이지."

"그 여자들 정체가 뭐요?"

"그리고 지하철을 무단으로 횡단하는 것도 중범죄요. 그것만으로도 주립교도소에서 5년은 살아야 하지. 그 친구들이 그러더군."

"그리고 연방요원 넷을 다트총으로 쏘기도 했소만."

"그런 건 아무도 신경 안 쓰오."

"그 여자들 정체가 뭐요?"

"난 알려줄 수 없소."

"그렇다면 지금 왜 이러고 있는 거요?"

"당신이 우릴 도와주면 우리도 당신을 도와주겠소."

"어떻게 도와준다는 거요?"

"당신의 범죄 기록을 없었던 걸로 해줄 수 있소."

"나는 당신들을 어떻게 도와주고?"

"우리가 잃어버린 것을 찾아주시오."

"메모리스틱 말인가?"

스프링필드가 고개를 끄덕였다. 웨이터가 쟁반을 들고 나타났다. 생수병과 커피가 얹혀 있었다. 그는 탁자 위에 조심스럽게 잔과 병을 내려놓은 다음 다시 사라졌다.

내가 말했다.

"그게 어디 있는지 난 모르오."

"그건 나도 아오. 하지만 당신은 누구보다도 수잔 마크에게 가깝게 접근했소. 그리고 그녀는 펜타곤을 떠날 때 분명히 그것을 소지하고 있었고. 그렇지만 우린 그녀의 집에서도, 자동차에서도 그리고 그녀가 들렀던 어떤 곳에서도 그것을 찾지 못했소. 그래서 당신이 뭔가를 봤길 바라는 거요. 당신에게는 아무 의미도 없었을지 모르지만 우리에게는 결정적인 단서가 될 수 있는 뭔가를 말이오."

"난 수잔이 자기 머리를 쏘는 걸 봤소. 그게 다요."

"틀림없이 뭔가가 더 있었소."

"당신네 선거참모장이 같은 지하철에 타고 있었잖소. 그 사람은 뭘 봤다고 합디까?"

"아무것도."

"메모리스틱에는 뭐가 들었소?"

"알려줄 수 없소."

"그럼 나도 도와줄 수 없소."

"왜 알고 싶어 하는 거요?"

"적어도 내가 무슨 불 속에 뛰어들었는지는 대충 알아야 하지 않겠소?"

"그렇다면 스스로 질문을 던져보시오."

"무슨 질문?"

"당신이 아직 물어보지 않은 질문. 처음부터 제일 먼저 던졌어야 했던 질문. 그게 바로 핵심이요, 이 어리석은 양반아."

"지금 뭐 하자는 거요? 퀴즈대회? 부사관 대 장교로 해보자는 거요?"

"그 전투는 이미 오래 전에 끝났다오."

그래서 나는 모든 일이 시작된 지점으로 돌아갔다. 내가 한 번도 묻지 않은 질문을 찾아. 이 사건의 발단은 지하철 6호선이었다. 네 번째 승객. 열차의 오른쪽에 8인용 좌석을 홀로 차지하고 있던 백인 여자. 나이는 40대 남짓, 검은 머리, 검은 옷, 검은 가방. 수잔 마크. 평범한 시민. 이혼한 아내. 어머니, 누나, 입양아. 버지니아 애너데일의 주민.

수잔 마크. 펜타곤 직원.

내가 물었다.

"그녀의 직업이 정확하게 뭐요?"

61

스프링필드가 물을 길게 들이켜더니 싱긋 웃으며 말했다.

"너무 늦긴 했지만 거기까지 오긴 왔구려."

"수잔 마크가 하던 일이 뭐였소?"

"수잔 마크는 특정한 정보기술을 책임지는 시스템 관리자였소."

"무슨 뜻인지 이해가 안 가는데."

"한마디로 컴퓨터 시스템의 마스터 패스워드를 통째로 알고 있었다는 뜻이요."

"무슨 컴퓨터?"

"중요한 건 아니었소. 미사일을 발사한다거나 하는 짓은 할 수 없었지. 그러나 인적사령부의 기록을 열람할 수 있는 권한을 갖고 있었소. 기록보관서의 문서에도 어느 정도 접근할 수 있었고."

"그렇지만 델타포스의 기록은 아니잖소. 그렇지 않소? 모두 포트 브락에 있으니까. 노스캐롤라이나 말이오. 펜타곤이 아니라."

"요즘 컴퓨터들은 네트워크로 연결되어 있지. 아무 데도 없는 동시에 어디서든 접속할 수 있다는 얘기요."

"수잔도 접속할 수 있었다는 거군."

"휴먼 에러 덕분이었지."

"무슨 뜻이오?"

"약간의 인적 과오가 있었소."

"약간?"

"펜타곤에는 시스템 관리자가 많소. 모두들 똑같은 문제를 다루고 똑같은 문제로 골치를 싸매지. 그래서 서로 돕는 게 관례처럼 되어 있소. 관리자들만이 이용할 수 있는 대화방이 있고, 그들만의 게시판이 있소. 그런데 비밀번호를 암호화하여 비밀을 유지해야 하는 프로그램 코드에 잘못된 부분이 있었던 거요. 그래서 정보가 다소 유출되고 말았소. 우리 생각에 그 사람들은 코드가 잘못되었다는 사실을 다들 알고 있었던 것 같소. 하지만 그들은 그편이 좋았던 거지. 남의 시스템에 살짝 들어가 큰 소동을 일으키지 않고 동료들을 도와줄 수 있으니까. 만약에 그 코드가 빈틈없이 짜여 있었더라면 그 친구들은 그걸 삭제해 버렸을 거요."

나는 제이콥 마크의 말을 떠올렸다. **수잔은 컴퓨터를 잘 다뤘죠.**
내가 말했다.
"그걸 이용해서 델타 기록보관소에 접근했단 말이오?"
스프링필드는 묵묵히 고개를 끄덕였다.
"하지만 당신과 샌섬은 나보다 5년 일찍 전역했잖소. 당시에는 그런 기록을 컴퓨터 파일에 기록하지 않았소. 그러니 컴퓨터의 데이터뱅크에 없었을 거요."
"세상은 바뀌기 마련이라오."
스트링필드가 말했다.
"우리가 아는 미군은 벌써 아흔 살이오. 90년간 묵은 창고를 정리해야 했소. 누군가의 할아버지가 전쟁터에서 기념품으로 가져온 녹슨 총, 적군에게서 압수한 군기와 제복 등등 쓸데없는 게 산더미처럼 쌓여 있었소. 게다가 수만 톤의 종이들을 생각해보시오. 아니, 수백만 톤은 족히 되었을 거요. 심각한 문제가 되고 있었지. 화재, 쥐들, 보관할 장소."

"그래서?"

"그래서 지난 10년 동안 창고를 비우는 작업이 시작되었소. 유물들은 박물관이나 쓰레기통으로 보내졌고 서류는 스캔해서 컴퓨터에 저장했지."

나는 고개를 끄덕였다.

"그런데 수잔 마크가 침투해 자료를 복사한 거로군."

"복사한 게 다가 아니오."

스프링필드가 말했다.

"그녀는 찾던 걸 빼내 외부 드라이브에 옮긴 다음 원본을 삭제해 버렸소."

"외부 드라이브가 메모리스틱이오?"

스프링필드가 고개를 끄덕였다.

"그리고 우린 그게 어디 있는지 모르고."

"왜 하필 그녀였소?"

"조건에 맞았기 때문일 테지. 문제의 정보가 있던 문서보관소는 훈장 수여 기록을 통해 찾아낸 거요. 인적사령부 사람들은 훈장 수여 기록을 보관하지. 당신이 말한 대로요. 그녀는 시스템 관리자였소. 그리고 아들이라는 약점을 갖고 있었고."

"원본을 삭제했단 말이오? 왜?"

"모르겠소."

"들킬 위험이 훨씬 커질 텐데."

"아주 많이."

"무슨 서류였소?"

"나는 알려줄 수 없소."

"창고에서 서류를 꺼내 스캔한 건 언제요?"

"한 3개월 전이오. 일의 진행이 거지같이 느렸거든. 전자화 과정을 시작한 지 벌써 10년째인데 아직도 1980년대 초반에 머물러 있지."

"그 일을 하는 건 누구요?"

"전문 직원이오."

"정보를 누출 시킨 것도 내부인이겠지. 소식을 듣자마자 호스 여자들이 날아왔으니 말이오."

"그런 것 같소."

"누군지 알아냈소?"

"지금 조사 중이오."

"무슨 서류였소?"

"나는 알려줄 수 없소."

"하지만 커다란 파일이었겠군."

"충분히."

"호스 여자들은 그걸 원하는 거고."

"그렇다고 보오."

"그 여자들이 왜 하필 그 서류를 원하는 거요?"

"나는 알려줄 수 없소."

"그 말 참 자주도 하는군."

"어쩔 수 없소."

"그 여자들 정체가 뭐요?"

스프링필드는 아무 말도 하지 않았다. 그저 미소 띤 얼굴로 '이번에도 마찬가지'라는 손짓을 해 보였을 뿐이다. 훌륭한 부사관다운 대답이다. 나는 알려줄 수 없소. 짧은 문장. 네 개의 단어. 가장 중요한 단어는 첫 번째겠지.

내가 말했다.

"당신이 내게 질문을 하시오. 그러면 내 생각을 말해주지. 내 대답을 듣고 할 말이 있으면 하시오."

스프링필드가 물었다.

"당신은 그 여자들의 정체가 뭐라고 생각하오?"

"아프가니스탄 부족민."

"계속하시오."

"그건 당신 의견이 아니잖소."

"계속하시오."

"탈레반이나 알카에다 지지자, 공작원, 아니면 고용된 용병들."

스프링필드는 아무 반응도 없었다.

"알카에다. 탈레반은 자기 나라 밖으로 나오지 않지."

"계속하시오."

"공작원."

아무 반응도 없었다.

"리더?"

"계속하시오."

"알카에다가 여성 지도자를 활용한다고?"

"효과만 있다면 뭐든지 이용할 놈들이요."

"그럴 리가 있나."

"그게 바로 그놈들이 원하는 거요. 우리가 존재하지도 않는 남자를 찾길 바라지."

나는 아무 말도 하지 않았다.

"계속해보시오."

"좋소. 자기 이름이 스베틀라나라고 주장하는 여자는 무자헤딘과 함께 소련군에 맞서 싸웠고, 당신들이 그리고리 호스로부터 VAL 저격소총을 포획한 사실을 알고 있소. 우리에게서 동정심을 얻어 내려고 호스라는 이름과 그 이야기를 이용했지."

"이유는?"

"왜냐하면 알카에다가 그날 밤 당신들이 수행하고 있었던 임무에 대한 문서상의 증거를 원하고 있으니까."

"계속하시오."

"그 임무 덕분에 샌섬은 중요한 훈장을 탔소. 그러니 그때만 해도 꽤나 괜찮은 일이었을 거요. 옛날 옛적에는 말이지. 하지만 지금 당신들은 그 임무의 내용이 노출될까 봐 두려워하고 있소. 따라서 더 이상은 그다지 좋은 일처럼 안 보인다는 의미겠지."

"계속하시오."

"샌섬은 딱한 처지에 몰렸소. 그렇지만 정부는 그보다 더 발등에 불이 떨어졌지. 따라서 그건 개인적이면서 동시에 정치적인 일이오."

"계속하시오."

"당신도 그날 밤 임무 덕분에 훈장을 탔소?"

"우수공로훈장을 받았소."

"국방부에서 직접 수여하는 거로군."

스프링필드는 고개를 끄덕였다.

"미천한 부사관한테 잘 어울리는 싸구려 물건이지."

"군사적이라기보다는 정치적인 임무였단 소리군."

"당연하지. 당시에 우리는 공식적으로 전쟁 중이 아니었으니까."

"호스 여자들이 네 명을 죽였다는 걸 알고 있소? 그리고 아마 수잔 마크의 아들도?"

"우린 모르오. 짐작만 할 뿐이지."

"그렇다면 왜 그들을 잡아들이지 않는 거요?"

"나는 국회의원의 경호원일 뿐이오. 아무도 체포할 수 없소."

"연방요원들은 할 수 있잖소."

"그 작자들이 어떤 식으로 일하는지 알잖소. 그들은 호스 여자들을 적의 A급 전투원이자 매우 중요한 목표 대상으로 여기고 있소. 극도로 위험하기도 하고. 그러나 현재 임무 수행 중인 공작원으로는 분류하지 않고 있소."

"그게 무슨 뜻이오?"

"지금으로서는 그들을 내버려둠으로써 얻는 이득이 더 많다고 여긴 다는 의미요."

"한마디로 그들을 찾지 못하고 있다는 뜻이로군."

"바로 그거지."

"당신은 그걸로 만족하시오?"

"호스 여자들은 메모리스틱을 갖고 있지 않소. 갖고 있다면 지금처럼 찾아다닐 필요가 없지. 그래서 사실 난 별로 상관하지 않소."

"과연 그럴까."

"그 여자들이 그곳에 숨어 있다고 생각하시오? 방금 당신이 보고 있던 곳 말이오."

"어차피 이 블록 아니면 다음 블록이오."

"난 이 블록이라고 생각하오. 연방요원들이 그 여자들이 나간 사이에 방을 뒤진 적이 있지."

"라일라가 말해줬소."

"쇼핑백이 있더군. 눈속임을 하려고, 진짜처럼 보이게 하려고 산 물건들이었소."

"나도 봤소."

"둘은 버그도프굿맨이고 둘은 티파니였소. 그 두 가게는 서로 가깝게 붙어 있소. 방금 본 건물들에서도 한 블록밖에 떨어져 있지 않지. 만약 그들의 본거지가 공원의 동쪽 블록에 있다면 그들은 티파니가 아니라 블루밍데일 백화점에 갔을 거요. 그 여자들은 진짜로 쇼핑을 하러 간 게 아니니까. 그저 그럴싸해 보이도록 방을 장식할 만한 것이 필요했을 뿐이지. 사람들을 속이기 위해서 말이오."

"좋은 지적이오."

내가 말했다.

"라일라를 찾으러 가지 마시오."

스프링필드가 말했다.

"이제 내 걱정을 해주는 거요?"

"당신은 두 가지 점에서 불리하오. 첫째, 그들은 우리와 똑같이 생각할 거요. 당신이 메모리스틱을 갖고 있지 않더라도 그게 어디에 있는지 알고 있다는 거지. 그리고 우리보다 훨씬 잔인하고 끔찍한 방식으로 설득하려 들지 모르오."

"두 번째는?"

"거기에 뭐가 들었는지 당신에게 말해줄지도 모른다는 거요. 그런 경우 당신은 우리에게도 골칫거리가 되오."

"얼마나 나쁜 게 들어 있소?"

"난 내가 한 일이 부끄럽지 않소. 그러나 샌섬 소령은 난처해질 거요."

"그리고 미국도."

"그렇소. 그리고 미국도."

웨이터가 다가와 더 필요한 것이 없느냐고 물었다. 스프링필드가 있다고 대답했다. 그는 내 몫까지 주문했다. 아직 이야기할 거리가 남아 있다는 의미였다.

"지하철에서 정확히 무슨 일이 있었는지 다시 한 번 떠올려보시오."

"왜 당신이 수잔을 따라가지 않았소? 선거참모장보다 당신에게 더 잘 어울리는 일이잖소."

"소식이 너무 늦게 날아왔거든. 난 그때 샌섬과 함께 텍사스에 있었소. 선거자금을 모금하고 있었지. 적절한 사람을 배치할 만한 시간이 없었소."

"연방요원들은 어떻소? 왜 열차에 아무도 심어두지 않았던 거요?"

"천만의 말씀. 분명 요원들을 심어뒀다오. 두 사람이나 타고 있었지.

여자 둘, FBI에서 빌린 위장수사요원이었소. 로드리게즈와 음벨 특수요원이었지. 그런데 우연히 당신이 그 차량에 올라탔던 거요."

"대단한 실력이로군."

내가 말했다. 사실이었다. 히스패닉계 여자가 생각났다. 몸집이 작고 더위와 피곤에 절어 있던 여자. 슈퍼마켓 가방을 손목에 걸고 있었지. 그리고 납염 치마를 입고 있던 서아프리카 여자.

"정말 훌륭했소. 그런데 수잔이 그 열차에 탈지 어떻게 알고 있었소?"

"사실은 몰랐소."

스프링필드가 말했다.

"크고 복잡한 작전이었소. 정교하기도 했고. 우리는 그녀가 지하철에 탈 거라는 걸 알았소. 그래서 지하에 사람들을 대기시켰지. 원래 계획은 거기서부터 그녀의 뒤를 밟는 거였소."

"어째서 펜타곤 입구에서 체포하지 않은 거요?"

"거기에 대해 짧은 토론이 있었지. 그리고 방금 말한 연방요원들이 이겼소. 그들은 배후에 있는 윗대가리까지 한꺼번에 잡아들이고 싶어 했소. 사실 그럴 수도 있었고."

"내가 일을 망치지 않았더라면 말이군."

"바로 그거요."

"수잔은 메모리스틱을 갖고 있지 않았소. 그러니 어차피 일은 해결되지 않았을 거요."

"펜타곤을 떠날 때는 갖고 있었소. 그러나 그녀의 차에도 집에도 없더군."

"확실하오?"

"마룻바닥 하나까지 일일이 해체해서 구석구석 살펴봤소. 그녀의 자동차는 그중 가장 큰 부품을 내가 목구멍에 삼킬 수 있을 정도로 세세하게 분해했고."

"지하철 차량은?"

"7622 차량은 아직도 207번가 조차장에 있소. 재조립하려면 한 달은 걸릴 거요."

"도대체 그 메모리스틱에 뭐가 들어 있는 거요?"

스프링필드는 대답하지 않았다.

그때 내 주머니 속에 든 전화기 중 한 대가 진동하기 시작했다.

62

나는 주머니에서 세 개의 전화기를 모두 꺼내 탁자 위에 늘어놓았다. 한 대가 탁자 위에서 격렬하게 춤을 추고 있었다. 한 번 울릴 때마다 거의 3밀리미터씩 튀어올랐다. 액정에는 '발신번호제한'이라는 메시지가 떠 있었다. 나는 전화기를 귀에 가져다 댄 다음 말했다.

"여보세요?"

라일라 호스가 말했다.

"아직도 뉴욕에 있나요?"

"그렇소."

"포시즌 근처에 있어요?"

"그다지."

"그럼 지금 거기로 가봐요. 데스크에 당신한테 줄 물건을 맡겨놨으니까."

"언제?"

그러나 전화는 이미 끊겨 있었다.

나는 스프링필드에게 말했다

"여기서 기다리시오."

서둘러 로비로 향했다. 호텔을 나가는 사람은 보이지 않았다. 로비는 조용했다. 연미복을 입은 접객인이 하릴없이 우두커니 서 있었다. 나는 데스크에 내 이름을 댄 다음 혹시 내 앞으로 온 물건이 없느냐고 물었다. 1분 뒤, 내 손에는 봉투 하나가 들려 있었다. 앞면에 큼지막한 검은 손글씨로 내 이름이 적혀 있었다. 반송주소를 적는 왼쪽 위 구석에는 라일라 호스의 이름이 있었다. 나는 데스크 직원에게 봉투가 언제 배달되었느냐고 물었다. 그는 한 시간도 더 지났다고 대답했다.

"누가 배달했는지 기억나오?"

"외국인 신사분이셨습니다."

"아는 사람이오?"

"아니오."

봉투 안쪽에는 두꺼운 패드가 붙어 있었다. 크기는 가로 22센티미터, 세로 15센티미터가량. 무게는 가벼웠다. 뭔가 딱딱한 것이 들어 있었다. 직경이 12센티미터쯤 될 듯한 동그란 물건이었다. 나는 봉투를 들고 티룸으로 돌아가 스프링필드의 맞은편에 앉았다.

그가 물었다.

"호스가 보낸 거요?"

나는 고개를 끄덕였다.

"탄저병 포자가 들어 있을지도 모르오."

"아니, 그보다는 CD 같소."

내가 말했다.

"무슨 CD?"

"아프가니스탄 전통음악이라도 되나 보지."

"제발 아니길 빌어야겠군."

스프링필드가 말했다.

"아프가니스탄 음악이라면 지겨울 정도로 들었거든."

"내가 기다렸다 열어주길 바라오?"

"기다리다니, 뭘 말이오?"

"당신이 안전하다 싶은 곳으로 피할 때까지 말이오."

"그 정도 위험은 감당할 수 있소."

나는 봉투를 찢은 다음 흔들었다. 디스크 한 장이 톡 튀어나와 플라스틱 특유의 소리를 내며 나무 탁자에 부딪쳤다.

"CD로군."

내가 말했다.

"엄밀히 말하자면 DVD요."

스프링필드가 말했다.

컴퓨터로 직접 구운 것이었다. 메모렉스라는 회사에서 만든 공디스크였다. 표면에 부착된 라벨에는 검은색 마커로 "틀어봐요."라고 적혀 있었다. 봉투와 똑같은 글씨체였다. 사용한 펜도 똑같았다. 라일라 호스의 손글씨와 라일라 호스의 펜.

내가 말했다.

"난 DVD 플레이어가 없소."

"그러면 보지 마시오."

"하지만 봐야 할 것 같은데."

"지하철에서 무슨 일이 있었소?"

"모르오."

"컴퓨터로도 DVD를 볼 수 있소. 사람들이 비행기에서 노트북으로 영화를 보는 것처럼."

"난 컴퓨터도 없소."

"호텔에 있겠지."

"여기 오래 머무르고 싶지 않소."

"다른 호텔이 있잖소."

"당신이 묵고 있는 곳은 어디요?"

"쉐라톤. 전에 당신도 와봤던 곳이오."

스프링필드가 플래티넘 신용카드로 찻값을 낸 뒤 우리는 쉐라톤으로 향했다. 포시즌에서 쉐라톤까지 걸어서 가는 것도 이번이 벌써 두 번째다. 소요 시간은 대략 비슷했다. 더위 속에서 인파가 느릿느릿 움직이고 있었다. 오후 1시, 마침 한창 더울 때다. 가는 내내 경찰에게 발각될까 최대한 촉각을 곤두세우고 주위를 감시하느라 속도를 올릴 수도 없었다. 그러나 우리는 결국 목적지에 도착했다. 로비에 설치된 플라즈마 스크린은 오늘도 변함없이 행사 일정을 보여주고 있었다. 오늘 주연회장을 예약한 단체는 무역조합이었다. 케이블 텔레비전과 관련이 있는 곳 같았다. 내셔널 지오그래픽 채널과 우두머리 고릴라가 떠올랐다.

스프링필드가 키카드로 비즈니스 센터의 문을 열었다. 그러나 나와 함께 들어가지는 않았다. 그는 로비에서 기다리겠다며 사라져 버렸다. 네 개의 워크스테이션 가운데 세 개가 이미 사용 중이었다. 여자 둘, 남자 하나. 모두 말쑥한 검은 정장을 걸치고 서류가 가득 쌓인 가죽 서류가방을 옆에 펼쳐두고 있다. 나는 빈 자리를 찾아 앉은 다음 어떻게 컴퓨터로 DVD를 볼 수 있는지 한참 고민했다. 컴퓨터 본체에서 내 목적에 부합할 만한 가느다란 투입구를 발견했다. 나는 그 안에 디스크를 밀어넣었다. 순간 다시 디스크를 밀어낼 듯 손끝에서 저항이 느껴졌지만, 곧 모터가 돌아가면서 내 손에서 디스크를 빨아들였다.

처음 5초간은 아무 일도 일어나지 않았다. 멈췄다 돌아가다 다시 윙윙거리는 게 한없이 반복되었을 뿐이다. 그 순간 컴퓨터 화면에 커다란 창이 열렸다. 아무것도 없이 텅 비어 있었다. 아래쪽 구석에 그림이 보였다. DVD 플레이어 버튼처럼 생긴 그림이었다. 재생, 멈춤, 빨리감기, 되감기, 건너뛰기. 나는 마우스를 움직였다. 마우스 포인터가 버튼 위를 지나자 화살표가 통통한 작은 손 모양으로 바뀌었다.

주머니 속에서 전화기가 춤을 추기 시작했다.

63

나는 전화기를 꺼내 폴더를 열었다. 방을 둘러보았다. 같은 방에 있는 세 동료들은 자기 일에만 골몰하고 있었다. 한 사람은 컴퓨터 화면에 밝은 색깔의 막대그래프를 여럿 띄워놓았다. 다른 한 남자는 이메일을 읽었고, 여자는 무시무시한 속도로 타자를 치고 있었다.

나는 전화기를 귀에 가져다 대고 말했다.

"여보세요."

라일라 호스가 물었다.

"내가 보낸 거 받았나요?"

"받았소."

"봤나요?"

"아직."

"꼭 보도록 해요."

"내가 왜 그래야 하오?"

"무척 교육적인 자료거든요."

나는 실내를 흘끔 둘러본 다음 물었다.

"소리가 나오?"

"아뇨, 아쉽게도 무성영화에요. 소리가 가미됐다면 더 좋았을 텐데."

나는 대답하지 않았다.

"지금 어디예요?"

"호텔의 비즈니스 센터요."

"포시즌에 있는?"

"아니."

"거기 컴퓨터가 있나요?"

"그렇소."

"컴퓨터로도 볼 수 있어요."

"그렇다고 하더군."

"다른 사람이 화면을 볼 수 있나요?"

나는 대답하지 않았다.

"틀어봐요."

그녀가 말했다.

"전화는 끊지 말고요. 내가 옆에서 설명해줄게요. 스페셜에디션 DVD처럼."

나는 대답하지 않았다.

라일라가 말했다.

"감독판에 들어 있는 코멘터리처럼요."

그러더니 키득거리며 웃었다.

나는 마우스를 움직여 손 모양의 아이콘을 재생 버튼 위에 올려놓았다. 마우스는 끈기 있게 내 명령을 기다렸다.

나는 클릭했다.

본체가 아까보다 더 시끄러운 소리를 내며 그릉거렸다. 화면의 텅 빈 창이 갑자기 밝아지며 어그러진 형태의 수평선 두 개가 나타났다.

선이 두 번 깜박이더니 화면이 와이드 앵글로 변하면서 넓은 들판을 비쳤다. 밤이었다. 카메라의 시선은 고정되어 있었다. 높은 삼각대 위에 얹어놓은 것 같았다. 그러나 화면은 상당히 밝았다. 카메라 앵글 밖에 세워둔 거친 할로겐 전등 덕분인 듯했다. 컬러는 보정하지 않았다. 영상 속의 배경은 외국이었다. 단단하게 다져진 모래땅, 짙은 황갈색 대지. 땅 위를 굴러다니는 자갈들. 그리고 커다란 바위 하나. 크고 평평한 바위였다. 킹사이즈 침대보다도 더 컸다. 네 개의 모퉁이에는 드릴로 구멍을 뚫어 각각 쇠고리를 박아놓았다. 그리고 그 고리에는 벌거벗은 남자가 결박되어 있었다. 작은 키에 깡마르고 억세 보이는 사내였다. 가무잡잡한 피부에 검은 턱수염을 길렀다. 나이는 서른가량. 큰 대(大)자 형태로 바위에 등을 대고 드러누워 있다. 카메라는 그의 발치에서 1미터쯤 떨어져 있는 듯했다. 화면 꼭대기에서 그의 머리가 좌우로 세차게 움직였다. 눈은 감겨 있다. 입은 열려 있다. 목덜미에는 힘줄이 밧줄처럼 팽팽하게 불거져 있다.

그는 비명을 지르고 있었다. 그러나 나는 그의 목소리를 들을 수 없었다.

무성영화처럼.

라일라 호스가 귓전에서 속삭였다.

"지금 뭐가 나와요?"

"바위에 묶여 있는 남자."

"좋아요, 계속 봐요."

"저건 누구요?"

"미국인 기자의 심부름을 해준 택시운전사요."

카메라가 약 45도 각도로 남자를 찍고 있었기 때문에, 택시운전사의 발은 원래보다 크고 반대로 머리는 정상보다 작아 보였다. 그는 잠시도 쉬지 않고 격렬하게 몸부림쳤다. 머리를 높이 들어올렸다가 몇 번이고 바위에 뒤통수를 쳐 댔다. 알아서 정신을 잃으려는 속셈 같았다. 어쩌면 자살을 하려는 것인지도 모른다. 그러나 행운의 여신은 그의 편이 아니었다. 프레임 위편에 늘씬한 형태가 나타나 사내의 머리 아래에 사각으로 접은 천을 끼워넣었다. 라일라 호스였다. 의심의 여지가 없다. 영상의 해상도는 그리 좋은 편이 아니지만 그녀를 알아보지 못하는 것은 불가능하다. 검은 머리채, 밝고 푸른 눈, 우아한 몸짓.

저 천은 아마도 수건이리라.

"방금 당신이 나왔소."

"머리 밑에 패드를 댈 때요? 어쩔 수 없었어요. 자해를 하지 못하도록 해야 하거든요. 패드를 대면 머리를 적절한 위치에 고정시킬 수도 있고요. 저렇게 머리를 올려놓으면 아래쪽에서 무슨 일이 벌어지는지 볼 수밖에 없죠."

"무슨 일?"

"잔말 말고 계속 봐요."

나는 주위를 둘러보았다. 나와 같은 방을 쓰고 있는 세 동료들은 여전히 자기 일에만 몰두하고 있었다.

그 후 20초 동안 컴퓨터 화면에서는 아무 일도 일어나지 않았다. 택시운전사는 계속해서 소리 없이 울부짖었다. 그러다 스베틀라나가 나타났다. 그녀가 틀림없다. 통통한 몸집, 철회색 머리카락.

그녀의 손에는 나이프가 들려 있었다.

스베틀라나는 돌 위로 기어 올라가 사내의 옆에 쭈그리고 앉았다. 그녀는 한참 동안 카메라를 응시했다. 자의식이나 허영심 같은 게 아니었다. 그녀는 카메라의 각도를 확인하고 있었다. 카메라의 시야를 가리고 싶지 않았던 것이다. 그녀는 사내의 왼쪽 팔과 가슴 옆에 조심스럽게 자리를 잡고 앉았다.

사내는 나이프를 뚫어져라 바라보고 있었다.

스베틀라나가 허리를 굽히고 칼끝을 남자의 사타구니와 배꼽 사이에 가져다 댔다. 그리고는 힘주어 내리눌렀다. 사내의 몸이 반사적으로 뒤틀리며 튀어올랐다. 상처에서 굵고 뜨거운 핏줄기가 뿜어 나왔다. 조명 탓에 피는 거의 검은색으로 보였다. 사내는 비명을 지르고, 지르고, 또 질렀다. 나는 그의 입 모양을 알아보았다. **안 돼! 제발!** 무슨 언어로 말하든 누구든 알아들을 수 있는 단어들.

"여긴 어디요?"

내가 물었다.

라일라 호스가 대답했다.

"카불에서 멀지 않은 곳이에요."

스베틀라나가 칼날의 방향을 바꿔 사내의 배꼽 쪽으로 밀어올렸다. 핏줄기가 그 뒤를 따랐다. 그녀는 조금도 망설이지 않고 태연자약하게 나이프를 놀렸다. 외과 의사나 푸줏간 주인처럼 너무나도 조용하고 평온하게, 익숙하고 숙련된 손놀림으로. 지금까지 이런 짓을 수도 없이 해왔으리라. 칼날은 매끄럽게 움직였다. 그러다 사내의 흉골 위에서 멈췄다.

스베틀라나가 나이프를 옆에 내려놓았다.

그녀는 집게손가락을 들어올려 상처 자국을 쓸었다. 핏자국이 뭉개졌다. 그러더니 갑자기 손가락을 상처의 벌어진 틈새 사이로 쑤셔넣었다. 손가락 마디 하나가 통째로 들어갔다. 그녀는 상처를 위아래로 헤집었다. 무엇을 찾는 듯 가끔은 움직임을 멈추기도 했다.

라일라 호스가 말했다.

"근육벽을 제대로 잘라냈는지 확인하는 거예요."

"어떻게 아는 거요? 보이지도 않으면서."

"당신 숨소리가 들리거든요."

스베틀라나가 다시 나이프를 치켜들더니 손가락을 멈췄던 곳에 찔러넣었다. 그녀는 날 끝을 섬세하게 이용해 칼의 움직임을 방해하는 작은 장애물을 절개했다.

그런 다음 뒤로 물러나 앉았다.

택시운전사의 배가 열려 있었다. 마치 지퍼를 내리기라도 한 것처럼 곧고 긴 상처가 입을 벌리고 있다. 근육벽이 해방되었다. 그것은 더 이상 내장의 압력을 지탱하고 있지 않았다.

스베틀라나가 다시 허리를 굽혔다. 이번에는 두 손을 모두 사용했다. 그녀는 벌어진 상처 속에 손목까지 담그고 상당히 정성스레 뱃속을 헤집었다. 스베틀라나가 손을 움찔거리더니 어깨를 굳게 폈다.

그리곤 사내의 창자를 들어올렸다.

그것은 축구공만 한 크기의 번들거리는 분홍색 덩어리였다. 똬리를 틀듯 둘둘 말린 미끈거리고 축축하고 기다란 것이 밑으로 주룩 흘러내렸다.

그녀는 그것을 사내의 가슴 위에 사뭇 상냥한 태도로 올려놓았다.

그런 다음 바위에서 내려와 화면 밖으로 나갔다.

카메라는 사내를 클로즈업했다.

택시운전사는 공포에 질려 자신의 가슴을 내려다보았다.

라일라 호스가 말했다.

"이제 시간문제예요. 저 정도 상처로는 죽지 않아요. 중요한 장기나 혈관은 건드리지 않았거든요. 출혈도 금방 멈추죠. 문제는 통증과 쇼크, 감염이에요. 심신이 강인한 자들은 그 세 가지를 모두 견뎌내죠. 그래서 결국은 저체온증으로 죽는 것 같아요. 중심 체온이 유지되지 못하고 계속해서 떨어지는 거죠. 그렇게 되는 데 얼마나 걸리느냐는 날씨에 달려 있어요. 우리가 아는 한 가장 오래 버틴 기록은 열여덟 시간이에요. 누군가 이틀 동안 살아 있었다는 이야기도 들었지만 그건 거짓말 같아요."

"미쳤군. 당신 미쳤어."

"피터 몰리나도 그렇게 말했죠."

"그 애가 이걸 봤단 말이오?"

"오, 직접 출연도 했는걸요. 계속 보세요. 지루하면 뒤로 돌려도 돼요. 소리가 없으면 어차피 별로 재미도 없거든요."

나는 방 안을 다시 둘러보았다. 방 동료들은 여전히 컴퓨터 화면에 정신이 팔려 있었다. 나는 통통한 손을 빨리감기 버튼 위로 이동시켜 클릭했다. 화면이 빠른 속도로 돌아가기 시작했다. 택시운전사의 머리가 앞뒤로 작은 호를 그리며 까딱였다.

라일라 호스가 말했다.

"우리는 보통 한 번에 여러 사람을 다루지는 않아요. 시간차를 두죠.

첫 번째 사람이 죽을 때까지 기다렸다가 그 사람이 끝난 뒤에야 두 번째 사람을 시작하는 거예요. 그래야 공포심을 조장할 수 있거든요. 그 모습이 얼마나 가관인지 진심으로 당신에게 보여주고 싶네요. 자기 앞 사람이 1분이라도 더 오래 버티길 얼마나 간절히 바라는지 몰라요. 하지만 결국 앞 사람은 죽고 스포트라이트는 다음 차례로 넘어가죠. 자기 차례가 왔을 때 심장마비를 일으키는 사람도 있답니다. 척 보면 알아요. 특히 성질이 예민하고 민감한 사람들이 자주 그러죠. 하지만 이런 걸 늘 직접 보여주기는 힘들어요. 그래서 요즘은 비디오를 활용하죠. 최대한 비슷한 효과를 내려고요."

미쳤다는 말을 한 번 더 쏘아붙이고 싶었지만 관두기로 했다. 피터 몰리나에 대해 더 많은 정보를 줄지도 모른다.

"계속 봐요."

그녀가 말했다.

화면은 계속해서 빠른 속도로 감기고 있었다. 택시운전사의 팔다리가 움찔거렸다. 필름을 두 배로 돌릴 때 흔히 그렇듯 어색하고 딱딱 끊어지는 듯한 움직임이었다. 그의 머리가 좌우로 마구 흔들렸다.

라일라 호스가 말했다.

"피터 몰리나도 그 비디오를 봤어요. 화면 속의 남자가 버텨주길 바라더군요. 웃기는 일이죠. 저 사람은 벌써 몇 달 전에 죽었는데. 하지만 그게 바로 우리가 노리는 거예요. 아까도 말했지만 비디오도 비슷한 효과를 내거든요."

"역겹군."

내가 말했다.

"당신은 이제 죽은 목숨이오. 듣고 있소? 명심하시오. 당신은 방금 차도에 나온 어린애요. 아직 트럭에 치이지는 않았지만 곧 그렇게 될 거요."

"당신이 그 트럭인가요?"

"말로 해야 아나?"

"기분 좋은데요. 계속 봐요."

나는 빨리감기 버튼을 여러 번 클릭했다. 그러자 화면의 속도가 네 배로, 여덟 배로, 열여섯 배로, 서른두 배로 가속되었다. 시간이 흘렀다. 60분. 90분. 그러다 갑자기 영상이 멈춰 섰다. 택시운전사가 움직임을 멈춘 것이다. 그는 오랫동안 미동도 하지 않고 그대로 누워 있었다. 라일라 호스가 화면에 나타났다. 나는 재생 버튼을 눌러 영상을 정상적인 속도로 되돌렸다. 라일라가 사내의 머리 위에 몸을 굽히고 맥박을 쟀다. 그리곤 고개를 들고 행복하게 미소 지었다.

카메라를 향해.

나를 똑바로 바라보며.

그녀가 전화 속에서 말했다.

"아직도 안 끝났어요?"

"끝났소."

"그 사람은 약간 실망스러웠어요. 오래 버티질 못하더라고요. 병을 앓고 있었어요. 기생충요. 기다리는 내내 배 속에서 꿈틀거리더라니까요. 징그러웠어요. 하지만 그것들도 같이 죽었겠죠. 숙주가 죽으면 기생충도 죽으니까."

"당신이 곧 죽을 것처럼 말이지."

"우린 어차피 언젠가 다 죽어요, 리처. 문제는 언제, 어떻게 죽느냐는 거죠."

뒤쪽에 앉아 있던 누군가가 작업을 마치고 일어나 문으로 향했다. 나는 의자를 움직여 화면을 가렸다. 그러나 성공한 것 같지 않았다. 그는 나를 이상하게 쳐다보더니 방을 떠났다.

어쩌면 내 통화 내용을 들은 것일지도 모른다.

"계속 봐요."

라일라가 귓가에 대고 속삭였다.

나는 다시 빨리감기 버튼을 눌렀다. 택시운전사는 카불과 멀리 떨어지지 않은 곳에서 잠시 죽어 널브러져 있었다. 화면이 어두워지더니 회색의 빈 화면이 한동안 이어졌다. 그러다 새로운 영상이 시작되었다. 나는 재생버튼을 눌렀다. 정상 속도. 이번에는 건물 안이었다. 똑같은 종류의 밝고 눈부신 조명을 사용하고 있다. 밤인지 낮인지는 알 수 없었다. 어디인지도 알 수 없었다. 지하인 것 같았다. 벽과 바닥은 흰색인 듯했다. 방 중앙에는 테이블처럼 거대한 석판이 놓여 있었다. 아프가니스탄에 있던 바위보다 다소 작았다. 사각형. 특정한 목적을 위해 제작된 물건. 오래된 식당 부엌에서 떼어온 것 같은.

덩치 큰 젊은이가 석판 위에 묶여 있다.

내 나이의 절반 정도로밖에 안 보이는 청년이었다. 몸집은 나보다 20퍼센트 정도 크다.

그 애는 130킬로그램짜리 근육 덩어리요. 제이콥 마크가 말했다. **프로 미식축구 선수가 될 거라고요.**

라일라 호스가 물었다.

"아직 안 나왔어요?"

"보고 있소."

그는 발가벗고 있었다. 조명을 받은 피부가 창백하게 빛났다. 그는 카불의 택시운전사와는 여러모로 대조적이었다. 흰 피부, 흐트러진 금발. 턱수염은 없다. 그러나 피터 역시 택시운전사와 똑같이 몸부림치고 있었다. 머리를 앞뒤로 흔들며 똑같은 말을 내뱉었다. **안 돼! 제발!** 무슨 언어로 말하든, 누구든 알아들을 수 있는 말. 더욱이 이번에는 영어였다. 입술을 읽는 건 간단했다. 심지어 그 어조마저 귓가에 들리는 것 같았다. 지금 일어나고 있는 일을 믿을 수 없다는 충격. 잔인한 농담이나 허풍이라고 생각했던 것이 실은 지독히도 진지한 것이었다는 사실을 깨달았을 때 보이는 반응.

내가 말했다.

"그만 보겠소."

라일라 호스가 말했다.

"계속 봐요. 안 그러면 피터가 어떻게 됐는지 영영 모를 테니까. 어쩌면 우리가 무사히 보내줬을지도 모르잖아요?"

"이게 언제요?"

"우리는 최종 시한을 줬고, 우리가 한 말을 지켰어요."

나는 대답하지 않았다.

"계속 봐요."

"싫소."

그녀가 말했다.

"하지만 난 당신이 보길 원해요. 봐야만 해요. 아까도 말했지만 이 일에도 절차라는 게 있으니까요. 당신이 다음 차례거든요."

"과연 그럴까."

"계속 봐요."

그래서 나는 영상을 계속 봤다. **어쩌면 우리가 무사히 보내줬을지도 모르잖아요. 피터가 어떻게 됐는지 영영 모를 수도 있잖아요.**

그들은 그를 무사히 보내주지 않았다.

64

 나는 전화를 끊고 DVD를 주머니에 넣은 다음 로비에 있는 화장실로 들어가 변기에 대고 토악질을 했다. 영상 때문이 아니었다. 이보다 더한 것도 본 적이 있다. 분노와 노여움, 무력감 때문이었다. 쓰디쓴 감정들이 뱃속에서 끓어올라 솟구쳤다. 밖으로 내보내야만 했다. 분출하고 해소해야만 했다. 나는 입을 헹구고 얼굴을 씻은 다음, 수도꼭지에 입을 대고 물을 마셨다. 허리를 똑바로 세우고 서서 세면대 위에 걸린 거울 속을 노려보았다.
 나는 주머니에 든 것들을 세면대 위에 쏟았다. 현금과 여권, 현금카드를 챙겼다. 지하철패스와 테레사 리의 명함, 칫솔도 챙겼다. 전화를 받았던 전화기도 챙겨넣었다. 남은 전화기 두 개는 비상용 충전기와 함께 쓰레기통에 넣었다. 사설조사원들이 준 명함과 테레사 리가 문자 메시지를 적어놓은 쪽지도 버렸다.
 그리고 DVD도.
 그리고 라디오색에서 산 분홍색 케이스를 씌운 메모리스틱도.
 더 이상 미끼는 필요 없다.
 그렇게 모든 것을 정돈한 후, 나는 스프링필드가 아직 근처에서 기다리고 있을지 찾아보러 갔다.
 그는 아직 호텔에서 기다리고 있었다. 로비에 있는 바의 오른쪽 구석을 등진 채로 스프링필드는 조용히 앉아 있었다. 테이블 위에는 물컵이 놓여 있었다. 차분하게 시간을 죽이고 있는 듯했지만 눈을 번득이며 주변을 감시하고 있다. 왕년의 특수대원답다. 제대를 해도 몸에 밴 습관을 벗겨내는 건 쉬운 일이 아니다. 그가 나를 발견했다. 나는 그의 옆자리에 앉았다.

스프링필드가 물었다.

"전통음악이었소?"

"그렇소."

내가 대답했다.

"전통음악이더군."

"DVD인데?"

"춤도 약간 들어 있었소."

"거짓말 마시오. 얼굴이 새파랗게 질렸잖소. 아프가니스탄 전통춤은 꽤나 고약하지. 나도 아오. 하지만 그 정도로 끔찍하진 않소."

"두 사람을 찍은 영상이었소."

내가 말했다.

"배를 갈라 내장을 꺼내더군."

"카메라로? 실시간으로 찍었단 말이오?"

"카메라 앞에서 죽었소."

"소리는?"

"없었소."

"죽은 사람은 누구요?"

"한 명은 카불의 택시운전사. 그리고 다른 한 명은 수잔 마크의 아들이었소."

"난 카불에서 택시를 타지 않소. 내가 직접 운전하는 게 좋거든. 하지만 서던캘리포니아 대학이 안됐군. 디펜시브 태클을 잃었으니. 좋은 선수를 구하기 힘든 포지션이지. 나도 그 애에 대해 알아봤소. 발이 빠르다고 하더군."

"더 이상은 아니오."

"호스 여자들도 나오오?"

나는 고개를 끄덕였다.

"자백이라도 하는 것처럼."

"상관없소. 어차피 우리가 자기들을 죽일 거라는 걸 아니까. 무엇 때문에 죽이는지는 중요하지 않소."

"내게는 중요하오."

"정신 차리시오, 리처. 그 여자가 당신에게 메시지를 보낸 데에는 이유가 있소. 당신을 화나게 만들어서 자기들 뜻대로 조종하겠다는 속셈이오. 그들은 당신이 어디 있는지 모르오. 그러니 제 발로 자기들을 찾아오길 바라는 거지."

"그러지 말래도 그럴 거요."

"당신이 무슨 짓을 저지르든 나와는 상관없소. 하지만 부디 신중하시오. 놈들은 벌써 2백 년간이나 그런 수법을 써먹고 있단 말이오. 일부러 비명 소리가 들릴 만큼 가까운 곳에서 포로를 고문하는 것도 그런 이유요. 구출팀을 꾀어내겠다는 거지. 아니면 복수심에 눈이 멀어 공격을 유도하거나. 그들은 고문할 포로들이 끊임없이 제 발로 걸어 들어오길 바라오. 영국군에게 물어보시오. 아니면 러시아도 괜찮겠군."

"조심하겠소."

"그러시겠지. 하지만 먼저 내 볼일이 끝날 때까지는 아무 데도 못 가오. 지하철에서 무슨 일이 있었는지 말해보시오."

"당신네 사람도 다 봤잖소."

"우리를 돕고 싶어 하는 거 아니었소?"

"아직까지는 아니지. 내가 그쪽에게서 받은 거라곤 약속밖에 없거든."

"메모리스틱이 우리 손에 들어오면 모든 혐의를 벗겨주겠소."

"그걸로는 부족하오."

"서면 약속을 원하는 거요?"

"아니, 난 지금 당장 혐의가 벗겨지길 바라오. 수배가 풀려 자유롭게 행동할 수 있길 바라오. 밖에 나갈 때마다 경찰들 때문에 촉각을 곤두세울 수는 없단 말이오."

"행동이라니 무슨 행동? 무슨 자유?"

"뭔지 알잖소."

"좋소. 할 수 있는지 알아보지."

"그 정도로는 부족하오."

"난 확답을 줄 수 있는 처지가 아니란 말이오. 내가 할 수 있는 건 애써보는 것뿐이오."

"그래서 성공할 확률은?"

"전혀 없지. 하지만 샌섬이라면 가능할 거요."

"당신이 샌섬 대신에 약속할 수 있소?"

"아니, 전화를 해봐야 하오."

"그러면 샌섬에게 전하시오. 헛소리는 이제 그만 하라고. 알겠소? 그 단계는 지났소."

"알겠소."

"그리고 테레사 리와 제이콥 마크에 대해서도 말하시오. 도허티도. 그들의 기록을 깨끗하게 지워주시오."

"알았소."

"제이콥 마크는 심리치료를 받아야 할 거요. 특히 그 DVD 사본을 보게 된다면 말이오."

"그럴 일은 없을 거요."

"하지만 난 제이크가 적절한 도움을 받았으면 좋겠소. 수잔의 전남편인 몰리나도 마찬가지고."

"알았소."

"두 가지 더."

"조건이 너무 많군. 가진 건 쥐뿔도 없으면서 조건만 우라지게 많아."

"국토안보부가 호스 여자들이 석 달 전에 부하들과 함께 타지키스탄에서 들어왔다고 했소. 무슨 컴퓨터 알고리즘으로 알아냈다던데, 일행이 정확하게 몇 명인지 알고 싶소."

"그쪽 전력을 알고 싶다는 거군."

"그렇소."

"그리고?"

"샌섬과 만나고 싶소."

"이유는?"

"메모리스틱에 뭐가 들어 있는지 궁금해서."

"샘섬은 절대 말해주지 않을 거요."

"그렇다면 그걸 갖지도 못하겠지. 내가 보관해뒀다가 직접 확인해볼 테니."

"뭐라고?"

"방금 들었잖소."

"스틱을 갖고 있단 말이오?"

"아니."

내가 말했다.

"하지만 어디 있는지는 알고 있소."

65

스프링필드가 물었다.

"그게 어디요?"

내가 말했다.

"말할 수 없소."

"지금 장난하자는 거요?"

나는 고개를 저었다.

"이번에는 아니오."

"확실하오? 우리를 거기로 데려다줄 수 있겠소?"

"5미터 이내로는 가능하오. 나머지는 당신들에게 달렸지."

"5미터라니? 땅에 묻혀 있는 거요? 아니면 은행 금고? 집 안에 있소?"

"모두 아니오."

"대체 어디 있단 말이오?"

"샌섬에게 전화나 하시오."

내가 말했다.

"약속을 잡읍시다."

스프링필드가 물잔을 비웠다. 웨이터가 계산서를 가지고 왔다. 스프링필드가 포시즌에서 그런 것처럼 플래티넘 카드로 계산을 치렀다. 좋은 징조다. 우리가 긍정적인 역학관계를 구축하고 있다는 의미니까. 그래서 나는 내 운을 더욱 깊이 시험해보기로 했다.

"내게 방 하나만 잡아주시오."

"왜?"

"샌섬이 내 이름을 수배 명단에서 지우려면 시간이 걸릴 테니까. 그리고 무척 피곤하오. 밤새 깨어 있었거든. 이왕 시간도 남는 김에 눈이나 좀 붙입시다."

10분 뒤, 우리는 퀸사이즈 침대가 있는 호텔 방 안에 서 있었다. 좋은 방이었다. 그러나 전술적인 입장에서 보자면 영 만족스럽지 못했다. 높은 층에 있는 호텔 방이 으레 그렇듯이 벽에는 전혀 쓸데없는 창문만 붙어 있었다. 즉 사용할 수 있는 탈출구는 달랑 한 곳, 다시 말해 출입문밖에 없는 셈이다. 보아하니 스프링필드도 나와 똑같은 생각을 하고 있는 것 같았다. 하필 이런 방을 택하다니 내가 미쳤다고 생각하고 있을 것이다.

나는 그에게 물었다.

"당신을 믿어도 되겠소?"

"물론."

"증명해보시오."

"어떻게?"

"당신 총을 주시오."

"그런 건 갖고 있지 않소."

"거짓말은 신뢰관계를 구축하는 데 아무 도움도 되지 않소만."

"왜 내 총을 달라는 거요?"

"당신도 알잖소. 당신이 내 문 앞에 샌섬이 아니라 다른 사람들을 데려올 경우에 나 자신을 방어하기 위해서요."

"그럴 일은 없을 거요."

"그러니 증명해보시오."

스프링필드는 한참 동안 그 자리에 말없이 서 있었다. 그는 무기를 포기하느니 차라리 자기 두 눈에 바늘을 찔러넣을 부류의 인간이다. 그러나 스프링필드는 머릿속으로 계산기를 굴린 다음 결국 양복저고리 안에 손을 집어넣어 9밀리미터 슈타이어 GB를 꺼냈다. 슈타이어 GB는 1980년대에 미국 특수부대가 사용하던 보조무기다. 그는 손잡이를 거꾸로 돌려 내게 총을 내밀었다. 좋은 물건이었다. 낡긴 했지만 잘 정비되어 있었다. 탄창 안에 열여덟 발, 약실 안에 한 발이 들어 있었다.

"고맙소."

내가 말했다.

그는 아무 대꾸도 없이 쿵쿵거리며 나가 버렸다. 나는 문을 이중으로 잠그고 체인을 건 다음 손잡이 아래 의자 등받이를 받쳐놓았다. 협탁 위에 주머니를 비워 물건들을 늘어놓고는 매트리스 사이에 옷가지를 끼웠다. 그런 다음 길고 뜨거운 샤워를 즐겼다.

나는 침대에 눕자마자 곯아떨어졌다. 베개 밑에는 스프링필드의 총을 넣어둔 채로.

네 시간 뒤, 문을 두드리는 소리에 눈을 떴다. 엿보기 구멍으로 밖을 내다볼 수는 없다. 너무 위험한 짓이다. 복도에 조용히 숨을 죽이고 나를 기다리는 작자들이 있다면 엿보기 구멍에 그림자가 드리워진 순간 총알을 박아넣기만 하면 되기 때문이다. 소음기를 부착한 22구경으로도 충분한 효과를 얻을 수 있다. 각막과 뇌간 사이에 총알을 가로막을 수 있는 건 아무것도 없으니까. 다행히도 문 안쪽 벽에 사람 키만 한 거울이 달려 있는 걸 발견했다. 옷을 차려입고 문을 나서기 직전 마지막으로 자신의 모습을 체크하고 싶은 투숙객들을 위한 것이리라. 나는 욕실에서 수건을 가져와 손목에 둘둘 감은 다음 베개 밑에서 권총을 꺼냈다. 의자를 치우고 체인은 그대로 둔 채 문을 빠끔히 열었다. 경첩 뒤에 몸을 숨기고 거울로 밖을 확인했다.

스프링필드였다. 그 옆에는 샌섬이 서 있었다.

문틈은 좁았고 거울에 비친 상은 반전되어 있었으며 복도는 어두침침했지만, 두 사람의 얼굴을 알아보기는 어렵지 않았다. 그들 둘뿐이었다. 그리고 열아홉 명을 더 데려오지 않는 한 남는 것도 그들뿐일 것이다. 슈타이어에는 안전장치가 없다. 일단 방아쇠를 당겨 더블액션으로 첫 발을 발사한 뒤 열여덟 발을 날리면 된다. 나는 손가락에서 힘을 빼고 체인을 벗겼다.

복도에는 그 두 사람뿐이었다.

스프링필드와 샌섬이 방 안으로 들어왔다. 샌섬이 앞장서고, 스프링필드가 뒤따랐다. 샌섬은 처음 만났을 때와 똑같았다. 구릿빛 피부에 부와 권력, 정력과 카리스마를 발산하는 야심찬 남자. 남색 양복과 흰 와이셔츠를 입고 빨간 넥타이를 매고 있다. 원기왕성한 모습이었다. 그는 내가 문손잡이 아래 기대 놓았던 의자를 들어올려 탁자 옆에 내려놓은 뒤 그 위에 앉았다. 스프링필드가 문을 닫고 다시 체인을 채웠다. 나는 계속 총을 들고 있었다. 나는 무릎으로 매트리스를 쳐서 옆으로 밀고 반대쪽 손으로 사이에 끼워둔 옷가지를 꺼냈다.

"2분."

내가 말했다.

"둘이서 대화할 시간을 2분 주겠소."

그런 다음 욕실에서 옷을 갈아입고 나왔다.

샌섬이 물었다.

"정말로 메모리스틱이 어디 있는지 알고 있소?"

"그래요, 알고 있습니다."

"그 안에 뭐가 들었는지 왜 알고 싶은 거요?"

"그게 얼마나 골치 아픈 물건인지 알고 싶으니까."

"내가 상원의원이 되는 게 싫은 거요?"

"당신이 남는 시간을 어떻게 쓰든 난 관심 없습니다. 그저 궁금한 것 뿐이지. 그게 다요."

샌섬이 말했다.

"그게 어디 있는지 말해주시오."

"그 전에 해야 할 일이 있습니다. 내가 그 일을 하는 동안 경찰들을 치워줬으면 합니다. 당신 관심을 내 일에 집중도 시킬 겸."

"당신이 내게 거짓말을 하는 거라면?"

"그럴 수도 있겠죠. 하지만 거짓말이 아니오."

그는 대꾸하지 않았다.

내가 물었다

"왜 상원의원이 되려는 겁니까?"

"그러면 안 될 이유라도 있소?"

"젊었을 때에는 유능한 군인이었고, 지금은 하느님보다도 더 부자잖소. 해변에 근사한 집이나 한 채 짓고 살면 될 텐데 굳이 그럴 필요가 있습니까?"

"이게 바로 내가 삶을 유지하는 방법이오. 내가 이제껏 살아온 인생을 판단하는 방법. 당신한테도 그런 게 있지 않소?"

나는 고개를 끄덕였다.

"나는 내가 던진 질문과 얻는 대답의 숫자를 비교하죠."

"그래, 지금까지 성적은 어떻소?"

"평균 백 점이었소."

"어째서 왜 이런 쓸데없는 걸 묻는 거요? 메모리가 어디 있는지 알면 당장 가서 가져오면 되잖소."

"그럴 수가 없으니까 그렇습니다."

"어째서?"

"내가 동원할 수 있는 것보다 훨씬 많은 지원이 필요하거든요."

"메모리는 어디 있소?"

나는 대답하지 않았다.

"여기 뉴욕에 있나?"

나는 대답하지 않았다.

"안전하오?"

내가 대답했다.

"충분히."

"내가 당신을 믿어도 되겠소?"

"수많은 사람이 그랬죠."

"그리고?"

"그리고 그중 대부분은 기꺼이 내게 추천서를 써줄 거요."

"나머지는?"

"어떤 사람들은 날 별로 좋아하지 않더군요."

샌섬이 말했다.

"당신 복무기록을 봤소."

"그 말은 전에도 했잖습니까."

"평가가 다양하더군."

"난 언제나 최선을 다했습니다. 하지만 언제나 내 나름의 생각과 의견을 갖고 있었죠."

"어째서 전역한 거요?"

"지겨워져서. 당신은?"

"늙어서."

"메모리 안에는 뭐가 들어 있습니까?"

샌섬은 대답하지 않았다. 스프링필드는 TV장의 구석진 그림자 아래 벙어리처럼 묵묵히 서 있었다. 창문보다 문에서 가까운 곳이었다. 순전히 습관에서 비롯된 것이리라. 반사적인 행동. 창문 밖 어딘가에 웅크리고 있을 미지의 저격수의 시야에서 벗어날 수 있을뿐더러 복도에 가까워 문이 열리자마자 침입자들과 대치할 수 있다. 그런 식으로 몸에 밴 훈련은 쉽사리 벗겨낼 수 없다. 더욱이 델타 출신이라면 더욱 그렇다. 나는 그에게 다가가 무기를 돌려주었다. 스프링필드는 아무 말 없이 총을 받아들고 허리춤에 끼웠다.

샌섬이 말했다.

"당신이 알고 있는 걸 말해보시오."

"당신은 포트 브락에서 터키로 날아갔습니다. 그 다음에는 오만으로, 그 후에는 아마 인도를 거쳤을 거고. 파키스탄을 지나 북서변방 지역으로 향했죠."

샌섬은 아무 말 없이 고개를 끄덕였다. 그는 지그시 먼 곳을 응시하고 있었다. 아마 그 당시 자신이 지난 루트를 그려보고 있는 중일 터이다. 수송선, 헬리콥터, 트럭, 그리고 도보를 통한 기나긴 여정.

옛날 옛적에.

"마지막으로 도착한 곳은 아프가니스탄이었죠."

내가 말했다.

"계속하시오."

"아바스가르의 등성이에 대기하고 있다가 코렌갈 계곡을 따라 북서쪽으로 행군했을 거요. 바닥에서 수백 미터 위에 나 있는 길을 따라서."

"계속하시오."

"그러다 그리고리 호스와 마주쳐 그의 소총을 빼앗고 풀어주었죠."

"계속하시오."

"그런 다음에는 당신이 명령받은 지역까지 계속해서 전진했소."

그는 고개를 끄덕였다.

"거기까지가 내가 아는 전부요."

샌섬이 물었다.

"1983년 3월에 어디 있었소?"

"웨스트포인트."

"당시에 가장 시끌벅적했던 뉴스는?"

"붉은 군대가 출혈을 막기 위해 고전하고 있다는 소식이었습니다."

그는 다시 고개를 끄덕였다.

"미친 짓이었지. 북서 변경지에서 부족민들에게 승리를 거둔 국가는 없소. 역사상 단 한 번도 없었지. 그리고 그들은 베트남전을 연구하기까지 했소. 세상에는 아무리 해도 불가능한 것들이 있소. 소련은 부족민들에게 거의 산 채로 저며지고 있었소. 조금씩 새 떼에게 쪼여 죽는 것과도 비슷할까. 물론 우리는 그 상황을 즐겼소."

"그렇게 되도록 도와주기도 했죠."

내가 말했다.

"그랬소. 우리는 무자헤딘이 필요로 하는 것들을 잔뜩 안겨주었소. 모조리 공짜로 말이오."

"무기대여 정책처럼."

"그보다도 더 악질이었소."

샘섬이 말했다.

"무기대여 정책은 파산한 동맹국을 돕기 위한 거요. 하지만 무자헤딘은 파산하지 않았소. 외려 그 반대에 가까웠지. 그들은 온갖 부족들과 기묘한 동맹을 맺고 있었소. 심지어 사우디아라비아와도 말이오. 실제로 우리보다 더 돈이 많았을 정도였지."

"그런데?"

"남들이 원하는 걸 무조건 공짜로 주는 버릇을 키우다 보면 나중에 골치 아픈 일이 생기기 마련이잖소."

"그들이 원했던 게 뭡니까?"

"인정."

샌섬이 말했다.

"감사의 표시, 사례, 존중, 보답. 그걸 뭐라고 설명해야 할지 모르겠군."

"당신 임무는 뭐였소?"

"당신을 정말로 믿어도 되겠소?"

"파일을 찾고 싶습니까?"

"물론."

"그렇다면 대답하시오. 무슨 임무였습니까?"

"우리는 무자헤딘의 대장을 보러 갔소. 선물을 들고 말이오. 온갖 종류의 화려하고 번지르르한 물건들. 로널드 레이건이 직접 보내는 선물이었소. 우리는 대통령의 개인사절단이었지. 백악관에서 브리핑을 받았고, 놈에게 최대한 아양을 떨고 사탕발림을 해주라는 명령을 받았소."

"그래서 그렇게 했습니까?"

"물론."

"하지만 그건 25년 전의 일이잖습니까."

"그래서?"

"도대체 누가 그딴 일에 신경 쓴단 말입니까? 이미 역사 속에 묻혀 지나간 일인데. 게다가 효과적인 전략이기도 했죠. 공산주의가 무너졌으니까."

"하지만 무자헤딘은 무너지지 않았소. 그들은 살아남았지."

"압니다."

내가 말했다.

"무자헤딘은 탈레반과 알카에다가 되었죠. 하지만 그것도 조그만 역사적인 일에 불과합니다. 노스캐롤라이나의 유권자들은 그런 건 기억하지도 못할 겁니다. 대부분의 유권자들은 자기가 그날 아침에 뭘 먹었는지도 기억하지 못하잖습니까."

"상황에 따라 다르오."

샌섬이 말했다.

"무슨 상황 말입니까?"

"만약 그들이 이름을 알게 된다면 말이오."

"무슨 이름이요?"

"코렌갈은 중요한 지역이었소. 아주 작은 돌출부에 불과했지만 붉은 군대가 종말을 맞은 곳이기도 하오. 무자헤딘은 일을 훌륭하게 해냈소. 그래서 그들을 이끌던 무자헤딘의 리더 역시 이름을 날리게 되었지. 그는 떠오르는 샛별이었소. 우리가 만나기로 되어 있던 사람도 그자였고. 우리는 명령대로 했소. 그자를 만났지."

"그래서 그 작자한테 알랑방귀를 뀌어 줬습니까?"

"똥구멍이 터질 정도로 정성을 다했지."

"그게 누구였는데요?"

"상당히 인상적인 친구였소. 처음에는 그랬지. 젊고 큰 키에 잘생기고 지적이었소. 자신의 사명에 매우 헌신적이기도 했고. 부자에 인맥도 두터웠소. 그는 사우디아라비아의 억만장자 가문 출신이었소. 아버지는 레이건의 부통령의 친우였고. 하지만 그 자신은 혁명론자였소.

대의를 위해 편안하고 풍요로운 삶을 때려치울 정도로 말이오."

"그 사람의 이름은?"

"오사마 빈 라덴."

66

정적. 무거운 정적이 오랫동안 방 안을 휘감았다. 들리는 것이라곤 오직 희미하게 창밖에서 울리는 도시의 소음과 욕실 환풍기가 쉭쉭거리며 공기를 내뱉는 소리뿐이었다. 스프링필드가 TV장에서 몸을 떼더니 침대 위에 걸터앉았다.

내가 말했다.

"확실히 유명한 이름이군."

샌섬이 말했다.

"지랄맞은 일이지."

"그렇군요."

"그런 거요."

"하지만 메모리에 담긴 파일은 아주 큽니다."

내가 말했다.

"그래서?"

"그러니 보고서도 아주 길 겁니다. 군 보고서가 어떤지 알잖습니까."

"어떻지?"

"무미건조하고, 길고, 졸리죠."

사실이 그랬다. 가령 스프링필드의 슈타이어 GB를 생각해보라. 군은 그 총을 채택하기 전에 테스트를 거쳤다. 슈타이어는 현대공학의

기적이다. 마땅히 작동해야 할 방식으로 정확히 작동할 뿐만 아니라 그렇지 않아야 할 방식으로도 정확히 작동한다. 슈타이어는 복잡한 가스지연 블로우백 시스템을 사용하는데, 이는 즉 오래되거나 불량한 탄약 또는 잘못 조립된 탄약을 장전해도 발사할 수 있다는 의미다. 대부분의 총기는 적절한 가스 압력이 수반되지 못하면 문제를 일으킨다. 압력이 지나치면 폭발하고, 반대로 미흡하면 탄약이 발사되지 못한다. 그러나 슈타이어는 어떤 탄약이든 사용할 수 있으며, 그것이 바로 특수부대가 이 총을 아끼는 이유다. 그들은 낯선 땅에 보급부대도 없이 고립되는 경우가 잦고 즉석에서 조달할 수 있는 것들에 의존해야 한다. 그런 점에서 슈타이어 GB는 경이로운 무기다.

군 보고서는 이를 '기술적으로 무난한'이라고 표현했다.

내가 말했다.

"보고서에 당신의 이름이 기재되어 있지 않을 수도 있습니다. 그 자의 이름을 명시하지 않았을 수도 있죠. 관련 인물 모두가 머릿글자로 지칭되거나 델타 리더 혹은 지역군 지휘관이라고만 적혀 있을 수도 있습니다. 그것도 3백 페이지짜리 지도와 함께요."

샌섬은 아무 말도 하지 않았다.

스프링필드가 시선을 피했다.

내가 물었다.

"그자는 어떤 사람이었습니까?"

샌섬이 말했다.

"바로 이거요. 이게 바로 내가 하고 싶은 말이란 말이오. 아무도 내가 어떤 인생을 살아왔는지 따위에 관심을 두지 않겠지. 결국에는 오사마 빈 라덴의 엉덩이를 핥아준 놈으로 기억될 테니까."

"알겠습니다, 알겠어요. 하지만 그는 정말 어땠습니까?"

"소름끼치는 작자였소. 러시아군을 쓸어버리는 데 혈안이 되어 있었지. 처음에는 우리도 그 열정이 반가웠지만, 곧 그가 자신과 비슷하지 않으면 누구든 죽일 수 있는 인간이라는 사실을 깨달았소. 섬뜩한 인간이었소. 사이코패스였고, 냄새도 고약했지. 참으로 불쾌한 주말이었소. 거기 머무르는 내내 온몸에 소름이 돋아 있는 것 같았소. 마치 벌레가 피부 위를 기어다니는 것처럼 말이오."

"주말 내내 거기 머물렀단 말입니까?"

"명예로운 손님으로 대접받았거든. 실제로는 전혀 아니었지만. 그놈은 오만한 개자식이었소. 우리를 부하 부리듯 하더군. 주말 내내 전술과 전략에 대해 강의를 하지 않나, 자기라면 베트남전에서 승리했을 거라고도 떠들어 댔소. 그리고 우린 그 말에 깊은 감명을 받은 척 감탄해야 했고."

"그에게 준 선물은 뭐였습니까?"

"모르오. 포장이 되어 있었거든. 물론 우리가 보는 앞에서 열지도 않았고. 받자마자 구석으로 던져 버리더군. 별 신경도 쓰지 않았소. 마치 결혼식장에 온 하객들을 대하는 양 말이오. 이렇게 참석해주신 것만으로도 충분한 선물입니다. 어쩌고저쩌고. 놈은 그런 방식으로 자기가 얼마나 대단한 인물인지 세상에 증명하고 있다고 생각했소. 여기 거대한 사탄이 내 앞에 무릎 꿇었다고 말이오. 역겨워서 수십 번은 족히 토했을 거요. 분명 음식 때문은 아니었지."

"그와 함께 식사를 했다고?"

"심지어 그의 텐트에 머물렀소."

"그렇다면 보고서에는 본부라고 표기되었겠군요. 중립적인 용어죠. 아부나 알랑방귀는 언급되지 않을 거고, 접선 과정과 접선 내용에 관해서 3백 쪽은 족히 장황하게 떠들어 댈 겁니다. 사람들은 당신들이 대서양을 건너기도 전에 지겨워서 죽어 버릴 거요. 뭘 그렇게 걱정하는 겁니까?"

"정치란 더러운 거요. 무기대여 정책 말이오. 빈 라덴이 자기 재산을 쏟아붓지 않은 만큼 우리가 그를 후원해주고 있었소. 그를 고용하고 있는 거나 다름없었지."

"그건 당신 잘못이 아닙니다. 백악관이 책임질 일이지. 제2차 세계 대전 때 소련에게 줄 무기를 싣고 가던 함장이 자기 목을 내놓았습니까? 소련도 결국에는 우리 우방이길 때려쳤잖습니까."

샘섬은 아무 말도 하지 않았다.

내가 말했다.

"그건 그저 종이에 쓰인 말일 뿐입니다. 큰 반향을 일으키진 못해요. 아예 읽지를 않을 테니까."

샘섬이 말했다.

"그건 아주 큰 파일이오."

"크면 클수록 좋죠. 크면 클수록 나쁜 부분이 묻힐 테니까. 게다가 오래되기도 했고 말입니다. 당시에는 그의 이름도 지금과 달리 표기되었을 겁니다. U, 그래요 유사마라고 했죠. 아니면 UBL쯤 되겠죠. 사람들은 그게 누군지 알아보지 못할 겁니다. 다른 사람이라고 하면 되잖습니까."

"메모리스틱이 어디 있는지 정말로 알고 있소?"

"알고 있습니다."

"아무래도 아닌 것 같아서 말이오. 지금 당신은 날 위로하려는 듯 보아오. 그게 지금 저 세상 밖을 떠돌아다니고 있다는 걸 알기 때문이겠지."

"믿으십쇼. 난 그게 어디 있는지 압니다. 단지 당신이 왜 그렇게 불안해하는지 알고 싶을 따름이오. 그보다 더 최악의 상황에서도 살아남은 사람들이 많은데 말입니다."

"당신 컴퓨터 사용해봤소?"

"오늘 해봤습니다."

"어떻게 하면 파일의 용량이 커지는지 아시오?"

"모릅니다."

"추측해보시오."

"문서가 많아서?"

"틀렸소. 픽셀이 많아지면 파일이 커지지."

"픽셀?"

내가 되물었다.

그는 대답하지 않았다.

"아."

내가 말했다.

"알겠습니다. 보고서가 아니었군. 사진이었어."

67

방이 다시 정적에 휩싸였다. 도시의 소음, 환풍구 소리. 샌섬이 일어나 화장실로 들어갔다. 스프링필드는 다시 TV 옆으로 자리를 옮겼다. TV장에는 생수병이 늘어서 있고, 개당 8달러라는 안내문이 붙어 있었다.

샌섬이 화장실에서 나왔다.

"레이건이 사진을 찍어오길 원했소. 감상적인 노친네였지. 의심도 많았고. 우리가 명령을 제대로 수행했는지 확인하고 싶었던 거요. 내가 기억하는 게 맞다면 나는 빈 라덴의 옆에 서서 얼굴 가득 좋아 죽겠다는 함박웃음을 짓고 있었지."

스프링필드가 말했다.

"반대쪽에는 내가 서 있었소."

샌섬이 말했다.

"빈 라덴은 쌍둥이 빌딩을 무너뜨리고 펜타곤을 공격했소. 그는 세계 최악의 테러리스트요. 세상에 그의 이름을 모르는 자는 없소. 못 알아볼래야 못 알아볼 수가 없는 인물이지. 그 사진은 나를 정치적으로 매장시킬 거요. 완전히, 영원히 끝장내 버리겠지."

내가 물었다.

"그래서 호스 여자들이 그걸 원하는 겁니까?"

그는 고개를 끄덕였다.

"알카에다가 나를 끌어내리려는 거요. 그리고 미국도. 아니면 그 반대일 수도 있고."

나는 TV장으로 걸어가 생수를 한 병 집어들었다. 뚜껑을 돌려 따고 한 모금 길게 들이켰다. 어차피 스프링필드의 카드로 빌린 방이다. 다시 말해 돈을 내는 사람은 샘섬이라는 얘기다. 그리고 샘섬에게 8달러는 푼돈에 불과할 것이다.

나는 싱긋 웃었다.

"그래서 당신 책에 그 사진을 넣은 거군요. 사무실 벽에 걸어놓은 거 말입니다. 사담 후세인과 도널드 럼스펠드가 바그다드에서 함께 찍은 사진."

"그렇소."

샘섬이 말했다.

"만일을 위해서, 다른 사람들도 똑같은 짓을 했다는 걸 알려주고 싶었던 겁니다. 카드 게임의 으뜸패처럼. 단지 어두운 곳에 숨겨놓은 거죠. 아무도 그게 으뜸패인지 모를 겁니다. 아니, 심지어 그게 카드라는 것조차 눈치 채지 못할 테죠."

"그건 으뜸패가 아니오."

샘섬이 말했다.

"전혀 가깝지도 않지. 기껏해야 클럽 4밖에 안 될 거요. 빈 라덴은 사담 후세인보다 훨씬 악질이니까. 게다가 럼스펠드는 선거에 당선될 필요가 없었소. 이후에 그가 맡은 모든 직책은 임명직이었거든. 그의 친구들이 알아서 임명해준 거지. 그래야만 했소. 아무도 그를 뽑아주지 않았을 테니."

"당신에게는 친구가 없습니까?"

"많지는 않소."

"아무도 럼스펠드가 그런 사진을 찍었다는 것 따위는 기억하지 않습니다."

"선거에 출마하지 않았기 때문이오. 만일 그 사람이 한 번만이라도 선거운동을 했다면 그건 세계에서 가장 유명한 사진이 되었을 거요."

"당신은 럼스펠드보다 낫습니다."

"당신은 날 모르잖소."

"지금까지의 행동을 토대로 추측한 겁니다."

"그래, 정말로 그럴지도 모르오. 하지만 빈 라덴은 사담보다 나쁘오. 그리고 그 사진은 독약과도 같지. 설명을 붙일 필요조차 없소. 바로 거기, 내가, 세계에서 가장 악독한 남자 옆에서 강아지처럼 꼬리를 치고 있단 말이오. 사람들은 흑색선전을 위해 이런 사진들을 합성하고 조작하지. 그런데 이건 그럴 필요도 없소. 진짜거든."

"곧 손에 넣게 될 겁니다."

"언제?"

"내 수배령은 어떻게 되고 있습니까?"

"노력 중이오. 더디긴 하지만."

"하지만 문제는 없겠죠?"

"사실 문제가 없는 건 아니오. 나쁜 소식과 좋은 소식이 있소."

"나쁜 소식부터 말해주십시오."

"FBI가 내키지 않아 하오. 그리고 국방부가 당신을 놓아주고 싶어 하지 않는다는 건 확실하고."

"그 세 친구들은 어떻게 됐습니까?"

"이 사건에서 손을 뗐소. 부상을 당했거든. 한 사람은 코뼈가 부러졌고 한 사람은 머리에 열상을 입었소. 하지만 대체할 사람들은 많소. 국방부는 열을 잔뜩 받은 상태고."

"외려 고마워해야 할 텐데. 지푸라기라도 잡아야 할 테니."

"원래 그런 식으로 돌아가는 게 아니잖소. 영역 다툼이 한창이거든."

"좋은 소식은 뭡니까?"

"뉴욕 경찰이 지하철 수색을 완화할 준비가 됐다는 거요."

"끝내주는구만."

내가 말했다.

"찰스 맨슨의 주차 위반 딱지를 없애주는 꼴이군요."

샌섬은 대꾸하지 않았다.

내가 물었다.

"테레사 리와 제이콥 마크는 어떻게 됐습니까? 그리고 도허티는요?"

"벌써 직장에 복귀했소. 인적기록에는 그들이 민감한 사항과 관련해 국토안보부에게 협력했다고 남을 거요."

"그러니까 그 사람들은 괜찮은데 나는 아니란 말입니까?"

"그들은 요원들을 두들겨패지 않았잖소. 다른 사람들의 자존심에 상처를 주지도 않았고 말이오."

"메모리스틱을 찾으면 어떻게 할 작정입니까?"

"내용물이 맞는지 확인한 다음 밟아 버려야지. 파편은 모아서 불로 태우고 다시 재를 긁어모아 가루가 되도록 빻을 거요. 그런 다음에는 변기 여덟 개에 나눠서 흘려보내야지."

"그러지 말라고 내가 부탁한다면요?"

"왜 그런 짓을 하겠다는 거요?"

"나중에 말해주지요."

때는 늦은 오후, 또는 이른 저녁이라고도 할 수 있었다. 하지만 나는 방금 잠에서 깨어났기에 아침을 먹을 시간이라고 판단했다. 룸서비스를 불러 푸짐한 아침 식사를 주문했다. 세금과 팁과 청구액과 부가세까지 합쳐 도합 50달러는 되는 것 같았다. 그러나 샌섬은 눈 하나 깜짝하지 않았다. 그는 의자에 앉아 초조하고 불안한 기분을 억지로 삭히고 있었다. 스프링필드는 그보다 다소 느긋했다. 그는 25년 전 샌섬과 함께 계곡을 탔고, 수치스러운 일에 동참했다. **때로 친구는 적이 되고 적은 친구가 된다.** 그러나 스프링필드는 잃을 것이 없다. 목적도, 계획도, 야망도 없으니까. 그리고 그는 그 사실을 거리낌 없이 표출하고 있었다. 그는 사반세기 전에 계곡을 탔을 때와 조금도 변하지 않았다. 그저 묵묵히 해야 할 일을 수행하는 사내, 그것이 스프링필드였다.

내가 물었다.

"그때 그를 죽일 기회는 없었습니까?"

샌섬이 대답했다.

"항상 경호원을 대동하고 있었소. 측근들이었는데, 거의 광신적으로 그를 추앙했소. 해병대를 생각해보시오. 아니면 트럭운전사 조합이라든가. 그 사람들의 충성심보다 한 천 배쯤 더했다고 한다면 대충 짐작이 가오? 우리는 야영지에 도착하기 백 미터 전부터 무장을 해제 당했소. 놈과 혼자 있을 기회도 없었고, 항상 주변에 사람들이 바글거렸지. 거기다 어린아이와 동물들도 있었소. 마치 석기시대 사람들처럼 살고 있더군."

"젓가락처럼 말라빠진 자식이었지."

스프링필드가 말했다.

"사실 내키기만 한다면 언제든지 내 손으로 그 이쑤시개 같은 모가지를 꺾어 버릴 수도 있었소."

"그렇게 하고 싶었소?"

"물론. 난 보자마자 알았거든. 사진기 플래시가 터졌을 때 바로 처치해 버렸어야 하는 건데. 이탈리아 식당에서 주는 기다란 브레드스틱처럼 뚝딱. 그랬더라면 진짜 근사한 사진이 나왔을 거요."

"그건 자살행위요."

"하지만 그때 그랬더라면 나중에 더 많은 사람들의 목숨을 구했을 거요."

나는 고개를 끄덕였다.

"럼스펠드가 사담의 배때기에 칼을 쑤셔넣었을 때처럼."

룸서비스 직원이 식사를 가져왔다. 나는 샘섬에게서 의자를 뺏은 다음 식탁에 앉아 음식을 먹었다. 샘섬이 휴대전화를 꺼내 내가 안심하고 지하철을 탈 수 있는지 확인했다. 더 이상 나는 뉴욕 경찰의 수배 대상이 아니었다. 샘섬은 두 번째 통화를 하더니 FBI가 아직 결정을 내리지 않았으며, 상황을 미루어 보건대 그리 긍정적인 결과가 나올 것 같지 않다고 말했다. 그런 다음 세 번째 전화를 걸었다. 그는 국방부 거물들이 뼈다귀를 문 개들처럼 내 발목을 붙들고 결코 놓아주지 않을 거라는 사실을 다시금 확인해주었다. 경찰의 감시망에서는 풀려났을망정 연방기관들은 여전히 나를 골칫거리로 취급하고 있었다. 공무집행 방해, 폭행, 치명적 무기를 이용한 상해.

"이게 다요."

샌섬이 말했다.

"아무래도 국방부에 직접 가봐야 할 것 같군."

"아니면 대통령은 어떻습니까?"

내가 말했다.

"그건 안 되오. 표면상 지금 국방부는 알카에다의 세포조직을 소탕하기 위한 작전을 펴고 있거든. 요즘 같은 때 그런 데 반론을 제기할 수는 없소."

정치판은 지뢰밭이오. 잘해도 문제고 못해도 문제지.

"좋습니다."

내가 말했다.

"최소한 어떤 전장에서 싸우고 있는지는 알게 되었으니 말입니다."

"엄밀히 말하자면 이건 당신 전투가 아니오."

"제이콥 마크는 사건이 깨끗이 마무리되길 바랄 겁니다."

"지금 이 짓을 제이콥 마크를 위해서 하고 있다고? 연방요원들만으로도 충분하지 않소?"

"진심으로 그렇게 생각합니까? 그래, 그 믿음직한 연방요원들은 지금 어디 있습니까? 도대체 이 일을 얼마나 질질 끌고 싶은 거요?"

"제이콥 마크를 위해 이러는 거요, 아니면 나를 위해 이러는 거요?"

"나 자신을 위해서요."

"당신과는 상관없는 일이잖소."

"도전하는 걸 좋아하는 성격이라."

"세상에는 이런 것 말고도 도전거리가 수없이 많소."

"일을 개인적인 수준으로 끌어내린 건 저쪽입니다. 나한테 DVD를 보냈으니까."

"그건 전술적인 책략이오. 거기 반응하면 당신이 지는 거지."

"아니, 내가 반응하면 내가 이깁니다."

"지금은 서부시대가 아니오."

"맞는 말입니다. 지금은 소심한 시대죠. 시계를 거꾸로 되돌려야 할 필요가 있어요."

"그들이 어디 숨어 있는지 알기나 하는 거요?"

스프링필드가 나를 힐끔거렸다.

"몇 가지 가능성을 고려중입니다."

"아직도 그들과 접선할 수 있나?"

"DVD를 보낸 게 마지막이었습니다."

"당신을 함정에 빠뜨린 때라고 해야겠지."

"하지만 곧 다시 연락을 해올 겁니다."

"어째서 그렇게 생각하오?"

"그러고 싶어 못 참을 테니까."

"그녀가 이기면 어쩔 거요? 당신은 한 발짝만 잘못 디뎌도 산 채로 포로가 될 거요. 그리고 그 여자가 원하는 걸 술술 불겠지."

나는 샌섬에게 물었다.

"9·11 이후 비행기를 몇 번이나 탔습니까?"

"수백 번."

"그때마다 당신은 속으로 비행기납치범이 나타나길 바랐을 겁니다. 놈들이 통로를 지나 당신 좌석으로 다가오면 불시에 달려들어 그 빌어먹을 것들을 한 방에 날려 버리는 모습을 상상하는 거죠. 안 그렇습니까? 그러다 죽어도 상관없었을 거고요."

샌섬이 고개를 들었다. 그의 입술이 쓴웃음으로 말려 올라갔다. 내가 처음으로 본 샌섬의 미소였다.

"당신 말이 맞소."

그가 말했다.

"항상 그랬지."

"왜죠?"

"비행기를 지키고 싶었으니까."

"그리고 그 무력감을 해소하고 싶어서겠죠. 증오심을 폭발시키고 싶어서. 나도 압니다. 나도 그랬으니까. 난 쌍둥이 건물을 좋아했어요. 난 옛날에 내가 살던 그 세상이 좋았습니다. 알겠습니까? 옛날 말입니다. 난 정치에는 젬병입니다. 외교관도 아니고 전략가도 아니죠. 하지만 내 약점이 뭔지 장점이 뭔지는 잘 압니다. 그러니 나 같은 놈에게 알카에다의 세포조직과 맞닥뜨릴 기회라는 건 생일과 크리스마스가 한꺼번에 찾아온 거나 마찬가지란 말입니다."

"미쳤군. 이건 혼자서 할 수 있는 일이 아니오."

"다른 방법이라도 있습니까?"

"국토안보부가 곧 놈들이 어디 있는지 찾아낼 거요. 그런 다음 전문가들을 소집하겠지. 뉴욕 경찰청, FBI, 경찰 특수기동대, 첨단장비들과 수백 명의 지원팀에……."

"서로 다른 조직들이 참가하는 대형 작전이라."

"대신 작전계획이 철저할 거요."

"그런 작전 수행해본 적 있습니까?"

"몇 번."

"그래, 어땠나요?"

샘섬은 대답하지 않았다.

"항상 혼자가 낫습니다."

"아닐 거요."

스프링필드가 말했다.

"국토안보부의 컴퓨터 알고리즘을 확인해봤소. 호스 여자들은 상당한 인원을 데리고 왔더군."

"얼마나 되오?"

"열아홉."

68

나는 아침 식사를 끝마쳤다. 커피 주전자도 남김없이 비우고 8달러짜리 생수병을 마저 비운 다음 쓰레기통을 향해 던졌다. 물병은 텅 빈 플라스틱 소리를 내며 쓰레기통 가장자리에 부딪히더니 밖으로 튕겨져 나와 카펫 위로 떨어졌다. 내가 미신에 약한 사람이라면 그리 좋은 징조는 아니다. 그러나 나는 미신을 믿지 않는다.

"열아홉이라."

내가 말했다.

"넷은 이미 출국했고, 둘은 턱과 팔꿈치가 아작났으니 열셋이 남아 있다고 봐야겠군."

샌섬이 물었다.

"턱과 팔꿈치가 아작났다고? 무슨 일이 있었던 거요?"

"나한테 덤벼들었죠. 산봉우리에서 유탄발사기를 휘두를 때는 무적이었을지 몰라도 대도시에서 난투극을 벌이는 솜씨는 별로더군요."

"혹시 그 사람들 이마에 낙서를 하지는 않았소?"

"그중 한 명에게 그랬습니다. 그건 왜 묻는 겁니까?"

"FBI가 벨뷰 응급실에서 제보전화를 받았소. 신원불명의 외국인 두 명이 심각한 폭행을 당해 실려왔다고 하더군. 그 중 한 명의 이마에 글씨가 쓰여 있었고."

"벌을 내린 거로군."

내가 말했다.

"호스 여자들이 녀석들의 형편없는 실력에 화가 난 모양이군요. 그래서 그 둘을 버린 겁니다. 다른 부하들을 자극하기 위해서."

"냉정하군."

"그래서 그 둘은 어디 있습니까?"

"병원에 구금 중이오. 알고 보니 그중 한 명이 전적이 있어서 펜 역에서 응급상황으로 실려온 적이 있었소. 하지만 입을 꼭 다물고 있소. FBI가 그놈 정체를 알아내려고 애쓰는 중이고."

"게을러터진 놈들. 난 그자 이마에 라일라의 이름을 써놓았습니다. 라일라, 전화해주시오, 라고 말입니다. 지금 FBI가 주목하고 있는 놈들 중에 라일라라는 이름을 사용하는 사람이 몇 명이나 된다고?"

샌섬이 고개를 가로저었다.

"그럴 만한 이유가 있었소. 이름이 있던 부위의 피부가 칼로 도려내졌거든."

나는 다시 TV장으로 걸어가 두 번째로 8달러짜리 생수를 집어들어 한 모금 들이켰다. 맛이 좋았다. 그렇지만 2달러짜리 싸구려 생수와 다를 바는 없었다. 공짜로 마실 수 있는 수돗물과도.

"열셋."

내가 말했다.

"거기다 호스 여자들까지."

스프링필드가 말했다.

"좋소. 열다섯."

"자살행위로군."

"어차피 우린 언젠가 다 죽을 거요. 문제는 언제, 그리고 어떻게 죽느냐지."

"적극적으로 당신을 도울 수는 없소."

샌섬이 말했다.

"당신도 이해할 거요. 마지막에는 최소 한 명 아니면 최대 열다섯 명의 살인 사건으로 끝날 테니까. 난 거기 연루될 수 없소. 그림자도 비추면 안 되지."

"정치적인 이유 때문에?"

"수백 가지 이유 때문에."

"도와 달라는 게 아닙니다."

"당신 정말 미쳤군."

"놈들도 그렇게 생각할 테죠."

"생각해둔 게 있소?"

"곧 생각날 겁니다. 기다려봤자 아무 소용도 없을 테고."

"아까 말한 최소 한 명이란 당신을 말한 거요. 그렇게 되면 어떻게 사진을 찾으라는 거요?"

"그러니 내게 행운이나 빌어주시죠."

"지금 당신이 할 수 있는 최선의 일은 그게 어디에 있는지 내게 말해주는 거요."

"아니, 지금 내가 할 수 있는 최선의 일은 스쿨버스 운전사 같은 건실한 직업을 구하는 거요."

"당신을 믿어도 되겠소?"

"살아남는 거 말입니까?"

"당신이 약속을 지킬 거라는 거."

"사관후보생 시절에 뭘 배웠습니까?"

"동료 장교들을 신뢰하라. 특히 동계급의 전우들을 믿어라."

"그것 보십쇼."

"하지만 우리는 전우가 아니오. 속한 병과가 다르잖소."

"맞는 말입니다. 당신이 세계를 누비며 테러리스트들의 엉덩이를 핥아주고 있을 때 난 열심히 일하고 있었으니까. 당신은 상이기장도 받지 못했죠."

샌섬은 아무 말도 하지 않았다.

"농담이었소. 하지만 내가 희생자가 되지 않길 비는 게 좋을 겁니다. 그랬다간 평생 이런 소리를 들으며 살아야 할 테니."

"그러니 지금 말해주시오."

"당신은 내 등 뒤를 지켜줘야 합니다."

샌섬이 말했다.

"당신 기록을 읽었소."

"그 말은 벌써 했잖습니까."

"베이루트에서 부상을 입고 상이기장을 탔더군. 해병대 병영에서 폭탄트럭이 터졌지."

"나도 기억하고 있습니다."

"덕분에 보기 흉한 흉터를 얻었고."

"보고 싶습니까?"

"아니, 하지만 명심하시오. 그건 호스 모녀가 한 짓이 아니오."

"지금 뭐 하자는 겁니까? 정신상담?"

"아니, 하지만 내가 헛다리를 짚고 있는 건 아닐 거요."

"베이루트에서 누가 그 짓을 했는지는 모릅니다. 아마 아무도 모르겠죠. 그렇지만 범인이 누구든 호스의 동료들일 겁니다."

"당신은 복수를 하고 싶은 거요. 수잔 마크 때문에 죄책감을 느끼고 있기도 하고."

"그래서요?"

"과연 능력을 제대로 발휘할 수 있을지 모르겠군."

"날 걱정하는 겁니까?"

"날 걱정하는 거요. 사진을 되찾고 싶거든."

"곧 그렇게 될 겁니다."

"적어도 힌트라도 주시오."

"내가 아는 건 당신도 다 알고 있잖습니까. 나는 혼자서 알아냈어요. 그러니 당신도 알아서 궁리해보십쇼."

"당신은 경찰이었소. 나와는 전문분야가 다르지."

"조금 시간이 걸리긴 하겠지만 그렇게 어려운 것도 아닙니다."

"그래, 어떻게 하면 되겠소?"

"한 번만이라도 평범한 사람처럼 생각해보십시오. 군인이나 정치가가 아니라."

그는 내 말대로 했다. 그리고 실패했다.

"그걸 왜 파기하면 안 되는지 이유라도 알려주시오."

"내가 아는 건 당신도 다 알고 있다고 했잖습니까."

"그게 무슨 뜻이오?"

"아니, 나는 알지만 당신은 모를 수도 있겠군요. 자기 자신에게만 너무 몰두해 있으니. 나는 평범한 시민일 뿐이고."

"그래서?"

"난 당신이 대단한 인물이라고 생각합니다, 샌섬. 당신은 훌륭한 상원의원이 될 수 있어요. 하지만 결국 수백 명의 상원의원 중 한 명에 불과합니다. 언제든 대체될 수 있는 국민들의 일꾼일 뿐이죠. 어디 진정으로 변화를 일군 국회의원 이름을 하나라도 대보십쇼."

샌섬은 대답하지 않았다.

"그런데 당신이 어떻게 알카에다를 무너뜨릴 수 있겠습니까?"

샌섬은 군사위원회에 대해, 그리고 상원 외교위원회와 정보부, 예산, 감시활동에 대해 구구절절 쏟아냈다. 과연 정치가답게 거창한 연설이었다. 마치 손에 들고 있던 으뜸패를 테이블 위에 내던지는 것처럼.

내가 물었다.

"그중에서 당신이 당선되지 못할 경우 다른 사람이 할 수 없는 것도 있소?"

샌섬은 대답하지 않았다.

내가 물었다.

"파키스탄 서북쪽에 있는 동굴을 떠올려보십쇼. 알카에다 윗대가리들이 지금 거기 숨어 있다고 칩시다. 놈들이 자기 머리카락을 쥐어뜯으면서 이럴까요? 염병할, 존 샌섬이 상원의원이 되지 못하게 막아야 했어. 과연 당신이 놈들이 최우선으로 관심을 쏟는 인물일 것 같소?"

그가 말했다.

"아마 아닐 거요."

"그렇다면 그자들이 왜 그 사진을 원하겠습니까?"

"작은 승리를 위해서. 아무것도 없는 것보다는 나으니까."

"고작 그 작은 승리를 위해 하는 짓 치고는 너무 거창하지 않습니까? 두 명의 고급공작원에 석 달 동안 열아홉 명이나 동원한다고?"

"미국이 손가락질 받게 될 거요."

"하지만 심각할 정도는 아니죠. 럼스펠드의 사진을 보십쇼. 아무도 그런 건 상관하지 않아요. 시대가 바뀌었고 세상이 변했지. 이제는 사람들도 그런 뒷공작을 왜 해야 하는지 이해한단 말입니다. 미국 국민들이 정치적으로 성숙하고 논리적이 되었거나 아니면 건망증이 심한 거겠죠. 어느 쪽인지는 잘 모르겠지만. 어느 쪽이든 그 사진은 한물간 이야깃거리에 불과합니다. 당신 인생을 개인적으로 망가뜨릴 순 있겠죠. 하지만 미국인 한 명을 망가뜨린다고 해서 알카에다의 활동에 커다란 지장이 생기는 건 아닙니다."

"레이건의 이미지가 손상될 거요."

"누가 그런 걸 상관이나 한답디까? 우리는 그 인간을 기억하지도 못해요. 대부분의 미국인은 레이건이 워싱턴에 있는 공항이라고 생각할 겁니다."

"너무 과소평가하고 있군."

"그리고 당신은 너무 과대평가하고 있고. 정치판에 너무 오래 있었군요."

"나는 그 사진이 위험하다고 생각하오."

"누구에게? 정부는 그걸 어떻게 여기고 있습니까?"

"국방부가 그걸 되찾으려고 혈안이 되어 있다는 건 당신도 알잖소."

"그런가요? 그렇다면 왜 B팀을 보낸 겁니까?"

"당신은 그들이 B팀이라고 생각하오?"

"부디 그래야죠. 만약 그 친구들이 국방부에서 제일 뛰어난 팀이라면 우린 지금 당장 캐나다로 망명해야 할 테니까."

샌섬은 아무 말도 하지 않았다.

내가 말했다

"노스캐롤라이나에서라면 사진이 문제가 될 수도 있습니다. 하지만 그게 다요. 국방부는 최선을 다하고 있지 않아요. 왜냐하면 실제로 그 사진은 국가적인 위협이 되지 못하기 때문이오."

"잘못 생각하고 있는 거요."

"물론 우리에게 불리한 물건이긴 하죠. 전략적인 실수를 의미하는 증거이기도 하고. 볼썽사납고 망신스러운 일이요. 게다가 당신 체면을 송두리째 구겨 버릴 겁니다. 하지만 정말로 그게 답니다. 사진이 공개된다고 해서 세상이 끝나는 건 아니란 말입니다. 미국이 손해를 보는 일도 없을 테고."

"알카에다가 너무 많은 걸 기대하고 있다는 뜻이요? 그러니까 당신 말은, 그들도 잘못 생각하고 있다는 거요? 놈들이 우리 미국 국민들을 잘못 파악하고 있다는 의미요?"

"아니, 내 말은 균형이 맞지 않는다는 겁니다. 한쪽으로 치우쳐 있어요. 알카에다는 A팀을 보냈지만 우리는 B팀을 운용하고 있습니다. 다시 말해 우리보다 그들이 더 절실하게 그 사진을 원하고 있다는 뜻이죠."

샌섬은 아무 말도 하지 않았다.

"그러니 이렇게 자문해봐야 합니다. 어째서 수잔 마크는 그것을 복사하라는 지시를 받지 않은 걸까? 미국을 골탕 먹일 작정이었다면 원본을 파기하기보다 복사를 하는 편이 합리적입니다. 사진이 공개되고 그게 가짜라는 소문이 돌아도, 당연히 그럴 테지만, 원본은 여전히 파일에 남아 있을 테니까. 그게 확인되면 정부도 더 이상 부인하지 못할 테니까 말입니다."

"무슨 뜻인지 알겠소."

"하지만 수잔 마크는 사진을 복사하라는 지시를 받지 않았습니다. 문자 그대로 훔쳐오려고 했죠. 그들은 우리에게서 그걸 빼앗아오고 싶었던 겁니다. 아무 증거도, 흔적도 남지 않게 말입니다. 그럴 경우 위험부담이 엄청나게 올라가는 데다 정부기관의 주목을 끌게 되리라는 걸 알면서도 말입니다."

"그래서 그게 어떻단 말이오?"

"그건 그들이 사진을 절실히 손에 넣고 싶어 했다는 의미요. 그리고 그만큼 우리 손에 그게 없기를 바랐다는 의미이기도 하고."

"이해가 안 되는군."

"기억을 떠올려보십쇼. 그때 카메라가 정확히 뭘 보고 있었는지 기억해내요. 왜냐하면 알카에다는 그 사진을 공개하길 원하지 않기 때문이요. 놈들이 사진을 훔친 건 그것을 없애 버리고 싶었기 때문입니다."

"왜?"

"왜냐하면 그 사진이 당신에게 얼마나 치명적이든 오사마 빈 라덴에게는 더더욱 치명적이기 때문입니다."

69

 샌섬과 스프링필드는 입을 다물었다. 그럴 법도 하다. 그들은 사반세기 전에 있었던 일을 머릿속으로 더듬고 있었다. 코렌갈 계곡 위에 세워진 어두침침한 막사들. 긴장감으로 온몸이 뻣뻣해 진다. 무의식적으로 부동자세를 취한다. 한 명은 왼쪽, 다른 한 명은 오른쪽, 그들이 머무르고 있는 야영지의 주인이 중앙에 자리를 잡고 선다. 카메라 렌즈가 그들에게 맞춰지고, 줌을 끌어당기고, 초점을 맞추고, 조정된다. 플래시가 충전되는 소리. 펑! 밝은 빛이 사위를 가득 메운다.
 그때 카메라는 무엇을 보고 있었지?
 샌섬이 입을 열었다.
 "기억이 안 나는군."
 "어쩌면 우리일지도 모릅니다."
 스프링필드가 말했다.
 "그쪽도 우리와 마찬가지인 거죠. 미국인들과 악수를 나눈 게 지금 와서는 불리한 걸로 작용하는 거죠."
 "아니."
 내가 말했다.
 "도리어 그건 훌륭한 홍보수단이오. 빈 라덴을 보다 강력한 존재로 보이게 만들지. 그리고 우리는 빈 라덴에게 굽신거리는 아부쟁이들이고. 그것 말고 다른 게 있는 게 틀림없소."

"그곳은 완전히 난장판이었소. 시끄럽고 혼잡했지."

"거기 있어서는 안 될 무언가가 있었던 겁니다. 어린 소년이라든가 여자아이들, 동물들."

샌섬이 말했다.

"거기 있어서는 안 될 게 뭔지를 모르겠소. 규칙이 너무 많았거든. 그가 먹던 음식 같은 걸까?"

"담배라든가."

"아니면 술일 수도 있고."

"술은 없었소."

스프링필드가 말했다.

"그건 기억나오."

"아니면 여자?"

내가 물었다.

"여자도 없었소."

"반드시 뭔가가 있었을 겁니다. 당신들 말고 다른 방문객은 없었습니까?"

"부족민들뿐이었소."

"외국인은?"

"우리가 전부였소."

"그가 당신들과 타협을 했다고 보이게 할 만한 게 있었어요. 아니면 나약해 보이거나 규범에 어긋나는 것일 수도 있고요. 오사마의 건강 상태는 어땠습니까?"

"좋아 보였소."

"또 뭐가 있었죠?"

"놈들의 규범에 어긋나는 거 말이오, 아니면 우리 상식에 어긋나는 해괴망측한 짓 말이오?"

"알카에다 본부라."

내가 말했다.

"아랫도리 달린 사내자식들만 그득했으니 밤마다 염소들이 겁에 질렸을 테죠."

"기억나지 않소. 워낙 오래 전 일이라. 게다가 우린 피곤했거든. 수백 킬로미터나 되는 전선을 행군했으니까."

샘섬은 조용해졌다. 그럴 줄 알았다. 마침내 그가 다시 입을 열었다.

"정말 못해 먹겠군."

내가 말했다.

"이해합니다."

"나더러 결정을 내리라는 거잖소."

"그렇습니다."

"만약 그 사진이 나보다 놈에게 더 안 좋은 거라면, 난 그걸 공개해야 하오."

"아니, 만일 사진이 빈 라덴에게 손톱만큼이라도 흠집을 낼 수 있다면 당신은 그걸 공개해야 합니다. 그리고 당신은 그 결과를 감내할 수밖에 없고요."

"그건 대체 어디 있소?"

나는 대답하지 않았다.

"흠, 내가 당신 뒤를 봐줘야 한다 이거요? 그렇지만 당신이 아는 것이라면 나도 알고 있소. 그리고 당신은 혼자서 그 장소를 알아냈지. 그렇다면 나도 알아낼 수 있을 거요. 시간은 좀 걸리겠지만, 별로 어려운 일도 아닐 테고. 하지만 그건 호스 여자들도 알아낼 수 있다는 뜻이기도 하오. 그자들이 그 장소를 알아내는 데 나만큼 시간이 걸릴까? 아마 아닐 거요. 어쩌면 지금 그걸 가지러 갔을지도 모르지."

"그렇소."

내가 말했다.

"어쩌면 그럴지도 모르죠."

"그리고 그자들이 그걸 없애 버릴 작정이라면, 나 역시 놈들이 그렇게 하도록 내버려둬야 할지도 모르오."

"그자들이 그걸 없애 버릴 작정이라면 그 사진이 우리가 활용할 수 있는 강력한 무기라는 의미이기도 합니다."

샌섬은 대꾸하지 않았다.

내가 말했다.

"사관후보과정을 마쳤을 때 한 서약 기억합니까? 외부와 내부의 적에 관한 것 말입니다."

"국회에서도 똑같은 맹세를 하오."

"그렇다면 당신은 호스 여자들이 그 사진을 없애 버리게 내버려둘 겁니까?"

그는 아주 오랫동안 입을 열지 않았다.

그러더니 말했다.

"가시오."

샌섬이 말했다.

"가서 놈들이 사진을 손에 넣기 전에 갖고 오시오."

나는 가지 않았다. 지금 당장은 아니었다. 지금은 불가능했다. 생각해야 할 것들이 있었고, 계획을 세워야 할 것들이 있었다. 먼저 내게는 장비가 없었다. 나는 고무 신발을 신고 파란색 바지를 입고 있었다. 무기도 없었다. 별로 좋지 않은 상황이었다. 나는 적절한 검은 복장을 갖추고 한밤중에 쳐들어가고 싶었다. 적절한 신발이 필요했다. 적절한 무기가 있어야 했다. 많으면 많을수록 좋았다.

복장은 비교적 간단하게 해결할 수 있을 것이다.

무기는 달랐다. 뉴욕은 호루라기가 울리자마자 아무 데나 달려가 무기를 구할 수 있는 곳이 아니다. 시외 구석에는 카운터 아래 쓰레기 같은 물건을 쌓아두고 바가지를 씌워 파는 곳도 있을 테지만 그런 곳에서는 중고자동차도 함께 취급한다. 세심한 운전자들이라면 그런 곳에는 발도 들여놓지 말라는 조언을 귀에 못이 박이도록 들었을 것이다.

이는 심각한 문제다.

나는 샌섬에게 말했다.

"나를 적극적으로 도울 수는 없다고 했습니까?"

그가 말했다.

"그렇소."

나는 스프링필드에게 말했다.

"지금부터 옷을 사러 갈 거요. 검은 바지와 검은색 티셔츠, 검은색 신발이면 괜찮을 것 같소. 검은색 윈드브레이커도. 트리플 엑스라지 사이즈면 되겠지. 조금 크긴 하겠지만. 어떻게 생각하오?"

스프링필드가 말했다.

"상관없소. 어차피 당신이 돌아올 즈음이면 우린 여기 없을 테니까."

나는 브로드웨이에 있는 가게로 향했다. 샘섬의 후원금 모금 오찬 때 입었던 카키색 셔츠를 산 가게였다. 상당히 큰 상점이라 옷들이 산더미처럼 쌓여 있었다. 신발과 양말만 빼고 필요한 옷을 모두 구했다. 블랙진과 무늬 없는 검은색 티셔츠, 그리고 나보다 다소 큰 남자들을 위한 검은색 윈드브레이커. 옷을 입어보았다. 짐작했던 대로 어깨품과 팔 길이는 적당했고 배는 임산부처럼 불룩 튀어나왔다.

완벽하다. 스프링필드가 내 말을 제대로 이해했다면 말이지만.

나는 탈의실에서 나머지 옷을 갈아입고 입고 있던 옷을 쓰레기통에 버린 다음 직원에게 59달러를 치렀다. 그런 다음 그녀의 조언을 받아들여 세 블록 떨어진 곳에 있는 신발 가게로 갔다. 나는 튼튼한 검은색 부츠와 검은 양말을 샀다. 이번에는 거의 백 달러에 가까운 비용이 들었다. 머릿속에서 어머니의 목소리가 들리는 것 같았다. **이만큼 돈을 썼으니 오래 신는 게 좋을 거다. 발 질질 끌고 다니지 말고.** 나는 가게 밖으로 나와 신발이 발에 잘 맞는지 바닥에 몇 번 쿵쿵거려 보았다. 잡화점에 들러 하얀 속옷을 몇 벌 샀다. 발끝까지 새 단장을 했으니 속옷도 세트로 맞춰야 할 것 같았다.

그런 다음 호텔로 돌아가기 시작했다.

막 세 발자국을 옮겼을 때, 주머니 속에서 전화기가 부르르 진동했다.

70

나는 55번가 구석에 선 건물에 기대 주머니에서 전화기를 꺼냈다. **발신번호제한.** 폴더를 열고 전화기를 귀에 가져다 댔다.

라일라 호스가 말했다.

"리처?"

내가 말했다.

"뭐요?"

"난 아직도 도로에 서 있어요. 트럭이 와서 받아 주길 기다리는 중이죠."

"지금 가는 중이오."

"언제쯤 도착하는데요?"

"조금만 더 고생하시오. 며칠 뒤면 당신과 함께 있을 테니."

"못 기다리겠어요."

"당신이 어디 있는지 아오."

"잘됐군요. 일이 쉬워지겠어요."

"메모리스틱이 어디 있는지도 알고."

"오, 그것도 좋은 소식인데요. 당신이 말할 때까지 살려둘게요. 그리고 몇 시간 더 추가로 붙여주죠. 우리도 재미를 좀 보고 싶으니까."

"당신은 숲에서 길을 잃은 어린아이요, 라일라. 고향에서 염소나 치지 그랬소. 당신은 곧 죽을 거고, 그 사진은 전 세계에 퍼지게 될 거요."

"공 DVD를 준비해뒀어요."

그녀가 말했다.

"카메라도 충전해뒀고요. 이제 당신만 있으면 돼요."

"당신은 말이 너무 많소, 라일라."

그녀는 대답하지 않았다.

나는 전화기를 닫고 호텔로 향했다. 땅거미가 지고 있었다. 엘리베이터를 타고, 방문을 열고, 침대에 걸터앉아 기다렸다. 오랫동안. 네 시간이 흘렀다. 나는 스프링필드를 기다리고 있었다. 그러나 막상 나타난 사람은 테레사 리였다.

그녀는 12시 8분 전에 호텔 방문을 두드렸다. 나는 체인을 건 채 거울을 통해 밖을 확인한 뒤 그녀를 방 안으로 들였다. 테레사 리는 우리가 처음 만났을 때와 똑같은 옷을 입고 있었다. 바지와 실크 반소매 셔츠. 옷자락은 집어넣지 않았다. 대신 연회색이 아니라 진회색 셔츠였다. 별로 번들거리지도 않았다. 보다 진지한 차림새였다.

그녀는 검은색의 운동용 가방을 들고 있었다. 가볍고 튼튼한 발리스틱 나일론. 천이 축 처진 모양새가 상당히 무거운 물건들이 들어 있는 듯했다. 안에서 내용물이 서로 부딪치며 절그럭거리는 것이 금속이 틀림없었다.

리가 욕실 앞에 가방을 내려놓고 물었다.

"괜찮아요?"

"당신은 어떻소?"

그녀는 고개를 끄덕였다.

"마치 아무 일도 없었던 것 같아요. 우린 직장에 복귀했어요."

"가방에는 뭐가 들었소?"

"몰라요. 처음 보는 사람이 경찰서로 가져왔더라고요."

"스프링필드?"

"아뇨. 브라우닝이라고 하던데요. 가방을 주면서 범죄를 예방하고 싶다면 이게 당신 손에 들어가게 해서는 절대로 안 된다고 했어요."

"그런데도 여기로 갖고 왔단 말이오?"

"내가 개인적으로 보관하고 있는 거예요. 아무렇게나 내버려두는 것보다 안전하잖아요."

"알겠소."

"이걸 빼앗아가려면 날 공격해서 제압해야 해요. 하지만 경찰을 공격하는 건 불법이죠."

"그렇지."

리가 침대에 걸터앉았다. 내게서 1미터쯤 떨어진 곳이었다. 어쩌면 그만큼 멀지는 않을지도 모른다.

그녀가 말했다.

"58번가에 있는 낡은 건물 세 개를 급습했어요."

"스프링필드가 그 건물들에 대해 말했단 말이오?"

"그 사람은 자기 이름이 브라우닝이라고 했어요. 두 시간 전에 우리 대테러팀이 쳐들어갔죠. 호스 모녀는 발견하지 못했고요."

"알고 있소."

"거기 있었던 건 확실해요. 하지만 지금은 아녜요."

"아오."

"어떻게 알아요?"

"레오니드와 또 한 놈을 버렸으니까. 그 두 놈들이 모르는 다른 장소로 아지트를 옮긴 거요. 겹겹이 준비해둔 예방 장치랄까."

"어째서 그 두 사람을 버린 거죠?"

"나머지 열세 명을 정신적으로 고무시키기 위해서요. 기계에 연료를 치는 거지. 우리가 놈들을 조금이라도 거칠게 휘저으면 아랍 미디어는 그걸 고문이라고 부르짖을 테고, 그러면 놈들은 열 명의 새로운 병사들을 얻게 되오. 여덟 명의 순이익이 생기는 거지. 그리고 레오니드와 다른 한 친구는 별로 큰 손실도 아니오. 너무 서툴렀거든."

"나머지 열세 명은 그 둘보다 나을까요?"

"평균의 법칙으로 따지자면 그럴 거요."

"열세 명이라니, 당신 정말 미쳤군요."

"열다섯이오. 호스 여자들까지 합치면."

"그 여자들을 찾아가면 안 돼요."

"무기가 없이 빈손이라면 더욱 그렇지."

리는 가방을 힐끗 바라보았다. 그리곤 다시 나를 쳐다보았다.

"그 사람들이 어디 있는지 찾을 수 있어요?"

"놈들은 어떻게 활동자금을 손에 넣는 걸까?"

"그쪽으로는 추적할 수 없었어요. 엿새 전부터 신용카드와 현금인출기 사용을 멈췄더군요."

"똑똑하군."

"그래서 우리들에겐 놈들을 찾기가 더욱 힘들어졌죠."

"제이콥 마크는 저지로 돌아갔소?"

"그 사람을 끌어들이고 싶지 않은 거군요."

"그렇소."

"그럼 나는요?"

"당신은 이미 발을 들여놓았잖소. 가방을 가져왔으니."

"지키고 있는 거라니까요."

"당신네 대테러팀은 뭘 하고 있소?"

"수색 중이에요."

리가 말했다.

"FBI와 국방부 사람들과 함께요. 지금 6백 명이나 저 밖을 돌아다니고 있어요."

"뭘 찾고 있는 거요?"

"지난 석 달 간 구입하거나 세를 든 건물이요. 하나도 빠짐없이 샅샅이 뒤지고 있죠. 시 정부에서도 협력 중이고, 호텔 숙박부와 임대사무실, 대여 창고까지 조사 중이에요. 다섯 개 자치구 모두에서요."

"잘하고 있소."

"펜타곤 파일에 관한 소문이 파다하게 퍼졌어요. 메모리스틱에 담겨 있다더군요."

"대강 비슷하군."

"당신은 그게 어디 있는지 알죠?"

"대강은."

"어디 있는데요?"

"9번로와 파크, 그리고 30번가와 45번가 사이에는 없소."

"고맙기도 해라."

"곧 알게 될 거요."

"정말로 아는 거예요? 도허티는 당신이 모른다는 데 걸던데요. 지금 이 상황에서 빠져나가려고 허풍을 치는 거라면서요."

"냉소적인 인간이군."

"냉소적인 건가요, 아니면 그 말이 맞는 건가요?"

"난 메모리스틱이 어디 있는지 알고 있소."

"그러면 빨리 가서 가져와요. 호스 여자들을 찾는 건 다른 사람들한테 맡기고."

나는 대답하지 않았다. 대신 이렇게 물었다.

"운동을 많이 하는 편이오?"

"별로요. 왜요?"

"당신을 제압하려면 얼마나 어려울지 궁금해서 그렇소."

"별로 어렵진 않을 거예요."

나는 아무 말도 하지 않았다.

테레사 리가 물었다.

"언제 시작할 생각이죠?"

"두 시간 뒤. 놈들의 위치를 찾는 데 두 시간은 걸릴 거요. 그러니 새벽 4시쯤에 습격하게 되겠지. 딱 좋을 시간이오. 소련놈들한테서 배운 거지. 그런 걸 연구하는 의사들이 있었소. 보통 사람들은 4시가 되면 뇌 활동과 동작이 굼떠지게 되오. 과학적 사실이니 틀림없을 거요."

"방금 지어낸 말 아니에요?"

"아니오."

"두 시간 안에 그 사람들을 찾을 수 있을 리가 없어요."

"난 할 수 있소."

"그 파일은 샌섬에 관한 거죠?"

"어느 정도는."

"당신이 그걸 갖고 있다는 거, 샌섬은 알아요?"

"난 그걸 갖고 있지 않소. 어디 있는지 알 뿐이지."

"그 사람도 아나요?"

나는 고개를 끄덕였다.

"샌섬과 흥정을 했군요. 나와 도허티, 제이콥 마크를 말썽에서 벗어나게 하는 대신 그가 원하는 걸 주기로 한 거예요, 내 말 맞죠?"

"흥정을 한 건 내가 말썽에서 벗어나고 싶었기 때문이오. 무엇보다 그게 가장 큰 이유지."

"하지만 당신은 빠져나가지 못했잖아요. 아직도 FBI에게 쫓기고 있으니까."

"뉴욕 경찰이 제정신을 차린 걸로도 충분하오."

"그리고 우리도 제자리로 돌아왔고요. 그 점, 고마워요."

"천만의 말씀."

리가 물었다.

"호스는 어떻게 미국을 빠져나갈 생각인 거죠?"

"그런 건 없을 거요. 그럴 가능성은 며칠 전에 사라져 버렸지. 처음 이 일을 시작할 때만 해도 지금보다 훨씬 순조롭게 진행될 거라고 예상했을 거요. 그렇지만 이제는 임무를 완수하는 게 목적이 되어 버렸지. 임무를 완수하거나 아니면 개죽음을 당하거나, 둘 중 하나요."

"자살폭탄 테러처럼 말이죠."

"그게 그 사람들 특기잖소."

"그 사람들이 자살을 하겠다면 내가 기꺼이 도와줄 텐데."

리가 침대 위에서 약간 움직였다. 셔츠 자락을 깔고 앉은 바람에 엉덩이에 찬 총의 윤곽이 뚜렷하게 도드라졌다. 팬케이크처럼 둥근 총집에 든 글록 17.

내가 물었다.

"당신이 여기 있다는 걸 또 누가 알고 있소?"

"도허티요."

"당신이 언제쯤 돌아올 걸로 예상하고 있소?"

"내일."

나는 아무 말도 하지 않았다.

그녀가 물었다.

"지금 당장 하고 싶은 일은 뭐예요?"

"솔직하게 대답해도?"

"물론이죠."

"당신 셔츠를 벗기고 싶소."

"그런 말을 경찰관에게 자주 하나요?"

"가끔. 내가 아는 사람은 모조리 경찰뿐이라."

"위험한 일을 앞두면 몸이 달아오르나 봐요?"

"위험한 일이 아니라 여자들 앞에서 그렇소."

"치마만 두르면 다?"

"아니."

내가 말했다.

"여자라고 다 그런 건 아니오."

리는 한참 동안 아무 말도 하지 않았다.

"좋은 생각은 아닌데요."

"당신 말이 맞소."

"싫다는 대답도 받아들이나요?"

"그래야 하는 거 아니오?"

그녀는 다시금 한참 동안 아무 말도 하지 않았다.

"마음이 바뀌었어요."

"무슨 마음?"

"그게 별로 좋은 생각이 아니라는 거요."

"기쁘군."

"1년간 풍기단속반에서 일한 적이 있어요. 함정수사를 했죠. 용의자를 체포하려면 그 사람이 여자에게서 뭔가를 얻을 거라고 기대하고 있었다는 확고한 증거가 필요했어요. 그래서 우린 남자가 먼저 옷을 벗게 만들었죠. 의도를 입증하기 위해서요."

"그 정도는 나도 할 수 있소."

"나도 당신이 그래야 한다고 생각해요."

"날 체포할 거요?"

"아뇨."

나는 새로 산 티셔츠를 벗어 방구석으로 던져 버렸다. 셔츠가 탁자 위에 펄럭거리며 내려앉았다. 리는 내 흉터를 물끄러미 바라보았다. 지하철에서 수잔 마크가 그랬던 것처럼. 베이루트에서 자살폭탄 트럭의 파편이 찢고 지나간 보기 흉한 자국. 나는 그녀가 구석구석 관찰할 수 있게 충분한 시간을 준 뒤 말했다.

"당신 차례요. 셔츠 말이오."

리가 말했다.

"난 보수적인 여자예요."

"그건 또 무슨 뜻이오?"

"키스를 먼저 해줘야 한다는 뜻이죠."

"그 정도는 할 수 있지."

나는 말했다. 그리고 내 말을 지켰다. 천천히, 부드럽게. 다소 주저하듯이. 낯선 상대를 탐색하듯이. 시간을 들여 처음 느끼는 입술과 맛, 처음 느끼는 이빨과 혀를 빨아들이며 음미했다. 그녀는 환상적이었다. 다음 순간 우리는 선을 넘었고, 더욱 격렬하고 치열해졌다. 잠시 후, 우리는 모든 것을 잊었다.

먼저 테레사 리가 샤워를 했다. 나도 샤워를 했다. 그녀가 옷을 입었다. 나도 옷을 입었다. 그녀는 내게 키스하고 자신이 필요한 순간이 생기면 언제든지 전화하라고 말했다. 그런 다음 행운을 빈다고 말하고, 문을 열고, 걸어나갔다. 그녀가 들고 온 검은 가방은 욕실 근처 바닥에 내버려둔 채.

71

나는 가방을 들어 무게를 가늠해보았다. 대략 3.5킬로그램 정도. 침대에 내려놓자 움푹 파인 시트에 주름이 생기며 금속성 소리가 만족스럽게 짤그랑거렸다. 지퍼를 열자 입구가 입처럼 벌어졌다. 나는 안을 들여다보았다.

가장 먼저 눈에 띈 것은 파일 폴더였다.

적당한 크기, 색깔은 카키색, 어느 쪽으로 보느냐에 따라 두꺼운 종이 또는 얇은 판지로 만들어져 있었다. 그리고 안에는 스물한 장의 종이가 끼워져 있었다. 스물한 명에 대한 입국 기록이었다. 여자 둘, 남자 열아홉. 투르크메니스탄인들. 이들은 석 달 전 타지키스탄에서 미국으로 들어왔다. 세부 일정이 서로 연결되어 있다. 서류에는 JFK 공항의 입국심사대에서 찍은 디지털 사진과 디지털 지문이 첨부되어 있었다. 사진은 어안렌즈처럼 다소 왜곡되어 있었다. 나는 라일라와 스베틀라나, 레오니드와 그의 파트너를 알아보았다. 다른 열일곱 명은 처음 보는 얼굴이었다. 네 명의 서류에는 이미 출국 도장이 찍혀 있었다. 미국을 떠난 네 명의 살인자들일 것이다. 나는 네 장의 종이를 쓰레기통에 집어던진 다음 나머지 열세 명의 파일을 침대 위에 올려놓았다.

열세 명 모두 피곤하고 지친 얼굴을 하고 있다. 국내선, 환승, 드넓은 대양을 가로지르는 오랜 비행, 시차적응, JFK 입국 심사대의 긴 줄.

부루퉁한 표정으로 카메라를 노려볼 만도 하다. 얼굴은 정면으로, 시선은 살짝 카메라를 올려다보고 있다. 따라서 이들은 키가 작은 편이다. 나는 레오니드의 서류를 다시 훑어보았다. 그의 시선은 다른 동료들과 마찬가지로 지치고 텅 비어 보였지만 렌즈를 수평으로 바라보고 있었다. 레오니드는 일행 중 가장 키가 컸다. 나는 스베틀라나 호스의 서류를 확인했다. 그녀는 가장 키가 작았다. 나머지 일행들은 그 중간이었다. 작지만 강인한 중동인들, 기후와 음식, 문화로 단련된 뼈와 근육과 힘줄. 나는 그들의 사진을 뚫어져라 노려보았다. 한 사람, 한 사람, 1번부터 13번까지, 그들의 얼굴과 표정이 내 머릿속에 선명하게 새겨질 때까지 몇 번이고 거듭 들여다보았다.

그런 다음 가방을 뒤집었다.

내가 최소한으로 바라던 것은 쓸 만한 권총이었다. 총신이 짧은 기관단총이라면 더할 나위 없이 좋았다. 스프링필드에게 굳이 헐렁한 윈드브레이커를 사겠다고 말한 것은 옷 안에 무언가를 숨길 만큼 충분한 공간이 있음을 알려주기 위해서였다. 짧게 줄인 멜빵에 부착된 그 무언가를 가슴 높이로 걸고 옷의 지퍼를 잠그면 완벽하게 위장할 수 있다고 말이다. 나는 그가 내 메시지를 이해하길 바랐다.

그는 이해했다. 그는 내 메시지를 받았다. 그리고 아주 멋지게 이행했다.

최소한의 기대를 멋지게 충족시켰다.

최대한의 기대를 충족시키고도 남았다.

스프링필드는 내게 무소음 기관단총을 조달해주었다. 헤클러 앤드 코흐 MP5SD. MP5의 소음을 최대한 억제한 버전이다. 개머리도 개머리판도 없다. 단순한 손잡이와 방아쇠, 서른 발들이 휘어진 탄창을 꽂는 공간, 그리고 이중소음장치 덕분에 한층 두꺼워진 15센티미터 길이의 총신뿐이다. 9밀리미터 구경, 신속하고 정확하고 조용하다. 좋은 무기다. 검은 나일론 멜빵이 부착되어 있는데, 이미 최소한의 길이로 단단하게 조여져 있다. 스프링필드의 목소리가 들리는 것 같았다. **알아들었다네, 친구.**

나는 총을 침대 위에 내려놓았다.

그는 탄약도 준비해주었다. 가방 안에 들어 있었다. 둥글게 휘어진 탄창 한 개. 서른 발. 조명 아래서 짧고 통통한 놋쇠 탄약이 윙크를 보냈다. 납 탄심이 반짝거렸다. 9밀리미터 파라벨럼. 라틴어 인용구 시 비스 바셈 파라 벨럼에서 따온 이름이다. 평화를 원하거든 전쟁을 준비하라. 현명한 충고다. 그러나 서른 발은 넉넉하지 않다. 열다섯 명을 상대하기에는 부족하다. 그렇지만 뉴욕은 무기를 조달하기에 쉬운 곳이 아니다. 내게도, 스프링필드에게도.

나는 기관단총 옆에 탄창을 나란히 내려놓았다.

가방 안을 다시 한 번 확인했다. 혹여 빠트린 게 있을지도 모른다.

없었다.

그러나 보너스가 들어 있었다.

나이프.

벤치메이드 3300. 검은색 기계식 손잡이. 칼날이 자동으로 펼쳐지는 녀석이다. 복무 중인 현역 군인 또는 법집행원이 아닌 이상 전국 50개 주에서 이 무기를 소지하는 것은 불법이다. 물론 나는 그중 어느 쪽에도 속해 있지 않다. 버튼을 누르자 칼날이 튀어나왔다. 힘차고 날렵하게. 끝이 뾰족한 양날 단검이다. 칼날의 길이는 12센티미터 정도. 나는 나이프에 환장한 놈이 아니다. 특별히 선호하는 종류도 없다. 사실 칼을 별로 좋아하지도 않는다. 그러나 만일 칼 하나에 내 목숨을 의지해야 할 일이 생긴다면 스프링필드가 보내온 것과 비슷한 종류를 선택할 것이다. 자동나이프, 뾰족한 팁, 예리한 양날. 양손잡이용에 찌르기에도 편리하고 베기에도 편리하다.

나는 날을 집어넣고 나이프를 MP5SD 옆에 놓았다.

가방에는 아직 두 개의 물품이 더 남아 있었다. 가죽 장갑 한 짝. 검정색. 평균보다 커다란 덩치를 지닌 사람의 왼손에 딱 맞을 만한 크기와 모양새를 하고 있다. 마지막으로 검은색 덕트테이프 하나. 나는 두 가지 물품을 집어 침대 위에 올려놓았다. 총과 탄창, 그리고 나이프 옆에 나란히.

20분 뒤 나는 완벽한 복장과 무장을 갖춘 채 R선을 타고 남쪽으로 향하고 있었다.

72

R선은 차량 끝에 앞뒤로 앉는 좌석이 설치된 오래된 열차를 운행한다. 그러나 나는 옆으로 앉는 좌석을 홀로 차지하고 앉았다. 새벽 2시. 지하철 안에는 나 외에도 세 명의 승객이 더 타고 있다. 나는 무릎 위에 팔꿈치를 얹고 맞은편 유리창에 비친 내 모습을 들여다보았다.

명단에 나열된 사항들을 점검했다.

부적절한 복장. 체크. 윈드브레이커가 턱 밑까지 답답하게 잠겨 있었다. 날씨에 어울리지 않는 두꺼운 겉옷. 게다가 지나치게 크고 헐렁해 보인다. 검은 옷 아래, 내 목에는 MP5SD가 둘러져 있었다. 손잡이는 위쪽, 총신은 아래를 향한 채 내 가슴 위에 비스듬히 걸려 있다. 아무도 그게 거기 있다는 것을 눈치 채지 못할 것이다.

뻣뻣하고 기계적인 걸음걸이. 지하철 좌석에 앉아 있는 용의자에게는 적용할 수 없는 사항이다.

세 번째에서 여섯 번째. 과민반응, 땀, 경련, 신경질적이고 불안한 행동. 나는 땀을 흘리고 있었다. 체온과 재킷 때문이라고 하기에는 조금 과할 정도였다. 그리고 내가 평소보다 훨씬 예민하고 불안정한 것도 사실이었다. 나는 유리창에 비친 내 얼굴을 들여다보았다. 근육경련은 보이지 않았다. 시선은 확고하고 표정은 차분했다. 신경질적인 행동을 하지도 않았다. 그러나 행동이란 외적으로 드러나는 것이다. 나는 심적으로는 초조한 상태에 있었다. 부인할 수 없는 사실이다.

일곱 번째. 호흡. 나는 숨을 몰아쉬고 있지 않았다. 그러나 평소보다 다소 규칙적이고 거칠게 숨을 몰아쉬고 있다고 해도 인정할 준비가 되어 있었다. 평소에 나는 호흡이라는 행위 자체를 인식하지 못한다. 인간의 자동적인 생리 활동이기 때문이다. 뇌세포 깊숙이 새겨진, 무의식적이고 반사적인 행동. 그러나 지금 나는 일정한 리듬에 맞춰 콧구멍을 들락거리는 공기의 흐름을 민감할 정도로 느끼고 있었다. 들이쉬고 내쉬고, 들이쉬고 내쉬고. 마치 기계처럼. 산소통을 지고 물 아래 내려간 잠수부처럼. 진정시킬 수가 없었다. 공기 중에 산소가 느껴지지 않았다. 마치 불활성 기체를 숨 쉬고 있는 것만 같았다. 아르곤이나 크세논, 내게는 아무 도움도 안 되는 원소들을 말이다.

여덟 번째. 전방에 고정된 시선. 체크. 그러나 여기에는 명단의 각 사항들을 판단하기 위해서라는 변명을 대입할 수 있다. 순수한 정신 집중의 증거. 보통 때라면 나는 한 점을 응시하기보다 주변을 둘러보고 경계할 것이다.

아홉 번째. 기도하기. 그런 징조는 없다. 나는 조용히, 그리고 묵묵히 앉아 있었다. 입은 굳게 다물려 꼼짝도 하지 않는다. 사실 너무 꼭 다물고 있어 어금니가 아플 지경이었다. 턱 주위의 근육이 골프공처럼 불거져 있다.

열 번째. 커다란 가방. 그런 것은 없다.

열한 번째. 가방 속에 집어넣은 손. 나와는 관계없는 이야기다.

열두 번째. 면도 자국. 해당사항 없다. 나는 지난 며칠 동안 면도를 하지 않았으니까.

열두 개 항목 가운데 여섯 개. 나는 자살폭탄 테러범일 수도 있고 아닐 수도 있다.

　자살을 생각하고 있을 수도 있고 아닐 수도 있다. 나는 유리창에 반사된 내 모습을 바라보았다. 수잔 마크를 처음 봤을 때를 떠올렸다. **생의 마지막 순간을 향해 달려가던 여자. 지하철이 종점을 향해 달려가고 있는 것만큼이나 확실하게.**

　나는 팔꿈치를 떼고 등받이에 기대앉았다. 동료 승객들을 관찰했다. 남자 둘, 여자 하나. 이상한 점은 없다. 열차는 남쪽을 향해 달리고 있었다. 언제나와 다름없는 소리를 내며, 터널에 공기가 밀려들어가며 내는 긴 비명 소리, 철제 골격 아래 신축 이음새가 부딪쳐 덜컹거리는 소리, 선로에 집전기가 긁히는 소리, 윙윙거리는 모터 소리, 차량이 커브를 돌 때마다 바퀴의 이음매 테두리가 걸려 나는 날카로운 쇳소리. 나는 어둠 속에 비친 내 모습을 바라보며 슬며시 미소 지었다.

　놈들과의 맞대결.

　처음 있는 일도 아니다.

　그리고 마지막도 아닐 것이다.

　나는 34번가에서 내려 잠시 역 안에서 시간을 보냈다. 나무 벤치에 앉아 머릿속으로 다시 한 번 내 가설을 검토했다. 나는 라일라 호스가 들려준 역사 수업을 재생시켰다. **공격을 고려할 때 가장 먼저 할 일은 퇴각 작전을 짜는 거죠.** 그녀의 상관들은 이 탁월한 충고를 받아들였을까? 그랬을 리가 없다. 이유는 두 가지다. 첫 번째, 광신. 이념으로 뭉친 조직은 합리적으로 사고하지 못한다. 합리적으로 사고하기 시작하면 모든 것이 붕괴되기 때문이다. 따라서 이념적인 조직들은 병사들을 탈출구 없는 작전 속으로 떠다밀기를 좋아한다. 끝까지 목표를 추구하도록 부추기기 위해서. 그래서 그들은 폭발물 벨트를 고정할 때 지퍼나 단추가 아니라 바느질을 이용하는 것이다.

두 번째, 퇴각 작전은 필연적으로 자기 파멸의 씨앗을 내포하게 된다. 그럴 수밖에 없다. 석 달 전에 구입 또는 대여한 세 번째, 네 번째, 또는 다섯 번째 은신처는 반드시 기록에 남게 된다. 비상사태에 대비한 호텔 예약도 마찬가지다. 같은 날짜에 예약을 했다는 사실 또한 언젠가 발각될 것이다. 6백 명의 요원들이 거리를 쥐 잡듯 뒤지고 있다. 그들은 아무것도 찾아내지 못할 것이다. 왜냐하면 오랫동안 산 속을 누벼온 적들은 이미 우리의 반응과 대응책을 예상하고 있을 테니까. 그들은 한 번 냄새가 묻은 길은 다시는 사용할 수 없다는 사실을 잘 알고 있다. 그들은 그들에게 안전한 장소란 계획에 포함되지 않은 장소뿐임을 잘 알고 있다.

그러므로 호스 모녀는 저 넓은 도시의 거리를 방황하고 있을 것이다. 한 무리의 대원들과 함께. 여자 둘, 남자 열셋. 58번가에 있는 아지트를 버리고 허둥지둥 달아나 살아남을 방법을 즉흥적으로 고안하면서 레이더 아래를 기어다니고 있을 것이다.

바로 내가 지금껏 살아온 세상. 그들은 지금 내 세계에 들어와 있다.

할 일은 한 가지뿐이다.

나는 헤럴드스퀘어의 지하광장으로 들어갔다. 6번로와 브로드웨이, 그리고 34번가가 만나는 지점이다. 낮 시간에 그곳은 시장통에 가깝다. 메이시 백화점이 보였다. 밤에도 인적이 끊이지 않는 곳이지만 그래도 조용했다. 6번로를 따라 남쪽으로 간 다음 다시 33번가를 타고 서쪽으로 향했다. 이번 주 내내 사람들의 방해를 받지 않고 유일하게 평온한 밤을 보낼 수 있었던 낡고 색바랜 건물이 나타났다. 가슴 위에서 MP5가 단단하고 무겁게 느껴졌다. 호스 여자들이 선택할 수 있는 옵션은 단 두 가지였다. 길거리에서 밤을 보내거나 호텔의 야간 근무 직원에게 뇌물을 주거나. 맨해튼에는 수백 개의 호텔이 존재하지만 손쉽게 그 종류를 분류할 수 있다. 대부분의 호텔들은 중급 또는 고급에 해당한다. 직원들도 많고 소위 50달러 트릭도 잘 통하지 않는다. 삼류 호텔들은 대부분 작은 편이다. 그리고 호스 일행은 자그마치 열다섯 명이나 된다. 최소한 방이 다섯 개는 필요하다는 소리다. 빈방을 다섯 개나 찾으려면 꽤나 큼지막한 호텔이어야 한다. 그것도 정직하지 못한 야간 근무 직원이 홀로 근무하는 곳으로 말이다. 나는 뉴욕을 상당히 잘 알고 있다. 나는 이 도시가 어떻게 돌아가는지 안다. 대다수의 평범한 시민들이 잘 알지 못하는 세계에 익숙하다. 나는 정직하지 못한 야간 근무 직원이 홀로 일하는 크고 오래된 맨해튼 호텔들을 손가락으로 꼽을 수도 있었다. 그중 하나는 23번가 서쪽에 있다. 시내 중심가에서 멀리 떨어져 있다는 사실이 장점으로 작용할 수 있지만 동시에 단점이 될 수도 있다. 전반적으로 본다면 장점보다는 단점이 더 많은 편이다.

그렇다면 두 번째를 선택했을 것이다.

나는 그들이 택할 수 있는 유일한 선택지 앞에 와 있었다.

머릿속 시계가 새벽 2시 반을 알렸다. 나는 어둠 속에서 조용히 기다렸다. 너무 이르지도, 너무 늦고 싶지도 않았다. 올바른 시간에 쳐들어가야 한다. 도로에는 6번로에서 7번로로 향하는 자동차들이 늘어서 있다. 택시, 트럭, 약간의 민간인들, 경찰차들, 검은색 세단들. 골목길은 조용했다.

3시 15분 전, 나는 기대고 있던 벽에서 일어서 모퉁이를 돌아 호텔 문을 향해 다가갔다.

73

 지난번과 똑같은 야간 직원이 근무하고 있었다. 그는 혼자였고 데스크 뒤에 있는 의자에 앉아 뚱한 얼굴로 로비를 바라보고 있었다. 로비에는 먼지가 낀 듯 흐릿한 낡은 거울이 걸려 있었다. 내가 입은 재킷의 앞부분이 불룩 튀어나와 있는 게 보인다. MP5의 손잡이와 유선형의 탄창, 그리고 총신의 윤곽이 환히 비치는 것 같았다. 그러나 나는 내가 무엇을 보고 있는지 알고 있다. 야간 직원은 모른다.
 나는 그에게 다가가 물었다.
 "나 기억하오?"
 그는 그렇다고 대답하지 않았다. 아니라고 대답하지도 않았다. 애매모호하게 어깨를 으쓱해 보였을 따름이다. 나는 그것을 협상을 하자는 제안으로 받아들였다.
 "방은 필요 없소."
 "그럼 원하는 게 뭡니까?"
 나는 주머니에서 20달러짜리 지폐 다섯 장을 꺼냈다. 백 달러. 내게 남은 돈의 거의 전부였다. 나는 그가 지폐에 적힌 숫자를 볼 수 있도록 부채꼴로 펼친 다음 카운터 위에 내려놓았다.
 "당신이 자정 무렵에 찾아온 사람들을 들여보낸 방 번호를 알고 싶소."
 "무슨 사람들이요?"

"여자 둘, 남자 열셋."

"자정 무렵에는 아무도 안 왔는데요."

"그중 한 여자는 끝내주는 미인이요. 젊고, 아주 밝은 푸른 눈을 하고 있지. 잊어버리려야 잊어버릴 수가 없을 텐데."

"아무도 안 왔다니까요."

"확실하오?"

"아무도 안 왔어요."

나는 다섯 장의 지폐를 그 쪽으로 밀었다.

"정말로 확실하오?"

그는 돈을 다시 내 쪽으로 밀었다.

"나도 돈 받고 싶죠. 하지만 오늘 밤에는 아무도 안 왔어요."

나는 지하철을 타지 않았다. 걸었다. 얼마나 위험한 일인지는 알고 있었다. 6백 명의 연방요원들에게 위치를 노출시키는 경솔한 행동이었지만, 나는 휴대전화가 제대로 작동하길 바랐다. 지하철에서는 휴대전화가 작동하지 않을지도 모른다. 지하철에서 휴대전화를 사용하는 사람은 한 번도 본 적이 없기 때문이다. 예절이니 상식이니 때문은 아닐 것이다. 신호가 잡히지 않기 때문이겠지. 그래서 나는 걸었다. 32번가를 따라 브로드웨이로 갔다가 브로드웨이를 타고 남쪽으로 걸었다. 가방 전문점과 싸구려 보석점, 그리고 싸구려 향수가게를 지났다. 상점은 모두 닫혀 있었다. 거리는 어두웠다. 그리고 지저분했다. 하나의 작은 세계. 라고스나 사이공에 와 있는 것 같았다.

28번가 모퉁이에서는 잠시 멈춰 서서 택시가 먼저 지나갈 수 있도록 길을 양보해주었다.

주머니 속에서 휴대전화가 진동했다.

나는 다시 28번가 인도로 돌아와 그림자가 어둑히 깔린 건물 현관 계단에 앉아 폴더를 열었다.

라일라 호스가 말했다.

"어떻게 돼가요?"

"당신을 찾을 수가 없소."

"당연하죠."

"그러니 협상을 해야겠소."

"정말로요?"

"현금을 얼마나 갖고 있소?"

"얼마나 원하는데요?"

"전부."

"메모리스틱을 갖고 있나요?"

"그게 어디 있는지 말해줄 수 있소."

"그렇지만 갖고 있는 건 아니군요."

"그렇소."

"그때 호텔 방에서 보여준 건 뭐죠?"

"가짜요."

"5만 달러."

"10만 달러."

"10만 달러는 없어요."

내가 말했다.

"당신은 버스를 타지도 못하고, 열차나 비행기를 이용할 수도 없소. 해외로 나갈 수 없다는 뜻이오. 당신은 여기 갇힌 거요, 라일라. 그리고 여기서 죽게 될 거요. 적어도 임무를 성공시키고 죽고 싶지 않소? 암호화된 이메일을 집으로 보내고 싶지 않소? 임무를 완수하고 싶지 않은 거요?"

"7만 5천 달러."

"10만."

"좋아요. 하지만 오늘 밤에는 절반밖에 못 줘요."

"그 말은 못 믿겠는데."

"믿어야 해요."

"7만 5천. 오늘 밤에 전액 모두."

"6만."

"좋소."

"지금 어디에요?"

"업타운이오."

나는 거짓말을 했다.

"하지만 이동 중이지. 40분 뒤에 유니언스퀘어에서 봅시다."

"거기가 어딘데요?"

"브로드웨이. 14번가와 17번가 사이요."

"안전한 곳인가요?"

"충분히."

"그럼 거기서 보죠."

"당신만이오."

내가 말했다.

"혼자 오시오."

라일라는 전화를 끊었다.

나는 북쪽으로 두 블록 떨어진 매디슨스퀘어파크로 향했다. 쇼핑 카트 위에 덤프트럭만큼이나 산더미 같은 잡동사니를 쌓아놓은 노숙자 여자에게서 1미터쯤 떨어진 벤치에 자리를 잡고 앉았다. 나는 주머니를 뒤져 테레사 리의 명함을 찾았다. 희미한 가로등 불빛의 도움을 받아 그녀의 휴대전화로 전화를 걸었다. 신호음이 다섯 번 울린 뒤 그녀가 전화를 받았다.

"리처요."

내가 말했다.

"필요한 일이 생기면 전화를 걸라고 해서."

"뭘 도와줄까요, 리처?"

"뉴욕 경찰이 더 이상 나를 찾고 있지 않은 게 확실하오?"

"물론이죠."

"그렇다면 당신네 대테러반에게 지금부터 40분 뒤에 내가 유니언스퀘어에 이미 도착해 있을 거고 최소한 둘, 아니면 최대 여섯 명의 라일라 호스의 부하들이 내게 접근할 거라고 말해주시오. 그리고 놈들을 그 친구들 마음대로 하라고도 전해주시오. 하지만 나는 내버려두라고 하시오."

"인상착의는요?"

"가방 안을 보지 않았소? 나한테 전해주기 전에 말이오."

"당연히 봤죠."

"그렇다면 놈들이 어떻게 생겼는지도 알거요."

"광장 어디쯤에요?"

"남서쪽 코너를 생각하고 있소만."

"그녀를 찾아낸 건가요?"

"단번에 찾아냈소. 호텔에 묵고 있더군. 야간 근무 직원에게 뇌물을 주면서 공짜로 겁도 잔뜩 먹여놨소. 내 질문을 모두 부인하더니 내가 로비를 뜨자마자 그 여자 방으로 전화를 걸었더군."

"그걸 어떻게 알아요?"

"1분도 안 돼 라일라가 내게 전화를 걸었기 때문이오. 난 우연의 일치를 좋아하지만 타이밍이 너무 완벽하거든."

"왜 그 여자 부하들을 만나려는 거죠?"

"라일라와 거래를 했소. 혼자 오라고 말해두긴 했지만 당연히 날 속이려 들 거요. 자기 대신에 부하들을 보내겠지. 그러니 경찰들이 그놈들을 잡아주면 커다란 도움이 될 거요. 내가 직접 쏘고 싶진 않거든."

"왜요? 양심의 가책 때문에?"

"아니, 탄창에 서른 발밖에 없어서. 넉넉하지 않은 양이오. 그러니 아껴 써야지."

나는 아홉 블록을 걸어 유니언스퀘어에 도착했다. 주위를 한 바퀴 돈 다음, X자 모양으로 광장을 두 번 가로질렀다. 걱정할 만한 것은 없었다. 벤치에서 꾸벅거리는 사람들이 몇 있었을 뿐이다. 이곳은 뉴욕에서 찾을 수 있는 몇 안 되는 공짜 호텔 중 하나다. 나는 간디 상 근처에 앉아 쥐들이 모습을 드러내길 기다렸다.

74

 40분에서 20분이 지났을 때 뉴욕 경찰청 대테러 부대가 집결하기 시작했다. 훌륭한 움직임이었다. 그들은 찌그러진 위장용 세단과 우툴두툴하고 긁힌 자국으로 가득한 징발한 미니밴을 이용했다. 비번인 택시 두 대가 16번가의 커피숍 앞에 멈춰 섰다. 뒷좌석에서 두 명이 내리더니 광장으로 다가왔다. 내가 발견한 이들만 열여섯 명. 내가 눈치 채지 못한 대여섯 명 정도가 더 있을 것이다. 사정을 모르는 사람들이라면 무술 도장 수련생들이 밤 늦은 수업을 마치고 나오는 길이라고 착각할 만도 했다. 그들은 하나같이 젊고, 근육질에 탄탄한 몸매를 지니고 있었으며, 전문적인 훈련을 받는 운동선수처럼 민첩하게 움직였다. 다들 운동용 가방을 들고 부적절한 복장을 하고 있었다. 지금이 11월이라도 되는 양 양키즈의 연습용 점퍼나 나처럼 검은색 윈드브레이커, 또는 얇은 파카를 입고 있다. 안에 받쳐 입은 방탄조끼와 목에 걸고 있을 배지를 숨기기 위해서일 것이다.

 나를 쳐다보거나 힐끔거리는 대원들은 없었지만 다들 내가 누구인지 알고 있다는 사실은 확연했다. 그들은 하나둘, 또는 두셋씩 짝을 지어 내 주변에 모여들더니 별안간 어둠 속으로 사라져 버렸다. 풍경 속으로 녹아들어간 것이다. 몇 명은 벤치에 앉았다. 몇 명은 근처의 건물 입구에 웅크리고 몸을 뉘었다. 그리고 몇 명은 내가 볼 수 없는 곳으로 숨어 버렸다.

훌륭한 움직임이다.

40분에서 30분이 흘렀을 때, 나는 상당히 낙관적이 되었다.

5분 뒤, 나는 다시 침울해졌다.

연방요원들이 들이닥친 것이다.

자동차 두 대가 유니언스퀘어 웨스트에 멈춰 섰다. 반짝반짝 윤이 나게 닦인 검은 크라운빅. 안에서 여덟 명이 내렸다. 뉴욕 경찰들이 동요하는 게 느껴졌다. 그들은 어둠속에서 서로 눈짓을 교환했다. **대체 저 빌어먹을 자식들이 여기서 뭐 하는 거야?**

나는 뉴욕 경찰과는 사이가 좋았다. 그러나 FBI와 국방부는 달랐다.

나는 간디를 바라보았다. 그는 아무 말도 해주지 않았다.

나는 전화기를 꺼냈다. 녹색 버튼을 누르자 테레사 리의 전화번호가 나타났다. 그녀는 내가 마지막으로 통화를 한 사람이다. 다시 한 번 녹색 버튼을 눌렀다. 그녀가 즉시 전화를 받았다.

내가 말했다.

"연방요원들이 와 있소. 어떻게 된 거요?"

"제기랄. 놈들이 우리 쪽 무선을 도청했나 봐요. 아니면 우리 중 누군가가 더 나은 일자리를 찾고 있었거나."

"오늘 밤 작전통제권을 가져가는 쪽은?"

"FBI요. 언제나 그래요. 그러니까 빨리 거기서 빠져나와요."

나는 폴더를 닫고 전화기를 주머니 속에 넣었다. 크라운빅에서 내린 사내들이 그림자 속으로 스며들었다. 광장은 조용했다. 왼쪽에서 군데군데 이가 빠진 네온사인이 깜박거렸다. 등 뒤 덤불 속에서 쥐들이 바스락거렸다.

나는 기다렸다.

2분. 3분.

40분 가운데 39분이 흘렀을 때, 오른쪽 멀리에서 움직임이 느껴졌다. 발자국 소리. 공기가 이지러지고, 어둠 속에 검은 형체들이 나타났다. 나는 고개를 들어 내다보았다. 희미한 불빛과 그림자를 가르며 무언가가 움직이고 있었다.

일곱 명의 사내들.

좋은 소식이다. 지금 많으면 많을수록 나중에 상대할 적들이 적어진다.

약간 우쭐한 기분이 들었다. 라일라는 병력의 절반 이상을 파견하는 위험을 무릅썼다. 나를 위험한 적으로 판단한 것이다.

그들은 모두 작고 강건하고 신중해 보였다. 모두 나와 비슷한 차림새를 하고 있었다. 무기를 숨길 수 있는 헐렁한 검은 겉옷. 그러나 그들은 나를 쏘지 않을 것이다. 메모리스틱을 원하는 라일라의 절실함은 내게는 두꺼운 갑옷과도 같다. 그들은 나를 발견하고 30미터 밖에서 걸음을 멈췄다.

나는 움직이지 않았다.

이론상으로는 지금부터가 가장 쉽다. 그들이 접근한다. 뉴욕 경찰청이 행동을 개시한다. 나는 뒤로 빠져 볼일을 보러 간다.

그러나 연방요원이 끼어들면서 모든 게 변했다. 최선의 경우, 그들은 우리 모두를 원할 것이다. 최악의 경우, 저들은 놈들보다 나를 더 간절히 원할 것이다. 나는 메모리스틱의 행방을 안다. 라일라의 부하들은 모른다.

나는 가만히 앉아 있었다.

30미터 밖에서 일곱 명의 사내들이 흩어졌다. 둘은 내 오른쪽 사선에 있는 현 위치를 고수했다. 둘은 왼쪽으로 돌아 반대쪽 측면으로 접근했다. 그리고 나머지 셋은 내 뒤로 돌아갔다.

나는 벤치에서 일어났다. 내 오른쪽에 있던 두 남자가 날래게 치고 들어오기 시작했다. 왼쪽에 있는 둘은 반쯤 늦게 행동에 돌입했다. 등 뒤의 세 명은 보이지 않았다. 경찰들은 이미 위장을 벗어던졌을 것이다. FBI도 행동에 착수했으리라.

무엇이 어찌 될지 알 수 없는 불안정한 상황.

나는 뛰었다.

6미터 앞 정면에 지하철 입구가 보였다. 계단을 뛰어내려갔다. 등 뒤에서 발자국 소리가 들린다. 커다란 메아리. 상당한 인원이 쫓아오고 있다. 거의 40명에 가까운 숫자가 피리 부는 사나이를 쫓아가듯 광란의 질주를 벌이고 있었다.

타일이 깔린 복도로 들어서 지하광장으로 나갔다. 오늘은 바이올린 주자가 보이지 않는다. 후덥지근한 지하 공기와 바닥을 굴러다니는 쓰레기, 1미터쯤 앞에서 대머리 노인이 비질을 하고 있었다. 나는 그를 쏜살같이 지나쳐 바닥을 미끄러지듯 커브를 돈 다음 방향을 바꿔 업타운 운행 R선 승강장을 향해 달렸다. 개찰구를 뛰어넘어 승강장으로 들어갔다. 승강장 끝에 이를 때까지 길게 뛰었다.

그런 다음 멈춰 섰다.

그리곤 뒤로 돌았다.

내 뒤에는 서로 다른 세 개 집단이 서로의 꼬리를 물고 쫓아오고 있었다. 가장 먼저 도착한 것은 라일라 호스의 부하들이었다. 그들은 곧장 달려들다가 내가 막다른 길에 몰려 있다는 걸 확인하고는 발을 멈췄다. 그들의 얼굴에 잔인하고도 흡족한 표정이 떠올랐다. 그리고 다음 순간, 그들은 머리가 있다면 당연히 생각해낼 수 있는 결론에 도달했다. 너무 쉽잖아. 어떤 생각들은 누구라도 쉽게 읽을 수 있다. 그들은 몸을 돌렸다. 바로 뒤에 뉴욕 경찰청 대테러팀이 모여들고 있었다.

그리고 경찰들 뒤에는 네 명의 연방요원이 서 있었다.

승강장은 텅 비어 있었다. 민간인은 한 명도 없었다. 맞은편 다운타운행 승강장 벤치에 한 남자가 앉아 있을 뿐이었다. 꽤나 젊은 나이에, 술에 취한 듯했다. 어쩌면 그보다 더 나쁜 상태인지도 모른다. 그는 갑자기 밀어닥친 한밤중의 소동을 멀뚱히 바라보고 있었다. 새벽 4시 20분. 사내는 어리둥절해하고 있었다. 지금 자기가 뭘 보고 있는지 이해가 안 간다는 양.

그의 눈에는 조직폭력배들의 영역 다툼처럼 비쳤을지도 모른다. 그러나 실제로 그가 보고 있는 것은 뉴욕 경찰의 효율적이고도 신속한 체포 과정이었다. 그들은 1초도 머뭇거리지 않았다. 대테러팀은 배지와 무기를 휘두르고 고함을 내지르며, 듬직한 체격과 3대 1이라는 우세한 머릿수를 이용해 일곱 명의 테러범들을 문자 그대로 구석으로 몰아넣었다. 저항은 없었다. 그럴 틈도 없었다. 그들은 일곱 명을 바닥에 엎드리게 하더니 손목에 수갑을 채운 다음 그들을 끌고 사라졌다. 눈 깜짝할 사이에 일어난 일이었다. 잠시도 망설이거나 지체하지도 않았다. 미란다 원칙을 읊어주지도 않았다. 그저 최대한 신속하고 무자비하게 일을 처리했을 따름이었다. 완벽한 전술. 문자 그대로 몇 초 뒤,

그들은 흔적도 없이 사라졌다. 지하 통로에 울려 퍼지던 메아리도 서서히 자취를 감췄다. 승강장은 다시 고요해졌다. 맞은편 벤치의 사내는 여전히 우리를 바라보고 있었지만, 방금까지 소란스러웠던 승강장에는 순식간에 나와 30미터쯤 떨어진 곳에 있는 네 명의 연방요원 외에는 아무도 남아 있지 않았다. 우리 사이를 가로막는 것은 아무것도 없었다. 적막한 하얀 조명과 텅 빈 공간뿐이었다.

한동안은 아무 일도 일어나지 않았다. 잠시 후 나는 선로 맞은편 승강장에 나머지 네 명의 요원들이 도착했다는 사실을 깨달았다. 그들은 승강장 건너 내 맞은편 공간을 확보한 채 꼼짝 않고 서 있었다. 얼굴에는 슬며시 미소가 떠올라 있었다. 마치 체스 게임에서 한 수 앞선 수를 뒀을 때처럼. 사실이었다. 이제 선로를 건너는 속임수는 통하지 않는다. 내 앞에 선 연방요원들은 출구를 가로막고 있다. 등 뒤로는 흰 벽과 터널뿐이다.

체크메이트.

나는 움직이지 않았다. 지하통로의 퀴퀴한 공기가 콧속으로 밀려들어왔다. 저 멀리 어디선가에서 지하철이 내는 희미한 굉음과 천둥소리가 들려왔다.

내가 가장 가까운 곳에 있는 요원이 양복저고리 안에서 권총을 꺼냈다.

그리고는 한 발짝 앞으로 다가왔다.

그가 말했다.

"손 들어."

75

 지하철은 야간에 20분 간격으로 운행된다. 우리가 지하철역에 머무른 시간은 약 4분 정도다. 따라서 수학적으로 계산할 때 다음 열차가 도착할 때까지 기다려야 할 최대 시간은 16분. 최소 시간은, 지금 당장이라도 가능하다.
 후자는 가능성이 희박하다. 터널은 컴컴하고 조용했다.
 "손 들어."
 선두에 선 요원이 다시 말했다. 40대가량의 백인 남성이었다. 전직 군인이 틀림없다. FBI가 아니라 국방부요원이다. 전에 만난 세 명과 유사한 타입. 그러나 그보다는 나이가 다소 많다. 어쩌면 다소 현명할지도 모른다. 실력이 다소 뛰어날 수도 있다. 어쩌면 이번에는 B팀이 아니라 A팀일지도 모른다.
 "손 들지 않으면 쏘겠다."
 지휘 요원이 말했다. 그러나 그럴 리가 없다. 허풍에 불과하다. 그들은 메모리스틱을 원한다. 나는 그것이 어디 있는지 안다. 그들은 쏘지 않을 것이다.
 다음 열차가 도착하기까지 중앙값은 8분. 실제로 기다려야 하는 시간은 그보다 길거나 짧을 것이다. 총을 든 사내가 다시 한 발짝 앞으로 나섰다. 나머지 세 명이 따라 나왔다. 선로 건너편에서는 네 명의 요원들이 꼼짝 않고 서 있다. 술 취한 젊은이는 벤치에 앉아 멀뚱멀뚱 우리를 쳐다보고 있다.

터널은 아직도 컴컴하고 조용하다.

리더 요원이 말했다.

"더 이상 헛짓거리는 용납하지 않겠다. 그게 어디 있는지 어서 말해."

내가 말했다.

"뭐 말이오?"

"내가 뭘 말하는지 알 텐데."

"무슨 헛짓거리?"

"인내심에도 한계가 있다. 그리고 넌 한 가지 중요한 사실을 잊고 있고."

"그게 뭐요?"

"네가 얼마나 머리가 좋든 특출할 정도는 아니라는 것. 사실 아주 평범한 수준일 확률이 높지. 그러니 네 놈이 그것이 어디 있는지 알아냈다면 우리도 그럴 수 있다는 거야. 언젠가는 네 녀석이 우리에게 필요 없게 된다는 의미지."

"그럼 그렇게 하지 그러쇼."

내가 말했다.

"알아내보시든가."

그는 총구를 들어올려 보다 정확하게 나를 겨눴다. 글록 17. 완전히 장전되었을 때의 무게는 7백 그램 정도. 시중에 나와 있는 것 중 가장 가벼운 권총이다. 총의 몸통 일부가 플라스틱으로 구성되어 있기 때문이다. 그의 팔은 짧고 두꺼웠다. 아마 저 자세로 영원히 서 있을 수도 있을 터이다.

"마지막 기회다."

그가 말했다.

건너편 승강장에 앉아 있던 젊은 사내가 벤치에서 일어나 밖으로 나가 버렸다. 성큼성큼, 몸을 비치적거리면서. 지하철패스 2달러어치와 조용한 삶을 맞바꿀 기회를 선택한 것이다. 그는 출구로 나가 시야에서 사라졌다.

증인이 사라졌다.

다음 열차가 도착하기까지 중앙값은 앞으로 6분.

내가 말했다.

"난 당신들이 누군지도 모르는데."

그가 말했다.

"연방요원이다."

"증명해보시오."

그는 내 가슴을 겨눈 채 뒤에 서 있는 다른 요원에게 어깨 너머로 고개를 까딱였다. 두 번째 요원이 앞으로 걸어나와 우리 둘 사이의 완충지대로 들어선 뒤에 양복저고리 안주머니에 손을 넣어 배지지갑을 꺼냈다. 그는 지갑을 내 눈높이까지 들어올린 다음 플립을 열었다. 안에는 두 개의 신분증이 들어 있었다. 그러나 둘 다 알아볼 수가 없었다. 일단 거리가 너무 먼데다 신분증을 덮고 있는 플라스틱 덮개가 흠집투성이였기 때문이다.

나는 앞쪽으로 다가갔다.

그도 앞쪽으로 다가왔다.

거리가 1.5미터 정도로 줄었을 때에야 비로소 위쪽 신분증이 국방정보국의 것임을 알아볼 수 있었다. 겉보기에는 어쨌든 진짜처럼 보였다. 유효기간도 제대로였다. 한편 아래쪽 주머니에는 일종의 위임장이 끼워져 있었다. 그것은 그 증서를 보유한 사람이 미합중국의 대통령을 위해 일하고 있으므로 그가 필요로 하는 모든 도움과 지원을 아낌없이 제공할 것을 명시하고 있었다.

"멋지군."

내가 말했다.

"먹고살기 편하겠어."

나는 뒤로 물러났다.

그도 뒤로 물러났다.

지휘 요원이 말했다.

"당신이 예전에 하던 일과 별반 다르지 않아."

"호랑이가 담배 피우던 시절이었지."

내가 말했다.

"지금 뭐 하자는 건가. 자존심이 상했다 이건가?"

다음 열차가 도착할 때까지 중앙값은 5분.

"현실적인 거지. 자고로 일을 제대로 하려면 직접 하는 게 제일이거든."

사내가 팔을 아래로 떨어뜨렸다. 이제 그의 총은 내 무릎을 겨냥하고 있었다.

"쏘겠다."

그가 말했다.

"다리가 날아가도 머리나 입이나 기억력에는 아무 지장도 없을 테니까."

목격자도 없다.

모든 일이 수포로 돌아갈 경우에는 말을 걸어라.

내가 물었다.

"왜 그걸 원하는 거지?"

"뭘?"

"뭔지 알잖나."

"국가 보안상."

"공격? 아니면 방어?"

"물론 방어를 위해서지. 그건 우리의 신뢰성을 무너뜨릴 거야. 옛날처럼 적대 관계가 되살아날 거라고."

"정말로 그렇게 생각하나?"

"생각하는 게 아니라 아는 거다."

나는 말했다.

"어디 그 잘난 짱구나 계속 굴려보시오."

그가 한층 더 정확하게 총구를 겨냥했다. 과녁은 내 왼쪽 정강이였다.

그가 말했다.

"셋까지 세겠다."

내가 말했다.

"행운을 비오. 숫자를 까먹걸랑 나한테 물어보고."

"하나."

바로 그때, 내 옆 선로가 쉭쉭거리기 시작했다. 열차가 터널에 진입하기 직전에 들려오던 날카로운 금속성 소리. 잠시 후 그 달콤한 화성음은 덜커덕거리는 진동음과 뜨거운 바람으로 변했다. 둥그스름하게 휘어진 터널에 헤드라이트 빛이 비쳐 들어오기 시작했다. 한 1초가량은 아무 일도 일어나지 않았다. 그러다 열차의 머리가 시야에 들어왔다. 쏜살같은 속도로 커브를 돌자 차체가 비스듬히 기울어졌다. 좌우로 기우뚱거리며 달려오던 열차에 브레이크가 걸렸고, 신음 소리와 함께 속도가 줄기 시작했다. 열차가 차차 느려지더니 우리 바로 옆에서 멈춰 섰다. 밝게 빛나는 스테인리스강철, 뜨거운 조명, 새된 비명소리, 바닥을 긁는 마찰음, 그리고 그르렁거리는 엔진.

업타운행 R선이었다.

열다섯 개 남짓한 차량마다 몇 안 되는 승객들이 흩어져 있다.

목격자들.

나는 지휘 요원을 바라보았다. 글록은 벌써 저고리 아래로 사라져 있었다.

우리가 서 있는 곳은 승강장의 북쪽 끝이었다. R선 지하철은 구식의 오래된 차량들을 이용한다. 각각의 차량에는 네 개의 출입구가 붙어 있다. 우리 바로 옆에는 지하철의 선두차가 멈춰 있고, 나는 첫 번째 출입구와 거의 일직선에 있었다. 국방부 친구들은 세 번째와 네 번째 문과 가까운 곳에 있었다.

지하철 문이 일제히 활짝 열렸다.

아래쪽 승강장 끝에서 두 사람이 내렸다. 그들은 곧 총총걸음으로 계단을 따라 올라가 버렸다.

문은 여전히 열려 있었다.

나는 몸을 돌려 열차를 바라보았다.

국방부요원들도 열차를 향해 몸을 돌렸다.

나는 한 발짝 앞으로 다가섰다.

그들도 앞으로 움직였다.

나는 발을 멈췄다.

그들도 발을 멈췄다.

내가 택할 수 있는 옵션. 첫 번째 출입구로 올라탄다. 그들은 세 번째 또는 네 번째 출입구로 올라탈 것이다. 그들과 함께 똑같은 차량을 타고 밤새도록 지하철 노선을 빙빙 돌 수도 있다. 혹은 이번 열차를 보내고 아까와 비슷한 상태로 이들과 최소한 20분을 더 보낼 수도 있다.

문은 여전히 열려 있다.

나는 앞으로 다가갔다.

그들도 앞으로 다가갔다.

나는 차량 안에 올라탔다.

그들도 차량 안에 올라탔다.

나는 잠시 망설이다가 뒷걸음질로 나와 다시 승강장에 섰다.

그들도 승강장으로 후퇴했다.

우리는 모두 승강장에 있었다.

눈앞에서 자동문이 닫혔다. 마치 연극이 끝나고 마지막 커튼이 닫히듯이. 문에 붙은 고무완충기가 탁 소리를 내며 부딪쳤다.

R선은 오래되고 낡은 차량을 이용한다. 구식 차량에는 발판과 빗물받이가 달려 있다. 나는 고개를 숙이고 빗물받이에 손가락을 건 다음

오른쪽 발끝을 발판 위에 올려놓았다. 다음은 왼발 차례였다. 마지막으로 금속 벽과 유리창에 배를 납작하게 붙였다. 나는 열차의 측면에 불가사리처럼 들러붙었다. MP5가 가슴을 압박했다. 손가락과 발끝으로 체중을 버텨냈다. 열차가 움직이기 시작했다. 거센 바람에 숨이 턱 막혀왔다. 승강장의 끄트머리, 어두운 터널로 진입하는 입구가 눈앞으로 다가왔다. 나는 숨을 크게 들이마시고 손과 발에 힘을 주면서 고개를 수그리고 뺨을 유리창에 바싹 밀착시켰다. 나는 터널 안쪽으로 빨려 들어갔다. 콘크리트 벽이 겨우 15센티미터의 빈틈을 남기고 아슬아슬하게 스쳐 지나갔다. 나는 단단하게 고정시킨 팔꿈치 너머로 시선을 돌렸다. 리더 요원이 우두커니 승강장에 서 있었다. 한 손으로 머리를 감싼 채, 다른 한손으로 글록을 쳐들었지만 이내 총구를 내렸다.

76

 끔찍한 여정이었다. 등골이 오싹할 정도로 무시무시한 속도, 울부짖는 암흑, 귓전을 무자비하게 강타하는 소음, 보이지 않는 방해물이 나를 향해 날아왔다. 거기다 극심한 통증. 열차는 내 몸 아래에서 끊임없이 흔들리고 들썩거리고 튀어오르고 덜거덕거리고 꿈틀거리고 경련했다. 열차의 모든 이음쇠가 나를 떨어뜨리려고 발악했다. 나는 손가락 여덟 개를 얕은 빗물받이에 고정시킨 채, 엄지손가락은 필사적으로 위로 밀어올리고 발끝은 있는 힘껏 아래로 내리눌렀다. 바람이 옷자락을 쥐어뜯었다. 출입문이 들썩거리며 심하게 진동했다. 머리는 마치 휴대용 드릴처럼 유리문에 덜덜덜 부딪쳤다.

 나는 그 상태로 자그마치 아홉 블록을 매달려갔다. 마침내 23번가에 도착해 열차가 급작스럽게 브레이크를 밟았다. 나는 앞으로 밀리지 않도록 기를 쓰고 왼손과 오른발에 힘을 줬다. 열차는 나를 매단 채 눈부시게 밝은 지하철역을 향해 시속 50킬로미터의 속도로 미끄러져 들어갔다. 승강장이 엄청난 속도로 지나갔다. 나는 선두 차량에 마치 조개처럼 찰싹 달라붙어 있었다. 열차가 역의 북쪽 끝에서 멈춰 섰다. 나는 몸을 둥그렇게 구부렸다. 내 배 바로 아래서 출입문이 열렸다. 곧장 안으로 몸을 날려 가장 가까운 좌석에 주저앉았다.

 아홉 블록. 겨우 1분 남짓이었지만 앞으로 평생 동안 지하철 서핑은 꿈도 꾸지 못하게 하기에 충분한 시간이었다.

내가 탄 차량에는 승객이 세 명 앉아 있었다. 아무도 내게 관심을 주지 않았다. 눈길조차 주지 않았다. 문이 닫혔다. 열차가 움직이기 시작했다.

나는 헤럴드스퀘어에서 내렸다. 34번가와 브로드웨이, 6번로가 만나는 곳이었다. 시각은 새벽 4시 10분 전. 아직 늦지 않았다. 나는 지하철을 탔던 유니언스퀘어에서 북쪽으로 20블록하고도 4분이나 떨어져 있었다. 국방부요원들이 팀을 조직해 달려오기에는 너무 먼 거리다. 나는 지상으로 올라와 메이시 백화점의 위압적인 건물 측면을 따라 서쪽으로 걸었다. 그런 다음 7번로를 따라 라일라 호스가 사용한 호텔을 향해 남쪽으로 걸었다.

야간 근무 직원이 카운터에 앉아 있었다. 나는 재킷을 열지 않았다. 그럴 필요는 없었다. 나는 로비로 걸어 들어가 데스크에 허리를 굽힌 다음 그의 머리 옆을 후려쳤다. 그는 의자 밑으로 나동그라졌다. 나는 카운터를 훌쩍 뛰어넘어 그의 멱살을 움켜쥐고 일으켜 세웠다.

"방 번호를 대."

그는 내가 시킨 대로 했다. 한 층에 골고루 흩어져 있는 다섯 개의 호텔 방. 모두 8층에 있었으며, 서로 인접해 있는 방은 없었다. 직원은 여자들이 어떤 방에 머물고 있는지 말해주었다. 남자들은 나머지 방 네 개를 사용했다. 열세 명. 침대는 여덟 개. 다섯 개가 부족하다.

다섯 명은 보초를 서는 것이리라.

나는 주머니에서 덕트테이프를 꺼내 8미터 정도를 찢어 직원의 팔과 다리를 결박했다. 철물점에서 손쉽게 구할 수 있는 1달러 50센트짜리

리 물건. 그렇지만 수천 달러짜리 소총과 위성무전기, 내비게이션 장비만큼 특수부대가 즐겨 사용하는 기본 장비다. 마지막으로 그의 입에 15센티미터 길이의 테이프를 붙인 다음 둥근 열쇠고리에서 출입카드를 잡아 뺀 뒤에 직원을 카운터 뒤 바닥에 뉘어놓고 엘리베이터로 향했다. 나는 가장 높은 층의 버튼을 눌렀다. 11층이었다. 문이 닫혔다. 나는 위로 올라가기 시작했다.

그제야 나는 재킷의 지퍼를 내렸다.

기관단총을 사용하기 편한 위치에 고정시키고 한쪽 주머니에서 가죽 장갑을 꺼내 왼손에 끼었다. MP5SD는 전방손잡이가 없다. 총부리 아래 짧고 불룩한 손잡이가 달려 있는 K시리즈와는 다르다. SD는 오른손으로 손잡이를 쥐고 왼손으로 총신을 지탱해야 한다. 총신 내벽에는 서른 개의 작은 구멍이 뚫려 있다. 발사약은 타지도 폭발하지도 않는다. 그 두 가지 작용이 동시에 일어난다. 화약이 순식간에 연소하며 뜨거운 가스를 내뿜으면 그중 일부가 서른 개의 구멍을 통해 분출된다. 가스는 총성을 죽이고 탄알의 속도를 음속 이하로 떨어뜨린다. 만일 탄알이 초음속의 충격파를 발생시킨다면 소음장치를 달아봤자 아무 소용도 없다. 속도가 낮을수록 소음은 감소하니까. VAL 무소음 저격소총처럼 말이다. 서른 개의 구멍으로 빠져나온 가스는 부피가 팽창하면서 첫 번째 챔버 내부를 휘감아 돌고, 일부가 두 번째 챔버로 빠져나가 다시 팽창하며 안에서 소용돌이친다. 부피가 팽창되면 온도가 떨어진다. 기초적인 물리학 지식. 하지만 대단할 정도는 아니다. 엄청나게 뜨겁던 것을 아주 뜨겁게 만드는 정도에 불과하다. 게다가 총신의 외벽은 금속이다. 따라서 장갑이 필요하다. 장갑을 끼지 않고 MP5SD

를 사용하는 사람은 없다. 스프링필드는 모든 것을 염두에 둘 줄 아는 인간이었다.

총의 몸통 왼편에는 안전장치 겸 사격모드 선택 스위치가 붙어 있었다. 내가 기억하는 옛 SD는 세 개의 사격모드를 사용할 수 있었다. S, E, 그리고 F. S는 안전모드, E는 반자동, F는 자동모드를 의미한다. 아마도 독일어에서 딴 표현일 것이다. E는 Ein(독일어로 1을 의미—역주)이겠지. 헤클러 앤드 코흐는 이미 영국 기업으로 넘어간 지 오래건만 아직도 전통을 중요하게 생각하는 모양이다. 그러나 스프링필드가 내게 준 총은 새 모델이었다. SD4. 세 개가 아니라 네 가지 모드를 선택할 수 있다. 알파벳은 없었다. 그림뿐이었다. 외국인이나 글을 읽지 못하는 사람들을 위한 조치일 것이다. 하얀색 점 하나는 안전모드다. 작은 흰색 총알 그림은 1점사, 총알 세 개는 3점사. 그리고 연이어 그려진 총알은 연사모드일 것이다.

나는 3점사 모드를 선택했다. 내가 가장 선호하는 방식이다. 방아쇠를 한 번 당기면 4분의 1초 동안 세 개의 9밀리미터 탄알이 발사된다. 따라서 그 힘에 의해 총구가 자동적으로 위로 들리게 되지만 신중하고 노련한 손놀림과 소음기의 무게로 그런 효과를 최소화할 수 있다. 그 결과 3~5센티미터 범위 내에서 수직으로 세 개의 치명타를 연달아 입힐 수 있다.

그 정도면 충분하다.

탄약은 도합 서른 발. 열 번을 발사할 수 있다. 목표물은 여덟. 한 번에 하나씩. 나머지 두 번은 비상용이다.

엘리베이터가 띵 소리를 내며 11층에서 멈춰 섰다. 라일라 호스의 목소리가 들리는 것 같았다. **언제나 마지막 총알은 자기 자신을 위해 남겨둬야 해요. 산 채로 포로가 되지 않기 위해서요. 특히 여자들은요.**

나는 엘리베이터에서 나와 고요한 복도에 내려섰다.

모든 형태의 습격에 관한 기본적인 전술 교리. 고지에서 공격하라. 8층은 여기서 세 층 아래에 있다. 내려가는 방법은 두 가지. 계단 또는 엘리베이터다. 나는 계단 쪽을 선호한다. 특히 무소음 무기를 갖고 있을 때에는 더욱 그렇다. 현명한 방어 전술은 계단 입구에 보초를 세워놓는 것이다. 아군에게 재빨리 경고를 보낼 수 있기 때문이다. 그 정도는 쉽게 예상할 수 있는 바, 조용하고 간단히 해치울 수 있다.

엘리베이터 옆에 찌그러진 문이 하나 있었다. 계단으로 통하는 문이다. 나는 문을 열고 아래로 내려가기 시작했다. 콘크리트 계단에는 먼지가 내려앉아 있었고 손으로 쓴 듯한 커다란 초록색 숫자가 층층마다 붙어 있었다. 나는 최대한 조용히 9층까지 내려갔다. 그 이후부터는 아무 소리도 내지 않았다. 나는 발을 멈추고 쇠난간 너머로 아래를 내려다보았다.

보초는 보이지 않았다.

8층 비상구 앞도 비어 있었다. 실망스러운 일이다. 문 너머 다음 단계의 난이도가 25퍼센트 더 어려워진다는 의미이기 때문이다. 복도에 네 명이 아니라 다섯 명이 망을 보고 있다는 뜻이다. 더구나 방의 분포상 놈들 중 일부는 내 왼쪽에, 그리고 나머지 일부는 내 오른쪽에 위치하게 된다. 3 대 2, 또는 2 대 3. 자칫 잘못된 방향에서 잘못 시간을 끌게 되면 치명적인 결과를 맞게 된다.

쉽지 않겠군.

하지만 지금은 새벽 4시다. 신체의 움직임이 가장 저조한 시간. 과학적인 사실이다. 소련 과학자들이 밝혀냈다.

나는 비상문 안쪽에서 숨을 깊이 들이마셨다. 한 번 더 깊은 심호흡. 장갑을 낀 왼손을 문손잡이에 올려놓고, MP5의 방아쇠 위에 손가락을 긴장시켰다.

그리곤 문을 잡아당겼다.

열린 틈에 발을 끼워넣어 45도 각도로 고정시켰다. 장갑을 낀 손으로 MP5의 총신을 굳게 다잡았다. 나는 복도를 슬쩍 내다보고 귀를 기울였다. 아무 소리도 들리지 않았다. 아무것도 보이지 않았다. 나는 조심스레 복도로 발을 내디뎠다. 재빨리 한쪽 벽에 등을 대고 붙었다. 다시 반대쪽 벽으로 재빨리 이동했다.

아무도 없었다.

보초도 감시병도 아무도 없었다. 지저분한 양탄자와 칙칙한 노란 조명, 그리고 두 줄로 늘어선 굳게 닫힌 문짝들이 다였다. 내 머릿속에서 울리는 잡음과 도시의 진동, 그리고 멀리서 들려오는 사이렌 소리 외에는 아무런 소리도 들리지 않았다.

나는 등 뒤로 비상계단 문을 닫았다.

방문에 붙은 번호를 확인하고 서둘러 라일라 호스의 방을 찾았다. 문틈에 귀를 대고 온 신경을 집중했다.

아무것도 들리지 않았다.

나는 기다렸다. 5분. 10분. 아무것도 들리지 않았다. 아무도 그렇게 오랜 시간 동안 나보다 더 조용하게 소리를 죽일 수는 없다.

나는 직원에게서 빼앗은 출입카드를 투입구에 집어넣었다. 빨간색으로 깜박이던 작은 불빛이 초록색으로 변했다. 자그맣게 딸각 하는 소리가 났다. 나는 손잡이를 거세게 내리누르며 눈 깜짝할 새에 방 안으로 진입했다.

방은 비어 있었다.

욕실도 비어 있었다.

사람이 머물렀던 흔적이 남아 있었다. 화장실의 두루마리 화장지가 풀려 있고 끝자락이 너절하다. 세면대도 젖어 있었다. 사용한 수건이 걸려 있고 침대 시트는 어지러웠다. 거실에는 의자들이 흩어져 있었다.

나머지 방 네 개를 둘러보았다. 모두 텅 비어 있었다. 버려진 것이다. 아무것도 남아 있지 않았다. 그들이 곧 돌아오리라는 단서도 보이지 않았다.

라일라 호스, 한 수 앞.

잭 리처, 한 수 뒤.

나는 장갑을 벗고 다시 재킷의 지퍼를 올린 다음 로비로 돌아갔다. 야간 근무 직원을 카운터 뒤에 똑바로 앉히고 입에서 테이프를 뜯었다.

"제발 때리지 마세요."

"내가 그러지 말아야 할 이유라도 있나?"

"내 잘못이 아니라고요."

직원이 징징거렸다.

"거짓말을 한 것도 아니잖아요. 나더러 그 사람들을 어떤 방에 들여

보냈냐고 물었잖아요. 과거 시제로요."

"언제 떠났지?"

"당신이 찾아오고 10분 뒤에요."

"그들에게 전화를 해줬나?"

"어쩔 수 없었어요."

"어디로 갔지?"

"난 몰라요."

"그래, 놈들이 얼마나 줬어?"

"천 달러요."

"나쁘지 않군."

"방 하나당 천 달러요."

"미쳤구만."

내가 말했다. 진담이었다. 그 정도 돈이면 포시즌에 묵을 수도 있었다. 물론 그럴 수 없다는 게 치명적이지만. 애초에 그게 바로 문제가 아니던가.

나는 7번로의 어둠 속에서 발을 멈췄다. 그들은 대체 어디로 갔을까? 무엇보다, 어떻게 갔을까? 자동차는 아니다. 호텔에 들어올 때, 그들은 열다섯 명이었다. 자동차가 최소한 세 대는 필요한 숫자다. 게다가 야간직원이 한 명밖에 없는 쓰러져가는 호텔에서 대리주차를 해줄 리가 없다.

택시? 가능한 일이다. 밤늦은 시간에 미드타운에서 여기까지 왔다. 그리고 새벽 3시에 이곳을 떴다. 7번로에서? 여덟 명이 이동하려면 빈 택시를 동시에 두 대나 잡아야 한다.

그럴 리가 없다.

지하철? 역시 가능한 일이다. 또한 실제로 지하철을 이용했을 가능성도 크다. 한 블록만 걸으면 지하철 노선이 세 개나 있다. 지하철의 야간 운행시간을 생각하면 최대한 20분은 기다려야 한다. 그러나 일단 지하철이 오면 업타운이나 다운타운으로 탈출할 수 있다. 어느 쪽일까? 오랜 시간 동안 걸어야 하는 곳은 아니다. 한밤중에 여덟 명이나 되는 사람들이 걸어 다니는 것은 너무 쉽게 눈에 띈다. 더구나 뉴욕 시내에는 6백 명의 연방요원들이 상주하고 있다. 내가 아는 한 그들이 선택할 수 있는 유일한 다른 호텔은 8번로에서도 서쪽 끝에 있었다. 걸어서 15분 거리. 어쩌면 더 걸릴지도 모른다. 노출될 위험이 너무 크다.

그렇다면 결국 지하철이다. 대체 어디로 갔을까?

뉴욕. 830제곱킬로미터. 20만 5천 에이커. 8백만 개의 주소들. 나는 거리 한복판에 우두커니 서서 가능성을 계산했다

아무것도 나오지 않았다.

그러다 싱긋 웃음 지었다.

당신은 말이 너무 많소, 라일라.

머릿속에서 다시 그녀의 목소리가 들렸다. 포시즌 티룸에서의 대화. 그녀는 자신의 정체를 숨긴 채 아프가니스탄 병사들에 관해 이야기하고 있었다. 그러나 실상 그녀는 자기편 병사들을 자랑하고 있었던 것이었다. 붉은 군대의 부질없는 수색작전과 헛된 전투들을 비웃고 있었다. 그녀는 말했다. **무자헤딘은 똑똑했어요. 그들은 우리가 그들이 버**

리고 떠났다고 여긴 야영지로 다시 돌아오는 습관이 있었죠.

나는 헤럴드스퀘어로 돌아갔다. R선을 타고 5번로와 59번로에서 내렸다. 그곳에서 멀지 않은 58번가에는 세 개의 낡은 건물이 모여 있었다.

77

58번가의 구식 건물들은 컴컴하고 조용했다. 아침 10시가 되기 전에는 개미 새끼도 얼씬거리지 않는 한산한 동네. 지금 시각은 새벽 4시 반이다. 나는 매디슨애비뉴 건너편 인도에 있는 어두운 현관 앞에 몸을 숨기고 50미터 너머의 건물을 지켜보고 있었다. 초인종이 하나밖에 없는 건물에는 범죄 현장임을 알리는 노란색 테이프가 문 앞을 가로질러 붙어 있었다. 셋 중에 가장 왼쪽에 있는 건물, 1층에 문 닫은 레스토랑이 있는 건물이다.

창은 모두 어둡다. 불빛이 새어나오지도 않는다.

사람의 움직임도 느껴지지 않는다.

범죄현장 테이프는 제대로 붙어 있는 듯 보였다. 출입구는 뉴욕 경찰청의 공식 인장으로 봉인되어 있을 것이다. 문과 문설주 사이의 틈새 위에 풀로 발라 놓은 그 작고 네모난 종이 역시 온전하게 남아 있을 것이다.

이는 뒷문이 존재한다는 뜻이다.

가능성은 다분했다. 레스토랑이 딸린 건물이니 당연하다. 레스토랑은 온갖 종류의 불쾌한 쓰레기를 처리해야 한다. 그것도 하루 종일 말이다. 쓰레기는 지독한 악취를 풍기고, 쥐들을 유인한다. 도로에 되는 대로 쌓아둘 수는 없다. 부엌 문 밖에 있는 뚜껑 달린 커다란 쓰레기통에 버리는 편이 훨씬 현명하다. 그런 다음 쓰레기통을 도로변에 가져다 놓으면 나머지는 쓰레기 수거차량이 알아서 해줄 것이다.

시야를 넓히기 위해 남쪽으로 20미터쯤 이동했다. 건물 사이 골목이 보이지 않았다. 블록 내에 서 있는 건물들은 모두 접착제라도 붙여 놓은 듯 꼭 달라붙어 있었다. 범죄현장 테이프가 둘러진 현관문 옆에는 레스토랑의 창문이 나 있고, 그 옆에는 또 하나의 문이 있었다. 건축학상으로 볼 때 그것은 레스토랑 건물의 이웃집에 속해야 했다. 옆 건물의 1층과 이어져 있었기 때문이다. 까맣고, 아무런 표지도 붙어 있지 않은 평범한 문이었다. 표면에는 많은 흠집이 나 있었다. 계단도 없이 평평한 바닥 위에 세워진 입구는 건물의 다른 문들보다 옆으로 훨씬 널찍했다. 손잡이도 없었다. 열쇠구멍뿐이었다. 열쇠가 없다면 안쪽에서밖에 열 수가 없다. 저 문이 건물 사이 숨겨진 골목으로 연결돼 있다는 데 뭐든 걸겠다. 레스토랑 옆 건물은 1층은 폭이 방 두 개 정도에 지나지 않겠지만 그 위층은 방 세 개가 들어갈 만큼 넓을 것이다. 이 블록의 건물들은 2층 높이에서는 어깨를 맞대고 붙어 있지만 그 아래, 지상층에는 뒷문으로 이어지는 보이지 않는 길이 숨어 있을 것이다. 조심스럽게 감추고 판자로 덮어 버린 건물과 건물 사이 골목길들. 뉴욕 시의 공중권은 비싸다. 이 도시는 지상뿐만 아니라 위아래 공간을 사용할 수 있는 권리까지도 판매한다.

나는 방금까지 서 있던 그늘진 현관 앞으로 다시 돌아왔다. 머릿속으로 시간을 쟀다. 라일라의 부하들이 나를 붙잡으러 온 지 44분이 지났다. 라일라가 임무를 완료했다는 소식을 들었어야 할 시각에서 최소한 34분은 지났을 터이다. 일이 제대로 풀리지 않았다는 사실을 인정한 지는 24분쯤 되었을 테고, 내게 전화를 걸고 싶다는 유혹을 느낀 지도 14분은 족히 되었을 것이다.

라일라, 당신은 말이 너무 많소.

나는 다시 어둠 속에 몸을 감추고 계속 기다렸다. 눈앞의 풍경은 황량했다. 도로에는 인적이 끊겨 있었다. 때때로 매디슨애비뉴에 자동차나 택시가 지나가기도 했지만 58번가에는 단 한 대의 자동차도 나타나지 않았다. 행인들도 보이지 않았다. 개를 산책시키는 이들도, 비틀거리며 집으로 돌아가는 파티광들도 없었다. 쓰레기 수거는 한참 전에 끝났다. 베이글 배달은 아직 시작되지도 않았다.

정적이 뒤덮은 고요한 밤.

잠들지 않는 이 도시가 잠시나마 평온하게 휴식을 취하는 시간.

나는 기다렸다.

5분 뒤, 주머니 속에서 전화기가 세차게 진동했다.

나는 눈앞의 초라한 레스토랑을 바라보며 폴더를 열었다. 전화기를 귀에 가져다 대고 말했다.

"여보세요."

라일라가 물었.

"무슨 일이 일어난 거예요?"

"당신이 안 나왔잖소."

"내가 나갈 거라고 생각했단 말이에요?"

"사실 그럴 거라고는 생각하지 않았소."

"내 부하들은 어떻게 됐어요?"

"제도의 관리하에 있지."

"거래는 아직 유효해요."

"어떻게? 더 이상 부하들을 잃고 싶지 않을 텐데."

"다른 방법을 생각해내면 되죠."

"좋소. 하지만 가격이 인상될 거요."

"얼마나?"

"7만 5천."

"지금 어디에요?"

"당신 집 앞이오."

잠시 침묵이 흘렀다. 창가에서 움직임이 나타났다. 4층. 두 개의 창문 가운데 왼쪽이다. 방 안은 어두웠다. 희미하고 흐릿한, 50미터 밖에서 겨우 알아볼 수 있을 만큼의 미묘한 움직임이었다.

커튼이 아른거리는 것일 것이다.

아니면 하얀 셔츠거나.

어쩌면 모든 게 내 상상에 불과할지도.

그녀가 말했다.

"아뇨, 당신은 내 집 앞에 와 있지 않아요."

그러나 그녀의 목소리에는 확신이 부족했다.

라일라가 말했다.

"어디서 만날까요?"

내가 말했다.

"그래 봤자 무슨 소용이오? 어차피 나오지도 않을 거면서."

"다른 사람을 보내죠."

"그래선 안 될 텐데. 남은 여섯 명까지 잃고 싶진 않잖소."

라일라는 무언가를 말하려는 듯 입을 열었지만 아무 말도 하지 않았다.

내가 말했다.

"타임스스퀘어에서 봅시다."

"좋아요."

"내일 아침 10시에."

"왜요?"

"난 사람이 많은 곳이 좋소."

"그러면 너무 늦어요."

"뭐가?"

"난 지금 당장 그걸 갖고 싶어요."

"내일 아침 10시. 내 조건을 받아들이든가 아니면 포기하시오."

그녀가 말했다.

"전화 끊지 말아요."

"왜?"

"돈을 세어보려고요. 7만 5천 달러가 있는지 확인해볼게요."

나는 재킷을 열었다.

장갑을 손에 끼었다.

전화기에서 라일라 호스의 숨소리가 들려왔다.

50미터 멀리서, 검은 문이 열렸다. 숨겨진 골목. 한 남자가 문 밖으로 나왔다. 작은 키, 검은 피부, 강인한 몸집. 경계심이 가득한 자세로 주위를 탐색하고 있다. 그는 인도를 좌우로 번갈아 살펴보았다. 맞은편 거리를 내다보았다.

나는 전화기를 주머니 안에 집어넣었다. 폴더는 열려 있었다. 전화를 끊지는 않았다.

나는 MP5를 들어올렸다.

기관단총은 애초에 근접전투를 위해 개발되었다. 그러나 상당수가 중거리에서도 소총과 비슷한 정확도를 자랑한다. 헤클러 앤드 코흐의 MP5SD 90미터 이내에서는 상당히 믿음직한 물건이다. 게다가 내 총에는 조준기가 달려 있다. 나는 모드 스위치를 1점사에 맞춘 다음 사내의 가슴팍을 조준했다.

50미터 밖. 사내가 연석 위로 발을 내디뎠다. 우측을 확인하고 좌측을 돌아보고 정면을 점검한다. 그는 아무것도 발견하지 못했다. 서늘한 밤공기와 엷은 밤안개, 그뿐이었다.

그는 문을 향해 돌아섰다.

택시 한 대가 내 앞을 지나갔다.

50미터 앞에서 사내가 문을 밀었다.

나는 그의 몸이 앞으로 움직일 때까지 기다렸다. 그런 다음 찰나를 포착해 그의 등을 향해 방아쇠를 당겼다. 명중이다. 저속으로 날아가는 탄알. 느낌으로 알 수 있는 시간차. 발사, 명중. SD는 소음이 없는 것으로 정평이 나 있다. 그러나 사실이 아니다. SD 역시 어느 정도는 소음을 발산한다. 영화에서 점잖게 침을 뱉는 것보다 약간 큰 소리, 그러나 1미터 위에서 탁자에 전화번호부를 떨어뜨렸을 때보다는 작다. 귀에 들리기는 하지만 시끄러운 도시에서 각별히 두드러질 정도는 아니다.

사내가 앞으로 고꾸라졌다. 상체는 골목길에, 다리는 인도에 걸친 채로. 나는 만약을 위해 확인사살을 한 다음 총구를 내려뜨리고 주머니에서 전화기를 꺼냈다.

"아직 있소?"

라일라가 말했다.

"아직 세는 중이에요."

한 명이 부족한 채로.

재킷의 지퍼를 끝까지 올리고 걷기 시작했다. 매디슨애비뉴를 따라 58번가를 몇 미터 지나쳤다. 그런 다음 매디슨을 건너 어깨를 건물에 바싹 밀착시킨 채로 모퉁이를 돌았다. 라일라의 눈에 띄어서는 안 된다. 세 개의 건물 중 첫 번째 건물을 지나쳤다. 두 번째 건물도 지났다.

나는 라일라의 발밑에서 말했다.

"난 그만 가봐야겠소. 피곤하군. 내일 아침 10시, 타임스스퀘어요, 알겠소?"

그녀가 12미터 위에서 대답했다.

"좋아요, 사람을 보내죠."

나는 통화를 마치고 전화기를 바지 뒷호주머니에 넣은 다음 시체를 골목 안으로 끌고 들어갔다. 그런 다음 문을 닫았다. 조용히, 그리고 천천히.

78

골목 안에는 조명이 비추고 있었다. 침침한 전구 하나, 지저분한 칸막이벽. 나는 죽은 남자의 얼굴을 들여다보았다. 스프링필드가 보내준 파일에 끼어 있던 얼굴이었다. 열아홉 명 가운데 7번. 이름은 기억나지 않았다. 나는 그를 골목 안쪽으로 깊숙이 끌고 들어갔다. 콘크리트 바닥은 오랜 시간 닳아 반질반질했다. 그의 몸을 뒤져보았다. 주머니에는 아무것도 들어 있지 않았다. 신분증도 없고 무기도 없다. 나는 너무 오래되어 더 이상 악취도 나지 않는 음식물로 뒤덮인 작은 바퀴 달린 쓰레기통 옆에 시체를 팽개쳤다.

건물 안으로 들어가는 출입문을 발견했다. 재킷을 열고, 기다렸다. 놈들이 동료의 행방을 의아하게 여기기까지 얼마나 시간이 걸릴지 궁금했다. 5분 미만일 것이다. 얼마나 많은 인원이 그를 찾으러 나올지도 궁금했다. 한 명일 가능성이 크다. 그러나 나는 그보다 많길 바랐다.

그들은 7분을 기다렸고 두 명을 보냈다. 건물의 뒷문이 열리더니 첫 번째 사내가 밖으로 나왔다. 스프링필드의 명단에서 열네 번째 용의자였다. 그는 골목길 끝에 있는 바깥쪽 문을 향해 걸어갔다. 두 번째 사내는 그 뒤를 따랐다. 그는 명단에서 여덟 번째 용의자였다.

세 가지 일이 발생했다.

먼저 첫 번째 사내가 발을 멈췄다. 골목문이 닫혀 있었다. 그로서는 이해할 수 없는 일이었다. 그 문은 열쇠 없이 바깥쪽에서는 열 수 없었고, 따라서 첫 번째 정찰병은 문을 열어둔 채 골목 밖으로 나가야 했다. 그러나 문은 닫혀 있었다. 그러므로 첫 번째 정찰병은 이미 안으로 귀환해 있어야 했다.

첫 번째 사내가 몸을 돌렸다.

두 번째, 두 번째 사내 역시 뒤쪽으로 몸을 돌렸다. 조용하고 신속하게 건물 내부로 통하는 문을 닫기 위해서였다. 나는 그를 방해하지 않았다.

그러다 두 번째 사내가 눈길을 들었고, 나를 발견했다.

첫 번째 사내도 나를 발견했다.

세 번째, 나는 그 둘을 쏴 버렸다. 두 번의 3점사. 짧고 으르렁거리는 듯한 폭발음이 연달아 울려 퍼졌다. 방아쇠 두 번을 당기는 데 각각 4분의 1초도 채 걸리지 않았다. 나는 그들의 목 아래쪽을 겨냥했다. 총부리가 턱을 타고 상승했다. 그들은 키가 작았다. 목은 가늘고, 대부분 동맥과 척수로 채워져 있다. 이상적인 표적이다. 사방이 칸막이로 차단되어 있는 까닭에 총성이 도로에서보다 훨씬 크게 들렸다. 그러나 건물 안으로 통하는 문은 닫혀 있었다. 게다가 문은 매우 두꺼운 목재로 만들어져 있다. 건물의 옛 주인이 공중권을 팔아 버리기 전에는 외부의 소음을 차단하는 현관문으로 사용되었을 것이다.

두 사내가 쓰러졌다.

탄피가 콘크리트 바닥에 후드득 떨어져 내렸다.

나는 기다렸다.

아무런 반응도 없다.

여덟 발을 사용했다. 남은 탄약은 스물두 발. 일곱 명이 생포되었고 셋을 골로 보냈으며, 아직 셋이 눈을 퍼렇게 뜨고 살아 있다.

그리고 호스 여자들.

나는 방금 죽인 사내들의 주머니를 뒤졌다. 신분증, 없음. 무기, 없음. 열쇠도 없었다. 건물 문이 잠겨 있지 않다는 의미다.

나는 두 구의 시체를 쓰레기통 그늘 아래 첫 번째 시신 옆에 굴려놓았다.

그런 다음 기다렸다. 사실 누가 또 그 문을 통해 밖으로 나오리라는 생각은 들지 않았다. 북서변방에서 영국군은 구조대를 파견하지 않는 편이 현명하다는 교훈을 배웠다. 붉은 군대도 마찬가지였다. 호스 여자들도 자신들의 역사를 알고 있을 것이다. 틀림없다. 심지어 스베틀라나는 그중 일부를 직접 쓰기조차 했으니.

나는 기다렸다.

주머니 속에서 전화기가 진동했다.

전화기를 꺼내 폴더 앞에 달린 작은 액정을 확인했다. 발신번호제한. 라일라. 나는 진동을 무시했다. 이제 대화로 풀 수 있는 부분은 끝났다. 나는 전화를 다시 주머니에 집어넣었다. 진동이 멈췄다.

장갑을 낀 손을 내밀어 문손잡이 위에 가져다 댔다. 손잡이를 아래로 눌렀다. 손끝에는 아무런 저항도 느껴지지 않았다. 나는 상당히 여유롭고 침착한 상태에 있었다. 이미 셋을 처치했다. 놈들은 동료들을 기다리고 있을 것이다. 그들이 곧 돌아오리라 예상하고 있을 것이다. 만일 안쪽에서 누군가가 대기하고 있다면, 적인지 친구인지 판단하는 데 순간적으로 주저하게 될 것이다. 귀중하고 결정적인 시간. 메이저

리그 타자가 직관적으로 직구와 커브볼을 구분하는 그 찰나의 시간. 5분의 1초, 어쩌면 그보다 길 수도 있다.

그러나 내게는 그런 시간이 필요하지 않다. 내 앞을 가로막는 자는 모두 적이다.

한 명도 빠짐없이, 모조리.

나는 문을 열었다.

아무도 없었다.

나는 텅 빈 공간에 홀로 서 있었다. 버려진 레스토랑의 부엌이었다. 실내는 어두컴컴했다. 사업을 포기한 뒤 부엌 설비들을 보웨리에 있는 중고판매점으로 보냈는지 주방용 조리대는 군데군데 비어 있고 녹슨 캐비닛은 뼈대만 남아 있었다. 벽에는 한때 수도꼭지가 연결되어 있었을 낡은 파이프가 얼기설기 붙어 있다. 천장에 부착된 고리들이 흔들거렸다. 옛날에는 소스팬이 걸려 있었을 것이다. 방 중앙에는 거대한 돌 탁자가 놓여 있었다. 표면은 매끈하고 서늘했으며, 오랜 세월 손때에 닳아 움푹 꺼져 있었다. 어쩌면 옛날에 이 위에서 페이스트리 반죽을 굴렸을지도 모른다.

그리고 최근에는 피터 몰리나가 살해되었고.

이곳이 DVD에 나왔던 장소라는 데에는 의심의 여지가 없었다. 확실했다. 나는 카메라가 세워져 있던 자리마저 정확하게 짚어낼 수 있다. 조명이 설치되어 있던 곳도 알 수 있었다. 돌탁자의 다리에는 아직도 밧줄 매듭 꼬랑지가 남아 있었다. 피터의 손목과 발목이 묶여 있던 자리다.

주머니 속에서 전화기가 진동했다.

나는 무시했다.

나는 계속해서 전진했다.

식당으로 이어지는 두 개의 스윙도어. 하나는 들어가는 문, 하나는 나가는 문이다. 식당에서 흔히 볼 수 있는 구조다. 웨이터끼리 충돌하지 않도록 만든 것이다. 문에는 50년 전 성인 남성의 평균 눈높이에 맞춘 현창이 달려 있었다. 나는 허리를 굽히고 안을 들여다보았다. 방은 비어 있었다. 큼지막한 장방형의 공간이었다. 휑뎅그렁한 방 가운데 안락의자 한 점이 외롭게 놓여 있었다. 바닥은 먼지와 쥐똥으로 뒤덮여 있다. 커다랗고 더러운 유리창을 통해 바깥의 가로등 불빛이 새어 들어왔다.

나는 나가는 문을 발로 슬쩍 밀었다. 경첩이 새된 소리를 질렀다. 식당 안으로 들어섰다. 좌회전, 다시 좌회전. 건물 뒤쪽 복도가 나타났다. 화장실로 이어지는 문이 두 개. 각각 "여성"과 "남성"이라고 적혀 있다. 놋쇠현판. 그림은 없었다. 대충 치마와 바지를 그려 넣은 유치한 아이콘도 붙어 있지 않았다.

문 두 개가 더 나타났다. 양쪽 벽에 하나씩. 역시 놋쇠 현판이 붙어 있다. 관계자 외 출입금지. 하나는 다시 부엌으로 이어질 테고, 다른 하나는 계단으로 통할 것이다. 그리고 계단은 위층으로 이어질 테고.

주머니 속에서 전화기가 진동했다.

나는 무시했다.

모든 형태의 습격 시 기본적인 전술 교리. 고지에서 공격하라. 기각. 선택권이 없다. 이스라엘이 자살폭탄범을 식별하는 명단을 고안하고 있던 당시, 영국의 특수부대는 지붕에서 밧줄을 내려 높은 층 창문이나 지붕을 뚫고 들어가거나 또는 맞은편 건물의 다락방에서 곧장 침투하는 전술을 개발했다. 매우 신속하고 극적이며, 커다란 성공률을 자랑하는 전략이다. 아주 탁월한 방법이다. 실천에 옮길 수만 있다면 말이다. 지금 나는 그럴 수 없다. 나는 다른 평범한 사람들과 마찬가지로 지상에 발이 묶인 처지였다.

최소한 얼마 동안은.

나는 계단으로 이어지는 문을 밀었다. 문이 바닥에 둥근 호를 그리며 열리자 가로 세로가 80센티미터도 채 되지 않을 좁은 복도가 나타났다. 정면에, 손만 뻗으면 바로 닿을 거리에 거주 구역으로 통하는 문이 있었다.

작은 복도 끝에는 작고 비좁은 계단이 있었다. 계단은 반쯤 상승하다 방향을 반대로 바꿔 한 층 위로 모습을 감춰 버렸다.

주머니 속에서 전화가 진동했다.

나는 전화기를 꺼내 액정을 확인했다. 발신번호제한. 다시 주머니 속에 넣었다. 진동이 멈췄다.

나는 계단을 올라가기 시작했다.

79

 갑작스럽게 굽은 계단의 처음 절반을 올라가는 가장 안전한 방법은 뒤로 걷는 것이다. 항상 머리 위 전방을 주시하고 양발의 간격은 넓게 둔다. 뒷걸음질을 치며 머리 위를 경계하는 것은 위층에서 적들이 달려올 경우 그들을 정면으로 마주해야 하기 때문이다. 다리를 넓게 벌리는 이유는 계단이 낡아 삐걱거릴 경우 문제를 일으키는 것은 항상 중간 지점이며 계단의 가장자리는 대체로 안전하기 때문이다.
 나는 위에서 말한 규칙에 맞춰 처음 절반을 오른 다음, 옆걸음질로 물러나 나머지 절반은 앞을 바라보며 전진했다. 드디어 2층 현관 복도에 도달했다. 1층보다 두 배는 컸지만 그래도 여전히 작고 비좁았다. 대략 폭은 80센티미터, 길이는 1.5미터 정도. 왼쪽에 문이 하나, 오른쪽에도 문이 하나, 그리고 맞은편 복도 끝에는 두 개. 문은 모두 굳게 닫혀 있다.
 나는 움직이지 않았다. 내가 라일라라면 정면에 있는 두 개 방에 각각 한 명씩의 공격수를 배치해두었을 것이다. 그들은 무기를 손에 쥔 채 귀를 쫑긋 세우고 있을 터이다. 적절한 타이밍에 문을 열어젖히고 내게 총알 세례를 퍼부을 수 있도록 말이다. 그들은 내가 올라오거나 내려갈 때 손쉽게 나를 해치울 수 있었다. 그러나 나는 라일라가 아니고, 라일라 또한 내가 아니다. 나는 그녀가 어떤 식으로 병력을 배치할지 알 수 없었다. 병력이 감소한 까닭에 부하들끼리의 거리를 최대한 가깝게 유지하리라는 점을 제외하고 말이다. 그렇다면 그들은 2층이 아니라 3층에 있을 가능성이 높다. 왜냐하면 방금 전에 인기척을 목격한 것은 4층 창가였기 때문이다.

왼쪽에 있는 4층 창문. 보다 정확히 말하자면 건물의 바깥쪽에서 봤을 때 왼쪽 창문이었다. 건물 안쪽에서 그녀의 방은 오른쪽이라는 의미다. 각 층의 구조는 별반 다를 바가 없을 것이다. 이렇게 저렴하고 실용적인 구조의 건물은 각 층의 거주민을 위해 따로 개조를 했을 리가 없다. 따라서 2층 오른쪽 방은 두 층 위 라일라의 방과 정확히 동일한 자리에 있을 것이다. 방 구조에 대한 정보를 미리 얻을 기회다.

나는 MP5의 방아쇠에 손가락을 걸고 장갑을 낀 손가락을 문손잡이 위에 올려놓았다. 힘을 주자 잠금쇠가 풀리는 게 느껴졌다.

나는 문을 열었다.

방은 텅 비어 있었다.

반쯤 부서진 원룸 아파트였다. 길이는 길지만 너비는 아래층 식당 홀의 절반 남짓밖에 되지 않았다. 길고 비좁은 방이다. 안쪽에는 벽장과 욕실, 작은 부엌이 있었다. 한눈에 구조를 파악할 수 있었다. 방과 방을 나누는 칸막이벽이 건물을 지탱하는 간주(間柱)만 남기고 모두 허물어져 있었기 때문이다. 욕실 설비는 아직 제자리에 있었다. 갈비뼈처럼, 또는 새장의 창살처럼 높이 선 기둥 뒤에서 어색하게 속살을 드러내고 있다. 부엌도 그대로였다. 바닥은 전체적으로 마룻바닥이었지만 욕실에는 가장자리가 깨진 촌스러운 모자이크 타일이, 부엌에는 리놀륨이 깔려 있었다. 방에서는 쥐와 썩은 회반죽 냄새가 났다. 도로변으로 난 창문은 검댕으로 검게 칠해졌고 창밖에 매달린 비상계단이 창문을 비스듬히 가로지르고 있었다.

나는 소리를 죽여 창가로 걸어갔다. 화재용 비상계단은 표준 규정을 따르고 있었다. 위층에서 내려오는 좁은 철제 계단이 창문 아래 좁은 발판통로로 이어지고 있었다. 통로 반대쪽 끝에는 사람이 매달리면 아래쪽으로 미끄러져 내려 연장되는 평형 사닥다리가 설치되어 있다.

창문은 아래쪽 창유리를 밀어올리면 상유리판과 겹치는 내리닫이였다. 두 개의 창유리가 만나는 지점에 작은 놋쇠 잠금쇠가 있어 창의 위치를 고정할 수 있었다. 아래쪽 창유리에는 구식 서류 캐비닛에서 볼 수 있는 손잡이가 달려 있었다. 손잡이에는 여러 겹의 페인트가 덧칠되어 있다. 창틀도 마찬가지였다.

나는 잠금쇠를 풀고 손잡이에 양손의 손가락 세 개를 끼워넣은 다음 창을 밀어올렸다. 나무창틀이 조금씩 움직이다가 어딘가에 걸렸는지 더 이상 꼼짝하지 않았다. 나는 더욱 세게 힘을 주었다. 소방서 지하에서 철창을 뒤집었을 때처럼 젖 먹던 힘까지 동원해 기를 쓰고 끌어올렸다. 창틀이 덜거덕거리며 조금씩 기어 올라가기 시작했다. 오른쪽이 걸렸다 싶으면 다시 왼쪽이 걸리고, 왼쪽이 걸렸다 싶으면 다시 오른쪽이 걸렸다. 나는 어깨를 창틀 아래 대고 다리에 힘을 주고 상체를 밀어올렸다. 아래쪽 창틀이 20센티미터쯤 주룩 미끄러져 올라갔다. 그러곤 다시 꼼짝도 하지 않았다. 나는 한 발짝 뒤로 물러났다. 선선한 밤공기가 흘러들어왔다. 50센티미터 크기의 완벽한 구멍.

충분하고도 남는다.

나는 한쪽 다리를 창턱에 거치고 허리를 잔뜩 구부린 다음 창문 건너편으로 몸을 빼내고 남은 다리 한쪽을 끌어올렸다.

주머니 속에서 다시 전화기가 울렸다.

나는 무시했다.

나는 계단을 올라갔다. 한 번에 한 칸씩, 조심스럽게 발을 내디뎠다. 3층 거실에 딸린 두 개의 창문이 한눈에 보일 때까지.

커튼이 닫혀 있다. 더러운 얼룩투성이 유리창 너머 먼지투성이 천이 바닥으로 늘어져 있었다. 불빛은 보이지 않았다. 아무 소리도 들리지 않았다. 아무 움직임도 느껴지지 않았다. 나는 고개를 돌려 발밑을 내려다보았다. 행인들은 보이지 않았다. 아무도 없었다. 도로를 달리는 자동차도 없다.

나는 위층으로 올라갔다. 4층으로. 결과는 똑같았다. 지저분한 유리창, 닫혀 있는 커튼. 나는 내가 움직임을 봤다고 생각한, 아니 봤다고 상상한 창문 아래 한참 동안 서 있었다. 아무 소리도 들리지 않았다. 아무 움직임도 느껴지지 않았다.

나는 5층으로 올라갔다. 5층은 달랐다. 커튼이 없었다. 방은 비어 있었다. 바닥은 더럽고 천장은 기울어져 물이 새고 있었다.

5층 창문은 잠겨 있었다. 3층에서 본 것과 똑같은 창유리였지만 창을 깨지 않고서는 안에 들어갈 방법이 없었다. 그러나 큰 소리가 날 것이다. 준비는 되어 있지만 아직은 때가 아니다. 적절한 순간, 나는 그때를 기다리고 있다.

맬빵을 잡아당겨 MP5를 등 뒤로 돌린 다음 창턱 위에 한 발을 올려놓았다. 창틀에 발을 딛고 올라서서 머리 위에 있는 무너져가는 처마를 붙잡았다. 팔을 굽혀 몸을 끌어올렸다. 별로 고상하고 우아한 자세는 아니었다. 원래 체조선수 따위가 아니니 어쩔 수 없다. 끙끙거리며

용을 쓴 끝에 숨을 헐떡거리며 잡초가 무성한 지붕 위에 큰 대 자로 쓰러졌다. 한참 동안 그렇게 고개를 바닥에 묻은 채 숨을 고르다 허리를 세우고 누운 자리에서 일어났다. 나는 옥상에서 아래층으로 통하는 들창이나 뚜껑문을 찾아 뒤지기 시작했다. 있다. 처음 올라온 자리에서 15미터쯤 뒤에 있었다. 계단참이 있을 거라고 짐작했던 바로 그 자리다. 얕은 나무 상자를 뒤집어놓은 것처럼 생긴 단순한 뚜껑문으로, 가장자리에 양철을 입히고 한쪽에는 경첩이 달려 있다. 아마 안쪽에서 잠겨 있을 것이다. 걸쇠와 맹꽁이자물쇠가 달려 있을 테고. 자물쇠는 튼튼해서 어쩔 도리가 없지만 걸쇠는 문틀을 비틀면 떼어낼 수 있다. 나무틀은 오랜 세월과 빗물 때문에 썩어 있을 것이다.

문제없다.

모든 형태의 습격 시 기본적인 전술 교리. 고지에서 공격하라.

80

들창 뚜껑은 가장자리를 장도리로 두드려 둥그스름하게 아물려놓았다. 네 개의 귀퉁이는 뾰족하지도 날카롭지도 않았다. 나는 장갑을 낀 손을 경첩의 반대쪽 가장자리 아래 집어넣고 거침없이 잡아당겼다. 꿈쩍도 하지 않았다. 이제 본격적으로 달려들어야 할 시간이다. 두 손을 모두 이용해 손가락 여덟 개를 뚜껑 아래 끼워넣었다. 다리를 구부리고, 숨을 깊이 들이마셨다. 나는 눈을 감았다. 피터 몰리나에 대해서는 생각하고 싶지 않았다. 그래서 나는 라일라 호스의 얼굴을 떠올렸다. 카불의 택시운전사의 맥박을 확인한 뒤 카메라 렌즈를 똑바로 들여다보며 웃음 짓던 그 얼굴을 상상했다.

나는 온 힘을 다해 뚜껑을 들어올렸다.

그리고 바로 그 순간, 뚜껑과 함께, 일이 복잡해지기 시작했다.

나는 문 쪽이든 뚜껑 쪽이든 걸쇠를 고정시키고 있던 나사가 떨어져나가길 바랐다. 그러나 공교롭게도 나는 무식하게 양쪽 나사를 모두 뜯어내고 말았다. 문고리정에 달린 맹꽁이자물쇠가 3미터 아래 바닥으로 떨어져 내리더니 커다란 소리를 내며 나무 바닥에 부딪쳤다. 귓전을 때리는 크고 시끄러운 소리. 깊고 또렷한 땡그랑 소리가 사방에 반사되며 반향을 울렸고, 뒤이어 걸쇠와 여섯 개의 나사들이 짤랑거리며 바닥에 흩어졌다.

이거 안 좋은데.

아주 안 좋아.

나는 들창 뚜껑을 살짝 내려놓고 지붕 위에 몸을 낮추고 앉아 귀를 기울였다.

1초간은 아무 일도 일어나지 않았다.

4층에서 문이 열리는 소리가 들렸다.

나는 MP5를 들어올렸다. 계단참에 머리가 하나 나타났다. 검은 머리. 남자였다. 손에 총을 들고 있었다. 놈이 바닥에 떨어져 있는 자물쇠를 발견했다. 그의 머리가 굴러가는 소리가 들렸다. **자물쇠, 마룻바닥, 나사, 수직 하강.** 사내가 위를 올려다보았다. 그의 얼굴이 보였다. 스프링필드가 준 명단에서 열한 번째 사내. 그도 나를 보았다. 내 머리 위 구름은 도시의 조명을 반사하고 있었고, 따라서 내 실루엣은 상당히 뚜렷하게 보였을 것이다. 그는 주저했다. 나는 아니었다. 내가 쏜 총알은 그의 정수리를 거의 수직으로 꿰뚫었다. 3연사. 탕탕탕. 그의 신발이, 뒤이어 그의 팔다리가 둔탁한 소리를 내며 바닥으로 쓰러졌다. 다음으로는 구멍 뚫린 그의 머리가, 마지막으로 그의 손에 들려 있던 총이 마룻바닥에 내려앉았다. 나는 다시 계단참을 엿본 다음 단숨에 아래로 뛰어내려 시신에서 30센티미터 떨어진 곳에 두 발로 착지했다. 이번에도 육중한 소리가 복도에 울려 퍼졌다.

비밀스러운 단계는 지났다.

사용한 탄약은 열한 발. 남은 탄약은 열아홉. 넷을 처치했고 아직 두 놈이 남아 있다.

그리고 호스 여자들과.

주머니 속에서 전화기가 진동했다.

지금은 안 돼, 라일라.

나는 쓰러진 사내의 총을 집어 든 다음 왼쪽 첫 번째 문을 열고 어둠 속으로 후퇴했다.

벽에 어깨를 바싹 붙인 채 계단을 내다보았다.

아무도 올라오지 않았다.

더 이상 둘 수(手)가 없다.

죽은 남자가 갖고 있던 총은 시그사우어 P220이었다. 통통한 소음기가 달려 있다. 스위스제, 9밀리미터 파라벨럼. 탄창에 아홉 발이 들어 있다. 내가 사용하고 있는 것과 똑같은 탄약이다. 나는 손가락으로 탄창에서 총알을 빼내 주머니 속에 챙겨넣은 다음 빈총을 바닥에 내려놓았다. 다시 복도로 나가 오른쪽 첫 번째 방으로 미끄러져 들어갔다. 방은 비어 있었다. 아래층과 똑같은 구조의 원룸이었다. 벽장, 욕실, 부엌, 거실. 나는 거실의 중앙에서 힘껏 발을 굴렀다. 위층의 마룻바닥은 아래층의 천장이다. 라일라는 지금 내 발밑에서 귀를 쫑긋 세우고 있을 것이다. 나는 그녀를 흔들어놓고 싶었다. 감정적으로 동요하게 만들고 싶었다. 인간이 지닌 원초적인 공포. **저 위에 뭔가 있어.**

다시 발을 굴렀다.

반응이 나타났다. 갑자기 내 오른발 끝에서 1미터쯤 떨어진 곳에 총알이 한 발 튀어오르더니 마룻바닥을 산산조각내고 천정까지 날아가 박혔다. 먼지가 휘날리고 연기가 피어올랐다.

소리는 나지 않았다. 그들은 모두 소음기를 장착하고 있다.

나는 응사했다. 방금 총알이 뚫고 들어온 바로 그 구멍에 대고 수직으로 세 발을 연달아 갈겼다. 그런 다음 부엌 쪽으로 재빨리 몸을 피했다.

열네 발을 쐈다. 남은 탄약은 열여섯. 그리고 주머니에 추가로 조달한 아홉 발.

바닥에서 다시 총알이 날아왔다. 이번에는 2미터쯤 떨어진 곳이었다. 나는 다시 응사했다. 그들도 응사했다. 나는 한 번 더 바닥을 쏘고 슬슬 놈들이 패턴에 익숙해졌으리라 판단했다. 나는 복도로 나가 계단으로 향했다.

놈들은 나와 똑같은 생각을 하고 있었다. 내가 일종의 패턴대로 행동하고 있다는 사실. 한 놈이 살금살금 내가 있는 방으로 접근하고 있었다. 스프링필드의 명단에서 두 번째에 있던 놈이다. 역시 시그 P220을 들고 있었고, 총에는 소음기가 장착되어 있었다. 나를 먼저 발견한 것은 놈이었다. 놈이 발사했고, 빗나갔다. 나는 실수하지 않았다. 그의 콧잔등을 향해 세 발을 발사했다. 마지막 총알이 이마 한가운데를 정통으로 관통했다. 피와 뇌수가 폭발해 머리 뒤쪽 벽지에 끈적하게 들러붙었다. 놈의 몸뚱이가 줄 끊어진 인형처럼 힘없이 뒤로 나동그라졌다.

그의 총도 함께.

내 발밑으로 탄피가 쨍그랑거리며 떨어졌다.

이걸로 스물세 발. 남은 탄환은 일곱. 그리고 주머니 속에 아홉 개.

남은 놈은 하나.

그리고 호스 여자들.

주머니 속에서 전화기가 진동했다.

거래를 하기엔 너무 늦었소, 라일라.

나는 그녀의 전화를 무시했다. 그녀가 한 층 아래서 쭈그리고 앉아 있는 모습을 상상했다. 그리고 스베틀라나. 그들과 나 사이에는 이제 한 명뿐이다. 여자들은 그를 어떻게 활용할까? 호스 여자들은 바보가 아니다. 그들은 오랜 전통을 자랑하는 전사의 후예들이다. 과거 2백 년 동안 험준한 산맥 사이를 날래게 누비며 교묘한 작전으로 적들을 교란시키고 함정에 빠트렸다. 그들은 지금 자신들이 하는 짓에 능숙하다. 그들은 남은 한 명을 위층으로 올려보내지 않을 것이다. 그런 실수를 되풀이할 리가 없다. 헛수고로 끝날 테니까. 그들은 나를 기습하려 할 것이다. 보이지 않는 곳에서 내 허를 찌르고 싶어 할 것이다. 화재용 비상계단이 적격이다. 전화로 내 주의를 흐트러뜨린 다음 남은 사내를 창밖으로 내보내 내 등 뒤를 노릴 것이다.

언제?

지금 당장. 또는 한참 뒤에. 중간은 없다. 그들은 불시에 나를 치거나 또는 따분하게 만들어 방심을 유도할 것이다.

그들은 전자를 택했다.

주머니 속에서 전화기가 진동했다.

나는 왼쪽 방에 몸을 숨기고 시야를 확인했다. 철제 계단은 내 오른쪽에서 왼쪽으로 상승하고 있었다. 아래층에서 계단을 올라오는 사내의 머리가 보였다. 좋은 징조다. 그러나 내 위치는 그리 좋은 편이 아니었다. 도로가 좁았다. 9밀리미터 파라벨럼은 권총용 탄약이며 인구 밀도가 높은 도시에서 사용하기에 적합하다. 소총과 달리 일단 목표물에 적중하면 움직임을 멈추고 더 이상 앞으로 나아가지 않을 확률이 크기 때문이다. 특히 아음속 파라벨럼은 더욱 그렇다. 그러나 세상에 확실한 것은 아무것도 없는 법. 게다가 길 건너편에는 아무 죄도 없는 비무장 민간인들이 있다. 침실 창문, 단잠에 빠져 있는 어린아이들. 목표를 관통한 총알이 그들에게 피해를 입힐 수도 있다. 빗맞은 총알이 닿을 수도 있다. 도탄(발사된 탄환이 작은 돌 같은 것에 맞아 튀어오르는 것)이나 다른 파편들의 2차 피해가 일어날 수도 있다. 목표물을 놓친 탄환이 그들의 침실 한가운데로 곧장 날아 들어갈 수도 있다.

부수적 피해가 발생할 것이다.

나는 몸을 낮추고 재빨리 방을 가로질러, 창문 옆에 가슴을 밀착시킨 채 목을 빼어 슬며시 밖을 내다보았다. 아무것도 없었다. 팔을 뻗어 창문 걸쇠를 풀었다. 그런 다음 손잡이를 돌렸다. 창문은 열리지 않았다. 나는 밖을 다시 내다보았다. 아무것도 보이지 않았다. 나는 창문 앞으로 다가가 손잡이를 쥐고 힘껏 밀어올렸다. 창문이 움직였다. 그러다 다시 빡빡해졌다. 힘을 주니 다시 위로 움직이다가 별안간 힘을 주체하지 못한 듯 휙 밀려올라가 창틀 꼭대기에 세차게 부딪쳤다. 유리창에 커다란 금이 갔다.

나는 다시 뒤로 물러나 벽에 붙었다.

조용히 귀를 기울였다.

고무밑창이 금속에 부딪치는 둔탁한 소리가 들렸다. 고르고 안정된 리듬. 빠른 속도로 올라오고 있지만 뛰고 있지는 않다. 나는 그가 창가에 접근할 때까지 기다렸다. 그의 머리와 어깨가 창문 사이로 들어올 때까지 기다렸다. 검은 머리, 거무스름한 피부. 명단의 열다섯 번째에 있던 사내였다. 나는 건물 앞쪽 벽에 등을 붙이고 섰다. 그가 왼쪽을 살펴보았다. 오른쪽을 살펴보았다. 그리곤 나를 발견했다. 나는 방아쇠를 당겼다. 탕탕탕. 그는 재빨리 머리를 뒤로 당겼다.

나는 그를 맞히지 못했다. 세 발 가운데 첫 번째 또는 마지막 총알이 그의 귀를 찢은 것 같긴 했지만 그는 아직 목숨을 부지하고 있었고 의식 또한 또렷했다. 사내는 마구잡이로 응사해 대더니 재빨리 창밖으로 뛰쳐나갔다. 금속 바닥에 그의 발이 착지하는 소리가 울렸다.

지금 끝내 버려야 한다.

나는 그의 뒤를 쫓았다. 사내는 허겁지겁 계단을 타고 뛰어내려가고 있었다. 4층에 닿자 몸을 날려 통로에 드러눕더니 마치 백 킬로그램짜리 쇠뭉치를 들어올리듯 힘겹게 내게 총구를 겨눴다. 나는 날렵하게 몸을 피해 그의 얼굴 정중앙에 세 발을 박아넣었다. 그의 손에서 총이 핑그르르 빠져나오더니 공중을 날아 두 층 아래 바닥에 안착했다.

나는 숨을 깊게 들이마셨다.

그리고 숨을 크게 내뱉었다.

사망 여섯 명. 구속 일곱 명. 네 명은 고국으로 귀환. 둘은 병원에 구금.

열아홉 가운데 열아홉.

4층 창문이 열려 있었다. 커튼도 걷혀 있었다. 아래층과 똑같은 원룸. 오랫동안 방치되어 있는 태가 났지만 이번 방은 벽이 온전히 남아 있다. 라일라와 스베틀라나 호스가 간이부엌 카운터 뒤에 나란히 서 있었다.

지금까지 사용한 탄환은 스물아홉.

남은 것은 하나.

머릿속에서 라일라의 목소리가 울렸다. **언제나 마지막 총알은 자기**

자신을 위해 남겨둬야 해요. 산 채로 포로가 되지 않기 위해서요. 특히 여자들은요.

나는 창문턱을 넘어 방 안으로 들어갔다.

81

아파트는 2층과 똑같은 구조를 지니고 있었다. 앞쪽에는 거실이, 그 다음에는 작은 부엌과 욕실이 이어졌고 뒤쪽에는 벽장이 있었다. 다른 방과 달리 벽이 세워져 있고 그 위에 덧칠한 회반죽도 고스란히 남아 있었다. 두 개의 전구가 빛을 발하고 있었다. 거실 벽에는 접이침대가 세워져 있다. 의자도 두 개. 그러나 그 외에는 아무것도 없었다. 부엌에는 카운터 두 개가 나란히 세워져 있고 벽에는 찬장이 붙어 있다. 비좁은 공간이다. 라일라와 스베틀라나는 카운터 뒤에서 엉덩이를 맞대고 서로 꼭 붙어 있었다. 스베틀라나가 왼쪽, 라일라가 오른쪽이다. 스베틀라나는 갈색의 홈드레스를, 라일라는 검은색 건빵바지와 흰 티셔츠를 걸치고 있었다. 면 티셔츠였다. 바지는 튼튼하고 질긴 립스톱(찢어지지 않도록 가공된 합성섬유. 보통 방수처리를 한다.—역주) 나일론이다. 길고 검은 머리칼, 눈부시게 밝게 빛나는 푸른 눈동자. 매끄럽고 완벽한 피부. 입술을 살짝 치켜올린 기묘한 표정. 참으로 기괴한 풍경이었다. 마치 급진적이고 독특한 감각을 지닌 패션 사진작가가 암울하고 황량한 빈민가에 일류 모델들을 세워두고 포즈를 잡아놓은 것 같았다.

나는 MP5를 들어올렸다. 검고, 사악하고, 강력한 무기. 총은 뜨겁게 달아올라 있었다. 화약과 기름, 연기 냄새가 났다. 콧속 깊숙이 뚜렷하게 느껴지는 내음.

"카운터 위에 손을 올려놔."

그들은 순순히 내 지시에 따랐다. 네 개의 손이 카운터 위에 나타났다. 한 쌍은 어둔 갈색에 마디마다 옹이가 져 쭈글쭈글했고, 나머지 한 쌍은 희고 늘씬했다. 그들은 손가락을 마치 불가사리처럼 넓게 벌렸다. 한 쌍은 투박하고 넙데데했고, 다른 한 쌍은 그보다 길고 섬세했다.

내가 말했다.

"뒤로 물러나 카운터 위에 기대."

그들은 내 말대로 했다. 이제 그들의 움직임은 봉쇄되었다. 이제 안전하다.

내가 말했다.

"너희 둘은 모녀지간이 아니지?"

라일라가 대답했다.

"그래, 아니야."

"그럼 뭐지?"

"스승과 제자."

"다행이군. 어머니가 보는 앞에서 딸을 쏘고 싶진 않으니까. 그 반대도 마찬가지고."

"스승 앞에서 제자를 쏘는 건 상관없고?"

"스승부터 쏴 버릴 수도 있지."

"어디 해보지 그래."

나는 꼼짝하지 않았다.

라일라가 말했다.

"뜸들이지 말고 지금 당장 해보지 그래?"

나는 그들의 손을 관찰했다. 긴장이나 초조함이 나타나지는 않는지, 힘줄이 꿈틀거리거나 손톱에 압력이 증가하지 않는지 지켜보았다. 조금이라도 손을 움직일 기미가 나타나면 금세 알아차릴 수 있도록.

그런 기미는 보이지 않았다.

주머니 속에서 전화기가 진동했다.

쥐 죽은 듯 고요한 방 안 가득 가르릉거리는 진동소리가 울려 퍼졌다. 주기적으로 발작을 일으키는 듯한 작은 파동. 전화기가 웅웅거리며 내 허벅지 위에서 튀어올랐다.

나는 라일라의 손을 내려다보았다. 평평한 손바닥. 미동도 없는 손가락. 그녀의 손은 비어 있었다. 전화기 따위는 없었다.

그녀가 말했다.

"그거 받는 게 어때?"

나는 MP5를 왼손으로 고쳐 쥐고 전화기를 꺼냈다. **발신번호제한.** 폴더를 열고, 전화기를 귀에 가져다 댔다.

테레사 리가 말했다.

"리처?"

"내가 대답했다.

"무슨 일이오?"

"대체 어디 있었어요? 벌써 20분 동안 전화를 걸어 댔다고요."

"바빴소."

"지금 어디예요?"

"이 번호는 어떻게 알았소?"

"나한테 전화했었잖아요. 통화기록에 남아 있더라고요."

"왜 발신번호제한 메시지가 뜨는 거지?"

"지금 서에 있으니까요. 경찰서 전화로 걸고 있거든요. 그건 그렇고 지금 어디냐니까요?"

"무슨 일이오?"

"잘 들어요. 안 좋은 소식이 있어요. 국토안보부에서 방금 연락이 왔는데, 타지키스탄에서 온 일행 중 한 명이 이스탄불에서 환승기를 타지 않았대요. 거기서 자취를 감췄다가 나중에 런던과 워싱턴을 거쳐 미국에 들어온 게 발견됐어요. 열아홉 명이 아니라 스무 명인 거예요. 알겠어요?"

라일라 호스가 몸을 움직였다. 그때 스무 번째 사나이가 욕실에서 걸어나왔다.

82

    과학자들은 시간의 단위를 피코초까지 나눈다. 1조 분의 1초. 그들은 그 찰나의 순간에도 온갖 종류의 일들이 발생할 수 있다고 믿는다. 우주가 탄생할 수도 있고 분자가 가속하거나 원자가 쪼개질 수도 있다. 그 짧은 수피코초 동안 내게 일어난 일은 그것과는 전혀 달랐다. 가장 먼저 나는 전화기를 떨어뜨렸다. 휴대전화가 어깨 근처를 지날 무렵, 내 머릿속에서는 전에 라일라와 나눴던 대화가 찢어지는 소리로 비명을 지르고 있었다. 바로 이 전화기로, 바로 수분 전에 매디슨애비뉴에서 나눴던 대화. 내가 말했다. **남은 여섯 명까지 잃고 싶진 않잖소.** 그녀는 순간 대답을 하려다 입을 다물었다. 그녀는 이렇게 말하려 했던 것이다. **아뇨, 일곱 명인데요.** 지난번에 그랬던 것처럼. **거기서 여긴 그다지 가깝지 않은데요.** 입술을 달싹거리는 마찰음. 그러나 그녀는 입을 다물었다. 그녀 또한 경험을 통해 배운 게 있었던 것이다.

    이번만큼은 그녀도 말을 많이 하지 않았다.

    그리고 나는 충분히 귀를 기울이고 있지 않았다.

    전화기가 내 허리 근처까지 떨어졌을 무렵, 나는 스무 번째 사내에게 신경을 집중하고 있었다. 그는 몇 분 전 내가 골로 보낸 네다섯 놈들과 무척 닮아 보였다. 어쩌면 그들과 형제나 사촌지간인지도 모른다. 틀림없이 그럴 것이다. 그의 모습은 묘하게 익숙했다. 작고 강건한 몸매, 깊은 주름이 파인 피부, 공격성과 경계심의 중간을 표현하는 몸짓 언어. 그는 검정색 니트 운동복 바지를 입고 있었다. 운동복 바지. 오른손잡이다. 소음기를 부착한 권총을 쥐고 있다. 그는 팔을 커다랗게 휘두르며 총을 위로 들어올렸다. 높은 곳을 겨냥하는 동작이다. 방아쇠에 걸린 손가락에 힘이 들어갔다. 그는 내 가슴을 쏠 작정이었다.

나는 왼손에 MP5를 쥐고 있었다. 탄창은 비어 있고, 마지막 탄약은 이미 약실에 장전되어 있다. 반드시 명중해야 한다. 오른손으로 총을 바꿔들고 싶었다. 상대적으로 취약한 손, 상대적으로 단련되지 못한 눈에 의존하고 싶지는 않았다.

그러나 선택의 여지가 없다. 총을 바꿔 쥐려면 최소한 2분의 1초가 걸린다. 5천만 피코초. 너무 길다. 상대의 팔은 이미 목표 지점에 이르고 있었다. 전화기가 내 무릎 언저리를 지날 무렵, 나는 재빨리 오른손을 뒤집어 총신 아래쪽을 붙잡았다. 나는 상체를 비틀어 곧추세운 다음 오른손을 가슴 쪽으로 끌어당겼다. 오른손바닥이 총신을 단단하게 받쳤다. 내 왼쪽 집게손가락이 놀라울 정도로 침착하게 방아쇠를 눌렀다. 라일라가 오른쪽으로 움직이고 있었다. 그녀는 잽싸게 부엌에서 빠져나와 거실로 달려갔다.

방아쇠가 끝까지 당겨졌다. 탄알이 발사되었다. 내 마지막 총알이 스무 번째 사내의 얼굴에 명중했다.

전화기가 마룻바닥에 떨어져 튕겨올랐다. 맹꽁이자물쇠가 떨어졌을 때와 똑같은 소리가 났다. 금속과 나무가 부딪치는 텅 하는 소리.

내 마지막 탄피가 마룻바닥 위에서 한 번 튀어오른 다음 옆으로 굴러갔다.

스무 번째 사내가 팔다리를 허우적거리며 쓰러졌다. 다리와 머리,

마지막으로 총이 바닥을 뒹굴었다. 그는 바닥에 닿기도 전에 이미 숨이 끊겨 있었다. 뇌가 그렇게 정통으로 박살나고도 오래 버틸 수 있는 사람은 아무도 없다.

단 한 발로 머리에 명중. 왼손을 사용한 것치고 나쁘지 않은 결과다. 사실은 가슴을 노렸었지만.

라일라는 계속해서 움직이고 있다. 바닥을 미끄러지며 멈추더니 몸을 수그렸다.

그리곤 죽은 남자의 총을 들고 일어났다. 시그 P220. 역시 소음기가 장착되어 있다.

스위스제.

아홉 발들이 탄창.

라일라가 총을 집기 위해 목숨을 걸고 뛰었다면 그것은 시그가 현재 이 아파트에 존재하는 유일한 무기라는 의미다. 그렇다면 저 총은 이미 세 발의 탄약을 사용했을 것이다. 수분 전, 우리가 천장과 마룻바닥을 사이에 두고 신경전을 벌였을 때 말이다.

따라서 남은 탄약은 최대 여섯 발.

6 대 0.

라일라가 내게 총구를 겨눴다.

나도 그녀에게 총을 겨눴다.

라일라가 말했다.

"내가 더 빨라."

내가 말했다.

"과연 그럴까?"

내 왼쪽에서 스베틀라나가 말했다.

"네 총은 비었잖아."

나는 그녀를 곁눈질했다.

"영어를 할 줄 아는군."

"상당히 잘하지."

"재장전을 했을 거라는 생각은 안 드나 보지?"

"거짓말. 난 장님이 아니야. 3점사로 설정해두었잖아. 그런데 한 번만 발사되었고. 그러니 방금 그게 마지막 총알이었다는 뜻이지."

우리는 그 상태로 상당히 오랫동안 대치했다. 라일라의 손에 들린 P220은 바위처럼 꼼짝도 하지 않았다. 그녀는 내게서 5미터 떨어진 곳에 서 있었고, 그녀의 등 뒤에는 죽은 사내가 피를 작은 폭포처럼 뿜어내고 있었다. 스베틀라나는 부엌에 있었다. 온갖 냄새가 공기 중을 떠돌았다. 창문 너머로 바람이 불어 왔다. 바람은 방 안을 가로질러 이리저리 부딪쳐 소용돌이치더니 문을 지나 계단을 타고 넘어 지붕의 들창을 통해 다시 하늘로 빠져나갔다.

스베틀라나가 말했다.

"총 내려."

내가 말했다.

"메모리스틱을 갖고 싶지 않나?"

"갖고 있지도 않잖아."

"하지만 어디 있는지는 알지."

"우리도 마찬가지야."

나는 아무 말도 하지 않았다.

스베틀라나가 말했다.

"넌 그걸 갖고 있지 않지만 어디 있는지 알아. 그러니 수잔이 어디에 뒀는지 추측한 거겠지. 세상에 머리가 좋은 게 너 하나뿐이라고 믿었나 보지? 다른 사람은 그런 추론도 못할 거라고 여겼나 보지? 어차피 우리가 알고 있는 정보는 똑같아. 그러니 똑같은 결론에 도달하는 게 당연하지."

나는 아무 말도 하지 않았다.

"네가 그게 어디 있는지 안다고 말하자마자 우리도 곰곰이 생각해봤어. 네가 그렇게 하도록 만든 거야. 넌 말이 너무 많아, 리처. 너 스스로 네 가치를 별 볼일 없게 만들어 버렸지."

라일라가 말했다.

"총 내려놔. 창피하지도 않아? 얼간이처럼 빈총을 들고 서서."

나는 꼼짝하지 않았다.

라일라가 팔을 10도쯤 낮춰 내 발밑 마룻바닥을 쐈다. 그녀의 총알은 내 양쪽 발 사이의 중간 지점을 정확하게 꿰뚫었다. 결코 쉬운 일이 아니다. 그녀는 명사수였다. 널빤지가 쪼개지며 파편이 튀었다. 나는 저절로 몸을 움찔했다. 소음기가 부착된 시그는 MP5보다 더 큰 소리를 냈다. 전화번호부를 단순히 떨어뜨리는 게 아니라 탁자 위에 힘껏 패대기치는 것 같았다. 마룻바닥에 난 구멍에서 한 가닥 푸른 연기가 하늘거리며 허공을 갈랐다. 텅 빈 탄피가 배출구에서 튀어나오더니 바닥으로 굴러 떨어졌다.

남은 탄약은 다섯 발.

라일라가 말했다.

"총 내려놔."

나는 멜빵을 벗고 총을 쥔 손을 옆으로 늘어뜨렸다. MP5는 더 이상 내게 아무 쓸모도 없었다. 3킬로그램짜리 몽둥이로 사용한다면 모를까. 그러나 몽둥이로 활용할 만큼 저 여자들에게 가까이 접근할 기회가 생길 것 같지도 않았다. 설사 그게 가능하다 할지라도 나는 몽둥이보다는 맨손 격투 쪽을 선호한다. 3킬로그램짜리 쇠몽둥이는 좋다. 그러나 120킬로그램짜리 인간몽둥이가 훨씬 효과적이다.

스베틀라나가 말했다.

"구석으로 던져. 천천히. 우리 중 한 명에게 맞기라도 하면 넌 죽는다."

나는 천천히 총을 한쪽 구석으로 내던졌다. MP5는 공중을 선회하다가 바닥에 총부리가 부딪쳐 한 바퀴 핑그르 돈 다음 다시 반대편 벽에 부딪쳤다.

스베틀라나가 말했다.

"이제 옷을 벗어."

라일라가 내 머리에 총구를 들이댔다.

나는 그들의 지시에 따랐다. 어깨를 움직여 재킷을 아래로 미끄러트린 다음 거실 쪽으로 던졌다. 재킷은 MP5 옆에 착지했다. 스베틀라나가 부엌에서 나와 재킷 주머니를 뒤졌다. 그녀는 파라벨럼 탄약 아홉 개와 사용한 흔적이 남아 있는 덕트테이프를 발견했다. 그녀는 탄약을 부엌 카운터 위에 일렬로 세워 늘어놓았다. 그런 다음 그 옆에는 테이프를 내려놓았다.

그녀가 말했다.

"장갑."

이번에도 순순히 따랐다. 나는 입으로 장갑을 벗겨 재킷 위로 던졌다.

"신발과 양말."

나는 벽에 기대 양쪽 발로 번갈아 폴짝거리며 신발끈을 풀고 신발을 벗고 양말을 벗었다. 방 구석에 옷가지가 하나씩 쌓여 갔다.

라일라가 말했다.

"셔츠도."

내가 말했다.

"당신이 먼저 벗으면 생각해보지."

그녀가 총구를 10도가량 내려뜨리더니 다시금 내 양쪽 발 사이의 바닥에 총알 구멍을 냈다. 소음기가 콜록거리는 소리. 공중에 날리는 나뭇조각, 푸른 연기, 탄피가 절그럭거리며 떨어지는 소리.

남은 탄약은 네 발.

라일라가 말했다.

"다음번에는 다리를 쏠 거야."

스베틀라나가 말했다.

"셔츠."

그래서 나는 지난 다섯 시간 동안 두 번째로 여성의 요청에 의해 셔츠를 벗어던졌다. 나는 벽에 등을 기댄 채 셔츠를 옷더미 쪽으로 집어던졌다. 라일라와 스베틀라나는 시간을 들여 내 몸의 흉터들을 감상했다. 그들은 내 흉터가 상당히 마음에 든 것 같았다. 특히 베이루트에서 얼은 상처를 말이다. 라일라의 입술이 살짝 열리더니 촉촉한 분홍색 혓바닥이 날렵하게 모습을 드러냈다 사라졌다.

스베틀라나가 말했다.

"바지."

나는 라일라를 쳐다보며 말했다.

"당신 총도 빈 것 같은데."

그녀가 말했다.

"천만에. 아직 네 발이나 남았어. 팔, 다리 두 개씩. 정확하지."

스베틀라나가 말했다.

"바지 벗어."

나는 단추를 풀고, 지퍼를 내렸다. 빳빳한 청바지를 발목까지 내린 다음 발을 빼냈다. 벽에 등을 기댄 채로 바지를 옷가지 더미 쪽으로 찼다. 스베틀라나가 바지를 집어들어 주머니를 뒤지더니 안에 들어 있던 물건들을 탄약과 덕트테이프 옆에 차례로 늘어놓았다. 지폐 다발, 동전 몇 개, 기한이 지난 여권, 현금카드, 지하철패스, 테레사 리의 명함, 그리고 휴대용 칫솔.

"별거 없군."

스베틀라나가 말했다.

"필요한 건 다 있지."

내가 대꾸했다.

"필요 없는 건 하나도 없고."

"넌 가난하군."

"아니, 부자지. 풍족함의 정의는 필요한 걸 모두 갖고 있다는 거거든."

"그렇다면 곧 아메리칸 드림을 이루게 되겠군. 부자로 죽게 될 테니까."

"아메리칸 드림은 모든 사람에게 기회가 주어진다는 건데."

"우린 너보다도 가진 게 많아. 고향에 말이야."

"염소는 별로 안 좋아해서."

갑자기 방이 고요해졌다. 왠지 으스스하고 음산한 기분이 들었다. 나는 새로 산 흰색 박서만 걸친 채 서 있었다. P220은 여전히 라일라의 손에 굳게 들려 있었다. 그녀의 팔에 근육과 힘줄이 가느다란 전선처럼 도드라져 있었다. 욕실 옆에는 스무 번째 남자가 아직도 피를 흘리며 누워 있다. 창문 밖 세상은 아침 5시. 도시가 잠에서 깨어날 시간이다.

스베틀라나가 부스럭거리더니 내 총과 신발, 옷을 한데 모아 부엌 카운터 저편으로 내던졌다. 의자 두 개도 부엌 쪽으로 밀쳐 버렸다. 그녀는 내가 갖고 있던 전화기를 집어들고 전원을 끈 다음 역시 카운터 뒤쪽으로 던졌다. 그녀는 공간을 확보하고 있었다. 깨끗하게 비우고 있었다. 거실의 넓이는 가로가 6미터, 세로가 3미터쯤, 나는 긴 벽 중앙에 등을 기대고 서 있었고 라일라는 내게 총을 겨눈 채 적당한 거리를 유지하며 내 앞을 서성거렸다. 별안간 그녀가 반대쪽 구석에 멈춰 섰다. 그녀는 이제 창가에서 나를 비스듬히 응시하고 있었다.

스베틀라나가 부엌으로 들어갔다. 서랍이 열리는 소리가 났다. 무척 크게 들렸다. 스베틀라나가 돌아왔다.

그녀의 손에는 두 개의 나이프가 들려 있었다.

그것은 푸주한들이 사용하는 크고 긴 칼이었다. 동물의 배를 따거나 내장을 긁어내거나 살을 발라낼 때 사용하는 도구. 검은색 손잡이, 강철 칼날. 종잇장처럼 얇은 날이 사악한 빛을 흩뿌리고 있다. 스베틀라나가 그중 하나를 라일라에게 던졌다. 그녀는 총을 들지 않은 손으로 공중에서 칼의 손잡이를 노련하게 낚아챘다. 전문가다운 솜씨였다. 스베틀라나가 라일라의 반대쪽 구석에 자리를 잡고 섰다. 우리는 삼각형을 그리고 있었다. 내 좌측 45도에는 라일라가, 우측으로 45도 각도에는 스베틀라나가 있었다.

라일라가 상체를 뒤틀더니 P220의 소음기 부분을 벽과 벽이 만나는 지점에 거세게 찔러넣었다. 그녀는 엄지손가락으로 손잡이 측면의 멈치를 더듬어 탄창을 분리했다. 텅 소리를 내며 탄창이 바닥으로 떨어졌다. 탄창에 세 발의 탄약이 들어 있는 게 보였다. 아직 약실에 한 발이 남아 있다는 의미다. 라일라는 총을 반대쪽 구석으로, 스베틀라나의 등 뒤로 집어던졌다. 이제 총과 탄창은 6미터 간격을 두고 떨어져 있었다. 총은 젊은 여자 뒤에, 총알은 늙은 여자 뒤에.

"보물찾기와 똑같아."

라일라가 말했다.

"총은 탄창이 끼워져 있지 않으면 작동하지 않아. 약실에 남아 있는 탄약이 사고로 발사되는 걸 예방하기 위해서지. 스위스 사람들은 아주 신중하거든. 그러니까 넌 총을 먼저 손에 넣은 다음 탄창을 손에 넣어야 해. 아니면 그 반대로 하거나. 하지만 그 전에 우리를 지나야 하지."

나는 아무 말도 하지 않았다.

라일라가 말했다.

"혹시 성공하더라도 심각한 부상을 당했다면 첫 번째 총알은 네 머리에 사용하는 쪽을 추천해."

그러더니 그녀는 미소를 지으며 내 쪽으로 한 발짝 다가왔다. 스베틀라나가 동일한 동작을 취했다. 여자들은 나이프를 낮게 잡고 있었다. 네 개의 손가락은 아래쪽으로 감고 엄지손가락은 칼자루 위에 올려놓은 채로. 거리의 싸움꾼처럼. 전문가들답게.

길고 매서운 칼날이 싸늘하게 빛났다.

나는 움직이지 않았다.

라일라가 말했다.

"무척 즐거운 놀이가 될 거야. 당신이 상상하는 것보다 훨씬 더."

나는 아무 말도 하지 않았다.

라일라가 말했다.

"기다리는 건 좋지. 기대치가 올라가거든."

나는 움직이지 않았다.

라일라가 말했다.

"하지만 기다리다가 지겨워지면 우리가 널 잡으러 갈게."

나는 여전히 아무 말도 하지 않았다. 움직이지도 않았다.

잠시 후, 나는 등 뒤로 손을 뻗었다. 그리곤 허리 밑에 덕트테이프로 붙여 놓은 벤치메이드 3300을 꺼내들었다.

83

엄지손가락으로 버튼을 누르자 칼날이 튀어올랐다. 고요한 방 안, 덜커덕과 딸깍의 중간에 가까운 소리가 유난히 크게 울려 퍼졌다. 별로 유쾌한 소리는 아니었다. 나는 칼을 좋아하지 않는다. 늘 그랬다. 이쪽에는 그다지 소질이 없었다.

그러나 남자라면 누구나 그렇듯 나 역시 강력한 자기보존 본능을 갖고 있다. 아마 대부분의 남자들보다 훨씬 강할 것이다.

바로 그 점에 입각해 나는 다섯 살 때부터 쌈박질을 시작했고, 설사 패배한다 할지라도 모두 간발의 차에 불과했다. 게다가 나는 언제나 보고 배우는 부류의 인간이었다. 나는 일생 동안 전 세계를 돌아다니며 칼싸움을 목도했다. 극동, 유럽, 미국 남부 군부대 밖의 거칠고 험한 동네에서, 길거리에서, 뒷골목에서, 술집과 당구장에서.

첫 번째 규칙. 절대로 초반에 부상을 입지 말라. 출혈은 빠른 속도로 체력을 앗아간다.

스베틀라나는 나보다 30센티 이상 작았고 면적이 넓고 통통했으며, 팔 또한 몸집에 걸맞게 짧고 오동통했다. 라일라는 키가 크고 팔 길이도 보다 길었으며, 움직임도 우아했다. 그들이 휘두르는 칼날이 내 것보다 15센티미터나 길긴 하지만 팔 길이에 있어 우위에 있는 것은 여전히 나였다.

더구나 나는 그들의 게임을 완전히 뒤집어 버린 상태였다. 그들은 아직도 그 충격에서 헤어나오지 못하고 있었다.

 나아가 이 여자들은 재미로 싸우고 있다. 나는 목숨을 걸고 싸우고 있다.

 부엌에서 방어를 하는 게 유리했기에 먼저 부엌을 등지고 있는 스베틀라나를 공략하기로 했다. 그녀는 나이프를 무릎 근처에 낮게 들고 발끝으로 무게를 지탱하며 왼쪽 오른쪽으로 번갈아가며 페인트를 취했다. 나도 그녀를 상대하기 위해 허리를 웅크리고 나이프를 낮게 잡았다. 스베틀라나가 팔을 휘둘렀다. 나는 날래게 몸을 뒤로 젖혔다. 스베틀라나의 칼날이 내 넓적다리를 스치고 지나갔다. 나는 엉덩이를 뒤로 빼고 어깨를 앞으로 당기며 왼쪽 팔꿈치로 훅을 날렸다. 내 팔꿈치가 그녀의 눈썹을 거쳐 콧부리에 작렬했다.

 그녀는 충격을 받은 듯 보였다. 칼잡이라면 으레 그렇듯 스베틀라나는 손에 들린 무기에만 신경을 집중하고 있었다. 인간이 두 개의 손을 갖고 있다는 사실을 간과한 것이다.

 스베틀라나가 비틀거리며 뒤로 물러나자 라일라가 내 좌측을 찌르고 들어왔다. 낮은 자세. 정면으로 돌진해 재빨리 휘두른다. 입이 보기 흉하게 비틀려 있다. 놀라울 정도의 집중력. 그녀는 이것이 더 이상 게임이 아니라는 사실을, 더 이상 재미로 즐길 수 없다는 사실을 알고 있었다. 라일라는 낮게 들어왔다 빠지고, 몸을 홱 틀며 속임수를 쓰고, 달려들었다 물러나고, 잠시도 쉬지 않고 움직였다. 우리는 한참 동안 서로를 노려보며 격렬한 스텝을 밟았다. 숨을 헐떡거리며, 갑작스럽고 툭툭 끊어지는 자잘하고 거센 동작을 주고받았다. 먼지와 땀방울, 그리고 두려움이 공기 중을 떠돌았다. 그들의 시선은 내가 휘두르는 칼날에 못박혀 있었다. 그리고 내 시선은 그들이 휘두르는 칼날에 못박혀 있었다.

스베틀라나가 안쪽으로 파고들어 왔다가 다시 물러났다. 라일라가 곧장 나를 향해 돌진해왔다. 발끝으로 익숙하게 균형을 잡으며. 나는 다시 엉덩이를 뒤로 빼고 어깨를 앞으로 끌어당긴 다음 라일라의 얼굴을 향해 긴 팔을 크게 휘둘렀다. 사력을 다해 힘껏, 마치 무거운 공을 멀리 던져 보내려는 듯이. 라일라가 물러났다. 그녀는 내 일격이 빗나가리라는 것을, 자신이 쉽게 피할 수 있으리라는 것을 알고 있었다. 스베틀라나 역시 내가 라일라를 베지 못하리라는 것을 알고 있었다. 그녀는 라일라의 실력을 신뢰하고 있었다.

나 역시 그 공격이 성공하지 않으리라는 것을 알고 있었다. 왜냐하면 어차피 그럴 목적이 아니었기 때문이다.

나는 팔을 휘두르다 말고 순식간에 방향을 바꿔 백핸드로 스베틀라나의 얼굴을 향해 칼날을 날렸다. 그녀의 이마가 깊게 베였다. 회심의 일격이었다. 칼날에 뼈가 걸리는 것이 느껴졌다. 머리칼 한 줌이 그녀의 가슴께로 날려 떨어졌다. 벤치메이드는 자신의 임무를 충실하게 수행했다. D2 강철날. 그 위에 10달러짜리 지폐를 떨어뜨린다면 5달러짜리 두 장을 얻게 될 것이다. 나는 스베틀라나의 이마에 15센티미터에 달하는 깊은 상처를 입혔다. 하얀 머리뼈가 입을 벌렸다.

스베틀라나는 비틀거리며 뒷걸음치더니 얼어붙은 양 꼼짝도 하지 않았다.

통증은 느껴지지 않을 것이다. 아직은.

이마는 치명적인 상처를 입히기가 힘든 부위다. 대신 출혈이 엄청나다. 1초도 안 돼 벌컥거리는 핏줄기가 그녀의 눈 위로 흘러내리기 시작했다. 시야를 유지할 수가 없다. 신발을 신고 있었더라면 바로 그때 스베틀라나를 끝장낼 수도 있었다. 발로 무릎을 차 거꾸러뜨린 다음 머리를 짓밟아 으깨 버리면 끝이다. 그러나 나는 그녀의 단단한 몸을 차다 발뼈를 부러뜨리는 위험을 감수하고 싶지 않았다. 조금이라도 기동성이 부족해지면 그 즉시 저승행이 될 것이다.

그래서 나는 스베틀라나에게서 물러났다.

라일라가 나를 향해 달려왔다.

나는 여전히 허리 아래를 뒤로 빼며 화가 난 듯 쉭쉭거리는 칼날을 피해냈다. 왼쪽, 오른쪽, 등에 벽이 닿았다. 타이밍을 계산하고, 라일라의 팔이 몸 앞을 가로지를 때까지 기다렸다가 몸을 빙글 돌리며 옆으로 비켜나 어깨로 그녀를 밀어붙여 튕겨냈다. 그런 다음 기우뚱거리며 눈에서 피를 닦아내고 있는 스베틀라나의 주위를 맴돌았다. 나는 나이프를 쥐고 있는 그녀의 손을 손날로 내리친 다음 쇄골 위 목덜미를 칼로 깊게 긋고 뒤로 물러났다.

바로 그때 라일라가 내게 부상을 입혔다.

그녀는 팔 길이에서 자신이 불리하다는 점을 알아차리고 손가락 끝으로 칼자루 끝을 쥐었다. 라일라가 급격히 달려들었다. 머리카락이 공중에서 춤을 춘다. 어깨가 앞쪽으로 쏠려 있다. 그녀는 자신이 활용할 수 있는 1센티미터의 빈틈을 탐색하고 있었다. 라일라는 한쪽 다리를 내민 채 자세를 낮게 수그리더니 체중을 앞으로 실으며 내 배를 난폭하게 그었다.

그녀의 작전은 성공했다.

좋지 않은 상처였다. 강인한 팔, 거침없는 휘두름, 면도날처럼 예리한 칼날. 매우 안 좋았다. 그녀의 칼은 내 배꼽 아래를 대각선으로 길게 자르고 지나갔다. 속옷 고무줄의 바로 위쪽이었다. 아프지는 않았다. 아직은. 그저 피부에서 이상한 감각이 느껴졌을 뿐이다. 더 이상 피부가 서로 연결되어 있지 않다는 기분 묘한 신호.

나는 순간적으로 얼어붙었다. 믿을 수가 없었다. 그러다 누군가 나를 다치게 하면 언제나 보이는 반응을 표출했다. 상대방에게 달려든 것이다. 나는 도망치지 않는다. 그녀의 팔은 관성 때문에 내 골반 뒤쪽으로 움직이고 있었고, 나는 칼을 낮게 잡고 백핸드로 휘둘러 그녀의 허벅지에 깊은 상처를 남겼다. 그런 다음 내 무게를 지탱하고 있던 발을 박차고 뛰어올라 왼쪽 주먹으로 라일라의 얼굴을 강타했다. 명중. 완벽한 타이밍의 크고 강력한 펀치였다. 라일라가 한쪽으로 비틀거리며 쓰러졌다. 나는 스베틀라나에게로 관심을 돌렸다. 그녀의 얼굴은 피칠갑을 해놓은 것 같았다. 스베틀라나가 오른쪽으로 칼을 휘둘렀다. 다음은 왼쪽. 정면이 환히 열려 있다. 나는 그녀의 품으로 파고들어 스베틀라나의 오른팔 상완 안쪽을 베어 버렸다. 뼛속까지 깊숙이. 혈관과 인대, 힘줄이 한 방에 끊어졌다. 스베틀라나가 비명을 질렀다. 고통스럽기 때문이 아니다. 통증은 언제나 나중에 찾아온다. 그것은 공포에 사로잡힌 울부짖음이었다. 자신이 끝났다는 사실을 깨달은 자의 마지막 비명. 그녀의 팔은 이제 무용지물이었다. 나는 다시 그녀의 어깨를 찔렀다. 그녀의 몸이 휘청거렸다. 그런 다음 나는 스베틀라나의 신장에 날을 깊숙이 박아넣었다. 피부에 손잡이 자국이 남을 정도로. 12센티미터의 강철칼날이 그녀의 몸을 꿰뚫고 들어갔다. 나는 잔인하고 가차없이, 그대로 손목을 거칠게 비틀었다. 그래도 괜찮다. 그 부근에는 늑골이 없으니까. 뼈와 부딪쳐 칼날이 부러지거나 이가 빠질 위험도 없다. 신장은 엄청난 양의 피가 순환하는 곳이다. 온갖 종류의 동맥류가 그곳에 자리 잡고 있다. 투석환자들에게 물어보라. 인간의 몸 속을 순환하는 피는 하루에도 수번씩 신장을 거쳐 간다. 수 리터나 되는 붉은 피, 수 갤런이나 되는 붉은 피. 스베틀라나의 신장으로 흘러들어 간 피는 이제 다시는 몸속을 순환하지 못할 것이다.

털썩. 그녀는 바닥에 무릎을 꿇으며 쓰러졌다. 라일라는 머릿속을 비우려 애쓰고 있었다. 그녀의 코는 부러졌다. 완벽하던 얼굴은 엉망이 되었다. 그녀가 내게 덤벼들었다. 나는 왼쪽으로 피했다가 다시 오른쪽으로 움직였다. 우리는 무릎 꿇은 스베틀라나를 중앙에 두고 좌우로 춤을 췄다. 완벽한 원을 그리며, 한 바퀴를 돌고 나자 나는 처음 서 있었던 자리로 되돌아와 있었다. 등 뒤에 있는 부엌으로 들어가 스베틀라나가 카운터 뒤에 치워두었던 의자를 집어들어 왼손으로 라일라를 향해 집어던졌다. 그녀는 허리를 수그리며 상체를 움츠렸고, 의자는 그녀의 등에 부딪쳐 부서졌다.

나는 부엌에서 뛰쳐나가 스베틀라나의 등 뒤로 다가갔다. 그녀의 머리를 잡고 뒤로 세게 젖혔다. 그런 다음 다른 손에 들린 칼로 그녀의 목을 그었다. 귀에서 귀까지, 일직선으로. 상당한 힘이 필요한 일이었다. 벤치메이드는 매우 예리하지만 사람의 목을 잘라내려면 잡아당기고 밀고 톱질을 해야 했다. 근육, 지방, 단단한 살집, 힘줄. 강철날이 뼈를 긁는 소리가 들렸다. 갈라진 기도에서 결핵환자가 기침을 하는 듯한 기묘한 소리가 터져나왔다. 헐떡거리고 씨근거리는 소리. 공기가 빠져나가는 소리. 그녀의 동맥에 구멍이 뚫리며 피가 분수처럼 치솟았다. 꿀럭거리며 터져나온 핏줄기가 바닥을 적시고 맞은편 벽까지 튀겼다. 내 손도 핏물에 잠겨 끈적거렸다. 스베틀라나의 머리를 놓자 그녀는 힘없이 앞으로 고꾸라졌다. 그녀의 얼굴이 무거운 소리를 내며 바닥에 부딪쳤다.

나는 숨을 헐떡이면서 한 발짝 뒤로 물러났다.

라일라가 숨을 헐떡이면서 내 앞을 가로막았다.

방은 화재라도 난 듯 뜨거웠다. 코끝에는 피에서 올라오는 쇠냄새가 진동했다.

내가 말했다.

"하나 보냈고."

그녀가 말했다.

"한 명은 아직 서 있지."

나는 고개를 끄덕였다.

"스승보다 제자가 낫군."

그녀가 말했다.

"내가 제자라고 누가 그래?"

라일라의 허벅지는 출혈이 심했다. 검은 나일론 바지는 크게 찢겨 너덜너덜했고 그녀의 다리를 타고 붉은 피가 흘러내렸다. 신발은 이미 흠뻑 젖어 있었다. 내 속옷도 마찬가지였다. 방금 전까지 흰색이던 박서는 붉은색이 되어 있었다. 나는 배를 내려다보았다. 상처에서 피가 샘솟고 있었다. 출혈은 심했다. 나를 살린 것은 오래된 흉터였다. 유탄이 찢고 지나간 자리. 오래 전, 베이루트에서 입은 상처다. 야전병원에서 서투른 솜씨로 땀을 뜬 봉합 자국은 우툴두툴하고 딱딱한 흉터를 남겼고, 그래서 라일라의 칼날을 어느 정도 빗겨가게 만들었다. 만일 이 흉터가 없었더라면 그녀는 내 배에 훨씬 긴 자국을 남겼을 테고 상처 또한 지금보다 깊었을 것이다. 나는 이제까지 야전병원 의사들이 조잡하게 처리해놓은 이 흉터가 영 거슬렸었다. 하지만 지금은 감사의 인사라도 하고 싶었다.

라일라의 부러진 코에서 피가 흘러내리기 시작했다. 가느다란 핏줄기가 그녀의 입술에 닿자 라일라는 기침을 하며 침을 뱉었다. 나는 바닥을 내려다보았다. 스베틀라나의 나이프가 눈에 띄었다. 핏물구덩이에 잠겨 있었다. 피는 벌써 굳기 시작했다. 오래된 나무판자 위로 붉은 피가 스며든다. 널빤지와 널빤지 사이의 틈새로 끈적거리는 피가 번져나간다. 라일라가 왼팔을 움직였다. 그러다 멈칫했다. 허리를 굽혀 스베틀라나의 칼을 집어드는 것은 매우 위험한 짓이다. 그리고 그것은 내게도 마찬가지였다. P220이 겨우 2.5미터 떨어진 곳에 놓여 있었다. 라일라는 탄창과 2.5미터쯤 떨어져 있었다.

고통이 엄습해왔다. 머리가 어지러웠다. 혈압이 떨어지고 있다.

라일라가 말했다.

"얌전히 빌면 목숨만은 부지하게 해주지."

"웃기는 제안이군."

"당신은 날 이길 수 없어."

"꿈도 크군."

"난 죽을 때까지 싸울 거거든."

"선택의 여지가 없기 때문이지. 어쩔 수 없으니까."

"연약한 여자를 죽일 거야?"

"방금 하나 죽였는데."

"나 같은 여자 말이야."

"특히 너 같은 여자라면 언제든지."

라일라는 다시 한 번 바닥에 침을 뱉더니 입으로 거칠게 숨을 몰아쉬었다. 그녀는 자신의 다리를 내려다보았다. 그러더니 살짝 고개를 끄덕이며 말했다.

"좋아."

그 선명한 푸른 눈동자로 날 올려다보았다.

나는 꼼짝도 하지 않았다.

그녀가 말했다.

"그 말이 진심이라면, 지금 실천에 옮기는 게 좋을 거야."

나는 고개를 끄덕였다. 나는 진심이었다. 그래서 나는 그녀의 말대로 했다. 많이 지쳐 있었지만 그것은 별로 어려운 일이 아니었다. 그녀의 다리가 움직임을 늦추고 있었다. 라일라는 숨을 쉬기도 힘들었다. 코와 안면이 부서졌고, 목 뒤에는 피가 고이고 있었다. 그녀는 내 주먹 때문에 어지러웠고 시야도 침침했다. 나는 부엌에서 두 번째 의자를 집어들고 그녀에게 돌진했다. 이제 내 공격을 방해할 수 있는 것은 아무것도 없다. 나는 라일라를 구석으로 몰아넣었다. 의자로 두 번 후려치자 그녀가 나이프를 떨어뜨리고 바닥에 주저앉았다. 나는 그녀의 옆에 쪼그리고 앉아 그녀의 목을 졸랐다. 천천히. 나 역시 급격히 정신을 잃어가고 있었기 때문이다. 그러나 칼을 사용하고 싶지는 않았다. 나는 칼을 좋아하지 않는다.

모든 것이 끝난 뒤, 나는 부엌으로 기어가 수도를 틀고 벤치메이드를 깨끗이 씻었다. 그런 다음 예리한 칼끝을 이용해 검은 덕트테이프를 나비 모양으로 오려내 손가락으로 배의 상처를 집어 테이프를 붙여 출혈을 막았다. 1달러 50센트. 어떤 철물점에서든 쉽게 구할 수 있는 물건. 필수 장비. 나는 힘겹게 옷가지를 찾아 챙겨 입었다. 카운터에 놓여 있는 내 물건들을 주머니에 쓸어 담고 신발을 신었다.

그런 다음, 나는 바닥에 미끄러지듯 주저앉았다. 잠시만 휴식을 취하고 싶었다. 그러나 나는 내가 기대했던 것보다 훨씬 긴 휴식을 취하게 되었다. 의사들이라면 내가 기절했다고 평할 것이다. 그렇지만 나는 잠이 들었다고 말하고 싶다.

84

나는 병원 침대에서 깨어났다. 종이 가운을 입고 있었다. 머릿속 시계가 오후 4시라고 알려주었다. 열 시간이나 지난 셈이다. 화학치료를 받았는지 입맛이 씁쓸하고 텁텁했다. 손가락 끝에는 클립이 끼워져 있었고, 그 끝에는 전선이 붙어 있었다. 전선은 간호사실에 연결되어 있을 테다. 클립이 내 심박수가 변화했다는 사실을 감지했는지 1분 뒤 한 무리의 사람들이 병실로 몰려왔다. 의사, 간호사, 그리고 제이콥 마크, 테레사 리, 그 뒤에는 스프링필드와 샘섬까지. 의사는 여자였고 간호사는 남자였다.

의자는 내 주변을 돌아다니며 차트를 훑어보고 모니터를 살폈다. 그런 다음 내 손목을 잡고 맥박을 확인했는데, 내 몸에 붙어 있는 갖가지 첨단 장비들을 생각하면 불필요한 절차 같았다. 그녀는 내가 묻기도 전에 내가 벨뷰 병원에 있으며 내 상태가 매우 양호하다고 대답했다. 응급실 요원들이 상처를 소독하고 봉합하고 엄청난 양의 항생제와 파상풍약을 주사하고 헌혈봉지를 세 개나 내 몸 안에 들이부었단다. 그녀는 앞으로 한 달 동안은 무거운 것을 들지 말라고 충고하고 떠났다. 간호사도 그녀와 함께 떠났다.

나는 테레사 리를 올려다보며 물었다.

"무슨 일이 있었던 거요?"

"기억 안 나요?"

"당연히 기억하지. 공식적인 버전을 묻는 거요."

"당신은 이스트빌리지에서 발견됐어요. 여러 개의 자상을 입고 길거리에 쓰러져 있었죠. 늘상 일어나는 일이에요. 병원에서 독극물 검사를 했더니 바르비투르산이 검출되어서 마약 거래를 하다 일이 틀어진 걸로 취급하고 있죠."

"경찰에 신고했소?"

"내가 경찰인데요."

"내가 어쩌다 이스트빌리지까지 가게 된 거요?"

"아, 당신은 간 적 없어요. 우리가 여기로 곧장 데려온걸요."

"우리?"

"나하고 스프링필드 씨요."

"날 어떻게 찾았소?"

"전화기를 추적했죠. 삼각측량법으로 해당 범위를 좁혔는데, 정확한 주소를 말해준 건 스프링필드 씨예요."

스프링필드가 말했다.

"25년 전에 어떤 무자헤딘 리더가 전에 버린 은신처를 다시 사용한다는 이야기를 해준 적이 있지."

내가 물었다.

"그들이 또 돌아올 것 같소?"

존 샌섬이 말했다.

"아니."

그렇게 간단하게.

내가 말했다.

"확실합니까? 그 집에 시체가 아홉 구나 뒹굴어 다니는데."

"지금 국방부 친구들이 가 있소. 히죽거리면서 매스컴에 대대적인 발표를 하고 있지. 모든 공이 그 친구들에게 돌아갈 거요."

"바람의 방향이 바뀐 거로군요. 하긴 가끔 일어나는 일이죠. 아시다시피."

"범죄 현장치고는 정말 엉망이더군."

"현장에 내 피가 남아 있습니다."

"온 건물이 피투성이요. 게다가 오래되고 낡은 건물이기도 하고. DNA 검사를 하더라도 대부분은 쥐의 피로 밝혀질 거요."

"내 옷에도 묻어 있고."

테레사 리가 말했다.

"병원에서 당신 옷을 태워 버렸어요."

"왜?"

"생물학적 위험 때문에요."

"산 지 얼마 되지도 않은 새 옷이었는데."

"피투성이였다고요. 게다가 요즘엔 아무도 남의 피에 함부로 손을 대지 않아요."

"오른손 지문."

내가 말했다.

"창문 손잡이와 들창에 내 지문이 묻어 있소."

"오래된 건물이라니까."

샌섬이 말했다.

"새로운 바람이 불기 전에 건물 자체가 철거되어 재개발될 거요."

"탄피는?"

스프링필드가 대답했다.

"국방부에서 사용하는 표준 장비요. 놈들이 반색하며 기뻐했으리라는 데 돈이라도 걸지. 하나쯤은 언론에 흘릴 거요."

"아직도 국방부가 날 쫓고 있소?"

"그럴 수가 없지. 자기들이 흘린 이야기가 뒤죽박죽이 될 테니까."

"영역 다툼이 있었던 거로군."

"그리고 그들이 이긴 거요. 지금 돌아가는 꼴을 보면."

나는 고개를 끄덕였다.

샌섬이 물었다.

"메모리스틱은 어디 있소?"

나는 제이콥 마크를 바라보았다.

"당신은 괜찮소?"

그가 대답했다.

"솔직히 말하면 별로요."

내가 말했다.

"지금부터 몇 가지 얘기를 듣게 될 거요."

그가 대답했다.

"괜찮습니다."

나는 힘겹게 몸을 일으켰다. 아프지는 않았다. 진통제를 투여한 모양이다. 시트 아래에서 무릎을 세운 다음 종이 가운을 들춰 상처를 살짝 엿봤다. 볼 수가 없었다. 가슴에서 엉덩이까지 붕대로 꽁꽁 싸매놓았기 때문이다.
　샌섬이 말했다.
　"그것이 있는 장소를 5미터 이내로 알려준다고 했잖소."
　나는 고개를 저었다.
　"더 이상은 아닙니다. 시간이 많이 지났으니까요. 이제부터는 전적으로 추측에 의존해야 합니다."
　"끝내주는군. 역시 허풍을 떨고 있었던 거였어. 한마디로 그게 어디 있는지 모른다는 소리 아뇨."
　"우린 이제 사건의 전말을 대충이나마 압니다. 놈들은 이번 일을 3개월 전부터 철저하게 준비했고, 마지막 주에 계획을 실행했지요. 피터를 납치해 수잔을 협박한 겁니다. 수잔은 애너데일에서 자동차를 몰고 뉴욕으로 왔습니다. 그러나 교통 체증에 갇혀 네 시간 동안이나 꼼짝달싹도 못하게 됐죠. 저녁 9시부터 새벽 1시까지 말입니다. 그러다 결국 새벽 2시가 되어서야 맨해튼에 도착했는데 그걸 계산하면 수잔이 그날 밤 홀랜드 터널의 몇 번 출구로 빠져나왔는지도 알아낼 수 있겠죠. 우리가 할 일은 도로를 되짚어가면서 그녀의 차량이 자정에 정확히 어디쯤에서 정체하고 있었는지 계산하는 겁니다."
　"그게 어떻게 도움이 된다는 거요?"
　"왜냐하면 수잔은 자정에 메모리스틱을 자동차 창문 밖으로 내던졌으니까요."
　"그걸 어떻게 아오?"
　"수잔이 뉴욕에 도착했을 때 휴대전화를 갖고 있지 않았으니까."
　샌섬이 리를 쳐다보았다. 리가 고개를 끄덕이고 말했다.

"자동차 열쇠와 지갑뿐이었어요. 자동차 안에도 전화기는 없었고요. FBI가 증거를 수거했지요."

샌섬이 말했다.

"휴대전화를 사용하지 않는 사람도 있잖소."

"맞습니다."

내가 말했다.

"내가 바로 그런 사람이죠. 이 세상에 휴대전화가 없는 유일한 사람. 수잔 같은 사람이라면 분명히 갖고 있었을 겁니다."

제이콥 마크가 말했다.

"맞습니다. 사용하고 있었어요."

샌섬이 말했다.

"그래서?"

"호스 여자들은 최종 시한을 주었습니다. 틀림없이 자정이겠죠. 그러나 수잔은 나타나지 않았고, 그래서 그 여자들은 행동에 돌입했습니다. 협박을 하고 그걸 실행한 거죠. 빈말이 아니었다는 걸, 자기들이 그럴 수 있다는 걸 보여줍니다. 그래서 여자들은 수잔의 휴대전화로 사진을 보냈죠. 아마 동영상일 겁니다. 피터를 묶어놓고 배를 가르는 장면 말입니다. 그 순간 수잔의 인생이 바뀐 겁니다. 12시가 땡 치자마자 말이죠. 도로는 막혀 있었죠. 수잔은 어떻게 할 도리가 없었습니다. 손에 든 전화기가 갑자기 끔찍하고 징그러워 보였을 겁니다. 그래서 창밖으로 던져 버린 겁니다. 메모리스틱과 함께요. 그것이야말로 그녀가 그런 끔찍한 일을 겪게 된 원인이니까요. 그러니 전화기도 메모리도 아직 그 자리에 있을 겁니다. 쓰레기와 함께 I-95 도로변을 굴러다니고 있겠죠. 이것 말고는 메모리가 사라진 이유를 설명할 방법이 없습니다."

아무도 입을 열지 않았다.

내가 말했다.

"중앙선 가까이 있을 겁니다. 수잔은 무의식중에 추월 차선에서 달리고 있었을 테니까요. 서두르고 있었잖습니까. 삼각측량으로 전화기를 추적할 수 있을 텐데, 지금은 이미 늦은지도 모르겠습니다. 배터리가 죽었을 테니까."

다시금 방 안에 정적이 흘렀다. 1분 남짓 동안 방 안에 들리는 것이라고는 의료장비에서 규칙적으로 나는 윙윙거리고 삑삑거리는 소리뿐이었다.

샌섬이 말했다.

"그런 미친 짓을. 호스 여자들도 피터의 사진을 보내자마자 메모리스틱에 대한 통제권을 잃어버린다는 걸 알았을 거요. 그런데 그렇게 쉽사리 자기들이 지닌 우위를 포기해 버렸다고? 수잔이 경찰에게 신고를 할 수도 있잖소."

"두 가지 이유 때문입니다."

내가 말했다.

"첫째, 호스 여자들은 정말로 미쳐 있었습니다. 말하자면 말이죠. 그 여자들은 근본주의자입니다. 자기가 위장하고 있는 역할을 연기할 수는 있지만 그 아래에는 모든 걸 흰색 아니면 검은색으로만 보는 사고방식이 숨어 있지요. 그들에게 회색이란 존재하지 않습니다. 협박은 협박이고 약속 시간은 약속 시간이었지요. 게다가 어차피 위험할 일도 없었습니다. 수잔에게 내내 미행을 붙이고 있었으니까. 수잔이 경찰서에 가려 했다면 그가 애초에 차단했을 겁니다."

"미행? 누구를?"

"스무 번째 사나이. 워싱턴으로 간 건 실수가 아니었소. 이스탄불에서 비행기를 놓친 게 아닙니다. 마지막 순간에 계획을 바꾼 거죠. 어느 순간 그들은 DC에 누군가를 심어놓아야 한다는 사실을 깨달은 겁니다. 강 건너편에, 펜타곤이 있는 곳에 말이죠. 그래서 스무 번째 사나이는 일행과 헤어져서 곧장 워싱턴으로 향한 겁니다. 수잔을 뉴욕까지 미행했죠. 아마 수잔이 모는 차량에서 다섯 대나 여섯 대 뒤에 붙어 있었을 겁니다. 당신들이 그랬던 것처럼 말입니다. 그렇지만 길이 막혀 모두가 꼼짝도 못하는 처지에서 대여섯 대의 차량은 거의 1킬로미터나 떨어져 있는 것이나 다름없습니다. 차들은 멈춰 서 있고, 바로 앞에 커다란 SUV가 있다고 생각해보십쇼. 앞에서 무슨 일이 벌어지는지 전혀 보이지 않을 거니다. 그래서 그는 아무것도 못 본 겁니다. 그래도 계속해서 수잔을 감시했지요. 지하철까지 말입니다. NBA 티셔츠를 입고 있던 사내. 보자마자 묘하게 익숙한 얼굴이라는 생각이 들었죠. 그렇지만 확신할 수는 없었습니다. 1초 뒤에 그 친구 얼굴을 정통으로 날려 버렸거든. 아마 엉망이 되어서 알아볼 수 없을 거요."

또 한 번의 침묵.

샌섬이 물었다.

"그래, 자정에 수잔은 어디 있었던 거요?"

내가 말했다.

"그건 당신 몫이죠. 시간, 거리, 평균속도. 가서 지도와 줄자, 종이와 연필로 계산해봐요."

제이콥 마크는 저지 출신이었다. 그는 자기가 알고 있는 주 경찰들에 관해 늘어놓기 시작했다. 그들이 얼마나 큰 도움이 될지 말이다. 그들은 밤낮으로 I-95를 순찰했다. 그들은 그곳을 자기 손바닥을 들여다보듯 훤히 알고 있었다. 그들은 도로에 카메라를 설치해두었고, 사진은 수잔의 위치를 더욱 정확하게 계산하는 데 도움이 될 것이다. 고속도로 순찰대도 전력을 다해 협조해줄 것이다. 갑자기 모두가 너나없이 할 말을 쏟아내기 시작했다. 내 존재는 까맣게 잊어버린 것 같았다. 나는 베개에 머리를 기댔다. 사람들이 허둥지둥 병실을 빠져나가기 시작했다. 가장 마지막으로 병실을 떠난 사람은 스프링필드였다. 그는 문 앞에서 멈춰서더니 고개를 돌리고 말했다.

"라일라 호스를 상대한 기분은 어떻소?"

"난 괜찮소만."

"정말이오? 나라면 다를 것 같소. 방금 하마터면 여자 둘한테 발릴 뻔했잖소. 형편없는 솜씨였소. 그런 일을 할 때면 각을 잡고 제대로 하든가 아니면 아예 손도 안 대는 게 나을 거요."

"탄약이 부족했단 말이오."

"서른 발이나 가져갔잖소. 한 번에 하나씩 사용했었어야지. 3점사는 강한 분노를 품고 있었다는 증거요. 감정적이었다는 거지. 내가 일전에도 경고했잖소."

그는 한참 동안 무표정한 얼굴로 나를 물끄러미 바라보았다. 그리곤 복도로 사라졌다. 그 뒤로 나는 그를 다시 보지 못했다.

두 시간 뒤 테레사 리가 돌아왔다. 그녀의 손에는 쇼핑백이 들려 있었다. 병원이 침상을 비워 달라고 했기에 뉴욕 경찰청이 나를 호텔에 투숙시키기로 결정했다고 한다. 그녀는 새 옷을 사왔다. 쇼핑백을 열어 옷을 보여주었다. 신발, 양말, 청바지, 속옷, 그리고 셔츠. 응급실 직원들이 태운 옷과 똑같은 사이즈의 옷들이었다. 신발과 양말, 청바지와 속옷은 좋았다. 셔츠는 다소 이상했다. 부드러운 흰색 면이었는데, 북슬북슬하다는 느낌이 들 정도로 섬세하고 포근했다. 긴 팔에 몸에 딱 달라붙는 스타일이었다. 목에는 단추가 세 개 붙어 있었다. 마치 구식 내복 같았다. 이걸 입고 있으면 아마도 우리 할아버지처럼 보일 것이다. 아니면 1849년 캘리포니아에 살던 광부라거나.

"고맙소."

내가 말했다.

테레사 리는 다른 사람들이 수학 문제를 붙들고 씨름하고 있다고 말해주었다. 수잔이 턴파이크에서 홀랜드 터널로 어떤 길을 따라 들어왔는지 격한 논쟁을 벌이고 있다고 한다. 그 근방의 지리에 익숙한 지역 주민들은 교통표지판에 따르면 잘못된 길처럼 보이는 지름길을 사용했다.

"그렇지만 수잔은 이 지역 주민이 아니잖소."

리도 내 말에 동감이었다. 그녀는 수잔이 표지판에 명시된 길을 따라 뉴욕에 왔을 것이라 믿고 있었다.

"그 사람들은 사진을 찾지 못할 거예요."

"그렇게 생각하오?"

"오, 메모리스틱은 찾아내겠죠. 하지만 메모리가 손상되었다느니 자동차가 그 위를 지나가서 부서졌다느니 아니면 애초에 아무 정보도 들어 있지 않았다고 할 거예요."

나는 대답하지 않았다.

"생각해봐요. 정치가들이 다 그렇잖아요. 정부도 그렇고."

테레사 리가 물었다.

"라일라 호스에 대해 어떻게 생각해요?"

"지하철에서 수잔에게 접근하지 말았어야 했다고 후회 중이오. 몇 정거장 더 가도록 내버려뒀어야 하는 건데."

"그건 내가 틀렸어요. 수잔은 충격을 극복하지 못했을 거예요."

"그 반대요."

내가 말했다.

"그녀의 차에 양말이 있었소?"

리는 머릿속으로 FBI의 파일을 뒤져보았다. 그리곤 고개를 끄덕였다.

"네."

"깨끗한 걸로?"

"그래요."

"수잔이 어떤 심정이었을지 상상해보시오. 악몽이 그녀를 덮쳐왔소. 하지만 그게 얼마나 지독한 것인지는 실감이 나지 않았지. 자기가 상상하는 것만큼 끔찍한 일이 일어날 거라는 걸 믿을 수가 없었소. 어쩌면 그 모든 게 기분 나쁜 장난이나 거짓말이나 허풍이라고 생각했을지도 모르오. 그렇지만 확신할 수는 없었지. 수잔은 출근할 때와 똑같은 복장을 입었소. 검은 바지, 흰 블라우스. 그녀는 거대한 도시로 향하고 있었소. 무슨 일이 일어날지 모르는 막연한 상황을 향해 걸어 들어가고 있었소. 수잔은 자립심이 강한 여자요. 버지니아에 살고, 수년 동안 군대와 가까운 곳에서 일해왔소. 그래서 총을 챙겼지. 아마 그때까지도 옷장 안에 들어 있었을 때처럼 양말로 돌돌 감겨 있었을 거요. 그녀는 총을 가방에 집어넣소. 그리고 길을 떠나지. 그런데 중간에 길이 막혔소. 그래서 전화를 하오. 어쩌면 호스 여자들이 먼저 전화를 걸었을지도 모르지. 그렇지만 상대방은 그녀의 말을 듣지 않소. 놈들은 외국인이고 광신도들이오. 이해를 못하는 거요. 그 사람들은 사고가 나서 도로가 막힌다는 게 '우리 집 개가 숙제장을 먹어 버렸어요.' 와 비슷한 종류의 변명이라고 생각하오."

"그러다 자정에 메시지를 받은 거죠."

"그래서 그녀는 변화하게 되오. 요는 수잔이 스스로 바뀔 시간이 있었다는 거요. 그녀는 도로 한가운데 옴짝달싹도 못하고 갇혀 있었소. 벗어날 수가 없었지. 경찰서에 찾아갈 수도 없고 시속 150킬로미터로 공중전화박스를 들이받을 수도 없소. 완전히 갇힌 거요. 그리고 그런 상태에서 그녀가 할 수 있는 일이란 생각하는 것밖에 없었지. 그 외에는 달리 아무것도 할 수 있는 게 없었소. 그러다 마침내, 수잔은 결론에 다다르오. 아들의 복수를 하자. 수잔은 계획을 짜기 시작하오. 양말 뭉치에서 총을 꺼내 그것을 뚫어져라 바라보오. 뒷좌석에 오래된 검은 재킷이 놓여 있소. 겨울에 거기 두고 잊어버린 옷일 거요. 마침 어두운 색의 옷이 필요했지. 그래서 그녀는 그것을 입소. 드디어 자동차의 행렬이 움직이기 시작하고, 그녀는 뉴욕으로 차를 모오."

"그럼 그 명단은 어떻게 된 거죠?"

"수잔은 평범한 사람이오. 누군가를 죽이기로 결심하면 자살과 비슷한 감정을 느끼게 되는지도 모르지. 수잔이 바로 그런 경우였고. 사실 그녀는 심적으로 점차 안정을 되찾고 있었소. 그렇지만 완전히 평정에 이르지는 못한 상태였지. 내가 너무 일찍 그녀를 방해한 거요. 나를 만나자 그녀는 포기해 버렸소. 다른 탈출구를 선택한 거지. 59번가에 도착했을 즈음에는 결심을 보다 확고히 굳혔을지도 모르오."

"복수할 생각을 하지 않았더라면 좋았을 텐데."

"어쩌면 그녀가 이겼을 수도 있소. 어차피 라일라는 수잔이 가방이나 주머니에서 뭔가를 꺼낼 것이라 기대하고 있었으니까. 권총을 보면 순간 당황했겠지."

"수잔이 갖고 있던 리볼버에는 총알이 여섯 발밖에 들어가지 않아요. 적은 스물두 명이었고요."

나는 고개를 끄덕였다.

"그렇소, 틀림없이 살아남지 못했을 테지. 그렇지만 적어도 만족스럽게 죽었을 거요."

하루가 지난 뒤, 테레사 리가 호텔로 나를 찾아왔다. 샌섬이 목표 지역의 범위를 약 8백 미터로 좁혀냈고, 저지의 고속도로 순찰대가 주황색 플라스틱 통으로 그 부근의 도로를 차단했다고 한다. 세 시간 동안 수색을 벌인 끝에 그들은 수잔의 휴대전화를 발견했다. 그리고 몇 초 뒤, 1.5미터 떨어진 곳에서 메모리스틱을 발견했다.

그러나 빠른 속도로 달리는 자동차들이 이미 선수를 쳤다. 메모리는 산산조각이 나 있었고 그 안의 내용물을 읽는 것은 불가능했다.

나는 다음날 뉴욕을 떠났다. 남쪽으로 내려갔다. 그 후 2주 동안 나는 그 사진에 대체 무엇이 찍혀 있었을지 궁금해하며 시간을 보냈다. 온갖 종류의 가설을 생각해보았다. 어떤 것은 이슬람 율법과 관련되어 있었고, 또 어떤 것들은 가축들과 관련이 있었다. 코렌갈 계곡에 관한 소름끼치는 여러 상상들은 이내 라일라 호스의 얼굴을 강타했을 때의 기억으로 대체되었다. 왼쪽으로 곧게 날린 주먹, 뼈와 연골이 으스러지는 느낌. 엉망이 된 그녀의 얼굴. 머릿속에서, 기억 속에서 그 장면은 끊임없이 반복되고 되풀이되었다. 이유는 모른다. 나는 그녀를 칼로 베고 두 손으로 목을 졸랐지만 그것들은 거의 기억나지도 않는다. 어쩌면 여자를 주먹으로 구타하는 것이 내 무의식적인 가치관에 어긋나기 때문인지도 모른다. 하지만 그건 말도 안 되는 소리다.

그러나 시간이 지나면서 그녀의 이미지는 점차 희미해졌고, 나는 오사마 빈 라덴이 염소와 그 짓거리를 하는 장면을 상상하는 데에도 그만 질리고 말았다. 한 달이 지났을 무렵 그 사건은 내 기억 속에서 거의 지워져 있었다. 칼에 베인 상처는 멋지게 회복되었다. 흉터는 가늘고 희끄무레했다. 꿰맨 자국도 깔끔하고 눈에 잘 띄지 않았다. 내 몸은 의학 교재나 다름없다. 이 흉터는 모범답안, 그리고 이 흉터는 잘못된 치료의 전형. 그러나 나는 옛날에 얻은 조잡하고 거칠게 봉합된 그 흉터가 어떻게 내 목숨을 구했는지 결코 잊지 않을 것이다. 삼라만상은 돌고 도는 법. 베이루트에서 폭탄이 남긴 그 유산은 알 수 없는 누군가의 손에 의해 계획되고 인도되어 마지막 순간 그렇게 보답받은 것이다.

역자 후기

이 책은 리 차일드가 탄생시킨 잭 리처 시리즈의 열세 번째 권이다. 솔직히 말해 처음 번역을 의뢰받았을 때 역자는 그 사실이 살짝 마음에 들지 않았다. 아무리 재능이 넘치는 작가라도 한 명의 주인공을 바탕으로 열 권이 넘는 소설을 발표하고 나면 어느 정도 참신함과 필력을 잃고 '지쳤다'는 느낌이 스토리에 묻어나오는 경우가 많기 때문이다. 예를 들어 톰 클랜시의 잭 라이언 시리즈를 보라.(그건 그렇고 이 두 주인공의 머릿글자가 일치하는 것은 꽤 흥미로운 사실이다.)

그러나 얼마나 헛되고 바보 같은 기우였는지! 1장을 마친 순간 나는 뒷내용이 궁금하여 참을 수가 없었고 자세를 고쳐 앉고 진지하게, 그리고 무시무시한 기세로 눈동자를 굴리며 책장을 넘겼다. 드디어 궁금증 하나가 해결되는가 하면 다시금 가슴 두근거리는 사건이 발생한다. 이것이 정답인가 의기양양해 있으면 반대쪽 방향에서 또 다른 단서가 날아온다. 이 기지 넘치는 작가는—그리고 주인공 리처는—마지막

책장이 넘어갈 때까지 도무지 독자들을 손아귀에서 놓아줄 줄을 모른다. 그렇다고 독자들을 농락하지도 않는다. 그들은 그저 담담하고 차분하게 우리가 따라오길 바라며 반 발자국 앞에서 뚜벅뚜벅 꾸준히 걷는다. 때로는 속도를 내기도 하고 때로는 살금살금 고양이처럼 걷기도 하지만 결코 한달음에 몰아치거나 너무 앞서나가지 않는다.

잭 리처는 간단히 표현하자면 '고독한 떠돌이 총잡이'다. 그는 시리즈마다 발 닿는 대로 전국을 떠돌다 우연히 한 마을에서 오해를 동반한 복잡한 사건에 휘말리고, 우여곡절 끝에 사건을 해결하고 다시 빈손으로 넓은 등을 내보이며 멋지게 떠나간다. 말하자면 그는 현대판 셰인인 셈이다.(물론 비극적인 결말은 제외해야겠지만.) 그래서 우리는 그에게서 원초적인 매력을 느낀다. 그는 요즘 유행하는 수많은 주인공들처럼 화려한 물질 공세를 퍼붓지도 않고 말장난을 하지도 않는다. 적당한 지성과 뛰어난 신체적 능력을 겸비하고 있으면서도 첨단기술에는 젬병인 구세대적인 사나이다. 잭 리처는 지나치게 멋에 물든 현대의 액션물과 주인공에 지친 독자들에게 옛날의 소박한 시대로 돌아온 듯한 추억을 선사한다.

그럼에도 그는 분명 우리와 같은 시대를 공유하고 있는 인물이다. 뉴욕의 쌍둥이 빌딩이 무너진 이래 수많은 영화와 서적들이 알 카에다와 오사마 빈 라덴을 공적 삼아 쏟아져 나왔고, 이제 알 카에다는 한때 소련이 그랬듯이 하나의 공식이 되었다. 그리고 물론 잭 리처도 그 길을 피해갈 수는 없었다. 하지만 그는 결코 진부한 길을 걷지 않는다. 강력한 폭탄조끼와 테러 기도를 기대했던 독자들은 다시 한 번 뒤통수를 맞는다. 적들을 위한 무기라고 생각했던 것이 오히려 내가 이용할 수 있는 무기일지도 모른다는 암시가 나올 적에는 작가의 계산이 짜릿하기조차 하다.

액션과 추리가 이만큼 조화롭게 어우러진 스릴러 소설을 손에 잡는 것은 참으로 오랜만이었다. 나는 마지막 장을 닫고 만족스러운 한숨을 내쉬며 책을 내려놓았고, 독자들도 필시 같은 경험을 하리라 믿는다.

마지막으로 이 책을 믿고 맡겨주신 출판사와 편집자님, 번역에 많은 도움을 준 김홍래 과장님, 그리고 까다로운 내 불평을 참고 견뎌준 친구들 인아, 아름, 윤경에게 감사한다.

박슬라

사라진 내일

초판 1쇄 발행 2010년 9월 10일

지은이 | 리차일드
옮긴이 | 박슬라
발행인 | 정상우
기획편집 | 김영훈, 김세나, 김두완
마케팅·관리 | 현석호, 이상구, 김정숙

발행처 | 오픈하우스
출판등록 | 2007년 11월 29일 (제13-237호)
주소 | 서울시 마포구 서교동 465-18 (121-841)
전화 | 02-333-3705   팩스 | 02-333-3745

ISBN 978-89-93824-39-1 (03840)

• 잘못된 책은 바꾸어 드립니다.
• 값은 뒤표지에 있습니다.

이 책은 환경보호를 위해 재생종이를 사용하여 제작하였으며
한국간행물윤리위원회가 인증하는 녹색출판 마크를 사용하였습니다.